O DONO DO TEMPO

RENATA VENTURA

O DONO DO TEMPO

PARTE I

São Paulo, 2019

O Dono do Tempo (parte I)

Copyright © 2019 by Renata Ventura

Copyright © 2019 by Novo Século Editora Ltda.

COORDENAÇÃO EDITORIAL: Vitor Donofrio
PREPARAÇÃO DE TEXTO: Elisabete Franczak Branco
DIAGRAMAÇÃO: Vitor Donofrio
CAPA: Allyson Russell/Jacob Paes

EDITORIAL
Bruna Casaroti • Jacob Paes • João Paulo Putini • Nair Ferraz • Renata de Mello do Vale • Vitor Donofrio

---

Texto de acordo com as normas do Novo Acordo Ortográfico da Língua Portuguesa (1990), em vigor desde 1º de janeiro de 2009.

Dados Internacionais de Catalogação na Publicação (CIP)

Ventura, Renata
O Dono do Tempo: parte I
Renata Ventura
Barueri, SP: Novo Século Editora, 2019.
(A Arma Escarlate; 3)

1. Ficção brasileira I. Título

19-1442	CDD-869.3

Índice para catálogo sistemático:
1. Ficção: Literatura brasileira 869.3

NOVO SÉCULO EDITORA LTDA.
Alameda Araguaia, 2190 – Bloco A – 11º andar – Conjunto 1111
CEP 06455-000 – Alphaville Industrial, Barueri – SP – Brasil
Tel.: (11) 3699-7107 | Fax: (11) 3699-7323
www.gruponovoseculo.com.br | atendimento@novoseculo.com.br

A Lucas S. Souza, nosso Luquinhas,
nosso Rodas, eterno fã nº 1 do Viny.
E à dona Amparo, mãe guerreira que
cuidou dele até o fim.

AGRADECIMENTOS

Há tantos a agradecer e tão pouco espaço...

Agradeço, primeiramente, a Anna Costa, Ivânia Gomes e Nádia Lima, minhas três leitoras beta superpoderosas,* que foram essenciais para que este livro saísse como está saindo; a meu querido David Ernando, que leu *O Dono do Tempo* no último dia antes da entrega e me deu a confiança de que eu precisava para entregá-lo feliz e satisfeita, e ao fofíssimo Pablo Ruben Pinheiro, que leu o livro para nos auxiliar com a sinopse e teve até gastrite nervosa lendo algumas cenas...

A todos os indígenas que me ajudaram com seus depoimentos e textos ao longo desses cinco anos: às entrevistas e artigos de Ailton Krenak e Daniel Munduruku, às palestras de Davi Kopenawa Yanomani... aos indígenas mais jovens, que, como os dois primeiros, estão fazendo das redes sociais seus locais de luta... A todos os que participaram do Encontro de Escritores Indígenas da FNLIJ e me inspiraram tanto... e a todos os outros indígenas que me auxiliaram com suas palestras, respostas, livros, escritos e ideias! Espero ter honrado todo esse conhecimento.

A Ermanno Stradelli, italiano que passou anos pesquisando e defendendo a região amazônica no século XVIII, a ponto de se naturalizar brasileiro. A Sydney Possuelo, que continua dedicando sua vida à defesa dos povos isolados da Amazônia. A Scott Wallace, por ter escrito um livro maravilhoso a respeito da jornada que fez, liderada por Possuelo, para mapear esses povos. E a Câmara Cascudo, por ter feito tantas pesquisas relacionadas a lendas e culturas brasileiras.

A Eduardo de Almeida Navarro e seus estudos sobre nheengatu, a Tom Finbow, que me ajudou muito com a história da Língua Geral, e a Marcel T. Ávila, por revisar a maior parte do nheengatu em meu livro!

---

* Em alguns momentos, no interior do livro, a autora optou por separar o prefixo "super" da palavra subsequente, para maior clareza. A mudança foi em comum acordo com a editora.

Agradeço também a todos os meus leitores queridos de Belém e de Manaus, que me ajudaram a conhecer essas cidades incríveis e me deram várias ideias de cenários para o livro! A Luciana Bragança e família maravilhosa por terem me hospedado em Belém da primeira vez que visitei, e a Thais Resque e família incrível por terem me hospedado em Belém da segunda vez. A Roberto e Cibele Cabrejos, por me levarem para um mergulho maravilhoso no encontro das águas!

A Vinícius Castro, que fez toda a minha agenda em Brasília, e a Catherine Santos e sua mãe, que me abrigaram em Fortaleza! A todos os leitores maravilhosos de Barreiros, por terem me recebido tão bem. A Michel Uchiha e Karina Bruni (famosa Mione Le Fay), pela linda homenagem do portal No Meu Mundo!

A Allyson Russell, por ter feito a lindíssima capa deste livro e do livro anterior! A Gabu Camacho, do Beco Literário e da empresa Prazer, Gabrik, pelo maravilhoso site que fez para mim. (www.renataventura.com.br)

A Alysson Dütscher, por ser sempre meu fiel escudeiro em Belo Horizonte, a Fernando Crepaldi e toda a equipe do Dreams World em Londrina, que sempre me acolheram de forma tão maravilhosa, e a todos que já me ajudaram em bienais, feiras e eventos em geral!

A Caco Cardassi, do canal Caldeirão Furado, por sempre comentar com tanto entusiasmo sobre meus livros e por ter me dado a alegria de ler *O Dono do Tempo* antes da publicação! A Renie Santos, do canal Expresso de Hogwarts, pela campanha linda que fizemos juntos no YouTube e por também ter recomendado meus livros em um vídeo! A Leonardo Santi, do canal Patrono Net, por ter lido e divulgado meu livro com tanta empolgação, e a Thiego Novaes, do canal Observatório Potter, por também ter sido um fofo no evento em que nós cinco participamos em Brasília!

Agradeço também a minha querida leitora Rafah Lima, que comprou meus livros para dar de presente a Renie Santos, querendo divulgá-los; e a Zerzil, que fez o mesmo, dando *A Arma Escarlate* para um monte de outras pessoas superincríveis! A João Figueira, Armando Barros e Fernando Maia Jr., por já terem comprado mais de 20 exemplares de *A Arma Escarlate* cada um (!) para dar de presente de aniversário, de Natal, de Páscoa, de batizado... (Ok, talvez não de batizado).

A Bárbara Pinheiro, por ter me auxiliado com o sotaque de Manaus, a Mayara Reis e Ítalo Seixas pela ajuda com o sotaque de Belém, a Hudson Cleyton e Paulo Henrique Zanotelli, por me ensinarem o tocantinense, a Bruna Mandu, pelo sotaque de Rondônia! A Filipe Damiani, sempre me ajudando com os diversos sotaques de Minas Gerais, a Michèle Bertani, pelo gauchês de Atlas, a Alex Ávila, pelo sempre memorável sotaque de Ustra, e a tantos outros que me ajudaram!

Meus agradecimentos também a Marcelo Cossenza, pela revisão de alguns trechos relativos à neurociência, a Elisabete Franczak Branco, que conseguiu aguentar todas as minhas inseguranças durante a preparação final, e a Raphael Montes, por ter me ajudado a não enlouquecer nessa última etapa da jornada e por sempre ser um grande amigo e incentivador!

Por fim, agradeço a meus queridos pais, que sempre me apoiaram, me incentivaram e estão todos os dias ao meu lado, fazendo de tudo para me ver feliz, dando apoio emocional, revisando cada palavra de meus livros, divulgando-os..., enfim, sendo esses pais incríveis que sempre foram, em todos os momentos de minha vida.

E a meu irmão Felipe, que revisou os cinco primeiros capítulos.

Pobre Aruá, ele não podia supor que os brancos não eram uma tribozinha como a nossa ou como as outras que ocupam um rio, dois no máximo.

Não sabia que aqueles eram os primeiros de um mundo de gente, um formigueiro inacabável, que ocupam a terra toda, que enxameiam o mundo inteiro, insaciáveis.

Darcy Ribeiro, *Maíra*

É preciso dar voz e vez às gentes que já estavam aqui antes de o brasil ser Brasil. Aqui não há índios, há indígenas; não há tribos, mas povos; não há UMA gente, mas MUITAS gentes, muitas cores, muitos saberes e sabores. Cada povo precisa ser tratado com dignidade e cada pessoa que traz a marca de sua ancestralidade precisa ser respeitada em sua humanidade.

Daniel Munduruku

Quem é aquele que se diz civilizado.
Que criou o antídoto, que elimina a vida.
Que destrói o mundo num toque de dedo.
Que se engrandece porque detém a morte.
Que envenena a terra, a água e o ar que geram vida.
Que sufocou sabedorias milenares.
Que massacrou as verdadeiras civilizações.
Que hoje parece estar arrependido.
Que hoje nos quer como quando nos encontrou.
Que hoje nos discrimina, por não sermos mais como antes.
Que diz: "Não parecem mais índios"
e vai procurar em outros lugares,
onde seu veneno não foi tão forte.
Que fará com nossos parentes agora?
Será que percebeu que estava errado?
Na cosmologia indígena, "civilizado"
é aquele que estabelece com a natureza
uma relação de respeito e equilíbrio.
É aquele que retém a "vida", não a morte.
É aquele que garante o futuro de quem ama.
Oh! Civilizado.
Profano! Nos julga pela aparência,

Insensível! Que não consegue enxergar a alma.
Me dou ao direito de ter pena de você.
Porque encontraria na minha alma
as marcas do teu veneno,
e as pegadas de como a ele sobreviver.

Andila Inácio Belfort (Kaingang), 2013
Poema indígena do sul do Brasil

PARTE 1

CAPÍTULO 1

MACUNAÍMA

O gato branco tinha os olhos verdes fixos em sua presa. Agachado entre os arbustos, sentia-se o maior predador da floresta, todo cheio de si. Avançava com a máxima lentidão, o focinho próximo à terra, tomando cuidado para não fazer ruído algum. Seria o ataque mais bem executado da história daquele lugar. O gafanhoto nem veria o que o atingira. Mais dois segundos de perfeita camuflagem e...

"Sai da frente, Macunaíma", Ubiara passou, empurrando o axé de seu aprendiz com o pé e espantando o gafanhoto também.

Chiando, Macunaíma olhou furioso para o patrão do dono, ofendido com tamanha falta de respeito, e Hugo deu risada, chamando-o para si, "Vem, Macuna. Não liga, não." O gato leitoso se empoleirou em seu ombro, empinando o pescoço feito um lorde felino inglês, e Hugo riu de novo, continuando a seguir o patrão pela floresta que cercava as Cataratas do Iguaçu, na fronteira entre Brasil e Argentina.

Ubiara não gostava do axé de seu aprendiz. Dizia que o gato atrapalhava a expedição e tirava a concentração de seu jovem assistente. Não deixava de ser verdade, mas Hugo sabia que seu patrão, no fundo, gostava de vê-lo feliz. Era bem melhor do que ter de conviver com o Hugo emburrado do ano anterior.

Os dois caminhavam a poucos metros de um despenhadeiro, mas pela mata; longe, portanto, do alcance dos turistas, que tiravam fotos das majestosas cachoeiras lá embaixo, apinhados nas passarelas de ferro, com suas capas de chuva respingadas pelas imensas quedas d'água. Hugo seguia Ubiara com atenção, para não cair, volta e meia se distraindo das instruções gritadas pelo patrão para admirar aquele espetáculo colossal da natureza. Impossível ficar imune à beleza daquelas dezenas de cachoeiras; ainda mais estando tão próximo das águas que jorravam com violência, caindo lá embaixo.

O sobretudo negro de Hugo já estava encharcado, mas mantinha suas pernas secas, preservando, assim, seu bom humor. Já era o quarto dia da viagem. Quatro dias longe do Rio de Janeiro e das ameaças de Laerte. Quatro dias de trabalho e aprendizado ininterruptos, coletando galhos e pedaços de madeira que Ubiara utilizaria em suas próximas varinhas. As Cataratas exalavam magia energética. Até os azêmolas a sentiam, ou não haveria alguns meditando lá embaixo, em meio ao som ensurdecedor das águas.

Ubiara já estava ficando rouco de tanto competir pela atenção do único ouvido funcional de seu aprendiz. Mesmo com o pobre senhor berrando as instruções, era difícil ouvir tudo. "QUANTO MAIS PERTO DAS QUEDAS D'ÁGUA ESTIVER A ÁRVORE, MAIS MÁGICA SERÁ A MADEIRA!"

Hugo assentia, enquanto seu patrão tentava mostrar-lhe o tronco de uma das gigantes dali, a barriga avantajada dificultando que ele passasse por entre as árvores para chegar ao exemplar perfeito; o pouco cabelo repleto de gotículas de água.

"ESTE É UM IPÊ-ROXO! ÁRVORE SÍMBOLO DAQUI DE FOZ DO IGUAÇU!" ele berrou, passando a mão pelo tronco e admirando a vasta copa de folhas verdes. "VOCÊ TINHA QUE VER ESTA BELEZA EM JULHO, QUANDO FLORESCE! SERIA AINDA MAIS PODEROSA, MAS... DÁ PRA VOCÊ CHEGAR MAIS PERTO? SENÃO MINHA GARGANTA VAI EXPLODIR!"

Hugo se adiantou depressa, parando quase colado ao patrão. "Desculpa."

Ubiara olhou para o alto, "Graças a Merlim, esta aqui tem alguns galhos baixos, senão a gente ia ter que subir! Acho que foi até por isso que eu te trouxe", ele riu, mas viu que Hugo não estava rindo e parou. "Bom, este ipê, em particular, é muito interessante. É indicado no tratamento de alergias, anemia, diabetes, candidíase, dores musculares, coceiras, lúpus, úlceras, mal de Parkinson, malária, problemas respiratórios, queimaduras, cólicas menstruais... enfim, você entendeu."

Hugo estava impressionado.

"Poções preparadas com a casca do ipê-roxo curam até câncer de pulmão, *mas não conte isso para os azêmolas*", ele sussurrou, achando graça, e eram aqueles pequenos detalhes que faziam Hugo se irritar com o patrão. Ubiara era um doce de pessoa, mas seu elitismo bruxo era de matar. Pelo menos gostava do aprendiz. Via nele um menino esforçado, que queria, acima de tudo, aprender.

Ubiara estava falando. "... Uma varinha feita com a madeira desta árvore seria a escolha excelente para bruxos médicos e alquimistas. Mas como, normalmente, não temos como adivinhar qual profissão a criança vai escolher no futuro, precisamos ir pela intuição e pela vontade da própria varinha."

Enquanto ele discorria, Macunaíma ficava circulando entre os dois, com os olhos verdes fixos no sujeito-mau-que-espantara-o-gafanhoto, lentamente planejando sua vingança felina. Hugo sorriu malandro, lembrando-se da primeira vez que Viny Y-Piranga vira seu axé; da *inveja* que o loiro sentira ao notar a cor nos olhos do gato branco. Epaminondas nunca tivera nada colorido em seu corpo. Nenhum axé tinha. Eram brancos por inteiro! Viny quase conseguira disfarçar o quão mordido estava, com uma piadinha relacionada a como o gatinho tinha saído "com os olhos do pai".

"Só que branco", Hugo respondera, segurando o riso.

"Ei, rapaz! Está prestando atenção?!"

"Me desculpe, seu Ubiara."

Procurando o gato e percebendo que ele havia ido explorar outro canto, chamou-o, "Macuna, aqui!" O axé olhou-o com cara de enfrentamento, antes de voltar para seu dono e roçar o corpo leitoso nas pernas dele.

"Acabou?" Ubiara perguntou impaciente. "Você não está aqui para brincar de axé. Vamos, me ajude a procurar um galho propício."

"Sim, senhor", Hugo obedeceu, e os dois começaram a vasculhar os galhos mais baixos do ipê, Hugo segurando-os com delicadeza, testando a resistência deles com cuidado para não os romper à toa. Então perguntou, enquanto trabalhava, "Seu Ubiara, o senhor já fez gêmeas idênticas?"

"Oi?!"

Hugo riu, "*Varinhas*, seu Ubiara! Varinhas idênticas; com a mesma alma e a mesma madeira, da mesma árvore?"

"Você andou lendo meus livros de novo, rapaz?"

Hugo sorriu sabichão, e Ubiara voltou a examinar o galho que tinha em mãos, "Meu pai fez, mas não eram de madeira, eram de borracha."

"Varinha de borracha?!"

"Borracha misturada com ferro. Uma mistura doida que meu pai inventou na Amazônia. Flexíveis e praticamente inquebráveis aquelas duas, mas um pouco pesadas."

"Achei que só madeira e marfim funcionassem pra conduzir magia."

"Seu amigo loiro não tem uma de cobre e prata?"

"Ah, é."

"Pois então."

"Essas gêmeas idênticas…, elas não dão problema, uma contra a outra, em combate?"

"Dariam, mas foram compradas pela mesma pessoa", ele completou, prestando atenção ao galho que acabara de escolher. "Este é perfeito. Está vendo aqui?"

Hugo analisou de perto o galho comprido que Ubiara lhe mostrava.

"A madeira do ipê-roxo é muito resistente. Pesada, dura, difícil de serrar, mas é rica em cristais verdes de lapachol, de grande durabilidade... Hugo?"

"Desculpa." Macunaíma estava tentando tirar um tatu de um buraco, pondo a patinha leitosa lá dentro.

"Bom, já que você não está prestando atenção, vou pedir que vá até a cabana pegar as fitas vermelhas que eu deixei lá."

"Ah, sério mesmo, seu Ubiara?!" ele fez corpo mole.

"Sim, sim, rapaz. Sério mesmo! Vá lá, vai. E volte depressa."

"Mas a cabana tá a três quilômetros daqui!"

"Eu não pedi que você fosse andando", Ubiara retrucou, sem tirar os olhos do galho que analisava. "Não adianta reclamar."

"E se eu me perder de novo?!"

"Algum dia você vai ter que aprender, menino." Ubiara continuou a examinar uma fenda na madeira, até que percebeu Hugo ainda ali, hesitante, e largou o galho, pacientemente, "Vamos lá, feche os olhos. Isso. Perfeito. Agora respire fundo e..."

"Tem certeza que não é ilegal o senhor estar me ensinando isso?"

O varinheiro revirou os olhos, "Não é recomendado para a sua idade, mas não chega a ser ilegal, senão, obviamente, eu não estaria tentando. O que acontece é que muitas crianças não têm maturidade suficiente, nem capacidade para tanto. Eu não estou certo quanto à sua maturidade, mas você certamente é habilidoso e, como meu aprendiz, vai ter que aprender a fazer isso uma hora ou outra. Vamos lá."

Hugo respirou, tenso. Da última vez que tentara girar, parara do outro lado das cataratas, na Argentina! Para voltar, havia sido um verdadeiro parto diplomático-burocrático azêmola com os guias turísticos de lá.

Fechando os olhos, tentou visualizar a cabana em sua mente: as paredes feitas de toras de madeira, a porta vermelha, as janelinhas aconchegantes, a lareira lá dentro, os sofás cobertos por colchas de retalhos, as prateleiras cheias de ingredientes. Então, entrelaçando uma perna na outra, deu um impulso giratório e foi.

Assim que o fez, o mundo inteiro girou à sua volta, como num ataque bizarro de labirintite, e, de repente, seu corpo chegou, encharcado em água fria da cintura para baixo. "ARGHHH!" ele reclamou irritado, andando com dificuldade para fora do pequeno riacho; os sapatos inundados. Pelo menos permanecera em solo brasileiro; a cabana a vinte metros de si. Vitória!

Macunaíma não viera. Ou porque permanecera com Ubiara e estava agora tentando jogar o velho do penhasco, ou porque se desmaterializara com a irritação repentina de seu dono ao chegar, mas tudo bem, logo ele voltaria por conta própria. Macuna se achava superindependente. Se não retornasse em cinco minutos, Hugo simplesmente fecharia os olhos, lembraria do sorrisão que Eimi dera ao ganhar a fênix de presente, sentiria, de novo, toda a alegria que sentira ao ver aquilo e materializaria seu axé mais uma vez com um *Saravá*. Fácil.

Destrancando a porta da cabana com um feitiço, Hugo entrou procurando as tais fitinhas vermelhas. Não fazia ideia de para que serviam, mas tinha de obedecer ao patrão. Era ele que pagava seu salário.

Um barulho de vidro se espatifando chamou sua atenção, e Hugo viu Macunaíma sair correndo de trás do sofá como um raio. "Ah, que ótimo! Muito bom, Macuna! Quer um prêmio por isso, é?!" Hugo foi até lá limpar a bagunça, bufando irritado enquanto recolhia os cacos e os cristais roxos de fluorita que a ex-jarra continha, agora lascados. "Tu sabe que ele vai descontar isso do meu salário, né?"

Macunaíma miou, fingindo que não era com ele e passando a desfilar pela sala como se não houvesse acabado de se estabacar lá de cima. Cara de pau.

Procurando se acalmar para que o axé não sumisse de novo, Hugo voltou a procurar o tal pote de fitas vermelhas, até que o encontrou na mesa dos fundos, próximo ao livro *Criaturas Exóticas do Brasil*, de Etno Centrium, que Ubiara terminara de ler na noite anterior.

Segurando o pote bem firme debaixo do braço, parou em frente ao espelho, ajeitou os cabelos e as roupas e secou-se com um feitiço. Não suportava ficar desarrumado. Então, bufando impaciente, fechou os olhos de novo, rezando para não parar em Bariloche, e girou, desaparecendo da cabana e aparecendo a milímetros do penhasco, os calcanhares na terra, o restante dos pés para fora, o corpo pendendo mais para a frente do que para trás e "PUTA QUE PAR…"

Ubiara puxou-o de volta a tempo, e Hugo se agarrou apavorado ao chefe.

Entrelaçado ao aprendiz, o varinheiro olhou para o precipício com inexplicável bom humor, "Da próxima, quem sabe eu me livre de você!", e Hugo virou-se sério para o chefe, o coração ainda batucando violento, "MUITO ESPIRITUOSO, SEU UBIARA!"

O varinheiro gargalhava, "É este lugar que me deixa assim, FELIZ!" Ubiara gritou contra o ruído das águas, para que o vale inteiro o ouvisse, realmente empolgado, como se seu aprendiz não houvesse acabado de quase virar mingau-de-Hugo lá embaixo. Sentindo, com vigor, a delícia que era aquele spray de água gelada no rosto redondo, Ubiara chamou seu aprendiz de volta ao ipê-roxo. "Agora vem a lição mais importante. Trouxe as fitas?"

Por meio segundo, Hugo sentiu um tranco no peito, pensando que o pote pudesse ter caído cachoeira abaixo, mas então percebeu-o milagrosamente no chão e entregou-o ao chefe, que tirou de dentro dele uma única fita de cetim vermelho.

Com cuidado, Ubiara selecionou de novo o galho que mostrara a Hugo minutos antes. Amarrando a fita cuidadosamente na junção do galho ao tronco, fechou os olhos e se concentrou, uma das palmas tocando a árvore, como se conversasse mentalmente com o ipê. Só então sacou a varinha. "*Pysyrô!*" O galho se rompeu, a fita vermelha ficando com a árvore.

"*Pysyrô?*"

"*Apossar-se de, ficar dono de, tomar pra si*. Em tupi antigo." Ele deu o galho a seu jovem assistente, para que o guardasse junto aos outros.

"Pra que a fita?"

"Nunca tire nada da natureza sem lhe dar algo em troca."

"Mas uma fita?!"

"A fita tem magia. Vai ajudar o galho cortado a se refazer com mais rapidez."

"Ah."

Ubiara se lembrou de algo, com carinho nos olhos. "Uma vez, um índio me disse algo que nunca esqueci: '*Pedra tem dono. Pra pegar, tem que rezar, pedir autorização. Pra tirar galho de árvore, tem que pedir permissão pra árvore. Ter respeito pelo ser vivo árvore. Todas as coisas têm vida: peixe, água, pedra, montanha. Tem que ter respeito.*'" O mestre varinheiro olhou para seu aprendiz, "Respeito também é magia. Se não existir, a magia na madeira enfraquece."

Hugo assentiu, reverente, e os dois passaram o restante da tarde coletando galhos dos mais variados tamanhos e árvores, deixando no lugar o lacinho de fita. Enquanto trabalhavam, Ubiara quebrou o silêncio, "Você sabe o que significa Iguaçu?"

"Não, senhor."

"Vem do tupi *y*, água, *ûasú*, grande. *Água grande*."

Apropriado. Eram 275 cachoeiras ali, ao longo de 2,7 quilômetros do Rio Iguaçu. Se aquilo não era grande, Hugo não sabia o que seria.

"*Pysyrô!*" Mais um galho foi separado de sua árvore e entregue ao aprendiz. "A lenda diz que um deus planejava se casar com uma bela índia chamada Naipi, mas Naipi fugiu com seu amante Tarobá em uma canoa. Com raiva, o deus cortou o rio, criando as cachoeiras e condenando os dois fujões a uma queda eterna."

Hugo ergueu a sobrancelha. Quando ia comentar, viu um vulto branco passar entre as árvores. "*Seu Ubiara…*" ele chamou a atenção do chefe, tenso, mas

Ubiara nem precisou erguer os olhos do galho que analisava, "Elfos. O Parque Iguaçu é território deles. Eles o conservam. Permitem que estejamos aqui, desde que façamos tudo com o devido respeito." Ubiara olhou para o aprendiz, "Eu não pretendo desobedecê-los", e voltou a concentrar-se no trabalho.

Impressionado, Hugo olhou para os lados, tentando encontrar o elfo de novo. Não conseguindo, perguntou ranzinza, "Por que é território deles, hein?! Isto aqui é um parque público!" Ubiara deu risada, "Digamos que cachoeiras propiciam um ambiente altamente meditativo. E nós não vamos discutir com elfos, certo? Mesmo que sejam imigrantes."

Vendo a noite se aproximar, Ubiara encerrou as atividades da expedição e os dois voltaram à cabana, sem pressa, Macunaíma nos ombros do dono, raspando seu rabo leitoso no rosto do jovem toda vez que passava pela nuca.

Depois de ter arrumado tudo, e descontado do salário do aprendiz os cristais quebrados, Ubiara girou com ele até a subestação bruxa de Foz do Iguaçu. Embarcaram, então, em um trem que os levaria à capital do estado. Poucos bruxos conseguiam girar tão longe, e Ubiara não era um deles.

A viagem subsequente, de Curitiba até o Rio de Janeiro, durou menos de uma hora no trem bruxo, e os dois desceram na estação carioca; Ubiara tecendo mil elogios à administração do Presidente Lazai e ao milagre que ela havia promovido nos transportes do país. De fato, Hugo nunca vira um trem tão eficiente e limpo. Só lamentava não terem ficado mais tempo em Curitiba. Teria gostado de conhecer a Tordesilhas. A escola de magia do Sul ficava pertinho da estação curitibana, e Hugo nunca torcera tanto para que um trem atrasasse. Infelizmente, a composição saíra no horário determinado e chegara na hora exata ao Rio de Janeiro.

Àquela hora da noite, o Arco Center já estava praticamente vazio. Uns poucos adolescentes ainda saíam do teatro, perambulando pelas dependências do shopping. Abelardo era um deles. Hugo podia vê-lo à distância, de papo com os outros Anjos, enquanto esperava que Ubiara destrancasse a porta do Empório das Varinhas. Ainda bem que, entretidos com algo que Gordo lhes contava, eles não estavam vendo Hugo ali, segurando um saco maior do que ele, cheio de galhos.

Assim que Ubiara conseguiu abrir todas as dezenas de trancas, os dois entraram. Hugo acendeu as luzes com um movimento de varinha e deixou o saco de galhos já na mesa de trabalho. Então ajudou a limpar a loja para o dia seguinte, mesmo sabendo que ele próprio não voltaria, por causa do fim das férias. Ubiara era bastante metódico quanto à limpeza, e, apesar de moído da viagem, Hugo achava certíssimo. Tudo precisava estar tinindo na mais respeitada loja de varinhas do Rio de Janeiro.

Somente depois de tudo limpo ele perguntou se poderia ir para casa descansar.

"Sim, sim, claro, querido. Você foi excelente!" Tirando a carteira do bolso, contou diligentemente os bufões que lhe devia e entregou-os a Hugo, que guardou as moedas de prata no bolso enquanto o chefe repetia o quanto sentiria sua falta o restante do ano.

Antes de dizer o adeus definitivo, o varinheiro fixou o olhar, uma última vez, no bolso do aprendiz, onde sabia estar guardada a varinha escarlate, mas não pediu que Hugo a mostrasse novamente. Bom menino.

Despedindo-se do chefe com um aperto de mão, Hugo saiu do Empório uma hora após ter entrado. O shopping já estava às escuras. Devia ser o quê? Dez da noite?

Já sentindo o sono tomar conta, Hugo virou a esquina da praça interna, tomando o caminho da saída. Assim que o fez, no entanto, viu Laerte, o varinheiro rival, recostado na vitrine do outro lado, de braços cruzados, com um sorriso cruel no rosto.

Estava esperando por ele.

CAPÍTULO 2

BREVE MISSÃO

Fingindo que não o vira, Hugo tentou trocar de caminho, apressando o passo, as mãos nos bolsos do sobretudo, até que foi empurrado contra uma das vitrines por um Laerte enfurecido.

"*Viajou sem avisar, foi, malandro?! Tá pensando que pode, é?!*"

Hugo encarou-o com ódio; as mãos do pilantra segurando-o firmemente pela lapela. Tinha nojo daquele vigarista de novela mexicana, com aquele bigodinho fino suado, de quem vinha do calor ensolarado do Sub-Saara. Afinal, lá era sempre dia.

"E aí, trouxe lembrancinhas da viagem pra mim?"

Hugo bufou de raiva, mas então o olhou com malandragem, "Serve um chaveirinho?", e Laerte bateu furioso na vitrine, bem próximo ao ouvido do garoto, "*Perdeu a noção do perigo, foi?!*"

Hugo achou melhor não brincar mais com a sorte. O cara ainda poderia denunciá-lo a qualquer momento pelo roubo da varinha escarlate.

De má vontade, tirou o que tinha no bolso e lhe deu.

"Bom garoto... bom garot... Ei, que porcaria é essa?"

"Fitas vermelhas, foi tudo que eu consegui pegar dessa vez."

Vendo que Laerte não estava nada feliz, se fez de surpreso: "Você não conhece as famosas fitinhas chinesas?! É por isso que suas varinhas são uma porcaria... AI!!"

O tapa na orelha doeu na alma. Precisava ter sido no ouvido ruim?!

"Olha direito, Laerte! Elas são mágicas, eu juro! Supervaliosas. Ubiara tem um pote cheio delas!"

"E como se usa essas porcarias?!"

Hugo olhou nos olhos do pilantra por um bom tempo antes de responder. "É só amarrar uma em cada dedo quando estiver confeccionando as varinhas."

Laerte desconfiou. "Só isso?"

"É!" Hugo segurou o riso. "Tu vai ver como as suas varinhas vão ficar muito mais poderosas depois disso."

Ainda desconfiado, o vendedor pirata decidiu acreditar no garoto. Afinal, Hugo não seria louco de mentir para ele. Imagina.

Finalmente admirando as cinco fitinhas 'chinesas' que tinha na mão, Laerte soltou-o, dando um tapinha de bom-garoto em seu ombro. "Muito bom, muito mesmo." E foi embora satisfeito, em seu passo gingado de malandro.

Só então Hugo se permitiu abrir um sorriso, já imaginando o idiota trabalhando com cinco lacinhos vermelhos nos dedos, na frente de todo mundo. Uma gracinha. Rindo sozinho, deliciando-se com aquilo, voltou a caminhar para fora do shopping; Macunaíma, todo cheio de si, trotando de novo ao seu lado, saboreando a vitória.

Somente ao saírem do Arco Center, Hugo pôde fechar os olhos e girar para longe dali, aparecendo não na Vila Ipanema, onde agora morava, mas a poucos metros da entrada do Santa Marta, onde um dia havia morado; no ponto exato em que quisera aparecer: atrás da parada de ônibus. Estava ficando bom naquilo. Maravilha. Economizaria um tempo enorme sabendo girar. Pena que, não sendo professor, não poderia fazê-lo para dentro da Korkovado.

Tirando um boné da mochila, Hugo ocultou o rosto sob a aba, tirou o sobretudo, para não chamar atenção com roupa chique, e começou a subir a rampa inicial que levava às escadarias da comunidade. Tinha uma missão a cumprir, sempre que podia. Missão dada pela pessoa que ele mais considerava no mundo bruxo, e com quem ele não queria mais falhar. Mesmo havendo ainda bandidos do antigo grupo do Caiçara ali. Por isso o disfarce.

Já eram quase 11 da noite, mas a hora avançada não impedia o povo da comunidade de ainda estar, em peso, nas ruas tortuosas do Dona Marta, após um longo dia de trabalho; as mulheres em seus shortinhos e blusas, os homens de bermuda, camiseta e chinelo, batendo papo ao som do radinho de pilha e do jornal da noite na TV, comendo petiscos nas barracas ao longo da ladeira inicial; o som alto do pagode competindo pela atenção dos transeuntes com o jogo de futebol na ladeira, onde geralmente vencia quem fazia gol para baixo...

Hugo riu sozinho. Nunca imaginara que sentiria falta daquilo tudo... Daquele lugar, daquelas pessoas... Talvez fosse a alegria que demonstravam, apesar das dificuldades; alguns ainda voltando do trabalho, de terno e gravata, macacão, ou vestido e salto alto, outros saindo do culto noturno e dando boa-noite aos vizinhos...

Ele, no entanto, não podia ficar ali para curtir a noite da comunidade.

Deixando a nostalgia de lado, galgou os primeiros degraus da extenuante subida até a metade superior da favela mais íngreme do Rio de Janeiro. Girar, infelizmente, não era uma opção. A comunidade tinha barracos demais, becos demais... Arriscava aparecer, por engano, numa boca de fumo, por exemplo, cercado de traficantes. Melhor não. Era mais garantido deixar a preguiça de lado e ir a pé mesmo, apesar das lembranças ruins que iam aparecendo ao longo do caminho: a morte da avó... os espancamentos...

Acontecia sempre que Hugo vinha conferir se Gislene estava bem, e aquilo o destruía um pouco, mas ele havia feito uma promessa a Capí e pretendia cumpri-la, até porque o pixie não tinha mais condições físicas de girar até lá em cima; quanto mais subir a pé.

Aproximando-se do barraco em que Gi morava com a tia, Hugo viu a amiga lá dentro, terminando de lavar a louça do jantar; a varinha escondida na parte de trás da saia jeans. A tia não sabia que ela era bruxa. Mesmo que soubesse, menores de idade não podiam fazer magia fora do mundo bruxo, a não ser na presença de professores.

Resultado? Já era quase meia-noite e ela ainda trabalhando.

"Ei, gracinha!" Um bêbado se debruçou na janela. "Tem rango aí pra mim?!"

"Nada que seja pro seu bico."

Hugo sorriu, sentindo carinho pela amiga, enquanto o homem voltava frustrado para o bar.

Pelo menos ela estava segura. O inspetor Pauxy continuava ali, de vigia, escondido atrás de uma pilha de caixotes de cerveja, achando que estava arrasando em seu disfarce de azêmola, com um boné azul e uma roupa supermoderna do século XIX.

O pobre continuava mantendo a palavra que dera a Capí para que o pixie se sentisse seguro em denunciar o governo. Continuava a observar a amiga dele de longe, protegendo-a de uma possível retaliação, mesmo após ser exonerado da polícia por ter prendido Bofronte sem provas. Estava até magrinho, coitado, mas não voltava atrás na palavra dada. Homem honesto ele. Leal. Hugo se arrependia de tê-lo feito de bobo no primeiro ano, com o 'pó de pirlimpimpim'. O cara era gente boa.

Vendo que Gi continuava segura sob os olhos do ex-inspetor dos CUCAs, Hugo se concentrou e girou para o pátio da Vila Ipanema, aparecendo detrás da árvore: único lugar, em toda a vila, que permitia o giro.

Estava em casa, finalmente.

Entrando com a própria chave na casa dos fundos, andou nas pontas dos pés até o sofá da sala e deu um beijo delicado na testa da mãe, que pegara no sono esperando o filho. "*Cheguei*", ele sussurrou, recebendo como resposta um meio-resmungo de Dandara, que sonhava e respondia ao mesmo tempo.

Observando a mãe na penumbra da sala, Hugo voltou a ficar preocupado. Fazia semanas que ela não ria mais, nem soltava comentários engraçados pelos cantos, e ele temia que fosse por sua causa. Ela não dizia, claro. Dandara nunca falava nada quando estava profundamente magoada com alguém, apenas se fechava nela mesma, e só lhe restava torcer para que ela não houvesse descoberto as palavras duras que ele dissera a Janaína.

Seu temor tinha fundamento. A última vez que vira a mãe alegre, brincando de correr atrás de Macunaíma, havia sido duas semanas antes de sua viagem, quando Dandara surgira na sala com a inocente pergunta: "*E aquela sua namoradinha da Bahia, filho? Nunca mais falou com ela?*"

Na época, Hugo desconversara, dizendo que o namoro não tinha dado muito certo e tal. Não teria sido louco de mencionar a gravidez, muito menos que abandonara a moça grávida para cuidar do filho sozinha. Mesmo ele não sendo o pai da criança, difícil saber como a mãe reagiria àquilo, já que ela própria havia sido abandonada pelo namorado com Hugo na barriga. Ele estava apavorado. E se a mãe tivesse descoberto a verdade e o considerasse agora uma decepção de filho?

Aquilo não era justo, caramba! Ele não tinha culpa! Por que se sentia tão culpado?! Não havia engravidado a jovem, nem tinha culpa de ter sido traído por aquela sacana! Não era justo ser rechaçado pela mãe por aquilo!

Seu ódio de Janaína voltou com força, e Macunaíma quase sumiu ao seu lado. Se sua mãe estava triste por aquela razão, a baianinha pagaria por isso. Ah, pagaria, sim. Ninguém mandava ela ter se engraçado com o boto.

Deixando a mochila no quarto, Hugo foi até a cozinha e comeu qualquer coisa para tentar se acalmar. Era paranoia sua. Só podia. Uma mãe magoada não o teria esperado no sofá até aquela hora da noite.

Sentindo certo alívio, ele deu as últimas garfadas no feijão com arroz, foi até o quarto, trocou as botas por chinelos, vestiu uma roupa mais confortável e andou até a casa de Caimana na escuridão da meia-noite.

Entrou sem bater. Tinha a chave. Poderia ter usado um feitiço, mas o modo azêmola era mais educado. O ruído da fechadura avisava aos donos que alguém estava entrando. Éster era a única ainda na sala. Lia um livro, tranquila em sua beleza élfica, sem qualquer necessidade de abajur. Sua própria pele emanava luz. Ele a cumprimentou sem fazer barulho, e ela sorriu, sussurrando que os Pixies tinham ido se deitar havia uns dez minutos apenas. Talvez ainda estivessem acordados.

Hugo assentiu, subindo para o segundo andar. Eles vinham dormindo todos na casa dos Ipanema desde o início das férias, para que Capí tivesse companhia constante durante aqueles dois meses, sem ter de ficar sozinho na Korkovado. Até Índio voltara mais cedo de Brasília, para ficar com ele.

Entrando devagarzinho no quarto escuro, Hugo encontrou um único abajur aceso, entre as duas camas do fundo, nas quais Índio e Capí estavam deitados; Índio lendo um livro; Capí encolhido de lado, nas cobertas, ainda de olhos abertos. Parecia cansado, quase com medo de dormir, sabendo que sonharia novamente com a tortura. Estava uns cinco quilos mais magro e um pouco mais pálido por conta disso. A tortura não terminara para ele; as lembranças ainda eram vívidas, como parasitas em seu cérebro, martelando imagens em sua cabeça. Por aquela razão, estava aproveitando sua estadia ali para fazer tratamento energético com uma das irmãs Ipanema, tentando dissipar a depressão; impedir que ela o atacasse com tudo.

Na cama próxima à porta, Caimana já dormia esparramada no colchão; as orelhas de elfa, recém-apontadas, trazendo-lhe uma delicadeza que a surfista nunca havia tido antes. E nada de Viny aparecer. Devia estar farreando na Lapa com seus vampiros favoritos.

Índio levantou os olhos do livro, num murmúrio de acusação. *"Não era pra você ter chegado mais cedo?"*

"A volta atrasou um pouco", Hugo mentiu, acobertando sua ida ao Santa Marta, mesmo enquanto olhava para Capí, confirmando-lhe que Gislene estava bem.

O pixie agradeceu em silêncio e fechou os olhos, como se estivesse esperando aquela confirmação para poder relaxar. Não era para menos. Ele acusara os dois maiores chefes da Comissão de tortura, na frente de todo mundo, apesar da ameaça que Ustra fizera contra Gislene, caso ele contasse. Ficar preocupado com ela era apenas natural, ainda mais sabendo que Bofronte e Ustra não haviam sequer chegado à delegacia. Ingenuidade momentânea dos Pixies acharem que o grande Alto Comissário da República pisaria em uma cadeia municipal. Pobre Pauxy.

Os outros Pixies não sabiam da ameaça que pairava sobre Gi. Nem ela própria sabia, e Capí gostaria que fosse mantido assim. Era a sua intimidade que estava em jogo. Não queria assustá-la desnecessariamente, muito menos ver seus sentimentos anunciados por aí.

Hugo foi enxotar o mineiro, *"Anda, pode ir saindo da minha cama, vai"*, e Índio olhou feio para ele, indo se aboletar no colchonete do chão. Cabiam apenas quatro camas naquele quarto, e o nobilíssimo Virgílio OuroPreto, em sua grande braveza militar, oferecera-se para dormir no colchonete no início daquelas férias.

Então, que voltasse para o colchonete! Nada heroico da parte dele roubar o leito do amiguinho que viajava.

Cama devidamente reconquistada, Hugo se estirou nela, fazendo questão de mostrar a Virgílio o quanto ele estava confortável ali. Acomodando-se, então, debaixo das cobertas, deixou o braço apoiado discretamente sobre o ouvido bom, para não ser acordado pelos pesadelos de Capí. Era doloroso demais ouvir os murmúrios chorosos do pixie na madrugada. Ainda assim era melhor ouvi-los porque, quando os murmúrios paravam, significava que Capí havia acordado no susto, para não mais voltar a dormir naquela noite. E ele precisava dormir o máximo que pudesse, ou seu corpo jamais se recuperaria direito.

Ítalo não fazia ideia de que seus sonhos atrapalhavam os outros. E nunca saberia. Se descobrisse, iria dormir na Korkovado para não atrapalhar ninguém, e os Pixies preferiam Capí ali, junto deles, perturbando suas noites, do que sozinho naquela imensidão de escola pensando besteira.

Nem tinha dado 3 horas, e Hugo foi acordado no susto.

Daquela vez não por Capí, que parecia ainda preso a um pesadelo extremamente violento, mas por Caimana, que, sentada no colchão de Índio, era consolada pelo mineiro e por Viny enquanto chorava desesperada, os olhos cerrados, as mãos tapando os ouvidos com força.

Preocupados, os dois tentavam descobrir o que estava acontecendo, mas Caimana não dizia! Apenas negava com a cabeça, vermelha de tanto chorar, soluçando trêmula, *"Eu não aguento mais... Eu não aguento mais..."*

Viny olhou aflito para Hugo, pedindo ajuda, mas Hugo não fazia ideia do que fazer! Tinha acabado de acordar!

"Calma, Cai... Por favor!" o loiro sussurrou, com medo de que acordassem Capí. Olhava preocupadíssimo para a namorada, sem saber o que fazer. *"Como assim, não aguenta mais, Cai? Não aguenta mais o quê?! Por favor! A gente não pode te ajudar se tu não disser o que..."*

"Os sonhos dele! Eu não aguento mais ver os sonhos dele!"

CAPÍTULO 3

TORTURA A DOIS

Viny afastou suas mãos da namorada, chocado. "*Tu tá lendo os sonhos dele?!*"

Caimana tremia, confirmando; o rosto inchado de tanto chorar. "*Eu tento bloquear! Eu juro! Mas eles são fortes demais!*" ela sussurrou desesperada, tentando não acordar Capí. Ele não podia saber o que estava acontecendo.

Índio abraçou a amiga, lançando um olhar de repressão para Viny, que se afastara ao primeiro sinal de telepatia. "*Calma, Cai. Já, já ele acorda...*"

"*É muita perversidade!*" Ela abraçava a própria cabeça com força, os olhos cerrados, como se pudessem bloquear as imagens horrorosas que sua mente continuava a ver, enquanto Viny se afastava cada vez mais da namorada, evidentemente sem saber lidar com aquilo.

Irritado com o loiro, Índio acionou Hugo em vez dele, "Adendo, chama a Éster, agora!"

Hugo saiu correndo. Chegando depressa ao quarto da elfa, bateu à porta com o máximo de delicadeza possível, para não acordar as outras. Logo ouviu sussurros lá dentro, entre elas. "*Quem é?*"

"*Éster, a Caimana tá precisando de você. Rápido.*"

Em dois segundos, a irmã mais velha saiu do quarto. Vestindo seu robe lilás por cima do pijama, linda e loira como sempre, apressou-se para o quarto da caçula, entrando e indo direto confortar Caimana.

"*Shhhhh...*" sussurrou serena, entendendo, de imediato, a situação. Pondo a mão sobre os cabelos da irmãzinha, começou a transferir para ela sua calma interior na forma de uma linda luz branca, e, em pouco tempo, Caimana já respirava com mais calma, ainda soluçando muito, mas aparentemente livre de grande parte das imagens dolorosas que a assolavam. Ela abraçou a irmã mais velha com força; Éster permaneceu de olhos fechados, concentrada na energia que continuava a transferir para a irmã; seu colar de cristal brilhando com a mesma intensidade branca que emanava de sua mão. Lindo espetáculo élfico, que acabava transmitindo serenidade para todos ali.

Hugo, no entanto, não conseguia tirar os olhos de Viny. O pixie estava olhando para a namorada quase com *rancor*! Como se Caimana tivesse cometido algum crime! E foi somente quando o loiro finalmente perguntou, com o olhar duro, "Por que tu não me disse, Cai?", que Hugo percebeu a outra parte do motivo: ela já devia estar vendo aqueles pesadelos havia muitas semanas, a julgar pela intensidade da crise que estava tendo agora… E não contara para ninguém! Claro… Tinha medo de contar e perder os amigos. Medo de contar e perder Viny. E com razão, né? O rancor nos olhos do loiro eram prova daquilo. Rancor pela telepata que a namorada se tornara. Como se fosse uma *traição* dela! Como se ela tivesse culpa de ter desenvolvido *aquele* dom, e não qualquer outro!

Aquilo ia dar problema. Se é que já não estava dando.

Vendo o absoluto sofrimento da amiga, que queria gritar e não podia, Hugo ficou imaginando o nível dos pesadelos que Capí estava tendo, a ponto de Caimana precisar de colo para não pirar! Se ela, que não havia sofrido *pessoalmente* nada daquilo, estava daquele jeito, ele podia imaginar como Capí se sentia, *revivendo* aquilo todas as noites…

Hugo olhou condoído para o amigo, encolhido na cama do fundo, com a cabeça nos braços, tão dentro do sonho que nem ouvia as vozes no quarto.

Enquanto isso, Macunaíma assistia a tudo sem entender tamanha tristeza; transparentezinho, o coitado, como um fantasminha de gato, quase sumindo com a comiseração de Hugo pelos dois amigos. Mas Macuna era forte. Não sumiria.

"*Você devia ter nos contado, Cai…*" Éster a repreendeu com ternura enquanto a confortava. "*Telepatia é um dom pesado demais para suportar sozinha…*"

A porta do quarto se abriu, deixando passar Diandra, a tia mais jovem das cinco, que estava passando uma temporada na Vila Ipanema justamente para ajudar Capí.

Diandra era a mais legal das tias. Com os cabelos curtos loirinhos, quase reluzia na semiescuridão do quarto, olhando bondosamente para as duas sobrinhas no colchão. "*Deixa que eu cuido dele*", ela sussurrou para Éster e foi até Capí.

Fazendo um carinho nos cabelos suados do pixie, começou a aplicar-lhe irradiações de luz lilás, que o acalmaram de imediato. Então, fechando os olhos, entrou nos sonhos dele, como sempre fazia, controlando-os e alterando-os aos poucos, para algo menos violento, enquanto Loriel, segunda irmã mais velha de Caimana, assistia a tudo frustrada, por não poder ajudá-lo com seu dom de cura física. Capí era imune a ele.

Felizmente, não era imune ao dom mental da tia.

Incrível o que Diandra fazia. Manipulação de sonhos era um dos dons mais lindos, quando utilizados para o bem. Ela era capaz de trocar um pesadelo horroroso por imagens de carneirinhos saltitantes em poucos segundos. Obviamente, o oposto também era possível. Poderia enlouquecer alguém com pesadelos se quisesse. A índole dela, no entanto, nunca lhe permitiria fazer algo tão covarde.

Caimana de repente abriu os olhos, fitando-os como se tivesse acabado de ser arrancada de uma montanha-russa, e Hugo soube que o pesadelo do pixie havia terminado por completo. Graças a Deus.

Satisfeita, Diandra olhou para a outra sobrinha, "Loriel, querida, envie uma carta para suas outras tias, sim? Caimana precisa de ajuda urgente."

Ouvindo o pedido da tia, só então Caimana, ainda abalada, deu-se conta de que Hugo voltara de viagem. "*Desculpa, Hugo, eu te receber desse jeito...*"

Ele olhou-a com carinho, "*Relaxa, Cai. Depois, eu te conto como foi*", e virou-se para o esplêndido namorado dela, que agora estava praticamente grudado à parede, "*Vem, Viny, bora sair daqui que a gente só tá atrapalhando.*"

"Se quiserem, podem dormir no nosso quarto", Éster sugeriu, e os três saíram; Hugo chamando Macunaíma para o seu ombro e tomando o caminho de casa. Era desnecessário ficar no quarto delas se tinha o seu próprio, na casa ao lado.

Acendendo as luzes ao chegar lá, ficou pensando no que teriam feito a Capí para ele ter pesadelos tão fortes, a ponto de Caimana não conseguir raciocinar de tanto horror. Se ela houvesse raciocinado, teria saído de casa para se distanciar dele, ao invés de ficar ali, tão perto, tampando os ouvidos.

Devia ser enlouquecedor sonhar com a tortura todos os dias.

Hugo suspirou, passando as mãos no rosto, cansado. Só então viu uma carta na escrivaninha e sorriu largamente. Sabia de quem era, e aquilo o deixava tão feliz que Macunaíma se solidificou de imediato com a alegria renovada do dono, saltando em cima da carta para tentar lê-la, e assim impedindo que seu dono o fizesse, como todo bom gato.

Hugo deu risada, "Deixa eu ler, Macuna! Sai de cima, vai!" e pegou o papel, sentando-se curioso. A carta vinha da Noruega, mas não era endereçada a ele. Nunca eram. Eimi escrevia para Capí, e *somente para Capí*, mas o pixie as repassava secretamente a ele, sabendo que nada fazia Hugo mais feliz do que ler aquelas pérolas.

Não era certo o que Ítalo estava fazendo, claro. Os dois tinham noção do quão revoltado Eimi ficaria se descobrisse, mas Hugo precisava saber que o mineirinho estava bem, depois de tudo que fizera de ruim ao menino. Aquelas cartas, cheias de empolgação e de mineirices deliciosas, eram o antídoto de que Hugo precisava contra o remorso que às vezes ainda sentia.

Capí também ficava feliz vendo o progresso do mineirinho. Sempre que chegava uma carta nova, era um alívio para eles dois. Significava que Eimi continuava vivo.

Aquele medo tinha uma razão de ser. Livrar alguém do suicídio não se resumia a impedir a morte. Era necessário um acompanhamento posterior. Envolvia um processo muito complexo de recuperação emocional da pessoa e, por mais que Hugo houvesse dado uma fênix de presente ao menino, a alegria que Faísca causara poderia ser temporária. Por isso era tão importante que acompanhassem os passos dele, mesmo que de longe. Se encontrassem qualquer sinal de depressão nas cartas, escreveriam de imediato aos pais do menino, pedindo que prestassem mais atenção nele.

Por enquanto, o garoto permanecia entusiasmado por estar, finalmente, morando com os pais. Tenso, obviamente, com as aulas de lá, iniciadas em setembro, mas empolgado. Hugo não tinha certeza se Eimi estava escrevendo toda a verdade ou se resolvera ser sensato e adulto pela primeira vez na vida, mandando somente boas notícias para Capí, mas que ele estava alegre, isso estava. Via-se pela falta de revisão do português, inerente a cartas que eram escritas na empolgação do momento.

No início, elas eram tímidas: apenas alguns parágrafos educados, de alguém que tinha muito respeito por Capí e queria falar com ele, mas que ainda sentia um remorso atroz pelo que fizera ao pixie, traindo-o em troca de cocaína.

Com o passar do tempo, no entanto, as cartas foram evoluindo em extensão e desembaraço. Nelas, ele narrava como haviam sido difíceis os primeiros dias..., como os jovens bruxos da região eram mais rígidos..., como os feitiços em Esperanto o estavam ajudando..., até porque ele ainda não falava norueguês, nem búlgaro, e às vezes precisava se defender dos jovens da escola com feitiços que funcionassem... Nas cartas, Eimi também contava, empolgado, sobre lá ser *frio demais da conta*, e ter neve por todos os lados, e os alunos usarem casacos de pele, e sobre como a escola ensinava coisas meio barra-pesada que *"tarvez nem o Atlas ensinaria..."*, e como ele pelo menos se divertia bastante fora da escola, e que, dentro, ele acabava sendo respeitado por causa da fênix, que ele podia levar para a sala de aula...

Hugo deu risada, lendo mais uma peripécia dele com *Mimosa*.

Sim, *Mimosa*. Hugo ria toda vez que lia o bendito nome nas cartas. Só Eimi mesmo para dar nome de vaca a uma fênix.

Tudo bem que o mineirinho tinha crescido na fazenda do tio, mas chamar uma fênix de Mimosa era engraçado demais!... Hugo devia ter escrito "Faísca" no bilhetinho anônimo que grudara na caixa, para prevenir aquele sacrilégio.

Idá riu.

Deixando a carta na mesa, jogou-se na cama, imensamente feliz de novo, como se nada do que acontecera na casa de Caimana tivesse acabado de acontecer. Impressionante o poder que as cartas de Eimi tinham de deixá-lo bem.

Aqueles últimos meses haviam sido inéditos em sua vida. Era a primeira vez que Hugo sentia felicidade real. Nunca experimentara nada parecido antes, talvez porque nunca houvesse feito nada de significativamente bom para alguém, até dar aquela fênix ao menino e vê-lo sorrir daquela maneira, tão pouco tempo depois de uma tentativa de suicídio. Aquele sorriso valia ouro! Mesmo sabendo que o mineirinho provavelmente o desprezaria pelo resto da vida, não importava. Hugo estava contente em saber que ele estava bem. Aquilo bastava. A satisfação era tanta que Macunaíma nunca desaparecera por completo desde que Hugo fizera o feitiço para chamá-lo pela primeira e única vez. Seu axé até sumia por uns tempos, ia passear, como todo bom gato, mas sempre voltava. Era um axé *permanente*, diziam. Uma vez chamado, durava mais do que o comum.

Macunaíma saltou na cama com toda sua elegância felina, deitando-se no peito do dono sem pedir licença, e Hugo ficou acariciando o gato, sentindo nos dedos seu corpo leitoso e macio. Axés eram de um molhado que não molhava. Muito gostoso.

Enrolando-se todo, o gato virou-se de barriga para cima para receber mais carinho.

"Folgado."

Dito aquilo, ficaram os dois ali por vários minutos, Hugo se divertindo com a lembrança de como Índio detestava aquele gato, até que, de repente, Macunaíma se cansou do carinho e arranhou sua mão, pulando no chão irritado.

"O que foi que eu fiz, seu doido?!" Mas Macunaíma não quis conversa, e Hugo se virou furioso para dormir. "*Gatos...*"

A manhã chegou, e ele não encontrou a mãe em casa. Claro que não. Dandara era viciada nos elfos. Devia estar lá. Ou então passando roupa em alguma das casas azêmolas da vila.

"Bem-vindo à Pensão Ipanema, Hugo querido!" Heitor cumprimentou-o sem tirar os olhos da cartinha que estava lendo. Pela quantidade de envelopes na mesa da sala, já era a sétima carta do dia. Isso explicava a profusão de pombos que Hugo encontrara fazendo social do lado de fora, horrorizando os vizinhos.

Era muito bom ver como as manhãs élficas sempre traziam vida nova, mesmo depois de uma noite medonha como aquela. Principalmente em tempos de furor literário; o que era o caso.

Ninguém sabia como os fãs de *Terra Unida* haviam descoberto o nome verdadeiro do autor do livro e seu endereço, mas o fato é que Heitor Ipanema agora era um sucesso, e não apenas no Rio de Janeiro! Hugo ria só de pensar em alguma editora se recusando a publicar seus livros agora. Rá! Não seriam nem loucos de recusá-lo! Heitor nunca estivera tão feliz, e aquilo animava a casa. Claro que animava.

Certificando-se de que tudo estava em paz na sala principal, Hugo caminhou até a sala secundária, à procura dos Pixies. Era um lugar aconchegante, de carpete verde, vários sofás com estampa de jardim e duas entradas grandes, sem portas, que davam para o corredor principal. Janelinhas com cortinas finas deixavam uma luz suave entrar na sala, fazendo daquele o lugar favorito das elfas da casa – e dele, por tabela, mas não havia ninguém ali no momento.

"Sai, seu PESTE!" Hugo ouviu Índio resmungar no corredor e correu para ver Macunaíma agarrado à perna do mineiro, tentando subir nele para roubar o pratinho de pães, enquanto o pixie afastava-o irritadíssimo com o pé, praticamente mancando em direção à sala, derramando metade do café com leite pelo caminho. "SAI!"

O gato foi parar lá na sala principal com o chute, e Hugo se acabou de rir com a cena. Felizmente, axés não se machucavam. No máximo, Macunaíma explodiria contra a porta da casa e logo estaria de volta.

Índio olhou ranzinza para ele. "Seu axé só podia ser um *gato* mesmo."

"Por quê?!" Hugo riu.

"Gatos são vaidosos, traiçoeiros e se acham os donos da casa. Como ocê."

Idá fechou a cara, "Vai fazer a dança da chuva, vai!", e Índio sorriu, vingado, indo para a sala principal tomar seu café da manhã em paz.

Vendo que Capí chegava com sua bengala de marfim, os olhos privados de sono, Hugo se aquietou, em respeito ao pixie, enquanto ele se acomodava com dificuldade no sofá. Ficou observando o amigo por um bom tempo, em silêncio, vendo-o pensativo em seu canto; as olheiras como provas de que não dormia direito havia meses...

"Eu não estou morto, Hugo. Você pode conversar comigo."

Hugo ergueu a sobrancelha, vendo o pixie olhá-lo com carinho e o mais leve sorriso. "Você poderia ter respondido pro Índio que gatos, além de terem aquelas simpáticas características, também são ágeis e se adaptam com facilidade."

Capí parecia mais adulto. Já vinha parecendo havia algum tempo. Hugo não sabia se era o cansaço em seus olhos, ou a postura digna com que se sentava, apesar das dores, ou o comportamento mais quieto mesmo; menos jovial. Só sabia que aquelas características inspiravam respeito, e Hugo definitivamente estava tratando-o com mais respeito agora.

"Índio tem razão em ver características felinas em você. Gatos interpretam a alma dos homens como ninguém. Veem tudo, percebem tudo, sentem quando há desarmonia, percebem a solidão. Não se iludem com as aparências. Acordam já alertas, são extremamente verdadeiros. Conhecem, amam e preservam cada milímetro do próprio corpo, como a um templo. Você não é muito diferente."

Antes que Hugo pudesse agradecer o elogio, os dois ouviram um chiado agressivo vindo da sala principal, seguido do ruído de louça se espatifando e de um mineiro puto da vida, xingando um certo gato, e morreram de rir.

Hugo abriu um leve sorriso, olhando para o amigo. Era a primeira vez que via uma gargalhada de Capí em muito tempo.

Quase como uma premiação por ela, Macunaíma desistiu de atazanar a vida do Índio e apareceu trotando na sala, indo deitar-se no colo do pixie. Hugo tinha certeza de que Macuna nunca o importunaria. Assim como todos os gatos, ele também era sensível ao sofrimento. Respeitava quem sofria. Transmutava energia ruim em energia boa, deitando-se justamente em quem mais precisava de ajuda. E Capí, de fato, parecia se sentir um pouco melhor toda vez que acariciava a pele leitosa do felino com a mão direita; a única que funcionava.

A esquerda, já cicatrizada, ganhara uma luva de couro preto, que ele não tirava mais; talvez para mascarar o aspecto da mão, quebrada e sem unhas, dos olhos alheios. Também nunca mais havia tirado a camisa na frente deles. Hugo não achava aquilo certo, mas não ia argumentar. Entendia o pixie. Não era vergonha do próprio corpo, ele só não queria impor as cicatrizes a ninguém, nem deixar os outros desconfortáveis com sua presença, ou preocupados com ele. Mesma razão pela qual ele sempre tentava disfarçar, ao máximo, sua dor.

No entanto, por mais que procurasse não gemer ao andar, a dor nos olhos do pixie era visível. E não se tratava apenas de dor física. Havia horas que ele simplesmente saía do ar. Ficava no canto dele, pensando em coisa ruim, e aqueles momentos eram de cortar o coração, porque não havia absolutamente nada que eles pudessem fazer para ajudar. Viny e Caimana até tentavam animá-lo, mas Índio e Hugo entendiam que, às vezes, ele só queria ficar sozinho.

Quanto às marcas que ele não conseguia ocultar, Capí agora tinha uma cicatriz considerável na lateral esquerda do rosto; única que seu pai conseguiria ver quando chegasse de viagem. Capí teria de inventar uma desculpa para explicá-la, caso Fausto se importasse em perguntar; o que Hugo duvidava muito.

Segundo Kanpai, o corte havia sido feito por uma unha afiada e infeccionara antes de sarar. A cicatriz descia ao longo do rosto inteiro, da têmpora esquerda até o pescoço, continuando pela lateral do peito e do abdômen até abaixo da cintura, onde Hugo não conseguia mais ver. A única falha na cicatriz ficava na bochecha, pois a mordaça de couro impedira que a unha cortasse uns quatro centímetros de rosto.

O fato é que ele nunca mais trabalharia ao ar livre sem camisa, como antes; tratando dos animais e dos jardins da escola. Não aguentaria os comentários e os cochichos à sua volta. Estava muito mais sensível àquele tipo de coisa. Incomodava-o demais, até quando a conversa era entre os Pixies...

Pelo menos o pai boçal dele ainda não voltara de viagem. Sem saber, Fausto estava dando tempo para que o filho se recuperasse em paz, sem ser agredido pelo homem a cada minuto. Uma temporada na Vila Ipanema fazia bem a qualquer um.

"É injusto você não conseguir fazer um axé", Hugo comentou, enquanto Capí acariciava o gato. "No momento que a gente mais precisa da alegria deles, eles somem; e as pessoas que mais necessitam não conseguem fazer. Por quê?!"

"Não é bem assim", o pixie retorquiu calmamente. "Vir, eles até vêm. Estão sempre com a gente. Nós é que não conseguimos materializá-los quando estamos num nível vibratório baixo. Eu precisaria elevar minhas vibrações para ver o meu."

"E como faz isso?"

"Sentindo coisas boas, tendo pensamentos positivos... sorrindo mais. Está um pouco difícil agora."

Hugo olhou-o com pena. "Mas e antes, por que você não conseguia? Você sempre sentiu alegria ajudando as pessoas."

"Eu sinto alegria, sim, mas muita coisa me puxa pra baixo. Muitos pensamentos que tenho, principalmente. Sempre foi assim. Acho que eu nunca relaxei. Talvez seja isso."

Ou talvez seja porque teu pai não te deixa ser feliz, Hugo pensou, sentindo carinho pelo pixie.

Algum dia ele conseguiria; Hugo tinha certeza. Mesmo tendo um pai como Fausto, que parecia ter prazer em pisar em cada vitória do filho.

O pixie mudou de assunto. "E a Gi?"

"Pauxy continua de olho nela."

"Sem que ela saiba, né? Eu não quero que ela perca o sono sabendo da ameaça."

"Não vai saber", Hugo garantiu. "Pauxy é gente boa."

"Gente boa, mas ingênuo."

Hugo concordou. Infelizmente, não podiam apostar todas as fichas na competência do inspetor. Por isso, volta e meia Hugo aparecia por lá.

Capí estava olhando o vazio, angustiado. "Eu não devia ter acusado os dois. Agora ela está em perigo, e pra quê? De que adiantou?"

Um estrondo na porta da frente alertou-os de que mais um pombo havia chegado, e Macunaíma, no susto, saltou para o alto, caindo a metros de distância de Capí e correndo até a sala para ver o que era. Hugo riu, chamando: "Seu Heitor! Deve ser pra você!"

O elfo passou correndo pelo corredor, abrindo a porta e agarrando o pobre do pombo, que só pôde dizer "*Urrrr*" em sua defesa.

Capí e Hugo se entreolharam, achando graça. De onde estavam, não conseguiam ver o que se passava na sala principal, mas podiam imaginar o coitado do pombo penando com o entusiasmo desenfreado do escritor, e Heitor ansioso tentando tirar a cartinha da argola em seu pé.

"*É do Sul!*" eles ouviram Heitor gritar maravilhado, enquanto Caimana olhava com ternura para Capí na entrada da sala secundária, vendo-o sorrir com as peripécias do Sr. Ipanema. A pixie estava cansada também, mas não tinha qualquer mancha escura em volta dos olhos. Afinal, era elfa. Cada vez mais elfa. As orelhas de Abelardo provavelmente já estavam apontando também, apesar de ele não ter dons. Nenhum homem elfo os tinha. Será que Abel estava contente pelo sucesso do pai?

Era realmente surpreendente que alguém do Sul houvesse gostado de um livro tão subversivo. Os sulistas eram, em geral, mais conservadores do que a média dos bruxos brasileiros. "Um fã do SUL! Vocês acreditam?!" Heitor chegou correndo para celebrar com eles, a carta nas mãos, até que viu a alegria cansada da filha e se lembrou, "Ah, desculpa", tentando apagar o sorriso, em respeito aos dois.

Capí sorriu bondoso, levantando-se com a ajuda da bengala e pondo a mão boa no ombro do escritor. "Sua alegria não nos ofende, Sr. Ipanema. Muito pelo contrário! Por favor, continue!"

O pixie tinha razão. Heitor não podia se censurar. A alegria da casa dependia dele! Dele e de Macunaíma, que, assim que Hugo, Caimana e Heitor chegaram à sala principal, encontraram espremido dentro de uma jarra de vidro, na mesa do café; seus olhos verdes arregalados em meio a todo aquele branco que era seu corpo.

"Eu já quase bebi achando que era leite", Éster brincou, e Hugo deu risada, virando a jarra de ponta-cabeça para tirá-lo dali. Macunaíma escorreu para fora, como um gato molenga, e saiu correndo atrás do macaquinho branco de cara preta que acabara de entrar pela porta da frente. "E aí, gurizada!"

"Atlas!" todos responderam radiantes, indo cumprimentar o professor enquanto ele fechava a porta para que os pombos não entrassem também.

Todos menos Marília, irmã do meio de Caimana, que, ao ver o gaúcho entrar, abraçou-se inteira, arrepiada. "Ih... Vem ano difícil aí."

Hugo olhou-a, tenso. Vindo de uma elfa que pressentia o futuro, aquele comentário ganhava outro peso. De fato, havia algo errado ali; uma seriedade no rosto do professor que raramente se via.

Atlas tentava disfarçar, sorrindo e bagunçando os cabelos de seus alunos favoritos, mas ele estava abatido. E Hugo desconfiava que logo, logo descobririam o motivo.

CAPÍTULO 4

PÉSSIMAS NOTÍCIAS

Viny saiu animado do quarto onde dormira, tendo ouvido a voz do professor, e passou por Caimana sem cumprimentá-la, deixando a elfa um tanto machucada.

"E aí, 'fessor! Como anda a Korkovado?!" Viny bateu na palma estendida de Atlas, que deu de ombros, "Vazia. Ainda mais agora, sem o nosso Capí por lá... E que baita barreira de pombos ali na porta, hein, Sr. escritor!" Atlas brincou, tentando parecer animado, enquanto Heitor sorria orgulhoso, mostrando ao amigo a cartinha do Sul.

Atlas pegou-a nas mãos, forçando a vista para lê-la.

"Ih, ficando velho antes de mim, gaúcho?! Alguém dê um par de óculos para o idoso aqui?"

Atlas riu de leve, coçando a barba rala. Não parecia ter achado o comentário tão engraçado assim. Visão era coisa séria.

"Credo, seu Heitor!" Dandara chegou da cozinha já dando bronca. "Não se brinca com uma coisa dessas, não!"

Enxugando as mãos na saia, cumprimentou o visitante, que abriu um sorriso cansado para ela e retornou o olhar à carta do amigo elfo, tapando o olho direito para que o esquerdo pudesse ler melhor, "É só um embaçamento temporário. Muito tempo olhando para o céu com uma maldita luneta."

Heitor riu, Hugo, não, para agradar a mãe, que cumprimentou o filho com um beijo na testa, sem demonstrar qualquer resquício da alegria de antigamente.

Era desesperador ver Dandara apagada daquele jeito e não saber por quê. Ele tinha acabado de ficar uma semana fora de casa! Onde estava a alegria da mãe em revê-lo?! "Como foi de viagem, querido?"

"... Foi bem legal..." Ele forçou um sorriso, tentando fazê-la sorrir também, mas nada parecia tirar a tristeza dos olhos dela.

Se era uma decepção silenciosa da mãe, por causa de Janaína, estava sendo pior do que qualquer bronca que ela poderia ter-lhe dado.

Vendo que Capí finalmente aparecera na sala, Atlas adiantou-se para abraçar seu protegido, com muito mais cuidado do que abraçara os outros. "Como vai hoje, guri?"

"Melhor", o pixie respondeu, cansado. Atlas fez um afago no aluno, entendendo. Tinha o maior carinho do mundo por ele. "Posso ver?" pediu, com o ânimo dos curiosos, e Capí entregou seu cajado/bengala ao gaúcho, que o analisou maravilhado, usando mais as mãos do que os olhos, enquanto Hugo assistia com orgulho de pai, afinal, ele próprio havia esculpido aquele, na loja de Ubiara.

O cajado tinha o corpo inteiro talhado com figuras de cavalos alados, que se entrelaçavam por toda a sua extensão, e era, de fato, muito gostoso passar os dedos sobre eles, sentindo suas curvas e reentrâncias. Duas magníficas pedras azuis completavam aquele espetáculo; uma na ponta, outra na base, presas por delicados anéis de ouro ao corpo branco da bengala.

"Marfim?"

"De mamute", Capí se apressou em dizer. "O dono da presa morreu há alguns milhares de anos."

Atlas riu da preocupação do aluno em não passar uma imagem de matador de animais, como se Atlas precisasse daquilo. "Como se faz? Assim?" O professor girou a empunhadura do cajado, que começou a encolher com delicadeza, transformando-se numa bela varinha de marfim, um pouco maior do que o antebraço do pixie.

Os olhos do gaúcho brilharam diante da Aqua-Áurea, admirando a elegância daquela arma. Era tão bonita quanto a varinha mecânica do professor, ou até mais. "Impressionante…"

"Eu não tive muita oportunidade de usá-la pra fazer magia ainda, até porque ninguém me deixa fazer nada aqui, mas Hugo realmente está de parabéns." Capí olhou com simpatia para o caçula do grupo, que sorriu todo vaidoso, dando uma cotovelada em Índio enquanto o mineiro tentava tomar um gole de café, "Ó aí, tá vendo? Eu que fiz!"

Virgílio fitou-o ranzinza, indo sentar-se mais longe, e Hugo riu. Provocar o mineiro era seu passatempo favorito.

Agora era Quixote que corria atrás do gato leitoso; os dois quase derrubando móveis e pessoas pelo caminho, engalfinhando-se no chão. Nada se comparava à velocidade com que o macaquinho escalava as coisas, mas, volta e meia, Macuna conseguia agarrar o longo rabo listrado do sagui e derrubava-o no chão, reiniciando, assim, a perseguição.

Capí sorriu, assistindo. Adorava ver aqueles dois brincando.

Assim que se sentou para o café, no entanto, a dor de fazê-lo derrubou seu astral de novo, e só Hugo e Atlas notaram. Com pena do amigo, Hugo sentou-se ao seu lado para fazer-lhe companhia enquanto Capí se servia de mingau de aveia. Não que o pixie fosse comer. Há tempos ele vinha engolindo a comida por pura obrigação nutricional, sem nenhum traço do prazer que costumava ter; como se comer não tivesse mais graça... E lá estava ele, olhando para o prato de novo. Já tinha perdido uns dez quilos naquela brincadeira.

"Você precisa se alimentar, Capí..." Hugo sussurrou, mas o pixie realmente não estava com vontade. Olhava para o mingau quase com agonia. O Ítalo natureba, que gostava de comer e cozinhar, não existia mais. Ele continuava vegetariano, isso nunca mudaria, mas o gosto por tratar com a comida tinha se esvanecido.

Naquela manhã, em especial, parecia que ainda outra coisa tirava-lhe a fome, como se uma grande tensão no peito o impedisse de comer. Capí estava nervoso, por algum motivo. Hugo via em seus olhos.

"E aí, guri, preparado?" Atlas perguntou, sentando-se ao alcance do aluno, mas Capí não disse nada. Apenas continuou mexendo na comida, sem ânimo.

Hugo não entendeu. "Preparado pra quê?"

"Para a audiência pública que ele vai ter que enfrentar esta semana." Atlas suspirou, passando a mão pelos cabelos, desconfortável. "Agora é proibido acusar alguém por crimes cometidos dentro de instituições de ensino sem que, antes, um conselho interno da própria escola julgue se a acusação do aluno é verdadeira ou não. No caso da Korkovado, é o Conselho Escolar que deve decidir se vai ou não acusar formalmente Bofronte por tortura perante o Tribunal Geral da União."

"Que palhaçada é essa agora?!" Viny se aproximou. "Mudaram a lei?!"

Heitor, Caimana e Índio também se sentaram à mesa, querendo entender melhor aquele absurdo. Capí, obviamente, já estava sabendo.

"O Congresso Nacional Bruxo aprovou a lei no primeiro dia do ano. Às duas da madrugada."

Viny riu do descaramento, "Abriram o Congresso só pra isso, né?"

Índio concordou, olhando sério para a toalha de renda branca. "*É possível perceber quando uma lei é bem ou mal-intencionada pela data e horário de sua promulgação.*"

"Feriado, primeiro dia do ano..."

"Deve ter sido votada por três congressistas, no máximo. Todos os que coincidentemente estavam presentes na hora."

O professor confirmou, "E sancionada pelo presidente Lazai em regime de urgência, por decisão *unânime* de três. Sim."

Índio xingou baixo, revoltado. "Com essa palhaçada toda, Bofronte ganha tempo! Até que ele possa ser investigado e julgado criminalmente, lá se vão alguns anos. Talvez nunca aconteça…"

"Filho da mãe!" Caimana explodiu. "E não dá pra revogar essa lei?!"

"Você ouviu o Atlas. Ela foi aprovada por unanimidade e sancionada pelo Presidente da República. Nada de ilegal nela."

"Unanimidade. Que ridículo."

"Deixa eu ver se entendi direito." Heitor apoiou os cotovelos na mesa. "Ao invés de Bofronte ser investigado e julgado, primeiro o menino vai ter que provar para o Conselho Escolar que ele não está *mentindo*, e minha queridíssima Dalila, a lacraia loira, vai precisar *aceitar* a acusação do garoto e acusar Bofronte *ela mesma* pra que ele possa ser investigado?!"

"É por aí."

Heitor deu risada do absurdo. "E onde estavam os outros congressistas, que não viram essa lei ser passada?"

"De férias", Viny respondeu.

Capí apenas ouvia, soturno. Já sabia de tudo aquilo, claro. Provavelmente Atlas conversara com ele a respeito, nas poucas vezes que o pixie voltara à Korkovado durante as férias.

"Visto que minha mãe *ama* o Capí, vai ser super fácil convencê-la", Caimana ironizou.

Índio estava um pouco mais sério. "A gente nunca teve a ilusão de que o Alto Comissário seria realmente condenado, mas eu estava contando com pelo menos um julgamento *oficial* pra abalar a carreira política dele. Agora, se a acusação não for aprovada pelo Conselho Escolar, ferrou tudo! O canalha vai conseguir evitar o desgaste político que investigações e julgamentos públicos causam, e todo o risco que o Capí correu pra fazer a denúncia vai ter sido em vão."

"Ah, mas a gente não vai deixar que o *magnífico* Alto Comissário evite esse desgaste público, vai?" Viny se animou, e Caimana sorriu malandra para o namorado, "O que você tem em mente?"

"Abrir pra mídia! Chamar os jornalistas pra assistirem!"

"E o *meu* desgaste, Viny? Hein?!" Capí rebateu, machucado com a sugestão. "Você acha que os jornalistas vão ser gentis comigo?!"

Hugo se surpreendeu com a revolta do pixie, mas ele estava certo, não estava? Delicadeza não era o forte de muitos jornalistas.

Recostado na cadeira, as mãos enterradas nos bolsos, Índio concordou, "Capaz deles estamparem uma suposta culpa do *Capí* na primeira página do jornal."

"Mas tu tá do lado da *verdade*, véio! Se os jornais souberem da audiência, vão poder publicar todos os *seus* argumentos, passo a passo! Mesmo que a decisão da Dalila seja contrária a você no fim, todos vão ter lido suas acusações!"

"E aí eu passo por mentiroso publicamente."

Viny desistiu. "Tu tá certo, véio. Desculpa. Eu não pensei em você." Mas Capí parecia preocupado com outra coisa agora, e Atlas envolveu-o com o braço, "Não te preocupa, guri. Os teus torturadores não vão estar na audiência. Só o advogado deles. Tu não precisas ter medo."

"Peraí, advogado?" Caimana se espantou. "Eles vão poder ter um advogado?!"

"Infelizmente, é a nova lei. Só quem foi acusado tem direito a um advogado, nessas audiências informais. Quem acusa tem que acusar sozinho."

"Filhos da mãe!" Viny praguejou.

"O Capí vai precisar acusar todos eles de novo; desta vez dizendo nome por nome e contando passo a passo o que aconteceu diante do Conselho e de um júri escolhido pelo Conselho." Atlas olhou para Capí, "Nessa audiência, tu não vais poder acusar com um simples gesto de cabeça, como fez para o inspetor Pauxy, guri."

Caimana estava preocupada. "*Ninguém* vai poder falar pelo Capí? Tem certeza?"

"Nenhum especialista, pelo menos."

"Assim começa mal."

"Começa *péssimo*", Atlas corrigiu.

Vendo a preocupação nos olhos do aluno, no entanto, o professor esboçou um leve sorriso, dando um tapinha no ombro curvado de Capí para tentar reconfortá-lo. "Vai dar tudo certo, guri."

Hugo não sentiu muita firmeza na afirmação. Parecia mais que Capí estava sendo levado para ser queimado na fogueira, isso sim. Ele não poder ter um advogado era crueldade demais... Significava que seria obrigado a falar *sozinho*, na frente de estranhos, coisas que ele não havia se sentido à vontade de contar nem para os Pixies! Tinha de haver alguma alternativa. "Você disse que o Capí não pode ter um *especialista* falando por ele, mas e você, professor? Você não é um advogado! Você poderia defender o Capí, não poderia?!"

Atlas negou, sentindo visível remorso. "Tudo o que eu mais queria era poder ajudar, guri. Mas eu tenho um compromisso inadiável..."

"Como é que é?!" Hugo sentiu o sangue esquentar. "Você não vai nem assistir?! Vai abandonar seu aluno justo agora?!"

"Não exagera, Hugo", Capí pediu, manso.

"Eu não tô exagerando! Não é a primeira vez que o professor foge das responsabilidades dele!"

Deixar Capí se defender sozinho era covardia demais! Ainda mais ele, que era *pago* para defendê-lo, como Hugo descobrira no ano anterior! "É outra viagem, não é?! Confessa!"

Atlas baixou a cabeça, confirmando, e Hugo deu uma risada agressiva. Claro que ele ia viajar de novo! "Não viajou o suficiente nos últimos anos, né, professor?! Chegando atrasado para o ano letivo, não estando ali pra proteger o Capí contra a Comissão... O que mais?!"

"Eu não queria ter que ir. De todo o meu coração."

"Sei. Que tanto você viaja, hein?! Me diz!"

Capí baixou os olhos, incomodado. "Hugo, para."

Percebendo que se levantara da mesa para ficar mais alto que o professor sentado, Hugo procurou se acalmar. "*Desculpa.*"

Seu pedido havia sido direcionado ao pixie, não a Atlas. Capí vinha ficando tenso com qualquer discussão que acontecia perto dele, não aguentava a gritaria, e Hugo, arrependido com tom que usara, sentou-se de volta na cadeira, preocupado com o amigo, mas ainda revoltado contra o professor. Atlas recebia um salário *extra* do avô de Capí para protegê-lo! Por que, então, sempre dava um jeito de não estar presente quando o aluno mais precisava?! A vontade que tinha era de contar a todos sobre aquele salário secreto, mas revelá-lo só destruiria Capí ainda mais.

Hugo continuou encarando o professor com firmeza, até que Atlas desviou o olhar, incomodado.

"Véio, vai ser simples", Viny tentou animar o amigo. "Tu sabe o nome de todos que te torturaram, não sabe?"

O capixaba confirmou. "Nome, sobrenome, tamanho, apelido..."

"Então, véio! É só acusar todos eles!" Viny concluiu, como se fosse fácil. "A polícia vai ser obrigada a investigar a vida de cada um!"

Capí não estava tão confiante assim.

"Bah, eu quase ia me esquecendo..." Atlas tirou do bolso um papel dobrado e entregou-o ao aluno. "Tua convocação para a audiência."

O pixie abriu a carta e passou os olhos pelo texto. "*O Conselho Escolar convoca Ítalo Twice para a audiência do dia 28 de feverei...* Por que não colocaram meu nome inteiro? Isso não pode me prejudicar judicialmente? Omitir o 'Xavier'?"

Atlas negou. "Todo mundo sabe que a Dalila não te adora, mas desta vez ela está te protegendo fazendo isso, por incrível que pareça."

"Resguardando meu nome? Mas…"

"Foi um pedido meu e do Rudji, que ela, para nossa surpresa, acatou. Na magia, nossos nomes verdadeiros podem facilmente ser usados contra nós, tu sabes disso."

"Mas mentir em documento oficial não é falsidade ideológica?"

"Não necessariamente. Pela lei bruxa, é aceitável ocultar parte de um nome quando existe comprovado risco na divulgação do nome inteiro. No teu caso, como tu estás acusando alguém bastante poderoso, Dalila pôde omitir os dois Xavieres sem que a mudança precisasse constar dos autos. Isso talvez proteja o teu pai também, contra represálias. E os teus avós."

Capí entendeu, aceitando a proteção, mas Hugo ainda estava confuso. "Como assim, *dois* Xavieres? Teu nome não é Ítalo Twice Xavier?!"

"Meu nome original é Ítalo Xavier e Xavier. Quando meu pai me registrou, decidiu que ter dois Xavieres no nome era muito feio, então trocou o primeiro Xavier por *Twice*. Significa *duas vezes*, em inglês."

Viny revirou os olhos. Obviamente já sabia da história e a abominava por completo.

Hugo achou engraçado, "Então, seu nome oficial é Ítalo *Duas Vezes* Xavier."

"Pois é." Capí riu. "Por isso minha preocupação; me chamar de *Ítalo Twice* é alterar *totalmente* o meu sobrenome. Tem certeza de que eles não sabem meu nome verdadeiro?!"

"A Comissão dizia Ítalo Twice ano passado, guri. Em nenhum momento te chamaram de Xavier, então talvez não saibam. O fato é que, se o Alto Comissário não se deu ao trabalho de pesquisar a tua família antes, ele não vai poder fazer isso agora. Desde o fim do ano passado, em todos os teus documentos, tu constas como Ítalo Twice. Inclusive na tua certidão de nascimento e na tua carteira de identidade. Podes conferir."

Surpreso, Capí tirou a carteira do bolso. Lá estava seu novo nome. Ergueu as sobrancelhas.

"O mesmo feitiço apagou o teu sobrenome da lista que os chapeleiros fizeram no começo do ano passado, assim como dos teus documentos na escola. Nenhum resquício de Xavier. Magia serve para isso também", Atlas piscou.

"E a Dalila aceitou isso?!"

O professor confirmou. "E não te preocupa; eles nem vão ficar sabendo da mudança. A lei te resguarda quanto a isso também."

"Olha só! Uma lei que funciona! Estou impressionado."

Caimana riu sarcástica diante da ingenuidade do namorado. "Por que será, né, Viny, que justo esta lei funciona? Mefisto Bofronte nem vive mudando de nome."

"Ainda bem que teu pai está viajando, guri. Fausto não aparecendo na audiência, já vai ser uma ótima ajuda pra manter a tua identidade completa em sigilo. Quanto ao teu nome, por impedimento mágico, só tu podes revelá-lo agora. Se Dalila, ou qualquer outra pessoa, tentar fazer isso, vai ter um grande trabalho desenrolando a própria língua." Atlas riu. "Isso se não resolverem mudar a lei de novo."

"Ah, essa lei eles não vão mudar tão cedo, pode ter certeza", Índio alfinetou, com sua eterna antipatia pelo Alto Comissário, e Capí pediu licença, levantando-se, com dificuldade, para levar até a cozinha o prato intocado de mingau.

Levar o prato era apenas um pretexto, Hugo sabia, para que ele pudesse sair e ficar um tempo sozinho na horta que os Ipanema mantinham no quintal dos fundos. O pixie gostava de ficar lá, com a natureza e com seus obscuros pensamentos.

Finalmente longe dos ouvidos do aluno, Atlas olhou para os outros. "Ele está *péssimo*..."

Viny concordou, e todos saíram da mesa para se sentar nos sofás da sala de estar, desconsolados. Atlas deixou-se cair na poltrona. Parecia exausto, abrindo e fechando a mão esquerda como se estivesse enferrujada. "E o problema é que as coisas só vão piorar... Eu já participei de um desses circos, lá no Sul. Foi bem pesado." Atlas ficou um tempo em silêncio, o pensamento perdido no passado. De repente seus olhos se umedeceram de indignação; por tudo que estava acontecendo, pelo estado de seu aluno, pela frustração de não poder acompanhá-lo na audiência...

Então por que viajar justo agora?! Hugo não conseguia entender!

... Vai ver a viagem era *mesmo* inadiável...

Atlas enxugou as lágrimas, balançando a cabeça revoltado. "O guri não devia ter reagido... Ele está cansado de saber que o corpo dele não aguenta! Por que não ficou quieto?! Nada disso teria acontecido! Na hora de reagir contra o boçal do pai, ele não reage, né?! Mas contra *ELES*..."

"Capí nunca trataria o pai com nada menos que gentileza, Atlas, você sabe disso mais do que ninguém", Heitor retrucou, jogando uma azeitona na boca. "Assim como também nunca teria conseguido ficar calado por muito tempo vendo a violência da Comissão. Não são assim os verdadeiros heróis? Ficam quietos quando outros reagiriam; reagem quando outros ficariam quietos? Compaixão e coragem em equilíbrio?"

Viny negava inconformado. "Foi minha culpa. Eu que tava querendo reagir desde o começo. Desde antes de a gente perceber que era perigoso. O véio até me segurou bastante. Era capaz de eu estar morto agora se ele não tivesse me impedido. Mas aí foi ele lá e se jogou contra os canalhas por conta própria!"

"E vocês tinham alguma dúvida de que ele ia fazer isso?!"

Todos ficaram em silêncio. Heitor conhecia bem o filho de Luana Xavier.

"Era óbvio que ele ia reagir no seu lugar, Viny. Ele só estava esperando o momento certo e te impedindo de fazer primeiro. Até porque, se *você* tivesse reagido, explosivo como você é, eles realmente teriam te matado. Como mataram tantos no Nordeste."

Heitor voltou-se para o jovem professor, que continuava inconformado. "Seu guri fez o que todo ser humano decente deveria fazer, Atlas. Reagiu contra quem devia e não respondeu para o Fausto, que é um homem extremamente deprimido e não precisa ter um filho respondão, mesmo que às vezes mereça. É por isso tudo, pela pessoa doce e corajosa que Capí sempre foi e ainda é (apesar das circunstâncias), que eu tenho um orgulho imenso de recebê-lo como hóspede."

"Mas é duro demais ver o véio assim, Sr. Ipanema..."

"Eu sei, Viny querido", Heitor concordou, envolvendo a cabeça do genro com uma das mãos. "Eu sei."

CAPÍTULO 5

A PRIMEIRA CISÃO

Atlas ficou ainda alguns minutos com eles, antes de ir embora, e Hugo passou boa parte da hora seguinte acompanhando Heitor com os olhos, pensando na defesa que o pai de Caimana fizera do pai de Capí.

Às vezes, esquecia que Heitor e Fausto haviam sido amigos na adolescência. Antes de o zelador virar o ser ranzinza que era.

Heitor tinha perdido seus dois melhores amigos com o nascimento de Capí: Luana para a morte e Fausto para a depressão. Pouco tempo depois, perderia Dalila para Nero e o filho caçula no maldito divórcio, ficando com cinco meninas elfas para criar sozinho. Vários duros golpes no mesmo ano.

O fato de admirar tanto o filho de Luana devia servir de algum consolo. Pelo menos algo bom nascera daquela desgraça de gravidez, e agora o escritor parecia fazer questão de dar a ele todo o carinho que o Fausto antigo teria dado, mas que o novo Fausto jamais daria.

Naquela noite, Heitor sentou-se sozinho no canto da sala e ficou lá por um bom tempo, bebendo quieto. Não que o álcool fosse fazer qualquer diferença em seu organismo élfico, mas servia de distração para as lembranças dolorosas que deviam estar passando por sua mente; as cartinhas dos fãs esquecidas na mesa.

Quando a madrugada chegou, todos se despediram dele com respeito e foram dormir; Hugo aproximando-se por último.

"Luana sempre me apoiava, sabe? Dizia que eu ia ser um *grande* escritor", Heitor bebeu mais um pouco, desconsolado. "De que adianta isso tudo agora, se ela não está aqui pra ver?"

Hugo olhou-o com pena. "... *Boa noite, Sr. Ipanema.*"

"*Boa noite, querido.*"

Caimana subiu com Hugo em silêncio. Passara quieta aquele dia. Tensa.

Capí, claro, não deixara de notar. "Aconteceu alguma coisa, Cai?" perguntou, já deitado, enquanto ela entrava no quarto. Caimana desconversou, aconchegando-se em sua própria cama e desejando um boa-noite carinhoso para ele. No entanto, não fechou os olhos, com medo dos pesadelos que logo viriam.

Já não bastava Capí dormir três horas por noite, agora Caimana também ia entrar naquela?

"*Vai dormir lá na minha casa, Cai...*" Hugo sussurrou a sugestão, mas Caimana recusou o convite, "*Se ele perceber, vai estranhar.*"

Verdade. Como explicariam ela ter, do nada, mudado de casa?

Alheio à conversa, Viny entrava, começando a tirar os sapatos em silêncio. Parecia incomodado; pouco à vontade ali, mas disposto a tentar mais uma vez.

De repente, Caimana, que estava deitada de costas para o namorado, virou-se irritada, sussurrando: "*Não, Viny, eu não vou ler os seus pensamentos também, deixa de ser ridículo! É que os dele são fortes demais...*"

Viny parou o que estava fazendo, enrubescendo de raiva, e voltou a colocar os sapatos, indo embora do quarto e deixando uma Caimana pasma para trás.

"*O que foi que eu disse de errado, caramba?!*"

Hugo olhou compadecido para a elfa, "Você leu a mente do Viny, Cai."

"*Claro que não!*" Ela olhou desesperada para Índio, mas o mineiro concordou com Hugo, e a pixie tapou a boca, chocada. "*Eu juro que ele falou comigo!*"

Hugo fez que não com a cabeça, lentamente, e Caimana começou a chorar, com raiva de si mesma. Ela não conseguia ler a mente de todo mundo, mas as deles, sim. Deles, ela sempre conseguia, mesmo sem perceber. Talvez fosse a intimidade que tinha com os Pixies e que não tinha, por exemplo, com Atlas.

Arrasada, Caimana pensou em ir atrás do namorado, mas depois mordeu o lábio, insegura de si mesma, e se encolheu na cama, achando melhor deixar para outra hora. Ele devia estar muito irritado. Não seria bom discutirem naquele momento.

Hugo acordou duas horas depois com um ruído. O abajur ficava sempre aceso, a pedido de Capí, e ali estava ela, tapando novamente os ouvidos com o travesseiro, se acabando de chorar. Viny não tinha voltado, e Hugo ficou na dúvida se ela estava chorando por medo de perder o namorado ou de desespero mesmo, por estar vendo mais um pesadelo de Capí, que suava na cama, com os braços sobre os ouvidos, repetindo *Isso fica entre nós* aos murmúrios angustiados; a voz chorosa.

Decidindo que a culpa era do pesadelo, Hugo tirou Caimana dali, com cuidado de irmão, e foi deixá-la na companhia das irmãs, vermelha de tanto chorar. Diandra voltou com ele para o quarto dos Pixies, e Capí já estava sentado na lateral da cama, com as costas curvadas e as mãos sobre os cabelos suados, chorando desesperado, com medo de que aquilo não tivesse fim, mas baixinho, para que ninguém ouvisse. Diandra sentou-se delicadamente ao lado dele.

"*Desculpa, eu não queria incomodar ninguém...*"

"*Eu sei, querido. Eu sei.*" Ela fez um carinho nos cabelos do pixie, que não parava de tremer e soluçar. Hugo nunca o vira tão emocionalmente frágil. "*Como eu vou fazer sem você?...*" Capí perguntou, preocupado com o início das aulas. Diandra não poderia ir à Korkovado com eles, para ajudá-lo a dormir.

Ela o olhou com ternura, e a luz que irradiava dela iluminava o espaço. "Não se desespere, criança. Você precisa continuar sendo forte. Você é a base dos Pixies... Se você hesitar, os outros ainda não estão preparados para suportar o que você suporta. Você tem que resistir. Senão a Comissão vence..."

Capí concordou, enfraquecido.

"Eu sei que é difícil, mas você consegue. Sempre conseguiu."

Levantando-se com extrema delicadeza, Diandra o fez deitar-se novamente, pousando a mão sobre a cabeça do pixie e induzindo-o a adormecer de novo, desta vez com sonhos melhores. Não acordaria tão cedo. Precisava descansar mais do que qualquer um ali. Ainda mais agora, com o iminente massacre que ele teria de enfrentar um dia antes do início das aulas.

Diandra levantou-se devagar, para não o acordar, e foi ao outro quarto ver como a sobrinha estava. Hugo olhou para Índio antes de segui-la.

"*Vai lá, Adendo. Pode deixar que eu fico com ele.*"

Quando Hugo chegou, Diandra já estava consolando a sobrinha. "Caimana querida, está na hora de você ser treinada..."

A pixie negava. Estava assustada, suando frio; não queria ser telepata, não queria nada daquilo, e Hugo começou a entender a angústia que ela sentia.

"Eu sei que é assustador, criança. A telepatia é um dom torturante. Mas, por isso mesmo, você precisa treinar. Para aprender a controlá-la! A telepatia exige um eterno autocontrole. Não aperfeiçoada, torna-se um pesadelo..."

"*Por que e-u não po-odia ter um o-outro dom?! Qual-quer outro!*" ela soluçou, trêmula. Hugo nunca a vira apavorada daquele jeito...

"A gente vai te ajudar, querida. A gente vai te ajudar."

Caimana olhou para a porta fechada, com pena do amigo que dormia no outro quarto. "*Como ele vai conseguir se recuperar assim?! Revivendo a maldita tortura todas as noites? Eu tenho medo que ele nunca volte a ser quem era...*"

Diandra sorriu, recitando serena, "*Ossos quebrados? Sim. Mas a Bondade não é simples assim. Ela é alma, não é corpo. É como a vida, que animou a carne, com um sopro.*"* Ela fez um carinho na sobrinha, "Vem, vamos tomar um ar lá fora."

---

*   Poema do mequetrefe Lucas S. Souza, poeta e dançarino em quatro rodas.

Hugo saiu com as duas em direção às escadas; Caimana caminhando na frente, Hugo seguindo mais atrás, com Diandra. A elfa olhava compadecida para a sobrinha, "A intimidade que ela tem com vocês facilita a conexão mental. Por isso ela consegue ouvi-los com mais facilidade. Mas, daqui a pouco, estará captando os pensamentos de muita gente, e se não aprender a bloqueá-los, vai enlouquecer. Muitos telepatas enlouquecem. Ainda mais ao lado de alguém que sofreu o que Capí sofreu."

"E ele, como vai ficar?"

Caimana se livraria daquilo aprendendo a bloquear pensamentos, mas e Capí, que não podia simplesmente se livrar das próprias memórias?

Diandra olhou para Hugo, entendendo seu medo. "Só nos resta rezar pedindo que ele encontre forças para aguentar o tranco sozinho."

"Mas ele não vai estar sozinho. Vai estar com a gente!"

A elfa negou. "Vai estar sozinho, Hugo. Por mais que esteja com vocês. Todos que sofrem demais carregam a sina de nunca serem inteiramente compreendidos. Vocês podem até tentar ajudar, mas não viveram o pesadelo que ele viveu. Não sentiram na pele o que ele sentiu. É muito difícil para quem está de fora entender. Por mais que vocês tentem fingir que entendem, ele sempre se sentirá isolado, porque vocês realmente não fazem ideia do que ele passou."

"A Caimana sabe. Acho."

"Mas ela não pode mais deixar que ele entre. Ela é forte, muito forte; mais forte que o Viny, mais forte até do que o Índio e, quem sabe, do que você também, mas não tem nem a metade da força do Capí. Você viu isso ontem. O desespero dela. Ela não aguenta. É bem mais resistente que os outros, mas não aguenta."

Hugo concordou preocupado, ouvindo a elfa com profundo respeito.

"Ela tem que continuar ajudando-o, claro. Assim como vocês. Mas a muleta precisa ser mais forte que o carregado, senão quebra. Ela precisa treinar. Ouviu, criança?" Ela olhou para a sobrinha, que se voltou para abraçar a tia com força, as duas continuando a caminhar em direção ao primeiro andar.

Caimana e a tia desceram primeiro, e Hugo ouviu um "PARABÉEEENS!" estrondoso vindo de várias vozes animadas lá embaixo, advindas do que parecia ser a coleção-master-combo das tias da Caimana, dando as boas-vindas à mais nova elfa-completa da família.

Quando Hugo terminou de descer, uma Caimana um tanto atônita já estava sendo abraçada por uma tia atrás da outra, como num rolo compressor de abraços, enquanto Diandra ria da recepção levemente escandalosa das outras tias. Hugo sorriu. Coitada de Caimana. Claramente não sabia o que fazer, nem o que sentir, baratinada no meio delas. Sempre havia sido seu maior sonho ser recepcionada pelas tias daquele jeito, mas agora estava compreensivelmente confusa. O dom que sempre desejara havia se revelado uma maldição que ela não queria mais; acabara de sair de uma das memórias violentíssimas do amigo, e as tias ali, parabenizando-a por aquilo, no meio da madrugada, como se não soubessem o quanto ela estava sofrendo.

Só que as tias sabiam, e estavam pouco se lixando para aquilo. A única coisa que importava era que Caimana havia se tornado uma elfa completa, ao contrário da mãe medíocre dela. Faziam questão de lembrá-la daquilo a cada abraço apertado que lhe davam. "Que bom que você descobriu seu dom, Caimana querida!"

"... Agora você vai poder esfregá-lo na cara da lacraia da sua mãe!"

Tão evoluídas.

A tia mais gorducha estava numa empolgação só. "Imagina você lá, lendo os pensamentos de todo mundo, e aquela invejosa super morrendo de recalque!"

"Tia Clotilde!" Éster desaprovou. "A senhora *sabe* que o código élfico proíbe a invasão deliberada dos pensamentos dos outros!"

"Ups!" Ela tapou a própria boca com o dedo, rindo em seguida. Parecia que a sobrinha havia ganhado na loteria. E Viny, lá atrás, assistindo a tudo soturno.

Incomodado, ele saiu da sala, enfiando-se mais para dentro da casa.

Caimana percebeu, mas não pôde ir atrás do namorado. Ou ex-namorado, ela não sabia mais.

"Onde está o sorriso, sobrinha querida?" Zenóbia se aproximou da pixie. Hugo se lembrava bem da *grande* sacerdotisa, e do desprezo com que tratara Caimana no ano passado. Agora, era toda carinhos com a sobrinha. Elfa elitista do caramba. "Você tinha que ficar feliz, minha querida! Por não ser como a fracassada da sua mãe!"

Caimana concordava sem dizer nada, esboçando um sorriso que não traduzia o que estava sentindo. Tudo que ela mais quisera na vida era a admiração da família, e agora estava tendo! Como equilibrar aquelas duas emoções tão antagônicas? Hugo podia imaginar a aflição da pixie.

Percebendo que a irmã estava incomodada, Éster se aproximou, fazendo um carinho em seu rosto. Hugo viu os olhos de Caimana se encherem de lágrimas discretas. "*Eu tô com medo, Éster...*" ela confessou num sussurro, enquanto ele bloqueava, com o corpo, a visão das outras tias.

"Eu sei, querida. É um dom raro o que você tem. Causa inveja, atrai a curiosidade, provoca desconfianças, afasta as pessoas..."

Caimana se despedaçou ao ouvir a última parte. Estava apavorada, coitada.

"Dê um tempo para ele, Cai. Não é uma descoberta fácil saber que a namorada pode estar lendo qualquer pensamento seu."

"Ele devia confiar mais em mim!" ela choramingou revoltada, e Éster respondeu com carinho, "Ele está aqui, não está? Ele não foi embora."

Caimana olhou para a irmã, querendo se agarrar àquela esperança.

"Só está um pouco distante. Um pouco menos expansivo. Mas ainda fala com você. Ainda te abraça."

"Menos! Me abraça menos! Ontem ele nem ficou perto de mim pra me acalmar! O Índio é que me abraçou!" Ela chorou magoada. "Que espécie de namorado é esse, pô?!"

"Ele está tão assustado quanto você, Cai. É natural. E, assim como você, ele também precisa se acostumar."

Enquanto Hugo observava a conversa, aliviado que as tias agora brindavam entre si, distraídas, Diandra se aproximou, parando ao lado dele. "Seu amigo Viny se esconde em uma parede de alegria, você sabe disso, não sabe?"

Hugo assentiu. Havia visto aquela parede cair duas vezes no ano anterior.

Diandra meneou a cabeça, relativizando, "Acho que todos nós somos assim um pouco. Escondemos nossas emoções mais profundas. Só a Caimana é sempre inteiramente verdadeira quanto às emoções dela." A tia sorriu com ternura, "Quando ela está alegre, está alegre, quando está triste, está triste. Quando quer berrar, berra, quando quer dar um sopapo no Abelardo, dá… Isso é saudável! Mesmo que eu não concorde inteiramente com a última parte."

Hugo riu. Mas era angustiante ver Caimana daquele jeito. Ela não merecia a frieza do namorado, não depois de tudo que aturara por amor a ele. Afastar-se dela justamente agora, que ela estava vendo seu maior sonho se tornar um pesadelo, era muito egoísmo da parte dele. Por mais incômodo que fosse ter sua mente lida.

Tomando o caminho do corredor, Hugo encontrou Viny sentado no escritório de Heitor, pensativo, girando distraidamente um antigo globo terrestre, que havia sido encantado para que as caravelas ali desenhadas pudessem navegar através dos oceanos, algumas menos sortudas sendo engolidas por monstros pelo caminho.

"Você gosta dela?" Hugo perguntou sério, sem medo de estar se intrometendo. "Gosta de verdade?"

O loiro demorou a responder, ainda olhando o vazio, até que fez que sim com a cabeça.

"Então não deixa a Caimana segurar essa barra sozinha!"

"Olha quem fala."

"Meu caso com a Janaína é bem diferente."

Viny desistiu, concordando. Realmente, Caimana não tinha engravidado de outro homem, nem nada do tipo. Na verdade, não tinha feito nada de nada. Não era culpa dela o que estava acontecendo.

O loiro meneou a cabeça, inconformado. "Eu não queria deixar a Cai sozinha, mas tinha que ser telepatia?!"

"Você já sabia disso desde o ano passado. E tinha achado a ideia legal."

"Eu não pensei que fosse ser tão forte!" Ele desviou o olhar, e Hugo percebeu, surpreso, que as mãos do loiro tremiam. Ele estava com *medo* dela! Com pavor do que ela poderia ver! O que será que ele escondia ali dentro daquela barreira de alegria, como Diandra acabara de dizer?

Hugo se aproximou, pondo uma mão no ombro do pixie. "Confia na Caimana, Viny. Ela não vai mais ler a sua mente."

"Ela não tem esse controle!" ele gritou furioso, e as vozes cessaram lá na sala de estar. Tinham ouvido.

Revoltado, Viny saiu do escritório em direção ao jardim dos fundos. Queria ficar a sós, mas Índio o parou no corredor, irritado, impedindo-o de prosseguir.

"*Eu sei que a sua sensibilidade pra perceber os sentimento dos outro é do tamanho de um apito*", Índio murmurou raivoso, "*então deixa eu te dizer o que tá acontecendo aqui: ela tá apavorada. Apavorada com o dom dela, mas, principalmente, apavorada com a possibilidade de perder você, e cê não tá fazendo nada pra acalmar os medos dela. Ela já perdeu a mãe, já perdeu o irmão...; com o governo do jeito que está, o pai dela não tá lá muito seguro por causa do livro, e agora vem você, dando incerteza também. Como ocê acha que ela tá se sentindo?!*"

Viny baixou a cabeça, desviando o olhar para não encarar o mineiro, mas Índio continuou mesmo assim, "*Por que cê acha que ela aceita a sua pouca vergonha com os outros, hein?! Cê devia ter o mínimo de consideração!*"

O loiro se desvencilhou do amigo e saiu, agora com raiva dele também, e Índio bateu na parede irritado.

Não se recompôs ao perceber que Hugo estava ali.

"Bofronte escolheu a dedo", o mineiro afirmou taciturno, sem tirar os olhos do corredor por onde Viny desaparecera. "O Capí é a fortaleza do grupo. Se ele cair, os outros se desestruturam." Índio soltou um suspiro. "E já está acontecendo."

"O Capí não vai cair", Hugo insistiu.

"Tomara."

CAPÍTULO 6

O CONSELHO DOS TRÊS

Caimana e Viny passaram os últimos dias de férias bastante estremecidos; ele tentando ficar o *mínimo* possível perto dela sem que Capí notasse; ela procurando ocultar do amigo torturado a frustração e o ódio que estava sentindo do namorado. Às vezes, Hugo a via chorar de raiva às escondidas. Então se recompunha e voltava com um sorriso no rosto para animar Capí, que precisava desesperadamente ver rostos alegres.

Ele percebia que os dois estavam brigados, claro, não era cego. Mas também não era enxerido. Já havia perguntado uma vez, e Caimana desconversara. Era o suficiente para que não perguntasse de novo. Ainda bem. A audiência estava se aproximando e tudo de que o pixie menos precisava era descobrir que Caimana estava vendo seus pesadelos.

Seria no domingo, dia 28 de fevereiro, às 13 horas. Bem antes das 17, quando o Parque Lage fechava as portas aos turistas para que os bruxinhos pudessem chegar. As aulas começariam na manhã seguinte: segunda-feira, 1º de março. Entre um dia e outro estaria espremido o sempre ignorado aniversário de Hugo Escarlate, mas nem ele estava se importando muito com aquilo dessa vez. O que era uma festa inexistente de aniversário comparada à apreensão que os Pixies estavam sentindo?

Quando o dia da audiência chegou, todos almoçaram em silêncio. Capí olhando para a sobremesa com certa náusea, inclusive. Não conseguiria engoli-la nem que quisesse, na aflição em que estava.

Recebendo os abraços e desejos de boa-sorte de toda a família Ipanema, os cinco partiram para a escola. Nem Heitor nem as irmãs assistiriam. Caimana não queria que o advogado dos canalhas pusesse os olhos na família dela. Não era seguro, e a insistência de Heitor não conseguiu convencê-la do contrário. Ele já havia escrito um livro perigoso. Mesmo que, na capa, o nome dele estivesse enfeitiçado para que adultos não entendessem, aparecer na audiência seria brincar com a sorte.

Descendo a torre nanica, os Pixies entraram na escola pelo refeitório, como de costume. O salão, que era encantador normalmente, todo decorado com motivos élficos, havia sido intimidadoramente arrumado em formato de sala de julgamento: a mesa do Conselho ao fundo, junto a um púlpito de madeira, fileiras e mais fileiras de bancos longos, voltados para a mesa do Conselho como numa igreja, e uma mesa preta, com espaço para cinco jurados, disposta na lateral.

Felizmente, não havia ninguém ali ainda.

Olhando para aquele *circo* todo, Capí respirou fundo, bastante nervoso, e Viny deu-lhe tapinhas nas costas, lembrando-o de que ele não estava sozinho. Não que os Pixies fossem poder fazer muita coisa, mas já era um consolo.

Percebendo que seria muito angustiante ficar ali esperando, Capí seguiu para a praia da escola, meio nível acima. Pelo menos ali fora eles se distrairiam um pouco do que estava por vir, até que o refeitório se enchesse de jurados, professores e curiosos.

O clima na praia estava sombrio como os pensamentos do pixie. O céu nublado, prometendo uma chuva que eles esperavam que não viesse. Ela sinalizaria uma piora na depressão de Capí, e eles não queriam vê-lo ainda mais destruído.

Preocupados, Hugo e os outros foram deixar as malas em seus respectivos dormitórios e, quando Índio e Hugo voltaram, Capí ainda estava ali, sentado na escada, recostado no corrimão que levava ao refeitório. Um pé no primeiro degrau, um pé na areia. Os cabelos curtos bagunçados pelo vento forte.

Sentando-se ao redor dele, os dois ficaram esperando a hora passar. Era estranho ver a escola tão silenciosa. Hugo podia imaginar como haviam sido solitárias as férias do pixie ali durante todos aqueles anos.

Só aos poucos, professores e funcionários começaram a chegar, cumprimentando o aluno com imenso respeito antes de irem para suas salas e seus escritórios.

Logo, alguns alunos também foram aparecendo; talvez para chegarem à escola antes de todo mundo; talvez por curiosidade, querendo assistir ao espetáculo.

O tempo nublou mais um pouco…

"Capí, acho bom cê ficar feliz logo, senão a Caimana vai ficar irritada demais da conta."

Capí riu, olhando para as nuvens carregadas acima deles, que impediriam a elfa de pegar seu bronzeado. Logo, no entanto, algum pensamento o fez lembrar por que estavam ali, e ele respirou fundo, batucando no degrau com os pés, nervoso. Já dava para ouvir o murmúrio de pessoas e cadeiras sendo arrastadas lá dentro.

Caimana chegou do dormitório. "Não se preocupa, Capí. O Índio vai falar por você. Né, Índio?"

"Eu?!"

"Ele sabe tudo sobre leis", ela continuou, sem dar ouvidos ao mineiro. "Você não vai precisar dizer nada além dos nomes dos torturadores."

Índio estava olhando receoso para ela, "Eu não posso, Caimana..."

"Tá com medo?"

"Nunca!" ele respondeu ofendido, levando Caimana para um canto mais afastado. Hugo foi atrás. Não perderia aquilo por nada no mundo. Quando se aproximou, Índio murmurava discretamente para a elfa, "*É que isso pode prejudicar minha mãe no governo, e...*"

"Você tem medo de que eles se vinguem nela, como fizeram com o padrasto do Abel. Eu entendo."

Índio pensou em contestar, mas acabou aceitando que era aquilo mesmo. A imagem de Nero espatifado no saguão do Elevador Lacerda ainda estava viva na memória de todos eles.

O mineiro meneou a cabeça desconfortável. "Eu queria ajudar, eu juro. Mas minha mãe trabalha do lado deles..."

Caimana olhou com ternura para o amigo, "Eu entendo, Índio. Você não quer chamar atenção pra ela. Pode deixar que eu defendo o Capí. Minha mãe pode se ferrar à vontade."

Índio riu. "Coitada da Dalila."

Caimana respondeu com uma piscadela travessa e voltou para onde Capí estava, balançando os cabelos do pixie para diverti-lo um pouco. Capí riu, tentando se desvencilhar das mãos descabeladoras da elfa, enquanto Índio assistia a distância, em silêncio, incomodado com a posição que tomara.

"*Covarde...*" Hugo alfinetou, e Índio retrucou, fitando-o com ódio mortal, "Eu não vi ocê se oferecendo pra ajudar."

Hugo ficou mudo por alguns instantes, surpreso com a observação, mas se recuperou depressa: "Até parece que o Conselho ia dar ouvidos a um *faveladinho* como eu! Eu não tenho a credibilidade de um filho de ministra."

Índio fechou a cara. "Até porque era capaz d'ocê *defender* o Alto Comissário. Difícil resistir ao carisma sobrenatural dele, né?"

"Nada a ver!" Hugo se defendeu, ultrajado, mas achou melhor deixar quieto. Não estava tão certo assim de que o mineiro dissera uma grande mentira.

Mefisto falava muito pouco, mas as poucas palavras que dissera haviam tido um peso absurdo na consciência dele. Eram palavras e gestos cirúrgicos, que penetravam na alma das pessoas, mexendo tudo lá dentro, e tinham reverberado em Hugo, sim. Ele não podia negar. Sabia que Capí não estava mentindo sobre a tortura, mas também achava extremamente difícil acreditar que Mefisto participara de tudo aquilo. Não ele. Não o cara que matara um chapeleiro para salvá-lo, e curara aquele menininho, quando achava que ninguém estava vendo. Se Capí estava acusando aquele homem, Hugo acreditava no amigo, mas não fazia sentido! Alguém que tratava uma criança assustada com tanto carinho não podia ter ordenado a tortura de outra.

Índio sentou-se calado ao lado de Capí. Sabia que Hugo tinha razão. Ele era, de fato, filho de uma ministra da República. Suas palavras tinham peso. Mas Hugo dissera aquilo só de maldade mesmo. Índio estava no direito de querer proteger a mãe.

Vendo por aquele lado, Viny teria sido a escolha perfeita para defender Capí na audiência: estava pouco se importando com os próprios pais. Mas ser diplomático e racional não era uma das melhores habilidades do loiro, e colocá-lo para falar naquele tribunal seria o mesmo que jogar uma granada lá dentro.

"Ih, olha a Capeta chegando."

Areta estava toda linda e jovial como sempre, a desgraçada; os cabelos curtos e repicados agora exibindo mechas azuis em vez de vermelhas; a pele negra perfeitamente maquiada. "Napô! Você por aqui!"

Hugo fechou a cara.

"E esse aí, quem é?" ela perguntou, tentando ver Macunaíma, que se escondera depressa atrás dele e agora a olhava todo desconfiadinho.

"*Miau...*"

"Ih, o Macuna gamou nela, hein!"

"Não fala bobagem!"

Era um misto de desconfiança e encanto, na verdade, e aquilo deixava Hugo furioso. Quem Macunaíma achava que era para gostar daquela capeta?!

"Responde rápido, Escarlate: de que cor era o gato branco de Napoleão?"

"Ha-Ha, muito engraçada."

"Eu também te adoro, Napô." Ela virou-se para Capí, um pouco mais séria agora. "Bem que eu queria ficar, querido, mas recebi outras *incumbências* do Conselho. Acho que a lacraia leprosa está fazendo de tudo pra você entrar sozinho ali dentro."

Capí fitou-a com carinho. "Não tem problema, professora."

"Se prepare, querido, porque vem chumbo grosso por aí."

"Eu sei."

"*Arrasa!*" Areta sussurrou, piscando para ele antes de ir embora. No meio do caminho, cruzou com Viny.

"Tá bonita hoje, hein, 'fessora!"

"Tô sempre, meu amor. Não tenho culpa se você é cego."

Hugo deu risada, vendo-a seguir pela praia, toda poderosa. Já Capí estava passando mal de tão nervoso. Caimana amparou-o, enquanto duas pessoas um tanto indesejáveis se aproximavam em direção ao refeitório.

"*Dalila Lacerda, sempre lutando para fazer do Brasil uma Europa melhor!*"

A conselheira fingiu ignorar a provocação de Viny, escolhendo dar o troco em Capí, "*Olha ali, o irresponsável, Pompeu*", comentou com o segundo conselheiro, "*Passou as férias inteiras na casa dos 'amiguinhos', quando deveria ter assumido as tarefas do pai.*"

Capí desviou o rosto, sentindo-se quase culpado, e Viny se revoltou, "Ele foi torturado, sua vaca! Não consegue nem segurar o garfo direito e tu querendo que ele trabalhe?!"

Viny era o único que podia dizer uma loucura daquelas na cara da conselheira sem ser expulso. Precisavam demais do dinheiro dos pais dele para expulsá-lo.

Lívida de ódio, mas tentando manter a compostura, Dalila olhou com crueldade para Capí. "Torturado, sei. Isso nós vamos ver..." E começou a descer as escadas com a mais odiosa pompa. "A audiência começa em dez minutos."

Pompeu olhou para Viny antes de segui-la, "Tenha mais decoro lá dentro, Sr. Y-Piranga, ou terei de expulsá-lo do salão." E os Pixies ficaram novamente sozinhos na praia.

Caimana se aproximou de Capí, "Vai dar tudo certo. Você vai ver..." Mas o pixie olhou-a sem qualquer esperança nos olhos. Sabia que não era verdade. Para ele, nunca era fácil. Índio se aproximou. Pegando a mão direita do amigo, colocou nela um delicado terço de madeira com crucifixo de ferro, fechando a mão do pixie em volta dele. "Eu sei que espíritas kardecistas não costumam usar sinais externos de religião, mas sei também que vocês são cristãos. Talvez isso te dê forças."

Capí olhou agradecido para o amigo, e Virgílio completou, meio inseguro, "Eu ganhei o terço de um irmão franciscano. Achei que combinava com você."

Hugo entendia o receio do mineiro. Capí estava tão sensível que eles tinham medo de machucá-lo até com as coisas mais simples. Mas o pixie sorriu bondoso, aceitando o presente e abraçando a cabeça do amigo com o braço direito, "Combina perfeitamente, Índio. Obrigado."

O mineiro aceitou o agradecimento, segurando as lágrimas. Aquilo estava sendo duro demais para os Pixies...

Hugo já se arrependia de tê-lo chamado de covarde.

Enxugando o rosto, Índio checou seu relógio de bolso e se ergueu, endireitando-se. "Tá na hora."

O martelo de Dalila soou três vezes, e Hugo se ajeitou no banco, arrumando o sobretudo e a gravata com perfeição. Não queria fazer feio. Olhando para os bancos atrás de si, viu alguns alunos, vários pais e muitos desconhecidos lotando a plateia, mas nenhum professor. Dalila tinha dado um jeito de ocupar todos eles com outras tarefas, a filha da mãe.

Mais ao fundo, na plateia, estava sentado alguém que Hugo reconhecia. Arrumado impecavelmente de preto, como sempre, Benedito Lobo, chefe dos chapeleiros, esperava o início da audiência numa seriedade austera. Era mais escuro que seu filho Beni, com cabelos crespos impecavelmente cortados e penteados. Hugo não acreditava que o cínico tinha ido assistir. Havia mentido para o Brasil inteiro, declarando inocência quanto à hipnose dos alunos, alegando ter sido hipnotizado também.

Caimana estava inquieta. "*Quem são esses jurados?*"

Índio olhou para os cinco; uma mistura equilibrada de homens e mulheres um tanto normais, de 30 a 60 anos de idade, e deu de ombros. "Parecem honestos. Mas, pelo que eu ouvi dizer, só estão aqui pra aconselhar, e não pra decidir qualquer coisa. Já começa errado."

"Animais não são permitidos no recinto, Sr. Escarlate."

"Ele não é um animal", Hugo olhou sério para Vladimir enquanto acariciava Macunaíma, e o terceiro conselheiro achou melhor não argumentar, indo sentar-se ao lado de Pompeu e adicionando seus 120 quilos à mesa do Conselho.

Vladimir era legal, mas covarde. Não conseguia nem enfrentar um aluno! Quanto mais ir contra alguma decisão de Dalila Lacerda. Acabava sempre votando como ela queria.

Enquanto a elfa-mãe tomava seu lugar no centro da mesa, Hugo viu subir ao púlpito uma pessoa que não esperava: Adusa, o cão de guarda de Mefisto; sua postura curvada de bajulador nojento totalmente substituída por outra bem mais ereta e confiante, agora que seu mestre não estava presente. Continuava mortalmente pálido, no entanto. Os cabelos negros escorridos pelas costas, nojentos e despenteados como sempre, mas a roupa escura desta vez tão impecável quanto a de Benedito Lobo.

Caimana se alarmou, sussurrando para Índio atrás dela, "*O que esse cara tá fazendo aqui?! Atlas não tinha dito que os torturadores não iam aparecer?!*"

"Acho que ele é o advogado."

"*Ele pode?!*"

Índio deu de ombros. "Ele é formado pela Academia Nacional Bruxa de Advocacia. Por que não poderia?"

Hugo olhou surpreso para Adusa. Advogado?! Não imaginava que o capacho de Mefisto fosse inteligente àquele ponto.

Vendo Capí baixar os olhos, tenso ao ver Adusa, Caimana se levantou da cadeira. "Está decidido. Eu vou fazer a defesa. Capí, você não precisa dizer uma palavra na frente dos seus torturadores, está me ouvindo? Quem tem que se defender aqui é Mefisto Bofronte, não você. Você é a vítima!"

Capí aceitou, baixando a cabeça e deixando que ela falasse em seu lugar.

Caimana deu um passo à frente. "Senhora conselheira, eu solicito a permissão do Conselho para representar Ítalo Twice na condição de amiga dele."

Antes que Dalila pudesse contestar, Caimana a cortou: "Não é contra as regras."

Dalila abriu um sorriso velado. "Que assim seja, Srta. Ipanema, mas a senhorita tem noção de que é apenas uma adolescente de 18 anos, ainda não completos, sem qualquer competência ou condição de fazer essa defesa."

"Quem não tem condições é o Capí, e isso não é uma defesa. Quem vai precisar se defender aqui é outra pessoa." Caimana lançou um olhar acusador na direção de Adusa, que quase deu um passo atrás com a determinação da aluna, enquanto Dalila arrumava os papéis na mesa e dizia "Bom, tanto faz. Ao que parece, esta palhaçada de audiência vai ser rápida, visto que não há evidência alguma de que houve qualquer tortura, e…"

"Como assim, não há evidências?! O corpo dele tá todo machucado!"

"O corpo do Sr. Twice está sempre todo machucado, querida."

Caimana abriu a boca para contestar, mas Índio pôs a mão em suas costas, aconselhando calma. "A audiência nem começou ainda, Cai."

"*E já está péssima!*" Caimana sussurrou, tentando se acalmar. Não queria prejudicar Capí.

Dalila bateu o martelo de novo (como ela adorava aquele martelo), dando início aos procedimentos, "Senhoras e senhores, estamos aqui reunidos hoje, dia 28 de fevereiro, Dia da Família, para julgar a procedência da acusação de *tortura* feita pelo aluno Ítalo Twice contra Mefisto Bofronte, Alto Comissário da República, e Ustra Labatut, general-mor da Comissão para a Ordem e a Moralidade Pública (COMP), em fins do ano passado, após dito aluno ter ficado seis dias e sete noites *supostamente* desaparecido."

Viny começou a batucar com os pés, tentando se segurar para não *supostamente* pular no pescoço de Dalila, observando Adusa ser chamado por ela ao púlpito. O canalha obedeceu com muitíssimo prazer, dando um passo à frente e se instalando no que parecia ser seu lugar favorito. "Adusa está aqui na condição de advogado das vítimas da acusação e…"

"*Vítimas?!*"

"*Calma, Viny.*"

"*Como é que eu posso ter calma ouvindo o que essa vaca tá falando, Índio?!*"

Hugo só tinha olhos para o advogado; todo o desprezo que sentia por ele dobrando de intensidade, enquanto o asqueroso informava ao público que seus clientes não compareceriam à audiência por serem homens muito ocupados com o bem-estar da nação e blá-blá-blá…. A cara de pau era gigantesca.

Enquanto ele falava, Dalila olhava para Capí com um prazer de dar raiva. Que tanto ódio ela tinha dele?! Era muito maior que o ódio que sentia pelos outros Pixies, por algum motivo. Talvez elitismo. Desprezo pelo filho do zelador. A elfa ainda vestia preto, ostentando sua posição de viúva como se fosse um troféu. 'Distinta' viúva Lacerda.

Assim que Adusa terminou sua introdução, ela retomou a palavra. "Descreva o que você sofreu na dita 'tortura', Sr. Twice. Em detalhes."

Capí olhou cansado para Caimana. Não queria se expor assim… Não na frente de todo mundo… Não se expusera assim nem para os Pixies… E Caimana foi em sua defesa. "Vai adiantar alguma coisa ele contar os detalhes? Se o que ele disse até agora não fez nenhuma diferença, de que adianta expô-lo assim?"

"Talvez ele tenha mais mentiras a contar, quem sabe."

Caimana cerrou os dentes com raiva, mas manteve o controle, olhando para o chefe dos jurados. "Já não há provas suficientes de que foi tortura?!"

"Indícios, Srta. Ipanema, e não provas. Com indícios não se condena ninguém. Muito menos um Alto Comissário da República."

Dalila se reclinou na cadeira, sentindo-se muito bem com ela mesma. "Onde teria sido essa suposta *tortura*, Sr. Twice?"

A palavra 'suposta' estava tirando Hugo do sério.

Capí baixou a cabeça, respondendo num murmúrio oprimido, "Ali no quinto andar. Na Sala das Lágrimas."

A confirmação de que havia acontecido na escola causou comoção entre os pais na plateia, e Pompeu se levantou enérgico da mesa do Conselho. "Isso é um acinte! O aluno quer mesmo que a gente acredite que ele foi torturado *aqui*?! Esta escola tem uma tradição de quase 200 anos!"

"Acalme-se, Pompeu querido. Sr. Twice, responda-me mais uma coisa, antes que eu passe a palavra ao Sr. Advogado: se esses jurados aqui presentes, ou a polícia, forem a essa tal *Sala das Lágrimas*, eles encontrarão qualquer indício de que o senhor foi torturado lá?"

Capí olhou surpreso para a conselheira. Então baixou os olhos, fazendo que não com a cabeça. "A sala se refaz sempre que quem entrou primeiro sai."

"Que conveniente! Um absurdo que este moleque venha aqui, sem provas, acusar a escola de negligência."

"Ele nunca acusou a escola de nada!" Caimana o defendeu.

"Sei."

"Mas EU acuso!"

Índio tentou parar Caimana antes que ela se comprometesse ainda mais, mas a pixie o ignorou. "Eu não só acuso a escola como acuso também vocês do Conselho Escolar! Por terem sido avisados repetidas vezes sobre o desaparecimento dele e não terem feito nada!"

A plateia murmurou surpresa.

"... E não fizeram nada porque Bofronte os amedrontava e ameaçava! Como ainda está fazendo!"

Dalila recostou-se tranquilamente na cadeira. "A senhora tem provas disso? Mostre-as para mim."

Vendo que Caimana não tinha como mostrar nada, Dalila voltou o olhar para Capí. "Se nós formos a essa tal 'Sala das Lágrimas', poderemos ao menos encontrar o *local* da dita tortura? O calabouço, ou o que quer que seja, onde o torturaram?"

Caimana olhou com ódio para a mãe. "Você sabe muito bem que não." E Dalila sorriu sutilmente para a filha, muitíssimo satisfeita. "Adusa, ele é todo seu."

O advogado pareceu surpreso por ela ainda querer sua ajuda. Ajeitando-se no púlpito, iniciou seu colóquio com a voz quase rouca que tinha.

"Como vocês já devem ter percebido, a acusação do jovem Twice não procede. Não há fotos, não há indícios no local do crime, não há *sequer* local do crime, como a digníssima viúva Lacerda tão gentilmente assinalou. Segundo me foi confirmado pelos oficiais que efetuaram a prisão *injusta* de meus clientes, o Sr. Ítalo Twice nem ao menos pronunciou os nomes do Alto Comissário e do Sr. Ustra Labatut no momento da acusação. Apenas concordou, com um gesto de cabeça, quando o inspetor *exonerado* Pauxy Cardoso sugeriu os nomes, após *longa hesitação* por parte do aluno, constituindo isso prova de sua *incerteza* quanto ao que estava confirmando."

Caimana não aguentou ficar sentada. "O Ítalo não teve dúvida alguma, Sra. conselheira! O que ele teve foi medo!"

"Não está na sua hora de falar, mocinha."

"Ele tinha acabado de ser TORTURADO por aqueles homens, senhores!"

"Srta. Ipanema!"

"Não estava em nenhuma condição de acusá-los sem hesitação naquele momento! Não *na frente* deles! Ele tinha sido ameaçado caso contasse!"

Dalila ergueu as sobrancelhas, fingindo interesse. "Ameaçado?!"

"Ameaçado, sim! Eles ameaçaram machucar uma colega nossa, caso contasse!"

"Quem?"

Caimana hesitou. "Eu não sei quem, mas..."

"Prove."

"A Sra. Minha Mãe está aqui para julgar o caso ou para ajudar o advogado deles?!"

Vladmir deu risada ao lado de Dalila, que olhou feio para o colega antes de virar-se novamente para a filha. "Se a senhorita deixar o Sr. advogado continuar falando, quem sabe eu não precise mais ajudá-lo, querida."

Caimana ia argumentar, mas acabou sentando-se novamente, revoltada.

"Eu agradeço, Sra. Lacerda", Adusa retomou a palavra. "Como eu estava dizendo... além de o Sr. Twice ter hesitado na hora de acusar meus dois clientes, não havendo sequer pronunciado seus nomes, há mais um detalhe que não se encaixa, senhores jurados: segundo consta na acusação, o Sr. Twice teria desaparecido por... uma semana? É isso, Sra. Lacerda?"

"Exatamente. Do dia 28 de setembro até a manhã do dia 4 de outubro."

Adusa olhou diretamente nos olhos de Capí. "E não é verdade também, Sra. Lacerda, que, nos dias subsequentes ao provável rapto do Sr. Twice, de fato ao longo de todos os seis dias em que ele teria ficado desaparecido, os chapeleiros bateram de sala em sala procurando o aluno?"

"Sim."

"*Como* então, nobres cavalheiros, poderiam os chapeleiros estar procurando alguém que já estivesse na posse deles?"

"Eles estavam fingindo!" Viny respondeu irritado. "Fingindo que não sabiam onde o Capí estava!"

Pompeu riu. "Vocês estão indo longe demais com suas mentiras."

"*Mentiras?!*" O rosto do pixie estava lívido de ódio.

"Mentiras, Sr. Y-Piranga", Adusa concluiu na mais absoluta calma. "E eu tenho como provar. A começar pela mentira do desaparecimento."

"Mas ele desapareceu!!!"

Com uma das mãos, Adusa ergueu acima da cabeça uma pasta de couro recheada de folhas de pergaminho. "Eu tenho aqui as listas de presença de todos os alunos da Korkovado referentes àquela semana."

Viny cerrou os olhos, sabendo que estavam perdidos, e Adusa desceu do púlpito, distribuindo as folhas entre os jurados, para que pudessem analisá-las. "Como os senhores podem ver, o Sr. Ítalo Twice figura em todas elas."

Hugo sentiu o coração afundar enquanto os jurados examinavam as folhas com interesse, conversando entre si.

"Sugiro que verifiquem as chamadas feitas entre segunda-feira, dia 28 de setembro, e sexta-feira, dia 2 de outubro, coincidentemente ou não, aniversário do Sr. Twice. Como vocês podem ver, senhores, segundo os próprios professores da Korkovado, o aluno em questão esteve presente a *todas* as aulas que ele afirma ter faltado durante a dita 'tortura'."

Viny estava atordoado. Já Capí não parecia nem mais estar presente; seu olhar em outro mundo, totalmente derrotado.

"Como os senhores podem ver, não tinha como o aluno estar sequestrado e ao mesmo tempo frequentando todas as aulas. Que espécie de sequestrador solidário é esse, que libera o aluno para estudar?!" Adusa debochou.

"Srs. jurados!"

Dalila revirou os olhos. "Lá vem minha filha interromper de novo. Querida, seu pai não lhe ensinou bons modos, não?"

"Aparentemente faltou uma mãe lá em casa", Caimana alfinetou. "Srs. jurados, este senhor acabou de dizer que os chapeleiros bateram em todas as salas de aula e não encontraram o aluno! Como explicar isso, então? Cegueira?!"

Adusa abriu um sorriso. Estava adorando ter uma adversária inteligente. "Quem tem que me explicar por que ele estava fugindo da inspeção é ele, Srta. Ipanema."

"Ele não estava fugindo! Ele estava com vocês!"

Adusa e Capí trocaram olhares. Havia uma estranha cumplicidade entre os dois... como se um respeitasse o outro de alguma forma, e Hugo não via como aquilo podia ser possível! Que diabos estava acontecendo ali?!

"Srs. jurados, vocês não podem levar essas listas de presença em consideração", Caimana implorou. "A escola estava vivendo um período de Terror! A

Comissão punindo severamente qualquer aluno que faltasse, até mesmo com a expulsão! Os professores estavam *protegendo* a gente ao nos dar presença!"

"A senhorita está sugerindo que os professores desta escola teriam acobertado faltas de alunos, Srta. Ipanema? Pense bem antes de confirmar, porque falsificação de documento oficial é um crime grave."

Caimana fitou-o, sem palavras, voltando o olhar para os Pixies, que também não sabiam o que dizer. Não podiam tirar Capí da berlinda ameaçando o emprego de todos os professores que os tinham protegido. Inconformada, ela não teve outra escolha a não ser sentar-se novamente. Ingenuidade deles terem achado que podiam enfrentar um advogado de Mefisto Bofronte. Não havia a menor possibilidade.

Caimana baixou os olhos derrotada.

"Provado então que o Sr. Ítalo Twice não faltou a nenhuma aula ano passado, está constatada a mentira dele. Os excelentíssimos Srs. Mefisto Bofronte e Ustra Labatut não apenas não são culpados de tortura como também não houve tortura alguma…"

"Então, como o senhor explica isto?!" Caimana perguntou como último recurso, "Capí, tira a camisa."

O pixie fitou-a surpreso; quase magoado por ela ter pedido.

"*É pro seu próprio bem, amigo*", Índio sussurrou, concordando com a elfa, e Capí acabou consentindo, contra a vontade.

Desconfortável com aquilo, ele se levantou e começou a desabotoar a camisa com a mão direita, a única que funcionava, precisando da ajuda de Índio para tirá-la por trás, devido à dor aguda que ainda sentia nos ombros.

Quando a camisa finalmente saiu, uma onda de espanto se espalhou pelo salão. Até Vladmir ficou surpreso, vendo os hematomas ainda aparentes, as cicatrizes espalhadas pelo torso, um festival de queimaduras… e as 'asas', principalmente as asas… a mais espantosa das cicatrizes: dois profundos cortes paralelos nas costas, onde os músculos haviam sido cavados até quase o osso, provavelmente por Ustra.

Capí não falava a respeito, mas somente Ustra poderia ter sido tão sórdido.

Com delicadeza, para não traumatizar ainda mais o amigo, ela pediu a ele que se virasse de costas para o Conselho. "Os ferimentos vão até a sola dos pés. Se isso não é tortura, eu não sei o que é."

Os jurados estavam pálidos. Confusos até. Olhavam novamente para as listas de presença, tentando encontrar uma explicação para aquilo; alguns não conseguiam tirar os olhos do corpo do aluno. IMPOSSÍVEL que todas aquelas cicatrizes tivessem sido feitas em um único fim de semana, como as listas de presença pareciam dizer.

O símbolo dos Pixies continuava bem visível nas costas de Capí, provavelmente queimado a ferro em brasa, próximo ao ombro direito. Hugo podia interpretar como cada uma daquelas cicatrizes haviam sido feitas, exceto uma série de curiosas marquinhas espalhadas pelo corpo, como se algum pequeno animal houvesse mordiscado a pele do pixie, arrancando pedacinhos de carne. Capí poderia esclarecer o mistério, mas Hugo nunca perguntaria. Nenhum deles perguntava. Capí contaria quando, e se, quisesse contar. No tempo dele.

"Eu só vejo cicatrizes e hematomas", Adusa rebateu, com uma tranquilidade enervante. "Nada que indique alguma coisa além de uma briga particularmente violenta entre alunos. Quanto às queimaduras, não vejo razão para espanto, visto que o Sr. Twice vive envolvido em atividades perigosas na escola, como destruição de fogueiras, trato com mulas sem cabeça e outros seres lançadores de fogo. Lembrando que o aluno é também professor de Segredos do Mundo Animal e lida diariamente com animais violentos."

Você tem resposta pra tudo, né, seu filho da mãe?! Hugo engoliu o ódio sem dizer nada.

"Como eu já havia dito, Sr. advogado", Dalila se intrometeu, querendo aparecer, "essas marcas não são novidade alguma para o jovem Twice."

"Não?!" Caimana rebateu. "Eu gostaria de chamar aqui a doutora Kanpai."

Hugo olhou surpreso para trás. Não havia visto a japonesa na plateia, mas lá estava ela, levantando-se com inegável profissionalismo.

"Kanpai foi quem tratou do Ítalo a vida toda", Caimana explicou, virando-se para a médica. "Doutora, a senhora, que esteve com ele alguns minutos depois do resgate, confirma o que o Sr. Adusa acabou de dizer? Que os ferimentos podem ter sido o resultado de uma briga ou feitos por animais da escola?"

Kanpai negou, olhando com desprezo para Dalila. "Como médica formada pelo Instituto Nacional de Medicina Bruxa, eu atesto que essas são inequívocas marcas de tortura. Feitas por *adultos*, não por adolescentes. E os únicos adultos que estavam nesta escola naquela semana, além dos professores, que conhecem esse menino desde bebê, eram os Comissários."

"Isso é calúnia!" Adusa se exaltou finalmente. "Essas acusações são absurdas, conselheiros! Tudo que o Alto Comissário deseja é o bem desses meninos. Se quisesse torturá-los, havia meios mais sutis de fazê-lo! Usando magia, por exemplo! Só um bruxo idiota deixaria tantas marcas como provas do crime!"

A imunidade... Ele estava querendo que revelassem a imunidade de Capí para todos.

Hugo olhou tenso para Viny, que pensou rápido. "A não ser que Bofronte quisesse mandar um recado!"

"Para isso existem os pombos, Sr. Y-Piranga."

Parte da plateia riu, e eles dois se entreolharam, evidenciando desprezo mútuo, até que Adusa deu o golpe fatal. "Conselheira, eu não consideraria confiável o testemunho de uma doutora que é INCAPAZ de curar um único ferimento de seu aluno, como ficou mais do que provado aqui, hoje, diante dos senhores."

Os Pixies se entreolharam surpresos. Não previram que ele pudesse enveredar para aquele lado.

"Dito isso, sugiro que o depoimento desta falsa doutora não conste nos autos. Recomendo também a imediata demissão desta farsante e a exclusão do nome dela da lista de médicos certificados pelo governo, visto sua flagrante incompetência."

Kanpai ficou pálida; Caimana e Viny se levantando chocados, vendo que Dalila já escrevia algo em relação à sugestão dele.

"Você não pode fazer isso!"

"Claro que posso, queridos. Ela é claramente uma péssima profissional."

Capí olhava aflito para a doutora, querendo falar, mas Índio o manteve quieto, tentando acalmá-lo, enquanto Adusa continuava a destilar seu veneno. "É só verem essas escoriações, senhores. São marcas que qualquer aluno de Segundo Ano daqui faria desaparecer com um simples toque de varinha!"

Olhando para seu paciente e então para Dalila, Kanpai respirou fundo e disse com frieza exemplar: "Se a senhora acha que deve me demitir, faça isso. Eu admito que fui incompetente na cura deste jovem."

"*Kanpai, não...*" Capí murmurou, tentando se levantar de novo, mas Índio o segurou pelos ombros. Não permitiria que Capí fizesse aquela loucura. A doutora evidentemente concordava. Preferia ser condenada como falsa médica do que ver o aluno que protegera durante 17 anos ser transformado em um rato de laboratório. "Mas eu lhes garanto, senhores: qualquer outro especialista confirmará meu diagnóstico de tortura. Vocês podem ter certeza."

Dalila riu. "Isso dito por uma profissional irresponsável, que volta sem metade da perna depois de uma aventura infantil..."

"Isso faz décadas! Eu fui proteger meu irmão!"

"... deixando a escola sem médica durante quase *seis meses* para ir atrás de dois adolescentes em uma caça ao tesouro idiota!" Dalila se levantou. "É melhor mesmo que uma inconsequente dessas fique longe deste colégio. Tirem esta farsante daqui. Ela será julgada em outro tribunal, bem mais oficial que este."

Capí se levantou. "Ela não é uma farsante!"

Índio enterrou a cabeça nos braços, "*Não, Capí... não faz isso...*", mas sabia que era inevitável. Capí nunca deixaria que alguém se ferrasse por causa dele.

"Nem farsante, nem muito menos incompetente! É uma das melhores médicas deste país!"

Adusa riu. "Não é o que parece, garoto, a julgar por seu estado físico..."

"*Capí, deixa! Fica quieto!*"

"Não, Viny! Eu não vou ficar quieto! Não posso deixar que façam isso com ela!"

Inconformado, Viny chutou o banco da frente, e os outros Pixies se entreolharam tensos. Kanpai e Atlas haviam guardado aquele segredo por tanto tempo... Graças aos Céus Viny havia desistido de chamar a imprensa. Aquilo teria sido um prato cheio para os jornalistas.

"O aluno está estressado, Sra. conselheira", Kanpai tentou desviar a atenção, mas Dalila impediu-a de continuar, dirigindo-se a ele: "Sua defesa da doutora é comovente, Sr. Twice, mas a incompetência dela está mais do que óbvi..."

"Eu tenho corpo semifechado! Magias não funcionam em mim!"

Dalila sorriu, extremamente satisfeita, ouvindo o murmúrio de surpresa que se espalhava pelo auditório enquanto o pixie prosseguia: "Feitiços não me afetam. Nem os de ataque, nem os de cura. Por isso a doutora não conseguiu me curar. Ela não é incompetente. Me curar com magia é uma impossibilidade!"

"Mmm..." Dalila não parecia surpresa. Sempre soubera, a desgraçada! Só dissera aquilo tudo para incitá-lo a revelar! Para que ele se destruísse por conta própria! "E como o senhor conseguiu este feito, Sr. Twice? Que eu saiba, fechar o corpo é uma magia praticamente impossível de fazer."

Capí olhou para Caimana, que tinha os olhos cheios d'água. "Eu nasci assim."

Um novo murmúrio de espanto percorreu a plateia, e Hugo olhou para trás, já vendo olhares cobiçosos entre os adultos. Uma imunidade de nascença nunca havia sido vista antes. Se estudada, poderia levar a possíveis descobertas no campo da cura, das proteções mágicas, da imortalidade até. Dalila deu um meio sorriso, também percebendo a intensidade dos olhares. Iam destruir o Capí. Principalmente se aquilo chegasse ao conhecimento da imprensa... E chegaria, Hugo não tinha dúvidas.

"Pode verificar", Capí desafiou, estendendo o braço para que Dalila testasse.

"Eu não vou me rebaixar ao seu nível, garoto. Se for verdade o que diz, a doutora é uma irresponsável em dobro por ter escondido sua condição da comunidade médica, omitindo uma imunidade de nascença que poderia ajudar a medicina bruxa a avançar *séculos* no futuro! Isso também será julgado. Mas o crime dela não está em discussão aqui, e sim sua MENTIRA sobre a tortura!"

"Vale salientar", Adusa adicionou, "que o jovem não apresenta qualquer marca de amarras nos pulsos, nem de mordaças, que caracterizariam tortura, e não uma briga qualquer."

"Marcas desse tipo são temporárias, não se faça de sonso!" Caimana retrucou. Mesmo as marcas de arame farpado, tão profundas na época, agora não passavam de pontinhos insignificantes na pele. "Mas qualquer um de nós pode testemunhar como ele estava amarrado quando o encontramos!"

Pompeu se endireitou na cadeira. "Infelizmente, Srta. Ipanema, o Conselho não pode aceitar como válidos testemunhos de amigos de infância do acusador."

Claro que não.

"E ele?" A pixie apontou para Vladmir. "Ele viu! Ele viu as marcas das amarras quando Ítalo mostrou os pulsos pra ele, na frente do Alto Comissário e do Ustra, no momento da acusação."

A plateia se calou para ouvir a resposta do terceiro conselheiro, mas o bonachão começou a negar com a cabeça, apavorado. "E-eu n-não vi nada, não!"

Caimana o olhou com desprezo. Covarde... Capí sempre o ajudava quando ele pedia, e agora, nada.

"E MEU TESTEMUNHO, VALE?!"

A voz chegara em alto e bom tom, e todos se voltaram, vendo Rudji na porta. A plateia ficou em silêncio.

"Eu não sou amigo de infância deles."

Inabalável, Adusa andou até os jurados, escolhendo com atenção entre as listas de presença espalhadas na mesa enquanto o alquimista japonês dava seu depoimento: "Os alunos me chamaram e eu vi o jovem Twice em estado deplorável, jogado na neve, desacordado. Conheço uma briga entre alunos quando vejo uma. Aquilo definitivamente não foi uma briga, conselheiros. Foi tortura, e envolveu várias pessoas. Um verdadeiro massacre."

Pompeu se reclinou na cadeira. "Obrigado, Sr. Yoshida, mas o senhor não está na lista das testemunhas, portanto seu testemunho não constará dos autos desta audiência."

"Mas não existe lista de testemunhas!"

Dalila sorriu cínica, "Então."

Murmúrios perplexos de indignação se espalharam pela plateia.

"Isso é inaceitável!"

"*Inaceitável* é um professor vir aqui querendo desrespeitar regras milenares de processo."

"Milenares…" Rudji riu sarcástico. Aquilo não era um julgamento criminal.

"E o senhor é irmão da médica. Está certamente tentando ajudá-la inventando tais relatos."

Vermelho de ódio, Rudji estava prestes a contestar quando Adusa o interrompeu com um dedo. "Não será necessário invalidar o testemunho dele, conselheira Lacerda. É inclusive bastante esclarecedor quanto à capacidade que este professor tem de mentir." Notando a perplexidade do japonês, Adusa selecionou três listas de presença e levou-as até Rudji. "O senhor reconhece sua assinatura aqui?"

O professor hesitou, acabando por responder que sim.

"E o nome de Ítalo Twice consta nestas listas, nos dias em que ele supostamente estava 'sumido', sendo 'torturado', etc.?"

Sem olhar para os papéis, Rudji foi obrigado a confirmar. "Consta."

"Obrigado." Adusa voltou para seu lugar.

Rudji olhou para os Pixies, pedindo desculpas com os olhos, mas eles entendiam. O professor precisava daquele emprego, por mais que quisesse ajudar, e não poderia colocar em risco os empregos de todos os outros professores.

Caimana se lembrou de um detalhe importante e ergueu-se de repente. "E a Furiosa?"

"Que furiosa, querida?" Aquele *querida* de Dalila estava dando nos nervos.

"A antiga varinha do Capí! Ela foi enfiada no estômago dele e quebrada ao meio! A gente não tem o cabo, mas tem o resto dela! Vocês vão encontrar lá as impressões digitais do Alto Comissário, eu tenho certeza!"

Hugo se surpreendeu. Como não pensara naquilo antes?!

Adusa abriu um leve sorriso. "Boa tentativa, Srta. Ipanema, mas todos nós sabemos que Mefisto Bofronte pegou na varinha de seu amigo, ano passado, usando-a na tentativa de dominar o unicórnio dele. Há testemunhas. Muitas, na verdade."

A pixie ficou sem palavras. Não tinha o que dizer.

Filho da mãe.

Adusa já ia adicionar mais algum detalhe ao argumento quando um mensageiro o interrompeu, cochichando algo em seu ouvido e entregando-lhe uma carta, que ele passou a ler enquanto Viny se levantava com uma sugestão: "Quem sabe um teste de DNA nesses arranhões possa mostrar os donos das unhas que fizeram isso."

"Isso não será necessário", Adusa afirmou, um sorriso satisfeito surgindo em seu rosto enquanto continuava a ler a carta.

"Como assim, não será necessário?!"

"Esta audiência não reconhece práticas azêmolas sem sentido como essas, Sr. Y-Piranga", Dalila asseverou. "Pode se sentar."

"Mas isso é um absurdo! Se existe o teste, vocês têm que fazer, sua bruaca!"

"DESACATO!"

"Não precisa me defender, Pompeu querido. Na condição de ex-presidiário, o Sr. Y-Piranga nem poderia estar opinando neste tribunal…"

"Ex-presidiário?!"

"… o que comprova ainda mais a espécie de companhia criminosa que o Sr. Ítalo Twice costuma ter."

"Sua ridícula! Foi você que denunciou o Viny em 97, por algo que ele nem fez!"

"REITERO", Dalila elevou a voz por cima dos protestos da filha, "a afirmação do advogado: o teste não será necessário. Isto no corpo do Sr. Twice é claramente o resultado de uma briga selvagem entre jovens, com certeza provocada pelo Sr. Twice, que nunca foi muito bom das ideias."

"Essa é tua opinião PROFISSIONAL?!" Viny gritou exasperado, dirigindo-se ao júri, "Vocês vão deixar que ela faça isso?!"

"… E, como provocador da briga, ele será punido de acordo com a lei de número…"

"*Mas não houve briga!*" Caimana se levantou para contestar, e foi interrompida pelo dedo de Adusa. "Temos uma confissão."

"Uma o quê?!"

Adusa ergueu ao alcance da vista de todos a carta que estivera lendo. Era escrita à mão. Numa letra que Caimana parecia reconhecer.

"Eis uma carta, escrita de próprio punho e *assinada* pelo jovem Abelardo Lacerda…"

"O Abel?!" Caimana arregalou os olhos, não querendo acreditar.

"… na qual o aluno confessa, com todas as letras, ter sido atacado pelo referido Sr. Ítalo Twice, razão pela qual teve de revidar, em defesa própria, causando as escoriações, os cortes, os hematomas, etc. etc. etc."

"Isso é um absurdo!"

Até Dalila estava pálida agora. Não sabia da carta.

"Juntando a esta confissão o conjunto enorme de evidências que demonstram a ausência de um sequestro, acho que podemos dar o caso por encerrado."

"Deixa eu ver essa porcaria!" Caimana se adiantou, irritada, e arrancou a carta das mãos dele, lendo seu conteúdo. "*Filho da puta...*"

"Ei!" Dalila protestou, mas Caimana escolhera o xingamento com plena consciência do que ele significava.

"Deixa eu ver?" Hugo se aproximou, lendo a carta por sobre os ombros da elfa. Nela, o anjo confessava ter deixado Capí desacordado na Sala das Lágrimas. Dizia que o pixie sempre tivera inveja dele, e que aquela inveja havia explodido depois de uma provocação de Abel. Irritado, o pixie revidara pulando em cima do anjo, e Abelardo apenas se defendera, com certa veemência, querendo dar um presente de aniversário inesquecível ao pixie.

"Mãe, você vai deixar que eles façam isso?!" Caimana se aproximou, tentando apelar para o instinto materno de Dalila. "Você sabe muito bem que o Abel foi coagido a escrever essas mentiras, não sabe?! Ele pode até ter escrito com imenso prazer, mas foi ameaçado."

Dalila sabia, claro, mas não negaria a confissão do filho. Tinha medo deles também.

"Senhores!" Caimana se virou para os jurados. "Vocês não viram como o Ítalo estava quando a gente encontrou ele. Meu irmão NUNCA teria sido capaz de fazer uma coisa daquelas. Mãe! Você sabe disso!"

Adusa apoiou o cotovelo no púlpito, bastante relaxado. Virando-se para os jurados, achou por bem esclarecer o contexto da carta, "Parece que o Sr. Abelardo Lacerda e seu grupo de amigos têm uma longa história de rivalidade com a gangue denominada '*Pixies*', da qual o acusador Ítalo Twice faz parte."

"*Gangue*?!"

"Um grupo de alunos que vandalizam esta instituição de ensino, picham paredes, causam alvoroço e organizam variadas atividades ilegais dentro da Korkovado, como os senhores poderão atestar perguntando a qualquer aluno."

Caimana se intrometeu, "Os senhores também podem *atestar* que ele é o aluno mais pacífico daqui e nunca, em um milhão de anos, entraria numa briga com ninguém! Muito menos com o Abelardo, que ele vive defendendo, apesar de o Abel não merecer!"

Capí baixou a cabeça. Havia um leve rancor em seus olhos. Ou seria tristeza? Abel e a mãe sempre haviam desejado destruir o filho do zelador. Agora estavam tendo a oportunidade de pisar em cada pedacinho que restava do pixie.

"É realmente comovente a fé que vocês depositam em seu amigo." Adusa olhou para Capí, que desviou o rosto. "Mas as provas são incontestáveis. Temos as listas de chamada, temos uma confissão assinada..."

"Essa confissão é uma mentira!" Caimana estava chorando. "Ela e o Abelardo estão sendo ameaçados por esses aí! Será que vocês não percebem?! Só uma ameaça seria capaz de fazer uma mãe afirmar, em audiência pública, que o filho é um torturador!"

"Devo entender, Srta. Ipanema, que você está acusando seu próprio irmão de estar mentindo? Mentir em um julgamento é perjúrio e dá de um a três anos de cadeia. Quer mesmo continuar? Eu posso levar sua acusação a sério, se você quiser."

"Filho da mãe!" Caimana desistiu, desesperada. Estava entrando em pânico! O cara era mestre em encurralar as pessoas!

Adusa a interrompeu, "Devo esclarecer para os presentes que o membro do conselho ao qual a senhorita Caimana Ipanema também está acusando de falso testemunho é *mãe* da mesma."

"Eu só *nasci* dela", Caimana murmurou com ódio.

"... E que isso não passa de uma rixa entre elas."

"Não é nada disso! Senhores, ele está invertendo as coisas!"

Não tinha mais jeito. Hugo sabia, Caimana sabia, todos eles sabiam que ela só estava gastando saliva agora. O resultado daquela palhaçada já havia sido decidido muito antes de eles pisarem ali.

Pelo menos Caimana havia sido brilhante e deixado grande parte da plateia na dúvida. Aquilo seria importante para Capí, que provavelmente ouviria menos acusações toda vez que andasse pelos corredores da escola. Os argumentos da elfa seriam repassados de ouvido em ouvido, e os alunos tirariam as próprias conclusões.

Pompeu levantou-se cerimoniosamente. "Antes de concluirmos, veio a meu conhecimento que era desejo do Sr. Ítalo Twice nomear todos os seus supostos *torturadores*, inclusive os dois cujos nomes ele não chegou a pronunciar no ato da acusação e que, portanto, ainda não foram acusados oficialmente; quais sejam: Bofronte e Ustra. O aluno deseja fazê-lo, para efeito de registro?"

Capí olhou resoluto para Viny. Aquela era a chance que tinha de forçar alguma investigação contra os culpados, mesmo que fosse não oficial, feita por algum membro do júri, por jornais que se interessassem, por alguém! Precisavam manchar o nome dos comissários ao menos um pouquinho... mesmo que os canalhas acabassem não sendo presos.

Da forma como tudo estava se desenrolando, era possível que o nome de Ustra nem *aparecesse* nos jornais, visto que o cretino quase não havia sido mencionado na audiência! Ustra não poderia se safar assim.

Respirando fundo, enquanto a plateia esperava em silêncio – Adusa e Benedito Lobo parecendo estranhamente confiantes – , Capí se ergueu, decidido.

Já ia começar a falar, quando um terceiro comissário entrou na sala.

E toda a coragem do pixie ruiu.

CAPÍTULO 7

O CÃO

Assim que Capí ouviu o primeiro estalar das esporas no chão, Caimana desmoronou na cadeira, apertando fortemente as têmporas com as palmas das mãos, como se aquilo pudesse protegê-la contra a enxurrada de imagens que lhe invadiam a mente.

Hugo se virou para trás, só então percebendo quem havia entrado. Capí estava tão sensível a ele que o reconhecera pelo som das botas…

"E então, guri, quem tu acusas de te terem torturado?!" Ustra repetiu a pergunta, lá de trás, e Capí baixou a cabeça, suando frio, enquanto o general gaúcho aproximava-se lentamente pelo corredor central, adorando a tensão que causava em todos, mas nele em especial. "Que foi, filhote? O gato comeu a tua língua?"

Sentando-se, de propósito, no banco mais próximo a Capí, na fileira oposta, Ustra recostou-se relaxado, com as botas para cima, e as mãos do pixie começaram a tremer. Era quase imperceptível, mas Hugo, ao seu lado, notava. A mera *presença* do general o oprimia. Ustra não precisaria fazer mais nada além de permanecer ali para mantê-lo calado.

Vendo que Caimana estava sem condição mental alguma de prosseguir com a defesa do amigo, Índio se levantou, assumindo o lugar da elfa, "Isso é altamente irregular, Srs. conselheiros! Ele está intimidando o aluno!"

"Ele não fez nada contra o garoto, Sr. OuroPreto."

"A presença dele é mais do que suficiente! O mínimo que deveriam fazer era impedir os torturadores de entrarem na audiência! Isso é intimidação, pura e simples!"

"O Sr. Labatut é membro do governo federal e, como tal, não pode ser expulso." Pompeu encerrou o assunto. "Sr. Twice, quais eram as pessoas que o senhor queria acusar nominalmente?"

Capí não estava mais prestando atenção. Sua mente tinha ido para outro lugar. Um lugar muito mais obscuro. Claramente podia sentir o olhar de águia do general lhe penetrando a alma, mesmo sem olhar para ele, enquanto Ustra o mirava com um sorriso debochado, ciente do poder que exercia sobre o garoto.

"Sr. Twice, nós não temos o dia inteiro…"

"*Eu não me lembro.*"

"Como é?" Dalila provocou triunfante. "Acho que não ouvi direito."

"Eu não me lembro!" Capí repetiu com a voz trêmula, murchando na cadeira.

Viny exasperou-se, "*Véio! O que tu tá fazendo?! Claro que tu lembra! Diz logo! E começa com o nome desse canalha!*" Ele apontou para Ustra, mas Capí tremia, os olhos rasos d'água, escondendo o rosto, inconformado consigo mesmo.

Índio olhou feio na direção de Viny, inclinando-se para confortar o amigo, "*Calma, Capí. Tá tudo certo. Ele não pode fazer nada contra você aqui, calma.*"

Enquanto isso, Dalila sorria satisfeita lá na frente. "Não se lembra dos nomes? Que interessante. Memória fraca não é uma das condições que constam de seu histórico. Muito bem, vamos nos reunir em conselho para deliberar. A próxima audiência será marcada para daqui a dois meses, ocasião em que daremos nosso veredicto. Quem sabe o senhor se lembre até lá."

Pompeu já ia bater o martelo quando Índio o interrompeu, "Espera! E o azêmola? Não vai testemunhar?"

"Quem?!"

"O bandido que acusou Ustra de tortura! O Ítalo pode não ter dito o nome do general, mas o azêmola disse com todas as letras!" Índio olhou com ódio para Ustra, que abriu um sorriso cafajeste, sabendo que não daria em nada.

"A palavra de um azêmola não tem valor em um tribunal bruxo, Sr. OuroPreto", Pompeu respondeu. "De qualquer forma, o azêmola em questão já teve sua memória devidamente apagada, para o alívio de toda a comunidade bruxa mundial."

Murmúrios de revolta foram ouvidos na plateia. Os outros Pixies baixando os olhos em doloroso silêncio, com a confirmação do apagamento, enquanto Índio protestava, "Ele estava sob custódia policial! Não podiam ter feito isso! Não antes do julgamento!"

"É preciso zelar pela segurança do mundo bruxo, querido. Podemos continuar agora? Ou quer que eu te proíba de participar da audiência seguinte?"

Espumando de raiva, Índio voltou a se sentar.

"Dando prosseguimento aos trâmites", Dalila repetiu, "a próxima e definitiva audiência acontecerá daqui a dois meses, quando uma decisão será tomada com base nos argumentos e nas evidências de hoje, e em qualquer novo detalhe que o acusador queira acrescentar, caso sua memória volte ao normal."

Pompeu bateu o martelo, encerrando o massacre, e Capí foi o primeiro a sair, mancando, destroçado, sob os olhares e cochichos da plateia. Hugo se levantou depressa, para não deixar o amigo sair sozinho, e os outros Pixies logo seguiram os dois até a praia.

Ficaram sentados na areia enquanto a plateia esvaziava o salão; alunos indo para seus dormitórios, pais e jurados saindo da escola pela torre nanica.

Faltava ainda uma hora para as 5 da tarde, quando os outros alunos começariam a chegar pelo parque.

Viny sentou-se na areia ao lado do amigo. "Vai dar tudo certo, véio, tu vai ver."

"Ah, claro", Capí disse em um tom brando de sarcasmo, ainda abalado. Aquela audiência tinha sido esmagadora.

Enquanto conversavam, Hugo pensava em algo que Adusa dissera.

Só um bruxo idiota deixaria tantas marcas como provas do crime...

Com aquilo dando voltas em sua cabeça, ele perguntou: "Não teria sido mais inteligente matar o Capí e sumir com o corpo, em vez de ter que passar por tudo isso? Em poucos meses, parariam de procurar. Nunca nem desconfiariam de tortura."

Índio negou. "Libertar o Capí foi uma cartada de gênio. Pensa bem, adendo. Ninguém ia deixar o sumiço dele quieto. O Alto Comissário já tinha percebido como os alunos gostavam do Capí, a ponto de se arriscarem para defendê-lo. Então, o que ele faz? Permite que a gente encontre o Capí, com todas as marcas da tortura no corpo, pra que as cicatrizes dele intimidem os que estejam *pensando* em fazer alguma coisa contra a Comissão. Depois, deixa que Capí o denuncie, para então desacreditar o aluno na frente de todo mundo, acabando com ele no tribunal. A reputação do Capí vai por água abaixo, e com ela qualquer chance de uma oposição, percebe?! Ninguém em sã consciência, mesmo que acredite em nós, vendo tudo isso acontecer a ele, vai querer bater de frente com Bofronte, como ele bateu. Para os que acreditarem na audiência, Capí passa a ser um mentiroso. Pode se esgoelar o quanto quiser que não vai fazer a mínima diferença. Perdeu a credibilidade, perdeu a saúde, perdeu tudo. Bofronte só *ganhou* em ter deixado ele vivo. Ainda mais agora, que forçaram o Capí a confessar a imunidade. Agora, os jornais vão cair em cima dele. Capaz do Capí virar o vilão aos olhos de muitos por aí."

Pior que fazia sentido.

Hugo olhou para a porta do refeitório. Caimana ainda não saíra de lá, por algum motivo. Alguns poucos alunos permaneciam na praia, conversando; volta e meia dando a ocasional olhada na direção de Capí, tentando ser discretos.

Não estavam fazendo um ótimo trabalho.

Adusa saiu do refeitório para fumar na praia, e Viny murmurou venenoso, "Olha aí o cretino. Como é o nome dele mesmo?!"

"*Medusa*", Hugo respondeu, olhando desafiadoramente para o advogado, que lhe devolveu um olhar de igual antipatia, enquanto Viny ria do apelido.

Decidindo não dar atenção ao que os pirralhos diziam, Adusa caminhou até a beira-mar. Fumaria longe dos Pixies, observando as ondas revoltas.

Pelo menos Ustra não subira com ele.

"E aí, véio? Gostou do apelido? MEDUSA?"

"Deixem o cara em paz…" Capí repreendeu-os em tom cansado.

"Tu tá defendendo o crápula?! Que foi? Ele te deu doce na tortura, foi?!"

Ítalo olhou magoado para o loiro, que se deu conta do quanto tinha sido insensível. "Desculpa, véio. Eu não quis dizer isso." E tentou refrasear, com um pouco mais de ternura, "É que eles são todos uns monstros sádicos e fascistas, véio…"

Capí negou com a cabeça, os braços apoiados sobre os joelhos. "Adusa pode não ser a bondade em pessoa, mas ele foi o único dos quinze que não me tocou."

Hugo ergueu a sobrancelha, surpreso. Lembrava-se de Adusa não ter sido nada bonzinho com ele próprio, empurrando Hugo com violência contra a parede quando o flagrara seguindo Mefisto de madrugada.

Viny parecia igualmente surpreso e, depois de alguns segundos de pasmo silêncio, resolveu insistir, "Pode não ter te tocado, mas também não te ajudou."

"Olha, só de ele não ter feito nada, já foi uma grande ajuda."

"Acho que ele fez bastante agora, né?!" Viny retrucou sarcástico, e Capí foi obrigado a concordar. Adusa havia sido *cruel* na audiência…

Mesmo assim, uma parte do pixie ainda parecia respeitar aquele cão de guarda bajulador, e Hugo não conseguia entender como!

"Ele me deu conhaque pra beber quando eu não estava aguentando mais."

"Conhaque?! HA! Graaaaande ajuda! E como exatamente te transformar num alcoólatra te ajudou?"

"Foi um gesto de compaixão, Viny! Eu estava morrendo de frio, jogado num chão gelado de pedra, sangrando, sozinho. O conhaque me aqueceu, me alimentou. Ajudou a diminuir a dor. E, de qualquer forma, com ou sem conhaque, a mera presença dele lá era de certa forma reconfortante. Pelo menos UMA pessoa ali dentro não concordava com o que estavam fazendo comigo. Aquilo me deu forças pra me agarrar ao pingo de humanidade que ainda me restava."

"Se ele não concordava com a tortura, por que não te ajudou a sair de lá, então?! Isso sim teria sido auxílio de verdade. Tu tá sendo muito condescendente."

A distância, Adusa tinha voltado os olhos para Capí, e os dois trocaram olhares durante uns bons segundos; Adusa fumando. Até que o advogado desistiu da praia. Dando uma última tragada, jogou a guimba do cigarro no mar e foi embora.

"Talvez eu esteja mesmo sendo condescendente", Capí concordou. "Mas eu não podia pedir que ele traísse o próprio pai."

"Ah, então o pai dele estava na tortura também. Grande coisa. E o que o grande papai dele ia fazer se…"

"Ele é filho do Bofronte."

Todos se calaram surpresos. O próprio mar parecia ter parado de fazer barulho. Viny riu, "Tá de gozação."

Ninguém precisou ver os olhos cansados do pixie para saber que não era piada. Quem dera fosse. Teria sido a primeira dele em meses.

Índio olhou sério para o amigo. "Filho *filho*, ou filho *afilhado*?"

"Filho filho."

Viny riu incrédulo. "Conta outra, véio! O Adusa deve ter uns 40 anos de idade… Bofronte tem 50, no máximo! A conta não bate! A não ser que ele tenha tido um filho aos 10."

"Bofronte é mais velho do que a gente pensa."

"Tá… 52, então."

Capí olhou-o nos olhos, negando com a cabeça, "As aparências enganam, Viny."

Índio aproximou-se do amigo, "Você ouviu alguma coisa a esse respeito lá?"

O pixie negou, "São os olhos dele. Os olhos parecem ter visto muita coisa. Às vezes, o modo de ele falar, o jeito como ele lê as pessoas… a paciência que ele tem."

Viny observava o amigo com pena. "Tu voltou de lá conhecendo aquele crápula a fundo, né?"

"Mais do que ele gostaria… Mais do que eu gostaria", Capí completou com amargura, demorando-se em silêncio antes de prosseguir, "De qualquer forma, ele ser mais velho foi só uma impressão que eu tive. É também a única explicação pra pouca diferença aparente de idade entre os dois."

Viny ouvia pensativo, quase distante, até que perguntou, "Como um cara tão feio pode ser filho daquele homem?!"

Índio ergueu a sobrancelha, surpreso com o comentário. Logo o Viny?! Dando o braço a torcer quanto à beleza do Alto Comissário?!

O loiro riu, "A mãe desse Adusa deve ser um tribufu."

"Mefisto não se importa que sejam feias. É a inteligência que o atrai."

Índio olhou estranho para Hugo, "Como cê sabe?"

"O grilo falante me contou."

"Pivete abusado..."

Enquanto os dois trocavam gentilezas, Viny conjecturava encafifado, "Ou isso, ou esse Medusa deve ter alguma doença muito séria pra ser tão feio. Enfim, nada apaga o fato de ele ser um sacana que não te ajudou a fugir. Que diferença faz o Bofronte ser pai dele?! O cara tem 40 anos de idade na cara! Por que ainda obedeceria ao pai?"

"Por amor?"

"Fala sério, Capí. Nenhum filho amaria um crápula daqueles."

"Amaria, sim, Viny", Capí suspirou amargo, "e faria de tudo pra buscar a aprovação do pai. Eu falo por experiência própria."

Viny fitou o amigo. "Tu só admite que teu pai é um boçal quando tu tá cansado, né, véio?"

"Eu só falo *bobagem* quando eu tô cansado, isso sim", Capí rebateu exausto. "De qualquer forma, não é só o Adusa que ama o Alto Comissário. Beni também ama, lembra?"

"Aquele Bofronte tem doce, só pode. Pra tu estar defendendo ele também."

Capí se levantou dali, decidindo que não queria mais falar sobre o assunto. "Eu preciso arrumar o refeitório antes que meu pai chegue de viagem."

Percebendo a mágoa do amigo, Viny olhou preocupado para Hugo e resolveu ir atrás, ansioso por se desculpar.

Índio se levantou também, limpando a areia das calças. "Vem, adendo. Vamos lá ajudar na arrumação, que o Viny não vai mexer um dedo."

O mineiro acertou em cheio. Quando entraram, lá estava o loiro, tentando pedir desculpas e justificar o que dissera, enquanto Capí recolhia, sozinho, todo o lixo deixado entre os bancos. Era impressionante a cara de pau daquela gente. Primeiro, massacravam o filho do zelador na frente de todo mundo, depois esperavam que ele limpasse e arrumasse toda a bagunça, como se tivesse sido contratado para aquilo!

Capí fazia sem reclamar, até porque não queria que o pai descobrisse sobre a audiência, e Viny tagarelando ao seu lado, "Desculpa, véio. Eu não quis dizer aquilo. Mas é que o cara te torturou! E com o objetivo de encontrar e massacrar professores e pais de família! Me dá raiva ver todo mundo ainda respeitando o filho da mãe!"

"Vai ajudar, não, cabeção?" Índio agachou-se para pegar uma bola de papel antes que Capí o fizesse. "E você, senta aí."

Capí obedeceu, sentando-se em um dos bancos enquanto Índio e Hugo transformavam os outros em miniaturazinhas de banco, fáceis de guardar num saquinho.

"No início, descobrir a localização dos rebeldes era o objetivo dele, sim, mas depois, lá pelo terceiro dia de tortura, aquilo deixou de interessá-lo. Quando ele percebeu que eu não ia contar."

"Então por que continuou te torturando?!"

"Porque aí EU passei a ser a obsessão dele. Ver até onde eu aguentava, num misto de respeito e raiva por eu conseguir. Ele continuava perguntando sobre os rebeldes, sobre vocês, sobre quem eram os outros Pixies, mas eu vi a mudança nele. Ele não estava mais querendo descobrir de verdade. Só me testar."

"Ah, véio... claro que ele queria que tu falasse."

"Se quisesse, saberia exatamente o que fazer pra me forçar a contar."

"Torturaria outra pessoa na sua frente", Caimana completou, aparecendo para ajudá-los. "É a única forma que eu veria você contando alguma coisa pra eles."

Considerando a sugestão da elfa, Índio percebeu chocado, "A Gislene estava sob o poder deles, não estava? Hipnotizada?!"

Capí assentiu, e Viny praguejou, "Filhos da mãe..."

"Ustra queria fazer o diabo com ela, na minha frente, mas Mefisto não permitiu."

Recebendo um novo influxo violento de memórias do amigo, Caimana cerrou os olhos, tentando suprimir as imagens nojentas de Ustra com Gislene que lhe assaltavam a mente, sem muito sucesso. Hugo sabia como devia estar sendo difícil. Tinha visto pessoalmente o que Ustra era capaz de fazer com crianças sob seu absoluto controle. O beijo que ele dera em Gislene não saía de sua cabeça. Canalha filho da mãe.

"Mefisto não queria me deixar sem opção. Queria me testar; ver até onde eu aguentaria sofrer por rebeldes que eu nem conhecia direito. Como se daquilo dependesse a fé dele na humanidade." Capí olhou para Hugo, antes de voltar-se novamente para o loiro. "Se ele usasse a Gi, eu talvez me sentisse obrigado a contar. Não seria uma escolha. É essa compreensão que ele tem das pessoas que me assusta. Ele não é um perdido qualquer em busca do poder absoluto. Ele quer controle. Ele nos entende. Ele observa, analisa... não ignora nenhum detalhe. Não se acha SUPERIOR a ponto de ignorar detalhes."

"Tu tá mesmo elogiando o cara."

"Não é isso."

"É isso, sim!"

"Viny, só entendendo e respeitando um inimigo é possível derrotá-lo. Naqueles dias de tortura, eu entendi o Alto Comissário. Ele é extremamente cativante, profundamente complexo e, eu te garanto, vai ser muito difícil de derrotar."

Os Pixies se entreolharam preocupados. Capí verificou a hora em seu relógio de bolso; logo o pai chegaria de viagem.

Não aguentando de ansiedade, ele se levantou e voltou a ajudar na arrumação, o mais rápido que seu corpo permitia, indo buscar o saquinho das mesas em miniatura e arremessando-as, uma a uma, em seus respectivos lugares do refeitório. As mesinhas, lançadas ao ar, transmutavam-se para seus tamanhos reais assim que caíam no chão. Apesar de ser bem mais fácil do que sair arrastando mesas pesadas e cadeiras por aí, no entanto, Capí não tinha o ombro mais saudável do mundo, e Hugo tirou rapidamente o saquinho de sua mão, começando a fazer aquilo por ele.

"Você acha mesmo que vai conseguir esconder do seu pai a tortura e a audiência, com todo mundo na escola sabendo?"

Capí confirmou, com uma certeza incômoda no olhar. "Ninguém nunca conversa com ele. Os esnobes porque se julgam superiores; os outros porque não gostam de cara feia. Ninguém vai contar. Até porque vão presumir que ele já sabe."

"E os jornais?" Índio perguntou, colocando uma cadeira no lugar.

"Meu pai nunca se interessou pelo noticiário bruxo. Não se sente parte da comunidade, já que nunca foi aceito como um membro dela. Acho que vai ser relativamente fácil mantê-lo no escuro."

"E se ele notar as cicatrizes?"

O pixie olhou para Hugo por alguns segundos antes de baixar os olhos e responder o óbvio.

"... Ele não vai notar."

Sob o peso do silêncio desolado dos outros, Capí saiu para guardar os saquinhos na antiga sala da Comissão, agora retornada à sua função original de depósito de bugigangas, e Caimana aproveitou a ausência do amigo para desabar numa das cadeiras, profundamente transtornada. "*Desculpa, gente, mas eu não posso mais.*"

"Não pode mais o que, Cai? Tá tudo bem?!" Os três se viraram para ela, espantando-se com o estado de ruína emocional da elfa. Ela tremia, coitada; seus olhos azuis inchados de tanto chorar...

"Não posso ficar nem mais um minuto na mesma escola que o Capí."

CAPÍTULO 8

A PARTIDA

Caimana empurrou mais uma roupa na mala, tirada do armário do namorado. "Mas, Cai!"

"Eu não aguento mais!" a elfa insistiu, quase gritando. Então baixou a voz, percebendo que falara alto demais, *"Eu não consigo mais ficar perto dele... Ele pensa naquela maldita tortura a cada minuto, coitado! É insuportável! Não sei como ele ainda não enlouqueceu!"*

Ela nem chegara a desarrumar a mala das férias, mas havia roupas que deixara na bagunça de Viny, ao longo dos anos, de que talvez fosse precisar no treinamento: vestidos que ela não usava, tiaras élficas, joias de cristal, coisas do tipo. Afinal, treinaria com as melhores elfas telepatas do mundo em Foz do Iguaçu. Não poderia fazer feio enquanto aprendia a bloquear seu dom.

"Digam pro Capí que eu fui porque minhas tias me obrigaram, sei lá."

"Independência ou mort... Mas já?!" Dom Pedro perguntou, surpreso ao ver a elfa saindo com a mala. "Senhorita! O ano ainda nem começou!"

Os quatro ignoraram o quadro do Imperador e seguiram pelo pátio interno até a praia, descendo as escadas em direção ao refeitório, onde, graças a Merlin, Capí não estava mais. Atravessaram, então, a porta de saída; Viny indo atrás da namorada atordoado à medida que ela subia as imensas escadas espiraladas que davam no Parque Lage.

"Mas como a gente vai fazer sem tu aqui, Cai?!"

"Achei que você quisesse distância de mim", Caimana alfinetou sem parar de subir. A mala flutuando atrás de si.

Viny abriu a boca para contestar, primeiro indignado, depois confuso, até que desistiu, percebendo que ela tinha razão. Parando onde estava, olhou-a com carinho, quase angustiado. "Volta logo, tá?"

Caimana virou-se, adorando vê-lo praticamente de joelhos, e deu uns tapinhas no rosto do namorado, "Não vai me trocar por outra, hein?"

"Eu?! Que ideia absurda tu tem de mim!" Viny brincou, arrancando uma risada sarcástica da elfa. Os dois se olharam por um tempo.

"Cuida bem do nosso Capí."

Viny assentiu com seriedade.

"Tenta alegrá-lo. Vai ser difícil, mas eu sei que você consegue."

O loiro concordou, e Caimana voltou-se para Índio, "Por mais que o Capí esteja cansado, não deixe que ele falte às aulas de alfabetização, mesmo que a Gi insista que pode fazer sozinha. Ele precisa delas. Vai forçá-lo a pensar em outra coisa que não na tortura. A aula de Segredos do Mundo Animal também."

Índio assentiu, entendendo perfeitamente, e Caimana brincou, "E vê se não fica de aporrinhação, tá, Índio?! Se o Viny garantir que, quebrando alguma regra, isso vá divertir o Capí, por Deus, quebre a regra."

O mineiro riu, e Hugo forçou um olhar de admiração, "Não acredito! Eu achava que tu não sabia o quanto tu é chato, mas tu sabe!"

Índio fechou a cara. Objetivo alcançado.

"Quanto tempo dura esse treinamento?" Viny perguntou, inseguro como uma criança que se despedia da mãe, mas Caimana, entristecida, não sabia.

"Meio ano, um ano, dois... O tempo que for necessário."

"Eu queria que tu ficasse..." Viny confessou, e ela fitou-o com carinho.

"Não, não quer."

O loiro pensou em rebater, mas não conseguiu, e a elfa entendeu, sem julgá-lo. Voltou a subir. Diandra já a esperava para escoltá-la às Cataratas; local ideal para aprender a bloquear pensamentos intrusos devido ao barulho ensurdecedor das águas.

"É provável que eu ainda possa vir visitar vocês ao longo das próximas semanas. Tomara. Os Pixies não aguentam sem mim por muito tempo..." Ela deu uma piscadela para Hugo, que sorriu sozinho. Viny estava entristecido demais para entrar na brincadeira.

"Tua sensibilidade vai fazer falta, moça."

Caimana fez um carinho no rosto do namorado, "Eu não sou a única com sensibilidade aqui", e olhou com ternura para Índio, "Só que a dele costuma ficar escondida sob quilos de rabugice."

O mineiro baixou os olhos encabulado, e Caimana teve certeza do que acabara de dizer. "Quando Capí precisar, Índio vai saber me substituir. Hugo também." Ela sorriu para Idá antes de continuar a subir, deixando os três para trás.

"O que eu digo pros professores?!" Viny gritou para a namorada, e ouviu Caimana dizer: "*Depois eu me acerto com eles!*" antes de a saída se fechar atrás dela, deixando a escadaria, e a escola inteira, sem sua luz.

Viny sentou-se num degrau, arrasado. O fato é que Caimana não precisava assistir àqueles primeiros meses de aula. Os Pixies estudavam tudo com antecedência. Ela poderia retornar à Korkovado só para fazer as provas, sem problema. Faltas também estavam previstas no regulamento da escola, em caso de treinamento élfico.

A grande dificuldade seria ter uma pixie a menos num ano que já não havia começado fácil. Viny estava claramente sentindo o peso daquilo; permanecendo ali, calado, sem vontade de retornar à escola. Hugo suspeitava de que o loiro continuaria a sentir aquele vazio, mesmo quando as outras centenas de alunos começassem a chegar.

De repente, Viny ergueu a cabeça. "Adendo, chama o Capí lá embaixo pra mim?"

Hugo levantou-se de imediato, mas deu meia-volta, "Pra quê?"

"Eu preciso que ele me ajude…" Viny abriu um sorriso, "Com uma travessura."

CAPÍTULO 9

GUERRA E PAZ

"Isso tá errado!" Gislene seguia os Pixies pelos caminhos do Parque Lage, uniformizada e de mochila, tentando colocar algum senso na cabeça dos quatro, mas nem Índio parecia interessado em acalmar o caos! "Tu não vai fazer nada, não?!"

O mineiro deu de ombros, para a surpresa dela, e Hugo riu.

Parando para admirar sua obra de arte, Viny abriu os braços, respirando o ar puro com imensa satisfação, enquanto abraçava Capí ao seu lado. "Contemple, magnânima Gislene! Nossa mais nova contribuição para a comunidade!"

Metros adiante, uma multidão de alunos se acotovelava em volta da torre nanica, tentando sem sucesso entrar na escola. Alguns, apertadinhos lá dentro, tentavam de tudo, mas nada de a escada espiralada se abrir debaixo deles! Até pular juntos já haviam tentado, e nada! Desnecessário dizer que Viny se acabara de rir com aquela última tentativa pateticamente azêmola de forçar a abertura.

Nem Capí, assistindo ao pulo coletivo, conseguira segurar o riso. Isso significava que a primeira ação de terrorismo poético do ano estava sendo um sucesso em seu principal objetivo: animar Capí. Mestre na arte do caos, Viny quebrara o feitiço que fazia o chão da torre se abrir para a descida dos alunos, trancando a entrada da Korkovado justamente no horário em que os bruxinhos chegavam, instalando, assim, a confusão.

Em qualquer outro momento, Capí teria repreendido o loiro, mas, como o real intuito da ação era uma transformação positiva dos alunos, o pixie estava se divertindo vendo a perplexidade deles. A bagunça chamava atenção até dos poucos turistas mequetrefes que ainda passeavam pelo parque! Imagine você, em seus *shorts* de ginástica, correndo em meio à natureza numa tarde ensolarada, deparar-se com uma multidão de crianças e jovens, suando em calças, coletes e mantos marrons com capuzes dourados, gritando *"Abre a torre!"*

Tá, né?

Os mequetrefes estranhavam, depois riam, tiravam fotos e continuavam sua caminhada, com uma piada pronta na cabeça para contarem aos amigos.

"Que gente doida, né?!" Viny puxou conversa com uma criança mequetrefe. Ela deu risada, mas foi puxada pelo pai preocupado, que achou melhor tirá-la dali.

O loiro morreu de rir, recebendo um cascudo de Gislene; hilariamente aflita com aquilo tudo.

"Relaxa e curte, baixinha!" Viny provocou, enquanto cinco alunos desciam atordoados o monte, notando a presença de Capí ali embaixo.

"Professor! Professor! O que a gente faz?! O que aconteceu?!"

Capí ergueu as mãos, eximindo-se da culpa, "Eu juro que não sei de nada", e os pobrezinhos voltaram para a torre, tentando pensar em outras formas de abri-la.

Gislene olhou espantada para o leve sorriso no rosto de Capí, "Você tá *gostando* disso?!"

"Relaxa, Gi. Não é nada de mais."

"Nada de mais?!"

Hugo deu risada e levou um cascudo dela também. "Ei!" Ele riu.

Voltando o olhar para a torre, viu que os Anjos se aproximavam da entrada, abrindo caminho pela multidão.

"Chegou a cavalaria", Viny zombou.

Os Anjos tentavam passar com certa veemência por entre os alunos, empurrando mesmo, preocupados em serem os primeiros da fila; Abel todo arrumadinho, como sempre, Thábata Gabriela em seu mais novo vestido rodado, Camelot com aquele topete ridículo moldado a gel, e Gueco ali, baixinho em meio a eles, com seus olhos amarelos. Os quatro em pânico porque chegariam atrasados pela primeira vez na vida. Gutemberg não estava. Em sua delicadeza e tamanho, o Gordo dos Anjos talvez não estivesse querendo enfrentar aquela multidão exaltada, que já começava a xingar Dalila e o Conselho de tudo que era nome.

Apertado na multidão, Abelardo olhava furioso sempre que alguém xingava sua mãe, sem nem um celularzinho mequetrefe para poder avisá-la sobre o que estava acontecendo ali em cima.

"*Quem nasceu para Bufão nunca chega a Coroa!*" Viny provocou lá de baixo, e Abel olhou furioso para ele, sem poder fazer nada, espremido entre dezenas de outros alunos. Bem feito. Merecia, depois da mentira que confessara na carta.

Hugo só não entendia por que Capí estava achando legal estressar todo mundo.

"Relaxa, Hugo. Tem outras entradas para a escola aqui no parque. Eles só vão ter que descobri-las", Capí explicou, para a surpresa dele.

Enquanto isso, Gislene voltava da multidão ainda mais irritada com Viny, "Escuta aqui, por que vocês insistem em sacanear os outros, hein?!"

"Sacanear?! Não! A gente abre a mente deles!"

"Sei. Me admira você, Ítalo, concordando com esse vandalismo!"

Capí sorriu com carinho, pedindo que ela olhasse para seis alunos que saíam baratinados da multidão. "Observe com atenção."

"Eu tô olhando! Eles estão totalmente perdidos, Ítalo! O Vinícius é ridículo."

"Não, olha bem!" Capí insistiu, com um brilho diferente no olhar, tomando-a pelos ombros e fazendo-a ver o mesmo grupinho se afastar da torre, à procura de outra possível entrada.

Capí começou a segui-los, de bengala, e pediu a Gislene que fosse junto. Os outros Pixies acompanharam os dois, também observando o grupo de jovens a distância, enquanto eles exploravam o parque, perdidos. Não demorou muito e a preocupação dos seis foi dando lugar à curiosidade conforme iam percebendo aspectos do parque que nunca haviam notado antes... Um aquário abandonado escondido entre as árvores, trilhas de pedra que levavam a grutas, árvores imensas com raízes incríveis... um lago cheio de enormes peixes dourados... Coisas que jamais haviam parado para ver.

Capí sorriu, vendo o entendimento começar a surgir no rosto da amiga. Gi continuava se fazendo de marrenta, claro, mas Capí parecia gostar. Sentia um imenso carinho por sua companheira de alfabetização.

Mantendo certa distância dos seis novos aventureiros, ele estava relativamente feliz vendo os bruxinhos curtirem aquela natureza pela primeira vez. Até haviam parado para brincar com os peixes do lago! Animados, os seis começaram então a subir a escadaria de terra e galhos secos que ficava rente à fina queda d'água do lago, e Capí os seguiu com dificuldade.

Olhando para Gislene, que subia ao seu lado, agora preocupada com o esforço que ele estava fazendo, Capí se animou, "Sabia que esta mata toda já foi um descampado coberto por plantações de café e de cana-de-açúcar?"

"Sério?!" Gislene ergueu a sobrancelha, surpresa, enquanto Hugo e Índio se aproximavam para ouvir melhor; Viny mais para trás, penando para acompanhá-los. Falta de atividade física dava nisso. Até Capí estava subindo mais depressa; distraído pela conversa. Depois sentiria no corpo os efeitos perversos daquele esforço.

"Dom Pedro II descobriu que o desmatamento desta área estava matando as nascentes de água, desabastecendo a cidade lá embaixo, então os bruxos ajudaram o Imperador a reflorestar isso tudo aqui. Com o reflorestamento, as águas voltaram a fluir, e tudo retornou a seu estado natural de funcionamento. Deixem a natureza em paz e ela sempre vai dar conta do serviço." Ele sorriu. "Este parque é um patrimônio nosso, tanto quanto é dos azêmolas, mas ninguém presta atenção. Tiveram tanto trabalho para fazer este lugar ficar bonito de novo e poucos notam."

Capí respirou o ar puro daquela mata, replantada quase dois séculos antes, enquanto Gi olhava impressionada ao redor.

"Tu consegue continuar, véio?" Viny perguntou em tom preocupado.

Ainda faltavam alguns degraus até a segunda cascatinha, que os seis alunos perdidos agora atravessavam.

Capí confirmou, continuando a subir com vontade, apesar da dor cada vez mais evidente, enquanto Gi e Índio admiravam a paisagem.

"Alguns azêmolas moram bem aqui ao lado e nunca vieram, acredita? Perdem essa maravilha." Ele olhou à sua volta com um afeto imenso por aquilo tudo e Hugo fechou os olhos, ouvindo os pássaros e os gritinhos dos micos, e sentindo toda a paz que havia ali.

Quando os abriu novamente, Capí havia parado para descansar em um pequeno espaço de observação construído ao lado da cascatinha. O banco de pedra podia acomodar até três pessoas, mas o pixie preferira ficar de pé, com a base das costas encostada no cercado de madeira. Melhor assim do que forçar o corpo a sentar-se tão baixo. Os outros Pixies, então, instalaram-se no banco.

Gislene, no entanto, assim que se sentou mais alto, no corrimão oposto ao de Capí, voltou a discutir, ainda incomodada com todos aqueles jovens desesperados lá na torre, e, enquanto os Pixies argumentavam com ela, Hugo ficou observando os seis bruxinhos perdidos. Dois deles agora brincavam debaixo de um pedregulho gigantesco, suspenso pela montanha. Fingiam segurá-lo. Os outros quatro já começavam a explorar a pequena caverna que o pedregulho criava abaixo de si quando, de repente, um deles sumiu. *Puf.* Desapareceu do nada. Hugo arregalou os olhos.

"Ups", Viny brincou. "Lá se foi um que descobriu a entrada."

Hugo deu risada, surpreso, e até Índio abriu um leve sorriso, vendo as amigas do menino gritarem assustadas.

Gislene olhou revoltada para Viny. "Não importa que o garoto achou a entrada! Isso não se faz, Viny! Ítalo! Diz isso pra ele!"

Capí estava rindo da revolta dela. Era tão bom vê-lo sorrindo… e seu riso só a estava deixando mais irritada. Ela olhou novamente para as meninas, "Viu?! Coitada delas! Estão assustadas agora! Viny, vai lá avisar que o garoto não morreu! Ítalo, você não vai fazer nada?! Esse *vândalo* amigo seu fica pintando parede de rosa, fechando entradas de escolas, mergulhando pelado no mar... Quem ele pensa que é?!"

Capí a olhava reclamar com um carinho tão grande... e ao mesmo tempo tão cheio de ansiedade... como se estivesse querendo fazer uma coisa, mas sem coragem para isso, e Viny já estava dizendo: "Ah, garota! Deixa de ser chat..." quando Hugo o puxou pelo braço para que ele se calasse. "*Que foi, Adendo?!*"

"Shhhh!" Hugo fez sinal para que o loiro olhasse para os dois.

Viny estivera tão empolgado que não havia percebido, mas Hugo, sim. Gislene também. Tanto que parara de falar, olhando com carinho para seu companheiro de alfabetização, esperando que ele dissesse o que tinha para dizer.

"Posso?" Capí perguntou, com uma delicadeza que era impossível resistir, e Gislene riu, achando fofo demais ele pedir permissão.

"O que tu tá esperando, seu bobo?"

Capí a beijou com tanta doçura que até Hugo se surpreendeu. Era como se ela fosse a única pessoa que lhe importasse no mundo; sua mão acariciando o rosto da menina enquanto se fundiam um no outro.

Hugo riu, vendo a cara de pasmo dos outros dois, principalmente de Viny. Caimana estaria sorrindo se estivesse ali. Ela já sabia havia muito tempo, Hugo tinha certeza. Sabia o quanto Gi significa para o pixie.

Índio cutucou Viny para que o loiro disfarçasse um pouco, mas o casal nem parecia estar percebendo a presença deles. A ternura do beijo do pixie era impressionante; o cuidado e o carinho que ele imprimia no toque dos lábios. Viny também parecia ter reparado; seu espanto inicial sendo aos poucos substituído por uma espécie de admiração. Ele certamente nunca beijara Caimana daquele jeito.

Capí olhou-a com imenso carinho, "... *minha menina*...", e Gislene sorriu toda boba. Ainda nervoso, o pixie baixou os olhos, respirando fundo e decidindo aproveitar aqueles instantes de coragem, "... Eu não ia perguntar isso agora, pra não te pressionar, mas... considerando a sua reação e... Você gostaria de..."

Ela sorriu, fazendo um sim empolgado com a cabeça. Sim, ela gostaria de namorar. Capí riu encabulado, e Gi andou para trás toda dengosa, atravessando a pequena queda d'água intermediária, ainda olhando para ele. Então virou-se, caminhando até o pedregulho gigante e sumindo pela passagem da pedra grande.

Só então as pobres alunas perdidas entenderam o que havia acontecido com o amigo delas e caminharam até o ponto em que Gislene havia desaparecido, sumindo também, uma após a outra.

Francine entrara na Korkovado horas antes, e era até ela que Gislene correria agora, para contar-lhe sobre o beijo, Hugo tinha certeza. Ele riu. Gi podia até ser durona, mas ainda era uma menininha quando o assunto era namoro. Tinha se derretido nas mãos dele, a valentona.

"Aeee, véio!!!" Viny deu um abraço no amigo, e Capí sorriu todo tímido. "Quando é que tu planejava contar pra gente que tu gostava dela?! Eu tô me sentindo traído aqui!"

Índio riu sarcástico. "Só um cego loiro feito 'ocê pra não perceber, né?! Ele gosta dela desde que conheceu a menina, dois anos atrás!"

Viny se chocou, "Quê?! Claro que não!", e virou-se para Capí, "Não, né?!"

Ítalo confessou que sim, incomodado. *Envergonhado* até, como se fosse um crime, e Viny ficou preocupado, "Ei, que foi?!", vendo toda a luz sumir do rosto do amigo.

Capí meneou a cabeça inseguro. "Ela não tem nem 15 anos ainda... vai fazer só em agosto, eu..."

"Ah, véio! Sério que tu tá preocupado com isso?!"

"Eu sou quase quatro anos mais velho que ela!"

"Três, véio. Três. Não me faz confundir a tua idade. Tu tem 17, vai fazer 18 em outubro. Durante dois meses no ano tu é só dois anos mais velho que ela, então, chega de nóia, tá?"

Capí concordou, tentando esquecer, mas Hugo sabia o quanto aquilo o incomodava. Lembrava-se dele diante da fogueira, na festa de Eimi, preocupado que seus sentimentos não fossem apropriados. De fato, ela estar no Terceiro Ano e ele, no Sexto, podia parecer um pouco assustador... Mas Gi parecia uma adulta, como ele! A idade mental dos dois era praticamente a mesma! Não tinha que se preocupar.

"Fico me perguntando o que te fez mudar de ideia."

Capí baixou os olhos, inseguro. "Foi algo que o Mefisto me disse."

"Oi?!" Viny empalideceu, incrédulo.

"Eu tinha acabado de me recusar a responder às perguntas deles de novo, mesmo com a Gi hipnotizada na minha frente, correndo o risco de ser torturada..." Capí pausou. Era difícil contar aquelas coisas. "E acho que ele viu nos meus olhos o quanto aquilo estava me angustiando. O quanto eu gostava dela. Então, num momento a sós comigo, ele sentou do meu lado e me disse: '*Uma dica de quem já viveu mais do que você imagina: se algum dia você sair daqui, corra atrás dela. Esqueça essa frescura de idade. Viva a sua vida. Vocês se gostam. Não há crime nenhum nisso*'."

Viny estava pasmo. Hugo, nem tanto. Era algo que Mefisto diria mesmo. Pelo menos o Mefisto que ele conhecia.

"E então ele deixou que ela fosse embora." Capí olhou para Hugo, como se dissesse: *Eu te entendo. Eu entendo você gostar dele.*

Mefisto confundia a cabeça de qualquer um. Até daqueles que ele torturava.

Não querendo entender aquela troca de olhares entre Capí e Hugo, Viny se levantou, "Bom, bora lá?"

Os quatro atravessaram a cascatinha. Era tão pouca água que Hugo conseguia prever a morte iminente da pobre fonte nos verões que estavam por vir.

Deixando que Viny desaparecesse primeiro, Hugo se posicionou no exato local onde o loiro havia sumido e começou a sentir o corpo inteiro formigar. De repente, não estava mais lá, e sim na praia interna da Korkovado.

Com água do mar até a cintura.

"Filho da mãe!" Hugo xingou Viny, vendo-o passar boiando ao seu lado todo folgado, enquanto Índio surgia um pouco mais atrás, olhando confuso para a água ao seu redor do peito até levar uma forte onda na nuca e descobrir onde estava.

O mineiro fechou a cara encharcada, "Muito engraçado, Viny", e o loiro deu risada, divertindo-se com a carranca dos dois.

Hugo já podia imaginar todos os alunos lá fora recebendo aquele batismo pixie ao entrar. Tinha de admitir: pensar em Abel levando uma onda na cabeça era deveras interessante.

Gislene ainda estava ali na areia, devidamente irritada, tentando secar o uniforme com magia. A julgar pela sua expressão de fúria, logo Viny levaria uma sova, com certeza. Hugo riu, começando a lutar contra a água para chegar até a areia. Era difícil, com toda aquela roupa.

Conseguindo, começou a secar-se com a varinha escarlate. O problema não era a roupa encharcada, e sim todo aquele sal pegajoso que não saía nem com feitiço. Enquanto isso, Viny chacoalhava a cabeleira loira ao lado dele, espirrando água em todos os três de novo.

"Ei!" eles protestaram, e Hugo voltou a olhar para o mar. "O Capí não veio?"

"Ele deve aparecer bem ali", Viny apontou para um canto na areia, e Hugo ergueu as sobrancelhas.

"Tinha uma passagem seca, seu filho da mãe?!"

O loiro abriu um sorrisão peralta, levando um cascudo irritadíssimo de Gislene como resposta, mas a alegria do pixie logo deu lugar ao rancor. "Ih, ó lá quem chegou."

Acompanhando o olhar do loiro, Hugo viu Fausto do outro lado da praia, organizando o desembarque de um imenso navio fenício atracado ao longe. O navio tinha uma única vela, enrolada para cima no mastro, e dezenas de remos recolhidos para não tocarem o mar. Por uma longa prancha de madeira, dezenas de carregadores desciam com mercadorias e subiam para buscarem mais.

Parte da areia da praia já havia sido tomada por caixotes, tapetes, animais exóticos, cestos e mais cestos de ingredientes, aromatizantes, temperos, joias para quem encomendara, e o zelador ali, no meio daquela bagunça, não sabendo mais onde enfiar aquilo tudo, comandando o desembarque dos produtos com uma prancheta na mão e uma cara de poucos amigos, gritando instruções em meio ao caos.

Havia ficado mais de um semestre viajando. Tinha mesmo que estar confuso, com a quantidade de coisas que comprara para o colégio.

"Pelo menos está sem sol nesta porcaria de escola..." Fausto resmungou para si próprio, suado, ao passar, escolhendo ignorá-los. Tinha coisas mais importantes a fazer do que ficar falando com a gentalha que andava com o filho dele.

O sol até estava ali, mas já começava a se pôr lindamente no horizonte; o alaranjado do céu, em contraste com aquelas tantas nuvens escuras, fazendo o navio à vela parecer uma silhueta escura num efeito incrível de luz e sombra. Enquanto isso, carregadores e comerciantes bruxos não paravam de descer com baús e cestos, alguns carregando o peso nos braços, outros preferindo usar a varinha. Todos vestiam-se de forma um tanto interessante – alguns com túnicas coloridas e chapéus em formato de cone, outros parecendo mais indianos do que fenícios, com aquele jeitinho especial deles e as roupas cheias de bordados. Hugo esticou o pescoço para ver o que havia dentro de um dos cestos e encontrou antigos instrumentos árabes.

Será que o navio era fenício mesmo?! Pensava que a civilização fenícia havia sido extinta, mas talvez não, né?!

Outros alunos assistiam, igualmente curiosos, enquanto Zoroasta saltitava em meio às mercadorias, rodopiando e passando a mão em tudo, feito criança, fazendo careta toda vez que provava alguma coisa ruim. E lá estava Gutemberg, o anjo desgarrado, experimentando especiarias enquanto conversava empolgado com um dos poucos carregadores que falavam português, como se já fossem grandes amigos. *"Lá na Luz vendem muito desses temperos! Na parte bruxa da estação. Acho que você podia vender os seus lá! Eu moro em Embu das Artes, um pouco longe dali, mas conheço os bruxos da estação. Posso dar umas ideias pra eles e tal... Tem também o Parque das Varinhas, em Mogi das Cruzes. Dizem que lá é daora."*

O carregador fez uma cara de estranhamento, *"Daôra?"*

"É, da hora! Tipo 'legal!'."

Bem provável que Abel e Camelot ainda estivessem dando pulinhos coletivos lá na torre. Hugo riu só de pensar na cena e foi procurar os Pixies em meio àquele caos de caixotes, cestas, armários, quadros e lâmpadas mágicas. Capí ainda não havia aparecido, mas Viny, Índio e Gislene, já devidamente secos, estavam logo ali, divertindo-se com as peripécias de um jovem indiano e seu filhote de dragão.

Instantaneamente empolgado, Hugo correu até lá. O jovem adulto devia ter uns 25 anos, no máximo, e sorria com brilho nos olhos. Parecia daqueles jovens circenses, que ganhavam dinheiro na rua fazendo truques com seus bichinhos, mas aquilo não era um bichinho qualquer. O garoto tinha treinado um filhote de dragão!

Depois de fazer o dragãozinho dar cambalhotas em seu antebraço, como introdução, ele olhou para os quatro e se apresentou, supersimpático:

"Olá. Eu sou Ravi Patel!"

"Oooi, Ravi Pateeeel", eles responderam em conjunto.

"E este aqui é o Garibaldo."

"Oooi, Garibaaaldo!"

Garibaldo soltou fogo fofamente para o ar, todo ensaiadinho.

"Garibaldo não gosta que estranhos falem o nome dele. Muito sensível, o Garibaldo."

Eles riram, Hugo não conseguindo tirar os olhos daquele filhote. Era um dragão diferente... mais parecido com o dragão chinês do que com o europeu, quase uma serpente com patas! "Ele não tem asas? Que bizarro..."

"É um Naga. Dragão indiano", Ravi sorriu jovial.

Olhando, então, para o bichinho, sem executar nenhum comando além do olhar, fez o pequeno dragão decolar de seu ombro e serpentear pelo ar em volta dos quatro, rodopiando várias vezes antes de voltar e enroscar-se em sua mão direita.

Hugo fitou-o impressionado, "Como você fez isso?!"

"Ravi controla dragão com mente. É dom de Ravi", o jovem respondeu. "Por isso, nome inteiro é Ravi Patel Chaitanya. *Chaitanya* é consciência cósmica. Terceiro olho de Ravi comunica com dragão, como se Ravi e dragão fossem um. Só existe um bruxo Chaitanya por geração no mundo."

"Peraí, deixa eu ver se entendi: tu controla dragões com a mente?"

Ravi fez que sim com seu jeitinho todo indiano de ser, na maior inocência, e Viny olhou para os outros assombrado enquanto o jovem ia embora pela areia com seus passinhos curtos e o dragão nos ombros.

Viny gritou "Namastê!" para o indiano, e Ravi se virou alegre, juntando as palmas das mãos no centro do peito, em uma reverência a eles, antes de dispersar-se na multidão de marinheiros e comerciantes.

"*Namastê?*" Hugo perguntou para ninguém, vendo o jovem sumir entre tantos outros, e a voz meio rouca de Capí respondeu atrás dele, "*O deus em mim saúda o deus em ti*. É um cumprimento indiano."

"Então aí está o irresponsável!" Fausto se aproximou do filho antes que Hugo pudesse dizer qualquer coisa. "Vem me ajudar, moleque inútil!"

"Ei!" Gislene protestou, mas Fausto nem lhe deu atenção, continuando o massacre ao filho.

"Fica aí conversando em vez de fazer alguma coisa! Vem traduzir o que eu falo pra eles, ANDA!"

Capí baixou a cabeça, aceitando a bronca. "Já vou, pai. Pode deixar que eu falo com eles", e começou a seguir Fausto pela areia, apoiando-se na bengala.

Revoltados, Viny e Gislene tentaram reagir, mas Capí parou os dois, fazendo questão de concordar com o pai na frente deles, "O senhor está certo. Eu devia ter vindo antes. Perdão. Não vai mais acontecer".

Viny fitou-o revoltadíssimo, mas Hugo entendia. Capí não estava querendo chamar atenção do pai para o que tinha lhe acontecido. Preferia trabalhar como normalmente do que fazê-lo desconfiar de alguma coisa.

Hugo olhou com desprezo absoluto para o zelador, que não fazia ideia do quanto o filho o amava. Se fazia, não dava a mínima. Naquelas horas, Hugo chegava a agradecer por ter sido abandonado pelo pai. O seu, pelo menos, havia tido a decência de sumir. Melhor um pai ausente do que um pai opressor, que continuava a ralhar com o filho mesmo depois do pedido de desculpas.

"A Korkovado está imunda. O que você estava fazendo que deixou a escola ficar essa bagunça, seu inútil?!"

Andando atrás dele, Capí olhava para o pai sem saber o que responder, "Eu…" mas Gislene interveio.

"Ele ficou doente, Sr. Xavier. Estava de repouso na casa da Caimana. É só o senhor olhar pra ele e vai ver que eu não estou mentindo."

Capí fitou-a surpreso, agradecido pela semimentira, enquanto esperava o veredicto do pai, que não parava de escrever na maldita prancheta.

Entre uma anotação e outra, o zelador olhou com frieza para o filho e voltou a trabalhar. Capí tinha perdido uns dez quilos. Impossível não perceber. "E esse corte aí no rosto?" perguntou em tom de acusação, sem tirar os olhos da prancheta.

"Ele caiu da escada central, de fraqueza", Gi foi rápida. "Foi quando a gente descobriu que ele tava mal."

Velocidade de raciocínio nível 10. Nunca vira a amiga mentir tão descaradamente daquele jeito. Para proteger os amigos, ela fazia qualquer coisa.

Desconfiado, Fausto olhou para o filho mais uma vez. "Bom, já tá curado, né?! Então vem me ajudar, garoto. Larga de preguiça. Tem que estar tudo preparado pro banquete hoje à noite."

"Ele ainda está doente, seu cego!"

Fausto cravou os olhos no loiro com o desprezo de sempre, "Eu já trabalhei passando mal e não morri, Sr. Y-Piranga", e voltou à supervisão das mercadorias.

Baixando os olhos, machucado pela indiferença do pai, Capí foi junto, recebendo um beijo rápido na testa antes de deixar Gislene para segui-lo.

"Inacreditável..."

"Por que o véio não conta logo pra esse bosta sobre a tortura?! Morrer do coração o Fausto não iria. Por mais que o Capí acredite que sim."

Gi olhou com pena para o namorado lá longe. "Ele não conta porque tem medo de que o pai não dê a mínima se descobrir; será que você não percebe, Vinícius? Ele prefere que o pai não saiba a ter que aceitar que o pai não se importa..."

Gi ficou ainda um tempo observando Capí, antes de decidir responder ao chamado de Francine e Dulcinéia para que fosse ver alguma coisa. Não poderia mesmo ajudar o pixie com os indianos.

Pelo que Hugo podia perceber de longe, era uma negociação bastante complicada. Fausto parecia conseguir se comunicar bem com os marinheiros fenícios, mas com os comerciantes indianos era uma dificuldade. Enquanto Capí conversava com eles, Fausto acompanhava, mais irritado do que de costume, transmitindo ao filho o que queria dizer, para que Capí repassasse suas orientações aos indianos.

"Peraí, o Capí tá falando em português com eles?!" Hugo estranhou, forçando o ouvido para escutar melhor. Sim, Fausto falava as instruções para o filho, e Capí apenas repetia as *mesmas* palavras, em português mesmo, para os encarregados! Por que então precisavam de Capí?

"Agora eu entendi por que ele queria a companhia do filho na viagem", Índio comentou desgostoso. "E também por que o Vladimir acabou tendo que viajar pra ajudar o Fausto, no fim do ano passado."

"Por quê?" Hugo perguntou, ainda acompanhando confuso a negociação, e Índio explicou: "Os bruxos indianos são altamente espiritualizados, mas não fazem negócios com fiascos. Evitam falar diretamente com eles, têm medo até de tocar num. Acham que vão perder os poderes se isso acontecer."

Hugo olhou-os escandalizado. Aquilo era um absurdo! E Viny suspirou. "É, Adendo... o sistema de castas lá é bem cruel."

Índio concordou. "Tendo o filho do lado, o Fausto teria negociado com muito mais facilidade durante a viagem. Por isso ele tá fulo demais da conta com o Capí."

Ele tinha que estar fulo demais da conta com o sistema de castas, e não com o filho!

Com muita dificuldade, Capí e o pai finalmente conseguiram transmitir o que queriam para os carregadores, que começaram, então, a levar cada mercadoria para um lugar diferente do colégio: as cestas para as diversas salas de aula, os tapetes para os aposentos dos conselheiros, os temperos para a cozinha lá embaixo... Fausto e o filho ajudavam no que podiam, para que tudo fosse terminado a tempo do banquete inaugural. Capí fazendo força demais.

Inspecionando tudo com uma altivez irritante, Dalila se movia entre eles como a rainha loira do Egito, deslumbrante em seu vestido de gala, já pronta para o banquete. "Resolveu voltar de férias, zelador?"

Fausto cerrou os dentes e tentou ignorá-la, continuando seu serviço com ódio nos olhos, enquanto Dalila observava-o com um sorriso cruel, demonstrando um nível de desprezo que dava vontade de socar a cara dela.

Os dois se mereciam, mas ela era pior.

Tentando segurar a raiva que tinha dela, Hugo achou melhor voltar para os Pixies. Não queria rosnar nenhuma besteira contra a rainha das lacraias e depois ser expulso. Ele podia desprezar Fausto o quanto fosse, mas não suportava ver ninguém sendo pisado. Devia ser o lado Xangô dele, execrando injustiças. Até porque ele sabia muito bem em quem Fausto mais tarde descontaria aquela pisada.

Em meio à multidão crescente de alunos, Capí continuava trabalhando; orientando os que desembarcavam, dizendo onde cada um deveria ficar, guiando-os pela praia, discutindo com encarregados, tentando barganhar preços menores com comerciantes, ajudando os professores a encontrarem aquilo de que necessitavam, até que se viu sozinho por um instante e teve que parar para se orientar.

Hugo podia quase ver sua mente girando.

Índio foi até ele. "Você tem que aprender a respeitar os seus limites, Capí. Não pode mais fazer tudo."

Capí desviou o olhar, sabendo que o amigo estava certo. Não podia ajudar o pai o tempo todo. Não mais. Sabia disso. Inconformado, olhou à sua volta, vendo o tanto que ainda precisava ser feito, e checou o relógio de bolso.

Esperando até que Índio fosse embora, virou-se para Hugo, "Só me ajuda a levar esse baú lá pra sala do Atlas? Eu juro que é a última coisa."

Hugo riu, sacando a varinha, "Você não tem jeito mesmo, né?" e Capí esboçou um sorriso, "Eu estou pedindo ajuda, não estou? Já é um avanço."

Fazendo o pesado baú flutuar, os dois foram direcionando-o com as mãos, um de cada lado, para que não batesse em lugar nenhum em seu caminho até a escadaria central. "Pode deixar que aqui eu faço sozinho", Hugo insistiu, percebendo o cansaço do pixie já nos degraus iniciais, depois de toda aquela subida no parque. "Deixa que eu vou sozinho, Capí... Não precisa subir comigo."

Ítalo olhou sério para ele. "Eu *tenho* que subir, Hugo. Se eu começar a fugir desses pequenos desafios, daqui a pouco eu vou estar numa cadeira de rodas."

Hugo foi forçado a concordar, apesar de lhe causar dor ver o sofrimento do amigo, e os dois continuaram até o primeiro andar, na marcha lenta do pixie.

"Aqui", Capí sinalizou, pedindo que Hugo baixasse o baú no canto direito da sala de Defesa, abaixo da coleção de relógios. Na parede oposta, as janelas dividiam espaço com o balcão de cacarecos mecânicos, que guardava também a coleção completa de Júlio Verne: *Viagem ao Centro da Terra*, *Vinte Mil Léguas Submarinas*, *Viagem à Lua*... Era um total de 54 livros, que só não tinham mais destaque porque um outro volume se sobrepunha a eles: "*Zênite: Vencendo a Argentina*".

Hugo teve que rir. O professor nunca se interessara por esportes, mas, para espezinhar a Argentina da professora Symone, ele lia qualquer coisa. Discutir com aquela charlatã metida a futuróloga era sua razão de viver!

Enquanto Hugo pensava na convivência explosiva dos dois, Capí mancava até o relógio anual, atrás da mesa do professor, para acertar o ponteiro gigante dos dias.

"O Golias atrasou de novo, né?" Hugo quis confirmar. "Atlas me disse que ele costuma parar em feriados. Depois volta a funcionar."

O imenso relógio era uma monstruosidade linda de marfim e vidro, maior que Capí. Cheio de mecanismos e correntes, com ponteiros de madeira e metal, Hugo só descobrira que ele tinha um nome próprio no início das férias: O grande Golias. Apropriado. O ponteiro dos dias tinha quase o tamanho de Idá.

Capí checou o próprio relógio de bolso para ver as horas. "Na verdade, acho que agora o Golias pifou de vez. Tá vendo o ponteiro dos segundos? Também não está mexendo. O Atlas tentou de tudo, mas ele não volta a funcionar. Pediu que eu viesse aqui, de vez em quando, pra acertar o ponteiro dos dias. Um calendário é sempre útil."

"Calendário chique esse, hein?"

Capí olhou para o relógio, quase com pena. "Não sei o que aconteceu pra ele quebrar assim." Ele suspirou. "Vai lá se preparar pro banquete, Hugo. Acho que os alunos vão ter que se contentar com a cerimônia oficial do Conselho dessa vez. A gente não preparou nada de especial este ano. ... Nem dava, né."

Hugo olhou entristecido para o pixie, concordando, mas Capí já não estava mais prestando atenção. Tinha voltado a seu mundo particular, sentado ali, na mesa do professor, e Hugo achou melhor ir embora. Fechando a porta com cuidado, avançou pelo corredor do primeiro andar, encontrando Gislene pelo caminho e a impedindo de prosseguir.

"Ele tá precisando ficar um pouco sozinho, Gi", Hugo murmurou, e ela olhou para a porta do Atlas por um tempo, acabando por concordar.

"Ele só não pode ficar sozinho demais."

"Eu sei." Hugo concordou. Precisariam balancear bem a presença deles. "Vem, o Capí pediu que a gente fosse se arrumando pro banquete."

"Quem diria, hein, Idá", ela disse enquanto andavam. "Nunca pensei que tu fosse tão sensível."

"Ah, vá te catar."

Gislene sorriu com carinho. Já iam chegando à escadaria central quando Índio apareceu, separando-a de Hugo de repente e empurrando-a contra a parede, para espanto de Viny, que vinha atrás.

"Ei!" todos protestaram, sem entender nada, mas o olhar irritado do mineiro fez com que calassem a boca, e Índio fitou Gislene com fúria, *"Legal você ter defendido o Capí lá na praia, mas eu quero saber se ocê vai fazer isso sempre ou vai cansar logo dele, porque, se for só um namorico temporário, pode ir parando agora mesmo."*

CAPÍTULO 10

O ULTIMATO

Gislene olhou-o afrontada, "Do que tu tá falando, seu maluco?!" e tentou se desvencilhar de Índio, mas ele não deixou. "Ih, qualé?"

"Eu tô querendo saber se ocê vai levar esse trem a sério mesmo, Srta. *Guimarães*! Porque o Capí ainda tá fragilizado demais pra ter uma decepção amorosa, e eu não quero ver o meu amigo sofrendo mais do que ele já tá!"

Índio inclinou o pescoço em direção ao corredor principal, assegurando-se de que Capí não estava vindo, e voltou a sussurrar para ela, "*É bem pesado estar do lado dele e, se você não estiver pronta pra essa tempestade, é bom largar do Capí logo, antes que seja tarde. Antes que ele se envolva demais.*"

Gislene olhava-o surpresa, "É claro que eu não vou largar ele! Quem você pensa que eu sou?!"

"Tem certeza mesmo? Porque o Capí não vai ser um namorado fácil, ocê sabe disso, né?! Já não teria sido fácil antes da tortura. A maioria das meninas daqui não teria conseguido dar conta do tanto de tristeza que ele já carregava. Agora então! Cê tem certeza que tá preparada pra ser a bengala emocional dele? Ele vai tentar fingir que está tudo bem, porque eu conheço o Capí, mas ocê vai ver nos olhos dele que não tá. Cê vai conseguir lidar com essa frustração todos os dias?! De saber que nada do que ocê fizer vai ser bom o suficiente pra alegrar de verdade o seu namorado?! O Capí precisa de uma *fortaleza* do lado dele; alguém tão abnegada quanto ele, que vá apoiá-lo em tudo. Você é capaz de ser isso?!"

Hugo sorriu, sabendo que Gi estava experimentando pela primeira vez a ira de Virgílio OuroPreto. Lembrava-se muito bem de quando ele próprio levara uma prensa do mineiro, na Lapa. O canhão OuroPreto de verdades dolorosas. Nunca mais empurrara Capí depois daquilo.

Vendo que Índio estava realmente falando sério, Gi se acalmou, espichando a coluna com dignidade. "Ele não vai conhecer ninguém mais dedicada do que eu."

O mineiro ergueu a sobrancelha, surpreso com a confiança da menina. Estendendo a mão, sentiu a força que queria no aperto dela. Só então soltou-a aliviado. Viny ainda olhava embasbacado para o amigo. Ele tinha virado bicho! Não que isso fosse difícil para um Brincante. Percebendo que havia se excedido, Índio baixou o olhar. "Desculpa. Eu não quis ser grosseiro."

Gislene, no entanto, fitava-o com respeito, "Queria eu ter um irmão como você, me protegendo assim."

Índio aceitou o elogio, deixando que Gi fosse se arrumar para o banquete, com um pouco mais de respeito por ela também. Vendo que Viny permanecia atônito ao seu lado, ele se irritou, "Que foi?! A Caimana me deixou encarregado de proteger o Capí, e é isso que eu tô fazendo, uai."

"Claro, claro!" Viny ergueu as mãos, em defesa própria, saindo de fininho junto de Hugo.

"... E não pense que a minha mensagem não foi procê também, Sr. Y-Piranga! A Cai não é a pessoa mais forte da face da Terra!" Índio completou e foi embora furioso, deixando um Viny embasbacado para trás.

Hugo deu risada. Caimana fizera certinho em deixá-lo encarregado da sensibilidade do grupo.

Indo se trocar, Hugo saiu do dormitório com dez minutos de atraso para o banquete. Tinha sido o penúltimo na fila do banho, mas também estava pouco se lixando para chegar na hora a uma cerimônia chata que não comemoraria seu aniversário nem seria interrompida por uma festa alegre dos Pixies.

Dalila já devia estar lá, falando sua ladainha para os novos alunos, e Hugo não estava com a mínima paciência para aquilo.

Mesmo assim, vestiu-se de acordo. Afinal, era um banquete.

Caminhando até a praia, viu que não era o único ainda do lado de fora. Capí estava sentado na areia, sozinho na escuridão da noite, cabisbaixo, e Hugo olhou-o com pena. O início de namoro não havia sido suficiente para apagar a tortura de sua mente, e a angústia que estava sentindo refletia no mar aos seus pés; um mar em estado permanente de pré-tempestade.

O pixie havia se arrumado, mas não parecia com vontade nenhuma de entrar lá e encarar os olhares de todos.

Não deviam ser pensamentos leves os que estava tendo.

Hugo sentou-se ao seu lado.

Sentindo a brisa de tempestade no rosto, repetiu algo que lera na mesa auto-ajuda em um momento de desespero, "Já olhou para o céu hoje?"

Capí ergueu os olhos, vendo as pesadas nuvens escuras acima dele. Em meio a elas, no entanto, um vão de noite estrelada abrilhantava o espetáculo.

"Ainda existem estrelas aí dentro", Hugo observou olhando para o amigo, não para o céu.

Capí fitou-o com carinho.

"Obrigado. Eu precisava disso."

Hugo sorriu, "Bora lá?", e pôs a mão nas costas do pixie, de leve, para não o machucar. Os dois se levantaram da areia, descendo para o refeitório juntos; Capí apoiando-se pesadamente na Aqua-Áurea para caminhar.

As portas do salão estavam abertas, e dava para ouvir o burburinho de alunos e professores conversando ao som do tilintar de talheres, mas, assim que os dois entraram, o silêncio se fez.

Todos haviam parado para vê-lo entrar.

Agoniado, Capí continuou a andar, sem olhar para eles, e Hugo fez o mesmo, sentindo a opressão daqueles olhares ao longo de todo o caminho até a mesa dos Pixies. Macunaíma seguia temeroso ao lado dos dois, e eles se sentaram sem fazer barulho. Capí de cabeça baixa, sabendo que todos os olhares estavam nele.

Difícil saber se aquele silêncio ao redor era de censura, de julgamento ou de respeito, ainda mais sem encarar os olhos de ninguém. Gislene deu um beijo de leve no namorado assim que ele se sentou, e todos voltaram a comer, agora em silêncio. A cadeira de Caimana vazia ao lado de Viny.

Hugo nunca vira o refeitório tão comportado. Ouvia-se o som das panelas na cozinha, de tão silencioso. O astral dos Pixies não estava dos melhores, e todos sentiam aquilo. Até os Anjos. O máximo que Hugo conseguia ouvir eram os cochichos de um ou outro aluno nas mesas ao redor enquanto olhavam discretamente para Capí; uns comentando as cicatrizes, outros discutindo se teria havido mesmo tortura... A maioria, no entanto, cochichando sobre a idade *dela*.

Aquilo estava incomodando demais o pixie.

"*Tá famoso, hein, véio!*" Viny tentou animá-lo, mas, em pouco tempo, até mesmo o loiro já havia voltado ao silêncio de antes. O astral deles não estava mesmo legal, e Dalila nem tentava esconder seu contentamento, a filha da mãe.

Olhando os Pixies com imensa satisfação, a conselheira endireitou-se para a segunda parte de seu discurso. Pela primeira vez, estava tendo um banquete inaugural do jeitinho que ela planejara, sem interrupções, sem surpresas, sem algazarras. Não havia mais Comissão para proibir festa alguma, mas quem é que sentia vontade de festejar? Eles tinham vencido, né? A Comissão tinha vencido.

Respirando fundo, Dalila sorriu, "Então, agora que o principezinho da escola já se deu ao trabalho de agraciar-nos com sua presença, podemos prosseguir." Ela limpou a garganta. "Voltando a falar sobre o currículo altamente europeu desta instituição, eu acho que *o Fausto poderia vir aqui me dar um beijo de língua.*"

Hugo olhou espantado para Viny, mas ele também tinha engasgado com a comida, segurando o riso. Que diabos tinha sido aquilo? Um murmúrio se espalhou pelo salão inteiro; alunos e professores estranhando; Pompeu, ao lado de Dalila, olhando pálido para ela. Apenas a conselheira parecia não ter notado e continuava a falar.

"Porque, como vocês sabem, queridos corcundas, *Mama África, a minha mãe é mãe solteira...*"

Os alunos desabaram na risada. Até Capí tentava inutilmente se segurar, enquanto Dalila olhava para todos, sem compreender por que estavam rindo de algo tão sério. Irritada, ela ergueu a voz para falar por cima da algazarra.

"Sra. Conselheir..."

"Não me interrompa, Pompeu! Como eu estava dizendo, *na casa do Senhor, não existe Satanás. Xô, Satanás. Xô, Satanás.* E nosso currículo altamente especializado *não chega aos pés da proficiência de nosso melhor professor, Sr. Ítalo Twice, cujo pai Pompeu e eu amamos de paixão...*"

A gargalhada era geral. Até Índio lacrimejava de tanto rir, e Dalila ali, falando as coisas mais estapafúrdias, sem saber o que diabos estava acontecendo para rirem de algo tão sério quanto "*Pirulito que bate-bate, Pirulito que já bateu*". Desesperada, ela gritou: "Parem com isso! Parem senão *vocês vão ficar de castigo lá no meu quarto. Olha lá, hein! Vão levar palmadinha!*"

Não aguentando de tanto rir, Hugo tentou recuperar o fôlego, parando de prestar atenção e olhando ao redor, à procura do gênio que estava dublando aquilo. Foi então que viu Rapunzela lá atrás, agora de cabelos curtinhos (por causa de Dalila), cobrindo a boca com as mãos em concha, uma varinha entre elas, e falando toda vez que a conselheira abria a boca; Lepé se segurando para não rir ao seu lado, sentado retinho na cadeira, com o rosto já ficando roxo. Hugo deu risada. Estava explicado. Enquanto isso, Dalila continuava falando e falando enquanto Pompeu se encolhia progressivamente na cadeira, Vladimir não conseguindo parar de rir ao lado da conselheira, com a cabeça enterrada nos braços e o rosto mais vermelho que a bandeira da China.

Decidido a interrompê-la, Pompeu se levantou, e Lepé imediatamente pôs as mãos em concha na própria boca. "*Queridinha, melhor você parar de contar nossos segredos amorosos, bicha...*"

O refeitório veio abaixo. Pompeu tapou a própria boca, percebendo, pelas risadas, que havia sido dublado também, enquanto Dalila, desesperada com aquilo tudo, berrava, "EU AMO O FAUSTO! EU SOU APAIXONADA PELO FAUSTO, Ó MEU QUERIDO FIASQUINHO, VEM ME BEIJAR, VEM!"

Índio caiu da cadeira de tanto rir, não conseguindo parar nem quando atingiu o chão. Sério, ele estava VERMELHO! E Hugo riu dele, porque era impossível não rir vendo Índio se contorcer no chão com o abdômen doendo.

"Mãe! Para de falar, pelo amor de Merlin!" Abel correu até ela desesperado.

Alguém o havia segurado até então, a julgar pela marca de mão que tinha na boca e os cabelos despenteados, mas até os outros Anjos estavam rindo. Thábata e Gutemberg, pelo menos. Gueco mais do que todos, enquanto Abelardo e Camelot tentavam puxar Dalila do pódio com a ajuda de Pompeu e Vladimir.

Dalila demorou para ser convencida a sair, até porque a conversa entre os quatro estava surreal, Viny e Areta agora fazendo as vozes dos dois anjos, até que finalmente os cinco conseguiram sair pela antiga sala da Comissão, deixando o auditório gargalhar em paz. Capí estava com a mão no abdômen, tentando recuperar o fôlego. Ia doer muito depois, mas era ótimo vê-lo sorrindo de novo.

Assim que os cinco saíram, Lepé e Rapunzela subiram na mesa para receber os efusivos aplausos de todo o corpo estudantil, e Lepé gritou: "Essa foi pra você, professor!" apontando para Capí, que sorriu bondoso, agradecendo com o olhar, enquanto uma marchinha de carnaval começava a tocar nos alto-falantes do salão.

Ao ritmo da música, Lepé arrancou a gravata do pescoço e amarrou-a na cabeça, olhando para Viny, que riu dos gritinhos brincalhões que meninas e meninos começaram a dar para a performance 'sexy' do comandante da Rádio Wiz.

"Também gostaríamos de agradecer a Dalila Lacerda e a Pompeu Romano, sempre tão prestativos, sem os quais nada disso teria sido possível, e a uma certa pessoa aí, pela contribuição técnica!"

Fingindo que não era com ela, Areta apenas sorriu e continuou bebendo sua taça de vinho na maior elegância, enquanto todos aplaudiam urrando, alguns já abandonando suas cadeiras para fazer trenzinho ao som de:

Ó abre alas
Que eu quero passar
Ó abre alas
Que eu quero passar

Eu sou *Dalila*
Não posso negar
Eu sou *Dalila*
Não posso negar...

Viny deu uma gargalhada, "Eu sempre disse que o Lepé era o máximo."

"E a Rapunzela", Capí adicionou, mas Gislene parecia um pouco incomodada por ter rido.

"Eu ainda acho que foi meio falta de respeito, sei lá."

Capí sorriu para ela, "Eu sei, Gi. Eu entendo", e beijou a testa da namorada, abraçando-a com carinho. Ele também não gostava de desrespeitar ninguém, mas Dalila vinha merecendo uns coices desde que arrancara os cabelos de Rapunzela no ano anterior. Nada mais justo do que ela própria dar o troco, do jeitinho dela.

Quieto na mesa, na esperança de que ninguém houvesse notado seu fenomenal ataque de bobeira, Índio cruzou os braços, de cara amarrada. "Eu também não achei que foi legal."

"Eu concordo, Índio."

O mineiro olhou surpreso para Hugo, que completou, "Você teria dublado a Dalila bem melhor."

Índio fechou a cara, ao som da risada escrachada de Viny, mas Gislene não entendeu. "É piada interna, Gi. Depois eu te explico."

"De jeito nenhum!" Índio reclamou desesperado, e Capí aquiesceu, "Tá, então depois eu não te explico."

Bebendo suco, Hugo riu pelo nariz. No refeitório, a festa continuava: marchinhas de carnaval sendo tocadas em sequência, professores batendo papo e dando risada de cada letra modificada, Lepé ensinando aos novatinhos como vestir gravatas na testa, alunos indo conversar com Capí, reafirmando seu apoio a ele, enquanto outros assistiam desconfiados... E Tobias ali, sentado num canto, em sua cadeira de oito patas, as pernas fantasmas desaparecendo cada vez mais. Estava pálido, coitado, num desânimo avassalador. Desânimo de quem estava perdendo as esperanças de voltar a andar. Era desesperador para Hugo vê-lo daquele jeito, ainda mais sabendo que o jovem havia, sim, sido vítima completa de seu egoísmo, por mais que o garoto dissesse que não.

Mais ao fundo, os gêmeos Enzo e Elias eram o centro das atenções. Contavam e recontavam, para quem quisesse ouvir, sobre terem tido a permissão de Mefisto para ficarem na escola, apesar de Elias não ser bruxo. Falavam do Alto Comissário com uma reverência que dava arrepio em Capí, mas o que o pixie poderia fazer? Mefisto havia, de fato, salvado os dois. Não fosse por ele, Ustra teria apagado a memória dos meninos e os jogado fora, como a lei bruxa mandava. Em vez disso, Elias agora poderia assistir a todas as aulas, em sua tentativa de virar bruxo também; algo completamente ilegal, mas que podia ser feito, com a permissão especial do Alto Comissário da República.

Pelo visto, Mefisto tinha conquistado mais dois fãs, e quanto mais eles repetissem a história, mais admiradores o Alto Comissário ganharia. Era inevitável. Somente os alunos conservadores pareciam lembrar que era crime deixar um azêmola estudar magia. Olhavam para Elias como se ele fosse uma aberração, uma afronta à bruxaria; mas o que podiam fazer contra a palavra do Alto Comissário? Hugo estava achando era bom. Mefisto tinha mandado muito bem. Até Capí concordava.

"Olha aí a festa que tu não teve ano passado, véio", Viny sorriu com carinho, passando o braço por cima dos ombros do amigo. "A gente vai vencer desses caras. Não se preocupe", o loiro garantiu, e Hugo se afastou para pegar mais uma das bolinhas de queijo com orelhinhas pontudas que os faunos estavam servindo.

Dando risada, saboreou mais uma Dalilinha de Queijo enquanto deixava vários aluninhos vestidos de Viny passarem por ele com suas gravatas na cabeça. Não se lembrava de, algum dia, ter sido tão jovem... E pensar que havia vendido cocaína para a metade do colégio naquela idade.

Olhando ao redor, à procura de um certo gato bisbilhoteiro, encontrou Macunaíma todo esparramado no chão, recebendo carícias de quatro meninas ao mesmo tempo. "Bicho safado", Índio alfinetou, e o gato ronronou para elas, debochando do mineiro. Hugo deu risada. Índio podia ter ficado sem aquela.

Rindo dele, as alunas voltaram a brincar com Macunaíma, achando o máximo um axé que, além de ter olhos verdes, ainda emitia sons! Nunca haviam visto nada parecido. Epaminondas até abria a boca para fingir que ria, mas som nenhum saía dela. Macunaíma não. Ninguém calava a boca daquele gato.

Mordendo mais uma Dalilinha de Queijo, Hugo se deliciou ao ver Abel voltar para a festa, com cara de quem vivera o maior vexame da vida. Dalila provavelmente só sairia da sala quando aquela geração inteira de alunos houvesse se formado.

Adorando aquilo, Hugo virou-se, esbarrando em cheio no professor bizarro das ratazanas. "Credo!" ele se afastou do loiro maníaco enquanto Camelot ria de sua cara, com aquele topete enrolado ridículo.

"Rindo de que, Cabeça de Berinjela?"

Camelot fechou a cara, odiando o novo apelido, e Hugo se sentiu vingado.

Olhando de volta para o senhor das ratazanas, sentiu um calafrio só de vê-lo andar em meio aos alunos com aquela frieza psicopata, seus gélidos olhos azuis vidrados à frente, como se todos ali fossem esmagáveis.

Viny abraçou Hugo pelos ombros, tirando-o de lá. "Vai se preparando para o Calavera, Adendo. Daqui a uns dois anos tu vai ter aula com ele."

Na verdade, Hugo não via a hora...

"*O cara cheira a sangue!*" ele sussurrou empolgado para Gislene no dia seguinte, enquanto a professora-futuróloga-charlatã Symone Mater argentinava na frente da turma falando sobre as diferentes formas de se prever o futuro e as vantagens do Tarô Cigano. Era a primeira aula de Futurologia deles na Korkovado. Totalmente dispensável. "*O Capí já te falou alguma coisa sobre ele?*"

"Não, só sei que o Ítalo passa longe do Calavera sempre que vê o cara se aproximar", Gi respondeu, anotando com atenção o que a professora dizia mesmo enquanto falava com ele – habilidade disponível apenas aos *Homo sapiens sapiens* do gênero feminino.

Ao contrário dela, Hugo não fazia ideia do que a charlatã estava dizendo lá na frente. Não tinha respeito algum por ela. Quer dizer, mais ou menos. Estava confuso. A implicância ainda existia, mas Hugo e ela agora guardavam um mesmo segredo: a participação do Alto Comissário na morte do último chapeleiro, e só o fato de Symone ter mantido aquilo para si já o deixava bem intrigado.

"Vem cá, como tu tá conseguindo anotar tudo sem sotaque? Eu já risquei dois *muchos* e quatro *futurolorrías* aqui."

Gislene deu risada, sem parar de anotar.

"Bom, de qualquer forma", Hugo desistiu do caderno, "algum dia eu falto à aula de sexta e invado a desse Calavera pra ver o que tanto assusta o Capí."

O pixie havia resistido a sete dias de tortura, mas não resistira a dois minutos na aula daquele homem. Capí não era de passar mal com pouca coisa.

"Não falta aula por causa disso, Idá..."

"Falto, sim, e tu vai comigo. Nossa aula especial de sexta-feira este ano vai ser..." Ele pegou a ementa. "*Defesa Contra Azêmolas: como se explicar caso for pego fazendo magia no mundo deles.*" Hugo riu pelo nariz. "Fala sério, tô gargalhando desde já. Duvido que a gente vá perder alguma coisa se faltar pra assistir uma aulinha inofensiva de Macumba Bruxa Radical nível Mil com o titio Calavera algum dia."

"Tu tá tão Viny hoje..."

"Pelo menos o Calavera não falta aula pra viajar, como o irresponsável do Atlas."

"*O irresponsável do Atlas*?!" Gi riu. "Essa não era pra ser minha fala?"

"Tu tava certa."

"Niños, niños queridos. Mejor *pararem* de hablar se quisieren aprender alguna cosa aquí", Symone os repreendeu, pousando a mão tatuada de mandalas orientais no ombro de Hugo até com certo carinho – novidade total para ele – e voltando a dar a aula.

Gislene também notou a diferença, *"Não foi ela que fechou a porta na tua cara com medo de você, dois anos atrás?"*

Hugo ergueu a sobrancelha, confirmando. "Tem louco pra tudo neste mundo."

Mas ele sabia o que havia acontecido. Ganhara o respeito dela. Salvara três vidas, como ela havia previsto: a vida de Atlas, contra os chapeleiros, a vida de Capí…

Symone não se esqueceria tão cedo da imagem dele chegando para tirar Caimana do castigo, deixando as marcas ensanguentadas das mãos no vidro da porta.

O salvamento de Eimi ela não tinha visto, mas aquelas duas que ela presenciara aparentemente haviam sido suficientes para que passasse a respeitá-lo.

Pelo menos uma pessoa me respeitando neste colégio. Já era alguma coisa, Hugo pensou, sentindo certo rancor pelos que ainda o julgavam. Índio, principalmente. O mineiro tinha suas razões, mas Hugo não podia ter denunciado o Alto Comissário por assassinato quando Mefisto matara o chapeleiro justamente para salvar sua vida. Teria sido trairagem demais. Já o Conselho Escolar continuava desprezando-o por razão alguma. Ele tinha salvado o maldito colégio, caramba!

Hugo voltou a prestar atenção na professora, que continuava a olhá-lo com aqueles olhos profundamente azuis. Eram de um azul místico espetacular… realçados com perfeição pelos longos cabelos negros da argentina. Vendo por aquele ângulo, a metida a futuróloga até que era atraente. Tinha uma beleza quase sobrenatural. Um pouco envelhecida, mas, ainda assim, uma beleza.

Que papelão. 45 anos na cara e ainda ficava fechando a porta em alunos de 13 por puro preconceito, discutindo infantilmente com Atlas, que era uns 15 anos mais jovem que ela…

"*É uma charlatã mesmo…*"

Gislene deu com a apostila na cabeça dele.

"Ei! Qualé!"

"*Tu não vai mudar nunca, Idá?!*"

"*Eu já mudei, ué! Dois anos atrás eu teria falado isso na cara dela, pra turma toda ouvir.*"

Gi fez menção de contestar, mas acabou concordando. Hugo tinha melhorado um pouquinho mesmo. Manuel sofrera nas mãos dele.

Enquanto isso, Symone advertia os alunos de que a maioria deles jamais conseguiria prever coisa alguma, mesmo com tudo que ela ensinaria, porque *solamente los predestinados podrian leer el futuro*.

Desculpa esfarrapada para a sua incompetência.

Segurando-se para não dizer nada, Hugo procurou prestar atenção ao restante daquela aula. Mostraria à semicharlatã que era um bom aluno, e não o baderneiro que ela previra na maldita profecia da cocaína.

Ao final da lição, enquanto todos se retiravam, Symone arrematou, "*Nem adianta* iren al la aula de Atlas. *Para variar,* el irresponsabile no se encuentra en Rio. Por lo menos, no tengo que soportar aquél *demoniozito* blanco *de rabo cumprido.*"

Hugo riu. Quixote também o irritava bastante. Ô bicho desconfiado.

Como avisado, Atlas não apareceu em sua primeira aula, e os alunos foram fazer coisas mais úteis: Gislene e Hugo resolvendo treinar feitiços na sala vazia, para impressionar Areta Ákilah. Hugo treinava puto da vida, pensando nos novatos daquele ano; em como, dentre eles, podia haver um Huguinho qualquer, que entrara com esperanças de encontrar uma escola melhor no mundo bruxo, e hoje ficaria irritado com a falta de um professor no primeiro dia de aula. Atlas tinha que parar de desrespeitar os alunos daquele jeito. Era uma falta de sensibilidade! Hugo se lembrava muito bem do baque que havia sido para ele um professor faltar as primeiras TRÊS semanas. O ódio que ele sentira do gaúcho, que ele nem conhecia. Ódio que acabara resvalando no incompetente Manuel, na aula seguinte.

A desculpa da falta, naquele ano, havia sido a morte recente do filhinho. Tudo bem. Hugo entendia. Mas e agora que Atlas havia praticamente abandonado Capí à própria sorte para viajar?! Qual era a desculpa desta vez?!

Hugo olhou para as dezenas de relógios quebrados nas estantes. Relógios que Atlas nunca tentara consertar. Talvez fossem um lembrete do filho morto. Damus era o Peter Pan do professor... *a criança que nunca crescera*, e que ele vivia a perseguir, inconformado com a morte do filho.

Perturbado, o coitado. Hugo tinha que relevar.

Gislene checou seu relógio de pulso preocupada. "Bora lá que a aula do Ítalo já vai começar. Tomara que ele esteja bem."

Sua preocupação era justificável. Naquela manhã, a escola havia sido quase invadida por uma horda de jornalistas locais, disparando pergunta atrás de pergunta aos professores que embarreiravam a entrada, inquirindo sobre o tal garoto imune. Outros professores correram para reforçar a barreira no refeitório, impedindo a entrada daqueles animais, que atacavam com indagações das mais agressivas, querendo saber se o boato era verdadeiro, chamando Capí de egoísta na frente dos alunos, perguntando por que a escola havia ocultado da comunidade científica bruxa a imunidade do garoto, até que os professores finalmente conseguiram expulsá-los torre acima, enxotando-os para o Parque Lage e trazendo a paz de volta ao refeitório.

Apesar de Rudji e Areta terem ficado lá em cima para desmentir o 'boato' e convencê-los de que a imunidade não existia, a quase-invasão causara um verdadeiro bafafá entre os alunos no café da manhã. Capí ficara muito mal com aquilo, não porque o haviam chamado de egoísta na frente de todos, mas porque, no fundo, ele se sentia mesmo um egoísta. Por ter tido medo de se abrir à pesquisa. Por ter se recusado a virar rato de laboratório deles. Aquilo revoltava os Pixies ainda mais do que a invasão dos jornalistas.

"Tu não tinha nada que virar cobaia deles, véio! Deixa de bobagem!"

Agora não tinha mais jeito. Mesmo que os jornalistas acreditassem na mentira dos professores e deixassem de perturbá-lo, a notícia de seu 'egoísmo' já havia se espalhado feito piolho pela escola, e ele teria que enfrentar mais uma primeira aula do ano com seus alunos contaminados por boatos – desta vez verdadeiros –, olhando-o com curiosidade ou julgamento, dependendo do nível de cretinice de cada um.

E lá estavam eles, no jardim do Pé de Cachimbo. Uma multidão querendo assistir à aula do 'garoto imune.' Eram alunos do Terceiro Ano, do Primeiro, do Sétimo... Alguns o olhavam como se ele fosse uma espécie de aberração; outros, como se fosse um criminoso; a maioria, no entanto, demonstrava uma curiosidade inocente. Graças a Deus. Principalmente os mais jovens.

"É verdade que o senhor é imune, professor?!" Rafinha veio perguntar-lhe empolgado, sem esconder a admiração que sempre sentira por seu antigo professor de alfabetização.

Capí o olhou com carinho, apesar de tudo, respondendo-lhe com afeto genuíno; infinitamente mais gentil do que Hugo jamais teria sido capaz de ser com alguém que o houvesse traído daquela maneira; afinal, Rafa havia denunciado Playboy para Ustra. Mesmo depois de tudo que Capí lhe dissera sobre conceder segundas chances, o menino entregara o bandido nas garras do pior carrasco que já pisara naquele colégio, e agora Playboy estava perdido em algum lugar, sem memória, talvez morto, talvez de volta ao crime. Um ser humano que o pixie estivera tentando reformar por quase um ano, ensinando-o a ler, a escrever, a ter compaixão... e tudo aquilo para quê? ...Toda uma nova possibilidade de vida perdida.

A tristeza nos olhos do pixie ao olhar para o menino era por isso; não porque a denúncia iniciara uma cadeia de eventos que levara à sua tortura.

Capí entendia o ex-aluno, claro. Rafa não conseguira superar o ódio que sentia pelo bandido. Normal. Era difícil mesmo. Capí nunca o julgaria por ter feito algo que talvez ele próprio teria feito se tivesse vivido a vida do garoto.

Rafinha não sabia que havia sido responsável pela tortura do pixie, nem Capí queria que ele soubesse. Olhando-o com afeto, confirmou a imunidade para o menino, que abriu um sorrisão maravilhado.

Assim que ele o fez, todos se aproximaram para saber mais detalhes, perguntando por que o pixie não contara aquilo para ninguém, nem deixara que o pesquisassem em busca de poções protetoras, e Capí pediu calma. "É mais complicado que isso, gente. Por favor, não me julguem. Eu peço essa gentileza a vocês."

Para a surpresa de Hugo, os alunos se aquietaram. Ao que parecia, a admiração e o respeito que sentiam por Capí eram maiores do que qualquer acusação de egoísmo dos jornalistas, e o pixie lhes agradeceu por aquilo.

Claramente cansado, pediu que alguns alunos fizessem o favor de trazer uns caixotes pesados que havia deixado atrás do Pé de Cachimbo. Empolgadíssimos, os mais jovens trouxeram as caixas e as deixaram na grama, em frente à turma. Hugo espiou dentro de uma delas e ficou surpreso com o quanto os filhotinhos de mapinguari haviam crescido desde a neve do semestre anterior. De bichinhos que cabiam na palma da mão, eles agora pareciam filhotes médios e fofuxos de bicho-preguiça, com a diferença de terem um olho único na testa e uma boca dentada na barriga. Alguns meninos tentavam tocar nos filhotes, mas logo afastavam os dedos, com medo de serem mordidos, até que uma das meninas menores, mais inteligente do que eles, pegou o dela pelas costas. Só então os meninos mais velhos criaram coragem para fazer o mesmo.

Quando viu que cada grupo de quatro já estava com um bichinho entre eles, Capí explicou que o mapinguari, quando adulto, podia chegar a 6 metros de altura. "Uma casa de dois andares." Os alunos olharam admirados para aqueles filhotinhos, que logo virariam gigantes.

"Com esse tamanho todo, sabem de qual animal os mapinguaris adultos mais têm medo?"

"Qual?!"

"Do bicho-preguiça."

"Tá brincando!"

Capí riu também, "Não estou, acredite."

Era tão bom vê-lo rindo… Capí não sabia o quanto.

"Apesar do tamanho, eles são extremamente mansos. Dá pra ver pelo comportamento amável dos filhotes."

Hugo fez cócegas nos pés em formato de pilão do bichinho, que se contorceu todo de prazer nos braços de Gi, deixando Macunaíma mordido de ciúmes no centro da roda.

"... O problema é quando alguma coisa vem tirar o sossego deles. Aí eu não chegaria muito perto de um adulto se eu fosse vocês."

Francine ergueu as sobrancelhas. "O que eles fazem?!"

"Quando são importunados? Saem pela mata atrás da pessoa, gritando e quebrando tudo, derrubando árvores, deixando um rastro de destruição e uma pessoa um tanto aterrorizada pelo resto da vida. Isso se o sortudo sair vivo."

"Ui", Hugo brincou, enquanto Francine devolvia o filhote à grama, por precaução.

"Quando crescidos, os mapinguaris emitem sons semelhantes aos gritos de homens adultos para enganar caçadores desavisados, matando-o de surpresa."

"Que filhos da mãe!"

"Quem? Eles ou os caçadores?"

Surpreso com a pergunta do professor, só então o jovem percebeu o que tinha dito, e Capí olhou-o com carinho, "Relaxa, Conrado. É natural ter raiva de quem engana, mas os caçadores foram lá para matá-los. Os bichos só estão se defendendo."

"Claro, professor. Eu falei sem pensar. Por que alguém caçaria um animal dócil como esse?"

"Além de a carne de mapinguari ser muito apreciada na culinária bruxa, a pele e os grandes pelos deles são invulneráveis à maioria dos feitiços e a balas de qualquer calibre. Por isso são muito úteis na confecção de casacos semiprotetores."

"Então eles são imunes como o senhor?!" um novato ruivinho perguntou, já olhando para o pixie com a mesma admiração dos mais velhos.

Capí meneou a cabeça, "Quase imunes. Ainda podem ser mortos se o caçador souber como. Tanto que estão em extinção e precisam ser protegidos. A Korkovado é como um berçário pra eles. Os filhotes são trazidos aqui pra que possam crescer em segurança até a adolescência, quando, então, são devolvidos à Amazônia."

"O ponto fraco deles é o umbigo, né?"

Capí virou-se para ver quem fizera a pergunta e encontrou Gueco com um dos filhotes na mão e pura maldade nos olhos amarelos.

Os outros caíram num silêncio tenso, esperando a resposta do pixie, que hesitou bastante antes de confirmar. Sim, aquele era o ponto fraco do bicho, pouco abaixo da boca.

"Então quer dizer que se eu..." o anjo provocou, apontando a varinha contra o umbigo do filhote, mas recebeu como resposta um olhar tão frio de Capí que congelou no ato, recolhendo a varinha logo em seguida, com os olhos fixos nos do professor.

"Ah, coitado!" Hugo ironizou, dando risada do cagaço do anjo.

Capí não estava achando graça. "Larga o filhote."

Gueco obedeceu, mas com ódio profundo nos olhos, diante da infinita superioridade do pixie em questão de magia. Ainda teve de aguentar as piadinhas à sua volta, enquanto Capí retomava a lição.

Quem Gueco pensava que era para achar que ele, um aluninho de meia-tigela, conseguiria ameaçar um animal da escola sem uma reação de Capí?! Nem Mefisto conseguira! Ninguém provocava o pixie em uma aula sua.

Recolhendo-se à sua insignificância, o anjo passou o restante da aula encolhido em seu canto, com raiva, enquanto Capí ensinava-os a cuidar dos bichinhos, fazendo uma mistura de leite com nozes para dar aos filhotes, com o conta-gotas, já que as mães não podiam ser trazidas da Amazônia para amamentá-los.

Era a primeira aula que ele dava depois da tortura, e de vez em quando ainda ficava distraído; meio fora do ar. Quando voltava a si, prosseguia sua fala, enquanto os alunos alimentavam os bichinhos. "O mapinguari não gosta de andar durante a noite. O perigo é de dia, mesmo que de dia ele também durma bastante."

Andando por entre os alunos enquanto falava, tentava ignorar a dor que sentia a cada passo dado, mas Hugo via que a maldita estava lá, constantemente tirando sua atenção, torturando-o toda vez que ele se abaixava para pegar alguma coisa ou para orientar um aluno sobre como inserir da maneira correta o conta-gotas nas boquinhas dos 'mapinguços', como um dos meninos tão carinhosamente nomeara seu guloso peludinho, para a risada geral.

Apenas Gi e Hugo não estavam rindo, atentos ao pixie, que volta e meia cerrava os olhos com força. Devia ser uma dor monstruosa. Em determinado momento, chegara até a esconder as lágrimas, mas Hugo as vira.

Capí estava com medo... Era isso. Medo de não conseguir continuar dando aulas. Não tinha condições físicas para aquilo.

Hugo olhou para Gi com apreensão, e ela devolveu-lhe o olhar, indo ajudar o namorado no que pudesse; Hugo sentindo uma revolta enorme no peito por causa da situação. Ensinar era uma das poucas fontes de alegria do pixie; ele tinha que conseguir continuar.

Parecendo pensar a mesma coisa, Capí olhou para o alto e respirou fundo, retomando a lição mais resoluto.

Hugo comemorou em silêncio.

O restante da aula transcorreu sem maiores incidentes, mas teve que terminar alguns minutos mais cedo, por força da dor. Enquanto os alunos se dispersavam, vários foram cumprimentar o professor, alguns abraçando-o, outros apenas dizendo "A gente acredita no senhor", o que era bom demais de ouvir.

Claro que nem todo mundo pensava igual; Gueco e outros poucos assistindo à distância, de braços cruzados, achando-o um mentiroso exibido, enquanto alguns simplesmente estavam na dúvida mesmo, mas mantinham o respeito, depois de uma hora e meia vendo o sofrimento do pixie.

À medida que as aulas das outras séries foram terminando, no entanto, outros alunos começaram a aparecer no jardim; esses, sim, fazendo comentários nada bondosos enquanto Capí passava por eles com os caixotes, para guardá-los até a próxima aula. Acusavam-no de egoísta, de mentiroso, de ter inventado uma tortura só para "aparecer"... Nem todas as acusações eram orais. A maioria era através de olhares, e Capí tentava evitá-los ao máximo, porque incomodavam.

Gutemberg foi cumprimentá-lo. "Disseram que sua aula foi boa. Parabéns."

Capí agradeceu com seriedade, aceitando o aperto de mão do anjo e voltando a agachar-se no chão para arrumar a última caixa, enquanto Gordo olhava-o com pena.

"Meo, confessa logo que vai ser melhor pra você, mano..."

Gi se levantou para encarar o anjo. "Que mané confessar o que, cara?!"

Logo ela, que tinha praticamente metade do tamanho dele, mas Gordo não era tão ruim quanto os outros, e apenas deu um passo para trás, continuando a achar que Capí estava mentindo, enquanto Thábata Gabriela passava por ele infinitamente mais nojentinha.

"Esse aí só quer chamar atenção acusando o governo. Pensa que é estrela!"

"Para com isso, Thábata..." Gutemberg implorou, cansado daquilo tudo.

"Parar por que, Gordo?! Ele não queria chamar atenção?! Chamou atenção, né, Filhinho de Fiasco?"

"Quem cê tá pensando que é, hein?!" Índio chegou para encará-la, e Camelot veio reforçar o lado da anja, já que Viny tinha chegado empurrando também, e os quatro ficaram se xingando numa discussão quase ininteligível; Gutemberg e Lepé tentando apartar a pequena escaramuça enquanto Gi reclamava: "Ei!", extremamente afrontada.

Cerrando os dentes de raiva, Hugo estava prestes a dar uns petelecos naqueles emperiquitadinhos também quando viu Capí apenas desviar o olhar da briga e continuar o trabalho. Então segurou a onda, agachando-se para fazer o mesmo. Capí estava precisando de ajuda, mas não para responder desaforo, e sim para fazer o trabalho pesado mesmo.

A escaramuça se desfez com a chegada de Abelardo e outros mais sensatos, e os dois grupos se dispersaram pelo jardim sem maiores estragos. Thábata desfilando para longe dali como se houvesse dito apenas umas boas verdades.

Incomodado com os comentários ácidos que a amiga fizera, Gordo sussurrou para Capí, *"Ia ajudar se você falasse a verdade, sabia? Pelo menos não teria que passar por aquele tribunal de novo."* E foi atrás dela.

Capí ficou olhando para o anjo, surpreso por ele realmente acreditar na mentira de Abel. Thábata talvez estivesse falando para provocar mesmo, mas Gutemberg parecia crer, de verdade, na palavra do amigo. Era muita ingenuidade para alguém daquele tamanho; ainda mais com amigos cretinos como os que ele tinha.

Gordo era o menos esnobe dos Anjos, apesar de ser um dos mais ricos, mas também era fresco demais. Sempre todo aprumadinho, todo europeuzinho. Os cabelos semicacheados até descabelavam um pouco, talvez por serem impossíveis de pentear, mas as sobrancelhas… Ah! Que ninguém mexesse em suas sobrancelhas impecáveis. Ficava extremamente birrento quando alguém o fazia.

Difícil engolir aquele filhinho de mamãe duvidando de Capí.

Terminando de recolher os últimos filhotes, cansado, o pixie apenas entrou em casa. Sem falar com mais ninguém. Viny olhou para Gi, que entendeu o recado, entrando atrás do namorado para confortá-lo. Não que ela não fosse fazer aquilo de qualquer forma. Capí estava preocupado… Com receio de perder o posto de professor por causa das dores. E dos boatos.

Depois de tudo que ouvira naquela manhã, Hugo estava começando a ter o mesmo medo. Enquanto remoía seus temores, assistia, distraidamente, ao treinamento de Enzo e Elias; os dois aproveitando cada segundo entre aulas para praticar. Elias era derrubado por Enzo de novo, e de novo, e de novo, sem conseguir fazer um ínfimo feitiço para se defender, mas não desistia. Irritado, levantava-se e tentava mais uma vez. O pobre do irmão morrendo de medo de machucá-lo. "Vai! Não tem pena de mim, não, Enzo! Manda ver! ARGHH, filho da mãe!!!"

Lá estava Elias de novo no chão, puto consigo mesmo.

"Desiste, garoto!" Camelot gritou, rindo da cara do filho de pescador junto a outros conservadores.

"NÃO! O Alto Comissário não me deu uma segunda chance à toa!" Segurando a varinha com mais vigor, compenetrado, Elias gritou "*Oxé!*" mas nada aconteceu, para deleite absoluto dos que assistiam.

Nem todos os conservadores estavam rindo, no entanto. Índio observava os irmãos com verdadeira antipatia nos olhos. Não só porque ensinar magia a azêmolas era ilegal, mas porque os dois continuavam elogiando o Alto Comissário, mesmo depois de terem visto as dores de Capí. Hugo sabia que era isso que rondava a cabeça do mineiro… Que eles deveriam ter mais consideração pelo professor que ensinara os dois a ler e escrever.

Índio cruzou os braços, olhando-os com desprezo. "Impressionante como as pessoas são manipuláveis, não?"

Sentindo a alfinetada, Hugo olhou torto para o pixie. "Se não fosse pelo Mefisto, o garoto nem estaria aqui, Índio. O que você queria que o Elias sentisse? Ódio pelo cara que ajudou ele?!"

O mineiro fez uma careta mal-humorada, recusando-se a respondê-lo, mas Viny tinha ouvido e não deixaria barato. "O Enzo e o Elias não teriam nem *entrado* aqui se não fosse pelo véio, Adendo. Não se esqueça disso." O loiro suspirou, observando os dois, "Parece que eles já esqueceram."

Enzo não tinha esquecido. Não tinha. Hugo vira como o filho de pescador olhara compadecido para o professor durante a aula. Elias, sim, estava compenetrado demais tentando fazer magia para notar qualquer coisa, mas quem poderia culpá-lo? Ele era só uma criança que nunca havia tido nada na vida, e agora estava agarrando aquela chance de virar bruxo com unhas e dentes. Hugo o entendia perfeitamente! Como não entender?! As pessoas precisavam ser mais compreensiv…

Uma jovem saíra do salão de jogos para o jardim, andando resolutamente na direção deles; uma jovem que Hugo definitivamente não esperara ver de volta na Korkovado nem em mil anos. E ele sentiu o coração dar um tranco, sem saber o que fazer ou o que falar.

Ela não poderia estar ali… Não com aquela barriga enorme…

CAPÍTULO 11

PAIS E FILHOS

"Janaína?!" Hugo quase perdeu o equilíbrio olhando para ela, mas a baiana nem se dignou a responder, passando por ele em direção ao Pé de Cachimbo. "EI!" ele gritou atrás dela revoltado. Quem ela pensava que era para ignorá-lo daquela maneira?! Ainda mais desfilando com aquela barriga enorme, esfregando a traição na cara dele!

Marchando pelo gramado, Hugo foi tirar satisfações. "O que tu tá fazendo aqui, hein?! Eu já disse que não vou assumir esse filh…"

"Ôxe, tá se achando importante, hein?! Você acha mesmo que eu vim aqui lhe ver?! Vê se te enxerga, Hugo!" Ela apertou o passo, tentando deixá-lo para trás. "Você não é o único ser do universo, não! Ôxe…"

Janaína empurrou-o para o lado, seguindo seu caminho.

Hugo parou atônito, "Mas…" e viu a baiana ir falar com Viny, que a cumprimentou todo animado e surpreso, colocando a mão no barrigão dela e fazendo alguma piadinha, que fez ela e Índio rirem.

Remoendo a raiva enquanto assistia de longe, Hugo tentava fazer as contas. A cretina o traíra quatro dias antes do aniversário de Eimi, então… Meu Deus, já ia dar nove meses. Faltavam 19 dias…

Dezenove dias a separariam dele em definitivo e para sempre…

Que bobagem ele estava pensando?! Janaína era uma traíra filha da mãe! Por que ele ainda ficava sem ar na presença dela?!

Bocó… Vai deixar que a traidora fique te dando patada assim, na frente de todo mundo?! De jeito nenhum!

Afrontado com as risadas dos três, Hugo deu alguns passos resolutos em direção à baiana, mas Janaína lançou-lhe um olhar tão hostil de "não ouse se aproximar" que ele congelou onde estava, espantado.

Areta deu risada atrás dele, adorando aquilo tudo, e murmurou em seu ouvido, *"Em nove meses não nasce um bebê; nasce uma mãe. Não é o que dizem?"*

"Ah, vai te catar!" Hugo marchou furioso em direção à Janaína de novo, sabendo que Areta estava rindo atrás dele.

"*Vai lá, Napoleão! Vai vencer a sua guerra, vai! Só não esquece de subir pra minha sala depois, sabichão!*"

Hugo tirou Viny do caminho, segurando Janaína pelo braço com cuidado e falando baixo, "*Você não respondeu à minha pergunta. O que tu tá fazendo aqui?!*"

"*Ôxe, se saia, rapaz... Eu não lhe devo explicação nenhuma, não! Vá brincar de garanhão com outra, vá, que eu tenho mais o que fazer!*"

Ele olhou-a afrontado; irritadíssimo na verdade, principalmente com as risadas dos que estavam assistindo. "Tem mais o que fazer, como o quê?!"

Janaína bufou impaciente. "Já que você quer tanto saber, eu vim dar um apoio moral para Ítalo! Satisfeito?! Meus pais só estão vivos até hoje graças ao silêncio dele! Ainda não sei onde eles estão escondidos, mas sei, por Justus, que estão vivos e em segurança, e isso é tudo graças a *ele*!" Ela indicou o Pé de Cachimbo. "Viu só como você não é o centro do universo?!" Então arrancou o braço das mãos do ex e foi falar com Gislene, que acabara de sair do Pé de Cachimbo atordoada com a tristeza do namorado.

Após uma rápida conversa com Janaína, Gislene a guiou para dentro, achando mesmo importante que ele a visse, e Hugo ficou do lado de fora, mordendo-se de raiva, imaginando a traidora consolando o pixie. Ah, tão santinha... Ainda ficava se fazendo de vítima.

Viny chegou ao seu lado. "Foi o Boto, Adendo... Tu sabe disso."

Hugo cerrou os dentes, com o orgulho ferido. "Não me interessa. Ela deu trela."

Resolvendo que não queria mais conversar sobre aquilo, foi diretamente para a aula de Feitiços, decidido a nunca mais pensar naquela baiana traidora, mas quem disse que Areta deixou? Ficou a aula inteirinha lançando indiretas sobre ele ser o papai do ano, sobre ter esquecido o coração na Bahia, sobre Napoleão estar irritado com sua Josephine... O pior é que ele nem ao menos podia responder às provocações porque a professora lançara um feitiço de voz de gás hélio nele, para o delírio da turma!

"Perdeu a guerra, Napô?"

"*Ah, faça-me o favor!*" Hugo reclamou com a voz fina, aborrecido por ter se desconcentrado novamente no feitiço que estava treinando, transformando a própria roupa em papel, em vez de a roupa de Rafinha, e a turma caiu na gargalhada de novo, enquanto Areta provocava, "Olha que eu rasgo, hein!"

"*Filha da mãe...*" ele deu sua resmungadinha de hélio, rapidamente transformando as roupas de volta em tecido, antes que a professora resolvesse cumprir a ameaça. Areta perdia o emprego, mas não perdia a piada.

Como resultado, Hugo passou aquela maldita noite inteira sonhando que era Napoleão, descobrindo-se grávido do boto e acordando. No dia seguinte, estava morto de sono, com raiva de Janaína e com mais raiva ainda da professora!

Pelo menos a baiana traíra já voltara a Salvador.

Praticamente arrastando os pés até a árvore central, ainda sonolento após o café da manhã, olhou para cima, com preguiça absoluta de subir aquelas centenas de andares de escada até a aula de Alquimia, no último piso. A vontade que tinha era de simplesmente não ir, mas, como não queria dar ao japonês o gostinho de sua falta, concentrou-se e ficou tentando *girar* até lá. O cúmulo da preguiça.

Tentou uma, duas, três vezes, e ficou tonto. Já ia tentar uma quarta, de olhos fechados, quando Viny deu um tranco em seus ombros por trás, assustando-o de propósito. "Tentando girar, Adendo?!"

Hugo olhou fixamente para a frente, irritado. "Ah, vai te catar, vai." E o pixie deu risada atrás dele. Beni ao seu lado.

Devia estar tentando compensar pela falta da Caimana.

Os Anjos passaram por eles para subir a escadaria, Abelardo num primor de roupa europeia, achando que não precisava vestir uniforme como os outros mortais, por ser filho de Dalila. Camelot fazendo o mesmo, por ser amigo de Abelardo, e Gordo ajeitando as sobrancelhas com os dedos, como se fosse muito importante deixar todos os fios em seus devidos lugares.

Irritado por vê-los arrumadinhos daquele jeito, como se não fossem um bando de cretinos mentirosos, Viny recitou em voz alta, para o pátio todo ouvir:

"Por fora, luvas, galões,
insígnias, armas, bastões!
Por dentro, pão bolorento:
Anjo Bento!"

Gutemberg virou-se indignado, "Não vem citar Gregório de Matos, não!"

"Uuuu, o Gordo conhece poetas azêmolas! Que embaraçoso! Vocês vão deixar?!"

Abel e Camelot partiram para cima do pixie, mas foram impedidos por Beni e Thábata, que seguraram os dois. Uma briga na frente da escola inteira não seria inteligente, e os Anjos foram embora contrariados, voltando a subir.

Viny riu, achando graça da própria provocação, mas Índio não tinha entendido. "Gregório de Matos?"

"Um poeta boca suja azêmola. Surpreendente o Gordo conhecer."

Hugo não estava mais prestando atenção. Tinha voltado a se concentrar na visualização do último andar, fechando os olhos para tentar girar diretamente até a sala de Rudji.

"Ô, dó."

Hugo olhou irritado para Índio. "Vai incomodar outro, vai!"

"Cê acha que o Capí não faria isso se pudesse? Com todas as dores que ele sente subindo essa maldita escada?"

"Lembra, Adendo: escolas, bancos, florestas, desertos", Viny enumerou. "O giro é bloqueado em todos esses lugares."

"Mas o Capí consegue girar aqui na escola!"

"Não consegue, não."

"Ele já me trouxe do Santa Marta pra cá girando!"

"Ele consegue de *fora* da Korkovado pra *dentro*, nunca daqui para outro lugar, nem entre locais aqui dentro. É proibido. E ele só tem permissão de girar pra dentro porque ele é morador daqui. Nem os professores conseguem."

"O Atlas consegue."

"O Atlas é morador, cabeção."

"Ah, é." Hugo entendeu, e o rancor pelo professor voltava. "Nem parece, né? Nunca tá aqui quando a gente precisa dele! Sempre viajan…"

Um feitiço violento passou zunindo por suas cabeças, e os Pixies se abaixaram depressa, assistindo-o destruir uma das mesas do pátio numa explosão, à medida que uma discussão infernal aumentava de volume com a proximidade.

"É, parece que a viagem foi curta", Viny caçoou, tendo que desviar de mais um jato colorido, enquanto Atlas e Symone irrompiam de uma das portas do corredor dos signos, atacando-se ferozmente, ambos com lágrimas de fúria nos olhos.

"*Tu SABÍAS como iba a ser aquella audiencia, ATLAS! No hay disculpa! Tendrías que haber aparecido! Siempre un irresponsable!*"

"*EU, o irresponsável?!*" Atlas jogou mais um feitiço contra a professora, errando por pouco. "Eu sonhei de novo com o Damus, sabias?! Quem foi a omissa no caso dele, hein?!"

"*Cuantas vezes tengo que decir-te qué yo no tuve culpa?!*"

"Tu podias ter previsto!"

"*No es así que funciona la futurologia, Atlas!*"

"*NÃO ME INTERESSA!*" Atlas berrou, chorando de ódio. "*O guri está morto por tua causa!*"

A cada frase, trocavam feitiços, como num tango violento, destruindo boa parte das mesas de mármore, enquanto os alunos saíam do caminho assustados. Estavam completamente fora de controle!

"*No vamos* recomeçar *esa discussión, Atlas! Eso es un absurdo! Una crueldad!*" Symone desviou de outro feitiço. "*Tu estas me torturando y torturando a sí mismo con esas memórias!*"

"*TUA CULPA!*" ele berrou, com o rosto vermelho de fúria, e lançou mais um feitiço contra a professora, novamente errando o alvo e explodindo uma cadeira logo atrás.

Aquilo estava violento demais! Se ninguém os detivesse, um deles acabaria morto!

"Parem, vocês dois!" D'Aspone, assessor do Conselho, chegou, morrendo de medo de ser atingido.

E quem disse que eles ouviram?! Continuaram se atacando cada vez mais violentamente, quebrando metade do pátio no processo. O ódio era tanto que Hugo sentia dali!

"Professores, por favor! Os alunos estão assistindo! Que exemplo vocês acham que estão dando?!"

Um feitiço explodiu parte da parede atrás de Symone, que respondeu derrubando Atlas com uma rasteira de magia. O professor se levantou, mas com estranha dificuldade. Devia estar alterado. Os olhos dele diziam que estava. Pelo menos um pouco.

Antes que Symone pudesse atacá-lo de novo, Quixote pulou nos cabelos negros da futuróloga, que gritou furiosa; o macaquinho dando berros em seu rosto. "Afaste este peste! *Este maldito sustituto de nuestro hijo que tu* arranjaste!"

"Ele NÃO É substituto do nosso filho!" Atlas berrou roxo de raiva, e Hugo abaixou-se para se proteger de mais uma chuva de escombros que voaram pelo pátio, surpreso com o que haviam acabado de dizer.

Como assim, o Damus era filho dela?!

Symone rebateu mais um jato vermelho do professor, destruindo uma das últimas mesas que ainda restavam de pé, e provocava, "Sustituto, sí! SUSTITUTO!", desviando de mais um ataque dele, e de outro, e de outro! Atlas estava incontrolável, chorando de ódio enquanto a atacava, e HUGO olhou ao redor, ainda confuso. Ninguém estava surpreso com aquela informação?! Só ele não sabia?! Estavam espantados, sim, mas com a virulência da briga, e não com o que diziam! De fato, se ninguém parasse o professor, ele acabaria acertando a argentina, e feio. Estava completamente fora de si, para não dizer bêbado! Nada sobrara do cara engraçado que às vezes rebatia as acusações de Symone com piadas, algumas bastante rancorosas, sim, mas nunca com aquele nível de violência! A sorte dela era que a raiva do professor o estava impedindo de acertar a pontaria, porque senão…

"¡¿Que pasó, Atlas, perdió la mira?!" Symone provocou de novo, olhando-o com ar superior, enquanto Atlas atirava mais um jato enfurecido contra ela, errando de novo, e de novo, e de novo. Desesperado, ele berrou, chorando de ódio da própria incompetência, e foi segurado por quatro alunos ao mesmo tempo.

Aproveitando que o professor estava fora de combate, Symone foi levada à força para dentro do dormitório feminino pelas alunas, seus olhos azuis inundados de tristeza, talvez se perguntando como haviam chegado àquele ponto, e Atlas se desvencilhou dos braços que o seguravam, furioso por ter sido impedido, mas cansado demais para ir atrás dela de novo.

"Grande professor de DEFESA! Perdendo pra futuróloga, hein!"

"Para, Camelot! Não vê que ele tá sofrendo?!" Thábata deu um cascudo no anjo.

Enquanto isso, o professor, humilhado e furioso, abaixava-se para buscar a varinha mecânica que deixara cair no piso de mármore. Não acertando a mira de primeira, Beni se abaixou para pegá-la para ele. "Eu não PRECISO de AJUDA!" O aluno congelou onde estava e Atlas finalmente conseguiu agarrá-la, furioso.

Percebendo todos os olhares nele, foi embora, humilhado, em direção à praia; provavelmente a caminho do trailer. Trocando as pernas, quase perdeu o equilíbrio na saída, mas foi socorrido por Francine, cuja ajuda ele recusou irritado, voltando a endireitar-se e indo embora sozinho, pressionando com as palmas das mãos a vista cansada para tentar focar o caminho.

Assim que o professor saiu, os Pixies se entreolharam preocupados, e Hugo correu para a praia atrás dele. Não precisou ir muito longe. Encontrou Atlas recostado na parede externa, a tempo de ver a irritação do professor virar desespero. Atlas começou a chorar copiosamente, com as mãos trêmulas no rosto. Estava arrasado, como sempre ficava quando discutia com ela, mas só agora Hugo entendia o motivo.

Tinham perdido um filho juntos… Talvez dois, se a gravidez interrompida que Hugo vira nas memórias do professor fosse de Symone também. Um relacionamento de *anos* destruído por duas mortes… e por um remorso tão doloroso, que precisava ser jogado nela para não destruir seu verdadeiro dono.

A morte do menino tinha sido inteiramente culpa dele, Atlas *sabia*, mas não suportava a verdade. Destruíra um casamento por não aguentar assumir o peso daquele remorso sozinho.

Empoleirado no ombro do professor, Quixote notou a presença de Macunaíma, assistindo discreto atrás das pernas do dono, como apenas um gato sabia fazer. O macaquinho já ia dar seu gritinho de surpresa quando Hugo lhe pediu silêncio, com o dedo nos lábios, e o saguizinho tapou a própria boca, entendendo.

Tentando conter o choro antes que alguém chegasse, Atlas respirou fundo, ajeitou-se minimamente, sem notar o aluno, e saiu em direção à mata lateral. Só então Hugo voltou ao pátio interno, vendo que todos os alunos ainda estavam ali, um pouco chocados, sem saber direito o que fazer em meio aos escombros do duelo. Viny deu uma risada de certa forma nervosa, tipo "uau", mas a discussão havia sido feia demais para piadinhas, e nem ele sabia bem como fazê-las.

Francine se aproximou. "Acho que ele tava bêbado. Eu senti um pouco de álcool no hálito dele."

"Não diga?!" Viny exclamou, mas a coisa era mais séria do que aquilo. Hugo nunca vira o professor tão fora de controle... Ele nem estava tão bêbado assim.

Preocupado, foi atrás de Atlas mais uma vez. Apenas Hugo tinha visto o estado em que o professor ficara ao rever a morte do filho, na Sala das Lágrimas. Só ele sabia o quão realmente sério aquilo era.

Atravessando a praia, seguiu pela mata lateral até o trailer. A porta estava escancarada de novo, mostrando todos os sinais de que a discussão começara ali: livros derrubados no chão, vidros quebrados, papéis caídos pelos cantos... Não que o trailer já não fosse uma bagunça total, mas agora parecia um pouco pior.

Hugo colocou um pé lá dentro. O professor não estava.

Curioso, Macunaíma miou na soleira da porta e entrou também, começando a bisbilhotar a bagunça. Em poucos segundos, já estava entretido com a torradeira azêmola, tentando empurrar a bendita alavanca com a patinha. Perdeu o interesse quando conseguiu encaixá-la, voltando a investigar o local, e Hugo riu discreto, já sabendo o que aconteceria em meio minuto. Só não avisaria ao gato.

Tentando abrir caminho com os pés, Hugo começou a bisbilhotar também, analisando a maleta de viagem do professor, ainda arrumada e aberta sobre a cama, as dezenas de livros jogados de qualquer jeito pelo chão... De repente, a torradeira desarmou, e o gato deu uma cambalhota master plus pelos ares, disparando assustado para fora do trailer.

Hugo deu risada, adorando aquele maluquinho, até que parou de rir. Tinha visto algo que o interessava ali no chão.

Abrindo caminho, foi até o exato lugar que Macunaíma deixara ao voar desesperado pelos ares, e desenterrou a Esfera de Mésmer do meio da bagunça.

Apesar de semicoberta por mapas, estava no mesmo exato local em que Hugo a largara no ano anterior, e ele respirou aliviado. Atlas não vira a memória que Hugo deixara ali. Qualquer que fosse o segredo seu roubado pela esfera, coisa boa não era. Ou a venda de drogas ou a memória apagada de Abelardo, Hugo tinha certeza.

Olhando apreensivo ao redor, ele escondeu a pesada esfera de pedra por dentro do uniforme, como se fosse uma densa bola de boliche, sentindo toda a tensão que experimentara ao roubar Caiçara, anos antes. Não queria tirar nada do professor; não mesmo, mas não tinha escolha! Precisava apagar aquela prova. Jogar a maldita no mar da escola, ou algo do tipo. Não podia correr o risco de que descobrissem tudo que ele havia feito no primeiro ano.

Se a memória roubada fosse da venda de cocaína, Atlas até sabia, mas se fosse a de Abel... Nem o professor seria capaz de perdoá-lo. Ainda mais sabendo que ele próprio lhe ensinara o maldito feitiço.

Na dúvida, era melhor tirar aquela esfera dali o mais rápido possível.

Sustentando aquela protuberância redonda na altura do estômago, Hugo virou-se depressa para sair do trailer.

Mas Atlas já estava na porta, olhando para ele.

CAPÍTULO 12

O LADRÃO

Pronto. Hugo estava ferrado. "Eu…"

Abatido depois de ter chorado tanto, Atlas ergueu a mão, impedindo-o de continuar. "Não tem problema, guri. Ela é tua."

Hugo fitou-o surpreso. "Sério?!"

"Enquanto tiver uma memória tua aí dentro, ela é tua. Por isso eu não a toquei."

Hugo assentiu, respeitando-o um pouco mais. Sem saber o que fazer com tanto alívio, na verdade. E Atlas observou-o por um tempo. "Imaginei que tinha sido tu. Eu só te aconselho que tu escondas bem a esfera. Não deve ser nada agradável a memória que ela roubou de ti. Nunca é."

Envergonhado, Hugo desviou o olhar. "Desculpa eu ter visto as suas memórias ano passado, eu…"

"Tu estavas tentando me encontrar. Eu sei, guri. Não precisas pedir desculpas."

"Aonde o senhor foi agora? Pensei que estaria aqui."

Atlas negou, com certa tristeza no olhar. Então, sinalizou para que Hugo o seguisse, fechando a porta do trailer atrás deles.

Caminhando uns bons metros pela mata, numa direção que Hugo nunca havia tomado, os dois chegaram a uma singela clareira, cercada de árvores jovens. Nela, um gramado muito bem cuidado dava destaque ao único objeto construído ali: uma pequena lápide branca.

Nostradamus Mater Vital (1990-1996)

Hugo olhou surpreso para o professor. Era o pequeno túmulo de Damus…

Enquanto olhava, Atlas chegou perto do túmulo do filho mais uma vez, caindo de joelhos diante da lápide, arrasado de novo, e Hugo achou melhor manter uma distância respeitosa dos dois. Aquela discussão o havia destroçado…

"Ela era sua esposa, não era?"

O professor confirmou, com o olhar fixo na lápide. Parecia quase nada bêbado, na verdade.

"'*Aprendi que, quando um recém-nascido aperta com sua pequena mão o dedo de seu pai pela primeira vez, o tem prisioneiro para sempre*'... um poeta azêmola escreveu recentemente. O Damus era um gurizinho tão meigo... Quando eu vi o corpinho dele ali, morto de novo, eu..." Atlas cerrou os olhos, com um nó na garganta. "Eu nunca te agradeci por ter me salvado ano passado."

"Não precisa agradecer."

"O saci", Atlas lembrou-se preocupado. "Ele viu a tua varinha, não viu?"

Hugo confirmou. "Mas foi expulso pelo Mefisto."

"Ele vai voltar. Tu não duvides. Talvez já esteja até rondando por aqui."

Hugo sentiu um calafrio, olhando temeroso ao redor antes de voltar sua atenção para o professor, que não tirava os olhos da lápide do filho.

"Sacis são muito vingativos, guri. O Peteca especialmente. É só lembrar do que ele fez a Benvindo quando descobriu que o ex-escravo tinha passado a perna nele."

A mentira do diamante negro, que supostamente devolveria a Benvindo os poderes que haviam sido tirados dele. Hugo se lembrava. Benvindo passara o resto da vida tentando encontrar um diamante que não existia.

Atlas havia saído de órbita novamente, olhando completamente destroçado para a lápide.

"Professor, eu nunca te perguntei isso, mas... como você conhece tão bem essa história se você mesmo me disse que era uma lenda esquecida?"

"Tu não devias estar na aula de Alquimia agora, guri?"

"Não desconversa, professor. Como você sabe tanto da minha varinha?"

Atlas hesitou.

"Eu sei de muitas coisas, Hugo. Eu estudo muito... e eu me sinto, de certa forma, responsável por ti. E por ela", ele indicou a varinha com os olhos.

Hugo ergueu a sobrancelha. "Por ela?! Por quê?"

O professor ficou olhando para o túmulo por um tempo.

"Porque, quando o Peteca finalmente a encontrou, três anos atrás, depois de séculos procurando, fui eu quem roubou a varinha dele de novo e a escondi onde ele nunca mais poderia encontrar."

Hugo arregalou os olhos. "No Sub-Saara! Foi *você* que escondeu minha varinha no Wanda's!"

Atlas inclinou a cabeça, meio que confirmando. "Não sei se tu sabes, guri, mas o Sub-Saara tem proteção contra sacis. Eles são notórios ladrões."

"Então o Peteca já tinha encontrado minha varinha antes."

"Já. E, acredite, foi a luta mais difícil da minha vida."

Hugo sentiu um calafrio. "Ela funciona com ele também então…"

"Ô, se funciona… Ela foi prometida a ele, tu te lembras? Promessas são magias poderosas, guri. Só por um milagre eu consegui tirá-la daquele ali, quando ele já tinha feito um baita rombo na parte turística de Paranapiacaba, brincando de testá-la, em plena luz do dia. Sorte que nenhum azêmola viu, por causa do denso nevoeiro. Devem ter ouvido muito barulho, de explosões, de ferro contorcido, mas realmente não dava para enxergar nada naquele dia. Sorte também que não era fim de semana e tinha poucos turistas lá. Foi em março de 1996. Quatro meses antes da morte do Damus. Os bruxos da cidade tiveram que reconstruir tudo no meio da noite, pra que ninguém notasse, incluindo os trens antigos, que tinham sido explodidos em vários pedaços." Atlas suspirou, cansado só de lembrar. "Foi bizarro lutar contra um saci sem vê-lo direito, e ele com esta tua varinha nas mãos. Quando eu finalmente consegui arrancá-la dele, me ocultei no nevoeiro e fugi, decidido a escondê-la em algum lugar seguro até que o verdadeiro dono a encontrasse, se é que haveria um." Ele pausou. "O que me deixa curioso com uma coisa…" Ele olhou para o aluno. "Que relação tu tens com Benvindo?"

Hugo deu de ombros, "Eu sei lá!", fingindo não saber, mas Atlas pressionou.

"A lenda diz que só aquele para quem a varinha foi confeccionada poderia usá-la. Benvindo a confeccionou para si próprio, então, teoricamente, ela não poderia ser usada por mais ninguém."

"Professor, você tá querendo que eu saiba demais. Eu só entrei numa loja chinfrim de artigos piratas e comprei a varinha, só isso."

"Tu não compraste coisa nenhuma, porque eu dei instruções precisas para que ela não fosse vendida."

"Bom… eu peguei a varinha, e esqueci de pagar."

"Ah", Atlas brincou. "Esqueceste. Claro, eu tinha me esquecido de como a tua memória era fraca."

Hugo abriu um sorriso malandro, mas não deixaria que o professor fugisse do assunto. "Se você já tinha escondido a varinha, por que então, meio ano depois, resolveu prender o saci naquela lâmpada e manteve o Peteca preso por tanto tempo? Medo de que ele se vingasse de você pelo roubo da varinha, é isso?"

"Ele já tinha se vingado", Atlas respondeu, continuando a fitar soturno o túmulo do filho, e Hugo sentiu-se arrepiar inteiro.

"No Damus?!"

O professor confirmou. "Foi o Peteca que convenceu meu guri a atacar o *monstro* do colégio. Disse ao meu Damus que eu ficaria impressionado com os poderes dele se ele capturasse o gárgula, e…" Atlas segurou o choro na garganta, claramente tentando se convencer de que fizera a coisa certa. "Eu não podia ter deixado aquela varinha nas mãos do Peteca, entendes?! Ele já era perigoso demais sem ela. Com ela, seria imbatível! Um perigo para todo o mundo bruxo e azêmola! Eu não tive culpa!"

"Claro que não teve!" Hugo concordou impressionado. Nunca imaginara…

O professor continuava sendo culpado de ensinar magia a um garoto de 6 anos, mas, do restante, realmente…

Peteca filho da mãe.

Atlas bufou longamente, tentando liberar toda a dor que estava sentindo. "Enfim, depois da morte do meu guri, eu jurei que não descansaria enquanto não prendesse o desgraçado, e foi o que eu fiz."

"Até que eu o soltei." Hugo completou, sentindo-se péssimo.

"Eu devia ter enterrado aquela lâmpada maldita bem fundo na terra."

Hugo desviou o rosto, xingando-se mentalmente por ter feito aquilo. Se bem que, se não houvesse libertado o saci, Peteca não teria salvado Capí no Maranhão. O pixie teria morrido na areia, como Kailler morrera.

"A Sy sabe disso? Sabe que a morte do Damus foi vingança do Peteca?"

Atlas fez que não com a cabeça. "Ela já me culpa por ter ensinado magia ao guri. Eu não quis dar mais motivos a ela, dizendo que incitei o ódio de um saci…" O professor cobriu o rosto e começou a chorar, não se aguentando de tanta culpa. "Eu fui um fracasso como pai, fui um fracasso como marido, sou um fracasso como protetor… nunca fiz nada certo na vida."

"Isso não é verdade. Você é um ótimo professor! Todos os alunos te adoram! E agora que você voltou vai poder ajudar a gente com o Capí! Olha que beleza! Vai poder ser um protetor melhor pra ele!" Hugo sorriu, tentando animá-lo, mas Atlas olhou receoso para o aluno, evidentemente sabendo de algo que Hugo não sabia.

"Que foi?" Hugo fechou a cara. "Não me diz que tu vai viajar de novo!"

Atlas olhou sério para ele. "Eu vou embora daqui, guri. De vez."

CAPÍTULO 13

TRAIÇÃO

"Embora?!" Hugo repetiu. "Vai fugir de volta pra Tordesilhas?! Foi por isso que você viajou pro Sul essa semana, né?! Pra pedir um emprego lá e fugir daqui como o *covarde* que você é, depois de tudo que eu fiz pro Alto Comissário te dar o teu emprego de volta!"

"Eu não disse nada sobre voltar pra Tordesilhas…"

"E nem precisava dizer, né?! Tá na cara!"

Atlas negou, aturdido, como se não quisesse ou não pudesse responder.

"Eu sabia… Eu tinha certeza! Vai deixar o Capí sozinho no momento que ele mais precisa de ajuda, que ótimo! Bem a sua cara mesmo!"

"É complicado, Hugo…"

"É sempre complicado pra você, né?! Qualquer dificuldadezinha e você viaja. Grande protetor você é! Tá fora quando ele é torturado, viaja pra não aparecer na audiência…" Hugo riu sarcástico. "Os avós dele sabem que te *pagam* pra tu fugir sempre que tem que proteger o neto deles?"

"Eu não estou fugindo!"

"Ah não… Claro que não! A tal viagem sua foi rápida né?! Você ficou fora o quê? Um dia e meio?! E olha só! Bem no dia da audiência! Que conveniente!"

Atlas baixou os olhos, sem saber o que dizer, e Hugo fitou-o com desgosto, "É, não tá fugindo mesmo, não. Tá só sendo o covarde que sempre foi."

Não querendo olhar nem mais um segundo para o professor, saiu revoltado. "Fica aí com o seu filhinho morto, fica!"

Hugo sabia ser cruel como ninguém. Tinha total consciência disso. Sabia que aquela última frase havia sido como uma lança no coração do professor, mas estava pouco se importando. Atlas era como um PAI para Capí! Pais não abandonam os filhos no pior momento de suas vidas. Pelo menos não os pais que prestam!

Sentindo o rosto queimar de ódio, Hugo marchou pela mata lateral em direção à floresta; o coração esmurrando no peito, as mãos querendo socar uma árvore, uma parede, qualquer coisa, já que não podia socar a cara de todos os pais covardes do mundo. Chegando ao Lago das Verdades, caiu de joelhos diante de suas águas escuras e esmurrou a terra mesmo, chorando de raiva. Não fazia ideia de por que estava chorando tanto, só sabia que queria machucar aquele solo até não poder mais! "*Filho da mãe! Cretino! Canalha!*" Hugo foi socando, com ódio na garganta, cada palavra acompanhada por um murro na terra, e ele já não sabia mais se estava xingando Atlas ou o próprio pai, por tê-lo abandonado. Só podia ser efeito daquela porcaria de lugar... mas o lago tinha razão, não tinha?! Soluçando de tanto chorar, Hugo berrou para um Atlas invisível à sua frente, "*Você quis o papel de pai do Capí, não quis?! Agora vai abandonar o garoto assim, seu ridículo?! Pais não abandonam seus filhos desse jeito, seu filho da mãe!... Não deviam abandonar...*"

Hugo parou, chorando sozinho. Chorando copiosamente. A cabeça quente. Tentando se acalmar, olhou para a floresta à sua volta, surpreso com a própria reação. Mas ele estava certo, não estava? Atlas não tinha o *direito* de deixar Capí sozinho numa hora daquelas, e Hugo não permitiria que o professor fosse embora sem sentir todo o remorso que ele pudesse fazê-lo sentir.

As semanas seguintes se passaram todas naquele clima: Hugo encarando o professor com raiva durante as aulas; Atlas desviando o olhar, sabendo que estava errado. "*Isso... Fica com remorso mesmo, vai...*" Hugo murmurava para si; o Xangô dentro de si furioso, seu senso de justiça apitando alto demais para ignorar. Estava sendo tão eficiente em incutir remorso no gaúcho que, às vezes, Atlas chegava a se distrair no meio de uma frase, e os alunos tinham que trazê-lo de volta.

Bem feito. Professor covarde.

Hugo se lembrava muito bem dele no primeiro ano, conversando em segredo com Symone sobre o perigo que Hugo representava à escola. Em momento algum Atlas tentara defendê-lo das acusações da futuróloga. Idá não tinha esquecido. Assim como não se esquecera da vez que o professor defendera Abelardo contra ele numa briga, mesmo o anjo sendo três anos mais velho que ele e tendo atacado primeiro. Em sua moleza de coração, Hugo até perdoara aquilo tudo depois de se sensibilizar com a história da morte do filhinho do professor. Não mais. O que Atlas ia fazer não tinha perdão.

Hugo não contaria nada ao pixie, claro. Esperaria para ver quando o professor teria coragem de contar por conta própria. Até porque Capí estava começando a recuperar o ânimo, com a ajuda de Gislene e das aulas que ele dava, e Hugo não queria estragar aquilo.

Era tão bom ver o relacionamento dos dois dando certo! Capí ainda oscilava bastante entre momentos de tranquilidade e de depressão profunda, mas Gi estava sempre lá, segurando-o para que não caísse de vez. Tanto que, com a ajuda dela, suas aulas no jardim estavam quase se assemelhando aos espetáculos que ele costumava dar antes da tortura! Melhorando muito! Isso sem contar as aulas de alfabetização dos dois, que sempre lhe davam um gás novo. Era muito bom para ele se sentir útil. Saber que estava ajudando a reerguer aqueles meninos.

Infelizmente, Gi não podia controlar alguns fatores. Capí continuava não conseguindo dormir direito; os pesadelos eram constantes e abalavam qualquer recuperação. Fausto também não ajudava... Havia começado a culpar o namoro deles pela "indolência" do filho; porque Capí, obviamente, não tinha mais a energia de antes e, agora, era obrigado a ouvir todos os dias, o quanto estava sendo "preguiçoso", fazendo as coisas "de má vontade"... Sempre que Hugo ouvia aquilo, dava vontade de jogar uma caminhonete de cachorro-quente na cabeça de Fausto.

Claro que Gi não era a única ajudando. Capí passara a ser o projetinho particular de Viny também, ainda mais agora, que Caimana não estava mais ali para ocupar sua mente com outros tipos de pensamento. Sem ela, o loiro nem tinha muito ânimo de ir buscar outros amores, a não ser aqueles habituais: Beni, Mosquito, uma ou outra loira, morena, ruiva por aí... Mas Caimana fazia falta, sim. Volta e meia, viam-no quieto num canto... Algo completamente inimaginável em outros tempos. Hugo e Gislene estavam até mais arteiros do que ele!

Em Defesa Contra Azêmolas, os dois ficavam impossíveis! O pobre professor Merlinário certamente nunca vira uma dupla tão endiabrada em sala de aula, mas, vejam bem, Gi só estava sendo assim porque aquela aula ultrapassava todos os limites do ridículo e, às vezes, era impossível não esculhambar. Capí se divertia com as coisas que ela contava depois das aulas, e aquilo, claro, a incentivava a fazer mais.

A matéria era uma total perda de tempo. Principalmente para alunos que preferiam gastar suas preciosas horas de sexta-feira realmente aprendendo alguma coisa. Imagine, aulas inteiras para responder a perguntas como: *O que fazer com sua varinha na presença de um azêmola?*

Hugo conseguia pensar em várias alternativas, nenhuma das quais pronunciáveis em sala de aula, mas era só olhar para Gislene com cara de safado que ela já começava a rir. Isso quando o professor não resolvia responder ele mesmo. Aí saíam pérolas do tipo: "O que fazer quando um azêmola avistar, acidentalmente, um unicórnio atravessando a rua?" Resposta: "Dizer que ele fugiu do zoológico, mas que já já uma equipe especializada irá buscá-lo." Óbvio, porque unicórnios eram super comuns nos zoológicos do Rio de Janeiro.

Enquanto isso, dentre as aulas que realmente importavam, lá estava Atlas, faltando de novo. Duas semanas inteiras! Quem ele pensava que era?! O professor estava NA escola e não aparecia! Era o cúmulo do absurdo.

Aquilo tudo era medo de encarar um mísero aluno?! Se Atlas queria ir embora, que fosse de uma vez! Não ficasse ali, sacaneando os alunos enquanto arrumava as malas e preparava os papéis de transferência!

Por essa e outras, nas poucas vezes que Hugo cruzava com ele pelos corredores, fazia questão de dar-lhe uma alfinetada verbal qualquer, para ver se o professor aprendia. Até o dia que Atlas se cansou daquilo e passou a fitá-lo com rancor sempre que se avistavam. Ah, que ótimo. Agora o errado era Hugo.

Espumando de raiva enquanto aguardava o início de mais uma aula "especial" de Defesa Contra Ataques de Tédio naquela sexta-feira, Hugo decidiu que não ficaria ali esperando mais um show de inutilidades do professor Merlinário e saiu da sala, voltando a descer pela escadaria central.

"Ei, Defesa Contra Azêmolas já vai começar!" Gislene avisou, cruzando com ele nas escadas, mas Hugo continuou a descer e ela foi obrigada a acompanhá-lo. "A sala é ali em cima, Idá!"

"Desisti daquela porcaria. Vou invadir a aula de outra série hoje."

Gi ergueu a sobrancelha. "Qual?!"

"Com certeza uma bem menos chata do que essa."

"Ei, peraí!" Gislene segurou-o pelo braço preocupada. "Tu não tá pensando em assistir à aula do bizarro do Calavera, tá?!"

Hugo abriu um sorriso maquiavélico. "Quero ver alguém me impedir."

CAPÍTULO 14

VÍSCERAS

"Para, Idá! Você não vai! Volta aqui!"

Eles já estavam no refeitório e Gislene ainda tentando impedi-lo. Por que não assumia logo que queria ir também?! Hugo riu, avançando por entre as mesas vazias do café da manhã em direção à porta do subsolo – uma porta obscura, escondida bem lá no fundo, da qual ninguém se aproximava.

Calavera era sempre visto nas proximidades dela durante as festas. Nunca se distanciava, como se nem soubesse fazê-lo; como se tudo que conhecesse fosse aquele subsolo e sua única sala, lá embaixo.

Hugo sentiu um arrepio só de pensar. Respirando fundo, abriu a porta, que rangeu horrores, revelando uma escadaria estreita e reta que descia até a escuridão. Então pausou, sentindo o coração acelerar de medo.

O ar que vinha lá de baixo era gelado!

"Tu não tá pensando em entrar de verdade, tá?"

"Por que não?!" ele perguntou fingindo confiança.

A partir de então, só deu o primeiro passo porque Gi estava lá de testemunha e ele não queria ser chamado de covarde pelas próximas três mil encarnações.

"Nem o Macunaíma tá entrando, Idá… Olha ele ali em cima!"

"O Macuna só *finge* que é corajoso."

"Igualzinho a alguém que eu conheço."

Sacando a varinha, Hugo deixou que seu brilho avermelhado iluminasse o caminho e os dois continuaram a descer; Gislene quase agarrada ao uniforme do amigo por trás. E olha que ela era a mais valente entre eles dois.

Hugo nunca admitiria aquilo em voz alta, claro.

A cada degrau que desciam, mais frio o corredor de pedra ia ficando e nada de aquela escada terminar.

Tentando ignorar os efeitos da claustrofobia, já pensando que Macunaíma é que havia sido inteligente, Hugo prosseguiu, até que, enfim, avistaram uma luz fraca nas profundezas.

Lá embaixo, uma única porta de ferro os aguardava. Como se aquela escada inteira houvesse sido construída somente para abafar os gritos dos alunos lá embaixo.

Sentiu um calafrio.

"Bora voltar, Idá..." Gislene tentou impedi-lo. "Eu vi o Dênis saindo daí vomitando semana passada!"

Dênis... Ele vendera cocaína para Dênis...

Respirando fundo, Hugo se aproximou da porta e parou, os olhos naquele número 13. A temida sala 13 da Korkovado... *Seja homem, Idá... Tu nem sabe o que tem ali dentro e já tá com medo?!*

Tentando sentir-se confiante novamente, Hugo segurou a maçaneta de ferro retorcido. Gelada.

"Idá", Gislene tocou seu braço, tentando impedi-lo de novo, "o Ítalo tem medo desse cara por alguma razão. Ele não é de ter medo de qualquer coisa."

"Ih, tá com medinho é, garota?!"

Gislene se endireitou ofendida. "Nunca!" E entrou antes dele.

Hugo sorriu malandro e a seguiu para dentro. Não podia ser pior do que as tensas aulas de História do Oz.

Fechando a porta atrás deles, os dois entraram discretamente. A sala era cavernal. Os poucos pontos de iluminação adicionavam um clima de terror ao lugar, e Hugo abraçou os próprios braços contra o clima lúgubre dali. Trinta alunos altamente tensos, sentados em carteiras perfeitamente alinhadas, assistiam, pálidos, com cara de que estavam prestes a vomitar, a uma aula que começara a *míseros* sete minutos.

Lá na frente, o loiro bizarro das ratazanas trabalhava como se nem notasse a presença dos alunos; as mãos ensanguentadas, obcecado pelo que fazia. Nas paredes, penduradas por todos os lados, gaiolas dos mais variados tamanhos prendiam dezenas de animais, amontoados como se fossem meros ingredientes; morcegos, ratos, corujas, cobras, galinhas... algumas que, de tão famintas, pendiam com o pescoço para fora, quase mortas, e aquele cheiro de animais e de sangue no ar... Hugo nunca havia entrado em uma sala de tortura antes.

Achando melhor sentar-se antes que o professor notasse sua presença, Hugo se enfiou em meio aos alunos, acomodando-se em uma das poucas carteiras vazias da sala, ao lado de Beni, enquanto Gislene encontrava um lugar mais ao fundo.

Os alunos assistiam com os olhos vidrados a tudo que o professor fazia. Nenhuma palavra era dita, nenhum pio, ouvido. Nem as meninas pareciam interessadas em cochichar sobre a suprema beleza do professor, que, até Hugo tinha que admitir, era um ser de outro mundo: loiro, olhos azuis, cabelos curtos levemente arrepiados... Toda a pinta de galã de filme, se não fosse pelo nível absurdo de psicopatia nele... o olhar penetrante e frio, focado no que fazia, a completa falta de consciência de que havia alunos ali, assistindo... Era inquietante demais!

Calavera saiu de trás da mesa e caminhou até uma das gaiolas, tirando dela um morcego, que começou a se debater em sua mão, soltando pios estridentes de desespero, como se já soubesse o destino que o esperava ali fora. Andando até a mesa de um Abelardo bastante aterrorizado, com o morcego ainda se debatendo em sua mão, ele abriu o livro do aluno na página que queria, apontando para o número e voltando a seu lugar na mesa principal. Com a voz trêmula, Abel sussurrou "298" para o restante da turma, e todos seguiram as instruções depressa, abrindo seus livros o mais rápido possível. Não que o professor estivesse prestando atenção. Simplesmente voltara a seu universo interior, preparando a mesa para o abate.

Hugo espiou o livro de Beni, que claramente era repetente naquela matéria, e ergueu as sobrancelhas, vendo o título da página: "Como fazer uma pessoa adoecer de câncer." As instruções vinham logo em seguida.

"*Eles ensinam isso aqui?!*" murmurou assombrado, vendo que aquele era apenas o primeiro de uma série de capítulos chamados "Como fazer uma pessoa adoecer de (insira a doença aqui)".

Beni riu discretamente, sussurrando, "A Macumba Bruxa age mais no campo da superstição. Só funciona em quem acredita. Neste caso das doenças, é tipo um placebo ao avesso".

"Placebo?"

"Placebo é um remédio que, na verdade, não é remédio nenhum, mas a pessoa acredita tanto que ele seja, que, ao tomá-lo, ela acaba se curando. Pode ser um comprimido de farinha, por exemplo. É o poder da mente", Beni deu uma piscadela. "*Placebo ao avesso* seria o que o Calavera faz. Se a vítima acreditar no poder dessas magias, ela vai adoecer. Se não acreditar..."

Hugo ergueu a sobrancelha. "Se não acreditar, não funciona?!"

Beni meneou a cabeça. "Pelo menos não com tanta força. Acho."

O primeiro ingrediente era asa de morcego, que Calavera cortou, com serena crueldade, enquanto o bicho se debatia em suas mãos. Hugo sentiu-se ficar tonto, mas se segurou; o coração batendo tão forte quanto o do pobre animal.

Vendo que o ingrediente seguinte era olho de morcego, ele considerou fortemente não olhar, mas não conseguiu tirar os olhos daquele louco maníaco, vendo o morcego se debater desesperadamente contra a mesa enquanto Calavera arrancava um dos olhos do bicho com a unha do polegar.

Hugo arregalou os próprios, mortificado, vendo o animal ainda vivo se contorcer na mesa enquanto o professor o torturava lentamente. O cara era doentio! Não demonstrava qualquer tipo de emoção! Nem nojo, nem hesitação, nem prazer, nem raiva, nada! Fazia como se aquele ser vivo em suas mãos não fosse nada! Como se estivesse desmontando um carrinho de controle remoto!

Ninguém conseguia prestar atenção nas instruções. Só tinham olhos para o pobre bicho, piando desesperado lá na frente, alguns alunos se recostando para trás nas cadeiras, como se aquilo pudesse distanciá-los daquele louco enquanto o professor espremia a cabeça do bicho com a mão, deixando escorrer dele um líquido preto, da consistência de sangue, em cima do pote no qual preparava a simpatia.

"*Pô, mata o bicho antes!*" Gislene protestou corajosamente lá atrás, e Calavera parou o que estava fazendo para olhar para ela; o bicho ainda se debatendo em sua mão.

Hugo congelou, sentindo que a turma inteira empalidecera ainda mais, e Gi se encolheu diante do olhar do professor. Não era um olhar de raiva. Era um olhar mais bizarro ainda, de fria incompreensão. Como se ele não entendesse para que serviria matar o bicho antes.

Voltando-se para o morcego, no entanto, o professor pareceu acatar a sugestão estranha da aluna e, com a unha grossa e pontiaguda do polegar, cortou a garganta do morcego, matando-o de vez e largando a carcaça do bicho na mesa para pegar o próximo bicho: a ratazana que estivera em seu ombro até então.

Sem qualquer remorso ou carinho especial por ela, Calavera começou a abrir a barriga da coitada com a unha, sem nenhuma pressa, enquanto os alunos passavam mal na sua frente ao verem as vísceras do animal eclodindo. E Hugo ficou tentando imaginar quem, em sã consciência, contratava um ser daqueles como professor. O cara não chegava nem a ser sádico, porque sadismo implicaria ter algum sentimento! Algum *prazer* na dor que causava! Mas não! O que Calavera parecia ter era uma verdadeira obsessão por sangue, pela morte e por ver um seguir-se ao outro. Como se esmagar aqueles animais fosse quase uma necessidade psíquica dele; os olhos vidrados nos bichos enquanto os despedaçava, quase como uma compulsão!

Hugo olhou para as corujas engaioladas, uma mais bonita que a outra, e sentiu enjoo só de pensar que, um dia, elas também sofreriam nas mãos daquele doente.

"*Alguns alunos mais sensitivos não conseguem nem entrar aqui*", Beni sussurrou. "*Sentem o clima pesado e passam mal na porta.*"

Um dos ratos que andavam soltos pela sala subiu na mesa do professor e foi a próxima vítima. Calavera pegou-o sem nem olhar, quebrando seu pescoço e jogando o rato na mistura com o sangue do morcego. Macabro.

"O Lepé já não tá no último ano? O que ele ainda está fazendo aqui?"

O radialista assistia com cara de enjoo.

"É a segunda vez que ele repete. Nós não temos estômago pra fazer os exames. Assistir até dá, mas fazer, nos exames, o que o professor faz ali na frente..., isso a gente não consegue. A Rapunzela passou de primeira, danada. Foi uma das poucas."

De fato, muitos ali eram do sexto e sétimo anos. Hugo não sabia como Caimana, Índio e Viny haviam conseguido completar os testes. Talvez enganando o professor. Calavera era tão maquinal que nem teria reparado.

"Ano passado, o Lepé quase conseguiu. Também, tava todo zumbizado, matando bicho na mesa, né, Lepé?!"

"*Eu devia ter aproveitado a hipnose. Já teria me livrado desse maluco.*"

Hugo riu. "Por que você não pede pro Mefisto te passar, Beni?" Devia haver alguma vantagem em ser afilhado do Alto Comissário da República.

"Eu não importuno meu padrinho com bobagem. Até porque ele nunca me daria essa folga. Ele tem alma de educador, Hugo. Aplaudiria qualquer iniciativa minha de tentar me livrar por conta própria, mas nunca faria isso por mim."

Hugo sentiu um animal peludo passar por sua perna e olhou para baixo. Um furãozinho andava em direção à mesa do professor como que hipnotizado, para subir voluntariamente na mão estendida de Calavera. "*Não... um furão não...*" Idá murmurou, sentindo um aperto no coração e... Zap. Adeus, furão.

Um gemido de horror soou lá atrás, seguido do ruído da porta de saída sendo aberta e fechada com urgência. Quando olhou para trás de novo, Gislene havia evaporado da sala. Não tinha nem como rir dela. Ele próprio já estava passando mal vendo o corpinho do furão todo amolecido nas mãos frias do professor, enquanto seu sangue escorria para o pote. Um furão, cara! Quem mataria um furão?! Ustra podia até ser sádico e maquiavélico, mas Calavera era perverso!

"Eu não vejo nada de mais", um loiro gótico disse atrás dos dois. "Os azêmolas fazem isso o tempo todo; ou você acha que eles *matam* os bichinhos antes de arrancarem o couro deles pra casacos de pele?"

Calavera agora colocava, na frente de cada um dos alunos, um filhotinho de morcego para que repetissem o exercício. Hugo começou a suar frio. "Ele tá de brincadeira, né?!"

Beni fez um não meio em pânico com a cabeça, e Hugo, vendo aquele morceguinho ali, em sua mesa, bocejando inocente, sentiu o vômito subir pela garganta. Levantando-se, foi embora depressa, fechando a porta atrás de si e tropeçando nos primeiros degraus da escada antes de finalmente conseguir recuperar o equilíbrio e subir em disparada.

Não pisaria de novo naquele lugar nem que sua formatura dependesse daquilo.

CAPÍTULO 15

O RATO E O ELEFANTE

Hugo sentiu seu café da manhã voltar pela garganta, mas aguentou firme. Passara o fim de semana inteiro com aquela aula macabra na cabeça. Gi também. Ter um psicopata na escola era algo muito sério.

Aquela terça começara como qualquer outra: alunos conversando, com sono, no refeitório; professores planejando suas aulas enquanto comiam torradas; Macunaíma tentando lamber o leite do copo dos outros; Atlas querendo chamar atenção derrubando sua xícara no chão 'sem querer'; Hugo ficando com ainda mais raiva dele por aquilo; e a Rádio Wiz saudando o novo dia com mais uma música feliz e cintilante.

Apesar dela, Viny estava deprimido num canto. Triste de dar dó. Havia passado as primeiras quatro semanas de aula festejando a liberdade junto a Beni e meio mundo, mas a verdade é que não conseguia viver sem a surfista. Um mês longe dela era mês demais. E Hugo ali, junto a Gislene, ainda obcecados com o professor psicopata.

"Aquele cara é pior que a Felícia, maluco…"

Capí abraçou a namorada. "De quem vocês estão falando?"

"Calavera."

"Ah", o pixie entendeu, incomodado só de lembrar. "Eu sabia que vocês não iam resistir à tentação. Gostaram do show de horrores?"

"Por que você não pede a demissão dele? Faz um abaixo-assinado, como você fez com a Felícia!"

"Endoidô, foi, adendo?!" Índio sentou-se com seu prato de pães. "O Capí já sofreu o diabo por ter expulsado aquele trem ruim da Felícia! Lembra dos panfletos acusando ele de interesseiro? O que iam dizer se ele expulsasse mais um? Além do que, ele tem pavor do Calavera. Muda de corredor quando ele passa perto. A Zô também."

"Então expulsem ele vocês!"

"Tá maluco?" Viny entrou na conversa. "Tu quer mesmo que a gente enfrente esse pirado? Eu quero é distância! Sem contar que o Conselho acha super chique ter um professor que impõe 'respeito' e não fica de amizade com os alunos."

"*Impõe respeito…*" Gislene ironizou. "Impõe é pavor mesmo."

"Eu fiquei com uma dúvida, o Calavera é mudo?"

"Não sei, Hugo", Capí respondeu. "Mas eu nunca ouvi uma palavra sair da boca dele, e olha que ele trabalha aqui desde '82. Eu era um bebê quando ele foi contratado."

"Vai ver um cara desses não sente necessidade de se comunicar com outros seres vivos…" Hugo olhou para a comida, enjoado só de lembrar, e achou melhor desistir de comer, antes que um desastre gástrico acontecesse.

Risadas adultas chamaram sua atenção para a mesa de Atlas de novo. *Ó, agora derrubou a varinha.* Muito engraçadinho ele. Estava se achando *o* palhaço, junto aos colegas. Hugo não cairia mais naquilo. O melhor que fazia era voltar a estudar.

"Napô, larga desse livro! Você tá tomando café da manhã, garoto!"

"Deixa o Adendo em paz, 'fessora! Ele tá me enchendo de orgulho!"

Hugo deu risada, voltando a ler enquanto mordia um pão de mel.

"Se continuar assim, logo logo vai superar a gente!"

"Eu achei que já tinha superado", Hugo brincou, e a conversa foi interrompida pelo melhor dos motivos:

"*Alô, Alôooo, galerinha-que-ouve-compulsoriamente-a-Rádio-Wiz! Agradecemos pela preferência!!*"
[FONFON! Uuuuu!]

Hugo riu. Era sempre bom ouvir Lepé falando normal de novo, e não com aquela voz hipnotizada de locutor de política.

"*E hoje é aniversário de quem?! De QUEM?! Da nossa RA-PUN-ZELA!!*" [Som de aplausos.] "*… que de Rapunzel não tem mais absolutamente nada, graças a nossa queridíssima Dalila Processada Lacerda!*"
[Uhuuuuu!]

Dalila revirou os olhos na mesa do Conselho, e Hugo adorou.

"*Enfim, queridos, depois do jantar, apareçam lá no décimo quinto andar! A festa vai durar até a madrugada. Garantimos feitiços de expansão de sala com selo de qualidade da professora Areta! Teremos bolo, rapadura salgada (uma iguaria bruxa super tendência no Nordeste), música, doces, paçoca e muitos balões coloridos! Viny aceitou ser gogo boy por uma noite, o que deixou Lucas, do quarto ano, deveras feliz; já Mahy, do sexto, queria Capí de gogo boy também, mas acho que ele está morocoxô demais para aceitar. Quem sabe. Fica o desafio!"*

Capí deu risada na mesa, dizendo um 'não' veemente com o dedo em resposta aos ávidos olhares das menininhas.

"Para aqueles preocupados com o Conselho Escolar, a sala 3 já se encontra devidamente encantada contra lacraias, então FELIZ PARABÉNS, RAPUNZELA!!! E prósperos cabelos novos!"

RAPUNZELA: *"Obrigada, obrigada, parceiro! E hoje tem aula do Capí de novo, povo! Quero todo mundo indo, mesmo quem não for do ano certo, porque ele é divo, hein!"*

[Aplausos efusivos]
"Eu só acho que o Viny e a Caimana deviam nos substituir ano que vem aqui na Rádio, já que este ano faremos o milagre de nos formar! O que vocês acham?! Sim ou sim?!"

"Siiim!" Dessa vez foram os alunos que responderam. Quase todos.

"Então, menino dos cabelos pra cima, no que você pretende trabalhar depois que se livrar daqui?"

[Música lenta caipira] *"Sabe, menina dos cabelos cortados..., vou ser caminhoneiro, como meu pai."*

[ÓÓÓÓÓÓ!]

"E toda a magia que você aprendeu aqui, seu maluco?!"

[♪♪ Eeeee, caminhoneiro, este canto é pra você, que faz com orgulho a sua parte... Eeee, caminhoneiro... ♪ ♫]

"... Eu quero conhecer o Brasil, conhecer as pessoas, provar todos os sabores, saborear todas as culturas... Qualquer coisa, é só eu girar aqui pro mundo mágico e passar um tempo jogando Zênite!"

"Chapeleiros, prendam este louco! Ei, peraí, cadê os chapeleiros?! Ah sim, o Hugo deletou."

Hugo deu risada, assim como a maioria dos alunos, mas uma pessoa não estava rindo. Olhava para a comida, pensando em tudo que sofrera nas mãos deles, e Hugo parou de rir em respeito a ele, para quem os chapeleiros nunca seriam uma piada.

"Eu ainda acho que o Capí tá se desgastando demais dando as aulas de alfabetização também."
"Mas ele precisa delas, Idá... Eu vejo de perto como ele precisa delas. É o que tá mantendo ele focado em outra coisa que não a tortura, entende?"
Hugo entendia, claro, mas estavam deixando o pixie exausto.
"Eu venho tentando conversar bastante com ele", Gi comentou, com imenso carinho pelo namorado. "Acho que tá ajudando, sabe? Mas às vezes ele só quer ficar sozinho e eu tenho que aceitar, né? Mesmo sabendo que não é boa coisa. Ele precisa se distrair! ... Se bem que talvez seja melhor mesmo ele se afastar um pouco, pra não ouvir certos comentários que eu tenho ouvido por aí."
Hugo ergueu a sobrancelha. "Sobre o quê?"
"Sobre a minha idade. Graças a Deus ele não ouve. São comentários bem pesados. Ainda mais pra gente, que tá num namoro tão inocente, sabe? Nada além de carinhos e beijos. Ele é um doce."
Oz Malaquian chegou na sala, e os dois se calaram, junto com o restante da turma.
Soturno, o historiador se dirigiu até a frente, suas vestes de couro preto sempre em perfeito contraste com os arrepiados cabelos brancos, e começou a dissertar, no tom monótono de sempre, sobre os tratados que proibiam o contato de bruxos com azêmolas e a interferência daqueles na vida destes ao longo da história.
Gi bufou entediada para Hugo, que riu, voltando a prestar atenção.
"... Tais tratados já foram quebrados diversas vezes, por bruxos que não tinham respeito algum às leis, trazendo seríssimas consequências para a comunidade bruxa."
"*Kedavra...*" um dos alunos sussurrou entre os amigos, e Oz ouviu.

"Por mais que eu odeie interrupções, Sr. Rod Targino, sim, Leonel Kedavra foi um deles. Unindo-se a influentes membros da Igreja Católica azêmola, incentivou a criação da Inquisição Espanhola a fim de perseguir seus desafetos bruxos, matando centenas de azêmolas no processo, torturados e queimados nas fogueiras, por bruxaria. Um verdadeiro massacre. Os bruxos capturados pelo próprio Kedavra eram os únicos que não conseguiam escapar do fogo com magia. Queimavam junto a todos os azêmolas acusados de bruxaria pelos religiosos da época. Nesta inquisição, em particular, a Igreja aproveitou para perseguir judeus também, oprimindo milhares e forçando-os à conversão. Kedavra mirou no que viu e acertou no que não viu, mas não creio que ele se importasse. O alvo dele eram os bruxos e ele conseguiu matar muitos de nós; inclusive alguns que ele não teria conseguido alcançar sem a ajuda da imensa rede religiosa da época. Os senhores conhecem algum outro bruxo que tenha interferido de tal maneira na história azêmola?"

Hugo ergueu a mão. "O bruxo que ajudou Napoleão?"

Os alunos riram, sabendo da implicância entre ele e Areta por causa daquilo, mas Oz não achou graça. "*Adrien Chevalier.* O *Cavaleiro das Trevas*. Não gosto de falar em lendas e teorias, mas também não posso negar que esta, de que Napoleão Bonaparte teria sido ajudado por um bruxo em suas vitórias, é uma teoria muito forte, defendida, inclusive, por certos professores daqui."

"*Mandou bem, Napô…*" Gislene sussurrou, e eles dois se entreolharam com esperteza, Gi oferecendo, discretamente, a palma da mão para chocar-se com a dele.

"Diz-se que Chevalier era um bruxo muito temido. Teria influenciado de tal maneira o jovem Bonaparte que este só resolveu conquistar a Europa por sugestão *dele*. Se for verdade, Chevalier matou mais gente do que Kedavra, levando em conta os quatro milhões de azêmolas que morreram nas Guerras Napoleônicas."

"… O fato é que, mesmo na época, Chevalier era um nome que pairava no ar. Uma ameaça disfarçada de lenda. O rumor era de que não tinha qualquer compaixão. Capaz de passar por cima de qualquer um para alcançar o que queria." Oz deu de ombros, pouco se importando. "Historiadores mais criteriosos insistem que ele nunca existiu. Real ou imaginário, na época ele só perdia em reputação maléfica para a Ordem do Dragão, um grupo que havia aterrorizado a Europa séculos antes, matando e torturando centenas de bruxos e azêmolas das formas mais cruéis possíveis. Ainda assim, foi Kedavra que mais ficou em nossas memórias e que aterroriza crianças até hoje. Chevalier foi responsável por muito mais assassinatos, mas bruxos não costumam contabilizar mortes azêmolas. Poucos se importam, na verdade. É como matar formigas."

"*Disso tu entende, né, Formiga?*" Gislene provocou, e Idá fechou a cara.

"Ha-Ha. Muito engraçadinha. Por que tu não vai cuidar do teu namorado, hein?"

Hugo se arrependeu assim que o disse, vendo Gi entristecer de novo. "Eu bem que tô tentando", ela suspirou. "Depois daqui, eu vou lá no Pé de Cachimbo ver se pelo menos ele almoça no refeitório dessa vez. Ele precisa ver pessoas, Idá. Não pode ficar almoçando só com o pai, em casa. O Fausto só afunda ele."

Hugo concordou, ainda sem graça. "Desculpa pelo que eu falei."

"Sem problema. Eu tô acostumada com cara feia. Principalmente a tua", Gislene piscou malandrinha para ele, que riu, mas ela já desanimara novamente. "Pior que, justo hoje, eu não vou poder almoçar no refeitório. Eu me ofereci pra ajudar a Areta a corrigir as provas-surpresa de ontem."

"Ah, claro, vai lá com a Capeta, seu segundo amor."

Hugo levou uma cadernada como resposta e reagiu rindo.

"*Castigo para os dois, Sr. Escarlate e Srta. Guimarães.*"

"*Ups*", Hugo sussurrou para ela brincalhão, enquanto Gi se endireitava na cadeira, tentando não rir.

"Perdão, professor, não vai acontecer de novo."

Oz fitou-a com gelo nos olhos. "Assim espero."

Então, veio a jogada de mestre da danada.

"Professor, posso cumprir o castigo com a professora Areta? Ela tá precisando de alguém pra ajudar a corrigir as provas que passou ontem."

Gislene olhou malandra para Hugo, que precisou ocultar o sorriso. Sabia que ela não havia nascido no Santa Marta à toa! De santinha aquela ali não tinha nada!

Muitíssimo sério, Oz considerou a proposta por alguns instantes. "Pode, Srta. Guimarães. Quanto a ti, Sr. Escarlate, pensarei em uma punição adequada depois."

"Sim, senhor", Hugo respondeu, ainda tentando segurar o riso.

Preferia mil vezes aquela Gi do que a Gislene severa de normalmente. Apesar de todas as dificuldades inerentes de ser a namorada de Capí, ela estava realmente feliz namorando o jovem professor que tanto admirava. Estava até menos chata! – algo que Hugo, por muito tempo, pensara ser impossível!

Ela tinha, afinal, um novo projeto de vida, uma nova missão, e aquilo sempre a entusiasmava, mesmo que a missão consistisse em trazer um pouco mais de alegria e afeto para um pixie deprimido. Isso incluía coisas como: ser mais espirituosa e insistir que ele fosse com ela a uma festa de aniversário tarde da noite; festa a que ela jamais teria ido se as circunstâncias fossem outras, devido ao horário avançado.

Capí acabou aceitando, só por causa da insistência dela, e assim que o pixie apareceu na festa, Viny passou a fazer seu serviço de gogo boy com muito mais vontade, arrancando a camisa e jogando-a longe, para a alegria das meninas que assistiam. E de alguns meninos também.

Beni morreu de rir.

"E aí, seu maluco!" um aluno do sétimo ano cumprimentou Lepé, que tinha a aniversariante nos braços.

"Ô Lepé! Pega um suco pra mim?!"

"Eu disse *caminhoneiro*, não garçom!"

Hugo riu, indo provar um suco cor-de-rosa que estavam servindo.

Quando voltou a olhar para Viny, o pixie já estava só de sunga preta e todo lambuzado de chocolate, dançando exageradamente na frente de Capí enquanto o pobre tentava beijar Gislene a sério, o casal rindo sem conseguir deixar de prestar atenção no quadril do loiro balançando a dois centímetros deles.

"Ah, é assim que eu gosto de ver, garoto lindo!" Viny gritou, vendo Capí dar risada.

"Seu besta, vai dançar em outro canto, vai!"

"E perder esse beijo?! De jeito nenhum! Beija, vai! Ninguém tá te impedindo, véio."

Caimana riu, lá de longe, recostada na parede, com um copo de suco verde na mão, e Viny se endireitou surpreso, correndo para abraçar e beijar a loira apaixonadamente. Como se não a visse havia décadas!

Notando a chegada da rival, Beni se desanimou e foi sentar-se em um canto mais afastado. O brilho nos olhos do pixie era inegável e Beni não queria atrapalhar. Bonita a dedicação que ele tinha por Viny, mesmo sabendo que sempre estaria em segundo plano.

Capí levantou-se sorrindo para abraçar a amiga.

Percebendo que o namorado estava em boas mãos, Gi se despediu de todos e foi dormir, e a festa durou até altas horas naquele clima de retorno, os Pixies enchendo Caimana de perguntas e a elfa achando graça de tanto interesse.

Já era quase quatro da madrugada quando o último convidado se retirou. Os Pixies ficaram para ajudar Lepé e Rapunzela na arrumação. Índio, na verdade, já que Capí havia sido proibido de ajudar e o casal de loiros estava mais preocupado em se beijar pelos cantos do que em arrumar a bagunça. Hugo poderia estar ajudando também, mas não conseguia parar de rir vendo Macunaíma derrubar com a patinha tudo que Índio colocava no lugar, sem que o mineiro percebesse.

Aos beijos, Caimana tentava explicar ao namorado que teria de voltar para o Sul ainda naquela madrugada.

"Sério? Tu precisa mesmo ir?!"

"Você quer ou não quer que eu leia a sua mente, Viny?"

Ele ficou quieto e ela continuou. "Eu juro que tento vir pra segunda audiência do Capí, mas vai ser a última vez antes do treinamento se intensificar. Aí, só a Deusa sabe quando eu vou poder voltar."

Os dois se beijaram de novo, Viny com muito mais urgência desta vez. Não aguentaria ficar um semestre inteiro sem ela. Um mísero mês já tinha sido aquele pesadelo!

Naquele momento, Macunaíma passou correndo pelo canto da sala, derrubando alguns dos livros que o mineiro estivera tentando empilhar, e Índio fez um chiado proposital tão perfeito de gato que Macuna pulou para trás apavorado, atropelando a porta e saindo correndo da sala. Hugo deu risada.

Já ia fazer um comentário quando um rato saiu correndo de trás de um dos livros derrubados e Capí deu um passo nervoso para trás.

"É meu! É meu!" Lepé riu, e foi resgatar seu bichinho. "Vou guardar o danado no dormitório antes que um certo axé o encontre", brincou, olhando sério para Hugo, mas não por causa do gato, e Rapunzela considerou apropriado ir também. Tinham percebido o mesmo que eles e acharam melhor que os Pixies ficassem sozinhos para resolver aquilo.

Assim que os radialistas saíram, Viny olhou preocupado para Capí, que continuava tenso, olhando fixamente para o chão por onde o rato correra. "Tu tá legal, véio?"

Capí não respondeu. Estava estático, como se nem tivesse ouvido a pergunta, e os Pixies se entreolharam alarmados. Viny sussurrou para o amigo, "Desde quando tu tem medo de rato, véio?"

Começando a suar frio, de repente em pânico, Capí saiu da sala, e os três olharam para Caimana, que foi atrás, agora preocupadíssima. Hugo saiu também, junto com os outros, e encontrou Capí do lado de fora. O pixie molhava a cabeça em uma pia antiga do corredor; um bebedouro da época do Império. Tinha as mãos trêmulas.

Caimana se aproximou com cautela, enquanto ele olhava para a pia, rosto e cabelos encharcados.

"Foram ratos?" ela perguntou baixinho. "Foram ratos que fizeram essas mordidas no seu corpo?"

Ele não respondeu, continuando a olhar para o bebedouro.

"Eu sei que são mordidas, Capí, não adianta negar. Foram ratos, não foram? Eu vi ratos."

Capí olhou para ela, surpreso com a invasão de sua mente, mas então voltou a encarar a pia, fechando-se de novo, e quando Hugo achava que ele não ia mais responder, o pixie disse, "Ele me trancou num caixão cheio de ratos. Por um dia inteiro. No escuro."

"Um dia inteiro?!" Hugo sentiu um calafrio. "Mas eles teriam te comido vivo em um dia!"

"Eles foram ficando com fome à medida que as horas passavam; Ustra sussurrando o tempo todo lá de fora, dizendo que os ratos iam me devorar inteiro, que iam começar pelas extremidades… pelos dedos, as orelhas, … as outras partes, depois iam roer minhas pálpebras, até chegar nos olhos, e…"

"Que horror!" Caimana abraçou-se, sentindo a agonia do pixie.

Aquilo ela não vira nos sonhos. Sem dúvidas, algo ainda mais forte ocupava a mente do pixie à noite.

"Não deve ter durado um dia inteiro…" Hugo insistiu ainda chocado, e Capí concedeu com a cabeça, "Talvez não. Mas, pra mim, pareceu uma eternidade."

"Quando você disse que 'ele' te trancou num caixão, você não tava falando do Ustra", Caimana afirmou. "Ele quem?"

"Eu quis dizer 'eles'."

"Não, você quis dizer 'ele'. Ele quem?"

"QUER PARAR DE LER A MINHA MENTE?!" Capí se irritou, e Caimana olhou-o surpresa, mas compreendeu, voltando a se aproximar com ternura.

"*Ele quem, Capí?*"

O pixie não respondeu. Estava trêmulo.

"O *Calavera*?"

Viny arregalou os olhos, "O Calavera?! Tá maluca, Cai?!"

"Eu não tô vendo o Capí negar."

Todos olharam para o pixie, que permanecia quieto, olhando o nada.

Viny se aproximou temeroso. "Véio… quem cala consente. Tu sabe disso, né?"

Capí permaneceu calado. Preso a memórias. Então, sem olhar para Caimana, dirigiu-se a ela com raiva; *chorando* de raiva, "Você não tem o direito de me invadir assim!"

"Desculpa."

"Putz, véio... o Calavera?! Ele é nosso professor! Ele fica fechado com os alunos uma vez por semana!"

Caimana o olhava com pena. "Essa cicatriz no seu rosto, que desce pelo corpo, é obra dele também, né? Da unha dele?"

Capí confirmou, e Viny bateu na parede, com ódio.

"Filho da mãe! E esse canalha continua aqui dando aula?!... Por isso tu não suporta chegar perto dele, né, véio?! Digo, tu sempre teve asco do cara, mas este ano tava diferente! Tava pior! Tu passava mal só de olhar pra ele!"

"Que maravilha..." Índio ironizou, "e a gente tendo aula com um psicopata torturador."

"Capí", Caimana se aproximou com cuidado, "a gente não pode deixar que esse doente continue lecionando aqui. Você sabe disso, não sabe? Você tem que falar com a minha mãe."

Os dois se entreolharam, Capí com medo e inquietação no olhar.

CAPÍTULO 16

O FILHO DO ZELADOR

"Você já devia ter denunciado há muito tempo, Capí! Um cara doente desses! Se ele já fez isso com você, quem sabe quando começaria a fazer com outros?!"

O pixie andava atrás da elfa apavorado. "Não vai dar em nada, Cai! De que adianta eu falar pra sua mãe?! Você sabe que ela não vai aceitar! Capaz até de contar pra ele que eu denunciei!"

"Ela não faria isso, Capí. Ela é uma vaca, mas não é maluca."

"Ah, dessa vez ela vai ter que te ouvir", Viny disse, praticamente puxando Capí pelo corredor até que chegassem à ala dos apartamentos do Conselho.

"... E se a gente deixasse pra amanhã?"

"Não, senhor. Vai ser agora", Caimana forçou-o a se virar para a entrada, batendo à enorme porta de carvalho que os separava do quarto de Dalila.

Agora não tinha mais jeito. Enquanto esperavam uma resposta, Capí, apesar de tenso, comentou resignado, "Bofronte não queria ele lá."

"Não queria quem lá? O Calavera? E isso quer dizer o quê?"

Capí não sabia. Só tinha achado importante incluir aquilo nas considerações, e Hugo entendia a razão. Por mais insignificante que pudesse parecer, era mais um dado adicionado às milhares de informações desconexas que tinham sobre o Alto Comissário: Bofronte não queria Calavera lá.

Por que Mefisto Bofronte não iria querer um psicopata daqueles em uma sala de tortura? Calavera era o torturador perfeito! Frio, aterrorizante...

Irritada, Caimana bateu com mais força à porta.

"*Já vou!*" a conselheira gritou do outro lado, e eles ouviram-na se mover apressada pelo quarto, provavelmente arrumando tudo depressa, ajeitando os cabelos e tirando peças de roupa do chão enquanto batia com a canela em alguma mesinha de canto e xingava baixinho. Um momento depois, ela abriu a porta furiosa.

Como a lacraia podia continuar linda acordando no meio da noite? Genética élfica era de matar mesmo... As orelhas pontiagudas aparecendo delicadamente por entre os longos cabelos loiros, que, pela primeira vez, Hugo via soltos daquele jeito. Estava até parecendo uma pessoa legal! Sem os penteados e coques elaborados!

Mas foi só Dalila abrir a boca, no entanto, para ele se lembrar da bruaca que ela era por dentro. "Que palhaçada é essa?"

"A gente precisa conversar, mãe."

Ela olhou para Capí com desprezo. "Eu não vou deixar o filho do *zelador* entrar no meu quarto."

"Sua va..." Viny começou, mas foi impedido de continuar por um coice de Virgílio na canela.

Ela só fazia aquilo para atingir Capí... e o atingia em cheio, sempre.

Índio meteu-se na frente antes que mais alguém colocasse tudo a perder. "Sra. Lacerda, nós precisamos conversar com a senhora. É importante. Eu lhe peço."

Olhando séria para o filho da ministra, Dalila, ainda assim, pensou muito antes de abrir a porta para eles, mas acabou cedendo. Abençoada diplomacia mineira. Deixando que entrassem, fechou a porta, pegando a varinha na mesa de cabeceira e acendendo as luzes aconchegantes do apartamento, que era magnífico... Tapetes persas sobre o piso, tapeçarias nas paredes, móveis de mogno com detalhes em ouro, uma cama enorme de casal, com lençóis de cetim vermelho... O luxo daquele lugar era um acinte. Um rombo descarado nas contas do colégio. E aquele era só um dos quartos. Mais além, Hugo podia ver outro, na semiescuridão, tão grande quanto o principal; provavelmente onde Abelardo dormira nos primeiros anos, antes de decidir que pegava mal dormir perto da mamãezinha. Ainda era possível ver uma sala de leitura à esquerda, escondida nas sombras, um banheiro de tamanho considerável e o que parecia ser a entrada de um *closet* de luxo que, só com o dinheiro gasto nele, teria dado para dobrar o salário dos professores. Mas fazer o quê? Precisavam dela.

"Vocês, esperem aqui", ela disse, e foi irritada até o banheiro para se refazer minimamente, voltando um minuto depois com os cabelos presos de modo informal, vestida em um robe de veludo azul. "O que vocês querem?"

"Você precisa demitir o Calavera."

Dalila deu risada da filha. "Mais um?! Quem vocês pensam que são, os diretores da escola?! Por que não me dão logo uma listinha de professores para eu demitir?"

"É sério, mãe! O Capí disse que..."

"Ah, claro! Tinha que ser o filho querido de *Luana Xavier*!" Dalila olhou para o pixie. "Acha que o mundo gira em torno do que você quer, garoto?! Mimado como a mãe. Ela, sim, podia fazer o que quisesse aqui, qualquer travessura, que nunca era punida. Tão amada por todos, tão *especial*!"... Dava para sentir de longe o cheiro da inveja. "Mas comigo aqui você não pode tudo, não, garoto."

Caimana olhou receosa para o amigo, voltando-se para a conselheira. "O Calavera participou da tortura, mãe..."

Dalila já ia abrir a boca para contestar quando a filha a cortou, "Você SABE que houve tortura! Não precisa fingir! Só tem a gente aqui!"

A conselheira deu um riso seco, parando de atuar. "Muito bem, continue."

Hugo cerrou os dentes, com ódio daquela mulher. Então ela sabia mesmo...

Divertindo-se com a raiva deles, Dalila cruzou os braços. "Vamos, garoto! Eu não tenho a madrugada toda! Como o professor te *torturou*? Quero detalhes."

Capí olhou para os amigos, e Caimana respondeu por ele, "Ele torturou com os ratos dele."

"Com os ratos?! Que interessante!"

"É sério, mãe!"

"Como exatamente, querido?"

Capí respirou fundo, o olhar perdido no passado. "Ele controla os ratos com a mente. Os camundongos também. Eles fazem o que ele quer... E as coisas que ele queria eram bastante..." a voz do pixie tremeu. Estava difícil continuar. "Quando outros estavam na sala, não era tão assustador, mas quando ele vinha sozinho..."

"Prove."

"Quê?" Capí pareceu não entender.

"Escuta aqui, sua lacraia", Viny tomou a dianteira, espantando Dalila. "Teu filho também tá tendo aula com esse psicopata. Acho bom tu levar isso a sério, se não quiser que ele sofra também, porque o Calavera não vai distinguir entre o seu Abelzinho e o Capí quando a hora chegar."

Escondendo a hesitação, Dalila olhou para Capí quase sorrindo. "O que me garante que você não está só querendo tomar o cargo dele, como fez com o da Felícia?!"

"Nunca!" Capí olhou-a enojado.

"Então me convença de que ele te torturou! *Prove* e, quem sabe, eu pense no seu caso." A canalha queria que ele contasse detalhes... Por isso estava sorrindo... porque sabia que ele teria que contar.

"Como você quer que ele prove, SUA V..."

Capí conteve a amiga colocando a mão em seu ombro. "Ela tá certa, Cai. Ela não pode demitir ninguém sem provas."

Caimana olhou para os dois. "Mas o que você quer?! Que ele tire o resto da roupa na sua frente pra você ver as cicatrizes?!"

"Eu já vi todas as cicatrizes, queridinha. Eu quero os sórdidos detalhes."

"Nos deixem sozinhos, por favor."

Viny olhou surpreso para Capí. "Eu também?!"

"Todos vocês."

Hugo e Caimana se entreolharam preocupados. Ele não contava os detalhes nem para os amigos e teria que contar para aquela cretina?

"Vamos, crianças, eu não tenho a noite inteira. Vamos!"

Enquanto Viny e Índio eram enxotados para fora, Hugo viu Caimana se despedir de Capí, com as mãos nos ombros do amigo, antes de saírem. Fechando a porta, ficaram esperando do lado de fora por vários minutos. Intermináveis minutos.

Meia hora, talvez. Tensos, como poucas vezes haviam ficado. Até que, de repente, Dalila saiu do quarto, extremamente alterada, marchando tensa corredor afora. Parecia que tinha chorado. Vendo-a passar naquele estado, eles entraram correndo no quarto, preocupados com o amigo. "O que aconteceu?!"

Capí estava sentado em uma das poltronas. Claramente tinha desabado ali de cansaço, mas não parecia pálido. Muito pelo contrário. Estava ruborizado, como se tivesse corrido uma maratona. Tão abalado quanto a conselheira.

"E então?!" Viny perguntou ansioso, e Capí, com dor de cabeça, murmurou sem olhar para eles, "Ela vai demitir o Calavera."

"Eu não acredito. Como tu conseguiu, véio?!"

"Eu mostrei algumas memórias minhas pra ela."

Hugo olhou-o espantado. "Dá pra fazer isso?!"

Capí, com a mão ainda um pouco trêmula, apontou para um espelho na parede oposta. "Nós dois tocamos o espelho e entramos na memória. Não é complicado. Funciona com qualquer superfície espelhada, desde que haja o consentimento sincero dos dois: de quem vai assistir e do dono da memória. Principalmente do dono da memória."

"Tu não tá bem, véio."

"Eu revivi mais do que eu gostaria, foi isso." Capí olhou para a mão esquerda, que pela primeira vez naquele ano Hugo via sem a luva. Estava tão inchada e cortada quanto no dia em que o haviam encontrado, na neve… "Não deu nem dois minutos de memória e ela pediu pra sair, passando mal. Apavorada pelo filho. Eu ainda a obriguei a ver um pouco mais, só pra ter certeza, e ela começou a chorar, implorando que eu a tirasse dali." Capí baixou o rosto, arrependido. "Eu devia ter parado no momento que ela pediu. Foi vingança minha obrigá-la a continuar. Rancor, raiva, não sei." Ele estava realmente abalado. "Fiz ela ver inclusive selvagerias que não tinham sido pelas mãos do Calavera. *Piores* até do que as dele. Não sei o que deu em mim."

"Véio, se tu pode fazer isso... Se tu pode usar um espelho pra mostrar tudo que aconteceu com você, porque tu não usa isso como prova?!"

"Porque daí todos veriam minhas memórias, Viny. Eu não quero."

"Mas elas poderiam incriminar o Alto Comissário..."

"EU NÃO QUERO!"

Viny se calou. Era tão raro ver Capí irritado... e, no entanto, aquilo estava acontecendo com cada vez mais frequência. Compreensível. Ainda mais agora, que havia sido forçado a deixar Dalila vê-lo nu, sendo torturado e humilhado por adultos. Ele não ia ser convencido a sofrer aquele tipo de constrangimento de novo. Ainda mais diante de um público ávido por circo.

Entendendo, Viny aquiesceu. "Bora dormir um pouco então, véio? Eu te acompanho até o Pé de Cachimbo, vem."

"Vocês podem ir na frente. Eu tô bem, juro. Só preciso ficar mais um pouco aqui sozinho. Pra me recuperar." Ele estava abaladíssimo. Tremendo um pouco ainda. Suado.

Viny olhou preocupado para Caimana. Capí não podia ter revivido aquelas coisas... Não com a nitidez que o espelho provavelmente proporcionava. Olhando penalizados para o pixie, Caimana e Índio resolveram respeitar o desejo dele. A elfa deu um abraço de despedida no amigo, já que voltaria ao Sul ainda naquela madrugada, e Hugo seguiu Caimana para fora, ficando à espera de Viny.

O loiro, no entanto, deu meia-volta para falar a sós com o amigo, "Tá tudo bem mesmo, véio?" Hugo fechou a porta apenas até onde ainda pudesse espiar, enquanto Caimana e Índio iam embora de verdade.

"Tem mais aí do que tu tá contando. A Caimana também percebeu. Eu vi nos olhos dela. Só que ela é mais discreta do que eu. Ou talvez já tenha lido a tua mente, quem sabe." Viny riu. Capí não. Nem um pouco. "Desembucha, vai, véio."

"A gente se beijou."

"Oi?! Peraí, *a gente* quem?"

"Eu e a Dalila."

Viny arregalou os olhos. "Tá brincando!... Véio?! A Dalila?!"

Hugo estava tão estupefato quanto o loiro, e Capí enterrou o rosto nas mãos em pânico. "Eu tava abalado demais... depois de ter revivido tudo aquilo. Destruído, quase. E ela, ainda chocada com o que tinha visto, especialmente a última parte... – não que ela já não desconfiasse, mas *ver* é diferente – ... ela se enterneceu com o meu sofrimento, e houve um momento de silêncio entre nós. Ela pediu para ver minha mão. Eu tirei a luva. Ela olhou-a com pena de mim, não sei. Só sei que, com minha mão nas dela, mais íntimos do que nunca, ela me beijou. E foi de uma forma tão doce, que eu... correspondi. Não sei onde eu estava com a cabeça."

Viny riu do absurdo.

"De repente o beijo foi ficando mais intenso, bizarramente mais intenso, da parte de nós dois. Ela me tocou inteiro... eu demorei a resistir, até que, felizmente, eu tive juízo e parei, antes que a gente fosse longe demais." Capí passou a mão pelos cabelos, suando só de lembrar. "Eu nunca tinha sentido nada parecido."

"Véio, cada dia tu me surpreende mais", Viny riu embasbacado. "Aquela gata loira, gamadona em você! HA! Eu devia ter imaginado que aquele ódio todo era atração reprimida."

"Não delira, Viny! Ela gostava do meu pai! No passado. Eu só sou parecido."

"Então, véio! Por que tu não tirou proveito?!"

"Isso não tem graça, Viny!"

"Eu não acredito que tu beijou aquela loiraça e parou antes dos finalmentes. Tu já tava até no quarto dela!"

"Viny! Eu tenho namorada! Ou tinha, né. Depois que ela ficar sabendo..."

"Vai ficar sabendo como, cabeção?! Eu não vou contar. A Dalila certamente também n..."

"EU vou contar. Tá achando que eu sou o quê?"

Viny parou de rir. "Tu não tá falando sério, né? Tu vai perder a Gi pra sempre se tu contar."

"Provavelmente", Capí lamentou arrasado. "Mas, se eu não contar, a traição vai ser maior."

"Véio, eu não vou deixar tu estragar um relacionamento bonito como o de vocês por causa de um momento de fraqueza."

"Isso vai estar nas mãos da Gi. E não nas suas."

Viny bateu na parede revoltado. "Tu é muito teimoso, sabia?!"

"Me deixa sozinho, Viny. Por favor. Eu preciso colocar os pensamentos em ordem antes de ir falar com a Gi. Eu preciso... desacelerar meu metabolismo."

"Ô! Eu imagino!" Viny riu. "Quem diria, hein?! Tu com a mãe; eu com a filha. E olha que a mãe é ainda mais gata."

"Me deixa em paz, Viny!"

Viny deu risada, dirigindo-se à saída, e Hugo se escondeu a tempo de ver o loiro sair, fechar a porta do quarto e largar imediatamente o sorriso.

"*Não conta pra Gi, véio... Tu não pode perder a mina. Não agora...*" Viny murmurou inconformado para si mesmo antes de se afastar de vez. Só então Hugo se reaproximou da porta, sabendo que Capí estaria ali dentro, destruído e confuso.

Espiando pelo buraco da fechadura, viu o pixie montando a luva novamente; a mão doente apoiada na coxa, com a palma para cima. A lesão era tão séria que ele não conseguia nem vestir a luva enfiando-a, como as pessoas normais. Precisava desfazê-la com a varinha e recosturá-la magicamente ao redor da mão. Aquilo certamente fizera Dalila respeitá-lo um pouco. Compaixão e respeito haviam sido os combustíveis para o beijo que ela lhe dera; e não apenas a semelhança com Fausto.

Hugo fez uma careta de dor, imaginando o que devia ser conviver com uma mão destruída, e decidiu deixá-lo ali, como Capí pedira.

Horas mais tarde, no café da manhã, Calavera não estava mais lá. Nem sentado à mesa dos professores, nem em seu lugar habitual, no fundo do refeitório.

Dalila nunca havia sido tão eficiente.

Hugo ficava imaginando que desculpa ela teria inventado para explicar a demissão. Certamente não mencionara a visita noturna dos Pixies, ainda mais depois do que acontecera no quarto entre ela e o filho do zelador.

Os alunos olhavam curiosos para a porta interditada do subsolo, sem entenderem o que havia acontecido; Abelardo fitando a mãe tão curioso quanto os outros, mas ninguém parecia ter reclamação alguma a fazer. Muito pelo contrário. Estavam gostando até demais da novidade, voltando a ocupar as mesas que antes evitavam por causa dele.

Enquanto isso, a conselheira presidia o café da manhã, elegante e altiva como sempre, em seu vestido preto de viúva em luto, tentando fingir que nada acontecera poucas horas antes. Emocionante como ela respeitava a memória do marido morto, beijando alunos às escondidas.

Dalila evitava olhar na direção de onde Capí sentara, mas, volta e meia, não resistia e espiava, tensa, para verificar se ele a estaria olhando. Hugo só não ria do nervosismo da conselheira porque o pixie estava emocionalmente destruído ao seu lado. Não tinha dormido nada no restante da noite; provavelmente antecipando o que diria a Gi quando ela chegasse.

"Capí", Índio chegou com cuidado, sem saber de nada, "caso você esteja se sentindo mal por não querer mostrar suas memórias no julgamento, não se sinta. Antes de deitar, eu fui no escaninho mandar uma mensagem pra minha mãe. A resposta chegou alguns minutos atrás. Parece que só as memórias do *criminoso* podem ser aceitas como prova, incriminando ele próprio. As memórias de quem acusa não são aceitas, porque podem ter sido alteradas pra incriminar gente inocente."

Capí respirou um pouco mais aliviado. Seu pequeno egoísmo não prejudicaria ninguém, então. Menos mal. Agradecendo com um olhar, voltou a se distrair com alguma outra coisa, e Hugo murmurou, "Que foi?"

O pixie indicou uma mesa mais adiante, onde Tobias tentava, mais uma vez, se erguer da cadeira-andante. Não podia negar que o garoto era determinado. Quantas centenas de vezes já tentara e caíra? Estaria cheio de hematomas se não fosse bruxo.

Nas mesas ao redor, todos assistiam, na expectativa, e Hugo se endireitou tenso na própria cadeira, torcendo de longe, sentindo que, daquela vez, o garoto conseguiria. Assim que Tobias se jogou para a frente, no entanto, as pernas fantasmas do jovem novamente atravessaram o solo, seu quadril e peito se chocando contra o chão junto ao pouco que restava de suas pernas verdadeiras. Hugo chutou a cadeira da frente irritado, ao som dos bufos de impaciência dos colegas e da risada de alguns idiotas mais ao longe.

"Me deixa!" Tobias berrou contra os braços que tentavam ajudá-lo, chorando de raiva e se debatendo para permanecer no chão, onde achava que merecia ficar.

Seus colegas obedeceram, afastando-se com pena, à medida que Tobias esmurrava frustrado o piso; Hugo sentindo o próprio remorso crescer a cada soco que o garoto dava. A cadeira estilo aranha-de-madeira largada mais atrás.

Capí se levantou com dificuldade. "Vem."

Surpreso com o chamado, Hugo obedeceu receoso. Sempre existia o risco de Tobias descontar sua raiva nele, revelando a todos quem havia sido o culpado pelo esmagamento de suas pernas. O garoto já o havia perdoado, mas Hugo sabia, mais do que ninguém, que a raiva e a revolta eram ótimas alteradoras de boas resoluções.

Pedindo com os olhos a ajuda de Hugo, Capí se agachou para ficar na altura de Tobias; a mão direita apoiando com força na bengala, enquanto Hugo segurava o braço esquerdo do pixie para lhe dar sustentação na descida. Engolindo a dor, Capí murmurou, vendo Tobias socar o chão, *"Ei... Não precisa se desesperar assim, amigo. Tudo tem um tempo certo pra acontecer."*

Tobias parou, ainda atormentado; os olhos cheios d'água, fixos no chão, nas mesas, em tudo, menos nas pessoas. *"Eu sou um inútil..."*

"De onde você tirou essa ideia absurda, Tobias? Olha pra mim."

O garoto obedeceu, só então percebendo com quem estava falando. Ele arregalou os olhos vendo o pixie ali, tão perto, e gaguejou, "O senhor sabe o meu nome?!"

"Claro que eu sei seu nome, Tobias... Você é um herói! Sobreviver a um ataque da mula-sem-cabeça não é pra qualquer um!" Capí garantiu, e os olhos do aluno se iluminaram por alguns instantes antes que o desespero voltasse à tona e lágrimas de profundo desalento brotassem. Condoído, o pixie murmurou, para que apenas eles ouvissem, "*Ei... não chora assim, não, Tobias... Ó, presta atenção. Eu já estava querendo falar com você havia algum tempo.*" Mentira.

Tobias olhou-o espantado. "Comigo?!"

"*Não conta pra ninguém o que eu vou dizer agora, ok?*"

O garoto concordou depressa, tentando enxugar o rosto.

"Eu e a Gislene damos aula de alfabetização e reforço escolar para alguns novatos aqui do colégio. Eles chegam analfabetos no início do ano, e a turma de agora já está começando a aprender conceitos gramaticais um pouco mais complexos. Isso é segredo nosso, tá? O Conselho proíbe esse tipo de aula."

Tobias concordou, entendendo. "Mas o que isso tem a ver comigo?"

Capí olhou-o com carinho. "É que eu estou precisando de ajuda. Graças a Deus, nossos alunos vêm conseguindo passar de ano até agora, mesmo que raspando, mas desta vez..." O pixie olhou para Hugo, que percebeu a dor que Capí estava sentindo pelo que estava prestes a admitir. "Eu não estou tendo condições físicas nem emocionais de ensinar ninguém. Pelo menos não duas matérias..."

Hugo via nos olhos dele o quanto Capí queria que aquilo fosse somente mais uma mentira. Nunca diria aos Pixies o quão cansado estava, para não os preocupar, mas Hugo podia saber.

"... São dez aulas de Segredos do Mundo Animal pra planejar toda semana e eu não estou dando conta de ajudar os novatos direito. Não como eu deveria. A Dalila manteve a nota de corte da Comissão; eles vão continuar tendo que alcançar média 7, no mínimo, e eu não tenho condições. Eu preciso de alguém inteligente que possa me substituir por lá quando eu não conseguir mais. Você me ajuda?"

Tobias olhou-o surpreso, enquanto Hugo sorria internamente. O pixie estava usando o mesmo truque que usara com Eimi no ano anterior; mostrando a Tobias que ele tinha valor, que ele era necessário. Injetando ânimo no garoto.

"Hoje mesmo, a alfabetização é no horário da aula de Defesa da Gi, e eu não sei se vou conseguir sozinho. Eu preciso de alguém lá pra me ajudar."

Um pouco pálido, Tobias balbuciou, "Os outros Pixies não podem?"

"Não."

Mentira. Claro que podiam.

"E eu não confio em mais ninguém pra essa tarefa. Eles precisam de você, Tobias. A Gi não dá conta de tudo sozinha e, se as aulas de alfabetização começarem a falhar, esses novatos vão ser expulsos daqui."

Hugo sentiu certa hesitação na voz do pixie ao falar de Gislene. Capí sabia que a perderia... Estava arrasado. Mas aquilo não era sobre ela. Era sobre Tobias. E sobre deixar alguém para ajudar Gi nas aulas, caso ela não tolerasse mais sua presença ao lado dela. Ansioso pela resposta do aluno, Capí olhou para Tobias, que meneou a cabeça.

"Bom... se eles precisam tanto assim..."

"Precisam muito."

Tobias olhou para o pixie, de repente resoluto, "Tá bom, então", e Capí sorriu com carinho, vendo a empolgação repentina do aluno. Tobias estava agarrando aquela oportunidade, de provar que era útil, de provar que podia ser admirado.

Exatamente o que o pixie queria.

Deixando a bengala no chão, Capí apertou a mão dele em um acordo. "Então, a gente se encontra lá na frente do Pé de Cachimbo hoje, depois da primeira aula da tarde, pode ser? Você não tem aula nesse horário, tem?"

Tobias negou.

"Ótimo. Nem os novatos." Capí sorriu. "Assim, dá tempo de você dar uma estudada antes. Eles estão aprendendo acentuação."

O aluno aceitou a missão com seriedade, e Capí sorriu. "Eu nem sei como te agradecer, Tobias. Você vai me ajudar muito. Acredite."

Os olhos do garoto se iluminaram. Percebendo que ainda estava vergonhosamente estatelado no chão – e na frente de um pixie, ainda por cima –, tratou logo de subir em sua cadeira andante, com muito mais prática do que antigamente; os braços já fortes de tanto puxar o peso do próprio corpo de volta para cima, até porque a maldita cadeira teimava em dar passos para trás toda vez que ele estava subindo, tornando tudo bem mais difícil.

Apesar de ter passado o ano anterior inteiro tentando se acostumar a ela, o garoto ainda penava para controlar aquelas oito patas de madeira. Hugo o via pelos corredores da escola, chorando frustrado e irritado toda vez que elas o derrubavam no chão. Eram teimosas, desengonçadas, inseguras, escorregavam o tempo todo, não subiam direito as escadas... Degraus, aliás, eram sempre um suplício. Não importava quão amplos fossem, as patas escorregavam, atrapalhavam-se, teimavam em não subir, davam meia-volta, de modo que ele sempre tinha que insistir muito, e aquilo, às vezes, levava uma boa meia hora, quando ninguém se oferecia para ajudar.

Talvez uma cadeira mágica mais luxuosa subisse melhor, mas o garoto não devia ter dinheiro para comprar uma daquelas.

Capí pegou a bengala para se levantar também e Hugo o ajudou de novo. Não que o pixie precisasse, mas Hugo sabia o quanto lhe era doloroso fazer aquele esforço sozinho. Já bastava ele ter de fazê-lo todas as manhãs, ao se levantar daquele colchão ridículo que Fausto chamava de cama.

Despedindo-se de Tobias, os dois começaram a voltar para a mesa dos Pixies, Hugo olhando malandro para Capí. "Você sabe, né, que, pra chegar na sala de alfabetização, ele vai precisar subir uma escada estreita e invisível, e que, provavelmente, a cadeira dele vai se recusar a ir junto."

Capí sorriu esperto com o comentário do amigo, continuando a andar.

Ele estava contando com isso.

CAPÍTULO 17

O SUBSTITUTO

Aquela escada era difícil de subir até para pessoas que tinham pernas. Estreita demais, irregular demais, invisível demais. Perfeita para o que Capí queria.

"A sala é logo ali", Capí apontou para a porta lá em cima, enfiada no paredão externo, a dez metros do chão, aparentemente sem qualquer escada que subisse até ela, e Tobias estranhou, "Ué", sacolejando intrigado em sua cadeira andante, aproximando-se da parede de tijolos pela grama. "Mas como…"

De costas para a escada invisível, o pixie sorriu, dando um passo para trás e subindo o primeiro degrau. Tobias arregalou os olhos espantado, e Capí confirmou, "A escada mais bem escondida da Korkovado", dando uma piscadela para ele. "Mas é estreita. O corrimão só deixa pessoas magras passarem."

Tobias olhou horrorizado para a escada que ele não via. Avançando, inseguro, inclinou-se para a frente e apalpou o vazio até alcançar o corrimão invisível.

Seu semblante se encheu de frustração. "Eu não consigo."

"Você tem que conseguir, Tobias. Aquelas crianças precisam de você."

Diante da insistência, o garoto respirou fundo, obstinado, e tentou avançar com a cadeira por sobre o primeiro degrau, mas as pernas de madeira se embaralharam contra a invisibilidade da escada, sem entender por que não conseguiam passar, já que não viam obstáculo algum à frente! Tropeçavam nos degraus, tentando *atravessá-los*, em vez de subi-los.

"Putz, minha cadeira não registra a escada! Mesmo que registrasse, os degraus são estreitos demais! A cadeira nunca passaria…"

"Acho que você vai ter que subir sem ela, então."

Tobias olhou aflito para o pixie, de repente entendendo o que Capí queria, e entrou em pânico. "Eu não posso! Eu não consigo!"

"Você *precisa*, Tobias! Se quiser ajudar."

Inseguro, o garoto insistiu, "Por que os alunos não descem? A gente pode fazer as aulas em outro lugar!", mas Capí negou com a cabeça. "Esse é o único lugar escondido do colégio. Acredite, eu conheço muito bem a Korkovado."

Hugo sempre se surpreendia com como o pixie mentia bem.

Capí desceu o degrau, agachando-se com esforço até a altura do garoto, e olhou fundo em seus olhos. "Tobias, eles precisam de você. Estão te esperando. Eu já contei que você vinha. Eles ficaram muito surpresos."

Tobias estava negando tudo apavorado, os olhos marejados, recusando-se a acreditar que eles quisessem sua mísera ajuda.

"Tobias, olha pra mim. Aquelas crianças estão com medo. Medo de tirarem notas baixas, medo de serem expulsas pela Dalila... e o medo paralisa, você sabe disso! Elas não vão ter pra onde ir se forem tiradas daqui, Tobias... Elas precisam de você. Precisam do seu *exemplo*."

"Exemplo?!" O garoto fitou-o trêmulo. "Que exemplo eu posso ser?!"

"De superação, Tobias! Elas querem te ver entrar por aquela porta andando! Materializa essas pernas, vai! Eu sei que você consegue!"

Tobias fazia que não com a cabeça, em pânico, e Capí aproximou mais ainda o rosto do dele, olhando fixo em seus olhos, "Levanta."

O garoto olhou surpreso para o professor.

"Eles precisam de você, Tobias. Levanta."

Tobias voltou-se tenso para Hugo, e depois novamente para o pixie, sem saber onde fixar o olhar, até que o fixou nas próprias pernas fantasmas. Os três ficaram em silêncio por um tempo.

"Eles precisam de você", Capí repetiu como um mantra.

Aquilo estava dando nervoso até em Hugo. Voltando os olhos azuis uma última vez para o responsável pela perda de suas pernas, Tobias fixou-os em Capí de novo, quase resoluto. Respirando fundo, apoiou as mãos trêmulas nos braços da cadeira mais uma vez, tentando buscar coragem sabe-se lá onde, mas logo entrou em pânico novamente e largou as mãos. "Eu não consigo."

"Consegue, sim."

"Não dá! Eu não sou capaz! Você viu hoje de manhã como foi! Eu não consigo!" Tobias voltou a chorar, agora com raiva. "Acabou pra mim, você não entende?! Eu CANSEI! Cansei de cair! Cansei de ser humilhado! Eu sou um inútil! Nem pra me curar eu sirvo! Quanto mais pra ajudar os outros!"

"Você não é um inútil, Tobias..."

"SOU, SIM!" ele decretou. Então deu meia-volta em sua cadeira andante e foi embora, desistindo dos alunos.

Capí sentou-se, arrasado, no degrau invisível. "... Não vai ter jeito. Ele vai perder as pernas fantasmas também."

Hugo arregalou os olhos. "Tem certeza?!"

O pixie confirmou, passando a mão pelos cabelos, frustrado, entristecido, exausto. "O encantamento das pernas é baseado no cérebro dele acreditar que elas ainda estão lá, lembra? Quando nem o dono acredita mais que elas possam andar..." Capí suspirou. "As pessoas subestimam o poder da mente. As palavras de desistência que Tobias disse são muito fortes; se ele tem pensado nisso constantemente... eu não dou nem um ano pro encanto das pernas se perder e elas sumirem de vez."

Hugo olhou preocupado para o pixie. "E aí...?"

"Aí ele nunca mais vai conseguir recuperar as fantasmas. Vai ter que usar próteses incômodas pelo resto da vida. Isso se tiver dinheiro pra comprá-las, o que eu duvido. O mais provável é que tenha que usar aquela cadeira pra sempre."

"Não tem algum jeito de reverter isso?!"

Capí fez que não com a cabeça. "Ele perdeu as esperanças, Hugo. Deixou de acreditar nele mesmo. É o pior que podia ter acontecido. As pernas já estão começando a sumir, você não notou?"

Hugo tinha notado, sim. Estavam cada vez mais transparentes.

"Isso são elas sumindo do subconsciente dele", Capí concluiu deprimido. Então levantou-se e começou a subir sozinho as longas escadas invisíveis, sentindo-se ainda pior do que já estava antes, por seu fracasso.

Irritado com a piora do pixie, Hugo foi tirar satisfações com Tobias. Já não bastava todo o peso que Capí estava tendo de carregar, agora vinha aquele garoto deixá-lo ainda mais para baixo?! Ah, não.

"EI!" Hugo gritou para Tobias, que já tinha atravessado o corredor dos signos e agora saía para o pátio central. O jovem olhou para trás e girou a cadeira para encontrá-lo, mas Hugo não parou sua marcha, dando um empurrão no peito do garoto. A cadeira-aranha recuou vários passos para compensar o impacto. "Por que tu nem tentou ficar de pé, hein, covarde?! Por que tu amarelou daquele jeito?!"

"Eu não sou covarde! Eu sou incapaz!"

"Você não é incapaz! Ninguém é incapaz!" Hugo rebateu com raiva do garoto, com ÓDIO até, porque agora a culpa era de TOBIAS também! Que não QUERIA se curar! Que não estava fazendo esforço o suficiente! Que já tinha desistido! E Hugo não deixaria que o garoto o fizesse sentir ainda mais remorso por algo que agora só cabia a ele próprio. Tobias era um ano mais velho que ele, mas parecia criança, caramba!

"Ah, você VAI andar, sim!"

"Não vou! Não adianta! Eu tentei um milhão de vezes! Não tem mais jeito, Hugo! Eu já perdi minhas pernas! Já era!"

Hugo olhou-o ainda mais revoltado. "Então APRENDE a andar nesta PORCARIA, caramba!" e deu outro empurrão no peito do garoto.

"Ei!!" Tobias olhou para trás, tentando se segurar na cadeira à medida que ela dava marcha a ré para se proteger da agressão, mas Hugo não parou, investindo novamente contra ele, e de novo, e de novo, a cadeira indo cada vez mais para trás com o garoto, enquanto Hugo vociferava furioso.

"Até quando tu vai deixar essa cadeira te controlar?! Hein?! Se fosse eu, eu não ia deixar uma cadeira idiota me parar. Ah, não ia mesmo! Toma vergonha na cara, garoto!" Outro empurrão. "Ela é só uma cadeira! Você que tá no comando! Ela só é insegura porque VOCÊ é inseguro! VOCÊ transmite a tua insegurança pra ela! Fica o tempo todo dizendo que não vai conseguir! Que não dá pra subir as escadas, que não dá pra chegar na sala do Rudji, que não dá pra ir ao banheiro... blá-blá-blá! Será que você não vê que essa é a ÚNICA razão de você não CONSEGUIR?! A tua cadeira é incrível! Maneiríssima! Para de ter medo dela! Mostra pra ela quem é que manda, pô!"

Hugo deu o último empurrão. Tinha dito tudo com uma fúria tão grande que Tobias olhava estupefato para ele; a cadeira tendo subido de ré, sozinha, uns cinco degraus da escadaria central, sem dificuldade alguma, só para fugir de sua raiva.

"E faça bom proveito!" Hugo concluiu, subindo e deixando Tobias lá, surpreso com a cadeira, tentando entender como ela escalara os degraus tão depressa.

"O que deu em você?!" Gislene galgou a escadaria atrás do amigo, tendo visto o final da discussão, e Hugo respondeu irritado, "NADA." Ela não sabia da relação dele com Tobias, e nem ele queria que ela ficasse sabendo. "Bora lá pra aula do gaúcho traidor."

Gislene ergueu a sobrancelha, sem entender o 'traidor', mas foi atrás.

Para deleite de Hugo, Atlas estava péssimo. Emocionalmente destruído, enquanto ensinava um feitiço para amolecer as pernas dos oponentes e derrubá-los. O professor simplesmente não conseguia se concentrar na aula. Ensinava um pouco, pedia aos alunos que testassem uns nos outros, mas não prestava atenção. Bem feito. Que se sentisse mesmo muito culpado pela sacanagem que estava prestes a fazer com Capí, indo embora da escola.

Alheios àquilo, os alunos se divertiam derrubando uns aos outros pela sala. Sempre a aula mais divertida, claro. Hugo não caía mais na lábia do 'professor mais legal da Korkovado'. Faria questão de não se divertir. Apenas treinar. "*Molenga!*"

Rafinha tombou do outro lado, as pernas se dobrando feito borracha, enquanto outros davam risada. Em poucos segundos, o jovem já estava de pé de novo, sem ter achado a mínima graça. Já era a quinta vez seguida que Hugo o derrubava, sem que ele houvesse conseguido sequer realizar o feitiço. Não que Hugo algum dia fosse deixar que ele o derrubasse, mas Rafinha estava fazendo errado. O jeito de segurar a varinha estava errado.

"Me ajuda, vai! Me diz o que eu tenho que mudar!"

Hugo respondeu derrubando-o mais uma vez.

"Pô, Hugo!"

"Pede pro teu querido professor te explicar, garoto! Ele é *pago* pra isso!"

Ensinando o feitiço a uma das alunas do outro lado da sala, o professor ouviu a alfinetada, olhando para Hugo com o rancor de alguém ferido, e Gi sussurrou em seu ouvido, "*A tua raiva é com o professor, Idá! Para de descontar no pobre do Rafa…*"

"Ele tem a parcela dele de culpa também", Hugo se justificou com irritação, derrubando Rafinha mais uma vez.

"Aaargh! Quer parar com isso?!"

Ter denunciado Playboy havia sido ainda pior do que abandonar Capí. Levara à *tortura* dele.

"Se defende, pô! Eu não tenho culpa se você fica tentando me acertar em vez de se defender!"

Irritado com Hugo, Atlas marchou até onde Rafinha estava e começou a instruir o garoto. Devia ser difícil para um professor canhoto ensinar invertido, mas Atlas tinha anos de prática.

Voltando a própria varinha para a mão esquerda de novo, Atlas se preparou para demonstrar o feitiço mais uma vez, agora ao lado do aluno, e fez um movimento rápido com ela, mas nada aconteceu.

Alguns na sala pararam para ver. Hugo riu, "Ih, 'fessor, desaprendeu, foi?!"

Atlas não prestou atenção. Tentou de novo. Nada.

Alguns na sala pararam para olhar. Rafinha fitou-o intrigado. "Vai ver o senhor tá fazendo errado também, professor…"

Atlas tentou mais uma vez. Nada. Empalideceu. A mão trêmula.

Bem feito.

"Isso se chama remorso, 'fessor!" Hugo alfinetou, mas outros não estavam achando graça, Gislene entre eles, e Hugo murmurou, "*Que sofra muito de culpa… É o que ele merece.*"

"*Cala a boca, Idá!*" Gi sussurrou horrorizada.

"*Tu devia estar com raiva também. Teu namorado tá lá, precisando de ajuda, e esse aí fica faltando, viajando, indo passear, em vez de estar aqui. O Atlas sabe disso, por isso tá distraído assim. Eu disse umas verdades pra ele e agora ele tá com crise de remorso. Eu sei bem o que é isso.*"

O professor parecia, de fato, bastante nervoso. Especialmente nervoso. Fazendo a quarta tentativa, deixou cair a varinha no chão. Alguns alunos se apressaram em pegá-la para ele, que a segurou com ambas as mãos dessa vez.

"Desculpem, guris. Eu estou meio distraído. Só isso."

"Brigou com a Sy de novo, foi?!" alguém brincou. Vários riram, mas o professor não parecia no clima para piadas. Tentou pela quinta vez.

Nada.

"Vai ver a escola tá se vingando, né, 'fessor!" Hugo debochou em voz alta, e Gislene o repreendeu, "Tu não tá vendo que ele não tá bem?!"

"*Que fique pior*", ele murmurou, agora apenas para ela, mas Atlas ouviu.

"Não te preocupes, guri. Tu não vais precisar me aguentar aqui por muito mais tempo." E saiu da sala.

Todos estranharam o rancor na voz do professor, mas só os dois sabiam o clima que se instaurara entre eles.

Hugo saiu da sala com o restante da turma. Gi foi atrás, "Por que tu agride as pessoas que te amam, hein? Me diz!"

"Eu não amo as pessoas que eu agrido."

"Sei. O que aconteceu dessa vez? Por que a birra com o professor?!"

Desviando os olhos, Hugo resmungou, "Ele disse que tá indo embora da escola. Ele vai abandonar o Capí de vez, Gi. Você acredita?! E tá pouco se importando!"

"Ah, já entendi. Tu tá irritado porque ele vai TE abandonar. Como teu pai fez. É nisso que tu tá pensando."

"Nada a ver, garota! Eu disse que ele vai abandonar o *Capí*! Tá surda?!" Hugo sentiu um nó na garganta, os olhos começando a marejar involuntariamente, e Idá tentou bloquear a dor que o atingira em cheio, como um nocaute. *Filha da mãe...*

Gislene suspirou, balançando a cabeça com pena, "Ah, Idá... Por que tu tem que ser sempre tão teimoso? Não vê que isso só te machuca?"

"Ah, vai lá puxar o saco da Capeta, vai!" Hugo apertou o passo com raiva, entrando no dormitório e se trancando em seu quarto para despejar todo o ódio que estava sentindo por Atlas, e por ela, e pelo pai, lá dentro, chorando sozinho, com a testa apoiada na porta do armário. Ela não tinha o *direito* de se meter na vida dele, *maldita*... Era com *Capí* que ele estava preocupado! Quem ela pensava que era para dizer o contrário?! Se Atlas vivia tentando dar uma de pai para Hugo também, isso era problema do professor, e não seu! A atenção extra que o gaúcho dedicava a ele era só medo que o irresponsável sentia, de que acontecesse com seu aluno esquentadinho o mesmo que acontecera com o filho, depois de todos os feitiços inapropriados que ensinara aos dois. Medo de adicionar mais uma morte às costas! Nada além disso!

Não, Hugo não ficaria com peninha dele, não. Enxugando as lágrimas do rosto, foi tomar um banho gelado para esfriar a cabeça. Não deixaria que Gislene o derrubasse com um comentário idiota daqueles.

Para sua sorte, não teve de olhar para o professor pelo restante daquela semana; nem no refeitório, nem nas duas aulas que Atlas faltou em seguida. O covarde já devia estar providenciando sua fuga para o Sul.

Só na segunda-feira seguinte ele voltou a aparecer.

"Atrasado de novo. Que novidade", Hugo comentou em voz alta enquanto o professor passava por sua mesa, a caminho da frente da sala.

Rabiscado no tampão da mesa autoajuda de Hugo, no entanto, o pedido '*Recolha os espinhos, Taijin*', em letra grave e ponto final, o deixou cabreiro, e Hugo voltou a olhar para o professor um pouco mais preocupado.

Caminhando direto para a frente, Atlas parou diante da turma, parecendo bastante abalado. "Gurizada, atenção, por favor."

Todos ficaram em silêncio, esperando, mas o professor ainda levou alguns segundos antes de começar. "Eu... terei que me ausentar por um tempo. Bastante tempo, e... vocês, guris, vão ter um professor substituto pelo restante deste ano."

Espantada, a turma inteira se agitou com perguntas "O ano todo?!" "Pra quê?!" "Vai viajar pra Saturno agora?!" As reações variavam da indignação à tristeza, e Hugo olhou para Gislene com cara de 'Não falei?'.

Gi estava surpresa. Não tinha acreditado nele. Não totalmente.

Sem responder aos questionamentos e tentando não parecer tão consternado, Atlas prosseguiu, "Eu queria tanto que nosso Capí pudesse me substituir..."

Nosso Capí... *Que cara cínico!*

"... seria até bom para o estado de espírito dele, mas o guri já tem preocupação demais na cabeça e, infelizmente, não está em condições de assumir mais uma matéria. Eu duvido que o Conselho aprovaria, de qualquer forma. Eles já estão tendo que engolir o guri no posto em que está, por ele ser simplesmente o melhor professor de Segredos do Mundo Animal que este colégio já teve, então..." Atlas suspirou nervoso, "eu decidi convidar uma pessoa a quem respeito muito e que, eu tenho certeza, dará um curso de Defesa Pessoal tão brilhante quanto o que nosso Capí teria dado: a única pessoa, que eu conheço, melhor do que ele em defesa."

Murmúrios de expectativa correram pela turma.

"Eu tenho a honra de chamar a esta sala aquele que me ensinou tudo que eu sei. Aquele que completou meu treinamento depois que eu fui expulso da Tordesilhas e que era o professor de Defesa Pessoal daqui antes de eu roubar seu posto por motivos que nada tinham a ver com a minha habilidade. Por favor, mestre, entre."

Todos se viraram para ver o novo professor entrar pela porta, com suas vestes de couro negro e seus arrepiados cabelos brancos.

A turma inteira arregalou os olhos, ebulindo em perguntas, "O Oz?!" ... "Eu nunca vi o Oz com uma varinha!"... "Ele não era alérgico a elas?!"

Hugo estava pasmo.

Com esperteza nos lábios, Atlas falou por cima dos comentários, "Em História Europeia, Oz será substituído por alguém igualmente competente, que já foi professor daqui e que vocês vão adorar. Enquanto ele não chega ao Rio de Janeiro, no entanto, nosso querido Abramelin vai ensinar História, temporariamente..."

Resmungos foram ouvidos por toda a sala. "É, eu sei, ele não bate muito bem da cabeça, mas..." Os alunos riram. Hugo não. Não caía mais naquele truque. "... mas não é hora de falarmos dele. Mestre, por favor", Atlas deu um passo atrás para que o novo professor de Defesa tomasse seu lugar perante os alunos, e Oz Malaquian caminhou sério, porém não tão áspero quanto normalmente, até seu ex-aprendiz.

Atlas inclinou a cabeça em sinal de profundo respeito, "Mestre... A turma é tua." E Oz alcançou-o pela nuca, juntando sua testa na dele. "Força, rapaz."

Hugo olhou-os confuso. *Força...* Força ele devia demonstrar ficando ali, não indo embora feito um covarde, deixando-os sozinhos com aquele múmia sombrio.

Rafinha inclinou-se entre Hugo e Gislene, "*Acho que ele vai precisar de uma varinha pra dar aula, né?*"

Oz ouviu o deboche. Olhando sério para os três, com aqueles olhos azul-claros penetrantes, fez um movimento brusco com os braços para a frente, e, de ambas as mangas de seu sobretudo negro, saltaram varinhas cinzentas, que ele segurou pelos cabos assim que chegaram às palmas de suas mãos.

Admirado, Hugo sentou-se mais ereto na cadeira, enquanto a turma caía em silêncio. Eram varinhas gêmeas! Seriam as gêmeas de borracha que Ubiara mencionara?! Hugo forçou a vista para vê-las melhor. Eram emborrachadas mesmo!

Ou ao menos revestidas de borracha, para que não deslizassem da palma da mão. E retráteis, ainda por cima! Aquilo o impressionara mais do que todo o resto.

"Como o senhor fez isso?!" um aluno mais corajoso questionou no fundo da turma, embasbacado demais para ter medo de perguntar, como geralmente os alunos tinham nas aulas dele, e Oz estendeu o braço esquerdo, usando a varinha do direito para abrir os botões da manga esquerda do sobretudo e deslizá-la para trás, revelando um complexo mecanismo de prata acoplado ao braço, que continuava a prender a base da varinha a ele.

Hugo estava impressionado. Imaginara que as varinhas se soltassem do mecanismo, mas não, elas permaneciam conectadas a eles por uma espécie de cabo de aço maleável! Dessa forma, não havia jeito de alguém desarmá-lo!

Por que Hugo nunca pensara naquilo antes?!

"O mecanismo foi presente do professor de vocês", Oz indicou Atlas com a cabeça. "Um trabalho manual brilhante."

Atlas agradeceu o elogio, assistindo do fundo da sala enquanto Hugo fitava-o com antipatia. Bom saber que todos logo o esqueceriam, com um professor incrível daqueles substituindo-o.

Gislene notou a animosidade em seu olhar. "Dá um desconto pra ele, Idá… Esse rancor todo não faz bem pra saúde."

"Tu tem andado demais com o Capí."

"Agora chega de embromação. Todo mundo de varinha a postos!" Oz latiu a ordem, e os alunos obedeceram de imediato, alguns derrubando suas varinhas no chão, por nervosismo.

Pouco se importando com a ansiedade dos alunos, ele se postou em posição de ataque. "Quero um voluntário! Quem se arrisca?!"

O professor tinha um modo todo peculiar de segurar as varinhas, como se fossem extensões dos próprios braços. Um espetáculo.

Fascinado, Hugo já ia se voluntariar quando Gueco o fez antes dele, provocando-o com um sorriso enquanto se postava no lugar que deveria ter sido seu.

A quatro metros do professor, o anjo se colocou em posição de duelo, e Oz gritou "TUPÃ!"

Gueco saiu voando pela sala numa explosão de eletricidade, atingindo a parede, eletrocutado, e Hugo deu risada, vendo os cabelos arrepiados do amarelão enquanto ele permanecia no chão, pasmo.

"Não façam isso na água."

"*Uou…*" Rafinha exclamou empolgado, pronto para testar o novo feitiço, e Oz, ignorando o entusiasmo à sua volta, apenas ordenou, "Pratiquem em trios."

Pra que, né? Em poucos minutos, estavam todos se massacrando em três; um jogando o outro pela sala, de cabelos em pé. Alguns se divertindo horrores.

Só alguns.

"*Tupã!*" Hugo soltou mais um raio em Gislene, que não conseguiu bloqueá-lo a tempo e foi jogada longe, com o cabelo engraçado de novo. "Pô, Hugo!"

Ele riu. Era um raiozinho inofensivo. Dependia muito da intensidade que o bruxo queria dar a ele, e ninguém ali pretendia matar alguém eletrocutado. Ao menos não enquanto vigiados por um professor sinistro daqueles.

Rafinha estava no trio deles de novo e Hugo ainda não sabia muito bem o que fazer com o menino. Por mais que Rafa houvesse sido responsável pela tortura de Capí, quem era Hugo para julgá-lo? Eles TRÊS haviam desejado a morte de Playboy. Os três haviam sido perseguidos pelo bandido. Devia entender a atitude do garoto e pronto! Rafa agira movido pela raiva, como Hugo fizera tantas vezes.

Gislene já tinha levantado e se preparava de novo, quando… "*TUPÃ!*"

"ARGH!"

Pronto. Gislene frita.

Hugo riu. Gi nunca seria mais rápida que ele naquilo.

Enquanto treinavam, Oz ia ensinando a alguns o *Busca-Pé*, um feitiço que produzia uma lasca de faísca giratória, que perseguia as pessoas pelo chão e explodia como uma pequena bomba aos pés delas. Aula elétrica aquela; faíscas zunindo por toda a sala enquanto alunos tentavam se desviar delas rindo.

Atlas volta e meia sorria, assistindo a tudo sentado em uma cadeira. Parecia cansado. Hugo olhou ressentido para o ex-professor e… "ARGH!" protestou, sentindo uma mão eletrizada tocar seu pescoço.

Gislene morreu de rir, "Bem feito por se distrair com bobagem."

"Treine Busca-Pés agora, senhor Escarlate. Senhorita Guimarães, escolha outro parceiro para treinar seu Tupã. Com ele você não está conseguindo."

Hugo sorriu malandro, adorando ter tido suas habilidades reconhecidas. Finalmente um professor de verdade para substituir aquele covarde.

Quem imaginaria que Oz fosse feroz daquele jeito com uma varinha? Por mais inconsequente que Atlas houvesse sido como professor, nunca ensinara seus alunos a eletrocutarem uns aos outros. Oz estava conseguindo superá-lo naquele quesito e, no entanto, estranhamente, diante da seriedade que ele passava, aquilo não parecia irresponsabilidade. Parecia treinamento! Nem Gislene estava reclamando! E olha que ela costumava reclamar bastante da inconsequência de Atlas.

Enquanto os outros alunos soltavam e escapavam de busca-pés, divertindo-se com os rastros de faísca, Hugo parou de braços cruzados ao lado do antigo professor para assistir. Já havia aprendido a fazer busca-pés no Clube das Luzes. Estava careca de saber como se fazia. Enquanto isso, Macunaíma permanecia sentadinho e altivo ao seu lado, tentando fingir que aqueles jatos de faísca girando pela sala não o afetavam, mas a verdade é que o pobre estava apavorado.

Hugo riu, vendo os olhinhos verdes do gato se arregalarem horrorizados com a passagem de mais uma faísca giratória perto dele.

Recusando-se a olhar para Atlas, Hugo comentou ao seu lado, "Então, o Oz era o professor de Defesa Pessoal daqui antes de você, é?"

O professor confirmou, fingindo que não percebera o sarcasmo em sua voz, "Ele teve que assumir o posto de História quando o professor oficial resolveu se demitir pra viajar pelo mundo. História não é um assunto tão fácil assim que possa ser ensinado por qualquer um, e o Oz era formado em História, então... ele me convidou para ensinar Defesa em seu lugar. Como eu já estava sendo treinado por ele havia dois anos, pra poder proteger melhor o Capí, foi até tranquilo assumir o cargo."

"Se a Korkovado já tinha um professor incrível de Defesa quando você chegou, por que te contrataram pra ser o *amiguinho pessoal* do Capí em vez de simplesmente pedirem pro Oz proteger o garoto?"

Atlas olhou-o com antipatia, "Tu ainda não esqueceste desta história de contratação, Taijin?" Ele bufou impaciente, "O Oz já tinha um guri pra criar. E era um guri que dava um baita trabalho."

"O Airon."

Atlas confirmou. "Na época, o guri tinha uns 3 anos de idade, acho. Criar filho sozinho não é fácil, ainda mais um filho excepcional como o dele. Não dava pra ele proteger duas crianças, não com eficiência. Então, perguntaram para mim. Como eu ainda não tinha moradia fixa no Rio de Janeiro de qualquer forma, pude vir morar aqui sem problemas, no trailer do avô do Capí."

Hugo ergueu a sobrancelha surpreso. O trailer era do avô do Capí?!

Tentando não se deixar abalar por aquela revelação, alfinetou, "Salário duplo e moradia, hein! Que beleza!"

Atlas olhou sério para ele, mas Hugo não o deixaria em paz com aquela história. Ter sido pago para ser amigo do Capí era baixeza demais... e tudo para quê? Para que Atlas ficasse comprando aqueles cacarecos dele e viajando?!

Oz chamou atenção da turma com um único levantar de mão, e foi imediatamente respeitado por todos. Ninguém sabia comandar silêncio como Oz Malaquian. Seu olhar sinistro fazia tremer até os alunos mais arteiros.

"Agora que já treinaram o suficiente, recolham seus pertences. Vamos fazer a mudança oficial para minha sala de aula, lá em cima. Ela agora passará a ser de Defesa Pessoal; esta aqui voltando a ser de História."

Hugo olhou surpreso à sua volta. Será que tudo ali era do antigo professor também?! Todos os cacarecos de história?! Aquilo mudava muita coisa...

Oz saiu com a turma e Hugo foi atrás, deixando Atlas sozinho na sala vazia, parecendo cansado. Cansado do que, se nem dar aula ele tinha dado, o engraçadinho?!

Irritado, Hugo subiu três andares com o restante da turma. Já ia subir o quarto quando resolveu que não podia ficar com aquilo tudo entalado na garganta e deu meia-volta. Mais tarde Capí poderia dizer o que quisesse sobre autocontrole, mas Hugo não deixaria que Atlas se safasse sem ouvir umas merecidas verdades.

Voltando furioso ao corredor do primeiro andar, marchou novamente até a sala de Atlas, já planejando cada palavra do que diria. Macunaíma tentando acompanhar seu passo enquanto olhava confuso para o dono.

A porta estava fechada, mas, quando Hugo se aproximava para abri-la, Kanpai saiu através dela, fechando-a deliberadamente para que ele não entrasse. "O que você quer?"

Surpreso com a presença da doutora, Hugo empinou o queixo, "Tirar satisfações com o canalha ali dentro, que pensa que pode abandonar as pessoas desse jeito pra ir morar sabe-se-lá-aonde quando bem entende e..."

Kanpai fitou-o com um olhar de compaixão que ele nunca vira na doutora antes, e Hugo pausou, "O que foi?"

"Ele não vai se mudar, Sr. Escarlate. Ele está morrendo."

PARTE 2

CAPÍTULO 18

CRIME E CASTIGO

Macunaíma se desfez como leite derramado no chão e sumiu.

"Do que você tá falando?" Hugo perguntou, sentindo o coração afundar. Nunca mudara da raiva para a ansiedade mais profunda tão depressa. "Como assim, morrendo?! Ele me disse que tava indo pro Sul!"

"Disse mesmo? Ou você presumiu que ele estava?"

Hugo se calou estarrecido. Atlas só dissera que estava indo embora... que não estaria ali para ajudar Capí...

Burro! Burro! Hugo se xingou mentalmente, o desespero tomando conta.

Com o coração apertado, perguntou. "O que ele tem?"

"O problema não é o que ele tem; o problema é que o que ele tem acelerou bizarramente, ficou extremamente agressivo, entrou numa fase que é terminal para bruxos, e eu não sei por quê."

Percebendo que não respondera à pergunta do aluno, Kanpai fechou os olhos, "Esclerose Múltipla. Um nível extremamente grave dela agora, apesar de não parecer."

Hugo fitou Kanpai num misto de choque e incredulidade, "Escler... Mas ele parecia tão bem aí na sala! Cansado, mas bem! Como ele pode estar em estágio avançado de uma doença de velho?!"

"A Esclerose Múltipla pode ser bastante silenciosa em alguns casos, principalmente pra quem não sabe que a pessoa é portadora, e, não, não é doença de velho, Sr. Escarlate, muito pelo contrário. Apesar do nome *esclerose* dar a entender que seja, a EM costuma acometer adultos jovens como ele. É rara, muito rara, especialmente em bruxos, mas geralmente surge quando a pessoa ainda é jovem. E pode ser devastadora."

"*Pode* ser?" Hugo olhou-a esperançoso. "Então, ele ainda tem chance de que seja tranquila, né?!"

Kanpai negava, com um olhar de piedade. "O caso dele ficou grave demais, e muito de repente. Vocês não perceberam porque, por enquanto, ele ainda está conseguindo disfarçar um pouco. Quanto a ser tranquila, é uma doença degenerativa, Hugo. Não é tranquila pra ninguém. Só pra quem tem um nível razoavelmente leve de EM, ou muito senso de humor e desprendimento, o que, no caso dele, está difícil."

Degenerativa... Idá cerrou os olhos. "Degenerativa como? Do tipo que a pessoa vai perdendo os movimentos, a visão, essas coisas?"

"Mais ou menos isso, sim."

Hugo se recostou na parede arrasado; seus olhos se inundando de revolta. "Então como você me diz que '*pode ser*' devastadora?! É uma droga de doença *degenerativa*! Em que caso ela *não é* devastadora?!"

Kanpai pediu a ele que baixasse a voz e Hugo se desculpou, lembrando-se de que o professor estava logo ali ao lado.

"A Esclerose Múltipla é diferente para cada pessoa. O nível de perda das habilidades depende do organismo de cada um, e muitas vezes não é permanente. A maioria consegue viver uma vida razoavelmente boa com a doença, apesar das limitações que às vezes vão aparecendo. Quando eu digo que *pode ser* devastadora, estou falando daqueles que, independentemente da intensidade da EM deles ser maior ou menor, não conseguem lidar com a imprevisibilidade da doença e com o risco de perda sucessiva das habilidades que tinham antes. Tem pessoas que, apesar de assustadas, lidam bem com as limitações que vão surgindo, fazem os exercícios recomendados, tomam os medicamentos, procuram manter a calma e levar uma vida normal. Outras se desesperam logo no início ou desistem de lutar. Para essas, é mais difícil." Kanpai suspirou. "Talvez te surpreenda saber, mas o Atlas tem Esclerose Múltipla há cinco anos já. A doença, em si, não era novidade pra nós dois."

Hugo olhou-a surpreso. *Cinco anos*?!

"Só que ele tinha um tipo menos agressivo da doença. Vinha lidando bem com ela, o melhor que podia, em segredo, com a minha ajuda, e estava conseguindo controlar os sintomas que iam aparecendo, com fisioterapia... com poções que atenuavam as crises... enfim... ele poderia ter vivido por DÉCADAS naquele ritmo! Chegado aos 90 anos de idade até, se a saúde permitisse! A maioria esmagadora dos portadores de EM não morre da doença. O risco é quase zero! Mas, no início deste ano, do nada, os surtos dele começaram a piorar demais! Foram ficando cada vez mais frequentes e agressivos, e eu não consigo entender o que aconteceu!"

"Surtos?"

"A EM geralmente ataca em surtos. O portador pode estar se sentindo normal há vários meses e, de repente, acordar com a vista dupla, por exemplo, e ficar enxergando tudo em dobro por semanas, até melhorar. Ou então, do nada, pode começar a ter dificuldade em mexer uma das mãos, ou em articular as palavras, e ficar assim por vários dias, até o surto terminar. Tudo depende de qual parte do cérebro está sendo atacada pelo sistema imunológico da pessoa no momento. O ataque causa uma inflamação na área atingida, impedindo que os impulsos nervosos passem adequadamente entre os neurônios."

Hugo ouvia ansioso, tentando absorver ao máximo o que a doutora dizia.

"Se a lesão inflamatória for no nervo ótico, há baixa de visão. Se for no cerebelo, você tem uma debilitação motora. Se for na medula, paralisia. O que torna a EM desesperadora é que nunca se sabe se o efeito do surto vai ser apenas temporário ou vai se tornar permanente. Algumas dessas inflamações podem acabar deixando sequelas no corpo, outras, não. É pura questão de sorte. Uma loteria, basicamente, e essa imprevisibilidade da doença é bem angustiante. Você não sabe quantas vezes eu tive que segurar uma crise de ansiedade do seu professor. Ele é muito forte, mas, às vezes, mesmo os períodos sem surtos podem ser duros demais... A *espera* é dura demais. Imagine você ir dormir normal no fim do dia, sem saber se, no dia seguinte, vai acordar com metade do seu corpo paralisado, e ainda com risco de ficar com sequelas disso ou não. Na grande maioria das vezes, o surto passa por completo. É amedrontador, mas passa, e a pessoa procura levar uma vida normal até ser atacada pelo próximo. Nunca se sabe qual ele vai ser, ou quando vai acontecer, nem quanto tempo vai durar e se vai ter um fim ou ser permanente. Para algumas pessoas, essa espera é bem pesada psicologicamente. Essa expectativa de ver se vai passar."

Hugo não sabia o que dizer. Devia ser desesperador... Ainda mais passando por aquilo sozinho, sem contar para ninguém... "Você disse que é o próprio sistema imunológico da pessoa que ataca o cérebro. Como assim? Esse não é o sistema de DEFESA do corpo?!"

Kanpai confirmou. "*A melhor defesa é o ataque.* Não era isso que Atlas sempre dizia em sala de aula?" ela perguntou com certo rancor. "Às vezes, o sistema imunológico se engana. No caso da Esclerose Múltipla, em vez de atacar coisas ruins, como infecções e micro-organismos invasores, ele começa a destruir, por engano, a bainha de mielina que reveste os neurônios, prejudicando a condução do impulso elétrico entre eles e determinadas partes do corpo. É isso que leva à incapacidade física, parcial ou total, dependendo da pessoa e do nível da doença."

"Entendi."

"No início, seu professor tinha surtos esporádicos. Cada surto demorava meses para aparecer e levava poucos dias pra sumir: formigamento em um lado do corpo, vista embaçada, desequilíbrio, dificuldade de mexer a mão direita, cansaço... *Cansaço* é basicamente constante. É uma doença que cansa demais. Até aí, normal. Era um pouco assustador, mas não interferia tanto na vida dele. Vocês nem percebiam. Quando Atlas tinha os surtos, ele simplesmente faltava a aula, dava uma desculpa qualquer, ou então ia dar aula mesmo assim, quando era algo mais simples, como vista embaçada, dormência em um dos lados do corpo..."

Hugo só conseguia pensar no tanto de vezes que criticara as faltas dele. "O professor tava com vista dupla no dia que brigou com a Symone, não tava?"

Kanpai confirmou. "E fraqueza na mão esquerda. Ainda está."

Aquilo explicava ele não ter conseguido acertar um único feitiço nela... Explicava a frustração dele, explicava tudo! Seu choro durante a briga não havia sido de raiva, havia sido de absoluto desespero! Por estar cada vez mais preso àquela doença, sem poder gritar por ajuda!

"Dois surtos juntos. Algo que vem acontecendo com cada vez mais frequência desde que a doença piorou, na virada do ano. Você deve ter notado ele derrubando coisas."

Hugo confirmou. *Copos, varinha.* E Hugo debochando daquilo em voz alta... Todas as vezes.

Ele cobriu o rosto. Queria desaparecer dali e nunca mais voltar.

"Relaxa, Hugo. Você não tinha como saber."

Ela o estava chamando de Hugo. Aquilo era inédito. Maior indício do quanto o assunto era sério. Kanpai nunca chamava alunos pelo primeiro nome, exceto Capí, que ela conhecia desde bebê. E aquela tentativa de mostrar-se solidária a ele não estava ajudando a amenizar o remorso que Hugo sentia por tudo que havia dito ao professor naquelas últimas semanas. Naqueles últimos *dois anos*, na verdade.

"Quando o professor faltou aquelas três primeiras semanas de aula, no meu primeiro ano aqui na Korkovado, ele..."

"Não, não estava tendo um surto. Naquele caso, era um portador de Esclerose Múltipla caçando loucamente um saci pelo Brasil. Pra você ver como a doença não é, necessariamente, incapacitante. Ele conseguiu capturar um SACI, mesmo sendo portador de EM. Você sabe como é difícil capturar um saci?"

Hugo podia imaginar.

"É quase impossível", Kanpai respondeu por ele.

... *e Hugo libertara o diabinho em menos de meio segundo.*

"Só que, como eu disse: no fim do ano passado, tudo começou a desandar. De repente, ele passou a ter um surto atrás do outro, sem pausa. Surtos fortes, prolongados... às vezes até acumulados! Como várias locomotivas passando por cima do corpo dele incessantemente. Eu achei que pudesse ser uma piora passageira. Tinha esperanças de que fosse. Mas quando ele apareceu desesperado quatro dias atrás, dizendo que não estava mais conseguindo fazer magia... aí eu gelei. Perda dos poderes é sinal de morte para um bruxo com EM. Sinal de que a EM vai matá-lo, e em pouco tempo. Pode ser de insuficiência respiratória, pode ser de um número de causas, mas vai. Era pra ter levado *décadas* até que ele perdesse a capacidade de fazer magia! Eu não sei o que aconteceu. Estresse excessivo pode piorar os surtos, sim, e ele teve um final de ano bem conturbado, mas..."

Hugo desviou o rosto. Havia tido culpa naquela conturbação também.

"... mas isso não explica ele ter perdido os poderes tão cedo."

"Perdeu pra sempre?"

Kanpai confirmou. "Esses não voltam mais."

Hugo recostou-se na parede arrasado. Lembrava-se do professor falando, com tanta compreensão, de Benvindo... da agonia que devia ser perder os poderes... perder parte de quem se era...

Atlas dissera aquilo tudo já sabendo que aconteceria a ele um dia... Talvez por isso fizera questão de ensinar ao filho, desde muito cedo, os feitiços de que o menino precisaria para se defender sozinho. Porque sabia que, um dia, sua capacidade de proteger o filho falharia!

Hugo sentiu um aperto enorme no peito pelo professor. Se fosse mesmo *aquela* a razão..., ensinar o menino não havia sido uma irresponsabilidade sua. Havia sido precaução! E o menininho morrera justamente como resultado daquilo. Nossa... Agora entendia a revolta dele pela morte de Damus... Era uma ironia cruel demais de engolir...

"Não tem nada mesmo que a gente possa fazer pra salvar o professor?!" Hugo perguntou penalizado, e a impotência no olhar de Kanpai disse tudo.

"Ele perdeu os poderes, Hugo. Nos bruxos com EM, não há sinal mais definitivo de que o portador tem pouco tempo de vida."

"Quanto tempo?"

Kanpai olhou-o com pena, "Dez, onze meses, no máximo."

Hugo cerrou os olhos.

"A EM bruxa começa a matar quebrando o orgulho do portador. Tirando sua capacidade de fazer magia. Depois, vai consumindo todo o resto. A pior fase da doença vai começar agora."

Ele olhou compadecido para Kanpai. "Quão pior?"

"Se, em quatro meses, ele ainda estiver andando, vai ser um milagre."

"Mas ele estava tão bem mês passado! Viajou pro Sul e tudo!"

"Ele viajou pra pedir ajuda, Hugo. Praticamente deu com a cara na porta. Irmão *adorável* o dele."

Então, Atlas tinha faltado à audiência de Capí por desespero... Por medo de morrer... E não por covardia e irresponsabilidade.

Hugo apoiou a mão na parede, sentindo tontura. Tontura seguida de uma vontade quase incontrolável de chorar de remorso, não conseguindo parar de pensar no pânico que vira nos olhos do professor quando sua varinha deixara de obedecê-lo... O modo como Atlas empalidecera... Claro! Estava descobrindo, naquele momento, o quão próximo estava da morte!

Que fique pior...

Hugo cerrou os olhos, querendo esmurrar a si mesmo por ter dito aquilo.

... Tu não te preocupes, guri. Tu não vais precisar me aguentar aqui por muito mais tempo...

"Quer falar com ele?" Kanpai perguntou, compreendendo a angústia do aluno, e Hugo, sem olhar para ela, confirmou.

Entrou na sala com muito mais cautela do que teria feito minutos antes.

Mantendo uma distância respeitosa, foi caminhando lentamente, olhando arrasado para o professor, que agora estava largado no sofá lateral, de costas para a porta; o braço jogado para fora, os olhos jovens distraídos, pensando na vida. Talvez na morte.

Seus cabelos despenteados eram os mesmos de sempre; a roupa de aventureiro usada com desleixo, como de costume e, no entanto, parecia tudo diferente. Tudo um pouco mais triste, agora que Hugo sabia.

Difícil demais olhar para ele sabendo que ia morrer.

Hugo desviou o rosto, preferindo continuar caminhando pela sala a enfrentar um possível olhar do professor. Passando ao largo dele, observou os móveis e objetos ao redor, sentindo um vazio enorme ao pensar que em breve aquela sala, com todos os seus apetrechos, não teria mais a presença de Atlas.

Transtornado, agachou-se para pegar a miniatura do submarino Nautilus caída aos seus pés, esvaziada de magia. Nada parecia estar funcionando ali. Nem os relógios, nem as réplicas do 14-Bis e do dirigível... nada. Uma sala sem vida... a não ser por eles dois, convivendo ali, em silêncio.

Muito duro.

Com profundo respeito por tudo que era do professor, Hugo deixou o Nautilus na bancada mais próxima. Não merecia estar no chão.

A miniatura era linda, toda feita em cobre e bronze, no estilo dos submarinos antigos, e Hugo ficou observando seus mecanismos por um bom tempo, sem conseguir voltar o olhar ao professor. O Nautilus era um velho conhecido seu: do livro *Vinte Mil Léguas Submarinas*, uma das poucas leituras decentes a que tivera acesso na biblioteca de sua escola azêmola. Infelizmente, uma versão resumida dela, algo que o fizera nunca mais tolerar versões resumidas. Por algum motivo, os professores acreditavam que seus alunos não gostariam de uma história com mais de cem páginas. Então, compravam aquelas versões infantis, que tiravam tudo de mais interessante do livro, deixando apenas o básico. Pensavam que, fazendo isso, estavam agradando aos alunos. Como assim, resumir Júlio Verne, cara?! E os detalhes das viagens?! E os mecanismos das invenções?!

"Sabe, Taijin," Atlas disse, sem olhar para o aluno, "eu sempre achei que os azêmolas tinham muito mais imaginação do que nós. Sempre os admirei por isso. Quando a gente pode tudo, nada nos impulsiona a inovar, a tentar fazer de outro jeito. Nossos poderes não deixam muito espaço para a invenção e a criatividade. Tudo é muito fácil. É só agitar uma varinha e lá está o que tu queres. Eles não. Precisam usar a imaginação. Precisam descobrir meios de transformar o que eles sonham em realidade. Um bruxo nunca teria criado o avião... nem o submarino... e eu não conheço nenhum que tenha pisado na lua. ... Talvez ter poderes não seja lá grande coisa mesmo."

O silêncio voltou entre os dois; Hugo sentindo a dor de ouvir a voz do professor, sabendo que ele ia morrer, e que ninguém podia fazer nada a respeito.

"... Te peço desculpas, guri. Eu devia ter te contado."

Idá desviou o rosto ainda mais, engolindo o choro, sem coragem de encará-lo. Tentando disfarçar a agonia, continuou a caminhar pela sala até chegar à mesa do professor. Queria retardar o quanto pudesse ter de dizer alguma coisa.

Abrindo casualmente a primeira gaveta, como sempre fazia, viu lá dentro os mesmos itens de sempre: a varinhazinha quebrada do pequeno Damus, o bilhete envelhecido, que Capí escrevera ao dá-la de presente para o menino, e... um terceiro objeto, que não esperava encontrar ali.

Hugo cerrou os olhos, entendendo tudo.

Tentando não sentir raiva do professor, tirou a Bússola Temporal da gaveta, sentindo seu peso na mão pela primeira vez. Era pesada; um relógio de bolso cheio de mecanismos construídos em ferro e bronze... um emaranhado de ponteiros indicando horas, dias, meses, anos, posições dos astros e movimentos astrológicos... uma máquina de fazer desgraças, que o professor havia *concordado* em nunca mais tentar usar, e que Caimana escondera dele mesmo assim, para garantir que ele não sentiria a tentação!

"Não conta para a guria, tá?" Atlas pediu, confirmando suas suspeitas, e Hugo cerrou os olhos mais uma vez, num misto de raiva e pena.

Ele tinha tentado voltar no tempo de novo... E tinha dado muito errado.

Por isso a aceleração da doença.

Hugo limpou com o polegar a areia grudada na bússola. Estava bastante enferrujada. Claro. Caimana era inteligente demais para tê-la escondido ao alcance do professor. Havia lançado-a ao mar da escola. Com aquele peso, a bússola afundara, e ficara oculta nas águas profundas por quase dois anos, até ser reencontrada por um Atlas tão claramente desesperado que fora capaz de procurá-la até no fundo do mar; como um alcoólatra procurando a última garrafa escondida na casa.

"Você tentou de novo. Mesmo depois de ter prometido pra Caimana que nunca mais tentaria... Depois do tanto que ela pediu que você não fizesse."

"Eu tinha que tentar mais uma vez", o professor confessou frustrado, evitando o olhar do aluno. "Na verdade, eu tentei *algumas* vezes, desde o fim do ano. Eu não conseguia tirar da cabeça a imagem do meu guri morrendo na Sala das Lágrimas... Eu queria ter o meu Damus vivo de novo, tu entendes?! Impedir que ele morresse!"

Claro que ele entendia.

"... Mas sempre que eu quase conseguia chegar no passado, a bússola me puxava de volta, como se estivesse me estraçalhando em mil pedaços pra me arrancar de lá!"

"Ela te estraçalhou *de verdade* em mil pedaços."

Atlas concordou, sentando-se de cabeça baixa, e a voz de Kanpai soou impiedosa da porta, "Não se dribla o destino impunemente, Atlas."

O professor cerrou os dentes, chorando de raiva, "Então, pra que existe essa porcaria, caramba?!" Ele indicou a bússola, e Hugo murmurou para Kanpai, "*Você também acha que...*"

"... que a tentativa de viagem no tempo foi o que acelerou o curso da doença? Eu tenho certeza", ela disse com frieza. "A tentativa minou as forças dele. Desequilibrou todo o sistema imunológico, bagunçou tudo. Você nunca devia ter tentado de novo, Atlas... Eu te alertei do perigo que seria! Não se brinca com a Esclerose Múltipla assim!"

"Eu tinha que tentar!" Ele estava agoniado.

"Não, não tinha! Eu não tentei voltar no tempo quando perdi minha perna! Não é assim que a vida funciona, Professor Vital. O senhor deveria saber disso. Tentar alterar o destino de alguém desta forma é uma afronta à natureza! Uma afronta ao Tempo! Ainda mais tantos anos depois de ter acontecido. Um ato imperdoável de rebeldia! E o Tempo, agora, está te punindo por isso! De forma bastante cruel!"

"Arrrghhh!" Com ódio, Atlas jogou através da sala o copo do qual estivera bebendo, vendo-o espatifar-se na face de vidro do relógio anual.

"Você tentou quantas vezes? Cinco? Seis? Bem feito. Perdeu seus poderes; agora vai perder todo o resto. Com muito mais rapidez do que ia antes."

Kanpai estava massacrando-o, e Hugo mordeu os lábios, com pena do professor, vendo-o se encolher inconformado no sofá; assustado com as palavras da doutora.

"Vem, Sr. Escarlate. Vamos deixar seu professor aqui sozinho, refletindo sobre o que fez." A japonesa começou a guiar o aluno para fora. "Quem sabe agora, com o sofrimento todo que vai passar, ele aprenda a viver no presente, e não no passado."

Antes de ser empurrado de vez para o corredor, Hugo se desvencilhou da doutora, erguendo a Bússola para que o professor a visse. "Eu vou esconder de novo, tá?"

Atlas fez um gesto de 'tanto faz' com a mão. "Eu não tenho mais poderes, guri. Mesmo que essa porcaria funcionasse, não funcionaria mais comigo." E Hugo guardou o relógio no bolso, saindo e deixando que Kanpai fechasse a porta, furiosa.

Somente quando os dois já haviam ficado sozinhos no corredor, a doutora se permitiu largar o fingimento, agredindo a parede, inconformada; os olhos cheios d'água. Hugo nunca a vira daquele jeito... Deviam ser muito amigos, os dois... Talvez por tudo que haviam vivido juntos, tratando e protegendo Capí desde bebê.

"Tem certeza de que não tem cura, Kanpai? Nenhuma possibilidade de cura?!"

"Nenhuma", ela respondeu sem rodeios; a raiva voltando. "Eu não tenho culpa se ele resolveu estragar o corpo dele tentando voltar no tempo, caramba."

Suspirando, Kanpai tentou se acalmar. "A única coisa que posso fazer é o que eu já vinha fazendo: tentar atrasar a progressão da doença com exercícios e poções... aliviar sintomas com magia... Ainda assim, ele vai morrer."

Hugo estava inconformado. "Tem que ter algum bruxo tentando encontrar uma cura, pô! Uma poção experimental, um feitiço, sei lá!"

"A Esclerose Múltipla é rara entre bruxos. Eles não têm interesse em pesquisar."

Revoltado, Hugo apertou o corrimão do vão central, procurando se acalmar. "Por que ela é rara?"

"O alto nível de magia passando por nossos neurônios normalmente não deixa que a bainha de mielina se desgaste e seja destruída. Muito difícil de acontecer."

"E não dá pra restaurar essa mielina do cérebro?"

"Se alguém descobrir como, eu vou ser a primeira a organizar uma festa", Kanpai segurou o choro de novo. "Mas que droga! Eu avisei pra ele. Eu avisei! Mas não, ele tinha que ser teimoso e tentar aquela maldita viagem no tempo!"

"Se não tentasse, não seria o Atlas."

Kanpai concordou, massageando os olhos orientais, exausta. "Só pode ser castigo. Tantas poções, tantos feitiços de cura, tudo tão FÁCIL para um médico bruxo... Por que justo esses *dois* caíram pra mim?! Me diz!"

Hugo olhou-a com carinho. "Talvez porque só a senhora fosse competente o bastante pra tratar deles. O que seria do Capí sem você?"

Fitando-o por um tempo, Kanpai agradeceu pelas palavras.

Eram verdadeiras... O mínimo que ele podia dizer de alguém que passara anos estudando medicina azêmola para poder tratar de um único aluno. Se fosse qualquer outra profissional, teria rejeitado o desafio.

"Eu vou continuar com o tratamento azêmola, por enquanto. Fazer o quê?" ela concluiu sem ânimo, tirando uma seringa do bolso e preparando-a ali mesmo.

"Essa injeção ajuda?"

Kanpai confirmou sem muitas esperanças. "Os efeitos colaterais são terríveis nos dias seguintes à aplicação, mas o tratamento diminui a intensidade e a frequência dos surtos. Vitamina D3 também ajudava. Agora, já não sei se vão funcionar mais nele. De qualquer forma, a gente tem que continuar tentando. Ele pode ser um irresponsável, mas eu não sou. O importante agora é tentar proporcionar a ele a melhor qualidade de vida possível no tempo que resta." Ela pausou, antes de abrir a porta, angariando forças para voltar lá dentro. "Eu e Rudji vamos continuar testando poções que possam refazer a bainha de mielina, mas eu sou médica, não cientista. Meu irmão tampouco. E descobrir curas leva tempo, algo que, infelizmente, seu professor não tem mais. Por imprudência *dele*."

"O Atlas sabe quantos meses tem de vida?"

Kanpai confirmou, e Hugo voltou-se arrasado para o vão central. "Foi minha culpa", ele confessou, lembrando-se do menininho dilacerado nos braços do pai.

"O professor foi até a Sala das Lágrimas por minha causa. Por coisas que eu disse e não devia ter dito."

"Não se culpe, Sr. Escarlate. Eu sempre soube que ele ia acabar tentando de novo, mais cedo ou mais tarde. Ele nunca foi de aceitar um *não*."

Abrindo a porta novamente, Kanpai voltou-se para o aluno antes de entrar, "Conselho de médica, Hugo: aceite mais *nãos* na sua vida. Principalmente os *nãos* prudentes. De que adiantou ele me desobedecer? Não conseguiu voltar no tempo e ainda decretou a aceleração da morte dele... Que raiva eu tenho desse gaúcho."

Hugo sorriu, "Eu tenho certeza de que ele também te ama", e Kanpai entrou, seringa a postos, preparada para tratar de seu paciente mais grave.

Foi só a doutora fechar a porta que Hugo voltou a ficar sério, respirando fundo.

Teria de contar a má notícia aos Pixies...

CAPÍTULO 19

PAI É PAI, MÃE É MÃE

"MESES?!" Viny repetiu chocado. "Isso não é justo! Entre os azêmolas não é assim!"

Índio se mantinha em um silêncio profundo, olhando pela janela suja do QG dos Pixies, como se desse para ver alguma coisa através dela, enquanto Capí afundava desolado na velha poltrona. "Esclerose Múltipla…" Atlas não contara nem para ele. Claro que não. Por mais que Capí fosse espírita e acreditasse em reencarnação, em lei de causa e efeito, em aprendizado pela adversidade, em provas e expiações etc., uma notícia daquelas ainda era um baque.

Enquanto isso, Viny continuava andando de lá pra cá, vociferando inconformado. Só uma notícia daquelas para fazê-lo dizer *azêmola* em vez de *mequetrefe*. Gislene já não estava mais aguentando as lamentações do loiro, "Tu não ouviu o que o Idá disse, Vinícius?! O problema é que o Atlas fez besteira!"

Viny estava pálido. Não conseguia acreditar. "Ele já tem há cinco *anos*?!"

Hugo confirmou de novo. Não era uma notícia fácil de receber, nem fácil de transmitir, e Hugo foi deitar-se sem jantar. Ficou a noite inteira sentado na cama, pensando em tudo que ele e Atlas haviam conversado, e se xingado, e vivido juntos… Em quantas vezes ele havia sido injusto com o professor.

Atlas continuamente perdoava seus rompantes, claro. Hugo era jovem, cometia erros. Errava o tempo todo. Mas ser jovem não era desculpa. Ainda mais em se tratando de um professor que sempre o tratara tão bem; que sempre se preocupara com seu bem-estar; que não o denunciara para NINGUÉM ao descobrir sobre o tráfico de cocaína. Somente aquilo já devia ter sido o suficiente para que Hugo nunca mais o agredisse, mas não. Ele escolhera ignorar o fato, como se não o ter denunciado para a escola fosse algo natural de um professor fazer.

De todo modo, agora não haveria mais brigas. Hugo faria questão. Seria o aluno exemplar que Atlas sempre merecera ter, mesmo ele não sendo mais seu professor.

No dia seguinte, Hugo tomou o café da manhã calado. Macuna não voltara.

A julgar pelo falatório alegre dos alunos, eles ainda não sabiam da doença. Nem saberiam tão cedo. Era um assunto muito pessoal, que Atlas provavelmente manteria em sigilo ainda por um tempo.

Os professores haviam sido informados, claro, assim como o Conselho Escolar. Consequentemente, os Anjos também já estavam cientes da situação e, pela primeira vez, Hugo via tanto Anjos quanto Pixies no mesmo clima de enterro: Abel desmanchando pão distraidamente, sem comer, Gutemberg com a testa apoiada nas mãos, arrasado, Gueco quieto no canto dele. Quase espelhos perfeitos dos Pixies, a não ser por Camelot, que parecia quase feliz, de uma forma meio cruel, e Thábata, que estava namorando em outro canto do refeitório. Talvez ainda não soubesse.

Hugo passou o restante daquele dia distraído, mas nenhum professor o repreendeu. Entendiam perfeitamente. Compartilhavam seu luto antecipado. Principalmente Rudji. E quando o mestre alquimista dispensou a turma mais cedo na última aula do dia, Hugo saiu com a ideia de descer até o trailer e oferecer ajuda. Ainda não se desculpara por tudo que havia dito nas últimas semanas e sentia que precisava fazê-lo.

"Ei", Francine se aproximou, descendo mais rápido que ele, "vai fazer o trabalho de Futurologia com quem?"

Hugo deu de ombros. Se havia uma coisa com a qual ele definitivamente não estava se importando era com o trabalho de Futurologia.

"Eu e o Rafa estamos pensando em fazer agora. Quer vir junto?!"

"Eu tô indo lá no trailer do Atlas, ver se ele pode conversar comigo."

"Ué, tu não soube?"

Hugo sentiu o coração dar um salto. "Não soube o quê??"

"Parece que ele passou mal à noite e teve que ser levado às pressas pra enfermari…" Hugo não ficou para ouvir o restante. Abrindo caminho por entre os alunos, desceu mais depressa do que jamais descera aquelas intermináveis escadas, o coração querendo sair pelo peito. Por que não lhe haviam dito nada?!

Chegando atordoado ao primeiro andar, já ia correr até a enfermaria quando viu alguém que não esperava do lado de fora, acompanhando tudo pela porta entreaberta, e diminuiu o passo. "Sr. Ipanema?!"

Heitor olhava para dentro, abatido, mas tranquilo, e Hugo se acalmou. Se fosse algo mais sério, o elfo não estaria naquela calma toda, estaria? Na dúvida, continuou num passo firme em direção à porta. Ao perceber a aproximação do jovem, no entanto, Heitor se adiantou, tentando segurá-lo para que não entrasse.

"Ei! Me deixa!"

"Hugo, é melhor não..." mas Hugo já havia se desvencilhado dele, agora realmente alarmado, com medo de que Atlas houvesse morrido e Heitor estivesse tentando preservá-lo da imagem.

Assim que entrou, no entanto, viu o professor recostado no leito, vivo... Com sintomas de profundo cansaço e febre, mas vivo. E bem vivo; beijando os lábios de uma mulher que viera visitá-lo, e que o beijava de volta com um imenso carinho e lágrimas nos olhos.

Uma mulher que Hugo conhecia.

"*Mãe?!*" Hugo murmurou pasmo. Tão pasmo que sua voz pareceu quase um grunhido patético, que os dois nem ouviram, tão imersos que estavam no beijo.

Heitor pousou as mãos em seus ombros, solidário. "Eu disse que era melhor você não entrar."

Hugo não estava ouvindo; sua mente transbordando de perguntas. Como assim, ela estava beijando o Atlas?! E de cabelos soltos, ainda por cima?! Como tinham deixado que ela entrasse?! Ela era azêmola! Quando ela ficara tão bonita?! E o que ela estava fazendo beijando o ATLAS?!

Heitor limpou discretamente a garganta para que o casal parasse por um instante, e Dandara assustou-se ao ver o filho na porta.

Hugo estava atônito. "O que tá acontecendo aqui?!?!" perguntou, finalmente recuperando a voz, e a mãe fitou-o séria. "Heitor, faz companhia pro Atlas enquanto eu converso com meu filho?"

"Claro."

Acostumada aos chiliques de Idá, Dandara voltou-se para o gaúcho sem pressa, tomando as mãos dele nas suas, "*Você tem que continuar os exercícios, ok?*"

Atlas assentiu, mas sem qualquer vontade; estava abatido, prostrado, um pouco trêmulo até. Devia ser os efeitos colaterais do medicamento. Percebendo que ele não concordara com muita convicção, Dandara ignorou o filho um pouco mais. "*Você precisa, Atlas... Aqui.*" Ela pegou a mão esquerda do professor, que parecia contraída, quase fechada mesmo, e foi abrindo-a, um dedo de cada vez, mantendo-a aberta à força por um tempo, para aliviar a contração muscular do novo surto, e fechando-a suavemente. Repetiu o movimento ainda algumas vezes, enquanto Hugo assistia querendo gritar; o coração batendo incontrolável. A julgar pela serenidade da mãe, ela já sabia da doença havia MUITO TEMPO! Heitor talvez só houvesse descoberto agora, mas ela já sabia! O que diabos estava acontecendo ali?!

Quando Atlas fechou a mão mais uma vez, depois de não ter conseguido mantê-la aberta por quase tempo nenhum, seu desespero veio à tona, e Dandara abraçou a cabeça dele com força, beijando-o na boca com mais intensidade ainda. Ele correspondeu, acariciando seus cabelos enquanto se beijavam.

"EI! Eu tô vendo!" Hugo gritou atordoado. "Vocês não vão me explicar isso, não?!"

Os dois pausaram; Atlas apoiando a testa na dela, rindo do desespero do aluno. "Eu tenho muito carinho pela tua mãe, guri."

"CARINHO?! Isso não é carinho! Isso é..." ele engasgou, não sabendo como nomear aquilo sem ser ofensivo. "Vocês nem se conhecem direito! Conhecem?! Tipo, só se viam de vez em quando, lá na casa da Caimana!"

Atlas fez um olhar de culpado. De que tinham o ano inteiro para se encontrar quando Hugo estava estudando.

Não... Não podia ser. Seu coração estava prestes a estourar. "Foram só dois beijos, né?! Só esses dois beijos de agora."

O professor negou lentamente, embolando o cérebro do aluno de vez.

"Vocês estão *namorando*?! Tipo, namorando de verdade?!"

Atlas hesitou um pouco, mas acabou confirmando, e Hugo se virou de costas exasperado, batendo com os punhos na porta, "E nem pra me contar?!"

Seu sangue estava subindo à cabeça.

Tensa, Dandara achou melhor tirar o filho dali antes que ele fizesse besteira. Atlas precisava descansar, e não seria discutindo com Hugo de novo que ele conseguiria. Tomando o filho pelos ombros, murmurou preocupada, "*Tá mais pra uma amizade colorida, Idá...*" e saiu com ele para o corredor. "*Ele me faz companhia. Nós conversamos muito, nada demai...*"

"Vocês já dormiram juntos?"

Ela se chocou, "Que tipo de pergunta é essa, garoto?!", e Heitor achou melhor voltar discretamente para a enfermaria.

"DORMIRAM?!" Hugo repetiu mais alto.

Dandara olhou à sua volta, com medo de que alguém estivesse ouvindo. Vendo que o corredor estava vazio, endireitou a coluna, resolvendo encará-lo de frente, como a mulher forte que era, "Algumas vezes! Por quê?"

Hugo ficou em choque. "E quando vocês planejavam me contar?!"

"Eu não te devo satisfação sobre com quem eu durmo ou não, garoto!"

"Eu tô falando do *namoro*, mãe!" Hugo desmoronou, seus olhos se enchendo de lágrimas. "Quando vocês iam me contar do *namoro*?"

"Ah..." Ela se acalmou. "Ele queria te contar uns oito meses atrás, mas..."

"Oito MESES?!"

"É, oito meses! Mas eu achava que tu não ia gostar, daí eu preferi deixar quieto! Agora eu tô vendo que eu tinha razão, né, Idá!"

"Você *achava* que eu não ia gostar?! FICOU DOIDA, FOI?!" ele rebateu desesperado; a revolta apertando-lhe a garganta. "A primeira vez que tu escolhe alguém DECENTE pra namorar, e ele vai morrer?! É isso mesmo?!"

Dandara olhou surpresa para o filho, vendo-o se desmanchar em lágrimas na sua frente. "Não fala uma coisa dessas, menino!" Ela o abraçou horrorizada, chorando também. "Ele vai se safar dessa! Tu vai ver... Tu vai ver..."

"Isso não é justo!" Hugo escondeu o rosto no corpo da mãe, e os dois se abraçaram com força, como se um único abraço pudesse aplacar toda aquela dor. Mas não podia. Nenhum abraço apagaria a revolta que ele estava sentindo. Hugo tinha visto *amor* nos olhos dos dois... AMOR! Eles se AMAVAM! De verdade! E agora ele perderia o padrasto que poderia ter tido! Um padrasto que ele gostaria MUITO de ter tido!

Sentindo uma vontade inabalável de chorar sozinho, Hugo se desvencilhou dela. "Você devia ter me contado, mãe... Não tinha o direito de esconder isso de mim..."

Eles teriam tido o quê? Sete, oito meses de convívio em família, antes que Hugo descobrisse a doença?! Em vez disso, haviam vivido meses de brigas e desentendimentos absolutamente desnecessários! Atlas sempre tentando agir como um pai para ele, sem que ele entendesse o porquê! Incomodando-o com aquela insistência, inclusive!

Afastando-se, Hugo foi procurar um lugar privado onde pudesse botar tudo aquilo para fora. Tinha um elefante no peito querendo sair, e não estava mais conseguindo aguentar aquilo tudo calado. Precisava gritar, chorar, socar alguma coisa, mas não podia fazê-lo ali, no meio do corredor. Não com as outras aulas terminando em meio minuto. Tudo de que menos precisava agora era que outros alunos o vissem chorando. Principalmente os Anjos.

Sem tempo suficiente para subir até a Sala das Lágrimas, ele entrou depressa no obscuro ambiente da biblioteca e fechou a porta, o choro voltando assim que o fez, num arroubo incontrolável.

Lembrava-se bem das palavras duras que sempre gritava contra o professor quando ele o repreendia... *"Quem tu pensa que é pra me dar lição de moral? Meu pai?! Meu pai me abandonou quando eu nasci – eu não preciso de outro!"*

Em mais de uma ocasião, berrara para ele que não queria outro pai, muito menos um pai como ele, mas queria... queria, sim... estava desesperado por um! Desesperado por alguém que chegasse nele e falasse '*Pode deixar, meu filho, eu cuido disso*'! Nunca tivera ninguém assim. Ninguém que o fizesse sentir SEGURO. E agora que havia percebido o quanto queria aquilo, o quanto PRECISAVA daquilo, iam arrancar aquilo dele?! Iam arrancar o Atlas dele?! Não era justo! Não era JUSTO ele perder outro pai antes mesmo de ter sentido o gostinho de uma vida ao lado dele! ... E o pior é que a culpa era SUA! Culpa SUA o professor ter ido para a Sala das Lágrimas atrás dos torturadores. Culpa SUA ele ter visto a morte do filho, revivendo nele a maldita vontade de voltar no tempo! Culpa SUA e de sua boca cruel, que chamara o professor de protetor incompetente, jogando todo o peso da tortura de Capí nas costas dele! Como se já não bastasse o remorso que Atlas sentia pela morte do filho! *Burro! Burro!*

Hugo chutou uma cadeira longe, e ela se chocou contra as estantes. Agora entendia a tristeza da mãe no início do ano... Atlas tinha contado para ELA primeiro...

"Por que tu foi tentar voltar no tempo, pô?! PRA QUÊ?!" ele perguntou sozinho; já inchado de tanto chorar. "*A Caimana tinha avisado, caramba...*"

Hugo murmurou a última frase, as costas apoiadas nos livros, a cabeça latejando, sua energia quase no fim. Foi quando ouviu a porta da biblioteca ranger e se escondeu atrás da estante; as bochechas ainda queimando, úmidas; o coração acelerado, vendo os Anjos entrarem.

Justo os Anjos.

CAPÍTULO 20

A GOTA D'ÁGUA

Com os cabelos hiperpenteados de quem havia acabado de sair de uma aula particularmente molhada de Feitiços, Abelardo entrou na biblioteca, seguido por Gueco e Camelot. "O Gordo tá maluco…" Comentavam.

"Ele sempre foi meio doidinho da cabeça, né?" Camelot riu, caminhando com Abel ao longo do primeiro corredor de estantes enquanto o loiro procurava um livro entre as centenas que havia ali.

Escondido atrás de outra, Hugo ouvia de costas para eles, tenso; tentando enxugar rapidamente as lágrimas do rosto. Seria o fim de sua reputação se eles o vissem tão vulnerável. Enquanto os Anjos riam lá na frente, ele ouviu a porta se abrir novamente. Ah, que ótimo. A escola inteira tinha resolvido inaugurar a biblioteca justo naquele dia?!

Virando-se para verificar quem era, estremeceu. Capí e Gislene entravam distraídos, o pixie comentando em voz baixa, *"Eu não acho que exista nada aqui a respeito, é uma doença rara entre bruxos, mas…"*

Selecionando dois livros grandes, o pixie carregou-os com dificuldade até a mesa de estudos, sentando-se ao lado de Gi para pesquisar soluções enquanto ela estudava. Pelo olhar que lançara ao fundo, Capí já notara a presença indesejável dos Anjos ali, mas decidira ignorá-los, abrindo um dos volumes na letra *E*, de *Esclerose*. Não encontraria nada ali, provavelmente, mas tentaria mesmo assim.

"Ih, ó só quem resolveu aparecer", Camelot comentou, os Anjos cercando a mesa. "Vieram namorar escondidinhos, foi? Que pouca vergonha…"

Escolhendo não olhar, Capí e Gislene fingiram prosseguir em suas leituras, mas Hugo sabia que toda a atenção dos dois estava nos Anjos. Via-se pelo semblante sério do pixie e o profundo ódio nos olhos dela.

Tenso, Hugo se segurou para não sair do esconderijo. Precisava que seu rosto desinchasse primeiro. Não podia aparecer naquele estado. Mas queria muito. Se Capí realmente precisasse, ele sairia, mesmo com o rosto inchado. Desta vez sairia.

"Já tá preparando uma nova mentira pra audiência amanhã, fiasquinho?" Camelot fechou o livro que Capí estava lendo, mas o pixie manteve os olhos fixos na mesa. "É amanhã, né? Pena que vai ser na Sala do Conselho desta vez, e não no refeitório. Seria bom todo mundo te ouvir mentindo."

Abelardo já os havia circulado, e foi mexer nos livros que Gislene tirara da mochila pouco antes. "Olha o estado disto aqui!" Ele riu, jogando para Camelot um livro bastante destruído, de terceira mão. "Bando de favelado. Devia ser proibida a entrada de pessoas como você nesta escola."

Hugo cerrou os dentes, furioso, mas não fez nada, vendo os Anjos brincarem de jogar os livros dela entre eles, bagunçando tudo, enquanto o pixie permanecia quieto, sem olhar para eles. Até porque Gislene também não estava reagindo; apenas fixava-os com aquele seu olhar de leoa, pronta para proteger o namorado, caso necessário. Não proteger a si própria. Proteger o namorado.

Mordido de ciúmes, Gueco alfinetou, "Virou bengala de aleijado, foi?"

"Vê bem como tu fala do Ítalo! Ele é mil vezes melhor do que você. E BEIJA melhor também!"

Gueco fitou-a furioso enquanto Abel lia, em voz alta, o topo de um dos cadernos que arrancara dela, "'Gislene'... Isso lá é nome?"

"*Abelardo* não fica muito atrás. Pra não dizer *Gervásio*."

"Limpa a boca pra falar deles!" Camelot deu um empurrão na cabeça da atrevida, e Capí se levantou para protegê-la.

"Que tu tá fazendo com essa pirralha, Twice?" Abel provocou. "Eu sempre soube que você era perturbado, mas pedófilo? ... eu não fazia ideia!"

O pixie arregalou os olhos, chocado, para não dizer furioso.

"Que foi, Twice? Os capangas do Comissário não te ensinaram que pedofilia é errado, não?!" Ele sorriu, com um toque de crueldade, "Você bem que gostou, né?"

Capí pulou em cima do anjo, e Abel caiu no chão, levando murro atrás de murro do pixie sem conseguir se defender, surpreso demais com o ataque para fazer qualquer coisa enquanto era esmurrado no rosto. Camelot foi em defesa do amigo e Gislene já ia fazer o mesmo a favor do namorado quando Hugo a segurou por trás, impedindo-a de entrar na briga, espantado com a fúria do pixie, que, mesmo em flagrante desvantagem, levando chutes violentos de Camelot e Gueco nas costelas, não parava de espancar o loiro com a única mão boa que tinha, prendendo-o ao chão com as pernas, o rosto roxo de ódio. Ele ia quebrar Abelardo ao meio!

"Me larga, Idá! O Ítalo precisa de ajuda!"

Usando toda sua força para manter Gislene longe, Hugo gritou, "Gordo, segura eles!" vendo que Gutemberg entrara na biblioteca, surpreso com a briga, e o enorme anjo correu para tirar Camelot de cima de Capí antes que ele quebrasse de vez as costelas do pixie, o topetudo tentando se desvencilhar de Gordo, sem conseguir, enquanto Hugo protegia Gislene de ser expulsa da escola.

Isso, infelizmente, estava deixando Gueco livre para fazer seu estrago e, quando os sons da briga já começavam a atrair outros alunos para a Biblioteca, Abel conseguiu reagir. Claro, no estado físico em que Capí se encontrava, não aguentava manter a fúria dos socos por muito tempo, ainda mais com Gueco ajudando o irmão. Antes que Hugo conseguisse sacar a varinha para tirar o pirralho de cima das costas do pixie, alguém o fez por ele, agarrando Gueco para que os outros dois pudessem brigar em igualdade, mas não havia igualdade ali. Capí estava exausto. Chorando furioso, e ainda batendo, mas exausto. Não tinha condição física nenhuma de manter aquilo por muito tempo, não no estado em que estava, e cada soco que levava de Abelardo era um soco na alma de Hugo, que não podia fazer nada para impedi-los. Não daquela vez.

Com o ódio que o pixie estava descarregando no anjo, só um adulto conseguiria apartá-los, e foi o que aconteceu. Rudji entrou depressa, alarmado, e abriu caminho entre os alunos, agarrando Capí pelo pescoço e puxando-o de cima do elfo; Capí vermelho de raiva, chorando de raiva, debatendo-se contra os braços do japonês, ao passo que D'Aspone, assistente do Conselho, puxava Abelardo para cima também.

"*O que deu em você, Ítalo?!*" o alquimista gritava abismado, tentando segurar o pixie para trás enquanto Abelardo surpreendentemente ria nos braços de D'Aspone, o rosto todo estourado e com sangue demais na boca, mas rindo! E Hugo percebeu que tudo havia sido um plano do canalha para desestabilizar o pixie. Um plano que tinha dado muito... MUITO certo.

Conforme todos iam sendo levados à força para a sala do Conselho, Hugo ouviu o anjo sussurrar para Capí, limpando o sangue do rosto, "*Primeiro você inventa que foi torturado. Agora essa briga na biblioteca, tsc, tsc, tsc... que feio... Sempre quis ver vocês dois expulsos. Você e seu papaizinho.*"

Capí o acertou na boca e Abelardo cambaleou para trás, cuspindo um dente no chão enquanto Rudji segurava o pixie pelos braços de novo, Capí gritando "*RI AGORA, RI!*" vermelho de ódio, tentando se desvencilhar para acertá-lo mais uma vez, ao mesmo tempo que Abelardo se apoiava na parede, não parecendo mais tão satisfeito quanto antes. "É..." Abel pôs a mão em frente à boca. "Filho de burro um dia dá coice!"

Capí foi impedido de avançar novamente pelo professor, que o segurou para trás, gritando, "*Ele é seu aluno, Ítalo!*"

O pixie parou chocado, ouvindo a voz da razão. Então, começou a chorar nos braços de Rudji, com raiva de si mesmo... Por ter reagido, por não ter conseguido se controlar; já sabendo de todas as consequências que aquilo acarretaria. O filho da mãe tinha conseguido. Com ódio do anjo, Capí ainda tentou avançar mais uma vez, mas sem a mesma vontade, e Rudji sussurrou em seu ouvido, segurando seu corpo frágil com cuidado, *"Eu não quero te machucar mais, Capí... por favor, para de se debater..."* O pixie obedeceu, tentando se acalmar, trêmulo, enquanto D'Aspone levava Abelardo à frente deles. *"Ele é seu aluno, Capí... O que você estava pensando?"*

"Ele não estava pensando", Gislene respondeu de cabeça baixa. "Nenhum de nós estava... Só o Hugo."

"Quem diria, hein?" Dalila falava, andando ao redor do pixie com a mais pura satisfação no olhar, enquanto Capí permanecia no centro da sala, ouvindo calado; o sangue em sua mão e em seu rosto não permitindo que ele negasse nada daquilo.

Não que ele de alguma forma pretendesse negar.

"Ele só estava tentando me defender, Sra. Conselheira!"

"Não importa o que ele estava ou não tentando fazer, menina. Ele quase matou meu filho de porrada!"

"Também não precisa exagerar, Dalil..."

"Eu pedi sua opinião, Vladimir?"

O conselheiro recolheu-se à sua insignificância. Rudji permanecia tão calado quanto Capí, ao lado do aluno. Sabia que não dava para defendê-lo daquela vez. O que ele fizera não tinha defesa. Ainda mais com Abelardo se fingindo de vítima inocente, sendo ajudado por Thábata e Gutemberg no canto da sala. Parecia ter quebrado o nariz também, mas, dali, não dava para Hugo ter certeza.

"ARRGGH! Pô, Gordo!"

"Desculpa!"

É, tinha quebrado o nariz.

Pompeu se adiantou horrorizado, "Este ato de selvageria só corrobora a acusação de Adusa! De que o Sr. Twice é um rapaz instável, que se mete em brigas e pode, sim, ter mentido sobre a tortura para se eximir de uma delas, como o nobre Abelardo tão sinceramente confessou por escrito!"

"Isso é um absurdo!" Gislene gritou, quase rindo de tamanho disparate, "Vocês conhecem o Ítalo!", e Hugo olhou para Dalila, que não fez qualquer menção de contrariar Pompeu; a filha da mãe. Depois de tudo que vira na memória de Capí.

Claro. Justiça nunca havia sido seu forte.

Pior que Hugo nem podia jogar aquilo na cara dela, porque Gi estava presente. Ela ainda não sabia do episódio, muito menos do beijo, e não seria ele a contar. Capí já estava ferrado demais para perder também a namorada naquele dia.

"Olhe bem pra isso", Dalila trouxe seu filho para que Capí visse de perto o estrago que fizera, e o pixie desviou o rosto envergonhado. "Isso tem cara de defesa ou de ataque, Sr. Twice?! Me diz!"

Os outros Pixies invadiram a sala, querendo saber o que tinha acontecido. Caimana junto. Devia ter acabado de chegar do Sul para a audiência do dia seguinte, e, assim que entendeu o ocorrido, lançou um olhar de ódio contra o irmão, que a fitou sério, tentando estancar o sangue do nariz. À medida que o fazia, Viny se inclinou de lado para ver a janelinha na boca do anjo e abriu um sorrisão, fazendo um sinal de parabéns para Capí, que desviou o olhar, não achando engraçado.

"Francamente, eu não conhecia este seu lado, Ítalo."

"Ele estava fora de si, Sr. Pompeu", Hugo se intrometeu, torcendo para que o segundo conselheiro fosse mais razoável que Dalila. "Com tudo que ele tá sofrendo, era natural que alguma hora o Capí fosse perder o controle… Não vai acontecer de novo… O senhor sabe disso!"

"É!" Gislene concordou, e Dalila deu risada, "Ah, que ótimo. O filho do zelador defendido pelos dois faveladinhos."

Hugo fitou-a com ódio, mas não rebateu. Não era hora. Pompeu, no entanto, parecendo aceitar os argumentos dos dois, olhou nos olhos do pixie, "Mais uma e o senhor será expulso desta escola, está entendido?"

Capí concordou.

"E pode dizer adeus à sua posição de professor", Dalila completou, causando revolta entre os Pixies, mas não em Capí, que aceitou calado. Claro. Era doloroso, mas ele tinha de aceitar. Aquilo não era a conduta esperada de um professor.

Abelardo agora estava sorrindo, desdentado mesmo, olhando com crueldade para o pixie, que não discutiu; apenas se desvencilhou de Rudji, arrancando sua bengala das mãos de D'Aspone e saindo da sala, a mão nas costelas doloridas.

Os outros Pixies assistiram à saída do amigo e, encarando os Anjos com nojo, foram atrás dele; Hugo e Gislene seguindo-os para fora.

"Véio, eu brinquei lá dentro, mas por que tu foi perder a paciência justo agora?!"

Capí não respondeu. Levantando-se do tronco onde havia sentado, foi ficar sozinho mais adiante, na floresta.

"O Capí tá exausto, Viny", Caimana respondeu por ele. "Alguma hora, ele ia explodir com essa pressão toda. Ele não é perfeito." Ela olhou com pena para o amigo que ainda se afastava. "O impressionante foi ter demorado tanto…"

Gi foi atrás do namorado. Não o deixaria ficar sozinho naquele momento. Assim que ela o fez, no entanto, Viny mandou que Hugo os seguisse, e ele obedeceu sem questionar. Avançando com cautela, por vários minutos, viu os dois se sentarem à beira do Lago das Verdades, em meio à escuridão e às milhares de pequenas luzes de fada.

"*Como eu pude reagir daquele jeito…*"

"Você é humano, Ítalo…"

"Exatamente! Eu sou um humano, não um animal! Eu agi como um *animal!*" Ele não se conformava… "'*Temos o dever de desobedecer a estados mentais violentos*'… Meu avô sempre me dizia isso quando eu sentia vontade de reagir."

"Seu avô parece ser um homem muito sábio."

Capí esboçou um sorriso, mas estava difícil sorrir com o rosto machucado. "Ele tenta ser. Mas sempre me dizia que eu era melhor do que ele em seguir seus próprios conselhos. Grande porcaria. Eu sou um impostor, é isso o que eu sou."

"Não fala besteira, Capí", ela disse, utilizando seu apelido pela primeira vez, mas quando se adiantou para segurar o rosto do namorado e beijá-lo, ele se afastou.

"Que foi?" ela perguntou surpresa, tentando beijá-lo de novo.

"Não chega perto, Gi", Capí se afastou, de verdade desta vez, como se estivesse se sentindo contagioso, e ela olhou-o agoniada, "Não é por causa das besteiras que o Abel te disse, é?! Você não é pedófilo! Nós DOIS somos menores de idade, Capí! E eu sei muito bem o que estou fazendo; já sou bem crescida! Muito mais adulta, aliás, do que muita menina mais velha que eu!"

Ela tinha razão, Hugo sabia, mas Capí desviou o olhar, sofrendo demais, e Gi olhou-o preocupada. "Não foi só por causa dessa parte, é isso? Teve alguma outra coisa que ele disse que te assustou. O que foi?"

Capí não deixou que ela o tocasse, mas Gi insistiu, forçando a aproximação até que conseguisse abraçá-lo, e ele chorou, deixando que ela acariciasse seu rosto ferido; ela murmurando, "*Ei… não fica assim… O que o Abelardo disse não tem o menor cabimento… Você sabe disso, Capí…*"

Ele aceitou o beijo da namorada, cerrando os olhos; o segredo do encontro com Dalila pesando sobre ele, torturando sua consciência. Ele queria contar, Hugo via, mas a cada dia ia ficando mais difícil.

"*Ô minha menina…*" ele murmurou derrotado, beijando-a de leve, e Hugo olhou à sua esquerda, vendo Índio ao seu lado, observando-os também.

"Tá pesada a coisa."

O mineiro concordou. "O pior é que essa briga não vai ajudar o Capí em nada na audiência amanhã."

CAPÍTULO 21

O LOUCO

"Senhores jurados!" Adusa destilava seu veneno do púlpito, para que todos ouvissem. "A briga de ontem comprova o que todos nós já sabíamos! Que o senhor Ítalo Twice, acusador de meus clientes, é um rapaz violento e descontrolado, sendo as marcas que vimos em seu corpo, portanto, resultados de uma briga entre alunos, SIM! E não de tortura!"

Hugo assistia possesso. Abelardo definitivamente provocara o pixie de caso pensado, e havia sido certeiro na provocação, garantindo seu êxito com brilhantismo. Capí ainda estava com as marcas frescas da briga no rosto, para piorar. Tão frescas que dormira no quarto de Hugo para escondê-las do pai, e passara aquela quinta-feira inteira evitando encontrar Fausto pelos corredores até que desse o horário da audiência.

A sala do Conselho Escolar, agora transformada em tribunal improvisado, parecia bem mais ampla do que na noite anterior, com direito a dois púlpitos, mesa de jurados e cadeiras para a plateia, que consistia em alguns poucos professores e os curiosos da audiência anterior, querendo saber a conclusão daquilo tudo.

Dalila, em seu pomposo discurso de abertura, justificara aquela transferência a um local mais reservado como um jeito de 'evitar tumulto', visto que as aulas do ano já haviam começado. Os Pixies, no entanto, viam através daquela mentira. No fundo, a mudança visava evitar que Capí fosse defendido por centenas de alunos. Tanto que quase ninguém havia sido avisado da audiência. Mas o pixie não reclamaria. Tinha gostado da alteração. Não queria que aquilo se tornasse um circo maior do que já era, e qualquer coisa era melhor do que deixar que o pai ficasse sabendo. Para tanto, Areta e outros professores haviam concordado em arrumar toda a bagunça após a sessão, caso Capí não estivesse em condições de fazê-lo. Fausto nem *saberia* que uma audiência havia ocorrido ali.

O pixie não era o único que desejava ver o zelador longe, no entanto. Hugo tinha certeza. Tudo que Dalila menos queria era que a Comissão e todos aqueles distintos senhores na plateia descobrissem que a Korkovado empregava um *Fiasco*. Seria uma mancha *vergonhosa* no prestígio da escola. Fausto que ficasse bem escondidinho em seu canto, trabalhando feito burro de carga longe dos olhares de todos, como havia sido ordenado a fazer o ano anterior inteiro, enquanto decidiam, a portas fechadas, o destino do filho dele.

"A briga de ontem não prova nada! É a primeira vez que ele briga na vida!" Viny vociferava, não aguentando mais aquela farsa, e Dalila respondeu com um bocejo, "Senhores... sejam razoáveis... Admitam logo a mentira de vocês para que possamos encerrar isso de uma vez por todas!"

Hugo sentiu vontade de pular no pescoço da cretina, mas se segurou. Qualquer reação dele poderia ser prejudicial a Capí. Caimana, no entanto, não precisava ser tão discreta com a mãe, "Você viu duas memórias dele, sua ridícula!"

"Eu não sei do que a senhorita está falando", Dalila rebateu numa cara-de-pau impressionante, e Hugo viu Capí sussurrar uma explicação no ouvido de Gislene, que, com certeza, não mencionava o beijo. Aquela não era a melhor hora.

Olhando para trás, Hugo viu Atlas entrar e sentar-se ao fundo; enfraquecido, mas ali, para dar força a seu protegido. Depois de tudo que seu aluno mais esquentadinho lhe dissera, tinha feito questão de comparecer, apesar do estado em que se encontrava, e Hugo se encolheu na cadeira, com vergonha das acusações que fizera.

Quando tu vai aprender a parar de julgar os outros, Idá...

Ao seu lado, Caimana dava um riso seco ao ouvir mais um comentário absurdo da mãe. "Você não pode estar falando sério..."

"Querida, para o próprio pai, o senhor Ítalo Twice contou ter se metido numa briga! Ou... ter caído no jardim. Algo assim. No início deste ano! O senhor nega?"

Capí olhou-a surpreso, mas acabou tendo que confirmar, "*Queda de escada.*"

"Estão vendo, senhoras e senhores?!" Adusa se adiantou, com imensa satisfação. "Trata-se de um mentiroso contumaz! Se este rapaz tivesse, de fato, sido torturado, como afirmou incontáveis vezes, pelo menos o PAI do referido cidadão teria sido informado a respeito! Não foi o caso. Muito pelo contrário! Ele mentiu pro pai também!"

"O pai dele sofre do coração! Seria perigoso se ficasse sabendo."

"Ah, claro, a gente até acredita, querida."

"Mas é verdade!" ela desabou exausta na cadeira. "*Você sabe que é verdade...*" murmurou, desistindo da mãe.

"De qualquer forma, Sra. Conselheira", Adusa sugeriu, "antes de prosseguirmos com o pleito, sugiro julgar o jovem pela conduta de ontem primeiro, visto que seria desastroso para a imagem deste colégio que um *professor* daqui fosse oficialmente exposto como mentiroso na mídia. Para o bem do colégio, se os senhores pretendem destituí-lo do cargo, seria prudente fazê-lo agora."

"Tem razão, Sr. advogado." Limpando a garganta, Dalila se endireitou, declarando em voz alta, enquanto Capí ouvia soturno: "Pela conduta antiética e antiprofissional de ter agredido um de seus alunos nas dependências do colégio, pela atitude *criminosa* que adotou ao iniciar um relacionamento amoroso com uma de suas alunas… e AINDA…" ela aumentou o volume da voz, para se sobressair aos protestos de Gi, Viny e Caimana, "… por ter faltado incontáveis aulas no fim do ano anterior, caracterizando negligência de função…"

Viny riu, inconformado com tamanha canalhice. Ele havia estado na enfermaria, recuperando-se da tortura…

"… revogo, agora oficialmente, e em definitivo, a licença profissional do senhor Ítalo Twice, impedindo o referido *aluno* de lecionar neste ou em qualquer outro recinto escolar até o término de seus anos de estudo. Seu reingresso em atividades de ensino deverá ser posteriormente julgado por este mesmo Conselho caso queira voltar a lecionar em seu futuro profissional, pós-formatura."

Hugo viu Atlas cerrar os olhos, lamentando a sentença, principalmente a última parte dela, que espantara a todos, mas foi Viny quem se levantou para questioná-la, "Quer dizer que ele pode ser impedido de lecionar mesmo *depois* de terminar os estudos?!"

"Exatamente, senhor Y-Piranga. Para sempre."

Hugo sentiu um calafrio, enquanto Capí baixava a cabeça.

"Mas isso é um absurdo! Uma arbitrariedade!"

"Dê-se por satisfeito que foi apenas o *cargo* de seu colega que eu tirei, Sr. Y-Piranga, e não o direito de ele estudar nesta escola."

"Ia pesar muito na sua consciência expulsar um inocente, né?!"

"Por muito menos, alunos já foram expulsos daqui. Ele seduziu uma aluna, devia agradecer por não estar sendo preso!"

"Ah, então você *sabe* que é crime?!" Viny rebateu sarcástico, e Dalila se espantou, percebendo que o loiro sabia do beijo que ela dera em Capí. Com os olhos arregalados, gaguejou, "Eu aconselharia o senhor a não prosseguir com seus argumentos. Qualquer coisa que disser ainda poderá ser usada contra o Sr. Twice, visto que o referido *ex*-professor não quis se defender por conta própria, usando seus amigos para caluniarem por ele. Enfim, vamos acabar logo com essa palhaçada. Sr. Ítalo Twice, por favor, levante-se para ouvir a sentença deste tribunal."

"Mas já?!" Viny e Caimana protestaram.

Dalila olhou-os com desprezo, prosseguindo na leitura mesmo sem Capí ter se levantado, arrasado demais para fazê-lo. "Levando em consideração tudo que foi dito, o júri, em sábia decisão…"

"*Que júri?*" Índio cochichou. "*Não vejo ninguém do júri opinando, só um monte de gente com medo.*"

"Isso é covardia!" Viny se levantou, "Ele não teve chance! Em nenhum momento vocês levaram as acusações dele a sério!"

Pompeu interrompeu Dalila com um sinal de mão, "Não vejo por que a surpresa, meu jovem. O Sr. Twice acusa sem provas, sem dar nomes, sem descrever a *suposta* tortura e quer que nós acreditemos?!" Olhando para Dalila, acenou com um gesto de cabeça, "Pode prosseguir, Sra. Conselheira."

"Esperem."

Todos olharam para Capí, que dissera aquilo de cabeça baixa, muito tenso. Tomando coragem, ele se levantou.

"*O que você vai fazer?!*" Caimana sussurrou preocupada, mas ele já havia tomado sua decisão. Faria o que já deveria ter feito há muito tempo. O temor em seus olhos dizia isso.

"Palavras iniciais?" Dalila alfinetou, e Capí respirou fundo, ignorando as risadas. "Vocês querem os nomes? Eu dou os nomes. Ustra Labatut, Graciliano Barto Paranhos Correia, Luciano Bismarck, Benedito Lobo…" O pixie procurou Beni na plateia, pedindo-lhe desculpas com o olhar, mas o jovem sinalizou que entendia. Seu pai, afinal, tinha participado. E Capí prosseguiu tenso, tentando se lembrar dos outros nomes, "… Lício Quaresma, Dante Bittencourt, Hélio Ferrari, Nilo Batalha, Jaguar Oliveira, Teobaldo Eloir, Volner Müller, Régis Rosa, dois chapeleiros…" Ele olhou para Hugo, que agradeceu por ele não ter dito '*os*' *dois chapeleiros*, "… o professor Calavera e Mefisto Bofronte." O pixie terminou a lista quase chorando, e se apoiou na barra que separava a plateia do espaço à frente.

"Como você se acha importante…" a conselheira debochou. "Dezesseis pessoas pra te torturar? Esse garoto tem um REI na barriga mesmo."

Capí a olhou com amargura, "Você sabe que é verdade."

"Eu não sei de nada, garoto."

O pixie respirou fundo, angariando coragem para continuar. "Bittencourt, Quaresma, Nilo e Eloir preferiam bater: socos, chutes, pauladas, enquanto me mantinham vendado, pra que eu não soubesse quando viria o próximo golpe. Eles quebraram pelo menos quatro costelas minhas nessa brincadeira. Müller gostava do pau-de-arara azêmola mesmo, e de me humilhar… Todos gostavam de me humilhar. Jaguar, Régis e Ferrari preferiam os feitiços de choque e queimadura."

Adusa riu. "Primeiro, o garoto diz que é imune à magia. Agora, que usaram feitiços!"

"Ele não é imune a feitiços de contato!"

"Muito conveniente, Srta. Ipanema", o comissário rebateu, tão arrogante que dava nos nervos. Mais alguns minutos e Hugo voaria no pescoço do cretino.

Trocando um olhar magoado com Adusa, o pixie continuou, "Calavera usava ratos, mas este corte ele fez com a própria unha. A cicatriz vai do meu rosto até a virilha. Paranhos comandou o deslocamento dos meus ombros; eles ainda doem e vão doer por bastante tempo."

Ele olhou para Beni novamente, "Benedito Lobo esmigalhou os ossos da minha mão esquerda num ataque de fúria e remorso, como se fosse minha culpa o que ele tinha feito comigo logo antes. Ustra Labatut..." O pixie olhou à sua volta, certificando-se de que Ustra não estava mesmo presente, "dentre muitas barbaridades, foi responsável pelos dois cortes profundos que vocês viram nas minhas costas, na audiência passada. Ele me amarrou a um poste, de modo que eu não pudesse me mexer ou gritar. Então, usou primeiro uma faca, depois uma colher, para ir raspando a carne de dentro dos cortes que ele tinha feito com a faca..."

A plateia se encolheu nos bancos, alguns empalidecendo, outros passando levemente mal, mas o pior era saber que Capí estava contando apenas as torturas mais leves que sofrera. As que ele não se sentia envergonhado de contar.

Parecendo um pouco incomodado com as descrições também, Adusa procurou roubar a atenção do público antes que Capí chegasse a Mefisto, "Este jovem é, sem dúvida, um rapaz muito criativo. Devia usar sua privilegiada imaginação em atividades mais produtivas e menos danosas a pessoas inocentes como o Alto Comissário."

Naquele momento, Paranhos, que estivera sentado na plateia com a tranquilidade de um lorde, manifestou-se, "Não acho que seja isso, meu caro Adusa. Talvez o menino realmente acredite que nós fizemos as barbaridades que ele diz ter sofrido."

Paranhos fitou Capí com pena, e os Pixies se entreolharam confusos, mas o comissário não havia terminado. "Ele pode ter *imaginado* Mefisto ali, por exemplo. Afinal, um sofrimento do calibre desses afeta a cabeça de qualquer um..."

"Ele não é maluco!" Caimana se levantou depressa, percebendo aonde o velho estava querendo chegar.

Alguns do júri já pareciam, inclusive, altamente interessados na teoria, "O senhor está sugerindo que o jovem pode ter *imaginado* vocês lá?!"

Hugo olhou para Capí, assombrando-se com a hesitação nos olhos do pixie. Ele parecia surpreendentemente confuso! Quase como que duvidando de si próprio!

Também percebendo a dúvida do amigo, Viny partiu em sua defesa, tenso, "Isso é ridículo! Todos nós vimos as cicatrizes! Vocês também!"

"Eu não estou negando que o menino possa ter sido torturado, Sr. Y-Piranga, talvez até pelo tal rapaz que confessou ter 'batido' nele. Em um quadro esquizofrênico, como parece ser o caso…"

"O Ítalo não é esquizofrênico!" Gislene rebateu em pânico.

"… ele pode ter imaginado Mefisto e Ustra fazendo coisas que, em verdade, o Sr.… *Abelardo Lacerda* estava infligindo nele. Eu chamo ao púlpito o Dr. Hóspice Pinélio, psiquiatra especialista nestes casos, que chamei especialmente de Brasília para dar seu parecer a respeito."

Hugo virou-se para trás, incrédulo como os outros Pixies, enquanto o doutor andava calmamente em direção à frente do tribunal.

"Vocês não podem fazer isso!" Atlas e Rudji se levantaram ao mesmo tempo, em protesto contra aquele absurdo, mas não podiam fazer nada, na verdade. Não enquanto os comissários estivessem agindo dentro da legalidade. Ninguém podia impedir um psiquiatra de falar em um tribunal.

Dr. Pinélio era um homenzinho de um metro e meio, com bigodes que enrolavam nas pontas e um jaleco tão branco que dava calafrio. Subindo no púlpito da esquerda, ajeitou os óculos com calma e começou a folhear uma pasta que trouxera consigo, "Ando acompanhando o curioso caso deste jovem, estudando seus depoimentos, e creio que, de fato, o pobre não esteja mentindo."

Hugo olhou surpreso para os Pixies.

"O diagnóstico feito pelo comissário Paranhos, no entanto, está correto. Em sua própria cabeça, a tortura deve ter sido verdadeira, e o jovem usa o trauma causado pela memória falsa como desculpa para atacar seus colegas de classe…"

"Isso é ridículo!"

"… pondo em risco todos à sua volta. Trata-se, portanto, não só de um caso de esquizofrenia, como de um caso *perigoso* de esquizofrenia. O rapaz…"

"Dalila! Tu sabes que isto é um absurdo!"

Paranhos se intrometeu, "Eu sugiro silêncio, Sr. Vital, ou o senhor será convidado a se retirar, até porque nem bruxo o senhor é mais e, portanto, não deveria estar nas dependências deste colégio."

Atlas se calou chocado. Aquilo era uma ameaça… Ou ele ficava quieto, ou seria forçado a deixar a Korkovado, perdendo o direito ao tratamento de saúde gratuito que recebia na escola. Estava inteiramente nas mãos deles…

Enquanto Paranhos e ele se entreolhavam, Dr. Pinélio continuava seu massacre, "Sendo o rapaz, claramente, um jovem louco, esquizofrênico e perigoso, eu sugeriria internamento no manicômio municipal, até que se acalmasse. Quem sabe um tratamento de choque possa curá-lo das dolorosas alucinações que ele vem apresentando…"

Até Pompeu pareceu se arrepiar com a sugestão. Índio estava sem palavras. Viny e Caimana nem tanto, "Vocês não podem fazer isso!" … "Senhores jurados! Eles trouxeram o psiquiatra como ameaça! Não escutem esse crápula!" … "Ele não pode ser internado! Vão destruir o Capí lá dentro!"

Dr. Pinélio prosseguia sem dar a menor atenção aos protestos, "Os sinais de esquizofrenia são claros e interná-lo seria a medida mais segura a ser tomada, até para garantir a segurança do próprio rapaz. Além de continuar insistindo que foi sequestrado pela Comissão, apesar de todas as evidências em contrário, o jovem vem demonstrando agressividade, sinais de profunda depressão, tendências suicidas…"

"Por que será, né?!" Viny estava roxo de revolta. Todos estavam. Todos menos um. Sentado no meio daquele turbilhão de protestos, Capí apenas escutava, numa agonia insuportável, curvado na cadeira, de cabeça baixa, passando mal de tensão enquanto outros discutiam, aos berros, sobre seu futuro, e somente Hugo ouviu o amigo quando ele murmurou, em meio aos protestos, "*Eu retiro a acusação.*"

Hugo cerrou os olhos penalizado, enquanto as pessoas continuavam a vociferar umas contra as outras. Vendo que ninguém prestara atenção, Capí repetiu desesperado, os olhos transbordando de medo, "EU RETIRO A ACUSAÇÃO!"

Todos caíram em silêncio, olhando para o pixie.

Viny empalideceu, "Tu tá brincando, né, véio?", mas Dalila sorria lá na frente, "Então você admite que mentiu sobre a tortura."

"Não coloque palavras na minha boca, conselheira."

Paranhos riu do absurdo, "Vejam só! Ele é ainda mais louco do que imaginávamos! Supondo que ele acredite mesmo que foi torturado, por que alguém retiraria uma acusação contra seus próprios torturadores?!"

Dalila deu de ombros, "A família dele tem um histórico incontestede loucura, comissário. Os avós maternos também já deviam ter sido internados faz tempo…"

Foi a vez de Índio não aguentar mais, "'Cês não vão empurrar o Capí prum manicômio! Ele já retirou a acusação!"

Atlas também se levantara, mas sentiu tontura e voltou a sentar-se, de olhos fechados, a mão boa apoiada na cadeira da frente enquanto Gislene segurava firme o rosto do namorado, "Calma, Ítalo… fica calmo."

Capí estava pálido. Suando frio. Não sabia o que mais dizer para que desistissem. Precisava sair dali, senão explodiria, e, percebendo aquilo, o fez sem pedir licença. Surpreso, Índio se levantou, "Adiem o julgamento!" e foi atrás do amigo, seguido pelos outros três, deixando Hugo sozinho no tribunal.

Pensando em ir atrás também, Hugo logo desistiu da ideia. Alguém precisava ficar para ouvir a sentença em meio ao alvoroço que aquela saída causara; professores de um lado e jurados do outro, debatendo em voz alta sobre a possível veracidade do diagnóstico de esquizofrenia enquanto outros comentavam o 'comportamento intempestivo do jovem', como se ter saído daquele jeito fosse mais um sinal de instabilidade... e, no meio de todo aquele falatório absurdo, Adusa disse o que Hugo já havia temido que ele diria:

"Senhores! Agora que o jovem mencionou, por nome, as pessoas que ele estava acusando, informo-lhes, como mera formalidade, que iremos entrar com um processo contra o Sr. Ítalo Twice por calúnia e difamação. Pensaremos, ainda, se não seria o caso de recomendarmos à justiça que interne o aluno numa instituição psiquiátrica mesmo assim, como recomendado pelo Dr..."

Hugo olhava com nojo para Adusa, que o encarou de volta enquanto falava, certamente sabendo o que o aluno pensava dele. Assim que o martelo de Dalila bateu, encerrando aquele desastre, Hugo saiu atrás dos amigos. Encontrou-os setenta andares abaixo, na sala vazia de Atlas; Gislene abraçando Capí pelas costas; ele sentado, debruçado sobre a mesa autoajuda, os cotovelos à frente, as mãos sobre a cabeça, muito tenso.

"*Eles não vão te internar, Ítalo...*" ela sussurrava, acariciando-o. "*Não agora, que você desistiu da acusação...*"

Hugo se aproximou. No tampo da mesa, uma mensagem protestava:

'*Nossa irmã Justiça está acorrentada e ferida.*
Amaldiçoamos o chão em que perdeu a vida.'

– W.I.T.C.H.

Por algum motivo, a frase o fazia pensar em Mefisto também. No dia em que o Alto Comissário o parara na entrada da praia, aconselhando-o que não se iludisse; que todo ser humano era cruel e canalha... Alguém com aquele tipo de pensamento não devia ter tido uma vida muito justa.

Hugo desviou os olhos, censurando-se por ainda sentir algo de positivo por aquele homem, que salvara sua vida, e que, agora, estava *destruindo* a de Capí.

"Eles vão te processar por calúnia…" Hugo deu a notícia, e Capí enterrou a cabeça nos braços. Doía contribuir para aquela tortura, mas Capí tinha de ser informado.

"Eu não acredito. Que gente hipócrita!" Viny xingou, e Índio meneou a cabeça, "Teoricamente, ele mentiu e acusou um político importante e *inocente* de tortura, Viny. Acusar um inocente disso é crime grave."

"ARRGH!" O loiro deu um chute no sofá, possesso. "Não basta o véio ter perdido o emprego, não?! Precisam destruir cada pedacinho que resta dele?!"

"Até que ele seja completamente desacreditado. Sim. Essa é a estratégia." Índio olhou para o amigo, destruído na mesa. "E estão conseguindo."

"A tua mãe me paga, Cai. Aquela bruaca."

"Ela não teve escolha, Viny", Índio retrucou com calma. "Você viu o que fizeram com o Nero em Salvador. Acha que não estão ameaçando o que restou da família dela também? Se antes ela fazia por ódio, agora ela faz por medo mesmo."

Caimana deu um riso seco. "Mas bem que ela tá gostando, né?!"

"PORCARIA!" Viny puxou os próprios cabelos inconformado. "Como tu pôde retirar a queixa, véio?!"

Caimana fitou-o espantada, "Você preferia que eles jogassem o Capí num hospício?! Eles estavam falando sério, Viny!"

O loiro acabou concordando. Estava exausto, abatido, e jogou-se no sofá sem energia. "Agora ninguém mais vai acreditar em *uma* palavra que o véio disser."

"Ao menos ele vai poder dizer alguma coisa", Índio rebateu. "Internado, ele ficaria incomunicável."

Naquilo o mineiro tinha razão. Capí, no entanto, parecia distraído com outro pensamento, o olhar distante, preocupado, e Caimana, captando a causa, foi fazer-lhe um carinho. "Você nasceu pra ensinar, Capí. Mesmo que eles tenham tirado o seu título de professor, você vai continuar ensinando pra sempre! Nem que seja pelo exemplo!"

"E se eles não me deixarem ser professor nunca mais, Cai?!" ele perguntou aflito, os olhos rasos d'água. "Eu ataquei um aluno!"

"Aí você vira veterinário!"

Capí sorriu bondoso, apesar da tristeza, agradecendo a sugestão. Não era má ideia. Hugo tinha certeza, no entanto, que o pixie se sentiria muito mais útil *inspirando* jovens a serem futuros veterinários do que *se tornando* um. Professores tinham muito mais alcance. Conseguiam mudar muito mais vidas. Curar animais ele já curava.

"*A gente acredita no senhor, professor*", uma voz de aluno surgiu atrás deles e Hugo se virou, vendo Rafinha na porta da sala. Junto a ele, Dulcinéia e Tobias concordavam veementemente com a afirmação; ela em suas quatro pernas, ele sentado na cadeira-aranha, sem suas duas. Quase sem. Mais um pouco e Hugo se sentiria culpado pelo resto da vida.

Capí olhou agradecido para os três, reservando um carinho especial para seu ex-aluno de alfabetização. A lembrança do que Rafinha fizera a Playboy permanecia ali, mas Capí não deixaria de tratá-lo com ternura por isso. Dos três, era o que mais precisava de compreensão. Não devia ter sido fácil para Rafinha passar por cima dos próprios valores morais para denunciar Playboy. O menino claramente tentara não o fazer por vários meses, mas seu ódio vencera. Compreensível, apesar de triste.

Hugo entendia o perdão do pixie, até porque já se beneficiara dele diversas vezes. Só achava que Rafa ao menos tinha que saber. Saber que sua vingança levara à tortura de Capí. Ou nunca aprenderia. Capí sabia disso, mas tinha medo de que Rafa não aguentasse a culpa e voltasse para as ruas. O garoto era o maior admirador do pixie. Fazia tudo para impressionar o professor. Talvez não aguentasse mesmo.

"Alguém precisa parar esse massacre..." Dulcinéia dizia, olhando com compaixão para Capí, quando Viny viu Beni na porta. "O que tu quer aqui?!"

Percebendo a agressividade na voz do loiro, Capí suspirou cansado, "Foi Benedito Lobo que quebrou minha mão, Viny, não o filho dele."

Beni se endireitou com dignidade diante do ex-professor, "Eu vim me desculpar pelas ações de meu pai..."

Viny deu risada, irredutível, "Quando a gente implorou pra tu espionar o Alto Comissário, tu não quis, né?! Agora tá vindo se desculpar."

"Viny, eu..."

"Como tu pode gostar de um crápula como Mefisto Bofronte!?"

Beni encarou-o confiante. "Eu entendo que você esteja revoltado, mas eu não me arrependo da minha decisão. Minha infância foi plena, Viny! Enquanto eu e meu pai morávamos com meu padrinho, eu fui feliz! Plenamente feliz. Você sabe o que é isso?"

Viny olhou-o sem saber o que dizer, surpreso com a pergunta. Confuso até. E Hugo percebeu no loiro a sombra da dúvida. Não, Viny não sabia o que era ser plenamente feliz. Sua infância não lhe dava aquela saudade.

"Pois meu padrinho não deixava faltar nada pra mim: nem conforto, nem atenção, nem música, muito menos carinho. Eu nunca consegui ser feliz assim depois que meu pai me arrancou de lá."

Viny estava calado agora, só ouvindo. Quase com inveja.

"Aí você vem me dizer, mais uma vez, que eu devia ter traído aquele que foi como um pai pra mim. Eu não podia, e não posso, fazer isso."

"Nem depois do que ele fez com o Capí."

Beni baixou os olhos, impossivelmente dividido. "Admito que estou confuso. Eu acredito que o Capí tenha sido torturado, acredito mesmo! Mas… ao mesmo tempo, não posso acreditar que meu padrinho tenha feito essas coisas. Talvez os outros, sim. O Ustra é totalmente capaz. E até meu pai pode ter feito o que o Capí disse que ele fez, mas não o padrinho. Não o meu padrinho."

"Eu não acredito que tu tá falando isso na frente do véio."

Beni meneou a cabeça, desconfortável com a situação, "Eu quero ajudar, Viny. Eu realmente quero. Mas enganar meu padrinho… espionar… isso eu não vou fazer."

Aproximando-se da mesa autoajuda, Beni pousou a mão no ombro de quem importava. "Desculpa, Capí. Desculpa mesmo." Então foi embora, levando consigo os três mais novos e deixando os Pixies sozinhos na sala de Defesa.

Só então Caimana percebeu uma ausência importante na sala. "Por que o Atlas não desceu com a gente? Eu vi ele na plateia e…"

"Ele tá doente, Cai. Não consegue descer com tanta pressa."

"Doente?"

Eles se entreolharam, para ver qual dos quatro contaria, e Índio acabou sendo o felizardo. Enquanto explicava, Caimana foi murchando no sofá, quase diminuindo de tamanho, em desespero. "A Bússola?! Mas eu joguei aquela maldita no mar!!"

"Pois devia ter destruído."

"Essa era a ideia!"

"Brilhante a ideia, mas não funcionou."

Caimana se xingou, com raiva de si mesma, mas Viny a olhou confuso, "Tu não tinha me dito que a bússola temporal do professor não funcionava? Por que tu tava querendo destruir uma coisa que já não funcionava de qualquer forma?"

"E não funcionou de novo, né?" Hugo interrompeu.

"Então! Pra que tu precisava esconder?!"

Caimana desviou os olhos. "A bússola funciona perfeitamente, Viny."

CAPÍTULO 22

CAPRICHOSA

"Oi?!", Hugo se surpreendeu. "Como assim, funciona?!"

Caimana meneou a cabeça, "Não do jeito que o professor queria que a Bússola funcionasse, mas funciona. Eu perguntei pro Abramelin, pouco antes de jogar aquela porcaria no mar. Ele sendo professor de Mistérios da Magia e do Tempo, talvez soubesse alguma coisa. Enfim. O professor me disse que existem outros aparelhos, menos perigosos, capazes de voltar no tempo também. Aparelhos que não mexem tanto com o destino do mundo; que voltam apenas poucas *horas*, e não dias, meses e anos, como a Bússola é capaz de fazer, e que apenas *aqueles* aparelhos limitados funcionam para, de fato, alterar acontecimentos do passado. A Bússola é proibida de fazê-lo. O bruxo que tenta usá-la com esse objetivo em mente não consegue."

"Não entendi..." Hugo olhou-a confuso. "Se a Bússola Temporal não serve pra mudar o passado, serve pra que, então?!"

"Pra *ir* ao passado. Sem alterá-lo. Bússolas Temporais só funcionam quando o usuário não quer mudar o destino. Nunca funcionaria nas mãos do Atlas. O professor não só *queria* mudar o destino como queria fazer a alteração mais proibida de todas: trazer alguém de volta à vida, *anos* depois da morte! O mundo mágico tem modos de se proteger. Um deles é impedindo que pessoas com real intenção de alterar acontecimentos voltem no tempo mais que cinco ou seis horas. Qualquer alteração feita para além desse intervalo mudaria coisas demais. Seria extremamente perigoso. O professor queria voltar três *ANOS* no tempo pra *salvar o filho*. Vocês têm ideia do que aquilo podia ter alterado em todas as nossas vidas? Talvez você, Hugo, tivesse morrido lá no Santa Marta, nas férias do primeiro ano, porque Atlas poderia não ter ido lá te chamar de volta. Ocupado com o filho. Quem sabe os chapeleiros ainda estivessem aqui, tocando terror, porque nada daquela batalha sua na Sala das Lágrimas teria acontecido. Talvez o Atlas tivesse voltado para o presente, depois de salvar o Damus, e encontrado Capí morto no lugar dele."

Hugo sentiu um calafrio.

"O professor não pensou em nada disso quando tentou voltar. Se tivesse pensado, não teria feito." Caimana suspirou indignada.

A Bússola era uma grande porcaria inútil então. Mesmo funcionando.

"Pior que hoje começa minha imersão nas Cataratas."

Viny se espantou. "Imersão? Tu vai mergulhar nas cachoeiras?!"

"Não, seu besta." Como ela era delicada com o namorado. "Imersão é um período em que o aprendiz tem que ficar sozinho na floresta das Cataratas, sem poder falar com ninguém além do mestre, por dois, três meses, ou o tempo que levar pra aprender a controlar seu dom." Ela olhou-os condoída. "Isso significa que eu não vou poder me comunicar com vocês... Nem voltar nos fins de semana. Não existe fim de semana no treinamento élfico; ou você está presente por inteiro, ou não funciona."

"Ah, que maravilha", Viny ironizou. "E o que eu vou fazer esse tempo todo aqui, agora que eu briguei com o Beni?!"

Caimana deu risada. "Seja criativo." Então checou o relógio. "Eita, preciso ir embora se eu quiser chegar na hora que mestre Torom marcou."

"Torom?" Viny sentiu-se ameaçado de imediato. "Tu tá aprendendo com um elfo homem?! Achei que homens elfos não tivessem dons!" *Eita, ciumeira...*

"Ele é um elfo ancião, Viny. Ao contrário dos atuais, os anciãos ainda conservam seus poderes. Nasceram numa era anterior à punição. Muito tempo atrás."

"Ah, ok. É velhinho, então."

Caimana sorriu de leve para o namorado. "Enfim, cuidem dele, tá?" pediu, olhando para Capí com o coração na mão. "E não se esqueçam de acertar o relógio anual. O professor não deve estar gostando de ver Golias atrasado desse jeito. Mesmo sem funcionar."

Dando um último beijo no namorado, a elfa partiu, e Viny, tentando não deixar transparecer sua frustração, foi acertar os ponteiros de novo. Ninguém fazia aquilo havia alguns dias. Enquanto o loiro subia na mesa para empurrar o pesado ponteiro principal até o dia certo, Capí, distraído, seguia com o dedo as letras da frase na mesa autoajuda, traçando seu percurso, sem nem ter notado a despedida da amiga.

Foi quando a mãe dela bateu à porta aberta para chamar a atenção dos cinco, com um sorriso cruel de satisfação nos lábios.

"Só queria lhes informar, queridos, que estou indo, neste exato momento, contar a Fausto o motivo da demissão do filhinho dele."

Todos se viraram alarmados para Dalila. Ela ia destruir Capí.

CAPÍTULO 23

MALDADE

Os Pixies se levantaram chocados, "Não! Espera!", mas Dalila já tinha saído em direção à escada central e eles foram atrás; Capí mais rápido que todos, a bengala cravando no chão a cada passo. "Não faz isso, por favor…"

"Ele ia ficar sabendo da briga de qualquer forma, querido, não adianta gastar saliva."

"Deixa pelo menos eu contar!"

Ela deu risada, "Você não vai tirar esse prazer de mim, fiasquinho", e alcançou o pátio central, rumando em direção ao salão de jogos. Foi então que Hugo percebeu: era orgulho ferido… Ela estava fazendo aquilo por vaidade! Para destruir o aluno que ousara testemunhar um momento de fragilidade dela! O beijo que dera nele.

"Tu não pode fazer isso!"

"Ah, posso, Sr. Y-Piranga! Esse delinquente quebrou o nariz do meu filho, você achava mesmo que eu ia deixar barato?!"

Ela ia acabar com o Capí… Já não era o suficiente o que ele estava sofrendo?! Verdade que Fausto ficaria sabendo de uma forma ou de outra, até porque o canalha ficava com parte do salário do filho, mas qualquer forma era melhor do que aquela!

"Por favor, não faz isso, Sra. Lacerda…" Capí implorou, conseguindo chegar à porta do Pé de Cachimbo poucos segundos depois da conselheira, e Dalila lançou-lhe um olhar de cruel prazer, baixando distraidamente a vista para os lábios que havia beijado antes de se recuperar e bater à porta de madeira.

Capí encostou a testa na parede externa, já se preparando para o massacre que viria, e os Pixies ficaram quietos, ouvindo os passos irritados do zelador do outro lado.

Fausto abriu a porta e bufou ao perceber quem era. "O que você quer?"

"É um *exemplo* de delicadeza mesmo", Dalila ironizou, deliciando-se ao vê-lo já tão irritado. "Vai me convidar a entrar? … Não? Pode deixar que eu mesma me convido", e ela deslizou para dentro da casa, como a cobra que era.

Dalila olhou para tudo como quem analisava, com desdém, a casa de um amigo pobre. "Interessante o que você fez com o buraco que tinha aqui."

"Você bem que gostava do *buraco* que tinha aqui", Fausto alfinetou, e ela continuou a analisar a sala com certo nojo; passando a mão nos móveis para checar a limpeza, levantando, com os dedos em pinça, o bordado de tricô que cobria o velho sofá, olhando cada detalhe à sua volta enquanto Fausto a assistia da porta, com animosidade no olhar, sem em momento algum baixar a cabeça.

"Ítalo, prepara um café para a visita."

Capí obedeceu, até para tentar tirar a cabeça da conversa que os dois teriam, e os outros Pixies foram sentar-se discretamente na humilde saleta dos fundos, tentando se manter calmos e circunspectos para não piorarem tudo; Índio reorganizando um velho baralho com o único objetivo de não surtar, Gi olhando preocupada para o namorado, Viny sentado de cabeça baixa, apenas os calcanhares saltitantes denunciando o nível de tensão e raiva em que ele se encontrava, Hugo querendo matar a desgraçada, mas tentando ficar quieto.

Preparando tudo de que precisaria para fazer o café, Capí chamou Hugo para ajudá-lo. Não que o pixie precisasse da ajuda, mas era sempre bom manter Hugo ocupado com alguma coisa, antes que fizesse besteira, e Idá aceitou, mesmo sabendo o motivo. Precisava mesmo da distração, ou sua raiva por ela transbordaria.

"Surpreendente..." ela elogiou com desdém. "Este lugar já era arrumadinho assim quando aquela traidora morava aqui ou isso foi resultado desse projeto de empregadinho que vocês tiveram juntos?" Ela indicou Capí com os olhos, mas Fausto não caiu na provocação, fitando-a com o desprezo de sempre, "O que você quer?"

Se ela houvesse chamado Luana de 'vadia', como já fizera na frente de Capí uma vez, Fausto não teria se contido com tanta facilidade. 'Traidora' era mais tranquilo de aguentar. Talvez a conselheira estivesse mesmo medindo as palavras para não o provocar demais... Se até o filho dele perdera a paciência na noite anterior, ela que não ia ser burra de se descuidar com o cavalo que era o Fausto. Dando uma olhada nas cadeiras da sala, achou melhor ficar de pé mesmo. "Você devia ter mais controle sobre sua cria, Zelador. Ele precisa de uma coleira de vez em quando."

Fausto estranhou, olhando para o filho. "O que foi que ele fez?"

"Ah, nada de mais. Só quebrou a cara do meu filho e foi demitido."

Fausto arregalou os olhos. "Foi demit... Como assim?!"

Olhando incrédulo para as costas do filho, viu a confirmação que precisava no modo como Capí se encolhera ao sentir o olhar do pai, sem nem precisar se virar. Furioso com o rebento, Fausto voltou-se para Dalila com ódio redobrado nos olhos.

Ela bocejou. "Eu sempre soube que seu filho era um delinquente, a julgar pela companhia com quem ele anda, mas bater num aluno foi demais. Imagine! Um professor! É muita falta de profissionalismo. E não foi a primeira vez que ele brigou com meu Abel. Né, Ítalo? Essas cicatrizes estão aí para provar."

"Isso não é verdade!" Viny não se aguentou lá no fundo, e Dalila sorriu para o loiro, "Ah não?! Foi o que, então?!"

Olhando desesperado para Capí, Viny se calou, sentando-se novamente.

Filha da mãe. Ela sabia que Capí não queria que o pai descobrisse sobre a tortura e estava tirando proveito daquilo.

"Ele não te falou da primeira briga, Fausto querido?!"

O zelador olhou para o filho, sem palavras.

"Que lamentável..." ela alfinetou, enquanto Capí ouvia de cabeça baixa, o punho cerrado em cima da bancada. Já tinha terminado de preparar o café, mas estava tenso demais para servi-lo; sem coragem de encarar o pai. Negar a primeira briga não mudaria em nada o fato de que ele havia quebrado a cara de Abelardo na segunda. Não mudaria a verdade de ter sido demitido. O melhor era ficar quieto mesmo.

"Acho que vocês dois precisam ter uma looonga conversa." Dalila sorriu, adorando aquela tensão entre eles. Andando de fininho até a porta, despediu-se com um cínico "Tchauzinho pra vocês, queridos", e fechou-os lá dentro.

O silêncio foi absoluto por um interminável minuto; Capí virado para a bancada, definhando de tensão, esperando que o pai dissesse alguma coisa atrás dele. Mas Fausto não dizia nada. Tão enfurecido que parecia até calmo, olhava pela janela sem dizer palavra alguma, e Hugo entendeu: estava esperando que Dalila se afastasse antes de gritar com o filho. Não o faria ao alcance dos *ouvidos* dela.

Só quando a conselheira já estava a léguas de distância, ele explodiu, "Não consegue nem segurar uma droga de emprego por mais de um ano!"

Capí permaneceu calado.

"E ainda por cima é mentiroso! Mentiroso! 'Caiu da escada', sei. 'Ficou doente'..." Fausto olhou para Gislene com reprovação, afinal, ela é que inventara a história da queda, e Gi desviou o rosto envergonhada. Não havia tido muita escolha, mas Hugo entendia seu constrangimento mesmo assim.

"Que desgosto. Meu filho, um brigão."

"Brigão?!" Viny perdeu o controle. "Uma briga não faz dele um brigão, seu energúmeno! Tu sabe como provocam!"

"Brigão, sim!" Fausto gritou, agora nos ouvidos do filho, "Irresponsável! Imaturo! Desnaturado!" Cada palavra era uma facada nas costas do pixie, e Gislene se levantou para defendê-lo, "Você não vê que tá destruindo ele?!"

"Gi, não. Por favor."

"Não o que, Ítalo? Ele vai ter que me ouvir!"

"Ouvir o que, rapariga?! Ouvir o quê?! Já ouvi o suficiente por hoje! Mal saiu das fraldas e quer me ensinar a educar meu filho?!"

"Você bem que tá precisando de uma aula!"

"Mas que petulância!" Fausto arregalou os olhos para Gislene, mas voltou-se para Viny, "É por SUA causa que ele foi pelo mau caminho! Sua e do Atlas!"

"Mau caminho?! Teu filho é um santo, seu cego!"

"Meu filho é uma vergonha!" ele gritou, e Viny se calou, chocado.

Viny e Gislene.

"Pai…"

Fausto se virou para o filho, "Provocando brigas na escola, pondo em risco sua bolsa escolar… Pondo em risco o meu emprego! Que decepção."

O pixie baixou a cabeça, sentindo-se culpado.

"Olhe pra mim quando eu falo com você!" Ele forçou a cabeça do filho para cima, e Capí fechou os olhos contra a dor. "Pai, por favor…"

"Por favor o quê?! Sua mãe MORREU pra te dar a vida, seu moleque! É assim que você repaga o sacrifício dela?! Ou você se esqueceu de que é por sua CULPA que ela está MORTA?!"

Capí olhou-o chocado. Todos olharam. E Viny murmurou, roxo de cólera, "*Seu filho da mãe…*" derrubando o zelador com um soco no rosto. Surpreso, Índio se apressou em segurar o loiro antes que ele pulasse em cima de Fausto no chão, e Hugo olhou preocupado para Capí, que, pela primeira vez, não partira em defesa do pai, permanecendo na mesma expressão de choque. Nem notara a agressão. Aquilo não era bom… Aquilo não era nada bom. E os dois, Hugo e Gislene, correram para socorrê-lo, mais preocupados com ele do que com a briga.

Gi olhou preocupada para Hugo, tomando o rosto do namorado nas mãos enquanto Viny e Fausto discutiam aos berros lá atrás. "*Ele não quis dizer isso, Ítalo… Ele não quis dizer isso, eu juro*", ela repetia com urgência, assustada, mas o pixie não estava ouvindo; os olhos vidrados no nada, e Gi o abraçou com força, como se aquilo pudesse impedi-lo de cair no profundo abismo em que estava caindo. "*Não faz isso, Capí... Por favor, volta pra gente...*"

Era preferível que Fausto houvesse dado outro tapa nele em vez daquilo.

Viny já havia sacado a varinha, "Tu nunca mais chegue *perto* do véio, tá me ouvindo?!", ao passo que Índio tentava acalmá-lo.

Com ódio mortal por não poder ir contra um bruxo, Fausto limpou o sangue do nariz e, forçosamente calmo, foi até a xícara que o filho preparara, dando um gole e cuspindo fora. "Nem pra isso serve mais. Garoto inútil. Uma porcaria de almoço, uma porcaria de café..." e saiu de casa. Viny foi atrás, vermelho de raiva.

"Aprende a cozinhar então, seu cretino aproveitador!"

Assim que Fausto saiu, Viny e Índio se voltaram preocupados para o amigo; Hugo olhando para a porta por onde o maldito saíra, torcendo muito para que, se um dia a estátua do Cristo despencasse lá de cima, que fosse bem na cabeça de Fausto.

Capí permanecia desligado de tudo, pálido como a morte, e Viny tirou Gislene do caminho, "Véio, deixa disso, vai! Não preocupa a gente assim, não...."

"É, volta pra gente, Capí! Não faz isso", Hugo sussurrou preocupado. "Aquele idiota não merece a sua atenção! Por favor, a gente precisa de você aqui..."

Percebendo que Capí estava voltando aos poucos, apesar de abalado, Hugo ficou mais calmo.

"Vem, véio. Vamos sair deste lugar amaldiçoado, vem", Viny murmurou, conduzindo-o para longe dali. Sabia que havia sido, em parte, culpado por aquele ataque de sinceridade de Fausto. Se Caimana houvesse estado ali, a discussão nunca teria chegado àquele ponto. Ela era o freio de Viny contra o zelador. Sempre havia sido. Devia saber do que o cretino era capaz.

Cautelosos, eles levaram Capí até um pequeno riacho que perpassava o início da floresta. Talvez as plantas o acalmassem.

Sentindo gotas esparsas vindas de cima, Hugo olhou para o céu da Korkovado. Começara a chover. Uma chuva leve, mas fria.

"Meu pai me odeia..."

Os Pixies se entreolharam. Índio se aproximou, "Não, Capí. O seu pai não te odeia. Se te odiasse, não tava aqui; tinha sumido pelo mundo azêmola, onde seria bem mais aceito, abandonando você aqui, pro Atlas cuidar em definitivo."

Aquilo não era amor. Aquilo era medo, Hugo tinha certeza. Fausto tinha medo de se aventurar num mundo desconhecido. Se era amor, estava muito bem disfarçado.

Índio pousou a mão no ombro do amigo. "Acho que ele amava tanto a sua mãe que, quando olha pra você, ele vê a Luana no seu olhar, nas suas atitudes, e daí vem o ódio. Ódio do destino, não de você. É saudade dela que ele sente. Ele só não sabe expressar essa dor."

Viny murmurou discreto para o mineiro, "*Isso não justifica o que ele faz com o filho. Nada no mundo justifica um pai fazer o que ele fez hoje. Aquilo foi egoísmo; algo que uma pessoa tem que deixar de sentir quando se torna pai.*"

"Tem gente que não consegue se expressar e termina machucando os outros, Viny. Sendo agressivo, rabugento." Índio olhou para Capí, "Acredite, eu sei. Eu sou assim às vezes."

Hugo riu do *às vezes*.

"Acho que a rabugice do seu pai é só saudade mal-interpretada. E remorso, por terem viajado pra Pedra Azul no fim de uma gravidez complicada. A culpa foi deles, não sua. Ele te culpa porque é menos doloroso."

Hugo estava surpreso com Índio. Com a sensibilidade dele.

Caimana fizera certo em deixá-lo em seu lugar no início do ano.

Vendo a chuva fina respingar sobre as águas do riacho à medida que conversavam, Hugo ficou pensando em Fausto e naquela relação tóxica que ele tinha com o filho. Apesar de tudo, as palavras do mineiro pareciam haver acalmado o amigo um pouco, e, satisfeito, Viny tocou o ombro de Capí, "Bora pro Bar do Magal, véio. Hoje o teu suco é por minha conta."

ΠΞ
CAPÍTULO 24

SANGUE E VINHO

O que faltava para Capí ser melhor era alegria. Ele não era alegre. Não era feliz. O próprio pixie lhe confessara aquilo, meses antes da tortura. Agora então...

Talvez nunca fosse descobrir o formato de seu axé.

O que mais preocupava Hugo era saber que Capí só seria plenamente feliz quando fosse aceito pelo pai. Se aquilo acontecesse, todos os outros fatores deixariam de destruí-lo tanto: as memórias da tortura, a miséria nas ruas, o desespero das crianças... Tudo aquilo ainda continuaria a incomodá-lo, claro, e a fazê-lo agir, mas ser amado pelo pai serviria como um escudo emocional, uma injeção diária de alegria, que o ajudaria a aguentar o restante com mais paz de espírito.

Infelizmente, era do Fausto que estavam falando.

Sentado a uma mesa de distância, Hugo olhava para o pixie com dó no coração, vendo-o se destruir mentalmente daquele jeito, ali sozinho, bebericando sem vontade o suco. Queria tanto que ele fosse feliz... Ninguém merecia aquilo mais do que ele, mas como ajudar numa situação daquelas?! O que fazer quando o mundo inteiro estava desabando nas costas do amigo e o próprio *pai* dele só fazia ajudar o lado oposto com mais um tijolo? Talvez o mais pesado de todos.

A dor física parecia forte demais, beirando o insuportável, e Capí engoliu duas pílulas para ver se melhorava. Elas não adiantariam muito. Nunca adiantavam. Ainda mais quando a dor emocional era maior. Não havia remédio contra a tristeza que Hugo via nos olhos do pixie, ameaçando a doçura que resistia neles.

Gislene ainda tentava animá-lo, plantando beijinhos carinhosos em seu pescoço. Sabia que ele não estava *inteiro* ali, mas insistia mesmo assim, para não deixar que ele se afundasse nos próprios pensamentos. O que ela não sabia é que, a cada beijo que sentia, Capí cerrava os olhos, enchendo-se de vergonha e remorso pelo que ele e Dalila haviam feito em segredo, angustiado por ainda não ter contado a Gi.

Em suma, o plano de distrair o pixie, tirando-o daquela maldita escola para uma noitada na Lapa, não estava dando muito certo. Nem Viny aguentara ficar ao lado do amigo por muito tempo, vendo-o se destruir daquele jeito, sem vontade de reagir. Assim que a noite chegara em definitivo, trazendo Mosquito e Tánathos, o loiro partira para a pista de dança com seu vampiro favorito, deixando Tánathos e seu habitual mau humor ali com eles, para adicionar ao clima pesado da mesa.

"Aqui está seu chá-mate", Magal pôs o copo na frente de Índio, "... e seu sanduíche, Hugo. É Hugo, né? Vejo que já entregaram o suco do rapaz... E aí, parceiro!" ele brincou, recolhendo o copo vazio de Capí e enxugando a mesa. "O que houve? Foi atropelado por um trem?"

Ao ver o olhar feio de Gislene para ele, Magal se tocou da indelicadeza da pergunta e mordeu o lábio preocupado, mas Capí olhou bondoso para o dono do bar, visivelmente esgotado. "Como vai, Magal?"

"Vou bem, rapaz. Desculpe minha gafe. Eu não vi que era tão sério."

O pixie respondeu com um leve sorriso. "Relaxa, tá tudo certo."

Ainda meio sem graça, Magal saiu incomodado, voltando, meio minuto depois, com uma taça de sorvete na bandeja. "Aqui, amigo, pra levantar seu ânimo! Sorvete de pitanga, que eu sei que você gosta."

Capí olhou-o com carinho, "Não precisava, Magal..."

"Cortesia da casa." O grandalhão sorriu, tentando animá-lo, e o pixie agradeceu ao dono do Rei Momo com a gentileza de sempre.

Magal era um cara legal. Apesar de ser um azêmola altamente brega e expansivo, tinha bom coração. "E aê, Tana. Não vai querer nada pra beber, não?"

Tánathos fitou-o com aquela cara de tédio mortal dele. Magal revirou os olhos, "Tá bom, tá bom... Eu precisava tentar, né? Não sei o que vocês dois vêm fazer aqui todas as noites se nunca bebem nada..." e foi servir outras mesas. O vampiro ruivo voltou ao nada existencial eterno em que vivia, por trás de seu rosto sardento. Mal sabia o pobre Magal que, mesmo que Tánathos não bebesse nada, Mosquito ia lá para beber, sim. E muito.

Hugo olhou para a pista de dança. Lázaro já havia petiscado inofensivamente o pescoço de três jovens moças apaixonadas e agora dançava com Viny, de um jeito que só podiam fazer quando Caimana não estava presente. Ao som de uma música lenta, Lázaro acariciava delicadamente o pescoço do pixie com os lábios, movendo o corpo conforme a música, até que seus dentes cravaram na pele do loiro. Viny fechou os olhos, em êxtase, deixando que o vampiro o sugasse, longa e demoradamente.

Espantado, Hugo olhou para Tánathos, "Ele pode fazer isso por tanto tempo assim?! O Viny não vai..."

"Virar vampiro?" o ruivo perguntou entediado. "Não. Tem que haver uma troca de sangue para que a transformação aconteça. O humano precisa ser sugado até quase o ponto de morte e então ser preenchido com o sangue do vampiro que o mordeu."

"Ah…" Hugo voltou seu olhar para os dois. Mosquito sugava-o ao ritmo da música, segurando Viny avidamente pela nuca, com os dedos entre os cabelos do loiro, sugando com uma vontade cada vez mais intensa, enquanto o pixie cerrava os punhos, em puro prazer.

Estava demorando demais! Muito mais do que as mordidas inofensivas que dava nas garotas! "Não periga ele morrer?!"

Viny estava completamente entregue ao vampiro, sua pele empalidecendo aos poucos, enquanto a de Lázaro ia ficando cada vez mais ruborizada, e ele não parava!

Hugo se segurou na cadeira.

"Relaxa, garoto. Se há uma coisa que Lázaro tem é autocontrole. Ele consegue fazer o prazer durar o maior tempo possível, sem matar. E eu posso lhe garantir que o prazer é recíproco."

Os olhos de Mosquito, injetados de sangue, fixaram-se nos de Hugo, e ele ouviu a voz suave do vampiro em sua mente, tão clara como se Lázaro estivesse falando diretamente em seu ouvido enquanto sugava o loiro, "*Se você quiser, estou à disposição, Escarlate.*"

Hugo sentiu um calafrio e olhou-o quase ofendido. Ele que tentasse vir dar beijinhos e abraços nele para ver o que acontecia.

"Seu ouvido está sangrando", Tánathos comentou casualmente ao seu lado, mal disfarçando a fome, e Hugo, tenso, limpou a orelha direita com pressa. Que ótima hora para vazar sangue, hein?!

Aquilo às vezes acontecia. Não era todas as semanas que Hugo tinha disposição para ir à enfermaria sofrer nas mãos de Kanpai. Preferia o ouvido não curado do que doendo.

"Ainda está sujo."

"O que te importa?!" Hugo se irritou, limpando o sangue o mais depressa possível, aflito.

"Ah, me importa…" O vampiro olhava-o faminto. "Cheiro de sangue, para nós, é como cheiro de churrasco, e eu ainda não matei hoje."

Hugo estremeceu, agradecendo aos Céus pelo acordo de não agressão que eles tinham com os bruxos brasileiros, senão estaria ferrado. Mosquito podia ser um vampiro pacifista, mas Tánathos não era. Matava mendigos e bandidos por aí. Estes últimos bem mais apetitosos, porque ofereciam resistência e viravam caça.

Tentando se distrair do olhar fixo do ruivo para sua orelha, Hugo voltou a observar os dois na pista a tempo de ver Mosquito finalmente deixar o pescoço de Viny; os olhos cerrados do vampiro evidenciando a força imensa que precisara fazer para largá-lo. Um esforço quase doloroso, que Viny retribuiu trazendo o rosto do vampiro para mais perto do seu e beijando-o na boca. Correspondendo, Lázaro tomou o rosto do bruxo delicadamente em suas mãos enquanto se beijavam, numa sensualidade e intensidade tão grandes que até os valentões do outro lado do bar assistiam quase enfeitiçados.

"Impressionante a saudade que ele tem da Caimana", Índio ironizou, assistindo contrariado, mas Tánathos, vasculhando a mente do loiro, discordou, "Ele sente falta dela, sim."

"Vocês dão muita corda pro Viny." Índio cruzou os braços, desaprovando. Gi assistia igualmente indignada, "Eles já fizeram isso na *frente* da Caimana?!"

Tánathos deu de ombros, "Não duvido. Mas ela sabe que eles fazem. Talvez até esteja assistindo ao beijo dos dois, concentrada, nas Cataratas." Ele deu um riso seco. "É a maldição dos telepatas. Eu sei bem o que é isso. Todo vampiro sabe."

Hugo continuava assistindo. "O Viny tá pálido."

"Normal. Lázaro tirou de seu amigo o que podia. Algumas gotas a mais, e o loiro teria começado a ficar doente."

"Demora tanto assim pra vocês sugarem alguém até a morte?!"

Tánathos riu, deixando à mostra os dentes serrilhados. "Garoto, se eu for na velocidade de minha fome, eu te sugo inteiro em vinte segundos."

Hugo olhou-o temeroso. "Você está com fome?"

"Sempre." O vampiro fixou os olhos nele, e Hugo estremeceu, envolvendo os dedos em sua varinha, por precaução.

Na pista de dança, o beijo se prolongava havia vários minutos. Assim como Índio, Hugo também nunca aceitaria um relacionamento aberto, mas enquanto o mineiro defendia a monogamia por princípio e religião, Hugo o fazia por egoísmo mesmo. Sua futura namorada seria sua e de mais ninguém. Já estava cansado de perdê-las para o ladrãozinho da esquina, para o papa, para o 'boto'...

Ficava imaginando Janaína lá, rindo da cara dele enquanto o traía na praia, com aquele gringo loiro. ...'*Boto*', *sei*... Ele não era burro de acreditar que ela havia sido seduzida sem querer. *Conta outra, baianinha querida.*

Entediado na cadeira, Tánathos comentou, "É até engraçado você não acreditar no boto, sentado ao lado de um vampiro."

"Tu pode parar de ler meus pensamentos agora, tá?!"

Tánathos aquiesceu. "Me perdoe, rapaz. É que eles jorram de ti. Feito sangue." Ele fitou-o com tal prazer nos olhos que Hugo, desconfortável, fingiu um torcicolo.

Índio deu risada, percebendo sua manobra, e Idá baixou o braço depressa, endireitando-se na cadeira, irritado que o mineiro havia visto. Lá se ia sua fama de machão.

Tánathos abriu um sorriso cruel, lendo aquilo tudo em sua mente, mas ficou quieto. Apoiando as costas no encosto, logo voltou à sua pasmaceira de costume, enfadado e melancólico. "Eu, sinceramente, não sei por que vocês prezam tanto suas vidas. Coisa mais sem graça, viver."

"Fale por você", Mosquito chegou com um sorrisão, trazendo Viny consigo e ajudando-o a se sentar. Fazendo um carinho na face do pixie, logo voltou para a pista de dança, deixando-o ali com eles, meio grogue ainda, sorrindo de ponta a ponta para Hugo, "Conselho de amigo, Adendo. Se for sugado por um vampiro, não dirija."

Hugo riu, procurando as dentadas no pescoço do loiro, sem sucesso. "Como vocês fazem para as marcas desaparecerem?"

"Nosso sangue regenera células", Tánathos respondeu entediado. "Basta mordermos nossa própria língua e lambermos a ferida do outro que ela se fecha. ... *Aaah, eu quero morreeeeer...*" ele resmungou, tombando com a cabeça na mesa e pondo ambas as mãos nos cabelos endurecidos.

"Eu sempre achei que vampiros já fossem mortos. Tipo mortos-vivos."

Com a testa ainda na mesa, a voz abafada pelos braços, Tánathos respondeu, "Como dizem nossos amigos espiritualistas: morrer é passar do estado sólido para o gasoso. Eu, portanto, infelizmente ainda não morri. Minha alma continua aqui no corpo. Se é que nós, vampiros, temos alma."

"*Claro que temos*", Mosquito respondeu mentalmente, lá longe, dançando coladinho com uma loira, enquanto Hugo olhava para Tánathos, tentando entender aquele tédio dele. Vampiros viviam em um oceano de prazer, eram imortais... poderosos... saíam com as garotas que quisessem... Por que Tánathos era daquele jeito?! Para que tanta melancolia?! Mosquito era tão feliz!

Lendo sua mente, Tánathos respondeu, "O que foi mesmo que Pandora disse no livro dela ano passado, Lázaro? 'A never ending and utterly useless doom'?" É mais ou menos isso. Nossa coleguinha de infortúnio foi brilhante na descrição."

"Ahhh, literatura vampiresca... sempre tão otimista!" Viny ironizou, recostando-se relaxado na cadeira. Hugo olhou-os confuso, "O que foi que ela disse?"

"Que nós vampiros somos condenados a uma vida inútil e sem fim."

"*Sua vida só é inútil porque você quer*", Mosquito enviou seu pensamento enquanto dançava, e Viny sorriu malandro, "Pra que tanta melancolia, Tana?! O Lázaro não parece concordar com a frase da coleguinha."

Passando a mão na testa sardenta e suada, Tánathos batucou nervoso na mesa. "Vejamos: passar a eternidade sem nada pra fazer, faminto a cada segundo, tendo que matar para não passar mal, reduzido a beber sangue de bandidos e mendigos porque não consigo atrair uma única vítima bonita sequer, já que sou o único vampiro feio de minha espécie no mundo INTEIRO..."

"O único?! Eu duvido muito."

Ele olhou rancoroso para Viny. "Viu? Nem negar a minha feiura, por delicadeza, você consegue. Eu sou horrível! Não atraio ninguém! Já o Lázaro, olha ele ali."

Mosquito agora dançava com duas ao mesmo tempo, sugando uma de cada vez, alternadamente. Era muita humilhação para uma pessoa só, e Tánathos fez uma careta de desespero, enterrando novamente o rosto nos braços.

Hugo riu, simpatizando com o pobre vampiro. Devia ser difícil mesmo, ver o amigo super gato pegando todas na sua frente e não conseguir pegar nadinha.

Nunca reparara muito em Tánathos, até porque Lázaro chamava todas as atenções, mas, agora que parara para olhar, de fato Tana era muito feio, coitado. Os cabelos ressecados demais, curtos e impossíveis de pentear..., uma quantidade exagerada de sardas cobrindo o rosto inteiro, uma cicatriz na mandíbula, que parecia de nascença, um queixo quadrado no rosto ossudo... Enfim, Hugo achava sardas um charme, assim como cabelos alaranjados, mas, em Tánathos, a combinação delas com o formato do rosto, a mandíbula quadrada e a cicatriz de fato não era muito favorável. Quanto aos olhos cor de violeta, esses, sim, eram incríveis, mas ele os desperdiçava mantendo-os parcialmente fechados de tédio o tempo todo.

"Você disse que não existem outros vampiros feios. Por quê?"

---

*   *Pandora*, Anne Rice, 1998.

"Porque vampiros são atraídos pela beleza. Simples assim. Nunca escolhem gente feia para serem seus companheiros por toda a eternidade."

"Mas algum vampiro escolheu você."

"Aham..." ele ironizou. "Alguém com um senso de humor muito cruel, para impedir minha tentativa de suicídio me transformando. Uma tremenda sacanagem, foi isso que ela fez comigo."

"Ela?"

"Eu estava quase conseguindo. Quase morrendo já, estirado em meu próprio sangue, no chão imundo de um beco na Romênia, e a filha da mãe me transformou. É ou não é cruel dar a imortalidade a alguém que acabou de cortar os pulsos?"

"Foi uma vampira, então?!" Hugo ergueu a sobrancelha. "Eu sempre achei que tivesse sido o Mosquito!"

Tánathos riu irônico. "O Lázaro só me adotou por pena. Porque a desgraçada me transformou e foi embora. Ela só queria rir da minha cara."

Mosquito voltou para a mesa, já devidamente alimentado. "Você é um ingrato, Tánathos. A mulher te deu uma segunda oportunidade de descobrir como a vida é linda, e você a desperdiça com sua depressão. Noventa anos desperdiçados."

"Mas ele ainda pode se matar, não pode? Com a luz do sol e com fogo?"

"Super simples!" Tánathos ironizou. "Quero ver se você teria coragem... O mundo é muito injusto. As pessoas, nas mãos de um vampiro, morrem sentindo o maior dos prazeres. Já nós só podemos morrer da forma mais horrenda: incinerados... queimando vivos. Ao menos os vampiros de nossa espécie."

Tánathos recostou-se na cadeira de saco cheio; os braços largados para baixo. "Morrer queimado é agonia demais. Pra morrer queimado, eu precisaria de muito mais do que coragem. Eu precisaria estar bêbado... E, como você deve saber, vampiros não ficam bêbados. Eu posso beber aquela porcaria de barril inteiro e só o que vou conseguir será uma dor de cabeça dos infernos, que vai levar uma semana inteira pra passar. E ainda vou ter que aguentar o Lázaro fazendo piada da minha cara."

Mosquito riu de leve.

"Não adianta. Eu sou um fracasso. Sempre fui. No suicídio, na beleza, em tudo."

"Você não é feio, Tana. Ninguém é", Mosquito deixou a piada de lado, pondo a mão no ombro do amigo. "A única coisa que falta em você é autoestima."

Tánathos não parecia estar ouvindo. "Se ao menos eu recuperasse a coragem que eu tive naquela noite, noventa anos atrás…"

"O suicídio é um desperdício de vida, amigo. É um ato desesperado de quem tem medo de enfrentar os próprios problemas! Um equívoco enorme, porque, quando você enfrenta as dificuldades que te afligem ao invés de fugir delas, você se sente tão melhor, tão mais feliz, tão mais realizado e mais forte, que se pergunta por que diabos um dia pensou na infeliz ideia de se matar. A gente tem muita força dentro de nós, Tana. Todos nós temos. Humanos e vampiros. Você também. Só precisa descobrir a sua. Não desperdice a segunda chance que te deram. O que aquela vampira fez foi te presentear com uma nova oportunidade de encontrar seu propósito na vida."

Tánathos riu sarcástico, "Propósito, que propósito?! Nós somos vampiros! Não existe propósito! A nossa vida não faz sentido!"

"Falem um pouco mais alto, por favor? Acho que os nerds no outro lado do bar não ouviram direito", Índio ironizou, mas Lázaro estava entregue demais à conversa para prestar atenção, "Você foi agraciado com a imortalidade, Tana! Ela pode ser uma bênção ou um castigo. Só depende de você fazer alguma coisa de útil com ela!"

"Ah! Como você, que fica a noite toda petiscando mortais?!" Tánathos alfinetou. "Que utilidade você vê nisso?"

Lázaro ficou sério. Aquilo o atingira. "Pelo menos eu não fico como você, deprimido pelos cantos, sentindo pena de mim mesmo. Sacode essa poeira e vai fazer algo de útil para o mundo! Verá como sua vida vai ficar muito mais entusiasmante."

"Duvido muito."

"Tana…" Viny sentou-se ao seu lado. "Tu diz que é feio. Mas beleza é questão de atitude! Se tu se acha feio, o mundo vai te achar feio, entende? Agora, se tu se valorizar… aí, meu amigo, aí tu atrai todas! Tu acha que eu, magrelo feito vara-tripa como eu sou, arranjaria alguma namorada se não me valorizasse?!"

"Comparado a mim, você é um deus grego."

"Não, não. Eu sou alto demais, magro demais e desengonçado por causa disso. Se eu me escondesse feito você, todas iam me achar indesejável. Em comparação, olha o véio. O Capí é lindo, e quantas namoradas ele teve? A Gi é a primeira! Sabe por quê? Porque ele se encolhe. Se esconde. Não se achava digno delas! Como tu!"

"… E porque ele é pobre", Tánathos adicionou enquanto Hugo olhava para Capí, que tinha desistido de bebericar o novo copo de suco e agora apenas o mexia distraidamente com a ponta da varinha. Gi até já desgrudara dele, percebendo que suas carícias não estavam adiantando, e o observava impotente.

"Ele ser pobre não faz diferença. O pai dele era pobre, bem menos bonito e *fiasco*, ainda por cima, e conseguiu casar com a gata da Luana. Por quê?! Porque, por incrível que possa parecer, ele costumava ser engraçado e simpático! Isso o tornava desejável! Se tu ficar a vida inteira se sentindo um lixo, todos vão te achar um lixo também! Da mesma forma, quem se sente digno de ser amado se torna desejável! É a magia da autoconfiança, amigo! Atitude e olhar! Mas não, tu fica aí querendo se matar em vez de melhorar sua postura e ir à luta. Olha aqueles nerds descolados ali."

Viny apontou para três jovens do outro lado do bar. Pareciam só um pouco mais velhos que os Pixies. Dezenove, vinte anos de idade, no máximo. "Ao natural, eles não são grandes exemplares de beleza, mas repara como se fizeram interessantes!"

De fato. A moça branca, de cabelo negro liso, preso para cima, vestia um blazer preto justinho, com gravata estreita sobre camisa branca. Estava abraçada ao nerd magro de cabelo castanho encaracolado curtinho, calças rajadas bege, gravata-borboleta colorida, jaqueta de terno verde e óculos de aro redondo. O outro, mais gordo e mais alto, vestia terno preto, com uma gravata estilo faroeste – aquelas cordinhas pretas –, cabelo preto curto, raspado dos lados e penteadinho no topo com gel, além do brinco no arco da orelha esquerda. A moça, apesar da gravata, parecia namorar o magro de óculos. O mais gordinho talvez fosse gay mesmo, pelo comportamento altamente simpático, mas os três eram tão autênticos que não dava para ter certeza sobre quem era o que ali. Talvez fossem tudo e nada ao mesmo tempo. Apenas eles mesmos. Sem rótulos. Hugo achava até que já os havia visto ali, em seu primeiro ano. Se sim, nossa, tinham melhorado muito...

"Não adianta falar de autenticidade com ele, Viny. Eu venho dizendo isso há décadas. Ele nunca me ouviu."

Tánathos, de fato, não estava prestando atenção. Parecia ansioso com alguma outra coisa. Olhava distraído para a rua, batucando as unhas duras na mesa.

"Que foi, Tana?" Viny perguntou.

"Eu ouvi um boato de que o Vampiro dos Vampiros estaria angariando colaboradores novamente ao redor do mundo. Talvez ele possa me ajudar."

O loiro fitou-o animado. "A ganhar confiança?!"

"A morrer."

Índio revirou os olhos, desistindo daquela conversa, mas Hugo estava começando a achá-la interessante, "Vampiro dos vampiros?"

"É! O chupacabra!" Mosquito debochou, e Tánathos olhou-o ofendido, "Fale com mais respeito dele!"

"Ele não existe, Tánathos!"

Na outra mesa, Capí saíra de seu mundinho, no susto, ao ouvir o nome chupacabra, mas, ao perceber não se tratar do bicho que matara Damus, voltou a mergulhar em seus pensamentos, bebendo um copo inteiro de suco de uva e pedindo outro. Enquanto isso, Tánathos fechava ainda mais a cara, sendo tratado feito criança por Lázaro, "E como você o chamaria então, Tana? De *o grande sugador*?!"

"Não! Chame-o de *Vampiro dos Vampiros*! Ou *Anjo da Misericórdia*, que veio para nos livrar de nossas vidas amaldiçoadas!"

Mosquito deu risada.

"Não faça pilhérias, Lázaro! Esse assunto é muito sério pra mim!"

Até Hugo estava ficando irritado com o deboche. Detestava quando brincavam com as crenças alheias. Querendo demonstrar interesse, perguntou, "O que o Vampiro dos Vampiros faz?", e Gi se aproximou para ouvir também.

Tánathos procurou as melhores palavras. "Pelo que dizem, é um mortal que suga vampiros até a morte. Ninguém sabe se ele é azêmola, bruxo, elfo ou o que, nem se é *ele* ou *ela*, mas vários vampiros que eu conheço estão ansiosos para conhecê-lo."

"É só uma lenda idiota, Tánathos."

"Não, não é!" O ruivo bateu na mesa, assustando os azêmolas mais próximos. "Eu tenho certeza de que ele existe, Lázaro! E está aqui no Brasil, nos chamando. Eu sinto!" Ele se virou para Hugo com o olhar mais devoto que Idá já vira em alguém. Quase religioso. "Dizem que a morte que ele oferece é indolor. Prazerosa até." Ele sorriu.

"Um lindo mito, de fato."

"CHEGA, Lázaro! Me deixa ter esse PINGO de esperança, por favor!"

Mosquito afastou as mãos, num gesto de rendição, e saiu da mesa.

Hugo olhou para Tánathos com pena; quase torcendo para que, um dia, a esperança dele fosse outra além de morrer. Que ele conseguisse emergir de sua melancolia e reconstruísse sua vida, como Eimi estava fazendo, brilhantemente, na Europa.

Antes que Hugo pudesse dizer qualquer coisa sobre o mineirinho para ele, um quarto nerd autêntico esbarrou na mesa dos Pixies. Pedindo desculpas, foi juntar-se ao trio interessante lá no fundo, dando um *olá* para os amigos, com um gesto rocambolesco de reverência, que foi imitado pelos outros três na mesa, antes de sentar-se junto a eles.

Hugo riu. *Malucos...* E olhou para Capí, que não falava nada desde a Korkovado. Não havia como saber se ainda estava pensando no pai ou se já voltara a relembrar a tortura, com as dores que estava sentindo.

Talvez estivesse pensando no Atlas. Em tudo que haviam vivido juntos. Se, para Hugo, o anúncio da doença havia sido o suficiente para que Macunaíma se desintegrasse na sua frente, não podia nem começar a imaginar o que Capí estava sentindo. Ele, que convivera a vida inteira com o professor, sendo consolado, alegrado e protegido por ele... Devia estar sendo pesado para o pixie.

Mas tinha algo estranho ali. Algo no jeito dele. Capí parecia mais corado... o rosto suando de leve... e, enquanto Hugo o observava, o pixie tomou mais um copo inteiro de suco de uva.

Aquele não era o comportamento de quem bebia suco. A não ser que ele estivesse com uma sede descomunal. Hugo olhou para o restinho que o pixie deixara no primeiro copo, tentando entender o que estava acontecendo, até que Gi fitou Hugo com pena, percebendo que ele notara, e fez-lhe um sinal discreto com o polegar, de que Capí estava bebendo. Bebendo álcool. E que ela estava deixando, fazer o quê?

Não entendendo como podia ser, Hugo voltou a olhar para o resto de suco no segundo copo e percebeu. Era vinho... Ele estava alcoolizando todo suco que chegava! Fermentando o suco de uva, fazendo sabe-se-lá-o-que com o de laranja... Tinha tomado três copos inteiros de suco modificado, e agora, totalmente angustiado, começava a transformar a água que pedira em álcool também!

Não, Capí... Não faz isso... Não se destrói..., Hugo pensou; seus olhos umedecendo enquanto assistia.

Era muita coisa em cima de uma pessoa só... As dores, as memórias, as noites maldormidas, a demissão, a descrença das pessoas, a proximidade constante de seus algozes, o ódio que, com certeza, estava sentindo de certos indivíduos e que não queria estar sentindo, o segredo que carregava no peito, do maldito beijo que dera em Dalila, o medo de perder Gi por um momento imbecil de fraqueza, a briga com o pai, a morte anunciada do professor... Ele não estava aguentando... Era um ser de extraordinária força, mas não estava aguentando...

Gi quis voltar lá para consolar o namorado, mas Hugo a impediu com um olhar. Ela voltar a beijá-lo só pioraria sua angústia.

Com o rosto ainda úmido de lágrimas antigas, o pixie terminou de transformar o conteúdo da garrafa d'água em álcool e deixou a varinha na mesa para entornar mais aquela, bebendo a goles largos, sem parar. A garganta devia arder horrores, mas Capí não parecia mais estar se importando. Na pista de dança, Mosquito olhava para o pixie com pesar nos olhos, enquanto dançava lentamente com uma ruiva. Devia saber tudo que se passava pela mente do jovem... Índio também já notara e decidira não interferir por enquanto, assistindo, com tristeza, à derrocada do amigo, sem achar que tinha o direito de tirar aquela garrafa de plástico dele. Antes que Capí a houvesse bebido inteira, no entanto, a única pessoa que não poderia ter notado notou.

"Ei!" Viny se levantou, fitando a garrafa com os olhos arregalados enquanto Capí entornava seu conteúdo inteiro sem respirar. "EI, PARA!" O loiro avançou contra ela, levando-a ao nariz para confirmar que era álcool e jogando-a longe, revoltado. "O que tu pensa que tá fazendo, véio?! Vai começar a beber agora, é?!" ele gritou em desespero. "Tá na regra dos Pixies! Nada de bebida alcoólica! Esqueceu?!"

Capí não parecia estar ouvindo. Ou não queria ouvir. Olhando para o nada, destruído, alcançou um dos copos quase vazios da mesa para beber o restinho que ainda havia nele, e Viny se espantou, olhando para aquilo com raiva, "Quer se destruir, então?! Vai fundo! Abandona a gente logo de uma vez, vai!" Ítalo bebeu o conteúdo. "EI! Presta atenção no que eu tô falando!" Viny puxou-o para cima pela camisa, e Capí protestou, com os olhos injetados, "Me deixa, caramba! Eu quero beber! Você não tem nada a ver com isso!" O rosto dele estava vermelho. De álcool, não de raiva. Não estava irritado com o loiro. Não de verdade. Sabia que aquele assunto o incomodava demais. *Eu preciso, Viny...*

"Tu vem embora comigo agora!" Ele puxou Capí para fora do bar, pouco ligando para o temporal que começava na rua ou para os clientes que os observavam atônitos; Gi e Índio gritando atrás deles para que o loiro parasse, mas Capí se desvencilhou por conta própria, já encharcado da chuva, "Me deixa fazer o que eu quiser! Eu PRECISO!"

"Ninguém PRECISA de álcool, véio!"

"TÁ DOENDO!" Capí berrou de repente, a voz embargada de choro, e Viny olhou chocado para o amigo, a chuva empapando o cabelo dos dois, fazendo os fios grudarem na testa. "Tu não tem esse direito, véio... TU NÃO TEM ESSE DIREITO!"

"Ele tem todo o direito, Viny!" Índio entrou na briga, e Hugo achou melhor se afastar um pouco. Já tinha levado uma sova verbal do mineiro, naquele mesmo exato lugar, anos atrás, também por ter destratado Capí, e sabia o peso que uma bronca dele tinha. "Ele tá fragilizado, uai! Cê tá achando o quê?! Que ele tá bebendo só pra te contrariar?! Por egoísmo?!"

"É exatamente isso que eu tô pensando, sim! Egoísta! Um puta de um egoísta!" Viny berrou, chorando. "Essa porcaria vai destruir a gente, será que ele não vê?! A bebida só DESTRÓI, ele sabe disso e tá fazendo mesmo assim! Por egoísmo!"

"É só HOJE, seu destrambelhado!"

"Só hoje, sei. Só hoje." Ele se virou para Capí, "Bebe então, bebe! Vai ver o quanto a tua dor vai diminuir com esse veneno aí. Quem sabe teu pai até venha te dar um abraço depois disso! Não é essa a magia da bebida?! Ela resolve TUDO, né?! Se tu beber um pouco mais, talvez ele até pare de te odiar!" Viny foi embora.

Furiosa com a última frase, Gi já estava começando a ir atrás do loiro quando foi impedida por Índio, "Não, Gi, 'xa que eu vou. Cê cuida do Capí, que é o que namorados fazem", ele disse, e foi atrás de Viny tirar satisfações.

Hugo não suportava o mineiro, mas tinha de admitir que ele passava por cima de tudo pelos Pixies; inclusive de seu próprio código moral. Nunca imaginaria ver Índio defendendo o direito de alguém ficar bêbado. Com certeza não era algo com que ele concordasse em circunstâncias normais.

Enquanto Gi ia abraçar o namorado na chuva, Hugo ficou olhando, abismado, para a rua por onde Viny havia saído. No bar, Magal fazia o mesmo, segurando a bandeja de sanduíches. Talvez estivesse tentando entender como três copos de suco e uma garrafa d'água podiam ter deixado o loiro tão furioso.

Apesar de saber o verdadeiro conteúdo deles, Hugo se fazia pergunta parecida. Precisava aquele escândalo todo só porque Capí estava deliberadamente se embebedando? Hugo sentiu Mosquito parar ao seu lado e indagou a ele, que conhecia o loiro melhor do que ninguém, "O que deu no Viny pra exagerar assim?"

"Não é exagero", Lázaro respondeu em tom grave, ainda olhando para a rua. "Ele sabe muito bem do que está falando."

Hugo olhou surpreso para o vampiro, mas Mosquito se despediu, deixando-o com aquele ponto de interrogação na cabeça. "Vem, Tana. Aqui já deu por hoje."

Os dois iam saindo quando Hugo, vendo Capí voltar fisicamente destroçado para seu lugar solitário na mesa, perguntou, "O sangue de vocês cura, né? Vocês não podiam fazer alguma coisa?!"

Mosquito olhou para Capí, que se debruçava destruído, bebendo o restinho de vinho que sobrara no último copo. "Já tentamos passar sangue vampiro nas feridas dele. Nada aconteceu. A imunidade dele não deixa. Talvez se ele *bebesse* meu sangue funcionasse, mas ele está muito machucado; a quantidade de sangue vampírico de que ele precisaria para se regenerar o transformaria, e vocês não querem isso. Transformá-lo em vampiro seria uma crueldade ainda maior do que a tortura. Seu amigo gosta do sol, do ar da manhã, do verde da natureza à luz do dia, do marrom da terra sob seus pés... Não aguentaria a noite eterna. Ainda mais sendo vegetariano. A alternativa ao sangue humano, para vampiros que têm escrúpulos, mas ainda não têm autocontrole sobre a fome imensa que surge, é matar animais. Sugar os bichinhos até a morte, todas as noites. Ele não aguentaria." Mosquito suspirou, "De qualquer forma, algo me diz que seu amigo não poderia ser transformado, nem que quisesses. Não com essa imunidade", Lázaro concluiu, vendo Capí enterrar a cabeça nos braços.

Com um sentimento de impotência nos olhos, o vampiro foi embora, deixando-os ali para cuidarem do amigo.

Não que Hugo e Gislene pudessem fazer qualquer coisa. Em poucos segundos, o pixie estava dormindo, exausto e molhado, na mesa do bar, e eles ali, sem saberem como levá-lo de volta.

Comiserado com a situação, Magal se aproximou com cuidado, "Olha, eu moro num apartamentozinho aqui nos fundos do bar. Se vocês quiserem, eu dou um jeito na minha sala, e vocês podem dormir lá. O menino não está em condições de voltar pra casa. Amanhã de manhã vocês voltam, já de café tomado e tudo."

Hugo e Gi se entreolharam, um pouco reticentes, mas acabaram aceitando. Magal era gente boa, e eles não podiam voltar com Capí naquele estado. O pixie viraria o assunto da escola pelo resto da vida se o fizessem. Isso sem contar a reação que Fausto teria ao ver o filho chegando carregado.

Não, de jeito nenhum. Ficariam no Magal mesmo. Era só tomarem cuidado para não fazerem nenhuma magia enquanto ele estivesse vendo.

Deixando a bandeja em uma das mesas, Magal ajudou-os a carregarem Capí para o apartamento dos fundos. Era um lugar pequeno, mas aconchegante, com sala, banheiro, um quartinho e uma pequena cozinha. Levando o pixie adormecido até o sofá, Hugo e Gi começaram a tirar a camisa encharcada dele, com cuidado para não o acordar, enquanto Magal olhava impressionado para os cortes, os hematomas e as cicatrizes no torso do jovem. "Isso foi briga?! Ele não me parece do tipo que briga."

Gislene negou, "Foi tortura", e Magal olhou-a com enorme espanto. Hugo também, surpreso com a ousadia dela em dizer aquilo tão abertamente.

"Torturaram ele por sete dias. Só os hematomas recentes são de uma briga."

Magal estava horrorizado, "Quem torturaria um menino doce como ele?!", e Gi olhou com amargura para as costas do namorado, para os cortes paralelos profundos, para o símbolo dos Pixies, marcado a ferro em brasa, próximo ao ombro direito... "Pois é."

"Mas o que ele fez pra provocar iss.."

"Mexeu com as pessoas erradas", ela cortou, no tom de quem encerrava o assunto, e Magal não insistiu. Olhando atônito para seus hóspedes uma última vez, desejou-lhes boa-noite e voltou ao bar, ajeitando a camisa de cetim vermelho e a calça preta apertada, para dar o melhor efeito brega que podia, antes de sair pela porta.

Gi e Hugo ficaram se olhando por alguns minutos; ela talvez pensando o mesmo que ele: em como eles dois, amigos de infância do Santa Marta, haviam ido parar ali, entre aqueles dois mundos. Em poucos minutos, Gi já havia pegado no sono, sentada no chão, com a cabeça recostada no sofá. Adormecera afagando os cabelos do namorado.

Vendo que ela tinha dormido, Hugo sentou-se na poltrona e fechou os olhos. Havia sido um dia pesado, mas seu cansaço estava no corpo, não na mente, e ele conseguiu dormir rápido, tendo uma incomum noite tranquila de sono. Eram raras as vezes que podia cuidar de Capí, em vez de ser cuidado por ele, e estava contente em poder ajudar.

No finalzinho da madrugada, Magal voltou, tentando não fazer barulho enquanto tirava as botas no escuro, com um saco de pão francês fresquinho debaixo do braço.

Hugo sorriu internamente, fingindo não ter sido acordado. Gente boa, o Magal.

Achando que havia sido bem-sucedido em seu módulo silencioso, o grandalhão deixou o pão para eles na cozinha, o café pronto na cafeteira, e foi dormir no quarto. Não sem antes grudar um bilhete na porta, dizendo que se servissem à vontade e tivessem um ótimo dia. Assinado: O bobalhão da gafe do trem.

Quando Hugo acordou de novo, já era manhã. Despertou com o ranger do sofá, à medida que Capí se erguia com dificuldade para uma posição sentada, colocando imediatamente as mãos na cabeça, para tentar conter a dor infernal. Alertada pelo ruído, Gi surgiu da cozinha com uma caneca de café forte e um copo enorme de água. "Aqui", murmurou, fazendo-lhe um carinho na nuca enquanto ele pegava a caneca incomodado.

Estava extremamente desconfortável com as coisas que fizera. Via-se em seus olhos; fixos na noite anterior... Na bagunça que causara; no descontrole.

Sem que o pixie precisasse dizer nada, Hugo sentou-se ao seu lado, com imenso respeito. "Você é humano, Capí."

Ítalo assentiu, tentando aceitar aquilo.

Depois de tomarem o café da manhã em silêncio, os três deixaram um bilhete de agradecimento a Magal, pela extrema gentileza, e voltaram à Korkovado pelo túnel do Atlas. Era um longo caminho para fazer mancando, mas pelo menos chegariam ao colégio sem serem notados. Seria como se nunca houvessem saído da escola.

Hugo abriu o alçapão no teto do túnel e entrou primeiro na bagunça do trailer, olhando, com pesar, para a cama vazia e intocada do professor. Devia estar na enfermaria de novo.

A tristeza surgira nos olhos do pixie também, e Gi o abraçou, *"Ele vai ficar bem, Capí... Você vai ver."*

Eram palavras vazias, ela sabia. Enquanto as dizia, Gi olhava para Hugo, pedindo socorro com os olhos, sem saber o que falar além daquilo. Idá a entendia. Como consolar o namorado assegurando o bem-estar de alguém que eles *sabiam* que ia morrer?

Desenlaçando-se da namorada com ternura, Capí começou a se preparar psicologicamente para sair do trailer e enfrentar a escola. O lugar que mais amava no mundo tinha virado um local hostil para ele e aquilo devia ser desesperador. Alunos desconfiados, professores virando as costas, com medo de se comprometerem, o Conselho fazendo de tudo para destruí-lo, seu melhor amigo irritado com ele... Toda a sua rede de proteção se esfacelando à sua volta, e tudo porque, um dia, tivera a ilusão de que poderia lutar contra o Alto Comissário.

Respirando fundo, Capí abriu a porta, mas pausou inseguro assim que olhou para fora.

Sem entender o motivo da insegurança, Hugo espiou por cima do ombro do pixie e viu, no jardim, trinta alunos olhando para ele. Todos muito sérios, como uma comissão julgadora. Capí fraquejou, com a respiração trêmula, dando o primeiro passo para fora com muita hesitação.

"Eu..." Capí começou, tenso, sem saber o que dizer, mas um aluno do quinto ano o interrompeu com um sinal de mão e, depois de alguns segundos, todos se viraram de costas para ele. Um por um. Meninos e meninas, ex-alunos dele, de Segredos do Mundo Animal, de alfabetização, pessoas que ele tinha ajudado! Virando-lhe as costas!

Hugo sentiu a garganta apertar de raiva. Eles não podiam fazer aquilo!

Já ia tocar os ombros do pixie para tirá-lo dali quando o primeiro deles, ainda de costas, tirou a camisa, e então outro, e outro, as meninas puxando para cima apenas a parte de trás das delas, revelando, nas costas de cada um dos trinta, uma mesma tatuagem: o símbolo dos Pixies, gravado para sempre abaixo do ombro direito; o mesmo lugar em que Capí havia sido marcado, e Hugo sorriu, vendo os olhos do pixie se encherem d'água enquanto desmoronava de alívio. Gislene o abraçou, e depois cada um dos outros, numa demonstração imensa de carinho; Viny assistindo a tudo de uma certa distância, sorrindo satisfeito, de braços cruzados, com ar de missão cumprida.

Quando Capí percebeu a presença do amigo, os dois trocaram sorrisos, em meio à tanta gente, e Viny se virou também, para mostrar o próprio símbolo; *queimado* nas costas. Não tatuado.

Ítalo se surpreendeu.

Mancando até o loiro, uniu-se a ele num forte abraço; Capí pouco se importando com a dor que abraços lhe causavam, aliviado demais para se importar, enquanto Viny, agarrado ao amigo, chorava, pedindo desculpas. Desculpas por ter sido tão insensível, por ter brigado com ele, por ter errado tão feio... "*Eu sei que tá difícil, irmão, desculpa...*" mas a tudo Capí negava com a cabeça. Não havia necessidade de perdão.

"*Você tava certo, Viny... Certíssimo! É seu dever, como amigo, me proteger de mim mesmo! Eu juro que não faço mais.*" Capí apertou a nuca do amigo, reforçando o abraço. Era o loiro que estava precisando dele agora. "*Juro que foi só dessa vez. Eu não vou me viciar. Por favor, faça escândalo de novo se me vir beber mais um gole daquela porcaria. É pra isso que os amigos servem, certo?*"

Viny concordou, num alívio fora do comum, e aquilo só confirmou o que Hugo já suspeitava: não era uma simples implicância o que o loiro tinha contra o álcool, era trauma; um trauma muito forte, e Capí sabia disso, mesmo que não entendesse a razão. Tanto que bagunçou os cabelos do amigo, na brincadeira, para distraí-lo. Os dois riram; Capí também agradecendo, com os olhos, ao pixie mineiro, que assistia à distância.

"Índio deve ter falado um monte pra te convencer a me perdoar, né?"

"Ô!" Viny brincou. "Isso porque tu ainda não viu a queimadura dele."

Capí se espantou, olhando incrédulo para o mineiro, que sorriu esperto, virando-se e puxando a própria camisa por cima da cabeça.

Lá estava o símbolo, queimado nas costas do mais conservador dos Pixies; uma queimadura bem mais profunda que a de Viny.

Hugo ergueu as sobrancelhas, sem palavras, enquanto todos os alunos atacavam a cabeça do mineiro, despenteando-o e levando-o da rebeldia à extrema irritação em menos de um segundo. Queimar um símbolo nas costas tudo bem. Despentear seu cabelo, jamais!

Rindo do amigo, com absoluta ternura, Capí foi ao encontro de Virgílio-Descabelado-e-Furioso-OuroPreto para abraçá-lo também, sabendo o quão imenso havia sido aquele sacrifício para a alma extremamente correta do mineiro.

Enquanto isso, Hugo continuava impressionado demais com Índio.

Tentando disfarçar seu espanto, sorriu malandro, dando um tapinha nos ombros do chatinho, "Quem diria, hein, Índio! Que gesto nobre! ... Mas, vem cá, ..."

"Lá vem."

"... quem me garante que tu não alterou o teu corpo com a mente pra fazer aparecer essa queimadura aí?"

O brincante olhou-o puto da vida, e Hugo deu risada, adorando ter apagado aquele sorriso da cara dele, "Tô te zoando, mané."

"SEI. Quero só ver cê fazer a queimadura também!"

"Eu?! Vai sonhando!" Hugo abriu um sorrisão, deixando que Índio continuasse a ser cumprimentado pelos outros e adorando ver o mineiro levemente angustiado enquanto falavam com ele, morrendo de vontade de voltar para Hugo e lhe garantir que a queimadura era real. *HA! Que bonitinho, o mineiro se importa com o que eu penso...* Idá debochou mentalmente.

Tá, ele estava sendo injusto com o pobre. Havia sido um gesto sensacional de irmandade aquele; compartilhando a dor de Capí, mostrando que queriam sofrer junto. Hugo admitia, eles tinham mandado muito bem.

Não debocharia mais do mineiro, por algum tempo.

Talvez por meio dia.

CAPÍTULO 25

32 DENTES

A escola inteira pareceu ficar um pouco mais leve depois daquilo: as aulas daquela manhã, mais tranquilas; as pessoas, um pouco mais gentis; a praia ensolarada de novo. Aquilo, sim, era um bom sinal. Significava que Capí estava, de fato, bem. Pelo menos por enquanto.

O sol ainda estava a pino quando Hugo saiu do refeitório e foi fazer companhia a Atlas, na areia da praia, após o almoço. Não se sentava para conversar com o professor desde que o vira beijar sua mãe, dias antes. Na verdade, nem sabia se *queria* falar sobre aquilo, mas, ao vê-lo ali sozinho, olhando para o sol, sentiu uma vontade quase inabalável de aproveitar cada segundo que pudesse na companhia dele, mesmo que se sentasse a alguns metros de distância, para não incomodá-lo. E assim o fez; os braços relaxados sobre os joelhos, os pés fincados na areia, os olhos no mar, desfrutando do mesmo calor que ele naquela tarde.

"Aprochegue-se, guri", Atlas convidou-o, e Hugo sentou-se ao seu lado, os dois voltando a olhar para o mar, sem dizerem coisa alguma. A presença um do outro bastava; como um diálogo silencioso entre o pai e o filho que eles jamais seriam, por falta de tempo. Maldito tempo.

Hugo nunca experimentara aquilo antes: a ausência de raiva ao ver a mãe beijar um homem. Era algo novo para ele. Não sabia direito como interpretar o que estava sentindo. A vontade que tinha era de abraçá-lo forte e não o largar nunca mais... No entanto, não o faria. Não podia se apegar ao professor. Não agora, que ele ia morrer. Mas como não se apegar, sabendo o quanto ele gostava de sua mãe? O quanto gostava *dele*.

No mar, Rafinha e Dulcinéia brincavam de derrubar um ao outro; Rafa tendo mais dificuldade para desequilibrar as quatro patas da namorada centaura do que ela tinha para derrubar as duas dele; os dois aproveitando o sol daquela sexta-feira. Se não fossem almoçar depressa, chegariam atrasados à aula extra de História da Magia Europeia; a primeira que Abramelin daria. O velho falsário estava com pavor de substituir Oz e dizer alguma bobagem. Todos viam. Ele, claro, não admitia. Não ele; o '*sábio milenar*' da longa-barba-branca-falsa. Pilantra.

Hugo olhou para o único professor que importava naquele momento. "Há quanto tempo você namora minha mãe?"

Ainda observando o mar, Atlas respondeu, "Há pouco mais de um ano", e Hugo tentou engolir a revolta. Deviam ter contado para ele.

Vendo Rafa e a centaura se divertindo, ficou se perguntando se eles já sabiam da doença. Provavelmente não. Não estariam rindo se soubessem.

Pelo menos Atlas parecia melhor. Os efeitos colaterais do medicamento haviam passado e a mão esquerda estava menos retraída. Atlas ainda a abria e fechava, para exercitá-la, mas sem a rigidez de antes.

"E a vista?"

"O surto acabou, graças a Merlin." Atlas passou as mãos pela cabeça, numa incômoda mistura de alívio e preocupação com o que viria a seguir.

"A Sy sabia da doença quando vocês eram casados?"

Olhando para o sol, de que tanto precisava em seu tratamento, Atlas negou, "Tua mãe ficou sabendo antes dela até, guri."

"Sério?! Mas a Sy era sua esposa quando a doença surgiu, não era?!"

Atlas confirmou. "Ela chegou a ver os primeiros surtos, mas eu não tive coragem de contar o diagnóstico quando descobri. Primeiro porque eu estava em negação; depois, porque eu não queria preocupá-la. Não queria preocupar ninguém. Nem perder meu emprego. Eu estava com um baita medo de tudo, guri."

O medo continuava ali, nos olhos dele.

Atlas baixou a cabeça. "O primeiro surto, antes de sabermos que era um surto, foi visual. Eu e a Sy fomos na Kanpai, e a doutora não encontrou nada de errado com a minha vista. Mesmo assim, me deu algumas poções, para ver se a visão desembaçava. Elas não fizeram efeito nenhum. Depois de alguns dias, o problema passou sozinho e a gente esqueceu. Seis meses depois, eu acordei com o lado esquerdo inteiro do meu corpo paralisado. Aí, sim, eu entrei em pânico, como tu podes imaginar. Sy foi correndo chamar a Kanpai, e a gente fez mais alguns exames. Naquele dia, a doutora já entendeu o que era, mas não me disse de imediato. A gente fez a fisioterapia necessária, alguns feitiços me ajudaram, e eu fui conseguindo me mexer aos poucos, até que tudo voltou ao normal. Bem, normal, não, né? Porque eu já estava apavorado, e fiquei ainda mais quando a Kanpai me contou o que eu tinha."

"Aí você entrou em negação."

Atlas confirmou. "Eu queria acreditar que não ia acontecer de novo, que a doutora estava errada, que não era Esclerose Múltipla. Então, eu não contei pra Sy. Mesmo depois, quando eu já tinha aceitado e começado o tratamento, eu não contei. Daí, tanta coisa aconteceu, o Damus morreu, a gente se separou, e... eu não quis usar a doença pra prender a Symone a mim."

"Muito nobre da sua parte."

Atlas ficou pensativo por um tempo. "Depois eu me lembrei que, quase um ano antes daquele primeiro surto de visão, eu já tinha passado uma semana inteira com o braço esquerdo adormecido. Aquele já era um sintoma, mas eu não sabia. Nem Kanpai teria desconfiado, na época. Um braço dormente podia ser tanta coisa... Ô doencinha chata pra diagnosticar, viu? *Baaarbaridade*."

Hugo sorriu de leve, sentindo um imenso carinho pelo professor, e os dois ficaram quietos por um tempo, até que Atlas quebrou o silêncio com uma risada seca, "Atacado por meu próprio sistema de Defesa. Irônico."

"Ué, a melhor defesa não era o *ataque*?" Hugo rebateu amargo. Era culpa do professor que a doença tinha acelerado. Da teimosia dele! "Pra quem sempre disse essa frase nas aulas..., taí a resposta do universo pra você."

Atlas fitou-o com uma cara de *Taijiiiin...*, e Hugo baixou a cabeça. "Desculpa. Eu não quis dar patada."

"Ah, tu quiseste... Quiseste, sim", Atlas riu. "Mas bah, tu estás certo, guri. Eu mordi a língua. A Symone sempre me criticando por ensinar aquilo, e agora..." Ele baixou a cabeça frustrado, e Viny bagunçou os cabelos do professor, jogando-se brincalhão na areia ao seu lado.

Atlas riu. "Valeu, guri. Agora estou muito mais guapo."

"Mas bah! Eu tô aqui pra isso, 'fessor!"

Era tão diferente ter o gaúcho ali com eles, sentado na areia... Não que Atlas antes houvesse sido um professor cerimonioso nem nada parecido, mas era estranho vê-lo ali, sem nada para fazer, destituído do cargo, conversando com eles como um amigo faria, e não como um docente. Bem legal, apesar de triste.

Mais à esquerda deles, um pouco adiante, Capí assistia Quixote, pensativo, enquanto o sagui brincava de pular ondinhas, e Hugo sentiu falta de Macunaíma. Nunca mais havia conseguido chamar seu axé. Não depois da notícia da doença. Talvez nunca mais conseguisse.

O clima da Korkovado já estava piorando de novo. Capí realmente não podia ser deixado sozinho que voltava a pensar no que não devia. Impressionante o peso daquelas memórias. Sem contar a preocupação com Gi. Ela estava sendo uma namorada incrível, e ele, a cada dia, mais agoniado com o segredo que guardava. Péssima hora Viny escolhera para desencorajá-lo a contar. Se Capí houvesse confessado a traição no mesmo dia, talvez Gi até o tivesse perdoado, mas agora, depois de tanto tempo?! Hugo duvidava muito.

Se bobear, *Gislene* era o nome de cada uma daquelas nuvens que começavam a surgir no céu.

"Bonito o que vocês fizeram por ele hoje de manhã", Atlas agradeceu, e Hugo sentiu a amargura voltar, inconformado que fosse perder um pai daqueles.

Desesperado até.

"Posso ver?" o professor pediu para Viny, e o loiro tirou o colete para que Atlas pudesse admirar a queimadura. "A do Índio tá mais forte. Ele aguentou mais tempo. Eu sou um frouxo mesmo", Viny riu, nada preocupado com sua reputação; ao contrário de certos mineiros.

Impressionado, o professor elogiou a arte, como se fosse muito difícil fazer duas letras gregas, e então voltou a observar Capí; a nova melancolia de seu pupilo começava a preocupá-lo, "O que aconteceu?"

"Acho que é a Gi", Hugo respondeu, e Viny se surpreendeu que ele soubesse do beijo. Afinal, Capí havia confessado aquilo apenas para ele! Mas Hugo despistou-o completando: "Por causa da idade dela e tal", e o loiro respirou aliviado; pixie enganado com sucesso. Hugo prosseguiu, "Os Anjos vêm insinuando coisas. Até o Conselho mencionou na audiência a diferença de idade deles."

"É, essa eu ouvi", Atlas comentou desgostoso. Era muita covardia criticarem um sentimento tão bonito, ainda mais com o pixie sofrendo como estava.

"O Abel chamou o Capí de pedófilo."

Atlas fitou-o espantado, "Ele não fez isso!"

"Pois é. Fez. Na cara dele. O Capí tá preocupado."

"*Baaarbaridade…*" Atlas murmurou. Engolindo a revolta, chamou seu protegido, "Guri, chega aqui!"

Capí, surpreso, saiu de seus pensamentos, indo sentar-se junto a eles.

"Preocupado com a idade da tua guria?"

O pixie meneou a cabeça desconfortável. Estava pensando no beijo, na verdade, mas ela ser jovem demais continuava sendo uma de suas preocupações, sim, mesmo que não fosse mais a principal delas. O medo de decepcioná-la era maior, Hugo tinha certeza. Capí já sabia que a perderia assim que contasse. Talvez até estivesse tentando se convencer de que seria bom para Gi. Assim ela ficaria livre para encontrar alguém da idade certa.

Vendo a agonia nos olhos do aluno, Atlas fitou-o com ternura. "O que tu sentes por ela está muito longe de ser pedofilia, guri… Pedofilia é sentir atração sexual por *crianças*. Isso segundo a psicologia. Segundo a criminologia, é o abuso sexual de crianças e adolescentes. Que eu saiba, a Gi não é nenhuma criança, nem tu és um adulto, muito menos houve abuso. Portanto, relaxa. Se eu bem te conheço, talvez nem a parte da atração sexual tenha acontecido ainda. E, se tiver acontecido, tri bom também! Vocês dois são jovens! Nem maior de idade tu és ainda! E a idade mental de vocês é praticamente a mesma! ... Maior que a *minha*, inclusive." Atlas piscou para o aluno, que deu risada. "Pedofilia é mais próximo do que a Sy sentia por mim, na verdade", ele riu. "Eu já te contei como nos conhecemos?"

Capí negou.

"Não é novidade pra ninguém que nós fomos casados. Nem é novidade que ela é muito mais velha do que eu; e não é crime nenhum uma relação entre adultos com essa diferença de idade, mas eu não fui sempre adulto. Tu já fizeste as contas?"

O pixie se surpreendeu, percebendo que nunca fizera.

"Eu tenho 34 anos agora, guri. Quando eu cheguei na Korkovado, na noite que tu nasceste, eu era um guri de 17. Aos 17, eu já tinha engravidado a Sy e perdido um bebê com ela, e não pense que nosso namoro era recente. Não era. Eu tinha 14 anos quando nós começamos a nos encontrar." Atlas olhou-o nos olhos. "Ela tinha 30."

Hugo ergueu a sobrancelha. Capí também. E até Viny se endireitou na areia, para ouvir melhor. Nunca haviam pensado em fazer as contas.

"Aquilo sim era crime, guri. Uma adulta com um *guri* de 14 anos. Tu com a Gi?! Vocês são dois jovens que se amam! Nada de errado nisso."

"Vocês também se amavam, 'fessor, nada demais!"

"Ela era minha *professora* na Tordesilhas, Viny. Estava tudo errado, sim. Agora eu vejo. Mas eu estava loucamente apaixonado por ela, ela por mim, e nenhum de nós conseguiu controlar. Ela deveria ter se mantido distante? Deveria. Ela era a adulta da relação. Era obrigação dela. Quanto a mim... Eu sempre fui um irresponsável. Eu amava aquela argentina. No início, eram só olhares... Por um ano, foram só olhares. Mas, depois, foi ficando cada vez mais difícil controlar a vontade que a gente tinha de se encontrar em segredo. No meio dos meus 15 anos, nós não aguentamos mais, e aí, já era. Aí foi ficando cada vez mais sério. O nosso amor era um amor proibido... apaixonado, com toques de tango. Nós não conseguíamos evitar, por mais que tentássemos. Era dentro da escola, fora da escola, depois das aulas..." Ele soprou, corado só de lembrar. "Quando descobriram, ela já estava grávida. Foi um escândalo: uma professora grávida de um aluno. Vocês podem imaginar."

Viny assobiou surpreso. Nem ele e Caimana arriscavam tanto assim, mesmo estando numa escola relativamente liberal como a Korkovado! Hugo podia imaginar o risco que era fazer aquelas coisas na rigidez da Tordesilhas.

"Eu só estou contando isso, guris, porque não sou mais professor de vocês. Por favor, não saiam espalhando por aí."

"Claro que não."

"Já basta o que ela sofreu na época, com o julgamento dos outros. Não precisa sofrer tudo de novo aqui."

O carinho que Atlas ainda sentia pela argentina estava evidente, e Hugo fitou-o apreensivo, com medo de que ele voltasse para a ex e largasse sua mãe... Mas não ia acontecer. Não depois de tantos abalos. Não depois do Damus. Não podia.

Amargo, Atlas fixou os olhos na areia a seus pés. "Professor namorar aluno é contra as regras éticas de qualquer instituição de ensino, mesmo a universitária. Namorar aluno menor de idade, então, é *crime*, é escandaloso. A gente tentou argumentar que a nossa relação tinha acabado de começar. Que eu já estava com 17 anos quando a gente se encontrou intimamente pela primeira vez, mas eles sabiam que era mentira. Ustra sabia de *tudo*. De cada detalhe. Não adiantava mentir."

"Como ele descobriu?"

Diante da pergunta, uma frieza profunda contaminou o olhar do professor. "Meu cupincha me denunciou. Meu próprio cupincha." Atlas deixou escapar um suspiro trêmulo. A mágoa daquela traição ainda o corroía.

"Saturno tinha ciúmes dela, acho. Inveja. Antes de conhecer a Sy, eu passava dias inteiros ao lado dele. Éramos amigos inseparáveis, como são quase todos os jovens bruxos e seus cupinchas centauros. Quando eu conheci a Sy, no entanto, eu e Saturno fomos ficando cada vez mais distantes. Eu ainda aparecia pra fazer companhia a ele, mas bem menos. Estava encantado por ela, fascinado, e Saturno... não aceitou muito bem aquilo."

Atlas cerrou os dentes inconformado. "E pensar que eu contava tudo pra ele... Voltava empolgado de meus encontros secretos e contava cada *detalhe*, achando que ele, sendo meu *melhor amigo,* estava feliz por mim! Como eu era ingênuo. Ustra, claro, adorou saber que ia poder exercer sua crueldade publicamente em alguém. Ele era o administrador disciplinar da Tordesilhas na época; o mão de ferro da escola. Estava lá para destruir cada aluno e professor que saísse um milímetro da linha. Tu podes imaginar: fomos um prato cheio para ele saborear."

Capí baixou os olhos, envolto nas próprias lembranças do carrasco, enquanto Atlas prosseguia, "O julgamento foi um massacre aberto ao público. Usando a gravidez como prova inegável, Ustra a xingou de vagabunda, de criminosa, de estrangeira cooptadora de menores, e o público, convencido e inflamado por ele, logo estava repetindo aqueles mesmos insultos das arquibancadas. Parecia um circo romano clamando pelas feras. Ela foi demitida e rechaçada pela comunidade bruxa do Sul. Eu fui expulso da Tordesilhas. Ustra quebrou minha varinha ao meio, na frente da escola inteira, mas o pior foram as ofensas contra a Sy, a comunidade inteira em cima dela, as condenações dos cidadãos 'de bem' contra aquela 'pouca vergonha'. Enfim, um festival de horrores em nome da 'moral' e dos 'bons costumes'. Como resultado direto dos discursos daquele cretino, ela acabou não aguentando a pressão, os olhares, os insultos nas ruas e…"

"Perdeu o bebê."

O professor confirmou, num misto de dor e ódio. "Ustra se compraz em trazer desgraça para vidas alheias. É o que ele sabe fazer melhor. Deve até ter rido ao saber do aborto que ele provocou, o filho da mãe", Atlas murmurou entre dentes, "mas meu *cupincha*…" a voz dele falhou, destroçada. Não havia dor maior do que a traição de um melhor amigo. "… meu cupincha, não satisfeito, ainda tentou jogar a culpa da morte do bebê em mim! Como se a culpa não fosse dele! Da denúncia dele! Como se eu fosse o culpado por ter me apaixonado!… Eu não tinha mais condições de viver ali. Não aguentava olhar pra cara de mais ninguém. Minha própria *família*…" Atlas sacudiu a cabeça, tentando se desfazer daquela agonia. "Enfim, alguns dias depois, eu e a Sy viemos para a Korkovado, e eu fiquei conhecendo esse meu filho postiço aqui." Ele olhou com carinho para Capí. "Tu salvaste teu professor, guri. Tiraste minha cabeça daquela primeira morte." Atlas baixou o olhar. "Pena eu não ter conseguido superar da mesma forma a morte do segundo…"

A voz dele saiu trêmula. Ele estava com medo de morrer… Arrependido por não ter ouvido Kanpai; por ter tentado voltar no tempo… Assustado com aquela doença, que logo voltaria a atacar, e Capí afagou as costas do professor, tentando animá-lo: "Vem cá, essa história toda que você contou foi pra me acalmar quanto à idade da Gi? Porque não deu muito certo."

Atlas riu, "Desculpa, guri. Saiu meio errado. Eu sei."

"Ustra deve ter ficado mordido de raiva quando viu a sua varinha consertada do jeito maneiro que você consertou", Hugo disse com malandragem, e Atlas sorriu esperto, tirando sua varinha mecânica do bolso. Ela era inútil para o professor agora, mas continuava linda; dois terços da madeira envolta num mecanismo de cobre e bronze, formando uma empunhadura magnífica, cheia de pequenas engrenagens.

"Ela tem nome. Sabia?"

"Sério?!"

O gaúcho confirmou, "*Atlantis*", e Hugo se arrepiou inteiro. Não podia haver nome mais perfeito.

Enquanto admiravam a varinha, Kanpai se aproximou pela praia, inclinando-se discretamente até Capí, "Tem um minuto?"

O pixie confirmou.

"Vem comigo que ficou pronto."

Hugo olhou-os receoso, vendo Capí se levantar. "O que ficou pronto?"

"Vocês podem vir também, se quiserem. Você não, Atlas. Você precisa do sol. Seu aluno está em boas mãos, não se preocupe."

Hesitante, o professor acatou a ordem de Kanpai, voltando a sentar-se, e eles seguiram a japonesa até a enfermaria, entrando atrás da doutora.

"Ih, olha só quem tá aqui! A musa do verão!" Viny debochou, vendo Abelardo sentado no último leito, na companhia dos Anjos, terminando de fazer crescer o novo dente, já que o antigo tivera tão inesperado encontro com o punho de Capí. "Veio choramingar porque perdeu o dente de leite, foi?!"

"Perdi menos do que esse *aí*."

Viny largou o olhar zombeteiro, com ódio do filho da mãe, "Desce daí, vem! Desce pra ver o que é brigar de igual pra igual!", mas Hugo e Capí o seguraram antes que ele fizesse bobagem; Capí sussurrando em seu ouvido, "*O Abel deve estar sob uma pressão enorme, Viny... Deixa quieto, vai.*"

"Deixa quieto uma ova!"

A ameaça no olhar de Kanpai, no entanto, fez Viny se aquietar a contragosto, com medo de que a psicopata japonesa resolvesse testar tratamentos nele.

Só então a doutora foi buscar o que estava pronto, no anexo da enfermaria; Gueco aproveitando sua ausência para alfinetar Capí, "Pelo menos meu irmão não vai ficar com essas cicatrizes horrorosas."

"Oh, Gervásio Lagartixa", Hugo revidou impaciente, "eu tenho uma dúvida! Se eu cortar fora a tua mão, ela cresce de novo, como o teu rabo?!"

Furioso, Gueco respondeu, "Cresce! Por quê?!", e Hugo se espantou, enquanto Viny, Thábata e Camelot começavam a trocar farpas; Gordo pedindo "Gente, vamos parar com isso?", sem autoridade nenhuma sobre os cinco que discutiam, até que Kanpai voltou com uma seringa nas mãos, e todos caíram num silêncio angelical.

"Tira a luva, criança", ela orientou, com muito menos rispidez do que fazia com os outros, e, depois de um tempo olhando apreensivo para Kanpai, já prevendo a dor que sentiria, Capí obedeceu. Concentrando-se, tirou a luva da mão esquerda com cuidado, trancando os dentes enquanto o fazia, e os Anjos passaram a assistir com repentino respeito, ao verem o estado da mão do pixie; os hematomas, os cortes. As unhas, arrancadas de propósito da mão esmigalhada, não haviam crescido de volta. Chegava a dar aflição. Aquilo devia doer horrores.

Hugo viu Abelardo erguer a sobrancelha impressionado, quase sentindo a dor do pixie, enquanto os outros, pasmos, se calavam. Thábata sussurrou, "*Pô, você exagerou um pouquinho, né, Abel?*", e Hugo olhou-os surpreso. Eles realmente acreditavam na confissão do amigo! Todos eles! Sempre supusera que alguns estivessem juntos na farsa, mas não! Pálido, Abel respondeu depressa, "*A mão deve ter sido um bicho qualquer aí. Não fui eu, não*", querendo se eximir da responsabilidade, pelo menos por aquilo. A coisa era séria ali.

Enquanto Capí terminava de abrir os últimos dedos da luva, Kanpai foi explicando, "Eu e meu irmão desenvolvemos uma fórmula que talvez funcione", e começou a preparar a seringa com um líquido prateado e espesso. "É uma poção metálica que, se aplicada corretamente, deve solidificar ao redor dos ossos de sua mão, formando uma camada protetora que talvez reorganize alguns estilhaços de osso de volta a seus devidos lugares, ao passar."

"Talvez?" Viny repetiu receoso. "Então não é garantido que funcione?"

"Não. Nada é garantido com ele."

"*Uuuuh…*"

"Tu cala essa tua boca, Cabeça de Berinjela!"

Camelot fuzilou Hugo com os olhos, furioso com o apelido, e, inseguro, elevou discretamente a mão ao topete, para verificar se estava todo direitinho. Hugo deu risada. *Anjo mané.*

"Mas não é perigoso?"

Kanpai encarou Viny sem paciência, "É isso ou amputação."

Os Pixies se entreolharam apreensivos, e até Gueco, preocupado, abandonou o sorriso. Ninguém sabia que ainda havia o risco de ele perder a mão. Só Capí, pelo visto; considerando a forma resignada como reagira ao que Kanpai dissera.

"Se fosse um hospital azêmola, já tinham cortado ela fora", Kanpai completou, sinalizando para que Capí sentasse na cama ao lado. "Mas vai dar certo. Quem sabe a dor até diminua. Põe sua mão aqui."

Tenso, Capí apoiou a mão em uma bandeja flutuante enquanto os Anjos se esticavam para ver. Então, olhou inseguro para Viny, que respondeu elevando a própria mão esquerda por sobre o ombro direito, confiante, tocando a queimadura que fizera nas costas. Estavam juntos naquela.

Capí assentiu, parecendo se fortalecer com o gesto, e voltou sua atenção para a mão.

Vendo que o aluno estava pronto, Kanpai começou a aplicar a injeção aos poucos, na palma aberta; um pouco aqui, um pouco ali, com muito cuidado.

"Deve solidificar imediatamente."

O pixie fez uma careta.

"Sentiu, né?"

Capí confirmou, e Viny olhou-os confuso, "Sentiu o quê?"

"Um pedaço de osso voltando ao lugar."

Todos os outros sentiram aflição. À medida que mais líquido metálico era aplicado, Capí procurou manter-se firme, guardando a dor para si, enquanto, um a um, os pedaços de ossos iam voltando ao lugar. "Eu vou conseguir fechar a mão depois disso?"

"Teoricamente, sim. Talvez não por completo, mas já será melhor do que estava." Terminado o enxerto, Kanpai afastou-se. "Tenta."

Capí conseguiu fechar dois dedos e metade do terceiro. Parecia doer demais.

"Vamos precisar repetir essa aplicação algumas vezes nas próximas semanas. São muitos pedacinhos de ossos esmigalhados aí dentro; alguns cortam sua carne quando você move a mão. Por isso dói tanto. Mas vai dar tudo certo."

Hugo olhou para Abel, cujo rosto continuava contorcido em indisfarçável agonia desde que ouvira "pedacinhos de ossos esmigalhados", talvez percebendo que Capí havia brigado com a mão naquelas condições..., segurando o colarinho do anjo com *aquela* mão enquanto a outra socava.

Capí tentou fechar novamente a mão esquerda, mas uma dor aguda o impediu de continuar. Ia demorar até se acostumar com aquilo.

"Pense pelo lado positivo, véio: depois desse tratamento, um soco teu vai derrubar até ogro!" Viny olhou sugestivamente para Abelardo, que recuou tenso.

Capí esboçou um sorriso cansado, agradecido pela tentativa de animá-lo.

"Por falar nisso..." Kanpai voltou ao anexo, retornando com algo nas mãos em concha, "Aproveitando que está aqui, tome seus Mourões."

Capí olhou com pesar para as mãos da doutora. Os tais mourões saltitavam frenéticos, e Hugo se surpreendeu ao perceber que eram dentes! Dentes saltitantes! Com raiz e tudo! Curioso, Camelot se aproximou para ver também, "Uou! A gente quebrou quatro molares dele?! HA-HA!" o anjo comemorou, batendo palmas. "Molares são difíceis pra caramba de quebrar!"

"Não foram vocês, queridinho. Vocês não têm essa força toda."

Voltando-se, então, para Capí, Kanpai suavizou a voz, "Perdão, criança, mas seu tratamento não será tão indolor quanto o do Sr. Lacerda."

"... Não tem mesmo outro jeito, Kanpai?"

Capí estava esgotado, e ela olhou-o com pena. "Vamos, criança, só mais essa. Melhor sofrer tudo de uma vez."

Relutante, ele pegou os dentes da mão da japonesa e, respirando fundo, jogou os quatro de uma vez na boca, como pílulas. De imediato, Kanpai, com certa violência até, tapou a boca do pixie, impedindo-o de abri-la à medida que ele cerrava os olhos lacrimejantes, gemendo de dor. "Segurem os braços dele!" Kanpai gritou para os Pixies, que, quase chorando, obedeceram, forçando Capí contra a cama; Viny murmurando, em lágrimas, "*Calma, véio... calma que já vai passar...*", enquanto o amigo gemia embaixo dele. Só depois de intermináveis segundos os músculos do pixie relaxaram e Kanpai soube que os mourões haviam assumido seus lugares; os Anjos assistindo pálidos lá atrás.

Soltando a cabeça do pixie, a doutora pegou uma vasilha, onde Capí cuspiu o sangue das gengivas perfuradas. "Prontinho, viu? Nada de mais."

Capí olhou torto para ela, que sorriu com os olhinhos japoneses por detrás dos óculos. "Você pare de me olhar assim, criança. Não ia querer andar por aí com molares faltando pelo resto da vida, ia?"

Ele negou, seus olhos se desculpando pela irritação justa. Estava cansado.

"Me perdoe, criança, por ter te feito sofrer mais de uma vez hoje."

Impressionante. Nem parecia a mesma médica.

"Agora, saiam daqui, vão! Se não quiserem virar cobaias nas minhas próximas aulas. Vocês também", ela enxotou os Anjos, que pularam de suas cadeiras assim que ouviram a ordem, saindo depressa da enfermaria. Kanpai foi até o fundo e arrancou Abelardo dali também. "Ei!"

"Você já está muito bem de saúde, Sr. Lacerda. Deixa de frescura."

Abel foi empurrado para fora e quase tropeçou nos próprios pés antes de recobrar o equilíbrio, olhando-a ultrajado, mas sem coragem de contestá-la. Acabou indo embora, enfurecido, ao som das risadas de Viny e Hugo.

"E o que vocês dois ainda estão fazendo aqui?! Mandei *todos* saírem, não só os bonequinhos de porcelana europeia ali. Creio, inclusive, que o Sr. Escarlate esteja atrasado para a aula de reposição de História."

Hugo ergueu a sobrancelha. Tinha se esquecido completamente de Abramelin. Estava uns vinte minutos atrasado já. Não que ele se importass...

Um piado metálico soou da janela aberta, e os Pixies se viraram a tempo de ver um corvo entrar voando e pousar na cama onde Capí estava sentado. Tinha uma carta no bico, e, antes que o pixie a alcançasse, Hugo se apressou em arrancá-la do pássaro ele mesmo. Corvos nunca eram um bom sinal.

Abrindo o envelope, sob o olhar apreensivo dos outros, ele leu a carta mentalmente, sentindo um calafrio.

"Que foi?" Capí perguntou preocupado, mas Hugo não respondeu. Era uma notificação endereçada ao 'ex-professor Ítalo Twice', informando-o de que começara a correr na Justiça o processo de calúnia e difamação contra ele. Segundo o aviso, se a queixa fosse julgada procedente, a pena seria de multa e até dois anos de prisão.

Prisão.

Arruinaria a vida dele. Quem contrataria um professor ex-detento?

"Fala alguma coisa, Adendo!" Viny insistiu, no desespero.

"É dos seus pais."

"Dos meus pais?! Meus pais não têm um corv..."

Hugo lançou-lhe um olhar tão significativo que Viny entendeu, "Bom, eles devem ter comprado um corvo então. Vai ver a pomba branca morreu. Custou os olhos da cara, a desgraçada." Ele pegou a carta das mãos de Idá e leu também. Engolindo a tensão, tentou se segurar para que a voz não tremesse, "Eles não aprendem mesmo, né?!", e explicou para Capí, "É minha mãe, pedindo que eu passe as férias de julho lá com eles."

"Ainda faltam dois meses para as férias."

"Pra tu ver, né?!"

Viny até que mentia bem.

Parcialmente convencido, Capí relaxou na cama, ainda um pouco abatido; as gengivas doendo. Hugo e Viny se entreolharam, decidindo, em silêncio, esconder aquilo dele por enquanto. Capí já estava tenso o suficiente sem a confirmação do processo. Depois acabaria tendo que saber, claro. *A não ser que...*

Hugo se despediu depressa, com uma ideia na cabeça, e saiu em direção à antiga sala do Atlas, nova sala de História. A turma inteira já estava ali, morrendo de tédio enquanto ouvia o velho metido-a-Merlin se gabar, pela milésima vez, de ser o bruxo mais antigo do planeta, vide sua longuíssima barba branca – como se aquilo fosse prova de alguma coisa.

"Enfim, tendo discorrido sobre minhas altas qualidades para substituir o honorável colega nesta nobre área de conhecimentos que é a História da Magia, eu vos pergunto: onde vosso admirado mestre Oz parou na matéria?"

Bocejando, Gislene tentava se manter acordada enquanto outros semidormiam. "*Acho que a gente falou do Chevalier-sei-lá-o-quê...*"

"Por Merlin! Isso não é assunto pra crianças! Melhor começarmos por alguém menos complicado..."

"Menos *sanguinário*, você quis dizer", Francine sugeriu, com a cabeça deitada sobre os braços. Para Hugo, aquilo era apenas uma desculpa do pilantra para esconder sua completa falta de conhecimento a respeito de Chevalier.

Pensando profundamente sobre as verdades da vida, o velho pareceu ter uma ideia brilhante, "Acho melhor começarmos falando de Merlin", e a turma inteira resmungou em voz alta, "De NOVO?!", enquanto Abramelin caminhava até a lista de presença, "Vais levar falta hoje, Sr. Escarlate."

"O quê?! Mas eu só me atrasei!"

"O senhor Ítalo Twice já levou falta por atrasos bem menores do que este, quando fazia *Mistérios da Magia e do Tempo* comigo, mocinho."

Hugo se lembrava muito bem. Viny ficara irritadíssimo com Capí em uma dessas ocasiões, por ele ter se atrasado ajudando adultos folgados que não mereciam.

"Eu tava com o Capí na enfermaria."

"Parabéns para você. A falta permanece." Ele fez a anotação na lista de presença. Irritado, Hugo se conteve. Vendo que Gislene o fitava preocupada, tranquilizou-a com o olhar. Não era nada grave com Capí. Não ainda.

"Professor, preciso falar com o senhor em particular. Agora, se possível."

Abramelin olhou-o por cima dos óculos. Percebendo que o aluno estava falando sério, decidiu acatar o pedido, endireitando-se, cerimoniosamente, e saindo com ele. "Dois minutos, caro aluno."

Tentando não revirar os olhos, irritado com a falsa pompa, Hugo buscou ser o mais humilde possível, "Sr. Abramelin, o senhor conhece o Alto Comissário há bastante tempo, né? Não poderia fazer alguma coisa pra impedir esse *massacre* contra o Capí? Sei lá, falar com o Mefisto?! Se a gente não fizer nada, eles vão prender o Capí por calúnia! Eles não podem fazer isso!"

"Calma, meu jovem. Calma." Abramelin afagou as longas barbas brancas, genuinamente preocupado em sua 'pausa para reflexão'.

"Por favor, professor, diz alguma coisa", Hugo quicou impaciente, o desespero tomando conta. Capí estava no início de uma recuperação de ânimo. Não podia cair de novo naquele estado deplorável da Lapa... Não podia...

Percebendo seu desespero, o professor abandonou a pompa de velho sábio e voltou a ser a pessoa normal que Hugo sabia que ele era; até em respeito à gravidade do assunto. "Mefisto gosta de jogar com as pessoas. Ver como elas reagem. Posso lhe garantir que não vai parar até acabar com o seu amigo. E com os outros Pixies, por tabela. Sem usar feitiço algum."

Hugo baixou a cabeça, "Isso ele já está fazendo...", e Abramelin olhou-o sensibilizado. "Eu avisei que não se metessem com ele."

"É... Mas foi impossível."

O professor concordou, cerrando os olhos, "Frequentemente é."

"Não tem nenhum jeito de você conversar com o Mefisto? Tentar convencê-lo a parar?! Pelo menos com o processo de calúnia?!"

Abramelin negava tudo, para o crescente desespero do aluno. "Eu sou apenas um estudioso interessado na vida dele, Sr. Escarlate. Nunca interfiro, nem me presumo importante a ponto de achar que ele iria me ouvir. Há outras pessoas mais recomendadas para isso. Pessoas que ele... respeita mais."

Hugo de repente se lembrou de alguém e, empolgado, gritou, "Obrigado, professor!", disparando pelo corredor.

"Ei! A aula é ali dentro, rapaz!"

"Tu já me deu falta mesmo!" Hugo gritou, então desceu os degraus até o pátio central, correu para o jardim dos fundos e subiu a escada invisível até os aposentos de Pedrinho. Cumprimentando o imperador menino, subiu depressa pelo elevador oculto, chegando rápido ao Santo do Pau Oco.

"Para onde vais com tanta pressa, rapazote?" o quadro do velho Dom Pedro II lhe perguntou com dignidade enquanto Hugo entrava no santo de madeira.

"Bahia, seu Imperador. Cidade Média."

Ia conversar com a única pessoa que Mefisto realmente respeitava.

CAPÍTULO 26

MUDANÇA DE HÁBITO

Hugo entrou pela porta dos fundos do Instituto Paraguaçu. Em horário de aula, a escola de Salvador se assemelhava a uma pequena cidade turística: simpáticos sobrados coloridos, ruas de paralelepípedos, ladeiras intermináveis e pracinhas vazias, uma mais graciosa que a outra. Bom saber que nenhum rastro sombrio dos chapeleiros havia restado ali. Muito pelo contrário: a escola estava ainda mais colorida do que antes, quase como uma resposta direta à ocupação do ano anterior. Uma homenagem aos alunos e professores que haviam morrido ou desaparecido em defesa daquele santuário de ensino. Se pudesse, Hugo passaria todos os fins de semana ali, relaxando, como os gatos estirados nas janelas, mas não podia. Não com o risco de esbarrar em Janaína a qualquer momento.

Só de pensar nela dava aflição. Um misto de raiva e orgulho ferido que ele não conseguia suportar.

Torcendo para não encontrar com a traidora, seguiu pela praça dos Orixás em direção à casa de Vó Olímpia. As estátuas estavam todas em seus devidos lugares, como se nunca houvessem saído, e ele parou por alguns momentos em frente à casa vermelha, observando aquele que o salvara.

A estátua do poderoso Xangô olhou-o de volta, e Hugo, tenso, tentou fingir naturalidade. "Valeu aí ó. Por ter fritado o cangaceiro."

A estátua manteve os olhos negros fixos no aluno, e Hugo achou melhor sair dali antes que Xangô abrisse a boca e o fritasse também. Quem poderia saber o que se passava na cabeça de uma estátua, né?!

Atravessando a praça dos restaurantes, passou em frente ao Iaiá-de-Ouro, onde almoçara tão bem, auxiliado pelas explicações perfeitas de Kailler Pitanga, e sacudiu a cabeça. Não queria pensar em morte agora. Queria pensar em *vida*. Em salvar a *vida* de Capí, porque o pixie não sobreviveria muito tempo na cadeia; não sensível como estava. Tentar protegê-lo de ser preso era o mínimo que Hugo poderia fazer, ainda mais por quem já fizera o mesmo por ele.

Hugo já estava a poucos metros da casa de sua tarada favorita quando ouviu algum objeto de vidro se espatifar lá dentro; a voz de um homem berrava impropérios, em violenta discussão, e Idá disparou em direção à porta de Vó Olímpia, sacando a varinha preocupado. Não foi necessário abri-la, no entanto. Adusa o fez por ele, saindo com os olhos ardendo em fúria... Lilases, como Hugo jamais notara. Idá recuou no susto, o coração disparado, enquanto o advogado, surpreso em vê-lo, avançava contra ele, pegando-o pelo colarinho, "O QUE VOCÊ OUVIU?!"

Tenso, Hugo respondeu negando com a cabeça: não entendera palavra alguma, e Adusa o largou, ainda irritado, mas um pouco mais calmo, "Acho bom." Hugo continuou a olhar intrigado para seus olhos.

Adusa não era um vampiro para ter olhos lilases.

Empurrando-o para fora do caminho, o capacho foi embora a passos largos, "*Pivete enxerido...*", e Hugo, tentando segurar todo o ódio e a repulsa que sentia daquele baba-ovo maldito, correu ao socorro da dona da casa. Vó Olímpia estava de joelhos, curvada no chão em toda a magreza de sua idade, recolhendo os cacos de vidro do copo que se quebrara. Sem precisar olhar para ele, foi logo brincando, "Tu demorou, visse? Eu tava te esperando desde de manhã."

Mentira: a clarividência da velha cafetina se limitava ao presente. Hugo sorriu mesmo assim. Adorava a mania dela de se gabar das coisas.

"Ah, meu neto postiço.... Que bom que tu vieste, visse? Tava querendo matar a véia de saudade, é?!" ela brincou, tentando disfarçar seu abalo com a agressividade do comissário, mas Hugo, ainda preocupado, foi ajudá-la a limpar os cacos, "Aquele nojento tava te importunando, Vó Olímpia?"

"Oxe, não, não, querido. Adusa nunca me importuna."

Hugo fechou a cara, "Não foi o que pareceu", e Olímpia riu malandra, "Ór, Ór, deixe de coisa, vá! Ele só me importuna como filhos importunam mães desde que o mundo é mundo! Carece se preocupá, não!"

Filho?! ... *Então ele era filho DELA?!*

"Tu importuna bastante a tua. Tu deve entender", ela continuou, mas Hugo estava atordoado demais para prestar atenção. Aquele maldito parasita bajulador era filho DELA?!

Levantando-se, Olímpia foi jogar os cacos de vidro na lixeira da cozinha, e Hugo a acompanhou, ainda espantado. "Como ele pode ser seu filho?!"

"Acho que tu já está bem grandinho pra saber como filhos são feitos. É um processo muitíssimo interessante."

"Mas com o Mefisto?! Então vocês tiveram mesmo um caso?!"

"Ô, se tivemos!" Ela sorriu com safadeza, e Hugo ergueu a sobrancelha estupefato. Achava que tinha sido só uma impressão bizarra que tivera ao ver os dois trocando atrevimentos divertidos pela janela!

"Tava pensando o quê, minino?! Que era só amizade?! Ele já foi meu homem!" Olímpia empinou o pescoço, toda prosa. "Ô, homem *gostoso* da muléstia..."

Hugo riu, ainda incrédulo, e a clarividente deu risada, "Ôxe, qual o espanto?! Ah... tu me acha muito velha para o temido Alto Comissário, é isso? Pois bem. Digamos que... eu não era tão velha assim algumas décadas atrás."

Ah, ok. Verdade. Menos mal.

"De qualquer forma, ele nunca ligou pra idade."

Pelo menos aquilo explicava Adusa ser tão feio. Olímpia não era o maior exemplo de beleza. Provavelmente nunca havia sido.

Estranho nenhum deles ter os olhos lilases do filho.

Preparando uma bandeja de bolinhos para os dois, a velha parda levou-os até a sala, "Já fazia algumas décadas que não nos encontrávamos, eu e o Alto Comissário. Ao menos não para... esse tipo de atividade. Ôo, se saudade matasse, eu teria sido mumificada."

Hugo riu.

"... Mas tudo voltou a ficar *interessante* ano passado."

"Ano passado?!" ele se espantou, e a velha olhou-o dengosa, como se não fosse nada de mais se deitar com um homem mais jovem na idade dela! "Eu meio que puxei ele aqui pra dentro depois que vocês tiveram a conversinha lá fora." Ela piscou.

Sem conseguir disfarçar certo nojo, Hugo acabou rindo do olhar assanhado da pernambucana. Ela definitivamente era velha demais para aquelas coisas. Hugo até sabia que Mefisto era tolerante com relação à falta de beleza, mas aquilo já era um pouco demais. Ela era uma velha caquética de 80 anos!

"Beba! É cajuína. Uma delícia."

Sentando-se na poltrona ao lado, ele obedeceu, provando e aprovando o suco, enquanto ela suspirava, reclinada na poltrona, toda oferecida. "Saudades daquele Barba Ruiva também, sabe? A versão adolescente dele até que devia dar um caldo, visse? Ele adulto então... ui... Pena que nunca me quis."

Hugo riu, sentindo certa pena do professor, que ainda devia estar escondido com os outros rebeldes, no local que Capí não revelara nem sob tortura.

Notando um livro aberto na mesinha ao lado, Hugo usou-o como desculpa para mudar de assunto. Pensar nela namorando alguém era um pouco... sei lá. "Livro novo?"

"Alexis de Tocqueville, um aristocrata amorzinho do século 18. Meu Alto Comissário nunca tinha me dado um Tocqueville antes. Encantador."

"*O Antigo Regime e a Revolução*." Ele olhou para ela, "Revolução...?"

"Francesa."

"Aquela em que cortavam as cabeças?"

Olímpia tocou a ponta da língua nos dentes como quem diz '*Delícia*', e Hugo deu risada. Nunca vira alguém ser tão culta e tão vulgar ao mesmo tempo. A velha era uma metralhadora de vulgaridades!

"Por que ele te dá livros?"

Manhosa, Olímpia inclinou a cabeça. "Porque ele é um fofo."

Hugo duvidava muito, e a pernambucana mostrou toda sua esperteza em um sorriso, "Eu entendo sua desconfiança. Faz muito bem em desconfiar." Ela se ajeitou na poltrona. "Então. Depois que eu leio os livros, ele volta pra conversarmos sobre minhas impressões. Eu falo mais que ele, na verdade. Ele gosta de ouvir. É um ótimo ouvinte. Talvez por isso as pessoas gostem tanto dele."

"Gostam?"

"Ôxe, e tu não gosta, não?"

Hugo achou melhor não responder. Não era algo de que se orgulhava.

Olímpia abriu um leve sorriso, "Enfim, tu não duvide que ele aceite dormir comigo mais vezes. Ele não tem dessas frescaiagens. E, ó, te digo que ele sabe muito bem o que faz, visse?" Ela piscou, atrevida. "Mas tu não veio aqui saber sobre minha vida amorosa. Nem sobre Tocqueville."

Chamado à realidade, Hugo se ajeitou na poltrona, ansioso novamente. "Eu vim pedir que você tente convencer o seu Alto Comissário a parar o massacre contra meu amigo, Vó Olímpia. Ele tá destruindo o Capí. Agora estão processando ele por calúnia! Quem sabe se você falasse com o Mefisto... ou com o Adusa mesmo, então! Já que você é mãe dele!"

Ela deu uma breve risada cheia de sarcasmo. "Eu não tenho qualquer autoridade sobre o Adusa, querido."

"Mas ele é seu filho!"

"Biológico, sim. Tem vergonha de mim que só a mulesta dos cachorros, inclusive, HA! Nunca contrariou uma instrução do pai pra me obedecer."

Tentando esconder o desprezo que sentia por Adusa, Hugo mordeu o lábio inferior, mas não aguentou ficar calado por muito tempo. Não suportava baba-ovos, mesmo que fossem baba-ovos dos próprios pais. "Você vai me perdoar, Vó Olímpia, mas seu filho é asqueroso."

Olímpia deu risada. "Eu sei, querido, não sei a quem ele puxou. Afinal, eu sou linda de morrer."

Hugo riu. "Morrer de susto, talvez."

"HA!" ela adorou. "Eita, é por isso que eu gosto de tu, visse? Essa tua sinceridade nos elogios. Sorte minha que meu Mefisto é atraído por pessoas interessantes, e não pelo físico. Nada seduz ele mais que a esperteza. Talvez a *bondade*. A bondade o fascina mais do que tudo, mas ela não é um pré-requisito, graças ao bom deus das malcriadas."

Ele riu, enquanto Olímpia se reclinava pensativa na poltrona.

"... A gente se viu por muito tempo, sabe? Na época. Talvez até tenhamos inaugurado a moda da amizade colorida." Ela sorriu de leve. "Ele se divertia com meu jeito, com o que eu dizia... Era uma relação de mútua admiração intelectual. Porque meu Mefisto, além de lindo, é muito inteligente. Uma delícia. Enfim, ele sempre dizia que, caso eu engravidasse, ele iria querer o filho junto dele. Eu aceitei, claro. Um homem daqueles não é de se jogar fora por um detalhe desses, né?" Olímpia deu risada, mas seu semblante estava triste. "Quando Adusa nasceu, Mefisto sumiu por alguns anos. Não viu o nascimento, não acompanhou nada, e eu comecei a ter esperanças de que ele tivesse se esquecido de nosso acordo, mas eu conhecia meu comissário demais pra realmente acreditar naquilo. Ele nunca abandonaria uma criança. Muito menos um filho. E, de fato, quando o menino completou 3 anos, ele veio buscar." Olímpia murchou na cadeira. "Nunca entendi por que aos 3 anos, mas tenho certeza de que foi proposital. Ele não queria ver a criança antes disso, por algum motivo. Depois que ele veio, foi a minha vez de ficar longe do menino. Mas ele nunca descumpriu a parte dele. Sempre trouxe o Adusa pra me ver. Separar filhos de mães não é algo que ele tolere. Foi só quando meu filho ficou adolescente que decidiu não aparecer mais. Disse que eu o constrangia demais na frente dos amigos." Ela riu, disfarçando a decepção. "Logo eu, uma mãe tão angelical."

Hugo não estava rindo. Não tinha graça. Olhando-a com ternura enquanto ela voltava os olhos para outro canto, ele retomou o assunto do pai daquele idiota, "Você nunca teve medo de se envolver com o Mefisto?"

Olímpia deu risada. "Tá pensando o que, menino? Eu também nunca fui pedrinha boa, não!"

Hugo riu de leve, mas estava preocupado. Ele próprio já se envolvera demais e estava com receio. Os olhares de cumplicidade e respeito que havia trocado com o Alto Comissário, no ano anterior, não eram fáceis de esquecer.

Por um tempo, Hugo ficou olhando os enfeites na mesinha de canto. "Vó, a senhora conhece tão bem ele, acha que ele fez mesmo as atrocidades que estão dizendo que ele fez? Ou foi tudo o Ustra?"

Olímpia meneou a cabeça. "Por que não pergunta pra ele?"

"Pro Mefisto?!"

Ela deu de ombros, "Não custa tentar. Ele não vai ficar ofendido com a pergunta. Quanto à resposta, ele pode até te enrolar, ou se recusar a responder, mas ele nunca vai mentir. Isso ele não faz."

Hugo ergueu a sobrancelha surpreso. "Ele me disse isso ano passado, mas é difícil acreditar. Um político que não mente?!"

Olímpia fitou-o malandra. "A verdade é uma ferramenta muito mais instigante. Mentir é para os fracos. Enrolar a pessoa com a verdade, isso sim é divertido. E, acredite, Mefisto adoooora mexer com a cabeça dos outros: tocar as cordas certas, na hora certa."

... sugerindo a tese da loucura só quando Capí já estava mentalmente cansado demais para responder com qualquer outra reação que não fosse dúvida e pânico, por exemplo...

"Vó Olímpia, por favor, ajuda a gente", Hugo insistiu. "Um professor nosso tá morrendo... Já vai ficar pesado demais lá na escola sem o Capí sendo preso! Se a senhora não consegue convencer seu filho, fala com o Mefisto então! Pede a ele pra desistir pelo menos do processo de calúnia!"

"Querido..., eu só tenho controle sobre meu Alto Comissário entre aquelas quatro paredes ali dentro, ó."

Hugo riu com certo nojo, sem esconder a desesperança que aquelas palavras lhe causavam. Ela não conseguiria ajudar...

"E, mesmo ali dentro, eu já controlei mais, visse? Agora ele tá todo com medo de me machucar, vê se pode. Como se eu fosse uma velha caquética."

"A senhora é uma velha caquética."

"Shhhh... Ninguém precisa saber."

Hugo abriu um sorriso malandro, mas logo estava olhando distraído pela janela de novo. A preocupação evidente em seus olhos.

"Deixa que eu tento, menino. O máximo que pode acontecer é ele rir do pedido com aquele sorriso lindo dele. Eu saio ganhando de qualquer forma."

Hugo riu. Ela não tinha jeito mesmo...

"*Independência ou morte!!!*"

"Independência, Dom Pedro. Independência", Hugo respondeu, num raro momento de educação, de volta ao Rio. Talvez fosse o cansaço. Ou o nervosismo. Aquilo precisava dar certo. Olímpia tinha que conseguir.

Ignorando a área de convívio do dormitório, já ia virar à direita, em direção a seu amado quarto particular, quando notou uma movimentação incomum no estreito corredor. Viny carregava duas maletas velhas consigo, seguido de perto por Beni, Índio e Capí. Era raro ver Capí ali dentro, a não ser quando o pixie entrava para limpar o dormitório. "O que vocês estão fazendo?!"

"Estamos oficialmente tirando o véio da casa dele, né, véio?"

"Afastando ele do Fausto por uns dias", Índio acrescentou com discrição, conduzindo o amigo pelos ombros ao longo do corredor. Capí parecia derrotado, sentindo-se o pior dos filhos, enquanto os seguia para o quarto que Viny dividia com Índio. "É só por alguns dias, Capí... Cê precisa dessa distância."

"Se fosse por mim, véio, tu saía de lá pra sempre. Ele só te faz mal."

Ficando um pouco atrás para explicar melhor, Beni sussurrou, "*Ele passou o dia inteiro ignorando o filho*", mas Hugo desconfiava de que Viny tinha outros motivos.

Não era apenas para afastá-lo de Fausto, Hugo tinha certeza. Era também para que eles pudessem ficar de olho no amigo o maior tempo possível. Viny não o deixaria mais sozinho um segundo sequer. Não depois do que tinham visto na Lapa.

Abrindo a porta do próprio quarto – o mais famoso da Korkovado, por ter uma metade totalmente zoada e a outra sem nenhum trem fora do lugar –, Viny levou as malas para dentro. Só então Índio percebeu algo preocupante.

"Peraí, em que cama o Capí vai dormir?"

"Na tua, oras!" Viny sorriu, jogando as malas dele na cama impecável do pixie mineiro, e Hugo riu tão alto que derrubou Dom Pedro do cavalo lá na sala.

O absoluto desespero no olhar de Virgílio OuroPreto era impagável.

"Mas onde é que eu vou dormir?!"

Como resposta ao mineiro, Capí, Viny e Beni olharam sugestivamente para Hugo, que largou o sorriso, "Ah, não... não olhem pra mim!"

"Deixa de frescura, Adendo. Tem uma cama vazia no teu quarto que a gente sabe." Viny começou a carregar a mala pesada do mineiro pelo corredor.

"Peraí, cê fez minha mala?!" Índio foi atrás do loiro em pânico, como se sua vida dependesse daquilo. Agora igualmente desesperado, Hugo fez o mesmo, os dois tentando protestar contra aquele absurdo enquanto Viny se fazia de surdo. "Eu não acredito que cê fez a minha mala sem a minha permissão!"

O loiro riu. "Tu achava mesmo que eu ia te consultar?! Tu nunca ia deixar eu tocar nas tuas coisas!"

"Mas não ia mesmo, não!"

Hugo teria rido, mas estava desesperado demais para rir, com aquela desgraça acontecendo. "Vocês não vão colocar esse aborígene no meu quarto!"

"Ah, vamos, sim."

"Por que não colocam o CAPÍ no meu quarto, em vez dele?!"

"Porque eu sou o único que pode divertir o véio, Adendo. Vocês dois iam tornar a vida dele ou um pandemônio ou um tédio fenomenal! E tu não reclama, não, Índio. Eu estou te tirando do inferno e te colocando no paraíso."

"Paraíso?! Com o Hugo?! Prefiro o inferno."

Idá fechou a cara, e os dois só não se estapearam porque Viny empurrou a mala no peito do mineiro, tirando seu ar, "Entra logo, chatice ambulante!"

A contragosto, Índio obedeceu, e, assim que o fez, Hugo viu a surpresa em seu olhar. Era a primeira vez que o mineiro punha os pés no quarto de Idá e, por mais que tentasse fingir, a boa impressão foi imediata: mochila e botas em seus devidos lugares, a pilha de livros didáticos perfeitamente alinhada a um centímetro das bordas do criado-mudo, a segunda pilha, de livros comuns, um centímetro ao lado dela, as duas camas arrumadas à perfeição, o armário um primor de arrumação e limpeza...

Índio ergueu as sobrancelhas, genuinamente impressionado.

"Não vai ser tão ruim quanto você imaginava, é?!" Hugo alfinetou. "Bandidinhos favelados também sabem arrumar o quarto."

Índio não olhou para ele, mas a antipatia em seus olhos foi visível. Um pouco mais conformado com a má companhia, o mineiro, bufando, ergueu sua mala e colocou-a com cuidado na cama que agora seria dele, a exatos dois centímetros da beirada. Ia ser interessante, dois jovens com TOC no mesmo quarto.

Abrindo a mala, Índio praguejou, de costas, "Pô, valeu, Viny. Me poupou o trabalho de jogar minhas roupas no próximo tornado."

"Estamos aqui pra isso", Viny deu uma piscadela para Hugo, que riu em silêncio. O danado tinha feito de propósito.

"Desculpa, Índio, eu não queria te incomodar..."

O mineiro pôs a mão no ombro de Capí antes que ele terminasse, "Se preocupa não, tá? Eu tô legal aqui. Cê precisa sair uns dias de casa."

"Valeu."

"Dormindo, o adendo não deve ser tão ruim quanto é acordado."

"Nossa, como você é hilário", Hugo ironizou, e já ia alfinetar de volta quando ouviram uma batida tímida à porta aberta. "Posso entrar?"

Os quatro se viraram, surpresos com a voz feminina. Gislene ali?!

Ver *Caimana* no dormitório dos meninos era rotineiro, porque Dom Pedro sempre deixaria uma elfa linda e simpática entrar, mas Gislene?!

"Eu consegui permissão especial dos quadros. Pra poder estar perto quando o Ítalo precisar."

"Ô, minha menina..." Capí olhou-a com ternura e muitíssimo remorso, recusando destroçado o beijo dela. "Gi, a gente precisa conversar."

"Véio, não faz isso..." Viny pediu, mas Capí já havia tomado sua decisão. Aquela mentira tinha durado tempo demais. "A gente pode conversar a sós?"

Olhando preocupada para os outros, Gi respondeu, "Bom, o meu quarto tá vazio hoje. A Fran vai passar a noite toda na biblioteca fazendo o trabalho de Alquimia... Por quê?"

Considerando o local bom o suficiente, Capí disse, "Vem comigo", e levou-a pela mão. Ele era o único que tinha permissão para frequentar o dormitório feminino. O único em quem elas confiavam para entrar lá e arrumar tudo sem desrespeitá-las. Fausto não podia sequer chegar perto. Nem qualquer outro professor ou aluno.

"Ah, que ótimo. Agora eles vão se enfiar lá no reino proibido das madames e a gente não vai nem poder ouvir."

"E cê queria ouvir?!" Índio olhou para Viny horrorizado. "Vai cuidar da sua vida, ôu! Ele tá é muito certo em contar!"

Então Índio já sabia do beijo também... Talvez Viny tivesse percebido que Hugo sabia e resolvera contar para o pixie que restara.

Mordendo o lábio inferior, de repente inseguro, Índio completou, "Ela vai entender."

Hugo não tinha tanta certeza assim. "Ela costuma ser bem rancorosa."

"Ela VAI ENTENDER!" Índio insistiu, tenso, e Hugo meneou a cabeça, torcendo para que Gi entendesse mesmo.

Capí precisava desesperadamente da compreensão dela, mesmo que, agora, fosse impossível conseguir seu perdão.

CAPÍTULO 27

SOBRE CURAS

Capí não voltou para o dormitório masculino naquela noite, nem nas primeiras horas da manhã seguinte de sábado, e os três passaram a madrugada inteira aflitos. Viny principalmente, volta e meia invadindo o quarto onde Hugo e Índio tentavam dormir, perguntando se o haviam visto voltar. A possibilidade de Gi ter rompido o relacionamento era enorme e, com Capí atormentado como estava, tudo era possível.

"E se ele foi ficar sozinho na floresta, Índio?! E se estiver se machucando, como fez na Lapa?!"

"Volta pra cama, Viny, pelo amor de Deus."

"Como vocês conseguem dormir?!"

"A gente consegue? Eu não tô vendo a gente conseguir. Tu tá, Índio?"

"Não, tem um loiro buzinando no meu ouvido."

Eles estavam preocupados também, claro, muito preocupados, mas não queriam deixar Viny ainda mais nervoso do que já estava… "O Capí tá bem, Viny. A Gi pode ser dura, mas não é cruel." Ao menos Hugo esperava que não. "Relaxa, ele deve ter ido pra casa, só isso."

O loiro, no entanto, só conseguiu se tranquilizar às dez da manhã, quando viu Capí chegar ao refeitório, surpreendentemente mais leve e mais calmo, para o café da manhã. Seus olhos castanhos numa alegria quase contida.

Hugo sorriu, tendo a certeza de que pelo menos Gislene havia sido legal com ele – o que já era incrível da parte dela; mesmo que provavelmente não estivessem mais juntos.

"… E então?" Hugo perguntou à amiga assim que Gi apareceu, estranhando os dois terem chegado praticamente ao mesmo tempo.

Sentando-se ao seu lado, ela buscou um pão na mesa, passando a manteiga com naturalidade. "Eu conheço o Ítalo, Idá. Ele aceitou o beijo da Dalila porque tava abalado, confuso. Não foi traição, por mais que ele sinta culpa."

Hugo ergueu a sobrancelha, olhando-a com um novo respeito. Era sério mesmo aquilo?! Ela tinha perdoado Capí?!

"... Eu podia apostar que tu sabia do beijo, Idá."

Hugo engoliu seco. "Desculpa eu não ter te contado, é que..."

"Fez muito bem em esconder de mim."

"Oi!?!"

"É de amigos assim que ele tá precisando. Amigos que confiem no caráter dele. Você não me contou porque sabia que não tinha sido traição de verdade e que, uma hora ou outra, ele mesmo ia me contar. Foi fiel a nós dois."

Hugo estava estupefato. Onde tinha ido parar a Gi que ele conhecia?! ... Ou ela sempre havia sido assim?! "Então, ele ainda é seu namorado. É isso?"

Ela e Capí trocaram olhares através da mesa, e ela sorriu dengosa. *Meus Deus, ele tinha passado a noite com ela...* Tinha, não tinha?! Só abraçados ou...? Credo, Hugo estava se sentindo uma vizinha fofoqueira. "Agora vê se tu aprende com ele, Idá, e começa a *merecer* a confiança das pessoas antes de precisar dela."

Hugo fechou a cara. Já ia rebater quando um estrondo os interrompeu, e os três se levantaram depressa para socorrer Atlas, que caíra perto deles – as pernas atingidas por uma fraqueza repentina.

Areta também se levantara e, enquanto ela e Hugo reerguiam o professor, não deixando que Capí ajudasse, outros alunos assistiam assustados, sem entender o que estava acontecendo; Symone tão confusa e preocupada quanto eles.

Putz... Atlas ainda não havia contado para ela...

Agora a futuróloga saberia e ficaria toda preocupada com o ex-marido. Provavelmente se reaproximaria dele...

Hugo olhou-a com uma nova rivalidade. Aquela argentina metida a vidente que não tentasse roubá-lo de sua mãe nos últimos meses que Dandara tinha com ele. Sua mãe não merecia aquilo. Não merecia ser trocada por uma charlatã.

Deixando que apenas Areta entrasse na enfermaria com o professor, Kanpai fechou a porta aos outros, dando oportunidade para que Capí, no corredor, explicasse sobre a doença a uma Symone progressivamente mais arrasada; Gi acompanhando a explicação com seriedade, abraçada ao namorado.

Que bom que os dois haviam se acertado, porque, a partir daquele dia, Hugo tinha certeza, precisariam cada vez mais de um Capí revigorado e fortalecido, para aguentarem o tranco daquela doença. A Esclerose tinha acelerado de novo – Hugo percebera no olhar do professor. Tinha acelerado e não pararia mais. Aquela tarde ensolarada, de bate-papo na praia, havia sido o último momento bom do professor. O último dia de trégua da doença. A partir de então, todos os dias seriam de batalha.

As semanas seguintes confirmaram o que Hugo suspeitara: perda parcial da audição, incômodo visual, sensação de agulhadas na pele, tremor na mão direita... um surto atrás do outro, sem que os primeiros houvessem sido superados. Um terror. Somente graças a Rapunzela e suas mentiras na Rádio Wiz a verdade sobre a doença não se alastrava pela escola, com os sumiços cada vez mais constantes do gaúcho.

"*E mais um experimento deu errado para o professor Atlas!*" [Póim-Póim-Póooooim...] "*Esta é a terceira semana de pesquisas que nosso querido gaúcho está fazendo com a Medicina Azêmola, e eu digo, galerinha: não tentem isso em casa!*"

"*O experimento foi em que parte do corpo desta vez? Na vista?!*"

"*Na viiista, Lepé!*"

"*É nisso que dá ficar muito tempo perto da Kanpai, 'fessor!*"

[Créeeeeeedo]

"*Se forem fazer pesquisas excêntricas como as dele algum dia, galerinha, nunca, NUNCA chamem uma japonesa psicopata para ajudar.*"

"*E, agora, fiquem com mais um sucesso das rádios azêmolas! Esse foi um programa da Rádio Wiz! A Rádio que fala, mas não diz!*"

[Rádio Wizwizwizwizwiz!]

... e 'Fera Ferida' começou a tocar nos alto-falantes da escola. Após o fim de cada transmissão, Hugo via Rapunzela sair da saleta da rádio e ir chorar escondida num canto. Tinha recebido a notícia da doença diretamente de Rudji, no dia da queda, com a recomendação de que ela os ajudasse a ocultar aquela informação, e nem para Lepé ela havia contado a verdade. Pessoas confiáveis eram assim.

Suas mentiras manteriam os alunos ignorantes por um tempo. Eles não podiam saber da doença. Uma escola inteira em clima de enterro era tudo de que Atlas menos precisava para se recuperar do desânimo e do desespero que o dominavam a cada novo surto. Não permitiriam que ninguém lamentasse sua morte antes da hora. Até porque Atlas não ia morrer. Eles venceriam aquela desgraçada; o professor, com muita fisioterapia e força de vontade, e Rudji, com sua perseverança na pesquisa. Nem Kanpai, nem o irmão, deixariam que os outros desanimassem ou desistissem, muito menos o amigo gaúcho deles, que, só com muito esforço, estava conseguindo recuperar a força nas pernas.

Dandara o visitava quase todos os dias para distraí-lo. Conversava, namorava, soltava piadinhas que conseguiam até fazê-lo rir... e isso ajudava muito! Até que Dalila proibiu de vez sua entrada, dizendo que uma escola de magia não era lugar para azêmolas *faveladas* namorarem. Hugo quis acabar com a cara da vaca quando soube. Não só ele como todos os professores também. Era a proibição mais absurda da história! No estado em que ele estava, impedi-la de vê-lo na escola era quase o mesmo que separá-los para sempre! Não era como se ele pudesse sair andando da Korkovado quando bem entendesse o tempo todo...

Não, agora era questão de honra. Eles precisavam encontrar a cura. Não podiam deixar que Dalila fizesse aquilo. Atlas ainda conseguia passear fora da enfermaria. Alguns dias até estava bem o suficiente para subir, com ajuda, até a entrada da torre, e encontrar com Dandara no parque, mas até quando? Não era sempre que Kanpai conseguia reverter os surtos com tanta rapidez, e a doença estava agindo cada vez mais como uma locomotiva, passando por cima do professor sem cessar, um vagão atrás do outro.

A cada surto, mais alunos ficavam sabendo e, a esses, era pedido sigilo e discrição. Não queriam ninguém de luto antecipado ali, desrespeitando a enorme força que o professor estava fazendo para lutar contra a desgraçada.

Os Pixies assistiam arrasados, tentando dar apoio emocional – única coisa que eles podiam fazer; Gislene sempre ao lado de Capí, dando-lhe força. Hugo estava impressionado. Sabia que Gi era leal acima de tudo, mas não imaginava que podia ser tanto; a ponto de passar por cima do próprio orgulho daquele jeito, ignorando uma traição para ficar ao lado dele. Talvez fosse por respeito. Um respeito tão grande pelo ser humano que ele era, que o beijo em Dalila se tornara irrelevante.

Para não dizer que nada havia mudado, eles tinham ficado ainda mais próximos! Mais intensos nos beijos, mais companheiros, mais unidos do que nunca, e aquela demonstração aberta de afeto, por incrível que pudesse parecer, foi desmotivando os críticos do namoro, que perderam a coragem de criticar; como se a confiança que Capí estava demonstrando desencorajasse os valentões.

Isso não significava que ele estivesse recuperado da depressão; só garantia que, perto de Gislene, ele ficava mais alerta ao momento, menos afundado nas próprias lembranças. As palavras sussurradas por ela em seu ouvido eram sempre naquele sentido, de mantê-lo no presente, atento ao que podiam fazer pelo professor, impedindo que Capí se voltasse ao passado por um segundo que fosse. Os lados não interessavam. Só a frente. Somente Atlas.

Infelizmente, enquanto Capí melhorava aos poucos, com a namorada firme nas rédeas, o professor só piorava, e aquilo, inevitavelmente, puxava o pixie para baixo também, ao mesmo tempo que, estranhamente, o fazia mais *Capí*. Ele era mais *ele* quando ajudava os outros; quando ajudava o professor; tratando-o com carinho, tentando incutir nele a paciência, a persistência, a confiança... segurando sua mão durante os infinitos exercícios físicos, quando a exaustão ameaçava dominar o gaúcho, e seus olhos se enchiam de lágrimas de absoluto desespero...

A dinâmica era simples: Gi ajudava a manter Capí de pé para que ele pudesse ajudar o professor a se manter de pé. Depois de uma vida inteira sendo cuidado por Atlas, era sua vez de fazer alguma coisa pelo professor; de ser forte por ele. Gi repetia aquilo no ouvido do pixie como um mantra, e Capí respondia sendo ainda mais *Capí*, mesmo tendo de fazer um esforço descomunal para se manter no foco. Ao lado dela, o pixie era mais forte, e nenhum dia se passava sem que Hugo admirasse o casal: Capí por se superar a cada dia e Gislene por ser a fortaleza que ela era. Menina nenhuma teria aguentado um namorado naquele estado de pressão interna, mas Gi não era qualquer uma. Gi não estava ali de brincadeira. Ela conhecia uma guerra de perto, e aquilo era guerra. Uma guerra sem fuzis, nem traficantes, mas tão difícil quanto.

As aulas de alfabetização ajudavam. Por mais esgotado que Capí estivesse, Gi não permitia que ele as deixasse nas mãos dela, estimulando-o a planejar cada detalhe das lições junto a ela, insistindo em chamar sua atenção sempre que ficava preso nas malditas memórias de novo... Nessas horas, ele sacudia a cabeça e, com muito esforço, voltava a focar no que estava fazendo: no planejamento, no ensino, no apoio emocional aos alunos... Aí, sim, via-se o velho Capí de volta. Ajudar os outros era o combustível dele. Um combustível que precisava ser constantemente reabastecido, vinte horas por dia. Se dessem trégua, a mente do pixie voltava ao passado.

Entendendo aquilo, Rudji também começou a chamá-lo sempre que possível, para que, juntos, tentassem desenvolver uma cura, ou pelos menos uma maneira de sustar o avanço acelerado da doença. Dois cérebros pensavam melhor do que um, e o japonês estava tentando de tudo. Passava noites em claro estudando o distúrbio, procurando qualquer brecha que pudesse explorar. Pela manhã, chegava com várias ideias na cabeça e corria para testá-las, sempre sem sucesso. Nessas horas, ele não aceitava a presença de nenhum de seus estagiários no escritório. Só Capí podia testemunhar sua frustração e seu desespero ao ver que mais uma tentativa sua fracassara.

"Devia sentir vergonha mesmo, por ser tão incompetente", Hugo comentou rancoroso, e Capí olhou-o como a uma criança que não sabia o que dizia. "Mas é verdade! Se ele não é especialista em curas, dê pra quem saiba!"

"Você acha que ele não tenta? Infelizmente, a maioria dos cientistas bruxos está ocupada com doenças mais relevantes para o mundo mágico."

"Querem prestígio, né? Os filhos da mãe."

"São doenças importantes também, Hugo. Não matam, mas afetam uma quantidade maior de bruxos", Capí pausou cansado; as olheiras mais pronunciadas do que de costume. Nem ele nem Rudji pareciam ter dormido aquela noite. "A gente até está em contato com os curandeiros da Boiuna pra ver se descobrem alguma coisa, mas tá difícil. O processo de encontrar possíveis tratamentos na floresta, caso existam, leva anos... às vezes décadas. É preciso achar a raiz certa, a semente certa, em meio a milhares de plantas ainda desconhecidas. Não é algo que você possa dizer: 'Aqui, *esta* é a planta.' Tem coisas que nem o pajé consegue adivinhar assim."

"Já tentou o Lago das Verdades?"

Capí sorriu com a sugestão. "A atmosfera do lago só nos revela verdades que, no fundo, já sabíamos e não conseguíamos assumir pra nós mesmos."

Hugo entendeu, sentindo uma nova tristeza abatê-lo. Aquela havia sido sua última esperança de sugerir algo que pudesse fazer a diferença.

Enquanto isso, Rudji continuava tentando desesperadamente criar uma poção que ao menos interrompesse o avanço desenfreado da doença; Atlas resistindo o quanto podia, tomando sol, fazendo os exercícios, bebendo o que Rudji oferecia, aceitando os feitiços de Kanpai, por mais que doessem, acatando tudo que os dois irmãos lhe davam para aliviar os sintomas mais fortes...

Muitos dos testes que Rudji desenvolvia acabavam piorando a náusea em vez de aliviá-la, outros criavam novos sintomas, mas Atlas continuava confiando, na esperança de que, um dia, o japonês acertasse. Efeitos colaterais eram inerentes ao desenvolvimento de qualquer cura, e eles não tinham tempo para experimentar em animais primeiro. Os piores testes eram aqueles que funcionavam no início, para depois piorarem tudo de novo. Nada mais desesperador do que dar esperanças a um paciente e depois arrancá-la dele. Mas tinham que continuar tentando.

Volta e meia vinha um surto mais pesado e Atlas ia parar na enfermaria. Só então Symone aparecia. Ficava observando o ex-marido dormir, com um olhar de piedade. Não arriscava aparecer enquanto ele estivesse acordado. Temia estressá-lo com sua presença, piorando ainda mais o estado dele.

Ela que não decidisse se reaproximar, a intrometida. Dandara era uma mulher digna e trabalhadora, que merecia ser feliz o quanto pudesse com ele, ao contrário daquela charlatã, que não previra a morte de nenhum dos dois filhos, nem a traição do cupincha do Atlas, nem porcaria nenhuma. Aquela insuportável já havia tido a chance dela e estragado tudo. Não tinha o *direito* de querer tomar o lugar de sua mãe. Ainda mais agora, que Dandara estava sendo proibida de entrar. Oportunista maldita...

Se bem que Symone só aparecia quando o professor estava dormindo. Talvez sua intenção não fosse mesmo roubá-lo dela. Talvez fosse apenas afeto mesmo. Por várias semanas foi assim; ela visitando, às escondidas, sempre que Atlas precisava passar a noite lá, até que, um dia, Hugo a flagrou encolhida do lado de fora, chorando desesperada enquanto o ex-marido dormia lá dentro, e o ódio que Hugo sentia por ela se dissipou, transformando-se em preocupação, "O que aconteceu?! Alguma coisa com o professor?!" Ela estava pálida! *Apavorada* até, e ele recolheu seus espinhos, vendo a professora negar intensamente, como quem se recusava a ver. "Yo *tive* una pesadilla muy fuerte. Mui *dolorossa*."

"Um pesadelo? Sobre o professor?!"

Trêmula, ela negou mais uma vez, soluçando, "*Sonhê* que *ti-ravam* mi hijo de mi. Que y-yo tenia un bebê muy lindo y ho-hombres de la Guardia *roubavam* mi hijo de mi! Fue deses-perador!"

Hugo estranhou, "A Guarda? A Guarda de Midas?!", e ela arregalou os profundos olhos azuis ao ouvir aquele nome, fazendo que sim com a cabeça. "En el sueño, yo sa-abia que eso ocurriría: que sa-acarían mi hijo cuando él *nascesse*…"

Uma premonição? Hugo se assustou. "Mas você nem tá grávida, tá?!"

"No! No estoy! No com-prendo!"

Ele olhou-a preocupado. Symone parecia desorientada demais para aquele ser um sonho comum… Ao mesmo tempo, não tinha como ser premonitório, tinha?! Ela devia ter uns 47, 49 anos de idade! Um pouco fora da idade ideal para ter mais filhos…

Querendo tranquilizá-la, ele tentou racionalizar, "Talvez o bebê do sonho simbolize o Atlas, e você esteja com medo de perdê-lo. Só isso."

Ela concordou, querendo acreditar que sim, e Hugo ficou observando o desespero dela por um tempo, percebendo o que nunca quisera perceber: Sy também havia sido afetada pela morte de Damus. Claro. Era a mãe! Hugo nunca parara para pensar naquilo. Sempre ficara do lado do professor nas brigas do casal, mas… ela também perdera dois filhos… Dois filhos que haviam saído *dela*! Devia ser até mais desesperador do que o vazio que Atlas sentia, ainda mais tendo que lidar com aquelas mortes sem o apoio do pai das crianças e, pior, ouvindo-o acusá-la, todos os dias, de ser a culpada pela morte do mais velho. Devia ser duro…

Naquela noite mesmo, Hugo decidiu não mais importuná-la. A argentina não merecia seu ódio, por mais charlatã que fosse, ou não fosse. Provavelmente não era. Caimana havia alertado Hugo sobre julgamentos precipitados e ele não escutara. Claro que não. Quando é que escutava alguma coisa? Tinha sempre que quebrar a cara para aprender, *né, Idâ*?

Respeitando o sofrimento da futuróloga, ele decidiu ir embora sem falar com o professor daquela vez. Esperaria até que Atlas recebesse alta de novo.

Quando o gaúcho finalmente saiu da enfermaria, no fim daquela semana, estava exausto. Via-se pelas manchas escuras sob os olhos, aprofundadas pelos testes de Rudji, e Kanpai expulsou-o dali para que respirasse um pouco de ar livre.

Enquanto isso, Rudji ia aparecendo cada vez menos no refeitório para se alimentar; incansável em seu trabalho disciplinado de japonês. Passava dias seguidos trancado no laboratório, procurando a fórmula que salvaria seu amigo, saindo apenas para dar suas aulas. Dormir era secundário; comer, terciário; os óculos coloridos ajudando a disfarçar seu estado diante dos alunos. E quando alguma tentativa de cura finalmente amenizava um surto, logo Atlas sofria outro diferente, que provava a ineficácia da poção antiga contra o novo ataque.

Os remédios azêmolas até conseguiam diminuir algumas inflamações no sistema nervoso central, mas elas sempre voltavam, causando surtos mais fortes e mais duradouros, numa velocidade impiedosa e enlouquecedora, que nenhum azêmola portador de EM experimentava ou ao menos aguentaria, mas que Atlas estava suportando bravamente. As paralisias eram os surtos mais desesperadores, depois da cegueira; isso quando vista embaçada, dormências e tonturas não o atacavam juntas, no meio do corredor. Enfim, era uma corrida contra o relógio atrás da cura enquanto Atlas era seguidamente nocauteado, como se somente o tempo DELE estivesse acelerando enquanto o restante do mundo, inclusive os outros portadores da doença, viviam as 24 horas por dia de uma vida comum.

Quando possível, o professor ainda tentava agir como antes. Manter a cabeça funcionando era importante para o ânimo, e ele o fazia: assistindo às matérias que a doença deixava que ele assistisse, dando dicas para seus antigos alunos em Defesa, já que Oz não facilitava as coisas..., auxiliando nas aulas secretas de alfabetização, que, só por serem secretas, já empolgavam o professor..., auxiliando também o picareta do Abramelin em História da Magia Europeia, porque, aparentemente, o velho sabia 'tanto' de História que as informações se embaralhavam em sua mente *sábia e brilhante*, e só faziam sentido com a ajuda de outro professor... Isso quando Atlas não ensinava praticamente a aula inteira no lugar do velho embusteiro.

Até o dia em que não precisou mais ajudar, porque o novo professor oficial de História finalmente chegou de viagem, para retomar o posto que abandonara 16 anos antes.

ΠΞ
CAPÍTULO 28

O BOM AVENTUREIRO A CASA TORNA

Naquela primeira manhã de junho, o refeitório estava cheio de rostinhos entristecidos. Em outros anos, as expectativas já estariam altas para as férias de meio de ano, tão próximas agora, mas ninguém ali era cego. Atlas entregara seu posto de professor para Oz havia quase quatro meses, dizendo que precisaria 'se ausentar' e, até agora, não tinha viajado. Muito pelo contrário. Estava claramente sem condições. Emagrecia a olhos vistos! Quando aparecia, era andando cansado pelos corredores, comendo em silêncio, curvado sobre o prato. Mesmo ajudando Oz e Abramelin nas aulas, fazendo o que gostava, não era o mesmo Atlas de antes. Todos viam. Passava mais tempo na enfermaria do que em qualquer outro lugar, e a cada dia o refeitório ia ficando mais silencioso no horário das refeições.

As mentiras da Rádio Wiz haviam convencido alguns, mas só no início. Ninguém conseguia manter em segredo, por tantos meses, uma doença em estado terminal. Não com todos percebendo a piora progressiva. Eles já sabiam.

Até Griô sentira necessidade de aparecer, para tentar elevar os ânimos. Não obtendo êxito, mesmo vestido de mestre Jedi, com sabre de luz em mãos, afastou-se derrotado, comentando, *"A morte é u fenômenu mais incompreendido da humanidade, Piquenu Obá...."*, e desaparecendo na própria névoa.

"ELE NÃO VAI MORRER!" Hugo ainda gritou irritado atrás dele, mas só conseguiu com isso assustar a pobre Zoroasta, que estivera rodopiando através da fumaça deixada pelo Gênio ao desaparecer. Recuperada do susto depois de um discreto "Ui", a diretora voltou a se divertir, como se nada trágico estivesse acontecendo, deixando o aluno sozinho com seus sombrios pensamentos.

"O Atlas não vai morrer..." ele ainda repetiu, sentindo todo o peso do que o Gênio africano dissera. Nem Griô acreditava na recuperação do professor...

Tentando tirar aquilo da cabeça, Hugo voltou o olhar para Capí. O pixie estava mal de novo, pior do que normalmente, e ele não conseguia entender por quê. Não devia ser a doença do Atlas. Parecia um receio novo...

"Ustra enviou outro corvo", Viny explicou num murmúrio. "O cretino percebeu que a primeira carta tinha sido extraviada e enviou outra, desta vez de próprio punho, só pra atingir o véio. Ainda teve a pachorra de escrever '*com carinho*' no final, o canalha, pra puxar o Capí de volta pra tortura."

De fato, agora que Hugo reparava, o olhar do pixie não era de receio por doença alguma. Era de medo. Puro medo... Não medo de ir preso por calúnia; isso ele aguentava, e aceitaria com resignação. Medo por perceber que Ustra teria acesso a ele, em qualquer presídio. Ia cair nas mãos do general de novo... Hugo não tinha pensado naquele detalhe. Ustra fizera questão de *assinar* a carta, num claro recado de que era aquilo que aconteceria, e o pânico estava visível nos olhos do pixie. As memórias da tortura todas lá de novo, repetindo-se em seu cérebro, desesperadoras.

Olímpia não tinha conseguido falar com Mefisto então. Ou não conseguira convencê-lo. *Também, quem tu pensava que era, Idá, achando que um Alto Comissário da República desistiria de processar alguém por uma súplica idiota sua?* Claro que não. Agora o que Mefisto pensaria dele?

Hugo se censurou, chacoalhando a cabeça. Não. Precisava pensar positivo. Olímpia não tinha falado com o Comissário ainda. Ela conseguiria. A sanidade do pixie dependia daquilo. Capí precisava, urgente, de algo a mais em que se segurar.

"ALGUÉM ME CHAMOU?!" uma voz profundamente simpática soou da entrada, e todos no refeitório voltaram o olhar para a porta, vendo um senhor em seus 70 e poucos anos de idade, encorpado e de altura considerável, abrir os braços, com um sorriso jovial e uma roupa de aventureiro no corpo, dizendo, "Tuchinha!"

Feliz como uma criança, Zoroasta correu em direção a ele, que a agarrou, rodopiando com a velhinha enquanto ela gritava "Iuhuuuuu!" de braços abertos. Vendo aquilo, Viny cutucou empolgado o amigo, "É o teu avô, véio! Teu avô voltou!", mas Capí estava perdido em reminiscências desagradáveis e nem percebeu o loiro sair em direção ao simpático aventureiro a passos largos, "Grande vô Tibúrcio! Finalmente vamos ter uma aula decente aqui nesta joça?!"

Hugo olhou impressionado para o velho. Então era ele o professor oficial de História da Magia Europeia?! O avô de Capí?!

Com seus cabelos branquinhos cobertos por um chapéu Indiana Jones e uma varinha marrom presa a um cinto de apetrechos, Tibúrcio parecia mais um tio distante de Atlas do que avô de Capí. Assim que viu Viny, trouxe Zoroasta de volta ao planeta Terra para bagunçar os cabelos do jovem.

Hugo sorriu. Conhecia bem aquele cumprimento.

Tibúrcio olhou emocionado à sua volta, parecendo não acreditar que estava de volta, e sorriu para Tuchinha de novo, bagunçando também os cabelos curtinhos da diretora; seus olhos azuis fitando, com ternura, os castanhos dela.

Gislene observava os olhinhos cintilantes de Zô com um sorriso afetuoso no rosto, enquanto absolutamente todos os alunos mais velhos iam cumprimentar Tibúrcio, felizes em revê-lo depois de tantos anos. "Eles bem que dariam um casal fofo, né, Ítalo?", mas Capí não estava presente naquele refeitório, e Gi o cutucou, "Né?"

Voltando a si, o pixie respondeu "Uhum" no automático. Não tinha ouvido a pergunta.

"É o teu avô, Ítalo!" Ela sacudiu o namorado, voltando a fitá-lo receosa ao ver que ele não percebia. Estava em outro mundo, e Gi olhou preocupada para Hugo. Capí precisava reagir! Não podia continuar preso à tortura daquele jeito!

Lá na frente, Tibúrcio apertava a mão de Lepé, agarrando Índio pelo pescoço com o outro braço, de surpresa, e bagunçando seus cabelos ao som das risadas dos outros. Só depois de deixar o mineiro bem bagunçadinho, Tibúrcio o largou e se livrou do ajuntamento de jovens, indo na direção que realmente importava, "Cadê o neto querido do meu coração?!"

Gislene deu uma cutucada mais forte no namorado, que se recompôs ao ver o avô chegar e se levantou para abraçá-lo, fingindo estar bem. "Bença, vô."

"Que o monstro do Lago Ness te abençoe!" Tibúrcio brincou, brandindo uma espada invisível sobre os ombros do jovem, e então bagunçando os cabelos castanhos do neto também.

Fazendo um esforço enorme para parecer normal, Capí apresentou, "Este aqui é o Hugo, vô. Ele é um de nós agora."

"Cinco Pixies?! Que Merlim nos proteja. Como vai, rapaz?" Tibúrcio apertou alegremente a mão de Hugo, que sorriu, grato por ver alguém tão cheio de vida ali.

"E essa rapariga que estava abraçando meu neto?" Ele olhou com carinho para Gislene, e Capí esboçou um sorriso encabulado. "Essa é a Gi."

Não satisfeita com a resposta, ela se adiantou, "Gislene Guimarães, *namorada* do seu neto. Como vai, seu Tibúrcio?"

O velho ergueu as sobrancelhas impressionado. "Certamente melhor agora. Quem diria, hein, rapaz! Eu até pensei em comentar que ela era uma garota de sorte por ter encontrado um namorado como meu neto, mas, pela atitude que a moça demonstrou agora, acho que quem teve sorte aqui foi você, né, garoto?!"

Capí concordou, fitando-a com um sorriso cansado nos olhos. "E como vai a Felícia, vô?"

"Um encanto de pessoa."

Hugo e Gi estranharam, "Quem?!"

"Uma aprendiz minha. Nada a ver com vocês."

Ah, tá. Que susto.

"Atravessou meio mundo comigo já, só neste semestre. Por sorte, a gente estava aqui pertinho quando eu recebi o chamado da Zô – na fronteira do Chile com o Peru, pesquisando as planícies de sal e os vulcões do deserto do Atacama. Deixei minha nobre aprendiz lá, inclusive. Cuidando da Foguinho."

Capí olhou incrédulo para o avô. "Você deixou a pobre tomando conta de uma salamandra?!"

Tibúrcio piscou malandro. "Vai se queimar toda, coitada. A não ser que aprenda a tratar bem minha lagartinha de fogo. Estagiária é pra essas coisas, né?"

Os Pixies riram. Capí mais ou menos.

"Relaxa, criança. Não é pra isso que ela está comigo?! Pra aprender?!" Ele ergueu uma sobrancelha simpática. "Mas o crédito é todo seu, claro. Por tê-la tratado com a cordialidade que você a tratou alguns meses atrás. Aliás, ela disse que ficou bem impressionada com o estado do seu rosto naquele dia. Comentou isso comigo várias vezes. Vejo que ainda tem algumas marcas aí. O que aconteceu? O Ehwaz se rebelou contra suas sessões de cócegas na grama?" Tibúrcio brincou, e os outros Pixies se preocuparam. Ninguém tinha contado pra ele?!

Capí não parecia surpreso. Apenas sorriu de leve, fingindo achar graça, e Tibúrcio olhou com simpatia para o neto. "A cicatriz ficou legal. Eu sempre soube que um dia aquele unicórnio ainda ia te chifrar." Ele riu pelo nariz. "Falando nisso, eu também fui bicado um dia desses, olha aqui." Arregaçando a manga, ele mostrou uma cicatriz bem grande no braço envelhecido. "Um Hipogrifo, acredita? Bichinho tão inofensivo. Devia estar traumatizado, coitado. Não curei o corte com magia em *sua* homenagem. Deixei a cicatriz. Que tal? Impressiona as garotas."

Capí sorriu bondoso, indo devolver seu prato à cozinha. Não estava aguentando fingir para o avô. Assim que o neto saiu, no entanto, o velho professor também escureceu o semblante, largando o próprio fingimento. "O que aconteceu com meu neto?"

Sem saberem o que dizer, os Pixies começaram a murmurar "Nnnnnada demais não...", mas Tibúrcio os cortou, "Ele está diferente. O abraço dele não teve nem um quinto da força que tinha antes. O que houve?"

Percebendo, pelo silêncio inseguro dos jovens, a gravidade do que tinha acontecido, ele apertou os braços de Viny, "Foi algum aluno valentão daqui, não foi? Ele foi humilhado de novo? Bateram nele de novo, foi isso?"

Viny e Gislene se entreolharam, resolvendo contar. Gi se adiantou, "Ele foi torturado, seu Tibúrcio."

O professor olhou-os tenso. "Torturad... *Tortura* é uma palavra muito forte, mocinha. Tem certeza de que é *essa* palavra que você quer usar?"

Gislene confirmou lentamente com a cabeça. "Tortura pesada."

O choque do velho aventureiro logo deu lugar à mais profunda indignação. "Quem foi?! O Abelardo?! Porque, se foi o Abelardo, eu..."

"Não, seu Tibúrcio. Não foram alunos. Foram adultos bem crescidinhos. Quinze deles. A cicatriz no rosto, foram eles que fizeram, e não o Ehwaz."

Os olhos do avô arderam em fúria. "Que tipo de adulto covarde tortura uma criança?!"

"Mefisto Bofronte", Viny respondeu rancoroso. "E os capangas dele."

"Seis dias e sete noites de tortura", Gislene adicionou, decidindo não esconder mais nada do único membro da família de Capí que o ajudaria. "O Ítalo ficou sem falar umas duas semanas depois daquilo."

Tibúrcio tentou se recompor, os olhos úmidos procurando pelo neto, mas Capí não havia saído da cozinha ainda; estava evitando o avô. Atordoado, Tibúrcio viu o mestre alquimista passar e pegou-o pelo braço, "Rudji, me diz que esses meninos estão caçoando de mim. Me diz que eu não estive ausente no momento mais difícil da vida do meu neto."

O japonês tomou as mãos do senhor nas suas com carinho, "Vem comigo, meu velho, que eu te explico", e conduziu-o por entre os alunos; o pobre avô indagando perplexo *"Onde o Atlas estava que não impediu?!"* enquanto sumiam em meio aos estudantes, deixando Hugo com uma pontada de remorso ao ouvir pergunta tão familiar. A mesma que ele próprio fizera, tão cruelmente, a Atlas depois da tortura, acusando-o de negligência.

"Agora eu entendi por que a Zô chamou o Vô Tibúrcio de volta da aposentadoria em vez de contratar outro professor qualquer", Viny observou sério. "Ele vai conseguir alegrar o véio. Sempre alegrou. Vocês vão ver."

Hugo esperava que sim. Rudji provavelmente já estava explicando ao velho avô que Atlas não conseguira defender seu neto porque havia sido demitido e expulso da Korkovado na época, exatamente por proteger Capí contra Ustra. O velho entenderia. Mesmo tendo contratado Atlas para defender seu neto, ele entenderia. Ao contrário de Hugo que, vendo o sofrimento do gaúcho por não ter estado lá, mesmo assim o acusara de incompetente.

Não se aguentando de remorso, Hugo se encaminhou para a primeira aula do dia. Talvez uma boa lição de Feitiços o fizesse esquecer por algumas horas a injustiça que cometera. Areta o irritaria ao ponto do esquecimento, ele tinha certeza. Não podia voltar atrás nas coisas que dissera aquele dia na enfermaria. Uma vez ditas, palavras tão cruéis não podiam ser desditas, nem suas consequências apagadas. Por causa delas, Atlas voltara à Sala das Lágrimas atrás dos culpados pela tortura... Por causa delas, Atlas vira o filho ser morto de novo, retomando sua obsessão de voltar no tempo para salvar o menino... Por causa delas, sua doença piorara.

Angustiado por sua culpa naquilo, Hugo já ia galgando os primeiros degraus a caminho do sétimo piso quando avistou Atlas no primeiro andar, apoiado na parede, passando mal.

CAPÍTULO 29

PERNAS

Hugo correu para ampará-lo. "Professor, tá tudo bem?!"

Atlas respondeu que sim com a cabeça, mas não estava tudo bem; parecia completamente desorientado. Tentando se desgrudar da parede, o professor foi empurrado contra ela novamente, como que por uma força invisível. Estava tonto demais, e não só isso. As pernas, rígidas, não queriam responder direito, e Atlas cerrou os olhos, tentando não demonstrar seu desespero, mas era impossível... Com ódio da doença, começou a socar a parede, chorando de raiva, e Hugo segurou seu punho, "Você só vai se machucar assim, professor!"

Atlas estava exausto demais para discordar. Esgotado, procurou se acalmar, apesar de tudo dentro de si implorar que ele berrasse, e Hugo apoiou o braço do professor em seus ombros, ajudando-o a atravessar o corredor até onde pudesse se sentar. Instalado no banco mais próximo, o professor se curvou, com as mãos nos cabelos, humilhado, enquanto Hugo fitava-o sem saber o que fazer. Nunca o vira derrotado daquele jeito... "Vai dar tudo certo, professor. Você vai ver."

"Ah, guri... como eu queria acreditar nisso..." Atlas voltou o rosto para cima e cerrou os olhos, tentando se livrar da vertigem. Ou das lágrimas. Um dos dois.

"Vamos ali na Kanpai?" Hugo sugeriu, com a ternura que o professor merecia, e Atlas lhe devolveu um olhar agradecido, mas absolutamente cansado, "De que adianta, guri?"

"Eu te ajudo, vem."

Diante da insistência, Atlas aceitou, sem vontade nenhuma de voltar àquela enfermaria, mas aceitou, e os dois foram juntos; o professor apoiado no aluno. As pernas do gaúcho até obedeciam, mas de uma forma um tanto descoordenada, e só com muito esforço Hugo conseguiu ajudá-lo até lá, carregando o peso quase inteiro dele nos braços.

Cansado, mas satisfeito por estar ajudando, Hugo entregou-o aos cuidados da japonesa, permanecendo na soleira da porta para dar apoio moral. Era o mínimo que podia fazer depois de todos os desaforos que Atlas já aguentara dele.

"Vamos lá, mais uma", Kanpai insistiu, pedindo ao professor que esticasse e dobrasse as pernas de novo; movimento simples, que Atlas estava tendo uma dificuldade enorme de fazer, e ele parou exausto, desistindo no meio, "Chega, Kanpai, eu não consigo. Tu não vês que eu não consigo?!"

"Bobagem, claro que consegue", ela insistiu, enquanto Hugo acompanhava num canto, mantendo-se discreto. Era duro assistir. Duro demais ver um professor como o Atlas naquele estado. Impossível não se lembrar dele no Clube das Luzes, dois anos antes, rodopiando e dando piruetas insanas para escapar dos ataques de Capí – aliás, outro que não conseguia mais fazer nada daquilo.

Um tapa irritado de Kanpai na mesa lateral fez seus pensamentos retornarem ao presente. Atlas tinha desistido de novo, frustrado, e estava se recusando veementemente a fazer mais; a angústia escapando-lhe dos olhos.

"*Você precisa voltar a lutar, Atlas! Não se entrega, pô!... Há ANOS você luta! Cadê seu controle emocional?!*"

Ele estava negando; o rosto enterrado nas mãos trêmulas, completamente entregue ao desespero enquanto a doutora gritava, "*Com essa atitude, você só vai conseguir retroceder ainda mais rápido! Será que não percebe?!*"

Olhando-o com pena, vendo que gritar não era o caminho, Kanpai tentou ser gentil, algo que nem sabia fazer direito. "Você precisa me ajudar a retardar o avanço dessa desgraçada, Atlas... Eu sei que é difícil conviver com a doença, mas você tem que reagir!"

Rancoroso com tudo aquilo, Atlas murmurou sem olhá-la, "Eu cansei de reagir", e Kanpai deu-lhe um tapa no rosto.

"EI! Eu sou um professor!"

"Pois está parecendo uma criança! Talvez eu devesse te tratar como uma!"

Ah, agora sim, a velha Kanpai! Hugo não conseguiu deixar de sorrir, e Atlas olhou-a irritado, mas mudo. O tapa o pusera em seu lugar.

Kanpai respirou fundo, abaixando-se para ficar na altura do professor, "*Atlas, cadê a tua força de vontade? A gente lutou contra essa filha da mãe por tantos anos... Você já sabia que ia ter que conviver com ela, sabia que poderia ficar progressivamente incapacitado. Por isso mesmo, fazia os exercícios, tomava as poções, REAGIA, apesar do cansaço enorme que essa doença provoca. Agora que ela acelerou, você precisa dobrar o ritmo de antes, e não parar!*"

"De que adianta, Kanpai?! Eu vou morrer! Tu mesma disseste!"

Irritada com o próprio descuido, Kanpai olhou para a janela em busca de alguma ideia. Voltou-se para ele assim que a teve, "Pense nisso como um desafio! Uma aventura! Você gosta de aventuras, não gosta? Por que não encara a doença como uma?" A voz dela embargou. *Estava desesperada...* Hugo nunca a vira se emocionar daquele jeito. Um pouco, talvez, diante do estado de Capí, mas não daquele jeito. A situação de Atlas era diferente. Era sem saída. Sua competência como médica não servia de nada ali. O máximo que podia fazer era ajudá-lo a recobrar os movimentos... e nem isso ele estava deixando. *"É da sua qualidade de vida que estamos falando, Atlas, por favor, não desiste."*

Hugo estava impressionado com as lágrimas da médica. Olhava-a com uma nova simpatia. Já conhecera o raro lado carinhoso de Kanpai antes, mas o carinho que ela sentia por Capí era outro. Era de quem o conhecia desde bebê. Com o professor era diferente. Era amizade. Dava para ver, em seus olhos puxados, a pena que ela sentia de ver um amigo perdendo a vontade de reagir. Perdendo as esperanças.

"Não dá, Kanpai..." Atlas olhou-a com carinho, em extremo esgotamento emocional. "Antes, os surtos regrediam depois de alguns *dias...* ou pelo menos me davam tempo de resolver a limitação e recuperar as forças antes que um novo surgisse! Eram imprevisíveis, incômodos, mas aconteciam num intervalo de vários meses. Agora, está vindo tudo rápido demais! Eu não consigo acompanhar! Nós mal começamos a tratar uma coisa, já vem a seguinte, e eu não tenho tempo nem de respirar direito! É como se eu estivesse sendo atingido por feitiço atrás de feitiço, sem ter como me defender! De que adianta?!" ele perguntou angustiado, frustrado, com raiva. "Eu CANSEI de ser invadido por esta doença! Cansei!"

"Eu sei que a impotência é desesperadora, mas não se esqueça de que você só está experimentando o aceleramento que *você mesmo* causou! Então, vê se age como adulto e assume a responsabilidade pelo que fez! Você era professor de *Defesa Pessoal*, não era?! Então! Se *defenda* dela! Lute!"

Hugo se adiantou, "Por favor, professor. Tenta! Tenta pelo Capí! Ele precisa de você!"

Atlas olhou-o com carinho, contente em ver sua preocupação. "O Capí já tem o avô dele agora, guri..."

"Então faz pela minha mãe?!"

Surpreso com a sugestão, Atlas sorriu afetuoso, "Ah, guri... Tu não cansas de me surpreender. Quando eu penso que a gente demorou tanto para te contar..."

Hugo sentiu uma lágrima cair e tentou escondê-la. Tudo de que Atlas menos precisava agora era ver uma lágrima. Ele precisava de *ânimo*, não de tristeza.

"Eu prometo que vou tentar mais uma vez, Hugo. Por ti", ele garantiu, mas o cansaço estava evidente nos olhos dele, e Hugo entendia. Compreendia perfeitamente. Aquela era uma batalha que o professor sabia que perderia. Enfrentar e reagir só adiava o inevitável, e o professor estava apavorado. Tentava não demonstrar, mas seu desespero era evidente. Outros portadores de Esclerose Múltipla tinham décadas, uma vida inteira às vezes, para esperar por uma cura. Atlas não! Atlas não tinha nem um vigésimo do tempo! Era culpa dele? Era. Mas quem tinha o direito de recriminá-lo por tentar ressuscitar um filho? Quem podia apontar o dedo para aquele pai?

Hugo bem que queria ter tido um pai como ele.

Achando melhor sair da enfermaria para deixá-lo mais à vontade, Hugo foi, pela primeira vez naquele ano, à Sala das Lágrimas. Precisava ficar sozinho, chorar sozinho, organizar toda a angustiosa confusão que estava sua cabeça.

Sentindo o ar quente e úmido de sua floresta particular cercá-lo como um abraço, deixou-se envolver pelos sons e sibilos daquele lugar, que era só dele. Gostava do calor dali. Bem melhor do que o frio insuportável que já vivera em outras ilusões daquela sala.

Nenhum sinal restava da batalha que havia travado ali contra o último chapeleiro. Assim como também não encontrariam os sinais da tortura, caso voltassem à ilusão gelada onde haviam encontrado Capí.

Tudo na Sala das Lágrimas se refazia, como se nunca nada houvesse acontecido. Mas havia. Havia acontecido. E os lugares permaneciam sujos de sangue nas mentes daqueles que tinham sobrevivido à maldita sala. Capí... Atlas...

Só Hugo não sofrera ali. Para ele, era um lugar perfeito de refúgio.

Talvez fosse um prêmio de consolação da sala por tudo que já havia sofrido na vida. Uma infância inteira sendo perseguido no Dona Marta não era pouca coisa.

Caminhando lentamente por sua floresta ilusória, Hugo logo chegou à gruta, que tanto visitara nos anos anteriores. Lugar onde ele e Gi haviam quebrado a cabeça tentando encontrar uma solução para o vício da cocaína... Lugar onde ele dera seu segundo beijo em Janaína. Pelo menos ali, ele poderia respirar um pouco. Defender-se do clima pesado da escola, até porque, daquela vez, não havia nada que ele pudesse fazer para consertar o que estava errado. Simplesmente não dependia dele...

Hugo sentiu a garganta apertar com aquele pensamento e berrou de raiva, chutando a água límpida do lago interno, inconformado; lágrimas de revolta escapando-lhe dos olhos. Atlas ia morrer! A não ser que Rudji encontrasse uma cura, Atlas ia MORRER, e ninguém poderia fazer nada para impedir!

Ofegante de repente, Hugo respirou fundo, tentando prestar atenção nos detalhes da caverna para se livrar do ataque de pânico que subitamente o acometera. Olhando para o lago profundamente azul da gruta, voltou sua atenção para as reentrâncias da parede de pedra, para o chão, para qualquer coisa que pudesse distraí-lo daquela morte, até fixar os olhos na singela plantinha presa à parede; mesma plantinha que ele arrancara dali para impressionar Janaína com o funcionamento daquela sala. Era um único caule, verdinho, com três finíssimos ramos e algumas poucas folhinhas verdes saindo deles. Única vida em toda aquela caverna. Sobrevivente, forte. Nascida da rocha, contra todas as expectativas.

"Essa plantinha aí pode curar seu professor."

Hugo virou-se tenso, reconhecendo a voz; a varinha escarlate já sacada. Sua ponta a dois centímetros de Peteca.

CAPÍTULO 30

PERNA

A varinha brilhava feito brasa na escuridão da gruta, agressiva, refletindo seu brilho vermelho nos olhos inteiramente negros do demônio perneta, e, por meio segundo, o saci a olhou com a mais absoluta cobiça, antes de fingir indiferença, afastando-se simpático com uns pulinhos para trás, "Ih, qualé! Tá me reconhecendo, não?! Eu te ajudei com os otários do chapéu, lembra?!"

"E depois tentou roubar minha varinha."

"Ah, é por isso que tu tá assim?! Liga não, colega! Eu já superei isso aí!" Ele se jogou para trás, folgado, recostando-se no chão de pedra como quem curtia férias; no rosto, um sorrisão de dar calafrio. Tirando uma mão de trás da cabeça, analisou as unhas afiadas com tranquilidade, "Até porque eu que não sou nem louco de tocar nessa tua varinha aí depois da ameaça do cara do cajado."

"O Mefisto?"

"Eita, esse aí mesmo. Fica com ela! É toda tua!" Ele se levantou, querendo manter distância, e Hugo olhou-o surpreso, percebendo o real medo que o saci tinha do Alto Comissário. Peteca ainda queria a varinha, sim, queria MUITO, mas o pavor que sentia de Mefisto e seu cajado negro era maior e, percebendo aquilo, Idá abriu um sorriso esperto. Enquanto Peteca temesse o Alto Comissário, nunca tentaria roubá-la.

Bem mais calmo agora que a ameaça estava controlada, Hugo só então parou para assimilar o que Peteca lhe dissera ao aparecer... *Essa plantinha aí pode curar seu professor...* e arregalou os olhos, a ansiedade invadindo-o com tudo. "Qual planta, *esta* planta?!" Ele guardou a varinha, virando-se para vê-la de novo enquanto o saci confirmava com um sorriso cruel, "Uhum. Não vejo nenhuma outra aí, Mané."

A cura?! Ali?! Atônito, Hugo passou a observá-la como quem via uma relíquia... Tão pequenina, tão frágil se comparada às fortes raízes que a prendiam às reentrâncias da rocha, que era difícil de acreditar... Seria possível?!

O saci se aproximou com um sorriso malandro, de dentes pontiagudos, e Hugo hesitou desconfiado. "Como você sabe que essa é a cura?"

"Todo Gênio da floresta sabe de plantas, mané."

Hugo olhou-a um pouco mais ansioso, mas ainda bastante hesitante; o grilinho em sua cabeça continuando a adverti-lo contra o saci, por mais que quisesse acreditar. "Tu odeia o Atlas, Peteca, eu não caio nessa. Seria muita coincidência que justo *esta* planta fosse a cura. Bem conveniente."

"Ôxe!" Peteca ergueu as sobrancelhas. "Tu acha que a sala se transforma nesta floresta pra você à toa?! Ela não faz nada à toa, colega!"

Hugo olhou mais uma vez para a planta, seu coração martelando no peito. Será?! ... "Como eu vou saber que não é um veneno qualquer, que tu quer que o Atlas coma?"

"Ih, qualé, tá me estranhando?! Tu não precisa acreditar em mim, não, ó! Mostra praquele teu amigo japa ruivo!"

Rudji...

"Mas por que tu iria querer salvar o Atlas? Tu odeia ele!"

"Endoidô, foi?" Peteca ergueu a sobrancelha surpreso. "Eu adoro o cara! Se ele morrer, quem eu vou ter pra atazanar?! Não, não! Eu quero ele vivinho da silva pra gente continuar guerreando! Tá pensando que eu fujo de briga?! Sacis não cruzam os braços e deixam um adversário morrer de doença, não! Tá pensando o quê?! Seria hiper sem graça! De jeito nenhum! Eu quero ele vivinho aqui, sofrendo na *minha* mão e por *minha* causa! Não por uma doença idiota."

Hugo fitou o saci por um bom tempo, procurando a mentira em seus olhos negros, mas seu argumento fazia sentido. O peste parecia realmente empolgado com a possibilidade de salvar o rival. De fato, que graça tinha brincar de gato-e-rato se o rato morresse de doença? Ele queria salvá-lo para poder bater mais!

"Além do que, colega, eu gostando dele ou não, tu gosta, e tu é meu amigo. E aí, vai mostrar a planta pro japa?!" Peteca quicou entusiasmado, abrindo um sorriso medonho de empolgação enquanto quicava.

Meu Deus, ele está mesmo falando a verdade...

Sentindo um arrepio, Hugo olhou para a plantinha mais uma vez enquanto o saci se iluminava de alegria, saltitando feliz, "É essa planta aí! Eu juro pela minha perna que é essa planta!", mas não precisava mais jurar, Idá só tinha olhos para ela.

"Tem *certeza*, Peteca?!" perguntou, já quase chorando de alívio. Diante do 'sim' vigoroso do saci, Hugo não conseguiu conter o sorriso e agarrou a plantinha, já fazendo uma leve força para arrancá-la quando o saci deu risada ao seu lado, "Boa sorte em tirar ela daqui da sala."

Lembrando-se, perplexo, de como a Sala das Lágrimas funcionava, Hugo a largou na parede. *Claro, idiota... O que tu tem na cabeça, Idá?!*

Achava que seria fácil assim?!

Hugo socou a parede inconformado. Como podia ter se esquecido?! Qualquer coisa que tirassem dali desapareceria assim que saíssem pela porta! Era uma regra básica da sala! Tudo ali era ilusão! Não existia naquela sala de verdade...

A maldita mostrava a cura ali, ao seu alcance, só para impedi-lo de pegá-la! Como um canalha no deserto, exibindo uma garrafa transbordante de água fresca a alguém com a boca seca e, então, derramando toda a água na areia à sua frente.

A sala tá te mostrando a cura pra tu sofrer...

Desesperado, Hugo passou a língua nos lábios, quase com sede. "Mas então..."

"Se você quiser a planta, vai ter que ir lá buscar. É o único jeito."

Hugo ergueu as sobrancelhas surpreso, "Lá aonde?! Esta gruta existe no mundo real?!", e Peteca sorriu com a ansiedade dele, fazendo um lento *sim* com a cabeça. "A sala não inventa nada, colega. Ela só mostra lugares reais."

Hugo sentiu o coração acelerar. Ainda tinham chance então!! "Tá, e onde fica essa gruta? Que floresta é essa?" perguntou ansioso.

"A Amazônica, coleguinha."

"Amazônica?! Então aqui é a Amazônia?!" Ele olhou para as árvores lá fora, imediatamente receoso. Precisava ser justo a maior floresta do mundo?! Seria difícil até para um especialista encontrar aquela planta lá dentro, quem dirá um professor como o Rudji. "Tem certeza de que é a Amazônia, Peteca? Existem grutas assim lá?!"

"Na zona mágica existem."

"Como assim, zona mágica?"

"Tu vai entender quando chegar lá."

"Eu?!" Hugo se espantou. Não conseguia nem girar dois quilômetros sem cair num maldito rio! Quanto mais girar até uma gruta dentro de uma floresta daquele tamanho, através de uma distância de mais da metade do Brasil. A não ser que... "Peraí, tu poderia me levar!!! Tu consegue levar pessoas no teu redemoinho, não consegue?!"

"Conseguir eu consigo, meu chapa, mas não pra floresta Amazônica. É impossível girar em florestas, esqueceu?"

Putz... Florestas, bancos, desertos, cadeias. Tinha se esquecido. Só conseguira girar em Foz do Iguaçu porque ali era uma área turística, ocupada e construída! Quanto mais longe do parque turístico, mais impossível ficava...

"Mas tu girou até Salvador, apesar do bloqueio de giro que tem lá!"

"Salvador é cidade. A Amazônia Profunda não deixa, não."

Derrotado, Hugo baixou o olhar. Estava muito longe de seu alcance ir até o meio daquela floresta... Longe do alcance de qualquer um, se não podiam girar até lá...

Vendo sua tristeza, o saci aproximou-se malandramente de seu ouvido, "*Mas até a Boiuna eu posso*", e Hugo arregalou os olhos esperançoso.

"A escola do Norte?!"

Peteca sorriu. "A escola do Norte."

CAPÍTULO 31

O MESTRE ALQUIMISTA

"A Boiuna não tá na floresta, então?"

"Não necessariamente."

Estranhando a resposta, Hugo resolveu ignorá-la por um tempo enquanto pensava nos próximos passos que daria; o saci observando-o com esperteza, quase vendo seu cérebro funcionar. Hugo procuraria o professor de alquimia. Se aquela fosse mesmo a cura, Peteca levaria *Rudji* até a Boiuna. Rudji era a pessoa apropriada, e não ele. De lá, o professor e bruxos locais se deslocariam pela floresta até a gruta. Eles certamente saberiam a localização. Deviam saber de tudo ali, mesmo em meio a 350 bilhões de árvores.

"O curioso é que, tecnicamente, a gente já tá lá na Amazônia."

"Como assim, Peteca?"

"Esta sala não cria ilusões. Ela é um portal. Transporta a gente pros lugares reais, só que sem tirar a gente da escola, tá ligado?"

"Sério?!"

"Loucão, né?"

"Mas… Peraí, não faz sentido. Eu já vi esta sala mostrar cenas do passado das pessoas. Ela leva a gente pro passado também?!"

"É, ué", Peteca confirmou como se fosse a coisa mais natural do mundo. "Portal é portal, né?! Quando o teu amigo bonzinho entrava aqui, e ele fazia isso mais vezes do que tu imagina, ele realmente *estava* no Espírito Santo. No Espírito Santo do *passado*, tocando o rosto da mãe dele de verdade. Capaz até de ela ter sentido o toque na época, sem saber de onde vinha."

"Que bizarro…"

"Né?!" O saci piscou malandro. "Vocês realmente estavam na Romênia antiga quando vieram resgatar seu amigo aqui na neve. E aquela tua amiga, quando entra aqui, vai, de verdade, pra favela de vocês, só que no futuro! Mó legal, né?!"

Pasmo, Hugo olhou novamente à sua volta, "Então, a gente realmente tá na Amazônia."

"Sim e não."

"Não me confunde, Peteca. Você disse que a gente estava."

"Tu tá lá. Tá pisando na gruta real mesmo, que está na Amazônia. Essa plantinha aí é a planta real. Se tu tocar nela, tu vai estar tocando na planta de verdade, e não numa ilusão dela. Mas tu não pode tirar ela daqui e levar pro teu professor porque ali fora é o Rio de Janeiro e ela não está no Rio de Janeiro, está lá na Amazônia, e nós, apesar de estarmos lá também, estamos principalmente *aqui*. Entendeu?"

Hugo meneou a cabeça. Tinha entendido, mas dava um certo nó no cérebro. "Então, a gente tá na Amazônia, sem estar. Porque estamos na escola."

"Aê, garoto! Toca aqui!"

Hugo não correspondeu. Estava lembrando dos abutres em volta de Capí, esperando que ele morresse para começarem a bicar seu corpo enquanto os humanos da época passavam reto. "Se a gente realmente é transportado pro lugar verdadeiro, por que só os animais nos veem?"

"Animais veem tudo. Os humanos do passado não conseguem porque a magia da sala bloqueia. Seria perigoso, saca? Se nos vissem, iam mudar a rota deles para nos ajudar, e isso alteraria o passado. Já animais nos verem é inofensivo; é a coisa mais natural ver um cachorro latindo para o nada. A sala não liga pra eles."

Por isso Atlas não tinha conseguido tirar o filho da boca do Gárgula, no ano anterior... Não enquanto o garoto estava vivo. Só depois, quando ele já tinha morrido, a sala deixara que o pai o segurasse. Quando não faria mais diferença. Que loucura... "Mas e as ruínas que a gente destruiu na ilusão do Atlas, lutando contra os chapeleiros? Como a sala deixou que a gente quebrasse aquilo tudo?"

"Aquilo a gente não quebrou de verdade. A destruição delas, sim, foi uma ilusão da sala. Se voltarmos aqui com o Atlas, as ruínas vão ter retornado ao mesmo aspecto de antes da briga, assim como as árvores derrubadas ali fora, na sua perseguição do chapeleiro, voltaram ao normal, e a plantinha, ao ser arrancada daqui, volta a estar aqui na parede quando tu retorna pra sala. Enfim, a Sala das Lágrimas é muito louca, colega, nem tente entender tudo. O fato é que nós estamos, neste instante, na Amazônia real, e qualquer mapa mágico mostraria nossa presença lá agora. Isso se mapas mágicos conseguissem rastrear pessoas em florestas, o que eles não conseguem, porque florestas são *do mal* e querem que a gente se perca", o saci riu, mas Hugo estava pensando em outra coisa:

Se conseguissem salvar Atlas, teriam uma dívida eterna com Peteca.

Olhando mais uma vez para a plantinha, tão solitária na rocha, Hugo perguntou receoso, "Só tem essa aqui lá? É a única do tipo?", e o saci sorriu esperto. Não, não era a única.

Sinalizando para que Hugo o seguisse, Peteca saiu da gruta empolgado; Hugo tentando acompanhar seu passo enquanto o Gênio avançava com a rapidez de um macaco por entre as árvores, alternando saltos e piruetas e usando os galhos para se impulsionar. Impressionante... Galgava as distâncias com muito mais velocidade que o pobre jovem humano, ao passo que Hugo era obrigado a acelerar o máximo que podia para não perder o demoniozinho perneta de vista; sua mente desesperadamente tentando memorizar o caminho que estavam fazendo. Depois de se estilingar por mais três árvores e dar um mortal por sobre um riacho, Peteca finalmente alcançou um conjunto de cipós. Entusiasmado, afastou-os com uma das mãos, como a uma cortina, para que seu jovem amigo humano vislumbrasse o que havia adiante, e Hugo se arrepiou inteiro.

Era lindo... um vasto tapete das mesmas abençoadas plantinhas... Centenas delas. Milhares! Espalhadas pela terra, verdinhas, em meio a frondosas árvores. Tão largas eram elas que as copas gigantes dificultavam a entrada do dia, criando um lindo jogo de luz e sombras no imenso tapete verde.

"Tantas assim?!" Hugo exclamou esperançoso. Diante da resposta afirmativa do saci, respirou fundo, admirando aquelas milhares de plantinhas semi-iluminadas, num misto de cobiça e desespero. Precisava falar com Rudji. Ter certeza de que aquela era a cura mesmo, antes de tentarem qualquer coisa.

Percebendo sua hesitação, Peteca cruzou os braços impaciente. "Bom, se tu decidir acreditar em mim, é só voltar aqui e me chamar. FUI!"

"Espera! Como eu faço para te chamar?"

O saci parou, "É só assobiar pensando em mim, colega! Assim, ó", e pôs dois dedos nos lábios, como um apito: *Fiu, fiu!* "Esse é o meu assobio particular."

"Sério?! O assobio da paquera?!" Hugo deu risada, e o saci fechou a cara, "É, vai rindo. Isso! Ri mais! É isso que eu ganho por querer ajudar: deboche. Enfim, é só assobiar assim que eu apareço."

"Tá certo", Hugo assentiu, forçando-se a ficar sério, e Peteca concluiu, "Acho bom mesmo", dando uma última olhada na varinha que cobiçava e indo embora num redemoinho.

Já tinha sumido completamente quando Hugo assobiou, "*Fiu, fiu!*", e Peteca voltou entusiasmado, "Já decidiu?!"

"Não, não. Só quis testar mesmo", Idá riu, vendo a cara de puto do saci.

"Tá muito engraçadinho pro meu gosto."

"Ué, eu tinha que testar, né?!"

"Ha-Ha. Veja como eu tô rindo. *Pirralho.*"

"Eu também te adoro, Peteca. Só fiz pra quebrar o gelo, relaxa."

O que o saci tinha pensado? Que olharia para sua varinha daquele jeito impunemente? Não, não. Ia pagar, nem que fosse com uma humilhaçãozinha básica. "Mas, sério agora, Peteca", Hugo falou, dessa vez com respeito. "Por que tu tem medo do Mefisto? Tu já conhecia ele? Ou foi o cajado que te assustou?"

O saci recolheu o olhar. "Eu não mexo com gente poderosa, colega. Todo Gênio sabe reconhecer um anhanguera. Não precisou de cajado, não."

"*Anhanguera*?" Hugo ergueu a sobrancelha, mas Peteca já havia sumido.

Ah, que ótimo.

Bom, melhor não o chamar de novo; não queria enfurecer um saci. O importante é que Peteca definitivamente não roubaria sua varinha. Não enquanto houvesse a mínima possibilidade de Mefisto aparecer.

Agora precisava confirmar a veracidade do que o saci dissera, por mais humilhante que fosse ter que recorrer ao invejoso do Rudji.

A vida de Atlas era mais importante que sua vaidade.

Saindo da Sala das Lágrimas, Hugo já ia à procura do japonês quando esbarrou providencialmente em Gislene no corredor. Ninguém melhor do que uma apaixonada por Alquimia para saber o paradeiro do professor.

"Onde tá o Rudji?" ele perguntou com urgência, e Gi olhou-o com um sorriso quase irônico nos lábios. "Você? Querendo conversar com o Rudji?! Onde eu aperto pra comemorar?"

"Ah, não enche, vai."

"O que aconteceu com *'japa invejoso que quer roubar minha varinha perfeita e mimimi'*...?!"

Idá fechou a cara, e ela entendeu que era sério. "Tu tá com sorte. Eu vi o professor entrando na biblioteca uns dez minutos atrá... EI!"

Hugo já se apressara pelo corredor em direção à escadaria, e Gi gritou, "De nada, seu besta!", deixando que ele descesse sozinho com sua falta de educação.

Ainda bem. Hugo não queria que ninguém o visse se humilhando para o japonês, muito menos ela. Descendo até o primeiro andar, entrou na biblioteca deserta e parou ao ouvir vozes e risos vindos da sala dos professores, ao fundo. A sala era separada por uma divisória de vidro, e ele podia ver, quase ocultos pelas pilastras de livros, alguns professores de pé lá dentro, assistindo a uma espécie de jogo que estava sendo jogado na longa mesa de reuniões.

Hugo lembrava-se bem da sala dos professores. Já levara uma repreensão de Capí ali, por sugerir que lhe desse o gabarito da prova surpresa de Feitiços. Nunca mais. A sala era praticamente do tamanho da mesa de reuniões. No pouco espaço que restava para cada lado, os escaninhos dos professores ocupavam duas das três paredes; a dos fundos tendo uma longa janela, por onde entrava a luz do sol – única iluminação que vazava para dentro da semiescuridão da biblioteca.

Indignado com os risos, Hugo se aproximou lentamente da sala iluminada, achando inacreditável que pessoas que se diziam amigas do Atlas estivessem se *divertindo* num momento daqueles; seu desprezo apertando-lhe ainda mais a garganta ao reconhecer o japonês que viera procurar, saltitando e rindo na extremidade direita da mesa.

Ele era um dos jogadores, ainda por cima! Não estava apenas assistindo!

Como o filho da mãe podia estar se divertindo?! E aquela tristeza toda que demonstrava pelo Atlas?! Era puro fingimento?!

Claro, o que poderia ter esperado daquele invejoso?

Com raiva do japonês, Hugo se aproximou mesmo assim. Precisava que Rudji visse a planta. Não tinha outro jeito.

Abrindo a porta transparente a contragosto, tentou manter a educação enquanto a fechava atrás de si. Sua vontade real era de impulsioná-la com tanta força para trás que estourasse a parede de vidro ao fechar, mas não o fez, preferindo espiar discretamente por entre os professores. Ali estava o japonês, concentrado no pingue-pongue sem bola; sua delicada varinha preta preparada para rebater o jato que seria lançado pela varinha de seu oponente, um professor chinês do sétimo ano, que Hugo não conhecia. Preparando o saque habilmente, o jovem chinês lançou o feitiço que, quicando contra a mesa, chegou em Rudji com efeito, obrigando-o a se contorcer para rebatê-lo com a varinha, e o jato foi ganhando uma velocidade insana à medida que era rebatido, indo e voltando, indo e voltando entre as duas varinhas, numa rapidez impressionante, até que o último jato rebatido por Rudji, após quicar com efeito na mesa, ultrapassou a varinha do rival e atingiu a estante com documentos do Conselho Escolar, fazendo um rombo extraordinário no escaninho de Dalila e espalhando os papéis chamuscados da conselheira pelos ares.

"HAA!" Rudji comemorou com os braços no ar, saltitando dançante em seu pequeno canto de sala, até que viu Hugo olhando-o com julgamento nos olhos e se recompôs depressa, ficando sério. Os outros adultos também baixaram o olhar, num desconfortável silêncio. Sabiam que estavam errados.

Mantendo os olhos no japonês, com profunda antipatia, Hugo disse, "Eu preciso falar com você. A sós…", e os outros professores se retiraram em silêncio, deixando Rudji sozinho com o aluno. Hugo olhava-o como se os papéis houvessem se invertido e ele fosse o único adulto da sala naquele momento, e Rudji baixou a cabeça envergonhado. "O Atlas sempre duvidou que um dia eu fosse ganhar do Ling…"

"Você não precisa justificar sua alegria", Hugo o cortou secamente, e Rudji, diante do olhar de reprovação do aluno, respondeu, "Preciso. Preciso, sim. Porque o que você viu aqui hoje foi o *único* rompante de alegria que eu tive nesses últimos *meses*, e eu estou farto de ser julgado por você como algo que eu não sou."

Hugo olhou-o surpreso, mas o professor não tinha terminado, "Então vamos deixar algo bem claro. Eu não quero roubar sua varinha, Sr. Escarlate. Eu adoraria que ela fosse minha, mas pelo visto ela não é. Ponto final. Assunto encerrado."

Hugo ergueu a sobrancelha, surpreso com a confissão da inveja; a sinceridade do alquimista desarmando-o um pouco. De fato, o abatimento do japonês era profundo. Parecia quase doente de tantas noites maldormidas. Não era justo julgá-lo por um breve momento de saltitação alegre.

"O Atlas é meu melhor amigo, Hugo", Rudji suspirou, o olhar baixo, cheio de dor, "e ele está morrendo. O que você quer comigo?"

Engavetando sua raiva por um momento, Idá assentiu, concedendo-lhe uma trégua. Seus sentimentos pelo amigo eram sinceros.

Em poucos minutos, já estavam, os dois, diante do magnífico tapete de plantinhas verdes, o mestre alquimista de joelhos na terra, deslumbrado e perplexo ante a possível cura do amigo. "Quem te contou sobre elas?!"

"Não é da sua conta."

Rudji olhou-o irritado, mas voltou sua atenção ao que realmente importava, tirando uma das plantinhas da terra e examinando-a avidamente entre os dedos, folha, caule, raiz. Parecia intrigado. "Nunca vi planta parecida."

"Parecem iguais a um monte de outras."

"Não, não, olha aqui", ele o chamou para mais perto, indicando com o polegar micropontinhos roxos espalhados pelo caule, que Hugo nunca teria percebido sem o olhar especializado do professor.

Rudji olhou ao redor, seus óculos de lente azul impedindo que os poucos raios solares machucassem sua vista. "Aqui é a Amazônia, você diz?"

Hugo confirmou, e o japonês voltou a examinar a plantinha. "Não posso falar pela planta, mas não descarto a possibilidade de que ela seja a cura. Vou mandar uma cópia desta aqui para análise pelos botânicos da Boiuna."

"Dá pra fazer isso?! Fazer uma cópia perfeita da planta e tirar daqui?!" Hugo arregalou os olhos. "E se a gente fizesse a cura a partir dessas cópias?!"

"Cópias não têm valor nenhum, Sr. Escarlate. Nem nutricional, nem curativo. Por mais perfeitas que sejam."

Hugo murchou. Tinha se esquecido dos pães multiplicados de Capí.

"Mas..." Rudji adicionou com um sorriso esperto, "é possível fazer testes com elas. Se for a cura, os especialistas da Boiuna vão nos dizer." Compenetrado, o alquimista sacou sua varinha, que mais parecia um pauzinho japonês daqueles pretos, elaborado com pinturas florais, e fez uma cópia perfeita da planta que tinha em mãos, saindo da sala com ela e com Hugo. "Eu te aviso quando responderem à minha carta." Começando a caminhar pelo corredor, parou ao ver que Hugo continuava junto a ele.

"Que foi?"

"Quero ver a carta sair daqui."

"Tá desconfiando de quê, garoto?!"

Vendo que Hugo não desistiria, Rudji bufou, "Moleque abusado...", e continuou seu caminho, seguido de perto pelo aluno.

Ignorando o sistema de tubos postais da sala dos professores, que era apenas quatro andares abaixo de onde estavam, o japonês preferiu subir até sua sala, lá na estratosfera da escola, só de sacanagem, com certeza. Na altura do centésimo segundo andar, Hugo já estava explodindo de ódio. "Ei! Não era melhor mandar lá pela biblioteca, não?!"

Sem alterar seu passo ou seu semblante sério, Rudji respondeu, "A escola do Norte não tem ligação com os tubos postais. Só animais encontram a Boiuna."

Hugo se calou. Tá, não era só de sacanagem. Chegando exausto ao último andar, entrou atrás do professor no escritório de Alquimia, que nunca havia visitado, surpreendendo-se com a elegante garça branca postada de pé ao lado da mesa. Era uma garça *gigante*! Mais alta que a mesa! E, enquanto Rudji escrevia a carta, sem deixar que o aluno lesse por sobre seus ombros, as mãos trêmulas pela gravidade do assunto, Hugo desistiu de tentar, meio irritado, e ficou admirando o animal, que tinha imensas penas brancas e longo pescoço negro, com resquícios de preto nas asas e um círculo de penas vermelhas no topo da cabeça branca. Parecia uma imensa bandeira-viva do Japão, na verdade. Uma bandeira com penas, olhos e bico.

"Que garça enorme..."

"Não é uma garça, é uma *grus japonensis*", Rudji corrigiu, com os olhos fixos na carta que escrevia, "uma ave sagrada. Traz fortuna e vida longa."

"Engraçado ela também ser ruiva."

"Como você está hilário hoje, Hugo. Impressionante."

Assinando a carta, o professor ruivo entregou-a ao aluno para que ele lesse. Estava endereçada aos professores da Boiuna e, em especial, aos olhos do pajé Morubixaba, indagando se a planta em anexo poderia, de fato, ser uma possível cura contra Esclerose Múltipla e perguntando quanto à real existência dela na floresta e, se possível, nos estoques da Boiuna. Parecia uma carta razoável.

Ansioso, Hugo devolveu o papel de seda ao professor, que o enrolou com precisão oriental, prendendo-o a uma das longas patas da sei-lá-o-que japonesis. A ave, então, abrindo as longas asas brancas de extremidades negras, começou a dar saltos graciosos para cima, parecendo dançar no ar, num verdadeiro espetáculo, até que, em seu último salto, transformou-se em uma linda e jovem japonesa, vestida num delicado quimono de cetim branco e vermelho, diante dos olhos espantados do aluno. Agradecendo graciosamente o bilhete confiado a ela, a moça, um pouco mais jovem que o professor, fez um carinho no rosto do alquimista, entregando-lhe uma pena, em troca da carta, antes de caminhar até a janela. Abrindo o vidro, sentou-se no parapeito, girando as pernas para fora e deixando-se cair no vácuo. Hugo correu para a janela preocupado, mas viu-a alçar voo lá embaixo, já transformada em garça novamente por sobre o Parque Lage, as longas asas planando nos ares do Rio de Janeiro rumo à região Norte do Brasil.

De canto de olho, Rudji observava o espanto do aluno com um sorriso insuportável nos lábios, adorando vê-lo sem palavras, "Satisfeito?"

Hugo fechou a cara, tentando fingir que não havia se impressionado, "Só quando a resposta voltar positiva", e foi embora.

Como odiava aquele japonês.

CAPÍTULO 32

A SENTENÇA DE MONT'ALVERNE

Hugo ficou a semana seguinte inteira ansioso por uma resposta da Boiuna. Desconversava sempre que Gi ou um dos Pixies vinha perguntar o que ele tinha, porque não queria deixá-los ansiosos à toa. Já estavam ocupados demais tentando animar Capí; arrancar dele o pensamento fixo que se instalara em sua mente desde a carta do canalha do Ustra, e Hugo não queria distraí-los com algo que poderia acabar não dando em nada. Capí era mais importante no momento.

As aulas de Vô Tibúrcio ajudavam muito. Eram fantásticas distrações para o neto, até porque nelas o velho falava de tudo, menos de História da Magia Europeia. Narrava suas aventuras ao redor do mundo, descrevia em detalhes as invenções de Júlio Verne, os caminhos que ele próprio havia trilhado seguindo os livros do azêmola… suas expedições para o centro da Terra e para o fundo dos oceanos, sua extraordinária jornada em um balão… Hugo nunca conhecera um professor tão empolgado. "*A Volta ao Mundo em 80 Dias*! Que livro zamenrófico. Já leram?!"

Os alunos olhavam para ele com cara de 'escritor azêmola', mas logo se renderiam a mais aquela paixão do professor. Hugo tinha tanta certeza daquilo que, na primeira oportunidade, achou melhor pegar o livro emprestado na coleção completa de Atlas antes que alguém o fizesse. Leria assim que tivesse tempo. Talvez suas páginas o ajudassem a conhecer melhor o querido gaúcho que namorava sua mãe. Até para saber como incentivar aquele fã de Júlio Verne no combate à doença.

Enquanto isso, Tibúrcio continuava a ignorar solenemente o nome da matéria que ensinava, descambando a falar de história da magia africana e ameríndia, dos sítios arqueológicos que visitara no Egito, dos jardins de Machu Picchu, dos templos budistas de Katmandu… O cara era um poço de experiência. Átila Antunes teria adorado conhecê-lo. Os alunos certamente amavam. Principalmente quando o velho contava, rindo, coisas do tipo, "Perdi estes dois dedinhos lá", e mostrava a mão direita, com um mindinho e um anular a menos, como se fosse super engraçado ter tido metade da mão dilacerada por múmias numa tumba.

"Pensei até em cortar fora os dois da outra mão também, pra ficar simétrico, mas depois desisti."

Capí riu. Não conseguia não rir do avô. Por isso Tibúrcio fazia questão de que o neto fosse assisti-lo sempre que pudesse. Inventava que precisava de sua ajuda, que tais e tais aulas necessitavam de um assistente, mas a verdade é que só o chamava para roubá-lo de suas memórias ruins por alguns minutos. Aquele era o único motivo, aliás, que impedia o velho aventureiro de ir a Brasília quebrar a cara de alguns. Não melhoraria em nada o ânimo do pixie ver o avô sendo preso.

Capí não percebia, mas Hugo via toda vez que Tibúrcio olhava sério para o neto quando o pixie não estava olhando. Internamente, o velho avô estava sofrendo, pensando nas barbaridades que haviam feito com seu neto, mas bastava Capí voltar a prestar atenção nele que Tibúrcio retomava o semblante alegre e as piadas. O pixie então sorria, olhando com ternura para o velho aventureiro enquanto comentava com Hugo, "Ele é incrível, mas nunca cometa o erro de aceitar participar de uma aventura com meu avô. Ele vai te colocar nas situações mais perigosas imagináveis, e depois te deixar sozinho pra resolver o problema." Capí sorriu amoroso. "Acho que foi isso que atraiu minha avó. Essas molecagens dele."

Hugo olhou afetuoso para o pixie. Era bom vê-lo bem. Pena que durava tão pouco. Bastava Capí sair das aulas do avô para começar a piorar de novo. Os pesadelos não ajudavam, nem as memórias. Isso quando ele não sumia sem dizer nada para ninguém. Aí, os Pixies enlouqueciam. Gi compreendia a necessidade do namorado de ficar sozinho; Viny não. Viny ficava absolutamente apavorado.

Enquanto isso, Atlas era outro que, quando estava disposto, fazia de tudo para assistir às aulas de Tibúrcio. Ao contrário do pixie, no entanto, não era uma emoção positiva a que acabava sentindo ao assisti-las. Era a dor de quem, a cada dia, tinha mais certeza de que nunca mais poderia fazer viagens fantásticas como aquelas. Sua angústia era palpável e, por mais que Atlas houvesse prometido perseverar nos exercícios, o desespero às vezes tomava conta, impedindo-o de fazer o que devia, paralisando-o. O medo era evidente em seus olhos. Medo de viver daquele jeito pelo resto da vida. Medo de morrer em alguns meses…

Transtornado com o desespero do amigo, Rudji acabou contando para ele sobre a possibilidade de terem encontrado uma cura na Amazônia. A notícia foi como um sopro de esperança para o gaúcho, que passou a fazer os exercícios com muito mais afinco, voltando a acreditar na recuperação.

Rudji havia se precipitado em contar? Provavelmente. Mas Hugo também não teria conseguido manter o segredo por muito mais tempo vendo o professor se destruir daquele jeito. Nunca mencionaria a participação de Peteca, claro. Seria humilhante demais para Atlas descobrir que sua vida dependia do Gênio que mandara seu filho para a morte. Humilhante e bastante tenso.

O fato é que, agora, eram quatro à espera daquela carta que não chegava: Atlas, Rudji, Hugo e Kanpai – Atlas quase parecendo o antigo professor, de tanta empolgação; jovem novamente, como nunca deveria ter deixado de ser.

De todos, Hugo era o mais tenso, até por ter vindo dele a sugestão da planta, e quem disse que conseguia prestar atenção nas aulas? Impossível! A ansiedade não deixava! A expectativa de que a resposta pudesse chegar a qualquer momento era angustiante!

"Ei, cabeça de vento!" Areta soltou um feitiço em sua fuça, dando risada do resultado. "Ah, até que ficou bonitinho, Napô."

Profundamente irritado, Hugo enxugou o rosto e tentou se concentrar de novo na maldita aula. Queria ficar ali, preocupado, na dele; e não dando gargalhada, feito os outros. As pessoas tinham de ter o direito de não quererem se divertir.

Estava tentando se concentrar, prestes a transformar Rafinha num rato humano, quando Gutemberg apareceu na porta e perguntou discretamente se Areta poderia liberar um determinado aluno mais cedo.

"Napô, é pra você!"

"Pra mim?!" Hugo guardou a varinha intrigado, dirigindo-se à saída sem entender por que um Anjo estaria querendo falar com ele. Enquanto caminhava, risadas discretas dos outros iam chamando sua atenção, e Hugo, confuso, saiu para o corredor, sendo recebido por Gordo com um olhar de absoluto espanto. "Cê é *branco*, mano?!"

"*Branco?!*" Hugo arregalou os olhos horrorizado, até se lembrar do feitiço que levara na cara. *Areta, filha da mãe.* Aliviado e furioso ao mesmo tempo, rapidamente desenfeitiçou o rosto. Credo. Preferia mil vezes sua cor original. Além de ser perfeita, ainda fazia um contraste lindo com seus olhos verdes.

Gutemberg permanecia ali, todo fantasiado de lorde europeu, como sempre, esperando que Hugo decidisse parar de se admirar. Ajeitava as sobrancelhas como se fossem cair no chão se não o fizesse. Fresco. Pelo menos ele não era nariz empinado como os outros Anjos.

"Vai, desembucha. O que você quer?!"

"O Rudji tá te chamando. Parece que chegou uma carta."

O coração de Idá deu um salto. Meu Deus, tinha chegado.

"… E o que tu tem a ver com isso, Anjo?!"

"Eu sou estagiário dele!"

"Ah, tá."

"Eu, hein..."

Hugo partiu sem se desculpar, deixando um Gutemberg confuso para trás. Rudji que não tivesse contado nada para eles. Os Anjos não mereciam saber da cura. Se bobear, estavam até torcendo para que Atlas morresse logo. Assim se livrariam do professor mais *Pixie* da Korkovado.

Contendo a raiva, Hugo subiu correndo os duzentos andares, dessa vez pouco se importando com a exaustão, e entrou no escritório do japonês sem bater à porta. "O que eles disseram?!"

Rudji estava lendo a carta e fez sinal para que o aluno esperasse enquanto terminava.

Ansioso, Hugo tentou obedecer.

"O mundo não vai girar mais rápido porque você está quicando, Sr. Escarlate", Rudji alfinetou, mantendo os olhos na carta, e Hugo cerrou os dentes, lembrando-se de que odiava aquele japonês. "Onde tá a garça?"

Rudji olhou impaciente para o aluno, que tentou corrigir, "A *gluglu* japonense", e o professor revirou os olhos, desistindo. Apontou, então, para uma pequena e delicada dobradura de papel, em formato de pássaro, descansando sobre a mesa. Hugo ergueu a sobrancelha ao ver o origami. Ela ficava daquele tamanhinho?! Atônito, achou melhor voltar a focar no professor. Preferível olhar para o japonês do que ficar conjecturando se aquilo era uma dobradura encantada que virava pássaro e mulher, ou uma mulher encantada que se transformava em pássaro e estava aprisionada numa dobradura. Torcia para que fosse a primeira opção, mas, né? Bizarrinho se fosse a segunda. Para não dizer perturbador.

"Vem cá, tu não consegue ler mais rápido, não?"

Rudji largou a carta na mesa e olhou para o aluno com cara de '*é difícil ler com um moleque quicando na minha frente*', mas logo substituiu sua irritação por um olhar mais compreensivo. Entendia a ansiedade do menino, claro. O momento era tenso demais para esperar qualquer autocontrole por parte de um jovem ocidental.

Lendo mais algumas linhas, Rudji respondeu, "Carta do professor Mont'alverne. Ele diz que mostrou a cópia da planta para os *raizeiros* da Boiuna, especialistas em plantas medicinais. Eles confirmaram que ela, de fato, talvez possa ter alguma propriedade curativa..."

"EU SABIA!" Hugo abriu um sorriso enorme, mas Rudji o cortou, "... como praticamente toda planta tem, Hugo. Ele não sabe se exatamente para a doença do Atlas, MAS..."

O aluno fitou-o ansioso enquanto o professor percorria com os olhos o restante da carta. "Mas...?!"

Rudji sinalizou que ainda não terminara de ler, estava quase lá, mas Hugo logo apagou o sorriso, vendo o professor murchar decepcionado na cadeira enquanto lia. "Eles não têm a planta no estoque da Boiuna. Nunca tiveram. A própria existência dela é novidade pra eles. Não conhecem nada parecido, a não ser em lenda e, mesmo na lenda, ela era diferente. Essa seria uma mutação dela, que eles nunca viram, em nenhum lugar explorável da floresta. Enfim, se ela de fato existe, é extremamente rara e impossível de conseguir."

O coração do aluno afundou. "Como assim, impossível? *Impossível*?! Foi essa a palavra que escreveram aí?!" Hugo quis ler por cima dos ombros do professor, que afastou o curioso com um tapinha para trás.

"Mas eles são BRUXOS! Como pode ser *impossível*?!"

"Os videntes da Boiuna até conseguiram captar um sinal muito fraco de algo *parecido* com ela, mas está numa zona muito perigosa. Proibida para bruxos."

"Grande coisa, proibida."

"Eles costumam respeitar as leis por lá, Sr. Escarlate. Principalmente as leis da floresta. Todas têm uma razão pra existir. Quebrá-las é extremamente arriscado; para não dizer suicida. Além de o local ser quase impossível de alcançar, mesmo que resolvessem ignorar a proibição e ir; o que eles não vão fazer."

"Como assim, não vão fazer?"

"Não vão, Hugo!"

Exasperado, Idá pôs as mãos na cabeça, "Mas a planta tá lá! Eles mesmos disseram! Como eles podem saber disso e se recusar a ir buscar?!"

"A possibilidade de que seja a cura é mínima, Hugo. Eles não vão. Simples assim. Mesmo que fosse a planta certa não iriam, e eles têm toda a razão. Professores já *morreram* tentando passar por aquela zona. Estariam pondo em risco a vida de *vários* pela possibilidade *mínima* de que talvez conseguissem salvar *um*", Rudji suspirou, tão decepcionado quanto o aluno. "Seria arriscar vidas demais."

O professor olhou meio perdido para um canto qualquer da sala, "Eu vou ter que continuar procurando um outro jeito", e suspirou derrotado; as mãos apoiadas na mesa, pensando no tamanho da tarefa ainda por fazer.

Hugo se jogou na poltrona, frustrado. Desanimado de novo. Até mais do que antes. Se ao menos Peteca pudesse girar com eles até a gruta, em vez de só até a Boiuna, seria tão rápido verificar se ela era a cura... Mas, de fato, pedir que os professores do Norte se lançassem na área mais perigosa da maior floresta do mundo em busca de uma plantinha mínima, sem ter qualquer certeza do local exato ou de sua eficácia, era loucura. Nenhuma escola arriscaria a vida de seus especialistas em uma busca às cegas. Hugo entendia. Entendia e estava arrasado. *Eles tinham chegado tão perto...*

Enquanto o aluno tentava segurar o choro, sentindo uma vontade enorme de chutar aquela mesa para longe, Rudji cerrou os olhos, de repente se lembrando de um detalhe e lamentando-o profundamente.

"Que foi?" Hugo perguntou preocupado.

"Alguém vai ter que contar pro Atlas."

CAPÍTULO 33

O DONO DO TEMPO

Sentado na mesa autoajuda, em sua antiga sala de aula, Atlas ouvia calado enquanto Rudji detalhava a resposta da Boiuna; os olhos do gaúcho perdidos no espaço, como se todas as suas esperanças houvessem acabado de morrer. Já não estava mais prestando atenção, Hugo tinha certeza. Havia entrado num mundo obscuro só dele, enquanto Rudji explicava as razões pelas quais os professores da Boiuna não procurariam a cura. Razões justas, mas ainda assim...

Angustiado com o olhar vazio do gaúcho, Hugo achou melhor desviar sua atenção para qualquer outro canto. Olhou, então, para o relógio anual. Haviam esquecido de acertar os ponteiros do grande Golias de novo. Fazia seis dias que ele permanecia parado no 21 de junho e nem Atlas se importava mais. Por que um doente terminal se importaria com um relógio quebrado, por mais bonito que fosse?

A frase na mesa autoajuda não era das mais encorajadoras.

'Enquanto eu mato o tempo, o tempo me mata...'

Olhando para ela de novo, Atlas se enfureceu, seu desalento se transformando em revolta; revolta pelo destino, revolta por *tudo*, e ele tapou os ouvidos com força, não querendo escutar mais nenhuma palavra do amigo. Era doloroso demais...

Rudji parou compreensivo, enquanto Symone aparecia na porta sem entender o que estava acontecendo.

Hugo olhou-a com um pouco mais de respeito daquela vez. Não conseguia mais fazê-lo de outra forma. Não depois de tê-la visto tão frágil. Ela era mãe, afinal. Havia sido mãe duas vezes e perdera os dois filhos.

Percebendo o desespero do ex-marido, a argentina deu um passo preocupado para dentro; nenhuma mágoa restando pelo antigo companheiro. "Que ocurrió?!"

"*SAI DAQUI, QUE TU NÃO ÉS BEM-VINDA!*" Atlas berrou, jogando seu copo d'água contra ela e errando a mira mais uma vez. O copo se espatifou na parede, e o professor pôs as mãos por entre os cabelos, desesperado porque não acertava. "*É tua culpa que a minha doença acelerou!*" acusou-a trêmulo, o rosto vermelho de cólera. "Eu não teria tentado voltar no tempo se o Damus estivesse VIVO!"

Symone não rebateu daquela vez. Entendia a revolta dele, mesmo que a acusação fosse injusta. Ele não estava em condições de sentir outra coisa que não indignação no momento, e ela compreendia.

Hugo olhou com pena para o ex-professor, que agora chorava debruçado sobre a mesa, apavorado; as mãos trêmulas cobrindo a cabeça.

"*A gente vai conseguir descobrir outra cura, amigo...*" Rudji tentou, mas o gaúcho estava negando com a cabeça, furioso, frustrado, quase explodindo de raiva, e então, cheio de revolta e de ódio, jogou sua varinha inútil contra o relógio anual, no fundo da sala, pouco se importando se ela se quebraria com o impacto. Não funcionava mais com ele mesmo!

Só que a varinha mecânica não se quebrou.

Não se quebrou, nem resvalou contra a superfície de marfim e vidro do relógio, como esperado.

Em vez disso, para a surpresa dele, havia cravado no gigante com seu peso, perfurando o vidro no dia 5 de outubro.

Atônito, Atlas ficou olhando para a varinha, os olhos vermelhos do choro, enquanto Rudji e Hugo voltavam a insistir que ele mantivesse as esperanças. Foi quando um ruído profundo de ponteiro se fez ouvir, e todos silenciaram, olhando admirados para o relógio anual.

O grande Golias havia voltado a funcionar.

Sentindo um calafrio, os quatro viram o enorme ponteiro dos dias começar a se corrigir sozinho, avançando lentamente até o dia em que estavam, devidamente acertado; o ponteiro dos minutos também voltando a funcionar, como se nunca houvesse parado.

Atlas empalideceu, olhando para aquele dia 5 de outubro.

Symone também.

Percebendo o espanto dos dois, Hugo voltou sua atenção para Golias de novo, com a péssima sensação de que a varinha não atingira aquele dia à toa, nem o relógio se acertara à toa. Ele se acertara para começar a contar a partir do dia certo...

Uma contagem até o dia 5 de outubro.

Chocado, Hugo olhou para Symone de novo, querendo que ela negasse o que ele havia acabado de pensar, mas os olhos arregalados da futuróloga só comprovavam o que ele temia: Sy havia tido a mesma premonição. Não apenas ela, como todos ali, e Atlas olhava pálido para o relógio, com a mesma certeza repentina dos outros três: ao jogar a varinha contra o relógio, ele havia decretado o dia de sua morte.

Nova punição do Tempo... por mais um ato de rebeldia do professor.

Um fino filete de sangue começou a escorrer do buraco perfurado pela varinha, como a confirmar a sentença, e Hugo engoliu em seco. O Tempo, em sua infinita crueldade, havia acabado de diminuir o tempo de vida do professor. Os ponteiros agora inexoravelmente caminhando na direção daquele 5 de outubro.

Outubro... Muito menos do que a primeira previsão de Kanpai.

Meses a menos.

Tentando não se desesperar, Hugo contou quantos dias faltavam para o 5 de outubro e sentiu um arrepio.

Ao seu lado, Atlas continuava a olhar para o relógio como se visse a face da Morte, e, abalada, Symone saiu da sala.

Hugo foi atrás da futuróloga, querendo explicações. "O professor vai morrer dia 5, não vai?!" Ele checou o próprio relógio, "Às 4 da tarde?"

Olhando para o aluno com seus olhos azuis perdidos, Symone foi embora angustiada, deixando Hugo ali, sozinho, sentindo todo o peso daquela confirmação.

100 dias. Atlas tinha cem dias de vida.

PARTE 3

CAPÍTULO 34

DIA 1

"Quando cê pretendia nos contar sobre essa planta?!" Índio perguntou irritado. Marchava de um lado para o outro do quarto de Capí, tentando não bater a cabeça no teto baixo, e Hugo, não conseguindo tirar a razão do mineiro, desviou o olhar para o chão, *"Quando a gente tivesse alguma certeza de que ela era a cura."*

"E que certeza cês conseguiram, adendo?! Hein?! A certeza de deixar o professor ainda mais nervoso do que ele já tá?!"

Recostado no criado-mudo, Capí ouvia arrasado, acariciando a flor que recebera de uma ex-aluna, admiradora sua, logo após perder o cargo de professor. "Pega leve com o Hugo, Índio…"

"Pego nada! Cê sabe que eu tô certo, Capí!"

A flor era um delicado copo-de-leite imortal, mergulhado numa jarra inquebrável, tão estreita que parecia um canudinho de vidro, permanecendo em pé só por magia. Presente singelo, que muito comovera o pixie. Úrsula tinha acertado em cheio. Uma flor imortal, num recipiente inquebrável, para alguém que já havia sido tão destruído. Pelo menos alguma coisa ali não seria.

Capí havia voltado ao Pé de Cachimbo por dever de filho. Não dormia mais em casa, mas ainda sentia necessidade de aparecer lá durante o dia, para ajudar o pai. Felizmente, Fausto não estava ali para expulsar o folgado do Viny do colchão do filho. Enquanto isso, Índio continuava a vociferar, "A gente nunca teria deixado que cês contassem pro Atlas! 'magina! Ficar sabendo que TALVEZ exista um trem que cure sua doença, só que perdido no meio da maior floresta do MUNDO, em um lugar impossível de alcançar, que nenhum bruxo pode ir! Que beleza de notícia!"

"Não foi minha culpa, tá?! Foi o Rudji que contou pra ele! O Atlas tava desesperado, e ele quis animar o professor com a possibilidade!"

"Nooó! Animou demais da conta! Fiquei até emocionado com como ele ficou feliz." Índio bateu palmas, atiçando a raiva de seu rival, que só não a transformou num tabefe na fuça do mineiro porque conseguiu se controlar.

"Funcionou por um tempo, ok?! Até a resposta da Boiuna chegar."

Abraçada a Capí, Gislene parecia tão chateada quanto os outros. Principalmente por saber o quão importante era o bem-estar de Atlas para seu namorado. "Vocês tinham que ter previsto isso, Idá…, antes de darem falsas esperanças pro professor…"

Hugo desviou o rosto, furioso com Rudji por estar levando a culpa.

"Peraí", Viny levantou a cabeça, "quem falou dessa planta pra vocês?"

Hugo hesitou, olhando tenso para o loiro. Então resolveu dizer a verdade. Já estava sendo criticado mesmo, que diferença faria? "Foi o Peteca."

Índio deu risada, "O saci?! Era mentira dele, adendo! Como cê pôde acreditar?!", e Capí o olhou preocupado, "Você não falou dele pro Atlas, falou?"

"Claro que não!"

"Ah, bom."

Viny estava chocado. "O Peteca odeia o professor, Adendo! Claro que o peste ia inventar alguma coisa pra deixar o Atlas frustrado!"

"Vocês estão se esquecendo que a Boiuna CONFIRMOU a existência da planta! Confirmou que ela pode, sim, ser a cura!"

Índio riu do absurdo. "Possibilidade não é certeza, adendo!"

"Uma possibilidade é uma possibilidade!"

"Mínima! Uma possibilidade MÍNIMA de que TALVEZ uma pequena plantinha, escondida num lugar obscuro no meio da IMENSIDÃO amazônica, seja a cura!"

"Ainda assim, é uma possibilidade!!! Uma possibilidade que eles estão se recusando a SEGUIR!" Hugo berrou, a voz embargando de raiva e de dor. Era frustrante demais… desesperador demais saber que existia uma planta lá, em algum lugar, que poderia curá-lo, e as únicas pessoas capazes de irem buscá-la não iriam!

Capí se aproximou, pondo uma mão confortadora em seu ombro, com a mesma dor nos olhos, "Confia no Rudji, Hugo… Se essa planta for mesmo a cura, ele vai conseguir fazer alguma coisa com efeito parecido, você vai ver."

Hugo estava negando com todas as forças que tinha. Não acreditava na competência do japonês e, mesmo que acreditasse… "A cura tá lá, Capí. Não num laboratório qualquer. Eles não podem se recusar a ir!"

"Claro que podem, adendo!" Índio se intrometeu. "E estão mais que certos! Cê queria mesmo que eles pusessem a vida deles em risco porque o SACI jurou que ela é a cura?! Nem de pés juntos ele pode jurar!"

"Nossa, Índio, essa doeu."

"Cala a boca, Viny."

"Se eles não vão, algum professor daqui tem que ir então!"

"Ah, claro, porque alguém daqui sobreviveria muito melhor na floresta do que alguém de lá..." Índio estava pedindo um tabefe na fuça.

"QUER PARAR DE SER SARCÁSTICO?!"

"Só fingindo de tonto mesmo, de tamanha lerdeza, adendo! Acreditando numa mentira do saci..."

"O Peteca tava falando sério, pô! Ele quer o professor vivo pra poder continuar ferrando com ele!"

"E se for mesmo verdade, Índio?" Capí refletiu, mentalmente exausto. "... Os professores da Boiuna confirmaram que a planta existe."

"Mas não confirmaram que é a cura."

"A planta tá lá, Índio..." Hugo insistiu, quase implorando que ele acreditasse, e o mineiro concordou, desistindo do sarcasmo. "Mesmo que exista, adendo. É inalcançável. Eu entendo que cê quer ajudar o Atlas; entendo mesmo. Eu também gostaria."

"Sei."

Índio olhou-o com antipatia, mas não rebateu. "Vamos com calma. O Rudji vai conseguir desenvolver uma cura com o auxílio da Boiuna, cê vai ver. Eles sabem tudo de remédio, Hugo. Mais que qualquer um de nós. Confiar num saci a ponto de arriscar outras vidas não é o melhor caminho. Cê sabe disso."

Hugo baixou a cabeça, concordando angustiado. Eles estavam certos, claro. Não era justo pedir que se arriscassem numa busca possivelmente inútil. Precisava confiar na capacidade do japonês de encontrar uma cura alternativa. Era a única chance que tinham. A única que não envolvia pôr em risco outras vidas.

O dia seguinte amanheceu com Rudji trancado no escritório, acordado desde a madrugada, testando três poções diferentes ao mesmo tempo. Não conseguiria dar aulas enquanto tivesse aquele enigma para resolver, e nem Dalila ousou reclamar do cancelamento temporário das aulas de Alquimia, até porque as provas de meio de ano já estavam se aproximando e os alunos poderiam usar o tempo livre para estudar. A reputação da escola estava em jogo e apenas as notas mais altas apagariam a má impressão que as notícias da 'incompetência' de Kanpai e da demissão de um professor por briga deviam ter causado na comunidade bruxa. Por algum motivo, a imunidade de Capí milagrosamente ainda não vazara para a imprensa nacional. Qualquer que fosse a razão para aquilo, agradeceriam. Seria um inferno quando descobrissem.

Um inferno maior do que o que já estavam passando.

Hugo não conseguia estudar, claro. Acabava passando todas as horas livres do lado de fora da sala de Alquimia, à espera de que Rudji saísse com mais alguma poção para Atlas. Andava de lá para cá, no corredor mínimo do último andar, pensando em todas as possibilidades; inclusive na de eles mesmos irem atrás da planta, caso o resto falhasse. O saci levaria ele e os Pixies até as proximidades da Boiuna e, de lá, partiriam para a floresta. Era loucura, claro, mas talvez fosse a única alternativa e, a cada teste frustrado de Rudji, mais perto Hugo se via da Amazônia.

Se os professores da Boiuna eram covardes demais, os Pixies não eram.

Dava nervoso? Dava. Mas fariam, se fosse necessário. E, assim, os dias foram passando, entre testes, pesquisas alquímicas e trocas intermináveis de cartas entre Rudji e a Boiuna. Volta e meia os botânicos de lá enviavam ervas curativas pelo correio aéreo, mas nada era o suficiente... nem de longe o suficiente. Algumas poções do japonês até amenizavam a intensidade de certos surtos, mas não os interrompiam por completo e, a cada teste frustrado, Hugo ia ficando mais impaciente, vendo o tempo tiquetaquear na face do grande Golias... Três, quatro, cinco dias...

E o professor piorando a olhos vistos...

Já arrancando os cabelos de desespero, Hugo foi procurar os Pixies, decidido a fazer alguma coisa. A dica do saci era a única saída, ele tinha certeza, e estavam deixando que a oportunidade lhes escorresse pelos dedos.

Encontrando Viny e Capí na praia, sentados em pontos diferentes da areia, achou melhor se dirigir ao loiro, que estava mais próximo, até porque Capí parecia um morto-vivo de tão cansado, olhando o mar. O semblante um pouco soturno.

"Fala aê, Adendo. Senta aqui com a gente, vai, relaxa."

Hugo permaneceu de pé. "Faltam 95 dias, Viny, como tu pode falar em relaxar?!"

"Tu não vai ajudar *ninguém* tenso desse jeito. No máximo, vai conseguir atrapalhar a concentração oriental do Rudji, e deixar o véio pior do que ele já tá."

Respeitando a mansidão de Capí, lá na frente, Hugo baixou a voz, voltando-se para o loiro, "A gente não pode ficar aqui de braços cruzados vendo o Atlas piorar a cada dia sem fazer nada, Viny. O tempo dele tá se esgotando."

"Tá, mas o que a gente poderia fazer além de ficar esperando?"

"Ué, se eles não vão, alguém tem que ir, né?!"

Viny olhou-o sem entender direito. "Ir...?"

"Na Amazônia, cabeção!"

Viny fitou-o abismado, "A gente?! Tá maluco?!", e Hugo se surpreendeu, pasmo. Impossível que nunca houvessem pensado na possibilidade.

"A gente achava que tu tava falando dos *professores* daqui irem, Adendo, e não da gente!"

"Eu tava! Mas, se ninguém vai, a gente não pode deixar a plantinha abandonada lá, sem tentar ir buscar!"

Assegurando-se de que Capí não estava prestando atenção, Viny voltou-se para ele, em voz baixa, "Adendo, as chances de morte lá são enormes! Se os próprios professores *da Boiuna* se recusaram por medo, quem somos nós pra achar que conseguiríamos alguma coisa?! Um bando de pirralho que não sabe nada de floresta! Nem o Capí saberia! A floresta daqui não é nem remotamente parecida com a de lá…"

"A gente consegue, Viny! A gente já conseguiu tanta coisa!"

"Aqui na CIDADE, Adendo… No *máximo* num deserto no Maranhão, que tinha um portal pra nos trazer de volta, mas a gente tá falando da Amazônia! Se é fácil se perder na floresta daqui, imagine lá, na maior floresta do mundo! A gente ficaria perdido pra sempre! Não dá, Adendo…"

Hugo olhou-o com raiva. "Não dá ou você não quer?"

Viny mudou de postura, agora realmente preocupado. Sentando-se numa posição mais séria, encarou-o com um novo respeito. "Hugo, por mais que a gente queira ajudar, morrendo nós não vamos ajudar ninguém. É ingenuidade achar que a gente conseguiria, quando nem eles quiseram tentar…"

"Qual é o assunto?" Índio chegou distraído, sentando-se na areia com os olhos fixos num pergaminho de astronomia.

"O Adendo tá sugerindo que *a gente* vá atrás da planta, na Amazônia."

"Oi?!" Índio olhou-o como a um louco. "Endoidô, foi?!"

"Você também?!" Hugo estava chocado. Não era o mineiro que vivia querendo se fazer de durão, ser da Guarda de Midas e tudo mais?! "É do Atlas que a gente tá falando! *Como assim* vocês não estão nem *considerando* a possibilidade de ir? Que tipo de pessoas vocês são?!"

Viny baixou o rosto, com a consciência pesada, e assentiu, "Pelo Atlas, eu faria, sim, Hugo."

… Hugo. Ele não estava mais o chamando de Adendo. Aquilo era respeito.

"… Em qualquer outra circunstância, eu faria, sim, mas essas não são circunstâncias normais", Viny completou, olhando para Capí, sozinho lá na frente, "O véio não tá em condições de ir com a gente, e a gente não pode deixar ele aqui sozinho. Não nesse estado. Ele precisa de nós. Precisa da gente AQUI com ele. Tu sabe disso. A Gi sozinha não consegue."

Hugo sentiu a garganta apertar de revolta. Pela recusa, por Viny ter razão, por tudo. "Eu não tô acreditando nisso."

"E nem tu é burro de ir sozinho, que tu não é suicida; então, nada feito. Minha consideração pelo Atlas é imensa, Hugo, tu sabe disso, mas eu e o Índio queimamos o símbolo dos Pixies nas nossas costas não foi à toa. O Capí precisa da gente. Ele é uma fortaleza, mas fortalezas também desabam, e a gente tem que estar por perto pra não deixar que isso aconteça. Tu também."

"Mas e o Atlas?! Ele vai *morrer* se ninguém fizer nada!"

"Desculpe, amiguinho, mas eu já vi o Capí desmoronar uma vez e não pretendo passar por essa experiência de novo."

Hugo olhou chocado para a firmeza na postura do loiro. Viny já tinha tomado a decisão dele. Não voltaria atrás.

"Ok. O Capí precisa do Viny, eu entendo. Ele ficaria com o Viny então. Mas e você?" Ele virou-se para o mineiro. "Você iria comigo?"

Índio negou, absolutamente sério, e Hugo engoliu o rancor, "*O Capí iria.*"

"Não, não iria. Porque a gente amarraria ele numa cadeira."

Hugo recuou, sentindo-se traído. Era o futuro *pai* dele que estavam se recusando a ajudar! Ir sozinho não dava… Ele podia ser vaidoso, impulsivo, arrogante, mas não era louco. Os Pixies tinham que topar. Pelo menos UM deles! "Vocês não iriam mesmo que eu estivesse indo *sozinho*?! Nem pra me proteger?!"

Viny abriu a boca para responder, mas nenhuma resposta saiu, e o loiro desviou o olhar, seu silêncio magoando Hugo muito mais do que suas palavras. Capí era mais importante que ele. Claro.

"A gente não te deixaria fazer essa maluquice, adendo", Índio se aproximou, tentando amenizar. "É pra isso que os amigos servem."

"Os amigos servem pra ir junto nas loucuras!"

Ele precisava deles, caramba! Senão não poderia ir! Será que não entendiam?!

"Deixa a Kanpai fazer o trabalho dela, adendo. E o Rudji. Se houver alguma cura pra isso, eles vão encontrar…"

Hugo riu angustiado, "Mas a gente já encontrou!!!"

"Ninguém sabe onde tá essa planta! Para de delirar!" Índio insistiu. "A Amazônia tem cinco milhões de *quilômetros* quadrados! Cê tem ideia do quanto é isso?! É metade do tamanho da Europa! Seria como procurar um micróbio verde num campo de futebol! A gente só ia morrer e não ia encontrar o maldito lugar!"

Hugo olhou incrédulo para os dois. Não apenas incrédulo, mas também machucado, por saber que não iriam nem que ele tivesse decidido ir sozinho. "Depois ME chamam de egoísta", murmurou, começando a sair, mas Viny segurou seu braço, "Não é egoísmo, Adendo. É uma decisão horrível, mas óbvia. A gente nunca se perdoaria se saíssemos atrás de uma cura improvável e o Capí se destruísse na nossa ausência. Não é uma escolha fácil, acredite, mas é a única escolha possível!"

Hugo arrancou o braço da mão do pixie e continuou seu caminho; Índio gritando atrás dele, "E cê nem PENSE em sugerir essa maluquice pro Capí, adendo! É capaz dele aceitar ir com você!"

Claro que eu não vou chamar o Capí, seu boçal... Capí estava a menos de três metros deles e nem tinha percebido Índio gritar seu nome, de tão distante que sua mente estava. Não tinha condição nenhuma de ir...

Subindo sem parar até o quinto andar, Hugo enfiou-se na Sala das Lágrimas, para ficar sozinho com sua agonia, em meio às plantinhas que ele nunca devia ter visto. Por horas, ficou ali, sentado entre as enormes árvores, entorpecido, pensando no passado... nas vezes que Atlas tentara agir como um pai para ele... no dia que o professor avistara de longe sua mãe, pela primeira vez, no Santa Marta... nas várias ocasiões que Atlas e Dandara haviam dado risada juntos na cozinha dos Ipanema, durante as sucessivas visitas que ele costumava fazer para que Dandara passasse suas roupas, e que só agora Hugo via como pretextos para os dois se verem de novo... Claro, desde quando bruxos precisavam de ferro de passar?

Hugo riu daquilo, as lágrimas brilhando em seus olhos, e seu desespero voltou inteiro. Inacreditável que não poderia ir atrás da cura... Que deixaria o professor morrer lentamente porque não podia ir sozinho e os outros não queriam acompanhá-lo.

"*Tu só tá perdendo tempo, colega*", Peteca sussurrou em seu ouvido, e Hugo virou-se depressa para vê-lo.

Entendia o que o saci queria dizer, mas... "Ir sem eles?!" Hugo enxugou o rosto, abatido. "Eu não posso, Peteca. Sobreviver no Santa Marta é uma coisa. Sobreviver *sozinho* na floresta Amazônica é outra muito diferente..." Ele precisava confiar que Rudji acharia uma cura. Por mais que doesse não fazer nada. O Atlas ainda tinha tempo... Ainda tinha...

"Ah, desculpa aí, meu chapa. Eu achei que tu fosse aquele que derrotou 100 chapeleiros *sozinho* ano passado."

Hugo olhou-o inseguro. Não tinha sido sozinho. Mefisto matara o segundo.

"Bom, me avise se resolver voltar a ser o Hugo de antes", Peteca concluiu, deixando-o sozinho para que pensasse na proposta.

Com aquilo na cabeça, Hugo fez as provas de meio de ano pensando em tudo, menos nelas. Ainda assim suas notas foram exemplares, como não poderiam deixar de ser, para quem estudara praticamente a matéria do ano inteiro antes de as aulas começarem. O boletim chegou, e ele pouco ligando; sua mente focada na proposta do saci, cortejando a possibilidade de ir sozinho como quem cortejava um psicopata. Embrenhar-se na Amazônia sem os Pixies era flertar com a morte, e Hugo sabia.

Engraçado. Dois anos antes, nem pular na frente dos Anjos para defender Capí ele havia tido coragem de fazer. Quem ele estava pensando que era agora?

As férias chegaram e nada de ele se decidir. Não era fácil. A coragem vinha e ia embora com a rapidez de uma bala de fuzil; confiança e certeza dando lugar a choro e frustração quase de hora em hora, e o tempo passando.

90 dias. Faltavam 90 dias.

Como tinham conseguido colocar tanto medo nele em tão pouco tempo?

Enquanto isso, Capí e os outros viam, arrasados, o estado mental do professor se deteriorar. Não por causa da doença, mas porque, mesmo nas férias, Atlas não tirava os olhos daquele maldito relógio; o tempo avançando sem trégua diante dele. 89 dias, 88, 87...

O gigante de vidro não parava nas férias, só em feriados, e era angustiante ver Atlas daquele jeito; com os olhos fixos no relógio, sem viver, completamente dominado por Golias. Angustiante principalmente para Capí, que crescera praticamente sob os cuidados exclusivos do professor.

O pixie deu um beijo entristecido nos cabelos da namorada, que também assistia, abraçada à sua cintura. Agora que estavam de férias, Gi acompanhava o namorado a todo momento. Escrevera para a tia informando-a de que não seria possível retornar ao Dona Marta naquele inverno, só para poder ficar com Capí, defendendo-o do pai. Impedindo, com sua mera presença, que Fausto fosse desagradável demais com o filho.

Era bom ver que pelo menos o namoro dos dois estava dando certo. Enquanto isso, a raiva que Hugo sentia de Viny e Índio só aumentava. Não podia ir sozinho. Ainda mais considerando que Rudji desenvolvia uma nova poção a cada dia. E se Hugo se embrenhasse na floresta e, no dia seguinte, o japonês conseguisse fabricar a cura? E ele morresse na Amazônia à toa.

Para tentar se distrair daquela dúvida, Hugo voltou a trabalhar, mas, de que adiantava passar as férias esculpindo varinhas se, ao chegar em casa, tinha de ver a mãe daquele jeito, sem nenhum traço de sua antiga alegria e vivacidade? Ubiara estranhava o comportamento calado do aprendiz. "Eu não gosto de te ver assim, rapaz." Mas Hugo não estava no clima para ser rebelde e respondão.

Quando visitava a Korkovado junto com os outros, era para tentarem tirar o professor daquela apatia, mas não havia jeito. Ele já tinha se entregado ao relógio. E quanto mais Rudji via seu amigo se entregar, mais o alquimista parecia uma múmia japonesa, pesquisando opções até altas horas da madrugada enquanto Atlas só piorava, definhando em frente ao Tempo.

"Não se entrega, professor. Você não pode desistir da vida assim!" eles imploravam, mas nem Dandara conseguia convencê-lo, nas raríssimas vezes que conseguia entrar clandestinamente na escola, com a ajuda do conselheiro Vladimir. Dalila não podia nem *sonhar* que a 'favelada' estava indo lá às escondidas.

"Como ele tá, doutora? Diz a verdade", Dandara sussurrou enquanto Viny distraía o professor contando suas últimas peripécias de férias.

Daquela vez, no entanto, os olhos de Kanpai anunciaram a má notícia antes que sua boca respondesse. "Vem tendo problemas seguidos no nervo óptico. Estou com receio de que perca totalmente a visão algum dia, e ela não volte mais."

Dandara arregalou os olhos, "Isso pode acontecer?!"

"Não com azêmolas, acho, mas com bruxos já aconteceu, e eu estou com medo."

Capí e Hugo se entreolharam assustados; o pixie absolutamente exausto. Passar as férias na Korkovado significava trabalho ininterrupto ao lado do pai. Desta vez, com um pouco menos de abuso verbal, por causa da presença de Gislene, mas ainda assim era bem complicado. Aguentar as duras palavras de decepção do pai ao ver seu boletim devia ter sido tortura o suficiente para o semestre inteiro. Capí tinha ido até razoável nas provas, mas não como antigamente. Impossível, com o pensamento disperso como estava. Talvez o pixie nunca mais recuperasse o desempenho escolar de antes. Pior que ele *sabia* a matéria. Sabia tudo! Quem dera falta de conhecimento fosse o problema.

Às vezes, vô Tibúrcio aparecia para ajudar nas tarefas e animar o neto, mas só quando Fausto não estava por perto. Eles não se davam muito bem, para variar, e às vezes era melhor o avô ficar longe do que Capí ter que ouvir as discussões dos dois. Pelo menos Gi estava com o namorado o tempo todo, e Viny o mantinha longe da Lapa. De fato, Capí ainda precisava dos amigos por perto. Se todos fossem para a Amazônia e só restasse Gislene, talvez ele não aguentasse a pressão. Ainda mais sem o apoio de Atlas, professor que sempre o ajudara, e que agora era quem mais precisava de ajuda.

No dia seguinte ao prognóstico de Kanpai a respeito da vista do gaúcho, Hugo foi visitar Atlas em sua antiga sala de aula. Era o último dia de férias. Último dia sem adolescentes barulhentos pelos corredores, e Hugo precisava fazer alguma coisa para alegrar o professor; ainda mais depois da noite anterior, em que Dalila, descobrindo as visitas clandestinas de Dandara, praticamente arrastara sua mãe para fora, jogando um feitiço anti-Dandara na escola, a desgraçada.

"É melhor assim, guri…" Atlas suspirou, olhando agoniado para o ponteiro dos minutos. "Eu não quero ela aqui, me vendo definhar até a morte."

"Eles vão achar uma cura, professor… Você vai ver!"

Atlas esboçou um leve riso, cheio de sarcasmo e rancor, e Hugo desviou o olhar, sentindo remorso por ainda estar ali, e não na Amazônia. Remorso por ter se deixado influenciar pelo medo dos professores da Boiúna e dos Pixies. Covarde. Mil vezes covarde.

O professor permanecia sentado no sofá, apático, os olhos fixos no Golias, que passava lentamente pelo dia 17 de julho. "Faltam 80 dias, Taijin."

"Esquece esse relógio, professor…" Hugo implorou. Se Atlas esquecesse aquela maldita máquina, ele teria mais tempo. Hugo tinha certeza. O professor só morreria no dia 5 de outubro porque acreditava nisso.

Olhando para os ponteiros, Idá fez as contas, só para confirmar. Oitenta. O professor tinha razão. Dois meses e vinte dias. E Hugo ali.

"*5 de outubro…*" Atlas suspirou. "Nessa data, os azêmolas realizaram o primeiro voo em círculo da História, em 1905. Dia apropriado para a minha morte."

"Você não vai morrer, professor. A gente encontra a cura até lá."

Atlas riu. "Não dá mais tempo, guri."

"Claro que dá. Não foi em 80 dias que deram a volta ao mundo?"

O professor olhou com ternura para o aluno, que citara Júlio Verne só para animá-lo. "... *A Volta ao Mundo em 80 Dias*... De fato, na história, Phileas Fogg *aposta* com outros ingleses que conseguiria circundar o mundo em 80 dias, mas tu, por acaso, já leste o livro para ver se ele consegue?"

Atlas olhou esperto para o aluno, que manteve-se firme.

"Não, mas a gente vai conseguir. Mesmo que eu não tenha lido o livro."

Atlas deu uma leve risada, e os dois foram interrompidos pela invasão de Viny, vô Tibúrcio e os outros Pixies. "Buenas, professor! Como vai a tua vista hoje?"

"Razoável", Atlas estranhou a pergunta. "Por quê?"

"A escola preparou uma surpresa pra você." Tibúrcio respondeu, indo até o gaúcho. Atlas continuava a achar estranho, "A escola?!"

"Na verdade, a gente meio que deu uma ajudinha. Ignorando os protestos da Dalila", Viny adicionou com uma piscadela, e Atlas olhou para todos com malandragem, como a alunos travessos. Para Hugo inclusive, que␣sorria esperto, assistindo. Havia sido designado para distrair o professor enquanto preparavam a surpresa.

"O que vocês andaram aprontando, guris?"

"Chega de papo. Vem." Tibúrcio se inclinou para ajudá-lo, e Atlas se ergueu, apesar de extremamente fraco, usando uma bengala para se equilibrar. Uma bengala que Hugo não gostou nada de ver. Atlas não tinha que estar precisando de uma.

Viny e Índio já vendavam o professor quando Kanpai chegou, estranhando a movimentação, "O que os senhores estão fazendo?!"

"Sequestro de gaúcho." Viny pegou uma vassoura voadora das mãos de Capí. "Sente aqui em seu trono, majestade."

Atlas tateou à sua frente sem entender o que era e, então, deu risada, sentando-se de lado no cabo, como num banco flutuante. "Achei que voar de vassoura fosse proibido dentro da escola."

"Que graça teria se não fosse?" Viny piscou para Capí, ao ouvir o riso do gaúcho. Era tão raro vê-lo sorrindo... E os cinco direcionaram a vassoura para fora da sala e escada abaixo, em direção à praia. Hugo não fazia ideia de qual seria a surpresa em si, mas, assim que pisou na areia, arrepiou-se inteiro, vendo a magnitude do que haviam feito... Sabia que os Pixies, temerosos de que Atlas fosse perder a visão, tinham decidido preparar um momento de alegria visual inesquecível para o professor, só não sabia que simplesmente desfariam TODO o encantamento de céu da escola, deixando transparecer a rocha interna do morro por sobre o extenso mar. Lindo. Extraordinário. Infinitamente grandioso! Como se estivessem numa gigantesca caverna iluminada... Uma caverna que guardava um oceano dentro dela.

Viagem ao Centro da Terra... Atlas amaria aquilo...

Ainda absolutamente fascinado, Hugo sentiu a movimentação dos Pixies atrás de si, ajudando o professor vendado a ficar de pé novamente. Era assustador o quão rápido estava sendo o avanço da doença; as pernas mais endurecidas, os músculos já não respondendo direito, a dificuldade de respirar... Também, Atlas não fazia os exercícios, caramba! Tudo bem que a doença estava progredindo muito mais depressa que o normal, mas parte do estrago era culpa dele!

Tentando não se revoltar, Hugo sacudiu seus pensamentos para outra hora. Aquele era o momento do professor. Só dele.

Antes que fizessem qualquer coisa, Capí sussurrou ao ouvido do gaúcho, com um sorriso, "Feliz aniversário adiantado, professor", e Atlas interpretou a frase corretamente como permissão para tirar a venda.

Assim que o fez, arregalou os olhos, soltando-se dos Pixies para ver melhor, pasmo, devorando com os olhos cada centímetro daquele mundo novo, absolutamente emocionado.

Hugo enxugou as próprias lágrimas antes que alguém as visse. Era o sonho do professor sendo vivenciado ali, na Korkovado mesmo, já que não poderia mais ser realizado de verdade, e Hugo não sabia se sentia alegria ou a mais absoluta tristeza por pensar aquilo. Felizmente, Atlas estava maravilhado demais para notar a angústia do aluno, admirando aquilo tudo como se o mundo fosse jovem de novo, não sabendo se sorria ou se chorava. Na dúvida, estava fazendo ambos; e seus olhos castanhos brilhavam numa felicidade que Hugo sabia que não duraria... Um minuto de encantamento e júbilo antes da tempestade que estava por chegar. "*Júlio Verne...*"

Tibúrcio sorriu, "Inteirinho só pra você."

"Deve ter até monstros marinhos nessas águas", Viny brincou, e Capí deu risada, "Eu não duvidaria."

"Uma alma aprisionada não se cura, professor..." Tibúrcio sussurrou emocionado, ao ouvido do colega, trocando olhares com Kanpai, que aprovou a afirmação, tão emocionada quanto ele. Não era se fechando numa maldita sala cheia de relógios que Atlas conseguiria lutar contra aquela doença. Era *vivendo*. Ali fora. Com eles. Ao ar livre. Senão, seria uma morte antes da morte.

Mas Atlas não parecia estar prestando atenção. Tinha os olhos ainda maravilhados por aquela imensidão, sorrindo como o sonhador que era, "É assim, amigo?! ... Lá no centro da Terra, onde tu estiveste?!"

Tibúrcio sorriu, olhando para tudo com carinho, "É muito parecido, sim, parceiro. Muito parecido..." e descreveu no ouvido de Atlas, "*O céu de pedra... o mar infindável... a praia branquinha, com uma floresta gigantesca atrás... os monstros e seus longos pescoços saindo das águas, como dinossauros...*" Atlas fechou os olhos, imaginando. "*Exatamente como nosso Júlio Verne descreveu.*"

Era mentira, claro. Não havia nada daquilo no centro da Terra; havia magma e camadas e mais camadas de pedra. Atlas sabia, mas estava comovido demais para se importar, "Como eu adoro esta escola..." O professor sorriu, chorando de emoção pela homenagem. De emoção, de medo, de tudo, e os Pixies o abraçaram pela cabeça; Hugo assistindo, sabendo que, se ninguém fizesse nada, o professor realmente nunca mais teria a chance de viver nada daquilo...

Não aguentando a tristeza, Hugo foi embora.

Foi em direção ao dormitório, arrumar a mochila.

Havia decidido ali, naquele instante, que não podia esperar mais. O professor precisava dele. Se ninguém estava disposto a ir atrás daquela maldita cura, se ninguém tinha coragem suficiente para enfrentar a Amazônia, ele tinha. E ele iria.

CAPÍTULO 35

O AMIGO

Hugo chegou tenso ao quarto e arrancou a mochila do armário, abrindo-a na cama e enfiando nela tudo de que achava que fosse precisar: camisas, calças, meias, um livro de Feitiços, um de Defesa, um par extra de botas de couro... mmm... luvas? Será que precisaria de luvas? Suas mãos estavam trêmulas.

"Onde cê pensa que vai?"

Vendo Índio parado na porta do quarto, Hugo segurou a raiva e continuou a arrumar a mochila sem dizer palavra alguma.

"A gente não precisa de mais uma morte este ano, Adendo."

"O Atlas ainda não morreu!" Hugo gritou inconformado. "*E nem vai morrer...*" murmurou em seguida, continuando a arrumar as coisas à medida que tentava segurar as lágrimas.

Respeitando suas intenções, Índio ficou quieto, acompanhando com os olhos enquanto Hugo checava os itens que haviam sobrado na cama, meio perdido. A varinha escarlate deveria servir de bússola, de canivete, de lanterna, de escova de dentes, de tudo, né? Precisaria de um mapa, mas um mapa pra onde? Não fazia ideia da localização exata da gruta... Precisaria de comida também? Ou na Amazônia havia fruta suficiente para catar? Não fazia a menor ideia.

"Para com essa doideira, Adendo... Não vai... Cê não sabe nada de floresta! Se você for, cê vai morrer!"

"Se eu não for, o *ATLAS* vai morrer!" Hugo sentiu o ódio apertar na garganta. Então parou, olhando impaciente para o mineiro, "Tu quer mesmo que eu acredite que tu tá preocupadinho comigo?! Conta outra, vai."

"É sério, Hugo! Eu também gosto do Atlas, mas..."

"Gosta nada! Tu nunca gostou! E nem arriscaria sua vida por um professor que vivia quebrando as suas preciosas leis! Admite! Tu nunca suportou o Atlas!"

"Isso não é verdade."

"O Capí mente melhor."

Índio fechou a cara. "Se eu e o Viny fôssemos pra Amazônia, seriam só mais dois mortos, Hugo! Cê acha que a Amazônia é brincadeira?! É a maior floresta do mundo!"

Hugo fechou a mochila, lançando-a sobre o ombro, *"Depois diz que quer ser da Guarda de Midas..."* e esbarrou no mineiro ao sair.

"Ei!" Índio foi atrás, chocado. "Quem te contou isso?!"

"Ninguém precisou me contar. Eu VI você babando de inveja da Athalanta e do dragão dela ano passado! Tu sabe que lá eles não aceitam *covardes*, né?"

"Eu não sou covarde!"

"Ah, claro que não..." Hugo marchou pelo corredor em direção à saída.

"Independência ou morte!!!"

Índio se apressou atrás dele, preocupado em salvar a própria dignidade, "Não tem nada a ver com covardia, garoto! Tem a ver com inteligência! Eu não vou arriscar *enlouquecer* naquela floresta sem garantia NENHUMA de que a gente vai encontrar alguma coisa que preste lá! E o Capí precisa da gente!"

"O Capí já tem o Viny! Outro grande BUNDÃO!" Hugo fechou com força a porta do dormitório na cara do pixie, ouvindo a pintura de Dom Pedro exclamar *"Misericórdia!"* lá dentro, provavelmente tendo caído do cavalo, e Índio, agora realmente furioso, abriu-a de novo e continuou atrás dele, em direção ao refeitório vazio, enquanto berrava, "E quem fica pra segurar o Viny, Hugo?! Hein?! Sem a Caimana, ele não consegue! Ele nunguenta! Um precisa do outro aqui, será que cê não entende?! Os Pixies vão juntos ou ficam pra trás juntos, não existe outra opção! Ainda mais agora, com esse processo de calúnia! O Capí não tem ligações no governo! Eu tenho! Eu posso ir a Brasília tentar alguma coisa! Quem sabe eles revoguem a acusação e..."

"Esse blá-blá-blá não vai salvar o professor." Hugo fechou a porta na cara do mineiro de novo. Desta vez a porta de saída da escola, encerrando o assunto.

Índio não insistiu, permanecendo do outro lado; talvez por vergonha, talvez por orgulho ferido, talvez por raiva. Hugo estava pouco se importando enquanto subia sozinho a imensa escadaria da torre, que o levaria ao Parque Lage. Precisava passar em casa e abastecer a mochila de comida. Não conseguiria viver apenas das frutas estranhas que encontrasse pelo caminho.

Deixando a torre nanica, Hugo girou assim que saiu do bloqueio do parque, aparecendo direto em seu quarto para não ser visto pela mãe. Jogando a mochila na cama, vestiu um par mais resistente de calças, botas de couro forte, camisa de manga comprida e uma jaqueta marrom por cima, para o caso de fazer frio à noite; depois atravessou sorrateiramente a sala em direção à cozinha, onde encheu a mochila de enlatados, biscoitos, frutas, castanhas... todo mantimento que pudesse levar sem que aquilo desabastecesse a mãe. Antes de sair, deixou um bilhete, assumindo a autoria do roubo, sem mencionar o que faria com aquilo tudo. Não era maluco de deixar a mãe preocupada. Ainda mais agora, que ela estava sofrendo tanto.

Sentindo um aperto no peito, Hugo resistiu à tentação de procurá-la para um último abraço. Talvez nunca mais voltasse a vê-la. Talvez nunca mais voltasse a ver nenhum deles... Não, não podia pensar aquilo. Daria Atlas de volta para ela. Ah, daria, sim. Vivo e bem de saúde.

Recuperando a confiança, saiu, enviando um abraço mental para a mãe, antes de girar de volta ao parque. Entrando na escola, já começava a subir em direção à Sala das Lágrimas, quando... "Não vai, Hugo."

"Você outra vez?! Que foi? Quer me convencer a não ir só pra não se sentir tão mal consigo mesmo, é?!"

"Não tem nada a ver com isso!"

"Então, tá." Hugo parou de subir, virando-se resoluto para o mineiro. "Agora é a hora, Índio. Você vem comigo ou não?"

O pixie negou, sério. "Eu não sou maluco."

"Verdade, você não é maluco. Você é *covarde*!"

Índio se segurou para não responder à ofensa. "Eu desisto. Se você quer se perder lá, vá em frente! Mas se perca sozinho!"

Hugo fitou-o machucado, "Bom... é isso então", e já começava a se virar quando Índio gritou, "Espera!" arrependido de como o dissera. "O Capí precisa docê também, adendo! Ele não pode ficar aqui, preocupado que você tá perdido lá fora! Ele já tem preocupações demais! Tem que ter outro jeito!"

Hugo voltou-se para ele, desta vez com lágrimas de ódio nos olhos, "Então vocês fiquem aqui esperando esse outro jeito cair do céu!" e arrancou o braço da mão dele, murmurando, "*Depois não digam que eu nunca peço ajuda!*" Continuou a subir, puto da vida, para o quinto andar, deixando Índio para trás.

O mineiro ainda gritou atrás dele, querendo recuperar o orgulho ferido, "*NINGUÉM ENCONTROU A CURA ATÉ HOJE E CÊ ACHA QUE, LOGO OCÊ, VAI CONSEGUIR, NÉ?! CLARO! PARA DE SE ACHAR, GAROTO!*"

"PELO MENOS EU TÔ TENTANDO ALGUMA COISA!" Hugo gritou de volta furioso. Não ficaria ali aturando raivinha de pixie por estar fazendo a coisa CERTA agora.

Chegando à porta da Sala das Lágrimas, abriu-a com violência, e já ia seguir até sua caverna particular à procura do saci quando percebeu o saci logo ali ao lado, apoiado na lateral da porta, dentro da floresta.

"E aí, colega. Decidiu?"

"Me tira daqui."

"Eita, ruim assim, é?"

"Nem me fale", Hugo replicou, quase sem conseguir pensar direito de tão irritado, e então uma insegurança saudável bateu em seu íntimo. "Não, calma aí." Não podia se jogar no escuro daquele jeito, sem aconselhamento nenhum. "Eu só preciso falar com uma última pessoa antes de ir. Você me espera?"

Peteca revirou os olhos impaciente, mas se jogou de costas no chão, deitando com a nuca apoiada nos braços cruzados, "Fazer o que, né?", e Hugo saiu à procura da pessoa que mais entendia de jornadas daquele tipo na escola.

Jornadas do tipo suicida.

CAPÍTULO 36

OS QUATRO MENTORES

Já era quase noite quando Hugo encontrou Vô Tibúrcio planejando a primeira aula do segundo semestre em seu escritório. Entrando de mochila nas costas, teve que desviar cuidadosamente dos caixotes de mudança ainda lotados de livros, mapas e lembranças de viagem, enquanto uma rede de dormir se estendia, por conta própria, nas paredes do escritório. Apesar de ter uma cama oficial em seu antigo trailer, o velho professor não se mudaria para lá até que Atlas o desocupasse em definitivo; algo que nenhum dos dois queria que acontecesse.

Olhando por alguns segundos para a mão mutilada do avô de Capí, com a qual ele escrevia, Hugo dirigiu-se resoluto ao aventureiro. "Sr. Tibúrcio, eu precisava de uns conselhos seus."

O professor respondeu sem tirar os olhos do que estava escrevendo, "Eu não vou ser hipócrita a ponto de te aconselhar a não ir", e Hugo fitou-o surpreso. Ele sabia?! "Se eu te aconselhasse isso, estaria sendo ridiculamente incoerente", Tibúrcio riu, dando-lhe uma piscadela. "Tenho, no entanto, a obrigação de te alertar: você é muito jovem, rapaz, e a Amazônia é pra gente grande."

"Eu já enfrentei muito mais do que o senhor imagina, Sr. Tibúrcio."

"Ô, mas disso eu não tenho dúvidas!" O velho fixou-o com um olhar simpático. Largando a pena, recostou-se na cadeira, "Bom, o que posso lhe dizer? Está levando uma mochila forte? Botas? Muito bom. Quantos pares de calças?"

"Três."

"Resistentes?"

"As mais fortes que eu tenho."

"Ótimo. Bússola?"

Hugo negou, e o velho ergueu a sobrancelha, preocupado com o esquecimento de algo tão básico. Idá tentou se justificar, "Eu achei que a varinha…"

"É sempre bom ter uma bússola por perto, caso o feitiço Norte não funcione. Atlas deve ter uma. Eu passaria lá, se fosse você."

Hugo hesitou. Não sabia se queria ver Atlas de novo antes de partir. Enquanto isso, Tibúrcio continuava, "... Repelente é melhor você arranjar na Boiuna. Se usar um daqui, os mosquitos amazônicos vão te jantar vivo e não vai sobrar pra sobremesa." Hugo acompanhou o riso do velho, tenso. Não ficava confortável com insetos. Só de lembrar a alucinação que tivera durante a overdose... as baratas e centopeias, e formigas gigantes subindo por suas mãos e pernas... credo.

"Levar mais de uma varinha também é um bom negócio, mas algo me diz que você não perderia a sua nem por um decreto."

"Não mesmo."

"Bom, de todo modo, é recomendável. A gente sempre acaba deixando cair coisas pelo caminho quando está fugindo."

Hugo se preocupou, "Fugindo?", e Vô Tibúrcio riu, "O que você achava, que seria um passeio no parque? A Amazônia é uma montanha-russa! É ainda pior para bruxos do que para os azêmolas, não se engane! Olhe sempre para trás, para os lados, para cima. A floresta tem mais olhos do que folhas; preste atenção onde pisa e, principalmente, cuidado com as tentações. Elas vão te matar, se você der trela."

Levemente assustado, Hugo concordou. "Fique atento, rapaz. Lá, o perigo chega dos lugares menos prováveis. Qualquer um pode ver a ameaça nos olhos de uma onça, mas o bicho mais perigoso da Amazônia é um sapinho amarelinho lindo, do tamanho da unha do seu dedo mindinho, tão venenoso que um simples toque da saliva dele vai fazer todos os seus órgãos pararem de funcionar em minutos."

Hugo engoliu em seco.

"O grande perigo não está no gigantesco mapinguari. Está na velhinha tapuia, na mulher sedutora, na menorzinha das aranhas aconchegada debaixo de uma folha inofensiva. Lobos disfarçados de cordeiro. Lembre-se disso."

Idá assentiu, tentando absorver cada conselho, até que Tibúrcio se levantou, "Bom, acho que isso é tudo", e cumprimentou-o. *Só isso?!* "Eu adoraria ir contigo, rapazote, mas tenho um neto pra cuidar, e algo me diz que o futuro de meu amigo gaúcho está em boas mãos." Ele piscou para o aluno e saiu, "Espero vê-lo vivo no fim do ano, para te dar um belo zero por excesso de faltas."

Hugo riu, mas Tibúrcio parou para completar, "Se bem que, há sempre algo de romântico em ficar perdido para sempre na floresta", e abriu o sorrisão, deixando um aluno mil vezes mais inquieto para trás. Velho maluco. Bem que Dalila dissera.

Resolvendo seguir os conselhos do novo professor mesmo assim, Hugo dirigiu-se à antiga sala de Defesa, hesitando um pouco em frente à porta. Se a viagem não desse certo, aquela poderia ser a última vez que veria o gaúcho vivo.

Respirando fundo, entrou devagar. Atlas estava sentado no sofá; cansado, depois das emoções daquele dia, mas acordado. "Eu vim me despedir."

Olhando para cima, Atlas viu a mochila em suas costas e fitou-o preocupado, entendendo tudo. "Hugo... É perigoso..."

"Eu vou, não tem conversa! E você vai aguentar até que eu volte com a cura, tá me ouvindo?!"

Admirado com a determinação do rapaz, Atlas concordou, olhando-o estupefato; seu respeito e carinho por ele parecendo aumentar, e Hugo marchou até a bancada lateral, sabendo de uma bússola que havia ali. Afanando o objeto, sob o protesto estridente de Quixote pelo roubo, colocou-a no bolso sem pedir permissão, e já ia saindo sem falar mais nada, para não doer tanto, quando Atlas o chamou, "Taijin!"

Hugo se voltou relutante para o professor, que indicou com a cabeça o relógio anual, ainda perfurado pela varinha. "Leva a Atlantis contigo, guri. Ela é inútil pra mim agora."

Hugo se surpreendeu com a sugestão, olhando para o alto do grande Golias.

Hesitante, subiu com cuidado na bancada atrás do relógio e, honrado, arrancou a varinha mecânica do vidro, derrubando alguns cacos no chão e deixando vazio o buraco que a varinha perfurara.

Ali estava ela, mais uma vez em suas mãos: a varinha mais linda da escola, feita de madeira amendoada de jatobá, com uma empunhadura de bronze e cobre que unia suas duas metades como uma prótese magnificamente confeccionada. Ustra devia ter ficado realmente mordido ao vê-la reconstruída e sendo apontada contra ele, no ano anterior; tão mais bonita do que a simples varinha de madeira que ele havia quebrado.

"Talvez a varinha se revolte no início. Deve estar se sentindo rejeitada."

"Mas eu tenho a minh..."

"Usa a *minha*, Hugo. Só a minha. Deixa a tua escondida."

"Por quê?!"

"No meio do mato, tu nunca terás certeza de quem está te observando."

Hugo sentiu um calafrio, de repente se lembrando, "... O Curupira?!"

"Nunca se sabe."

Seu coração acelerou. O dono do cabelo que Benvindo *roubara* para fazer a varinha escarlate... Não tinha pensado no perigo que corria.

"O Curupira não iria gostar nada de te ver usando o poder dele sem autorização."

Que ótimo. Teria o guardião da floresta como inimigo também.

Hugo engoliu em seco, mas concordou, guardando a Atlantis consigo. Perder sua varinha para aquele demoniozinho dos pés invertidos, enquanto tentava salvar o professor, seria muita sacanagem.

"Com o Curupira não se brinca, Hugo. Ele não é como um saci. Não entende senso de humor, não admite malandragem. Todos os irmãos dele morreram como resultado das artimanhas dos sacis. Se tu te encontrares com ele, leve-o muito a sério, porque ele só entende o respeito. E tente não matar nenhum animal sem necessidade. Ele definitivamente não vai gostar disso."

Hugo assentiu, atento às instruções. Não que ele fosse matar qualquer coisa, mas era bom saber.

Sentindo enjoo de novo, Atlas tentou alcançar uma poção na cabeceira, mas sua mão não abriu o suficiente, e Hugo pegou o frasco antes que ele se espatifasse no chão, ajudando o professor a fechar a mão em volta dele. "Eu também deixei cair meu copo outro dia. Bem-vindo ao clube dos desastrados."

Atlas sorriu com a piadinha, mas não estava nada feliz. Sabia que o aluno só havia dito aquilo para que ele não se sentisse humilhado. "Se cuida, professor", Hugo murmurou, querendo fazer-lhe um carinho, mas virando-se, em vez disso, para ir embora, e Atlas segurou-o pelo pulso com a mão boa, "Não entres direto na floresta, guri. Passa na Boiuna antes e te abanca uns dias por lá."

"Mas você não tem tempo, professor!" ... O saci tinha prometido levá-lo até a escola do Norte mesmo, mas Hugo nunca pensara em perder tempo entrando lá.

"Conselho de amigo, guri. A Boiuna te muda. Te melhora. Por mais que a escola depois dificulte a tua saída para a selva, lá dentro tu vais encontrar a ajuda de que precisas."

Hugo meneou a cabeça, duvidando muito da boa vontade do povo de lá. Eles não tinham sido exatamente solícitos na carta. "Vou?"

"Eu tenho certeza. Enquanto estiveres na escola, presta especial atenção a todos que começarem a conversar contigo. Na Boiuna, as coisas nunca acontecem por acaso. Confia. Tu vais encontrar quem te ajude. Ir sem orientação nenhuma é loucura."

Hugo concordou e Atlas largou seu pulso, passando a mão nervosamente pelos próprios cabelos. "Tua mãe vai me matar quando descobrir que eu te deixei ir."

"Ela não precisa saber."

"Ah... haha... ela vai saber. Aquela guria descobre tudo." Atlas riu. Ele realmente tinha carinho por Dandara. Seria um bom companheiro para ela. Um bom pai. Ao contrário do outro.

Hugo já estava na porta quando a voz do professor o alcançou, "Vai amanhã, guri. Hoje já está escuro."

O aluno concordou. Se ia mesmo *entrar* na Boiuna, melhor que fosse pela manhã. Chegar à noite seria suspeito. Virando-se para a porta, já ia sair quando foi interrompido por Quixote, que se postou à sua frente, dando gritinhos estridentes.

"Que foi, peste?!" Hugo perguntou, resistindo à tentação de chutar de leve o macaquinho branco para o lado, e Atlas riu, "Ele quer ir contigo, Taijin."

"Ah, não vai mesmo! Volta pro professor, vai!"

Quixote se desvencilhou de sua bota, voltando a guinchar imperativamente para ele, os dentinhos pontiagudos aparecendo na boquinha aberta enquanto dizia seu "Ih! Ih! Ih!" muito esclarecedor, olhando para o jovem com os olhinhos ansiosos de quem precisa ir de qualquer maneira. "Eu não vou virar babá de macaco!"

"Acho bom tu aceitares, guri. A floresta é um lugar bastante solitário."

"Vai ser só mais uma boca pra alimentar", Hugo fez careta para o bicho, e Atlas deu risada, "Pelo menos ele vai saber distinguir pra ti as frutas comestíveis das venenosas. Olha que legal."

Hugo olhou-o chocado, "Venenosas?", e o professor respondeu com uma piscadela, fazendo-o olhar de novo para o macaquinho, "Como ele sabe?"

"Todo animal sabe. Por instinto. Ainda mais um que nasceu lá."

"Mas eu não posso levar esse peste, ele me detesta!"

Atlas deu risada. "Ele acostuma rápido. Além do que, vai ser bom pro danadinho voltar pra casa."

A contragosto, Hugo aceitou. Melhor aturar um macaco atrevido do que morrer envenenado. "Posso te dar umas recomendações quanto a ele, guri?"

"Fazer o que, né?"

"De maneira alguma lhe ofereça chocolate ou embutidos. Chocolate mata sagui. E nunca dês a ele nada que tu já tenhas mordido. O contato com a nossa saliva pode deixar um sagui muito doente. Quando não o mata."

"Bicho fresco."

O macaquinho chiou ofendido, e o professor os observou com carinho. "Na Boiuna, tu podes deixar que ele coma qualquer fruta, verdura, legumes sem sal, ovos, queijo, pão. E insetos."

Hugo fez cara de nojo para o minimacaco, que lhe devolveu um sorrisão exagerado. Maravilha. Estava ganhando um bebê para cuidar.

"... Boa sorte, guri."

Hugo agradeceu, olhando o professor por um longo tempo antes de sair.

Permitindo que Quixote o seguisse até o dormitório, deixou que o sagui macaqueasse pela cama inteira do Índio enquanto tentava dormir mais cedo. Mas foi inútil. Estava ansioso demais para apagar, ao contrário do macaquinho, que, depois de brincar por longos minutos com o lençol do mineiro, caíra no sono despreocupadamente, esparramado na bagunça linda que fizera.

Como dormir, sabendo que, no dia seguinte, viajaria para talvez nunca mais voltar? Nem a possibilidade de Índio chegar ali no quarto e ver um sagui perfumando seu lençol estava conseguindo distraí-lo.

No fim, acabou pegando no sono como queria, mas somente horas depois. Quando acordou pela manhã, foi no susto, com Quixote em cima de seu peito. Empurrando o macaquinho para longe, checou o relógio. Cinco da manhã ainda.

Estranho. Índio não era de acordar tão cedo. Os únicos sinais de que o pixie havia dormido ali eram a cama meticulosamente arrumada de novo e uma linha de magia desenhada no chão, separando sua metade da metade dele com as palavras '*Animais: do SEU lado*' escritas a giz na parte carioca do piso.

Idá riu, adorando tê-lo irritado, mas tinha algo de muito errado naquele horário. Ele se levantou, vestindo as botas e saindo, já de mochila; o peludinho dentro dela, de cabecinha para fora, brincando com os zíperes.

Foi só Hugo sair do quarto que começou a ouvir a voz nervosa de Viny ecoando pelo corredor, "*Quando foi isso?*", e a de Gi respondendo, "*Não sei! Eu não fico checando o relógio a cada meio minuto, Vinícius!*" Preocupado, Hugo apertou o passo, chegando à área comum a tempo de ver Viny andando ansioso de um lado para o outro. "O que aconteceu?" Hugo interpelou Gislene, mas foi Índio que respondeu, "O Capí tá sumido de novo."

"Há quanto tempo?"

"Desde que a gente devolveu o Atlas pra sala dele, ontem de tarde."

"Ah, que ótimo."

"*Ele não tava legal... ele não tava legal...*" Viny repetia para si mesmo, pálido de tão nervoso. Suando frio quase.

"Deixa, Vinícius. Ele precisa desse tempo sozinho..."

"Ele NÃO PODE ficar sozinho! Será que vocês não entendem?!"

Índio segurou o amigo pelos ombros, "Ele não vai fazer nenhuma besteira, Viny. O Capí é forte! Se fosse fraco, já tinha se matado faz tempo!"

Hugo se espantou. Eles estavam mesmo pensando em suicídio?!

"*Não sei... não sei...*" Viny voltou a andar. "Às vezes, demora pra pessoa tomar coragem! ... Se pelo menos a Cai estivesse aqui, ela poderia ler a mente dele, descobrir aonde ele foi e..."

"Cê sabe que ela não poderia fazer isso. É contra o código de ética élfico."

"QUE SE DANE O CÓDIGO DE ÉTICA ÉLFICO, ÍNDIO!" Viny berrou, espantando um novato que chegava no dormitório para o segundo semestre, e então fechou os olhos, tentando contato, "*Cai, tu tá me ouvindo? Cai, me mostra onde o véio tá, por favor... Volta pra cá, que a gente tá precisando de você... Eu tô precisando de você...*" Ele começou a chorar, entrando em pânico, e Hugo olhou surpreso para Índio, que se aproximou do amigo, "Viny, cê tem que confiar mais no Capí..."

"Não é questão de confiança!" ele gritou, trêmulo; os olhos absolutamente desnorteados e úmidos, "O que o véio tá passando é pesado demais pra uma pessoa aguentar! Qualquer um poderia..." Ele parou, e Índio pegou-o com firmeza pelos ombros. "Ele não é o Leo, Viny."

O loiro olhou o amigo como que hipnotizado; pensando no irmão que se matara. Estava sendo difícil demais para ele... Durante anos, tudo havia sido compartilhado entre ele e Capí; até as varinhas! E agora Viny sentia que estavam se afastando, por segredos que antes não existiam entre eles. Gi e Hugo entendiam. Percebiam. E Viny, curvando-se sob o peso daquilo tudo, murmurou chorando, "*Eu sinto tanta falta da Furiosa...*"

Índio abraçou-o com força, sabendo que nada além daquilo seria bom o suficiente, e Hugo percebeu o quanto aquilo era sério; o quão importante era eles ficarem na Korkovado. Não só para o bem de Capí, mas para o bem de Viny também. Era a sanidade do loiro que estava em jogo. Ele realmente não tinha condições de ir; de deixar seu *irmão* ali sozinho, e, por mais que doesse admitir, agora ficara claro que Índio também não podia sair. Se Viny precisava cuidar de Capí, alguém tinha que ficar para cuidar de Viny. Pelo menos até que Caimana voltasse.

Hugo sentiu um calafrio.

Teria mesmo de ir sozinho. Não havia outra possibilidade.

Enquanto percebia aquilo, Índio sussurrava para o amigo, com a testa grudada na dele, os olhos fixos nos do loiro, "*O Capí é mil vezes mais forte que o Leo, Viny. Ele é mais forte que todos nós...*", e Viny foi se acalmando à medida que Índio repetia aquilo, como um mantra. "*Confia nele, Viny. Mesmo que o Capí tivesse todos os motivos do mundo pra se matar, ele nunca faria isso com você... Cê sabe disso. Se você não confia em nenhuma outra razão, confie nessa.*"

Viny assentiu, tentando se acalmar, enquanto Hugo olhava impressionado para ele. Para o ataque de pânico dele.

"*O Capí foi praticamente desconstruído ano passado. Ainda tá catando os cacos. Dá um tempo pra ele*", Índio concluiu, olhando para o amigo, que acabou por concordar, tentando controlar a própria tensão.

Os Pixies estavam precisando urgente de ajuda, Hugo via aquilo agora, mas só Caimana poderia ajudá-los, quando voltasse. Ele não podia. Tinha uma viagem pela frente.

Saindo do dormitório sem se despedir, Hugo passou alguns minutos à beira da floresta da escola, sabendo que Capí estaria lá dentro. Soubera assim que Viny fizera a pergunta a Caimana; como uma certeza chegando à sua mente.

A elfa tinha respondido para ele, não para o namorado. Por qual razão ela confiara nele para aquilo, Hugo não sabia. Só sabia que não podia deixar as coisas como estavam. Capí era mais forte que todos juntos, não se mataria. Mesmo assim... Hugo tinha que se despedir. Dizer-lhe para onde ia. Até por consideração.

Parando de frente para as árvores, entrou sem hesitar; seu pensamento concentrado no pixie, confiante, quase sentindo Capí lá dentro. E avançou por entre as árvores como se soubesse onde virar; como se os dois estivessem conectados, continuando por dez minutos, vinte, trinta... quase sem medo. Não era a primeira vez que entrava ali à procura do pixie. A floresta sabia disso, não iria confundi-lo. Também queria que Hugo o encontrasse. Capí era o filho querido dela.

Cortando caminho por entre plantas das cores mais vivas; roxas salpicadas de vermelho, azuis cintilantes, laranjas tigradas... – sempre muito colorida a floresta da escola – encontrou de repente uma grande árvore escura e podre; seu grosso tronco, contorcido e queimado, rasgado no centro, como que por um monstro de garras fortes, e Hugo soube de imediato que Capí havia entrado por ali. Sentiu um calafrio. Até porque, ao lado do tronco, estava a prova inequívoca de que o pixie entrara.

"Ehwaz!" Hugo exclamou, fazendo um carinho no unicórnio, que esperava lealmente do lado de fora da árvore morta. "*Como vai, menino?!*"

O belo animal baixou a cabeça para ser acariciado. "Bom garoto..."

Confirmando que não havia qualquer buraco de saída do outro lado do tronco, perguntou, "Essa árvore é um portal, né?"

Não esperou uma resposta para respirar fundo e entrar, deixando Ehwaz do lado de fora. Atravessando o oco escuro, encontrou do outro lado uma floresta noturna, sombria... sem cor, sem luz, sem nada além de árvores obscuras e opressivas; como o interior do pixie naquele momento. E Hugo entendeu.

Ele vinha destruindo aquele lugar havia meses...

Caminhando por aquela floresta, que somente Capí visitava, Hugo logo avistou o pixie ajudando a apodrecer a última árvore. Única ainda colorida ali dentro.

Encolhido debaixo de um imenso ipê-rosa, recostado de lado em seu tronco, ele chorava em profunda dor; a mão esquerda apoiada no forte tronco do ipê enquanto a direita apertava com força o crucifixo que Índio lhe dera.

A árvore, de copa linda e gigante, estava *definhando* em contato com ele; suas pétalas rosadas morrendo e caindo enegrecidas à sua volta, e Hugo se aproximou condoído. A tortura tinha estragado o equilíbrio do pixie. Ele estava todo bagunçado por dentro... tanto que parecia mais à vontade ali, naquele lugar obscuro, do que perto dos amigos. Talvez porque não pudessem compreendê-lo. Não tinham como. Não haviam vivido a mesma experiência. E, vendo o pixie derramar toda sua angústia contra uma árvore, ocorreu-lhe o quão sozinho Capí realmente era; o quão órfão ele era. Órfão de pai presente. Um pai que ligava tanto para o filho que Capí se sentia mais aceito pedindo colo a uma árvore; a mão boa apertando com tanta força o crucifixo pendurado no pescoço, que sangue pingava dela.

O que mais doía era perceber que ele estava fazendo aquilo de propósito, para se machucar mesmo; não aguentando mais segurar o que sentia dentro de si.

"*Sai daqui, Hugo...*" ele murmurou sem olhá-lo.

Ignorando o pedido do pixie, Hugo continuou a se aproximar, e Capí gritou "SAI DAQUI!" com raiva, mas Hugo ajoelhou-se ao seu lado, tomando sua mão ferida nas dele. "Tá sujando o crucifixo..."

Capí voltou a chorar copiosamente, aceitando aquela mão confortadora. Estava exausto. Emocionalmente esgotado, encolhido ali, enquanto Hugo procurava descobrir como confortá-lo num momento daqueles.

"*Eu tento esquecer...*" o pixie confessou angustiado. "Tento fingir que nada daquilo aconteceu; tento ser forte diante dos outros, mas, de repente, tudo volta! As memórias, as sensações, tudo! E quando elas voltam, eu sinto como se todo o resto... como se tudo que eu tô vivendo agora; o namoro, a escola, TUDO, fosse mentira... Entende? Como se eu ainda estivesse preso lá, naquela sala, e o universo estivesse tentando me enganar, me mostrando uma vida normal!"

Normal. Ele achava *normal* a vida de perseguições que levava na Korkovado. "E aí você foge pra cá..."

Capí confirmou. Os dois ficaram em silêncio por um tempo, até que Hugo propôs, "Me diz o que eu faço. Me diz o que eu preciso fazer pra..."

"Ninguém pode me ajudar, Hugo. Eu me perdi; agora eu mesmo preciso encontrar meu caminho de volta. Vai ajudar o professor", ele disse, vendo a mochila nas costas do amigo e entendendo. "Ele tá precisando mais de cura do que eu."

Os *dois* estavam precisando de cura na mesma medida. Ele e Atlas.

"Você não vai tentar me impedir de ir?"

Capí negou, com tanta tranquilidade que o surpreendeu. O pixie confiava nele. Na capacidade dele. Sabia que, de todos os Pixies, Hugo era o mais indicado para ir. O mais resistente, tirando ele próprio.

Que destino cruel havia levado mestre e aluno a caírem em abismos diferentes ao mesmo tempo, sem que um tivesse qualquer condição de ajudar o outro? Talvez por isso o pixie aceitara tão depressa sua decisão de ir.

Capí fitou-o com orgulho. "Estou torcendo por você."

"Eu gostaria que você pudesse ir... Você não quer ir?" Hugo perguntou de repente, quase implorando, apesar de saber que não seria possível, e Capí olhou-o com ternura. "Eu não tenho condições, amigo. Só Deus sabe o quanto eu queria; o Atlas é como um irmão mais velho pra mim, mas eu não tenho condições, nem físicas nem emocionais. Eu preciso aprender a respeitar meus limites. Antes, eu os ignorava, mas agora... Agora eu tenho *muitos*... Eu só iria te atrapalhar."

Hugo baixou o rosto. Capí tinha razão, claro, mas a vontade de sugerir havia sido mais forte que ele. Nada teria sido melhor do que Capí ao seu lado. Naquele estado, no entanto, era de fato impossível. Por mais que Capí quisesse.

Ajoelhado ao lado do amigo, Hugo pousou com ternura a mão em seu ombro, a título de despedida. "Quanto a essas memórias, Capí... quanto ao que fizeram com você... *em vinte anos, vai importar?*"

O pixie esboçou um sorriso agradecido, reconhecendo as palavras que ele próprio dissera a um jovem Hugo, dois anos antes. Hugo sabia que não seria tão simples naquele caso. Não se tratava de uma pequena implicância entre adolescentes, como das outras vezes. Era tortura. Tortura não era tão fácil assim de esquecer. Por isso, Hugo havia mudado de *cinco* para *vinte*. Vinte anos talvez funcionasse.

Sabendo que o pixie era espírita, acrescentou, "Na sua próxima reencarnação você nem vai se *lembrar* disso", e Capí olhou-o surpreso. Aparentemente, não havia pensado por aquele ângulo, e seus olhos úmidos se perderam em reflexão. Hugo tinha atingido uma nota ali, mesmo não sabendo se acreditava ou não naquelas coisas. O importante naquele momento era que o pixie acreditava. Resolveu ir um pouco além, "Você se lembra de algum sofrimento que teve nas centenas de outras vidas que viveu? Ou eles só serviram de escada pra você evoluir, como esse também vai servir?"

O pixie estava prestando atenção, deixando que Hugo o ajudasse. Deixando que *Hugo* o lembrasse do que ele próprio acreditava. Então, baixou a cabeça angustiado. "Eu sei que eu deveria estar lidando de forma diferente com tudo isso. Como cristão espírita, eu devia ter encarado a tortura como um teste, como um aprendizado. Teria me ajudado muito a suportar melhor aquilo tudo enquanto estava acontecendo, e certamente estaria me ajudando agora, mas tem dias que..." Capí tentou aliviar a pressão do peito com um sopro. "Daqui a pouco passa. Daqui a pouco eu peço forças, tento relaxar a cabeça, e a angústia passa."

Hugo fitou-o com carinho, enquanto Capí relembrava algo, "Parece que meu avô estava adivinhando a crise que eu ia ter. Ontem, a gente tava cuidando do jardim, meu pensamento distante, quase caindo de volta numa mágoa e num rancor que eu sabia que eram altamente destrutivos pra mim, mas que eu não estava conseguindo combater, e meu avô, percebendo aquilo, parou o que estava fazendo, se sentou do meu lado e me disse, "Vence o lobo que você alimentar."

Hugo franziu o cenho, sem entender, e Capí sorriu afetuoso, "É de um velho provérbio Cherokee; uma etnia indígena dos Estados Unidos. Segundo o provérbio, há uma luta acontecendo o tempo todo dentro de nós, entre dois lobos. Um representa tudo que é bom: o amor, a bondade, a tolerância, o perdão. O outro, tudo que é ruim: a mágoa, o rancor, a inveja, o ódio, a impaciência, a tristeza profunda."

"Vence o lobo que a gente alimentar."

Capí assentiu, ficando pensativo por um tempo, até se decidir, "A primeira coisa que eu vou fazer quando sair daqui vai ser fazer as pazes com o Abel."

Hugo fitou-o confuso, "Com o *Abel*?!"

"Eu não devia ter feito o que fiz."

"O quê? Dado a surra nele?! Mas foi épico!"

O pixie negou com veemência. "Foi um momento de cólera do qual eu não me orgulho, Hugo. Muito pelo contrário. A vergonha que eu senti naquele dia, depois que me acalmei, foi destruidora. O que me levou a beber lá na Lapa não foram as palavras duras do meu pai, nem as dores no meu corpo, nem o cargo de professor que eu tinha acabado de perder, nem o medo de decepcionar a Gi. Foi, principalmente, a profunda decepção que eu estava sentindo de mim mesmo por ter reagido. Por ter aceitado a provocação daquele jeito. Por ter machucado um irmão."

O único motivo que Hugo não havia cogitado.

"Os outros fatores contribuíram, claro, mas o que pesou mesmo foi meu desespero diante do que eu vinha fazendo: o segredo que eu tava escondendo da

Gi, a agressão ao Abel, a minha falta de fé de que tudo aquilo estava acontecendo pra que eu evoluísse…"

"Mas era muita coisa pra suportar, Capí! Todo mundo tem o direito de surtar de vez em quando!"

"Eu ataquei uma *pessoa*, Hugo! Quebrei a cara dele, só por causa das *palavras* que ele estava dizendo! Eu achava que já tinha aprendido a ter compaixão pelos outros… A ter um mínimo de *autocontrole*…" ele murmurou, sofrendo com aquilo.

"Mas foi ele que provocou!"

Capí negou, olhando-o com ternura. "O erro dos outros não precisa nunca se tornar um erro nosso. Insultos só nos machucam porque a gente ainda tem orgulho e vaidade dentro de nós… E sentimentos como esses não constroem nada de bom. Só nos causam sofrimento", o pixie suspirou, ficando um tempo em silêncio. "Eu nunca me esqueço de algo que li certa vez: *'O mal que me fazem não me faz mal. O mal que me faz mal é o mal que eu faço.'* Talvez essa frase também me ajude a superar a tortura, algum dia. Quem sabe."

"Você não faz mal nenhum, Capí…" Hugo murmurou, inconformado com o sofrimento do amigo. "Não é sua culpa que você tá reagindo assim…"

"Claro que é. Nossas ações são sempre nossa culpa."

"Não, não nesse caso. Não dessa vez."

"Eu quebrei um dente do Abelardo, Hugo! Acho que o nariz também!"

"Você foi torturado, Capí! Não se esquece disso! Você deve estar com aquele troço lá, que os soldados sofrem quando voltam da guerra! Não é sua culpa!"

Capí parou, surpreso com a possibilidade. "Estresse Pós-Traumático?"

"Isso! Ouvi dizer que agressividade e ataques de pânico são comuns nesses casos!"

O pixie ficou pensativo, revendo mentalmente tudo que havia feito naqueles últimos meses, e Hugo murmurou ao seu lado, "Não se cobre tanto. Não agora. Não ainda. O que você passou não é pra qualquer um. Se dê esse tempo."

Fechando os olhos, o pixie concordou. Aliviado, quase. Aquilo podia, sim, ser uma explicação.

"Não se torture pelo que você fez com o Abelardo. Sério. Culpa tenho *eu* de um monte de coisas que eu fiz. Você não tem culpa de nada. Muito menos daquele ataque de agressividade."

Capí fitou-o agradecido. "Valeu."

Não tinha o que agradecer.

Ainda observando Hugo com carinho, o pixie sorriu de leve. "É uma pena que as pessoas não percebam o quão incrível você é."

"Eu?! Sou nada."

"É, sim. Você até tenta disfarçar fazendo umas burradas por aí, mas isso não me engana."

Hugo riu. Capí também, apesar da tristeza no olhar. "Ainda assim, Hugo... Presumindo que eu esteja mesmo sofrendo do que você disse, é mais necessário ainda que eu me controle. O estopim da minha fúria contra o Abel não foi só o trauma. Foi também o orgulho e a vaidade que ainda residem em mim. Se eu já tivesse me livrado deles, eu não teria sido atingido pelas palavras do Abel. Teria encarado com tranquilidade a provocação dele, olhando em seus olhos com compaixão enquanto ele brincava com o que eu sofri, torcendo pra que, um dia, eles percebessem os próprios erros, e briga nenhuma teria acontecido. Por falta de reação minha."

"Mas, Capí, ele bem que mereceu..."

"Não importa se ele merecia ou não, Hugo. Se eu não tivesse reagido, eu teria saído daquela discussão CONTENTE! Por ter vencido o teste da vaidade. Por ter vencido a mim mesmo! Em vez disso, todo o resto aconteceu."

A demissão, a confirmação pelo júri de que ele era um jovem 'violento', as palavras ácidas de Fausto... Hugo baixou a cabeça. O pixie estava certo, claro.

"As consequências do meu deslize vieram rápido", Capí suspirou, "Foi uma lição dura, mas necessária. Agora eu vejo. Era a rasteira que eu precisava pra perceber os vícios que eu ainda tenho, e eu agradeço por isso. É quando o lago é remexido que a gente descobre a sujeira lá embaixo... Agora preciso sacudir a poeira e tentar de novo, até que eu consiga de verdade. O primeiro passo é falar com o Abel."

"Mesmo que ele te esculache."

Capí sorriu, com generosa confiança. "Mesmo que ele me esculache. Eu não vou me incomodar com mais nada do que ele disser contra mim. O erro estará sendo dele, e não meu. O máximo que vou fazer vai ser olhá-lo com compaixão, vendo-o como um irmão que erra, como todos nós erramos. O mundo é uma escola e ninguém aprende sem antes ter errado muitas vezes. É natural."

Impressionante. Ele estava ajustando o próprio cérebro... planejando, em detalhes, qual seria sua atitude mental caso a resposta do outro fosse negativa, como um atleta que visualiza o percurso da corrida antes de corrê-la...

Aquele era o truque dele, então!

Com determinação, Capí completou, "Depois que eu conseguir pensar assim do Abel, passo pro Ustra."

Hugo olhou-o admirado. Aí já era um pouco demais. "Sério mesmo que tu quer pensar assim do Ustra também?!"

Capí baixou os olhos, amargo. "O ódio que eu sinto dele só faz mal a mim mesmo. Ele nem tá sentindo."

"É, mas…"

"Vai ser difícil, eu sei. Muito mais difícil pensar *nele* com compaixão fraterna. Mas, se algum dia eu quiser deixar de sentir essa sensação horrível no peito quando penso nele, é necessário. Pra minha própria saúde mental."

"Não podia escolher uma pessoa mais fácil?"

Capí riu, "Com certeza", e suspirou, "É fácil amar cachorrinhos. Difícil é amar o escorpião."

Hugo sorriu de leve, fitando-o com o respeito que ele merecia.

"Quem sabe algum dia eu consiga", o pixie concluiu, a mágoa por tudo que lhe haviam feito ainda visível em seus olhos. Difícil se livrar dela.

"Não pensa nisso agora, Capí. Pensa no Abel primeiro. Um passo de cada vez", Hugo pediu, penalizado, vendo o esforço que o pixie já estava fazendo para perdoar aquele crápula, e então lhe ocorreu algo que não percebera antes: Capí só havia mencionado Ustra.

Meu Deus, ele já tinha perdoado os outros quinze…

Sentindo seu espanto pelo amigo redobrar, Hugo ficou olhando um bom tempo para o pixie, tendo quase certeza de que ele perdoara os outros mesmo *enquanto* o torturavam… com *pena* deles por estarem obedecendo àquelas ordens… por estarem descobrindo que *gostavam* daquelas ordens… Até que Capí cerrou os olhos, sacudindo as lembranças da cabeça e assentindo confiante. "*Eu vou superar. Você vai ver. Eu já vou superar*", o pixie sorriu encabulado; lágrimas de alívio escorrendo à medida que ele as enxugava.

Capí superaria aquilo, sim. Hugo tinha certeza.

Olhando ternamente para o amigo, levantou-se, sabendo agora que Capí estava nas boas mãos dele mesmo. "Boa sorte com o Abel."

Ítalo assentiu, com a doçura de antigamente. Doçura que Hugo não via desde a tortura. Ele ia se recuperar, sim. Já estava se recuperando. Qualquer que fosse a resposta de Abelardo, se Capí conseguisse reagir com ternura, como estava planejando, aquilo injetaria nele tamanha alegria que seria impossível ele não se reerguer. E, quando se levantasse, levantaria mais forte. *Já estava* mais fortalecido do que cinco minutos antes. Por pura capacidade mental de se convencer.

Mesmo com tudo que estava acontecendo, Capí *continuava* sendo o mais forte dos Pixies.

Hugo o admirava demais por aquilo. Demorara a entender o tamanho da força que ele tinha. Entrara na Korkovado considerando a reação violenta como símbolo maior de força e coragem, e vira todas as suas convicções serem derrubadas, uma a uma, por aquele pixie, que conseguia ser tão mais forte que qualquer um ali sem levantar a mão para ninguém.

No fim, seu momento de maior fraqueza tinha sido aquela briga.

Hugo olhou-o com imensa ternura. "Vai lá ficar com os Pixies, Capí. Não dá mais esse susto neles não, tá? Eles precisam de você."

O pixie assentiu, concordando. Já, já iria.

"Volta com o Ehwaz, Hugo. A floresta te ajudou a chegar aqui, mas não vai te ajudar a voltar." Capí olhou-o com respeito. "Obrigado por ter vindo."

"Não foi nada de mais..."

Capí o impediu de continuar, olhando fundo em seus olhos. "Você não imagina o quanto me ajudou."

Surpreso, Hugo aceitou o agradecimento.

Nunca ninguém havia lhe agradecido daquele jeito antes.

Despedindo-se, ainda chocado, atravessou para o lado luminoso da floresta e montou em Ehwaz, seguindo para o colégio com uma sensação quase boa no peito; sensação de quem tinha realmente conseguido ser importante para alguém...

Será? Será que tinha realmente ajudado?!

Emocionado, Hugo seguiu muito mais confiante para a Sala das Lágrimas. Se havia conseguido ajudar *Capí*, quem sabe conseguisse fazer algo por Atlas também... Talvez aquela houvesse sido a intenção do pixie ao lhe agradecer daquele jeito: dar a ele a confiança de que Hugo precisava.

Não tentaria chamar Gislene. Ela aceitaria, com certeza. Não havia tido medo de sofrer uma overdose no primeiro ano; não teria medo de uma florestinha agora. Mas Hugo não queria a morte dela em suas costas; nem seria cruel a ponto de tirá-la de Capí naquele momento. Viny acabara de demonstrar que não era forte o bastante. Gi, no entanto, tinha praticamente se formado naquilo.

Batendo nos três cantos da porta roxa, Hugo já ia abrir a Sala das Lágrimas quando um adulto segurou seu braço, impedindo-o de entrar.

"*Você nem tente!*" Hugo latiu ríspido, mas Rudji tinha apenas respeito nos olhos. "Eu quero salvar o Atlas tanto quanto você, garoto. Não vim te impedir."

Surpreso, Hugo tentou engolir a irritação, vendo o professor tirar do bolso outra cópia da plantinha para dar-lhe instruções, "Quando você encontrar as plantas reais, tente coletá-las *junto* com a terra que estiver em volta delas, pra não haver risco de morrerem no caminho até aqui. Entendeu?" O aluno confirmou, ouvindo com atenção enquanto o japonês continuava: "… É *muito* importante que você traga as *raízes* também, ok? A cura pode estar nelas." Rudji guardou a cópia. "Por favor, traga quantas dessas você puder."

Hugo concordou, e os dois trocaram olhares, tensos. Eram cúmplices ali. O que Hugo ia fazer era altamente ilegal, e Rudji estava dando seu total apoio àquela loucura. Logo ele, um professor. Aliás, três professores.

Hugo baixou os olhos, agradecido. Mesmo sob os protestos de sua vaidade. "*Valeu*."

"Atlas é meu amigo também. Eu que te agradeço."

Rudji olhou-o com respeito. "Pode ter certeza de que continuarei procurando uma alternativa aqui. Não vou te enganar, Hugo. As chances de você encontrar esse lugar específico, no meio da Amazônia, são quase nulas."

Hugo baixou o olhar. "Eu sei."

Olhando para o aluno ainda por um bom tempo, Rudji de repente o abraçou com força, e Hugo recebeu aquilo sem saber como agir. Percebendo, só naquele momento de extrema gratidão, o quão perigoso aquilo realmente seria.

"Quanto amor!" Os dois se desvencilharam depressa, constrangidos com a presença de Viny. Notando um frasco azul no bolso do japonês, o recém-chegado apontou, "Ih! Uma poção cujos efeitos eu nem imagino! Vou beber."

"Sai daqui, Sr. Y-Piranga."

"Credo, quanta gentileza! Enfim, só vim dizer que o Capí mandou um mini-passarinho branco de magia pra nos dizer que tá vivo e bem, e eu estou pulando feito um unicórnio purpurinado."

Rudji respirou seu alívio, "Graças a Merlin. Obrigado por avisar", e o pixie, com um respeitoso aceno de cabeça para Hugo, foi embora, deixando os dois sozinhos de novo.

Idá se voltou para o professor, "Últimas recomendações?"

"Se te perguntarem, lá na Boiuna, diga que recebeu ordens minhas para esperar lá até que o próximo carregamento de mirtilo rosa chegue. Meu estoque acabou e eu realmente preciso desses frutos e suas folhas. Não seria mentira."

"Tá certo."

"O próximo carregamento só deve chegar em Manaus. Saia da escola antes, se puder. Depois eu peço que me entreguem por outros meios. Tenho uma forte intuição de que as propriedades do mirtilo rosa terão bons resultados nos meus testes pro Atlas."

Hugo assentiu. Pelo visto, mentiria bastante lá.

"Como você está planejando chegar na Boiuna?"

Idá fechou a cara, e Rudji riu, "Tá, já sei. Não é da minha conta." Ele soltou o ombro do aluno, que deslizou a porta da sala, revelando sua Amazônia particular. "Tome cuidado, garoto. Eu e minha irmã entramos naquela floresta com quatro pernas e voltamos com três."

Hugo engoliu em seco. "Ela perdeu a perna na Amazônia?!"

"Tava pensando que era brincadeira, garoto? Há criaturas lá dentro que, se você encontrar, o melhor a fazer é sair correndo. Conselho de amigo. Não tente enfrentar quem tem fome."

Idá concordou depressa, sentindo um calafrio. *Fome...* A perna dela tinha sido devorada, meu Deus...

"E volte com aquela maldita planta antes que seja tarde."

Hugo assentiu. Respirando fundo, entrou na floresta, fechando a porta resoluto e levando um susto ao ver o saci ainda ali, recostado na lateral, de braços cruzados. "Demorou, hein, colega! Minha perna já tava quase criando raiz!"

"Não enche, vai. Me leva logo daqui."

Peteca bateu continência e saltou como um gato em cima de Hugo. Os dois caíram no solo, que desapareceu debaixo deles, e Hugo se viu em meio a um intenso redemoinho, sendo girado e rodado, e quando estava quase perdendo os sentidos, foi arremessado contra o asfalto quente, batendo com o queixo no chão.

Levantando-se completamente zonzo, pôs a mão no ferimento do queixo, quase vomitando o que não comera no café da manhã. Só então olhou ao redor. Tinham aterrissado numa cidade, com prédios, ruas, mercados, ônibus e pedestres, ao sol das 10 da manhã. Não parecia em nada com uma floresta. Muito menos com uma escola de bruxaria.

"Onde a gente tá?" Hugo perguntou confuso, e ouviu o saci rir de seu estado patético de tontura.

"Belém, colega. Belém."

CAPÍTULO 37

O PORTAL DA AMAZÔNIA

Ainda passando mal, Hugo verificou os bolsos para ter certeza de que Peteca não roubara nada no redemoinho.

"Eu desisti dela, colega! Esqueceu?!"

E eu sou o Michael Jackson. Sentindo a varinha no bolso, Hugo respirou aliviado. Só então olhou melhor à sua volta. Estavam na rua oposta ao que parecia um local importante de Belém, próximo às margens de um rio.

"Mercado Ver-O-Peso", Peteca informou, e Hugo, já suando, olhou para o sol escorchante acima. "Credo! Que lugar faz calor desse jeito no inverno?!"

Peteca riu, "Sabe a Linha do Equador? Então, passa pertinho daqui. Calor todos os dias. O que eles vão achar estranho é um saci no meio da rua. Vem." Ele quicou pela calçada, puxando o jovem humano para um local mais escondido. "Espera aqui que eu vou ver onde tá a Boiuna, ok?"

"Como assim, tu não sabe onde fica a escola?!" Mas Peteca já havia desaparecido, deixando-o próximo a uma loja de eletrodomésticos. Que ótimo.

Do outro lado da rua, turistas fotografavam uma pequena torre de relógio, próxima a uma rampa de concreto que mergulhava rio adentro. Era rio, né? Na dúvida, Hugo ficou observando os barcos de pesca, sem atravessar para vê-los melhor. Não queria se perder do saci. Se é que Peteca voltaria. Havia sempre a possibilidade de o diabinho estar só de sacanagem com a cara dele.

Andando poucos metros, comprou uma garrafa d'água na banca mais próxima, para se refrescar. Não podia usar feitiço de água ali, até porque a rua estava repleta de gente: vendedores entrando e saindo do imenso galpão azul, moradoras de todos os tons de pele andando pelas calçadas, ribeirinhos embarcando e desembarcando, homens de terno, crianças de mochila, turistas… A televisãozinha portátil da banca, ligada numa reportagem, mostrava historiadores falando do herói Giuseppe Garibaldi e de como ele arrastara, por terra, dois grandes navios à vela, puxados por 200 bois, atravessando-os do Rio Grande do Sul até uma lagoa perto de Santa Catarina para surpreender, pela retaguarda, os navios imperiais. Gênio.

Havia arrastado os dois navios através de gramados, pântanos, regiões de areia mole e baixios alagadiços, debaixo de tempestade, por seis dias... Seis dias!

"Nunca que eu faria uma coisa de louco dessas..." Hugo comentou com o jornaleiro, e foi recostar-se na sombra do paredão externo da loja de eletrodomésticos para beber sua água sem perigo de derreter sob a intensidade solar. Abrindo a garrafa e dando o primeiro gole gelado, fez menção de recostar-se no paredão imundo da loja, mas suas costas atravessaram a parede, e ele caiu para trás, tombando num chão de terra.

Espantado, virou-se no susto, percebendo-se em outro lugar: uma rua com ares antigos, do início do século 20, talvez. Levantou-se depressa, com o coração batendo forte. Não apenas os sobrados eram mais antigos como também as roupas das pessoas, que transitavam tranquilamente com suas varinhas em mãos, e Hugo se surpreendeu: era uma pequena cidade só deles! Só dos bruxos! Completamente paralela!

Admirado, bateu a terra e a poeira da roupa e começou a caminhar pela Belém Bruxa, analisando cada detalhe: os apetrechos mágicos nas lojinhas laterais, as placas anunciando '*Litterarias, figurinos, oleografias e postaes*', jovens belenenses saindo correndo de suas casas, uma velha, de capuz negro e plumas no pescoço, olhando-o ameaçadoramente por cima do nariz pontiagudo...

Hugo sentiu um calafrio, achando melhor caminhar mais depressa.

Numa lojinha movimentada de esquina, uma mulher de meia-idade e feições indígenas vendia frasquinhos de vidro com poções coloridas. Todos pendurados em linhas abarrotadas deles. Comprando uma poção contra mau-olhado, um homem abriu depressa o potinho e despejou todo o conteúdo nos cabelos.

"Ei! Não é pra usar tudo de uma vez, não!"

"Eu tô precisando, moça."

A vendedora se eximiu da responsabilidade, e continuou a atender os outros clientes enquanto a cabeça do homem ia ficando invisível aos olhos de todos.

Percebendo, de repente, que suas mãos desapareciam, o homem se desesperou. "O que está acontecendo?!"

"Eu avisei."

"Como é que eu vou voltar pra minha esposa assim, moça?!" Ele sacudiu a vendedora pelos ombros, em pânico.

"Pelo menos tá protegido", ela isentou-se, voltando a arrumar os frascos.

Do outro lado, uma moça nariguda e espinhenta passava um pouco da poção *Arruma Marido* no pescoço, como se fosse perfume. De repente, seu nariz já não incomodava tanto, nem as espinhas importavam horrores. Taí... Ela devia ser uma moça simpática e boa de conversa; perfeita para passar a vida junto dele...

Hugo sacudiu a cabeça, percebendo os próprios pensamentos. Credo! Aquilo era forte!... Achando melhor sair dali antes que a pedisse em casamento, abriu caminho pela multidão e foi tomar um ar mais adiante, enquanto a mulher, notando a sua reação, sorria satisfeita, comprando mais três frascos daqueles.

Livre da muvuca, Hugo esbarrou num garoto negro disfarçado de adulto, com roupas de *gentleman* e cartola escondendo-lhe o rosto, que se movia apoiado na bengala, para conseguir andar em sua única perna. Hugo já ia pedir desculpas quando percebeu não se tratar de garoto coisa nenhuma. "Eita! Mudou de roupa, foi?!"

Peteca olhou-o de cara feia. "Alguns aqui não gostam de mim."

"Não consigo imaginar por quê..." Hugo ironizou, e o saci abriu um sorriso travesso como resposta, cheio de dentinhos pontiagudos.

Cutucando Hugo para que o seguisse, os dois voltaram a andar; Peteca mancando por entre os bruxos, deixando visível apenas a mão com unhas pontiagudas que segurava a bengala. "Até que é bem útil este treco aqui..."

"E a Boiuna?" Hugo o cortou.

O saci não gostou muito da interrupção, mas pegou sua mão.

"Peraí, peraí! Pra onde a gente vai?!"

"Santarém", Peteca respondeu sem muita paciência. Com um tranco, Hugo foi puxado para outro redemoinho e sentiu o mundo girar de novo. Quando pararam, ele caiu de quatro num chão asfaltado, querendo vomitar. "*Me diz que a gente não vai ter que fazer isso de novo.*"

"A gente não vai ter que fazer isso de novo. Feliz?"

"*Muito.*"

Tentando ignorar o enjoo, Hugo ouviu homens gritando instruções ao longe e se levantou. Estavam no porto de Santarém. Diversos navios eram carregados e descarregados de mercadorias enquanto passageiros locais desembarcavam, chegando de outras cidades ribeirinhas para trabalhar, e Hugo estava impressionado. Era um estilo de vida totalmente diferente do Rio de Janeiro... Só o fato de as viagens entre cidades próximas serem feitas de barco, e não de ônibus, já era fascinante!

"Esse é o Amazonas?!" Hugo perguntou entusiasmado, olhando para o imenso rio, mas Peteca negou, "É o Tapajós, colega. Esverdeado. O Amazonas é aquele mais barrento ali embaixo. Consegue ver a separação das águas? Elas se tocam, mas não se misturam. *Bruxaria*, saca?" Ele riu. "Mesma bruxaria que une as águas do Rio Negro e do Solimões, formando o Amazonas, lá em Manaus."

Hugo ergueu a sobrancelha, e o saci se deliciou com sua falta de conhecimento. "Você não aprendeu sobre esses rios na escola azêmola não, rapá?! Dois rios diferentes correndo juntos, sem terra nenhuma no meio?"

Idá fechou a cara. Não, ele não tinha aprendido praticamente nada sobre o Brasil na escola. Já sobre o Rio Nilo e história do Egito... Ah, deixa para lá. Tinha sido legal estudar aquilo também. Mas podiam ter ensinado mais sobre o Brasil.

Do outro lado da grade, dois carregadores tiravam uma carga interminável de caixotes de tomate de um caminhão, levando-os através de uma rampa de madeira até o porão aberto de um dos navios maiores. Dentro dele, caixotes de frutas, uma ambulância – sim, uma ambulância – e móveis. "Tudo pra Manaus?!"

Peteca confirmou, tomando outro caminho, e Hugo o acompanhou até uma cerca alta de madeira, escondida atrás de algumas vendinhas de frutas. Ela os separava de um terreno baldio cheio de arbustos. "É ali que fica a escola?"

O saci não respondeu. Entrando por uma abertura entre as tábuas, andou ainda uns bons minutos apoiando-se na bengala, com Hugo atrás dele. À medida que avançavam, a vegetação ia ficando mais densa, com menos arbustos e mais árvores, até que chegaram a uma espécie de porto clandestino, em meio ao que já era uma floresta. Uma floresta oculta, mas ainda próxima demais dos azêmolas. Podiam ouvir os sons distantes do porto de Santarém, como se o porto estivesse logo ao lado, num mundo paralelo.

Ali na floresta, no entanto, era mais fresco. As árvores faziam sombra e o rio não era tão largo, apesar de Hugo ter certeza de ser o mesmo rio. Ele só fazia uma curva clandestina ali, para depois voltar ao mundo azêmola, mais à frente.

O porto bruxo era mais elegante. Tinha uma única plataforma de madeira, feita de tábuas envernizadas em tom de mogno, e nenhum navio atracado. Bem diferente do enorme porto de concreto do qual haviam saído, mas também bem mais aconchegante. Subindo na plataforma, Hugo olhou por cima dos ombros de um dos poucos bruxos que esperavam e estudou o mapa que o homem tinha em mãos.

Pelo que podia ver, Santarém ficava a meio caminho entre Belém e Manaus, ao longo do rio. Bom saber. No mapa, um único pontinho vermelho movia-se pelo traçado do rio, na direção deles, e o bruxo olhou para a direita, aparentemente esperando ver o pontinho chegar à curva lá longe. Por enquanto, nada.

Curioso, Hugo virou-se para falar com o saci, mas descobriu que o geniozinho não havia subido à plataforma com ele. Muito pelo contrário. Permanecera abraçado a um poste de madeira, bem longe.

Hugo riu. "Medo d'água, Peteca?!", e o saci fechou a cara, "Medo de rio, tá?!"

"Ah, qualé! Sério que tu tem essa frescura?!"

Peteca cruzou os braços emburrado, "Colega não conhece os rios daqui", e Hugo riu de novo, "Se tu tem medo, por que a gente veio pra cá, então?"

"Ué, tu não queria ir pra Boiuna, cabeção?!"

Hugo estranhou. "A gente tem que atravessar o rio pra chegar lá?!"

"Garoto burro."

"EI!" Hugo protestou, mas então pôs a cabeça para funcionar. *O pontinho vermelho no mapa...* "Peraí!" Ele olhou perplexo para as águas, "A Boiuna é um *NAVIO*?!"

Peteca se impressionou. "Nem tão burro assim."

E o apito longo e grave de um navio rompeu o silêncio ao longe.

CAPÍTULO 38

A MÃE D'ÁGUA

Chamados pelo ronco do navio e o som metálico de suas máquinas, todos se levantaram respeitosos, olhando para a distante direita, e Hugo sentiu um arrepio ao ver a gigantesca embarcação virar a curva do rio. Mesmo de longe, era possível perceber as dimensões daquele monstro: um imenso navio, elegante e gordo, feito inteiramente de tábuas contínuas de madeira dourada. Lindo… Da altura de um prédio de oito andares, pelo menos; seu poderoso casco correspondendo a uns cinco deles, sem contar a extensão que ficava submersa.

À sua frente, o bruxo guardava o mapa no bolso, preparando-se ansioso para embarcar, enquanto alunos com mochilas e baús começavam a subir na plataforma. Hugo, ainda estupefato com o tamanho absurdo daquela embarcação, olhou para o saci, "Os azêmolas não conseguem ver um navio desses?!"

Peteca negou, tragando seu cachimbo na maior calma. "Quando a Boiuna passa perto, os bobocas só veem uma cobra gigante, do tamanho de um campo de futebol, serpenteando pelo rio. E fogem apavorados." O saci piscou com malandragem, soltando uma baforada no formato de uma serpente de olhos brilhantes, que fechou a boca num ataque, a poucos centímetros de Hugo, assustando-o.

"Medo de fumaça, colega?" Peteca riu, e foi a vez de Idá fechar a cara.

"Azêmolas bobinhos. Acham que a *cobra* é que é real, e o navio, apenas uma ilusão fantasmagórica que a cobra chamada Boiuna às vezes cria para enganá-los."

Hugo sorriu do absurdo.

"A gente não vai dizer que é o contrário, né? *Deixa quieto*", Peteca sussurrou de brincadeira. "Bom, agora é com você. Eu não entro nisso aí nem morto. Fui!"

"EI!"

… *Filho da mãe.* Tinha ido embora.

"Todo saci tem medo d'água, moço…" um jovem de fala arrastada comentou, numa tranquilidade invejável. Reclinado num poste, mastigava um palito de madeira como se não fosse com ele. "É da natureza dos sacis. Não atravessam nem riachos, quanto mais um rio desse tamanho."

O jovem devia ter a idade dos Pixies: uns 17 anos, talvez um pouco menos. Tinha cabelos castanho-claros curtos, levemente ondulados, olhos azuis, e um chapéu social argentino, de aba curta, inclinado com certa malandragem na cabeça. Estiloso. O chapéu cinza, de listras pretas fininhas, combinava com as calças cinza-claras, de corte social, e o colete da mesma cor.

Sorrindo esperto, o jovem se desencostou do poste para cumprimentá-lo. "Vitoriano Dakemon, mas todos aqui me chamam de Tocantins."

Idá apertou-lhe a mão, "Hugo Escarlate", e o jovem tocou a aba do chapéu, inclinando a cabeça em cumprimento. Hugo voltou a olhar para o rio, que, na parte azêmola, era tão imenso. "... Como pode ser tão grande?"

"Tu tá olhando pra maior rede hidrográfica do mundo, moço! Tá pensando o quê?" Tocantins sorriu. "Mas, das centenas de rios daqui, nenhum é tão imenso quanto o Amazonas. Tu vai ver. Tem áreas nele que, se tu estiver navegando, tu acha que está no meio do oceano, sem sinal algum de terra. E olha que estamos perto da estação seca!"

"Estação seca?"

"É o seguinte..." Ele recostou-se de novo no poste, num desleixo elegante. "Antes, havia duas estações na Amazônia: a úmida e a mais úmida. Era chuva o tempo todo, uma maravilha; regava a floresta, enchia os rios, levava umidade para o centro do Brasil... Bom pra todo mundo. Mas isso mudou com a ação dos grileiros e dos madeireiros. O que eles fazem? Chegam numa área, desmatam tudo e partem para outra, deixando a terra pra criação de gado e dizendo que é deles. Menos árvores, menos chuva. Por isso, agora a gente tem a estação úmida e a estação seca. Essa última é um perigo, porque as árvores, sem umidade, pegam fogo fácil, e fogo destrói mais que motosserra." Dakemon deu uma piscadela, mastigando despreocupadamente o palitinho, como se nada daquilo realmente importasse para ele.

Podia ser só uma impressão, claro, mas Hugo não se enganava com facilidade.

Olhando para trás, viu que quase vinte alunos já esperavam agora. Uns em pé, outros sentados em seus baús; a maioria de um tom mais dourado de pele, como o tom dos indígenas; outros brancos ou pardos. Nenhum de uniforme.

O apito da Boiuna soou mais alto, anunciando sua iminente chegada, e Hugo, empolgado, viu o gigante de madeira se aproximar em sua magnífica majestade. Sentia-se quase uma formiguinha diante daquele monstro, que agora estava tão mais perto, e Tocantins suspirou, declamando pomposamente, "*Ah, grande Boiuna... a cobra escura... a magnífica Mãe-D'Água! Construída pelas forças unidas de bruxos indígenas e europeus!"*... Hugo riu; aquele garoto não levava nada a sério mesmo. Enquanto isso, Tocantins apontava dramático para o navio que chegava,

> *"Credo! Cruz!*
> *Lá vem a Cobra Grande*
> *Lá vem Boiuna de prata...*
> *A danada vem à beira do rio,*
> *E o vento grita alto no meio da mata!*
> *Credo! Cruz!*

Os jovens que estavam mais perto riram, e logo também começaram a recitar o restante dos versos a altos brados; todos pondo-se de pé, eretos, assistindo ao gigante fluvial se aproximar, enquanto avisavam em uníssono:

> *Cunhatã te esconde!*
> *Lá vem a Cobra Grande!*
> *á-á...*
> *faz depressa uma oração*
> *Pra ela não te levar!*
> *á-á...*
>
> *A floresta tremeu quando ela saiu,*
> *Quem estava lá perto, de medo fugiu!*
> *E a Boiuna passou tão depressa,*
> *Que somente um clarão foi que se viu!"*

Todos riram, aplaudindo, e Tocantins continuou, agora em tom lúgubre, somente para o visitante carioca, *"Por madrugadas fechadas e tormentosas avistam-se duas tochas fosforescentes vagando ao largo. São os olhos da COBRA!"* ele gritou, *"Quem a vê fica cego, quem a ouve fica surdo, quem a segue fica louco!"*

Hugo riu de novo, e Tocantins desceu de seu pódio imaginário, "Esses azêmolas acreditam em tudo, né?" Ele piscou esperto. "Cobra gigante de verdade, só a que hiberna nos subterrâneos de Manaus. Se ela acordasse, destruiria a cidade

---

*   HENRIQUE, Waldemar. *Cobra Grande*. 1934.

inteira, mas não vai acordar. Nós não deixamos. Ah, sim, existe também a *Boitatá*, uma cobra gigante de fogo. Essa você não vai querer conhecer de jeito nenhum."

Certamente que não, Hugo pensou apreensivo, voltando a olhar para cima ao ver a Boiuna cobrir o sol com seu casco gigantesco; o ruído das máquinas só aumentando o efeito poderoso de sua aproximação..., e Tocantins continuou a recitar, agora apenas em seu ouvido, "*Por fim, o desconhecido vaso se aproxima, como um marsupial imenso dos idos pré-históricos..., e uma voz clara, do passadiço para o castelo de vante, ordena: Larga!*"

"LARGA!" um bruxo gritou do convés lá em cima, e uma âncora atingiu a água num choque surdo. Cordas, então, desceram sozinhas, amarrando-se à plataforma como cobras de metal, e a mesma voz ordenou, "AGUENTA!", parando o navio em definitivo. Com a Boiuna devidamente atracada, um último sinal ressoou para a casa das máquinas, que parou de trabalhar, mergulhando o porto num silêncio abissal.

Agora ouvia-se apenas o ruído suave das águas, como se o gigante de madeira nem estivesse mais ali, imenso diante deles, e Tocantins terminou num sussurro: "*E tudo cai, de súbito, no silêncio tumular das necrópoles. As pessoas que se achavam na margem resolvem, nesse ínterim, subir a bordo.*"* Dakemon sorriu, esperto, fazendo um sinal galante para que Hugo entrasse antes dele na fila que subiria a rampa da Boiuna. Havia uns trinta alunos ali, no máximo.

Estranho. Onde estariam os outros?! Na Korkovado, início de semestre era sinônimo de centenas de jovens barulhentos na entrada da torre. Ali, trinta?!

Hugo olhou para os poucos que ainda não haviam entrado na fila; alguns com mochilas e baús, outros sem nada além das varinhas.

"A Boiuna recebe jovens de todos os estados do Norte", Dakemon explicou. "Roraima, Rondônia, Acre, Pará, Amazonas, Amapá, *Tocantins*..." Ele abriu um sorrisão. "Mas aqui, em Santarém, geralmente embarca apenas o povo que mora aqui perto, ou em cidades da mesma latitude." Ele foi apontando discretamente para alguns dos alunos, "Santarém, Monte Alegre, Alenquer, Vai-Quem-Quer, Filho Único, Altamira... Os meus conterrâneos geralmente escolhem embarcar aqui ou em Belém, por ser mais perto do Tocantins."

Então, a Boiuna já havia parado em Belém. Aquilo explicava a fila pequena. Explicava também por que Peteca o levara até lá antes.

---

* MORAIS, Raimundo. *Na planície amazônica*. Manaus: Senado, 1926. p. 79-87.

Apesar de poucos, os alunos ali pareciam ser de variadas classes econômicas: brancos de classe média, alta, baixa, ribeirinhos pobres... indígenas... Dos indígenas, alguns esperavam sentados no chão, outros em pé, batendo papo, uns vestidos como bruxos, outros como índios, vários de bermuda e camiseta..., até que Hugo viu um vestindo nada e achou melhor não olhar.

Tocantins deu risada. "Liga não. Tu se acostuma rápido. Afinal, a gente nasceu assim, né?" Ele deu uma piscadela debochada para Hugo, que fechou a cara, mais irritado com o galanteio do tocantinense do que com a falta de compostura do indígena, apesar de achar aquilo uma pouca-vergonha ofensiva. Tudo bem que ele era índio, mas ali era uma escola! "A Boiuna não tem um uniforme, não?!"

O jovem recostou-se displicente, "Só este aqui", e ergueu um cordão que levava pendurado no pescoço. Era feito de corda simples, preta, com um timão de navio como pingente. Uma roda de leme prateada, de oito braços.

"ESSE é o uniforme?!"

"Uhum."

Hugo ergueu as sobrancelhas surpreso. De fato, todos ali tinham aquele cordão no peito. Inclusive o índio nu, para quem Hugo não estava conseguindo evitar olhar. "Vem cá, tudo bem que não tenha uniforme, mas ninguém proíbe essa sem-vergonhice, não?!"

"Não sei como é lá no Rio de Janeiro, mas aqui a gente respeita a cultura dos outros. Ou tenta, pelo menos..." Tocantins deu de ombros, pouco se importando. "E duvido tu achar ruim quando vir algumas das moças indígenas." Ele sorriu safado, ajeitando o chapéu e voltando a se recostar no poste.

É. Pensando por aquele lado, talvez não fosse tão ruim assim.

"Falando sério agora, menino do Rio." Ele cruzou os braços. "O que tu queria que a Boiuna fizesse? Expulsasse os indígenas que não se vestissem como bruxos? Aquele jovem matis ali, por exemplo", Tocantins apontou para um aluno indígena mais velho. De porte atlético, e com apenas uns apetrechos cobrindo as partes que importavam, o jovem tinha as orelhas alargadas por discos brancos e finíssimas hastes pretas espetadas nas laterais do nariz, como bigodes de onça, além de um osso atravessando as duas narinas, em formato de chifres para baixo. "Os membros azêmolas da aldeia dele já estão todos vestindo bermudas e camisetas, alguns achando o máximo, outros constrangidos a se conformarem, para não serem julgados pelos brancos; quase com vergonha de si mesmos. Ele não. Ele insiste em preservar os costumes antigos; a defender sua cultura originária, já que aqui, na Boiuna, pode. Já que aqui ninguém olha feio. E aí? Devemos expulsá-lo?"

Hugo modificou sua postura. Eles tinham razão, claro. Respeito pelas raízes, acima de tudo. Ao contrário do matis, um outro jovem indígena, vestido de terno preto, também com pinturas e acessórios no rosto, mexia no celular; um aparelho Nokia 5120, do ano anterior; três anos mais moderno do que o que Hugo usara para se comunicar com Caiçara.

Não podia negar o quanto aqueles brincos e apetrechos faciais eram legais. Intimidadores até, no caso do adulto que fazia a guarda da rampa. Vestido inteiramente com um manto negro de bruxo, o guardião não deixava de usar os símbolos de seu povo no rosto e o corte de cabelo moicano, que se transformava em cabelo comprido na altura da nuca e descia até a cintura. Hugo nunca vira um bruxo tão imponente e ameaçador. Talvez Justus, com aquelas tatuagens māori no rosto.

Se bem que Justus também tinha origem indígena.

Tá, bruxos indígenas eram maneiros. Hugo riu, percebendo que se convencera em menos de dois minutos.

Notando seu novo entusiasmo, Tocantins achou graça. "Eu também gosto dessa mistura. Quando é escolha deles, claro; e não uma imposição de fora. Alguns aqui só se vestem assim porque nasceram em povos que perderam a conexão com seus costumes. Até gostariam de saber como seus antepassados se comportavam, mas não sobrou nada da cultura deles, geralmente depois de anos de perseguição, morte dos anciãos, aculturação forçada, essas coisas."

Hugo entendeu, percebendo a seriedade do assunto.

Nem Tocantins estava brincando mais.

"O guardião da rampa, não. Ele *escolheu* se vestir como bruxo. Dá pra perceber pelo corte de cabelo e os acessórios no rosto. A cultura dele não foi totalmente apagada, como a de outros. Ah, sim, o jovem que tanto chamou tua atenção, com colares, braceletes e mais nada, é de uma etnia de Rondônia. Não sei por que está embarcando aqui. O pessoal de Rondônia costuma embarcar mais pra frente, lá em Manaus. Eles chegam pelo trecho bruxo da antiga estrada de ferro Madeira-Mamoré, construído quase um século atrás pelos fantasmas dos trabalhadores que morreram na construção da parte azêmola da ferrovia."

Hugo ergueu a sobrancelha, e Tocantins sorriu espertalhão. "Já os jovens do Acre, eu não sei como chegam na Boiuna. Algum dia pergunto."

"Então os alunos vão entrando ao longo do rio INTEIRO?!"

Tocantins confirmou, para a surpresa do visitante. "São 25 portos ao longo de todo o Rio Amazonas, cruzando os dois maiores estados do Norte e o Amapá."

"Mas pegar todos os alunos deve levar meses!"

"Sim, o ano todo, na verdade. Qual é o problema?"

Como assim, qual era o problema? As aulas recomeçavam quando então?! No Natal?!

Antes que pudesse exteriorizar seu pensamento, foram interrompidos pela voz do guardião, que pediu que a fila se deslocasse um pouco à direita, para que um adulto pudesse desembarcar, e Hugo obedeceu, voltando ao assunto, "Quando o segundo semestre de vocês começa então?"

"Segundo semestre?" Tocantins estranhou, só então entendendo. "Ah, tu tá falando das férias?! Ôxi, a Boiuna não para pra férias, não, menino do Rio. Cada um começa seu ano letivo quando a escola passa perto! Eu, por exemplo, vou começar o meu agora."

Hugo fitou-o confuso. "Mas assim vocês não perdem aulas?!"

Ele achou graça. "O currículo daqui é maleável, moço. Tem matérias começando agora, outras que começaram dois meses atrás, quando eu saí de férias, aulas que estão acontecendo neste exato momento, outras que ainda vão começar... Depende do que eu escolher fazer este ano. A Boiuna não descansa, não! Só a gente."

Hugo ergueu as sobrancelhas surpreso.

"Aqueles ali, por exemplo", Tocantins apontou para a Boiuna, e só então Hugo percebeu que havia alunos descendo pela rampa, "Eles estão saindo de férias agora. A escolha é deles. Geralmente, grupos de amigos combinam de sair juntos, pra voltar a estudar na mesma época, apesar de alguns sempre acabarem ficando pra terminar matérias específicas que escolheram fazer e que ainda não foram concluídas. Outros nunca saem de férias."

Hugo estava estupefato. Para não dizer perplexo. Como assim, a escola deixava os alunos fazerem o que queriam?!

"A Boiuna geralmente inicia o ano na Baía de Santa Rosa, perto do Oceano Atlântico, depois de ter passado por Belém, no fim do ano anterior. Daí, vai subindo o Rio Amazonas, pegando jovens pelo caminho: porto bruxo de Macapá, Santana, Almerim, Monte Alegre, Santarém – onde estamos –, Juruti, Parintins, Urucurituba, Itacoatiara, até chegar em Manaus, onde a gente ancora por alguns dias, pra reabastecer de comida, mantimentos, material escolar... o que for. Lá, o Amazonas se divide em dois, e a Boiuna tem que escolher se vai seguir primeiro pelo Rio Negro ou pelo Rio Solimões, continuando no rio escolhido até a fronteira com a Colômbia ou com o Peru, dependendo de qual foi a escolha. Daí, ela volta, pegando trajetos diferentes. E é assim o ano todo. Indo e voltando, indo e voltando."

Uma escola itinerante. Que loucura magnífica... Itinerante, com currículo maleável e com alunos entrando e saindo a hora que quisessem.

"Os que já estão lá dentro vão transmitindo o conhecimento pra quem não viu alguma aula. Ninguém perde nada. Bora entrar?"

Percebendo que a fila já havia andado, Hugo subiu a rampa, mas o guardião o impediu de entrar, e Hugo olhou para ele temeroso. "Olha, eu..."

"A varinha."

"Quê?" Ele olhou para Tocantins, que sussurrou, "*Você não estuda aqui. Sua varinha é seu cartão de embarque. Prove que você é bruxo mesmo.*"

"Ah!" Hugo entendeu, tirando depressa a varinha escarlate do bolso, mas acabou nem precisando fazer feitiço algum. Assim que ela começou a brilhar vermelha em sua mão, ao longo do fio espiralado externo, como sempre fazia automaticamente no escuro, o guardião liberou sua entrada, e Hugo passou todo orgulhoso pela porta, seguido de perto por um Tocantins admirado.

"Varinha legal, hein! Essa alma externa é de quê?!"

Hugo olhou esperto para ele, sabendo que impressionaria. "Cabelo de curupira."

"Marr rapaaaz!"

Idá sorriu satisfeito. Nada o agradava mais do que impressionar alguém.

Antes que entrassem em definitivo, no entanto, os dois foram recebidos por uma dupla de simpáticos alunos brancos, que começaram a balançar chocalhos em volta deles enquanto entoavam palavras mágicas indígenas. Tocantins sussurrou, "*Esse é um ritual pra tirar os espíritos maus das nossas costas. Segundo o pajé, eles ficam aqui, nesta região da nuca.*"

"Ah tá..." Hugo aceitou sem problemas, sentindo o maracá da loira da dupla roçar em sua pele algumas vezes. Nem questionaria, até porque, assim que a moça se mudou para balançar o chocalho nas costas de Tocantins, Hugo sentiu um peso enorme ser retirado das suas. Muito estranho. Estava até mais leve! "Uou..."

"Né?" Tocantins riu. Parecia gostar também. "Tava achando o quê? Aqui é magia séria, moço. O maracá é muito usado por feiticeiros indígenas."

Terminado o procedimento, os dois subiram, e Hugo pisou pela primeira vez no convés principal da Boiuna.

Era um amplo salão, todo feito em madeira escura, o que tornava o ambiente inteiro extremamente fresco e agradável; o sol entrando pelas aberturas laterais e iluminando a madeira com formosas listras.

Vendo que os olhos do visitante brilhavam maravilhados, Tocantins abriu os braços, espetaculoso, "Seja bem-vindo à Boiuna, rainha dos rios amazônicos!", e Hugo riu, continuando a caminhar pelo convés com um sorriso no rosto.

O espaço era sensacional; a madeira criando um clima tão aconchegante que só ficaria melhor quando zarpassem. Aí, a brisa do movimento invadiria o navio, e Hugo não iria querer mais nada além de ficar ali para sempre.

"Cuidado que vicia", Tocantins brincou, deixando que Hugo observasse o restante por conta própria enquanto ia cumprimentar seus amigos.

O lado direito do convés e a parte da frente eram todas avarandadas, mas, do lado esquerdo, portas se abriam para espaços internos enormes, que pareciam ser as salas de aula, apesar de não se assemelharem nem remotamente com salas quadradas tradicionais. Eram espaços amplos, circulares ou semicirculares, todos inteiramente de madeira: chão, teto, parede; cada um com suas peculiaridades: ou vasos de plantas carnívoras, ou estantes circulares com frascos e poções, ou o que quer que a aula pedisse. Espalhadas pelo chão, várias esteiras de palha completavam o ambiente, em vez de mesas e cadeiras, com apenas alguns bancos espalhados pela sala, para quem preferisse. Tudo muito simples e espaçoso.

Voltando ao salão principal, viu que, além daquele espaço comum enorme e das salas laterais, a metade de trás inteira do convés era interna, com cozinha, corredores e outras salas de aula. Parte da cozinha podia ser vista através do balcão que se abria para o salão. Por meio dele, alunos mais velhos serviam o almoço para quem ia lá buscar.

Nem todos pareciam estar com fome ainda. Jovens de todos os tipos conversavam em grupos, outros corriam pelo convés, animados, enquanto alguns poucos indígenas e ribeirinhos almoçavam de cócoras no chão, apesar das longas mesas de madeira disponíveis a poucos metros deles. Essas, por enquanto, estavam sendo ocupadas apenas por três jovens brancos e duas adolescentes indígenas. Enquanto comiam, os cinco conversavam entre si na língua indígena *delas* sem a menor dificuldade, e Hugo começou a entender de onde havia surgido a ideia de integração cultural de Átila Antunes, o filho mais famoso daquela escola.

Era sensacional ver todos conversando sem qualquer entrave no convés; brancos falando a língua dos indígenas, indígenas falando português... ambos revertendo para uma mistura das duas quando o grupo era misto...

"Tá no horário de almoço, então, né?"

"Nãnn... Tem horário de almoço, não. Você come quando quiser."

Hugo não sabia por que ainda perguntava.

Enquanto alguns almoçavam, outros já entravam nas salas de aula, ao passo que terceiros pareciam mais interessados em discutir, nos corredores, o que haviam acabado de aprender na aula anterior. Lá embaixo, a rampa era recolhida, e Hugo, com uma nova pulga atrás da orelha, foi atrás de Tocantins de novo.

Interrompendo mais uma vez a conversa que Dakemon estava tendo com quatro moças adolescentes, perguntou, "Tá, eu já entendi que os alunos escolhem as matérias que querem fazer e tal, mas com essa bagunça de entra e sai ao longo do ano, como o diretor marca as datas de prova?"

Tocantins olhou-o malandro. "Que provas?"

Hugo não aguentou. "Também não tem PROVAS?!"

Tocantins deu risada.

"Ah, qualé! Quer parar de rir da minha cara?! Eu não sei, caramba!"

Estava quase ficando ofendido com aquela escola, por ela estar fazendo-o passar por idiota.

"Desculpa, menino do Rio. Eu não vou mais rir. É que é sempre tão estranho quando alguém chega aqui falando de provas, uniforme, data de começo de ano letivo…" Tocantins achou graça. "No começo, os bruxos portugueses até tentaram instituir esse negócio de prova aqui, mas os indígenas não entendiam a serventia delas. Achavam que, se os alunos já concordavam que aprender era importante, pra que provar que estavam estudando? Por que não simplesmente trocar ideias com os professores para verificarem se estavam entendendo direitinho? Acabou que os bruxos portugueses desistiram, depois de anos de tentativa." Ele sorriu. "Pensa bem. Se a gente já tá aqui se preparando pro nosso futuro, que é a coisa mais importante que poderíamos estar fazendo, pra que ameaçar com prova?"

"… Pra obrigar os alunos que não querem estudar a estudarem?"

"Desses aí a gente só tem pena. Nem adianta obrigar. Com essa atitude, eles nunca vão se dar bem na única prova que realmente importa: a prova lá fora. A prova da vida. Se não aprendemos *aqui*, lá fora fica tudo mais difícil."

Em volta deles, alunos sentados no chão, em várias rodas, aproveitavam seus intervalos para estudar juntos mapas, ou plantas, ou flores… Um grupo em especial chamou sua atenção: seis jovens reunidos num canto mais escuro, estudando cogumelos que brilhavam verdes na escuridão. Cinco deles examinavam os espécimes com o auxílio de uma aluna que parecia saber mais a respeito.

"*Mycena lacrimans*", Tocantins explicou. "Cogumelos bioluminescentes. Tu vai ver alguns desses iluminando nossas redes, à noite. Uma luzinha colorida indireta é ótima pra dormir, desde que não seja de uma cor tipo laranja. Luz laranja dá energia, luz azul relaxa, luz verde tranquiliza. A gente mesmo fez os abajures flutuantes."

Hugo achou curioso, e Dakemon explicou, "Tivemos uma aula especial de cromoterapia alguns meses atrás, aqui no convés mesmo, pra todo mundo. Aqueles cinco não assistiram porque estavam de férias. Agora, estão pedindo ajuda pra quem assistiu, e é assim que a gente funciona. Um transmitindo conhecimento pro outro. É pegar ou largar." Tocantins piscou.

Os Pixies teriam pirado ali... Se bem que Hugo não era o primeiro deles a visitar a Boiuna. Caimana já estivera ali, dois anos antes, no único intercâmbio que os Pixies conseguiram fazer antes da proibição. Capí escolhera o sul, Viny, o nordeste, e Índio, Brasília, claro. Nem no intercâmbio ele desmamava.

"A Caimana deve ter adorado isto aqui."

Tocantins suspirou, "Ah... Caimana Caimana, a gente se abana..."

Hugo riu. "Você conheceu a Caimana, então."

"Marr rapaaaaz... vixe, como conheci. A gente deu uns garros, tu sabe? Arre Maria."

"Vocês?!" Hugo arregalou os olhos. "Tipo, de verdade?!"

Hugo estava estupefato. Sabia que ela e Viny tinham um relacionamento aberto e tal, mas nunca havia visto a elfa ficar com outro menino!

"Assim... rolou uns beijinhos e tal..."

"Nada além, né?!"

"Oxí, tu é doido, é, doido? Nada sério, não! Ela era muita poção pro meu caldeirãozinho..." Ele riu. "Eu bem que queria, né!? Mas eu nunca vi moça mais fiel. Num relacionamento *aberto*, não é pra qualquer um não! Ela até 'xonou nos meus zoinhos azuis, mas de folgado ela já tinha o carinha lá do Rio."

Hugo deu risada. "De Santos. Viny é de Santos."

"Isso, isso. Ela disse que eu conseguia ser ainda mais folgado que ele. Tem como competir, não."

É, ele não prestava pra Caimana, definitivamente. Ela não teria aguentado tanta folga.

Hugo riu, pensando na elfa com carinho e certa pena. Ao contrário de Viny, que xavecara absolutamente todo mundo em Salvador, Caimana claramente se sentira meio culpada saindo com aquele único outro garoto. Ela era dessas. Aceitava ter um relacionamento aberto com Viny, deixava ele ter os casos dele, como combinado, mas não se sentia à vontade fazendo o mesmo.

Achando melhor voltar ao assunto Boiuna, antes que Dakemon começasse a, desrespeitosamente, descrever os 'garros' na Caimana, Hugo voltou a observar os diferentes alunos no convés. "Não rola problema de intolerância aqui?"

O jovem meneou a cabeça, "No meu Tocantins, alguns pais lutam pra que seus filhos possam estudar na escola de Brasília, onde eles próprios estudaram, porque não querem que os filhos se relacionem com indígenas. Serve?"

Hugo se surpreendeu, e Dakemon fez aquela cara de 'Pois é.'

Hugo lembrava-se da polêmica relacionada ao Tocantins, estado mais novo do Brasil. Criado somente em 1988, ele antes havia sido parte do estado de Goiás, na região Centro-Oeste. Ao virar estado próprio, no entanto, passara a ser da região Norte, teoricamente tendo que transferir seus filhos para a Boiuna.

"Alguns culpam essa polêmica pela morte do Antunes. Ele tinha ido lá no Tocantins debater sobre isso quando morreu. Último debate da vida dele."

O apito do navio roncou de novo, e Hugo sentiu sob os pés a Boiuna começar a zarpar. "Bom, menino do Rio, vai começar minha primeira aula do ano. Ela é avançada demais, tu não vai entender, mas tu pode escolher qualquer uma aqui do convés principal mesmo. Costumam ser aulas básicas de alguma coisa."

"Mas como eu vou saber quais matérias são da minha série?"

Tocantins olhou-o de rabo de olho, malandro, e foi embora sem responder.

Tá. Não era dividido em séries também.

Aquilo era assustador... Hugo riu, meio aturdido com tanta liberdade. "Ei, Dakemon!" ele gritou para o garoto, "Não tem uniforme, não tem provas, não tem séries, não tem turmas... Tem certeza que isso aqui é uma escola?!"

"Marr rapaaaaz..." Tocantins se virou para ele, continuando a andar pra trás enquanto sorria, "A melhor de todas, moço! A melhor de todas!"

CAPÍTULO 39

A ONÇA E A ÁRVORE

Sem Dakemon para guiá-lo, Hugo olhou ao redor, não sabendo onde entrar. As salas estavam todas ali. Abertas, à sua disposição.

Nunca imaginara que ter total liberdade de escolha fosse tão assustador. Sempre havia estudado além do que os professores pediam; volta e meia invadindo as aulas dos mais velhos, por sugestão de Viny, mas era diferente, né, numa escola em que TODOS faziam o mesmo. Onde todos eram meio Pixies.

Sentindo um arrepio bom, passou a observar a movimentação dos estudantes, que iam e vinham absortos em suas conversas e risadas. Precisava decidir quais deles seria mais vantajoso seguir, tendo em vista a jornada que planejava fazer. Os mais estudiosos? Os mais aventureiros? Seu objetivo era coletar o máximo de informações para a viagem que teria pela frente. Se possível, conhecer alunos que pudessem ajudá-lo a descobrir qual caminho tomar na floresta. Tocantins certamente não era um deles. Pouco se importaria, o folgado; por mais que Atlas tivesse dito que nenhum encontro na Boiuna acontecia por acaso.

Indeciso, Hugo acabou entrando na sala mais próxima. Era uma das maiores dali, apesar de todas do convés serem enormes, como se os alunos da Boiuna não conseguissem se acostumar a espaços fechados. Difícil enjaular quem cresceu livre.

Mesmo sendo ampla, a sala já estava quase lotada. Dezoito alunos brancos, quatro ribeirinhos e dezenove indígenas, cada um sentado onde achava melhor; no piso de madeira, nos poucos bancos, nas esteiras de palha estendidas sobre o chão…, e Hugo acabou sentando-se na última disponível, surpreso com quão confortável ela era.

Devidamente instalado, passou a observar seus colegas. Entre brancos vestidos de bruxo, brancos vestidos de azêmola, indígenas vestidos de bruxo, de índio ou de azêmola, era nos ribeirinhos mestiços que predominava a simplicidade, por serem filhos de gente muito pobre que morava ao longo dos rios da região. Poucos enfeites, bermuda, camiseta, chinelo, vestidos simples.

Já a diversidade entre os indígenas era espetacular. Alguns tinham os beiços alargados por discos de madeira, outros atravessados por cilindros de osso, uns sem nada nos lábios, mas com brincos de tipos variados nas orelhas, encantados para que brilhassem em cores específicas... Os cortes de cabelo também eram diversificados. Havia os meninos com cabelos até a cintura, os meninos com cabelos curtos cortados em cuia, os que usavam a parte da frente espetada e a parte de trás lisa...

O corte moicano não era exclusividade dos homens. Algumas garotas também tinham as laterais da cabeça raspadas e o restante dos cabelos descendo pelo meio, até as costas. Outras usavam os cabelos longos, com franjas. O visual das indígenas se completava com vestidos simples, ou blusas e calças, ou saias curtas e tops com acessórios tradicionais e pinturas, ou longas saias de palha com os seios de fora..., e Hugo tentou não ficar olhando para aquelas últimas, até porque todos ali tratavam aquilo com absoluta indiferença. Era natural, afinal.

Natural demais para ele, por enquanto. Não que ele não gostasse. Era lindo, claro, mas difícil de aguentar. Enfim. Ali era a Boiuna. Todos se vestiam da forma que lhes fosse mais confortável. Isso teria horrorizado os bruxos mais conservadores do Sul, mas ali, no Norte, a cultura parecia ter vencido a batalha.

Hugo só estava estranhando a falta de cocares. Indígenas não usavam cocares na cabeça?

Outro detalhe esquisito era a ausência de objetos na sala. Não havia mesas, livros, estantes..., apenas o espaço amplo, cheio de alunos no chão, e uma comprida janela ao longo da parede do fundo, que iluminava a sala inteira com o sol daquele início de tarde, ao mesmo tempo em que proporcionava uma vista espetacular do rio e da floresta que passava ao longe.

Tirando a mochila das costas, Hugo colocou-a cuidadosamente no chão ao seu lado, abrindo-a sem fazer muito ruído, só para confirmar que Quixote continuava ali, todo estiradinho no meio das roupas, dormindo e babando. Que maravilha. Sua calça ia ficar eternamente cheirando a baba de macaco.

Não sabia se podia ter trazido um animal para a escola, mas provavelmente era permitido, a julgar pelo tucano no ombro de um dos rapazes.

Menos mal. Não seria expulso por causa daquele sagui abelhudo.

"É teu xerimbabo?"

Hugo estranhou a palavra. "Meu o quê?"

"Teu bichinho de estimação!" a jovem à sua direita respondeu, simpática, já com o pescoço esticado para ver melhor o macaquinho.

"Ah. Não, não. É de um amigo."

A aluna era mais velha que ele, levemente gordinha, branca, porém de pele um pouco escurecida pelo sol e cabelos negros lisos, presos num rabo de cavalo frouxo. Isso era tudo que Hugo podia ver pela nuca dela, enquanto a aluna olhava encantada para o macaquinho na mochila.

Antes que conseguisse ver seu rosto, no entanto, um aluno indígena, metido a cantor de Rap, de boné e roupa larga, entrou na sala, recitando dramático para todos, "Ikó ara i porang, xe irũ! Kuarasy ybakype oberab, ybyturoy abé opeîu!"

Alguns riram, outros aplaudiram só de gozação mesmo, enquanto o jovem sorria esperto.

"Nossa, Karuê, como você é poeta. Estou impressionado."

"Obrigado, obrigado", ele curvou-se aos aplausos, "Eu sempre soube que você era meu admirador secreto, Kemem", e foi sentar-se ao lado do amigo branco.

Hugo riu, não fazendo ideia do que o indígena havia recitado.

"Esses aí, ó, se fossem de Goiânia, já tinham virado dupla sertaneja", a menina brincou. "Que tal? 'Kemem e Karuê'."

"Aê, menino novo", um loiro gritou do outro lado da sala, "O *poeta* ali disse: '*Este dia é bonito, meus companheiros! O Sol brilha no céu e uns ventos frios sopram.*' Genial, né?"

Hugo riu, ainda um pouco tímido, e o loiro se virou para o recém-chegado, "Viu? Até o visitante gostou, Karuê! Já pode se inscrever na Academia Indígena de Letras."

"Tudo que eu mais queria na vida!" Karuê jogou uma pedrinha contra o outro através da sala, mas a brincadeira se encerrou com a chegada do professor, que foi andando até a frente da turma, e Hugo endireitou-se no chão, bastante surpreso. Numa escola de indígenas e brancos, nunca imaginara ver um professor negro ensinando. Grata surpresa. Ia se sentir muito mais à vontade com um não indígena dando a primeira aula. Ainda mais alguém como ele.

A julgar pela empolgação repentina das meninas, o professor era considerado bonitão por elas, ainda por cima. Jovem, 40 anos de idade, no máximo, cabelos compridos estilo rastafári presos em um grosso rabo de cavalo, cordão de *âncora* no pescoço, não de timão, e roupas bastante modernas para um bruxo: jaqueta cinza, de corte moderno, e saia longa masculina, que Hugo se surpreendeu ao ver.

Tinha de admitir, a saia ficava bem nele. Era um tom diferente de cinza e deixava-o até mais másculo, por alguma razão. Talvez fosse a postura autoconfiante e jovial do cara, que entrara na sala já falando aos alunos com simpática energia enquanto avançava por entre eles, "Puranga ara! Maié taá penhẽ pesasá?"

Todos responderam animados, e Hugo entrou em pânico. "O que foi que ele disse?!"

Fitando o professor com um sorriso esperto, a jovem traduziu, "*Bom dia. Como estão vocês?*", e olhou malandra para o visitante, "Em nheengatu."

Só então Hugo notou, surpreso, as várias manchas que a jovem tinha no rosto.

Eram grandes, esbranquiçadas e espalhadas por toda a pele. Incluindo pescoço, braços e mãos...

"Ah, tá", ele disse apenas, tentando fingir naturalidade. Uma das manchas cobria quase toda a metade direita do rosto da garota, num formato que lembrava bastante o mapa do Brasil. Tentando não ficar olhando, Hugo prosseguiu com o assunto, "Ainda bem que as aulas mesmo são em português... né?"

A aluna deu risada e, então, respondeu com um lento 'não' de cabeça, aumentando o desespero dele.

"Não?! Como assim, não?!"

"Seria injustiça, já que a metade dos estudantes é indígena."

"Injustiça?! Mas..., e a outra metade dos estudantes?!"

Agora ele estava verdadeiramente em pânico. As aulas não podiam ser em outra língua! Como ele aprenderia alguma coisa assim?!

Notando sua revolta incipiente, um jovem indígena se intrometeu, falando baixo, "Aqui é terra indígena, amigo. O branco veio depois. A gente aceita, trata com respeito, mas não vai mais deixar branco impor a língua deles na gente."

Hugo ergueu a sobrancelha. Nunca pensara no português como sendo uma imposição.

"Se a gente quiser aprendê português, a gente aprende, mas sem ser obrigado. Chega de obrigação", o jovem concluiu, categórico, voltando a focar na aula.

Vendo a frustração no rosto do carioca, a moça riu, com pena dele, e tentou amenizar, em voz baixa: "Alguns professores brancos até dão aula em português às vezes, mas depende de quantos indígenas têm na sala. Se forem quase metade dos alunos, o professor muda pra nheengatu. O mesmo acontece quando mais de um aluno na sala ainda não aprendeu português direito – o que é quase sempre."

Com medo de ser linchado se o ouvissem, Hugo sussurrou, "*Mas o português é a língua oficial do Brasil!*"

"E o nheengatu é a língua oficial da *Boiuna*, mano."

Inconformado, Hugo olhou com irritação para o professor, vendo-o conversar com os alunos naquele idioma estranho que ele não entendia; todos rindo da piada, e Hugo ali, sem entender bulhufas. Como aprenderia a porcaria da matéria?!

Idá bufou, cruzando os braços, altamente irritado. "E o que eles fazem quando mais de um aluno presente ainda não aprendeu esse tal nheengatu?!"

Ela riu, divertindo-se com sua teimosia. "Tem aula de nheengatu aqui, para os novatos filhos de azêmolas. Não é difícil. Já os novatos filhos de bruxos aprendem em casa mesmo, desde criancinhas, em preparação para a Boiuna. Não tem muito mistério."

Como assim, não tinha muito mistério?! Eles estavam no BRASIL, caramba! Tinham que ensinar em português!

"A escola é indígena, menino do Rio. Vai se acostumando com isso! Por que eles ensinariam na língua do visitante?"

"Língua do *visitante*?!" Hugo riu do absurdo.

"Eu poderia ter dito língua do *branco invasor*, mas teria ficado um pouco agressivo", ela alfinetou, e Hugo ficou quieto. Eles tinham razão, claro. Aquela gente havia sido perseguida e massacrada durante séculos pelos portugueses. Tinham todo o direito de não aceitar a língua deles. "Desculpa. Eu é que estou impaciente, só isso."

O aluno indígena aceitou as desculpas, com um gesto respeitoso de cabeça. "Curumim visitante gosta de aprender e não tá entendendo as palavras. A gente compreende."

Hugo agradeceu com o olhar, pela compreensão.

"Há uma vantagem a mais ao se ensinar em nheengatu", a jovem acrescentou, com esperteza nos olhos, "Nossos ensinamentos são secretos pra quem vem de fora. Só os que ganham nossa confiança podem começar a entender as aulas."

Ela piscou para ele com malandragem.

É. Vendo por aquele ângulo... "Tá, então por que esse tal de nheengatu? Por que não tupi-guarani, que é a língua dos índios?"

Ela riu, com um ar surpreendente de *ó coitado*. Então, ajeitando-se com paciência, murmurou, "Espia só", e apontou discretamente para um dos grupos de alunos: "aqueles ali são desanas, arapaços, tukanos e pira-tapuyas. Eles falam línguas da família Tukano, uma família linguística que tem mais de 25 idiomas diferentes dentro dela. Diferentes, mas parecidos entre si, como o português é parecido com o espanhol, de modo que conseguem se entender. Os Tariana, os Apuriná, os Terena, os Enewenê-Nawê e os Baniwa, etnias daqueles outros que estão perto da entrada, falam línguas da família linguística Aruak, que compõe 26 línguas e é falada até no Caribe. Os Marubo, os Matis, os Yawanawá e o único huni kuin da escola..." ela apontou para um menino que não devia ter nem 10 anos de idade, sentadinho no chão, prestando atenção no professor, "... falam línguas da família Pano, compartilhada por etnias daqui do Brasil, do Peru e da Bolívia. Os cintas largas, os Gavião-Ikolen e os Paiter-Suruí falam idiomas da família Mondé. As duas meninas krahô, ali na frente, babando pelo professor, falam uma língua da família Jê, que compreende idiomas de sete outras etnias, vindas de mais ao sul do Brasil, apesar de os Krahô serem daqui do norte, do Tocantins. Isso que você chamou de língua tupi-guarani não é falada nativamente por nenhum desses que eu mencionei. Tupi-guarani nem é uma língua, é uma família linguística *inteira*, composta por mais de vinte idiomas diferentes, entre eles o tupi e o guarani. Aqui nesta sala, só quem fala línguas dessa família são o garoto caiapó, ali no meio, a parintintin ao lado dele, o pobre do novato zo'é, perdidinho ali no canto, e a tenetehara, que está tentando ajudar o menino novo a entender a escola. Isso porque eu não falei ainda da yanomami, ali atrás, dos tikuna, lá no canto, do pataxó, dos sateré-mawé e de outros fora da sala, que falam línguas que não se incluem em nenhuma família linguística."

Hugo estava sem palavras.

Notando sua pasmaceira, ela olhou-o com simpatia, "São mais de 300 línguas indígenas faladas no Brasil, mas a maioria dos brasileiros só ouviu falar de duas."

"O tupi e o guarani."

Ela sorriu. "As primeiras que os portugueses encontraram ao chegarem no continente. Prazer, Bárbara Luciana."

"Hugo Escarlate." Ele apertou a mão dela, admirado com seu nível de conhecimento. "Posso fazer uma última pergunta? Desculpe estar atrapalhando a aula."

"Sem problema. Estamos aqui pra isso."

"Se tem tanta língua assim, por que escolheram essa *nhengutu*?"

"Nheengatu", ela corrigiu. "É a língua geral amazônica: versão amazonense da Língua Geral, que era usada entre indígenas e portugueses nos primeiros séculos do Brasil Colônia e que, por sua vez, era derivada da *língua brasílica*, como denominavam o tupi antigo. Viu? Tinha até *Brasil* no nome. Era mais brasileira do que a língua portuguesa, que tem, olha só (!), outro país no nome."

Hugo riu. *Portugal*.

Nunca tinha pensado naquilo.

Bárbara lançou-lhe um sorriso esperto. "A Língua Geral era uma mistura das inúmeras variedades de tupi antigo que eram faladas no litoral do Brasil quando os portugueses chegaram, mesclada a pitadas de gramática portuguesa para que colonizadores e indígenas pudessem se entender. Essa nova forma de comunicação foi então sendo levada pelos próprios portugueses, principalmente os jesuítas, para o restante do Brasil como uma língua de contato mais ou menos neutra, que usavam pra conversar com os nativos. Basicamente, ela passou a ser o idioma-ponte entre indígenas e não indígenas, e entre indígenas que não falassem as mesmas línguas."

Hugo sorriu. "Tipo um Esperanto indígena."

"Tipo isso. Foi a língua mais falada do Brasil por dois séculos."

"Tá de brincadeira."

"Pior que não. Ela era usada nas ruas e nos comércios, pelas pessoas comuns, no dia a dia das cidades, até ser proibida, em 1758, pelo Marquês de Pombal. A partir dali, falar a Língua Geral passou a ser crime, punido com severidade, e a língua portuguesa foi imposta ao povo em definitivo."

Hugo olhou-a impressionado. Como era possível nunca ter ouvido falar dela?! Duzentos anos era quase a metade da história do Brasil!

O indígena ao seu lado não estava surpreso. "A história é escrita pelos que estão no poder, menino do Rio." Hugo olhou-o com um novo respeito.

"Mas a Língua Geral resistiu", Bárbara continuou, "e foi se modificando com o tempo, na pronúncia, na gramática e no vocabulário, se misturando com as línguas daqui, até se tornar o nheengatu."

O jovem indígena confirmou com orgulho. "O resto do Brasil enterrô existência da Língua Geral, mas ela ainda existe aqui na Amazônia. Sobreviveu perseguição. E é a língua oficial da Boiuna, sim. Nenhum branco vai chegar aqui e dizê o contrário."

O nheengatu era, então, uma língua de resistência.

Acabara de se tornar muito mais legal aos olhos de Hugo.

Bárbara sorriu empolgada. "Quando algum novato indígena chega e ainda não domina nem o português nem o nheengatu, é maravilhoso, porque daí a gente aprende a língua dele também. Acabamos aprendendo várias! Nada melhor para expandir o cérebro."

Lá na frente, o professor ensinava-os a filtrar água suja de dentro de uma vasilha usando o feitiço *Uberaba*.

"*Água cristalina*", Bárbara traduziu. "Serve pra despoluir rios também."

Ela não era a única ajudando a traduzir a aula. Enquanto o professor explicava, vários outros alunos iam explicando o que era ensinado para os novatos ao lado. Parecia mesmo um costume entre eles, a hospitalidade, a vontade de ajudar quem não entendia. Daquela maneira, todos assimilavam melhor o tema e ainda acabavam naturalmente aprendendo a ser professores.

No outro canto da sala, o menininho indígena de 10 anos continuava atento a cada palavra do professor, volta e meia ajudando alunos mais velhos a fazerem o movimento correto com suas varinhas, apesar de ele próprio não ter uma. Parecia jovem demais para estar ali...

Inseguro, Hugo achou melhor não perguntar. Não queria parecer ignorante mais uma vez. Vai que a idade mínima para entrar naquela escola era 2?

Deixando as vasilhas de lado, o professor tirou sementes do bolso e as distribuiu entre os alunos, ensinando-os, um a um, a fazê-las brotar mais depressa com um feitiço. Maravilhados, os alunos voltaram a tirar suas varinhas do bolso e começaram a estimular as sementinhas a crescerem no chão, enquanto, lá na frente, o professor fazia o mesmo, só que sem varinha; a semente dele flutuando entre suas mãos em concha, abrindo-se, virando broto, criando raiz, tudo enquanto pairava à sua frente. Fantástico.

"Ele é chibata, mano", Bárbara elogiou, enquanto a planta dele crescia no ar, criando caules, e folhas, e galhos, que se expandiam cada vez mais entre suas mãos, até que o professor lançou sua criação no meio da turma. Os alunos mais próximos rastejaram para trás, saindo do caminho, e ela se chocou contra o piso, suas raízes ainda crescendo, adentrando o chão de madeira, quebrando tábuas e deslocando os estudantes enquanto se expandia por entre eles; o tronco principal se alongando e encorpando cada vez mais, e foi a vez de Hugo arrancar sua mochila do caminho antes que ela fosse atropelada pelo tronco da imensa árvore que havia se formado, cobrindo o teto inteiro com sua magnífica copa de folhas verdes.

Todos olharam extasiados para cima; Hugo completamente atônito, enquanto o professor esfregava as mãos tranquilamente, como se não houvesse acabado de fazer uma ÁRVORE brotar no meio da sala de aula!

Hugo olhou para o estrago que as raízes haviam feito. Praticamente todas as tábuas do piso estavam quebradas. O lugar se tornara até mais fresco, agora que as folhas haviam tapado metade da janela dos fundos, deixando tudo num clima de floresta fechada.

Com o tranco que a mochila havia levado, Quixote acordara, e agora tinha a cabecinha para fora, olhando espantado para todo aquele novo ambiente: a sala, os alunos, os animais dos alunos, até que seus olhinhos brilharam ao ver a árvore, como se uma fábrica de chocolates houvesse acabado de brotar na sua frente.

Um outro mico, igualmente surpreso, aparecera no ombro de uma das alunas e, assim que o viu, Quixote passou a perseguir o marronzinho, os dois correndo pela sala, desviando da cobra de um outro, e subindo pelos galhos da nova árvore enquanto o professor voltava a explicar o que fizera, numa língua que Hugo não entendia.

"Todo mundo pode ter animal silvestre aqui, é?", ele perguntou para ela, mais irritado por não estar entendendo o professor do que pelas peraltices de Quixote, e Bárbara riu, vendo o macaquinho se esconder de repente detrás do tronco, agora sim com medo, mas de um inofensivo tatu-bola, e não da cobra que ele encontrara segundos antes. "São os xerimbabos deles: geralmente, animais que foram resgatados da floresta por pessoas de suas aldeias quando ainda eram filhotes, perdidos das mães, e então se tornaram seus bichos de estimação. A administração da Boiuna nunca sonharia em proibir a entrada dos bichinhos. Seria uma falta de humanidade separar um xerimbabo de seu companheiro. Imagina se tirassem teu sagui de ti."

"Eu ficaria muito agradecido."

Bárbara deu risada. "Égua... Então por que ele veio?"

"Porque ele é um peste", Hugo respondeu, rindo logo em seguida ao lembrar-se das maravilhas que Atlas dissera que Quixote faria por ter nascido na Amazônia. Tá certo. Um macaco que acabara de ficar com medo de uma bolinha fofa de tatu.

"Ah, agora você volta, né?" Ele pegou um Quixote assustadinho no colo, "É só um tatu, seu bobo! Você pulou por cima de uma cobra ali e nem se importou!", mas o bichinho só olhava receoso para a bolinha de couraça, e Hugo deu risada, com carinho.

Quixote o fazia se lembrar de Macunaíma... Que saudade ele tinha daquele atrevido. Impossível conjurá-lo de novo. Não enquanto Atlas estivesse daquele jeito.

"Ei, tudo bem aí?"

"Oi?" Ele olhou para Bárbara. "Ah. Tudo sim, por quê?"

"Sei lá, tu pareceu distante."

"Ah, foi nada, não. É que... QUIXOTE!" Hugo segurou o sagui antes que ele chiasse para a moça de novo, de repente agressivo. "Seja mais educado!"

A jovem riu. "Tudo bem. Eles nunca gostam de mim."

"Sério?!"

Seria por causa das manchas na pele?!... Hugo não cometeria a indelicadeza de perguntar. "Vai lá brincar com os outros, vai, peste."

Quixote obedeceu, e eles voltaram a prestar atenção na aula; Bárbara tentando lhe traduzir tudo que o professor dizia.

Interessante. Quase todos ali tinham algum adereço no rosto, algum brinco, algum *piercing*. Inclusive os brancos. Como se a moda indígena, ali, houvesse pegado. O professor mesmo tinha cinco argolas de prata acompanhando a curvatura da sobrancelha esquerda. Eram, de fato, muito legais; tanto os adereços pelo corpo como as pinturas corporais, muitas das quais se mexiam na pele dourada dos indígenas! Eram traços pretos em zigue-zague encantados para ziguezaguearem, traços vermelhos ondulados que desciam e subiam... desenhos simbolizando animais, que pareciam vivos na pele...

"As pinturas têm algum significado?"

"Ô se têm! E cada povo tem as suas. Aquela ali, por exemplo." Bárbara apontou para uma indígena com semblante altivo e guerreiro. Tinha dois traços finos pretos alongando os olhos na horizontal e um traço perfeitamente vertical, saindo logo abaixo do olho direito até a altura da boca. "É a pintura do espírito da onça, feita naqueles que pertencem a esse espírito. Já fizeram em mim uma vez. Eu senti uma energia que nem sei explicar. É que as pinturas têm poder, sabe? Não são enfeites. São magias poderosas que protegem o indígena; dão força e resistência a eles."

"Aquele outro ali não tem nada no rosto." Hugo apontou para um jovem indígena que não tinha nem brinco, nem pintura, nem nada, e Bárbara respondeu com um semblante amargo, "Ele é marubo. Décadas atrás, os marubos ouviram de missionários americanos que eles não deviam usar sinais de suas culturas no corpo, porque era pecado."

Ela olhou desgostosa para Hugo, que não gostou nada do que ouviu.

Se o tivessem obrigado a deixar de usar as roupas de que gostava, ou o brinco que tinha no topo da orelha esquerda, Hugo teria feito um escândalo de proporções apocalípticas, mas ele era ele: combativo, violento. Os Marubo claramente não tinham a mesma índole. Provavelmente haviam aceitado aquilo como verdade.

Enquanto Bárbara continuava a explicar a história deles, Hugo aproveitou para olhar melhor para ela. Certamente era descendente distante de indígenas, a julgar pelos cabelos negros e a pele levemente bronzeada, nos poucos centímetros de pele morena que as manchas brancas deixavam entrever. As mãos eram as mais afetadas, quase como se Bárbara estivesse vestindo luvas brancas, mas o rosto, o pescoço e os braços não ficavam muito atrás. O lado direito da face mais afetado do que o esquerdo.

As manchas não eram feias. Na verdade, agora que ele as analisava melhor, eram até bonitas. Combinavam com ela. Como as manchas de lindos animais malhados, que só serviam para embelezá-los ainda mais.

Vendo que Bárbara apontava para dois jovens, Hugo voltou a se concentrar no que ela estava dizendo. "... Eles fizeram a piada numa mistura de tukano e nheengatu, mas as brancas responderam em guarani ñandeva. Muito espertas. Já as cunhantãs aqui do lado aproveitaram a pausa pra comentar sobre a beleza do professor: *Aé puranga*. Ele é bonito. Em nheengatu."

Hugo riu. Paquera intercultural. E voltou sua atenção para a plantinha frutífera que estava tentando fazer crescer. Aquilo poderia ser muito útil para ele. Imagine, poder levar apenas sementinhas na mochila? Perfeito demais.

Já não estava mais se importando com o idioma da aula. Não atrapalhava, com a ajuda dos outros. Irritar-se para quê? Nheengatu era tão bonito! Super sonoro! Suas sílabas e entonações tão interessantes! Para que perder tempo fazendo cara feia se ele podia simplesmente admirar aquilo tudo? Caso surgisse qualquer dúvida, era só perguntar!

Vendo que Hugo havia finalmente se desarmado da raiva e decidido entrar de cabeça na aula, o professor se aproximou, para corrigir o que ele estava fazendo errado, e o fez em português, baixinho, para que apenas ele ouvisse. Gesto legal da parte dele.

Hugo fitou-o com respeito, "Valeu", e o professor deu uma piscadela discreta para o visitante, voltando a dar instruções em nheengatu para a turma.

Finalmente conseguindo fazer sua planta crescer, Hugo esticou o braço para selecionar, da vasilha de sementes frutíferas, algumas que poderiam salvar sua vida num momento de fome, pondo nos bolsos um punhado delas enquanto Bárbara comentava, concentrada no crescimento de um pé de mamão, "Sabe como alguns povos indígenas chamam a língua portuguesa aqui na Amazônia?"

Hugo sorriu, "Como?"

"*O branco*."

"O branco?!"

"É, tipo, a língua do homem branco. Você fala o *branco*."

Hugo deu risada.

"Até oferecem aula de português aqui, mas faz quem quer. Ninguém é obrigado. Já foi obrigatório um dia. Não é mais. Lutaram pelo direito de não quererem... De preferirem aprender as dezenas de outras línguas daqui. Alguns são bem revoltados com esse passado de imposições dos brancos. Outros não. Outros são de boa e querem aprender."

Um indígena se intrometeu, "Querem aprender, querem viajar, querem até se pintar de branco", e Hugo fitou-o sem palavras, vendo o jovem voltar a prestar atenção no crescimento de sua própria planta.

"Rancoroso ele, né?"

"Mano, tem de tudo", Bárbara respondeu, diplomática, mas Hugo não deixaria barato assim e voltou-se para o indígena, cutucando suas costas, "Vem cá, se tu odeia tanto a língua portuguesa, por que aprendeu então?!"

"Pra não ser enganado por vocês, brancos."

Hugo ergueu as sobrancelhas, mais surpreso por ter sido chamado de branco do que pela resposta. Achou melhor não contrariar. "Justo."

Dando risada de sua cara de pasmo, Bárbara murmurou, "Vai te acostumando, maninho. Aqui, ou tu é indígena, ou é homem branco. Mesmo que seja negro. Ou mulher. É só uma questão de nomenclatura."

"*Só* uma questão de nomenclatura?!"

"Égua, melhor do que separar entre *selvagem* e *civilizado*, como faziam antigamente, né?" Ela observou, e baixou os olhos, quase com vergonha de seu povo, "O homem branco às vezes não tem nada de civilizado."

Nisso ela tinha razão. Dizer que os indígenas não eram civilizados, só porque a civilização deles era diferente, era um insulto.

Percebendo que o professor havia dado a aula por encerrada e todos já começavam a arrumar a bagunça, Hugo se levantou para ajudá-los, guardando as vasilhas enquanto outros recolhiam as plantas, deixando a árvore em paz, para que o professor lidasse com ela. "É tão óbvio assim que eu sou do Rio?"

Bárbara deu risada, confirmando, "Com essa marra toda aí, nem precisou abrir a boca." Ela saiu da sala junto com os outros, e Hugo foi buscar Quixote rapidamente, antes de segui-la para fora; o tempo todo tendo que segurar firme o bichinho para que ele não a atacasse. Ô macaquinho mal-educado.

"Ei, *Ya'wara*! Roubou o carioca pra você, foi?!" Tocantins a chamou de longe, e Bárbara olhou-o rancorosa, "Ha-Ha. Muito engraçado, Dakemon. Vê se me erra, vai!", partindo em outra direção. Hugo foi atrás. "*Ya'wara* é seu sobrenome?"

"Não, eu não sou indígena."

"É de onde, então?"

"Tenso. Meu pai é de Manaus, capital do Amazonas; minha mãe, de Belém, capital do Pará, mas eu decidi não escolher um lado dessa rivalidade e nasci no ônibus, bem na divisa entre os dois estados, cruzando a rodovia transamazônica na barriga dela."

Hugo ergueu a sobrancelha surpreso.

"Meu nome completo é Bárbara Luciana Pinheiro Bragança."

"Nossa, quanto nome!" ele brincou, e Bárbara deu risada. "Minha mãe queria Bárbara, meu pai, Luciana. Como nenhum dos dois foi ensinado a ceder, cá estou eu com um nome composto e um sobrenome que eu não posso abreviar."

Ela revirou os olhos. "Eles são divorciados e não param de me lembrar disso. Ele torce pelo Caprichoso, ela pelo Garantido, os parentes de Belém dizem que eu sou meio manauara e me olham com desconfiança; os de Manaus dizem que eu sou meio belenense e vivem querendo competir comigo." Ela riu. "Minha família é mais dividida que minha pele."

Hugo fez questão de apertar a mão da jovem novamente, "Prazer, Srta. Bárbara Luciana Pinheiro Bragança, dos reinos de Belém e Manaus, nascida num ônibus."

"Chacoalhando feito britadeira."

Hugo deu risada.

... E ele achava que tinha nascido mal. "*Ya'wara* é apelido então?"

A jovem confirmou, incomodada.

"Que foi?... O que significa?"

"*Onça*. Em tupi antigo." Bárbara fixou os olhos no chão, pouco à vontade. "Por causa do vitiligo."

... *as manchas na pele*... "Filho da mãe."

"Não, tudo bem. Onças são legais..." Ela tentou sorrir. "Lindas até. Não me incomoda mais. Até porque agora meus amigos já adotaram o apelido também, aqueles lesos." Ela riu. Hugo não. Aquilo ainda a incomodava.

Olhando para ela, sentiu vontade de dizer-lhe o quão bonita ela era, e que não devia se incomodar com os comentários, mas quem era ele para dizer qualquer coisa? Não estava na pele dela e, se estivesse, teria quebrado a cara de cada um deles antes que falassem de novo. Não tinha moral para aconselhar coisa alguma.

Bárbara deu de ombros, conformada. "Pelo menos a onça é o animal mais respeitado de toda a floresta. E o mais inteligente." Ela esboçou um fraco sorriso, mas seus olhos diziam outra coisa. "Eu tento levar isso como um elogio."

"Afinal, o que são uns poucos babacas pra quem nasceu chacoalhando feito britadeira?" ele brincou, e ela achou graça. Missão cumprida. "O que a sua mãe tava fazendo, grávida de nove meses, num ônibus interestadual?"

"Ela tinha acabado de decidir acabar com aquela palhaçada de relacionamento e voltar pro Pará."

"Imaginei."

"Tinha ido pra Manaus ganhar a vida. Acabou trabalhando como catadora de material reciclável num lixão da zona leste da cidade por vários anos, até conhecer meu pai. Ele era motorista de caminhão de lixo. Ia lá todos os dias, despejar a carga para as catadoras separarem. Casaram na semana seguinte em que se conheceram. Alguns dias depois, ela descobriu que ele torcia pro Caprichoso, ele descobriu que ela torcia pro Garantido, e aí lascou-se. Começou a treta. Os dois passaram a se desentender por qualquer coisinha. Até hoje, ficam me puxando pra lá e pra cá. Vixi. Você pode imaginar como ficou essa guerrinha depois que descobriram que eu era bruxa. Meu pai fica dizendo que o sangue bruxo veio dele, minha mãe insiste que veio dela, e eu fico só no meio, igual uma lesa. Égua... Não tem um pingo de bruxo neles e ficam se iludindo."

Hugo riu, imaginando o caos que devia ser.

"É palha, mano. Bom, acho que aqui nós nos separamos, menino do Rio. Eu vou assistir a uma aula mais avançada agora. Ela tem pré-requisito, mas eu tenho certeza que tu vai encontrar uma aula filé pra ti."

Os dois se despediram, e lá estava Hugo sozinho de novo, ouvindo os jovens conversarem em outras línguas. Toda vez que riam, a sensação era de que estavam falando dele, o carioca perdido.

Tocantins riu, percebendo seu desconforto. "É um pesadelo no começo. Depois a gente passa a se sentir super *sexy* falando mais de uma língua." Ele piscou malandro, mas Hugo já não conseguia mais sentir tanta simpatia por ele. "Tá indo pra onde agora?"

Tocantins indicou a mesma sala de Bárbara. "Pra ti, sugiro aquela outra ali. É a mais disputada da escola."

De fato, dezenas de alunos já se amontoavam lá dentro, sentados em torno de um velhinho indígena. "É sempre bom conhecer aquele que vê todas as coisas."

Hugo olhou com curiosidade para o professor, que fumava seu cachimbo tranquilamente enquanto esperava, sentado no chão. Aquele sim, tinha um imenso cocar na cabeça, feito com enormes penas pretas, contrastando com sua baixa estatura, sua magreza e seu rosto enrugado.

Hugo já estava quase aceitando a dica de aula quando um burburinho chamou sua atenção, e ele viu o professor negro sair da sala anterior com uma miniatura da árvore que criara nas mãos e cercado por alunas ávidas querendo falar-lhe, enquanto tentava conversar sobre a matéria com uma mais velha.

"Professor! Professor Mont'Alverne!" elas gritaram empolgadas, tentando tirar sua atenção da aluna, e Hugo sentiu o coração acelerar. "Mont'Alverne?!"

Sem entender a razão da surpresa, Tocantins confirmou, "Leonardo Mont'Alverne. Por quê?"

O professor que respondera à carta. Hugo precisava falar com ele.

CAPÍTULO 40

POETINHA

Hugo tentou vencer a pequena multidão de alunas e alunos que cercavam Mont'Alverne enquanto ele andava. Eita professor popular.

Sempre simpático, ele respondia a todos com muita atenção, principalmente às questões de Botânica, até que Hugo, com o coração na mão, sem conseguir alcançá-lo, começou a gritar, "Professor! Professor Mont'Alverne! Eu preciso falar com o senhor, por favor!"

Em meio aos alunos, Mont'Alverne olhou simpático para o visitante, respondendo a uma última dúvida antes de dispensá-los, "Desculpem, queridos, mais tarde eu converso com vocês, ok?"

Os jovens obedeceram e ele se aproximou. "Você deve ser o Hugo, certo?"

O carioca olhou-o surpreso, e Mont'Alverne sentiu que cabia uma explicação. "Rudji mencionou você nas primeiras cartas pra cá. Olha, Hugo, eu imagino o que veio fazer aqui, mas insisto no que eu disse por escrito. Se essa planta realmente existe, está num lugar proibido e inalcançável. Não sei nem como te deixaram chegar até a Boiuna. Alguém na Korkovado sabe que você veio?"

"O Rudji sabe."

"Pois não devia ter deixado. A Amazônia não é brincadeira, rapaz. Eu falo como amigo. Não tente a loucura de entrar nela. Você não vai conseguir sair."

Hugo sentiu um calafrio. "Pelo menos me diz onde os videntes viram a pl…"

"Não, eu não vou dizer onde está a planta, Hugo."

Idá fitou-o com extrema antipatia, e o professor pôs a mão em seu ombro, "É pro seu próprio bem."

Afastando-se, Mont'Alverne voltou a ser abordado por outros alunos enquanto caminhava, deixando Hugo para trás, inconformado e com raiva. Compreendia o professor, claro. Ele só estava querendo protegê-lo, retendo aquela informação, mas que aquilo era irritante, era.

A contragosto, Hugo entrou na aula do velho indígena. Teria de encontrar outra pessoa para ajudá-lo, mas quem?! Sair pela floresta a esmo, sem saber para onde ir, seria loucura. E Mont'Alverne já deixara bem claro que os professores não ajudariam. Talvez até dificultassem ao máximo que ele descobrisse a localização.

Sentindo-se injustiçado e perdido, ele tentou se locomover pela sala lotada. O espaço era enorme como os outros, mas tinha o triplo de alunos, todos sentados o mais próximo possível do velhinho, de modo que era até difícil encontrar algum espaço para pisar ali dentro.

No centro de todos, o senhorzinho esperava de pernas cruzadas, sentado sobre uma pequena plataforma de madeira que flutuava a poucos centímetros do chão, para que todos pudessem vê-lo sem dificuldade.

Tirando Quixote do bolso, Hugo deixou que ele fosse conhecer os novos animaizinhos da sala, já que apenas alguns poucos alunos presentes haviam assistido à aula anterior. Um, em especial. E Hugo foi sentar-se perto dele, enquanto o professor dizia as primeiras palavras.

A criança huni kuin prestava atenção com um olhar vivo e animado. Realmente, não devia ter mais que 10 anos de idade, o indiozinho. Sem camisa, usava apenas um short vermelho simples, daqueles com listrinha branca nas laterais, e um cordãozinho preto, sem timão ou âncora, mas, sim, com um pequeno cilindro de quartzo, circundado por três dentes de animal. Usava o cabelo preto curtinho e naturalmente espetadinho para a frente, sem brincos nem nada além de um bracelete simples, de palha colorida, acima do cotovelo esquerdo, e uns poucos traços vermelhos pintados no peito. Um dos indígenas menos enfeitados da Boiuna.

Talvez os *piercings* coloridos e os cabelos elaborados viessem a partir da adolescência. Se bem que o velho professor também não usava enfeite algum além do grande cocar de penas negras. Estava, inclusive, de peito nu também.

Hugo voltou a observar o menino. O que mais chamava sua atenção era a doçura em seus olhos. Tudo nele transmitia uma bondade que Hugo jamais vira em ninguém antes. Talvez em Capí. Na doçura antiga do olhar do pixie. Doçura que ainda estava lá, mas escondida, massacrada por trás de toda aquela dor.

No menino ela ainda era viva, brilhante. E Hugo, que havia sentado a duas pessoas de distância do menino, de repente sentiu uma vontade incontrolável de se levantar dali e sentar-se grudado nele.

Foi o que fez, espremendo-se entre ele e a menina ao lado, que não pareceu se incomodar. A quantidade de alunos descalços, tanto indígenas quanto brancos, era admirável. Estavam realmente acostumados a ser livres ali. E, no entanto, diante daquele ancião, ouviam no mais absoluto silêncio. Impressionante a disciplina que tinham, e o respeito pelos mais velhos. Mesmo na aula de Mont'Alverne, um cara mais jovem e moderno, o respeito havia sido grande. Não o silêncio, porque a aula anterior havia sido para se falar mesmo.

Ali, não. Ali não se ouvia sequer um mosquito enquanto o ancião falava, num volume de voz que só os mais aptos conseguiam captar direito.

Hugo não era um deles.

Ah, qualé! Agora, além de não saber a língua, também não conseguiria ouvi--la?! Tudo bem que ele era surdo de um ouvido, mas o outro escutava muito bem, caramba! E, no entanto…?!

Sentindo um aperto de revolta na garganta, Hugo não aguentou e sussurrou para o menino, "*Vem cá, como vocês conseguem ouvir?! É impossível!*"

O menino achou graça, no jeitinho mais doce do mundo. "*Você tem que aprender a ouvir sussurro da floresta*", ele murmurou, e olhou simpático para Hugo, voltando a prestar a máxima atenção ao velhinho lá na frente.

Admirado com as palavras do menino, Hugo procurou fazer o mesmo. Aguçou o ouvido e… Nada.

"*Ah, não dá. Isso é palhaçada, viu!*"

Os alunos à sua volta reclamaram '*Shhhhh…*', e Hugo se encolheu, sinalizando desculpas com a mão enquanto o menininho ria em silêncio.

Então, apontando simpático para a varinha escarlate, o menino murmurou, "*Kyrirĩ*", como instrução.

Hugo obedeceu, mesmo sem saber para que servia, sacando a varinha e sussurrando, "*Kyrirĩ.*" Assim que o fez, sentiu uma barreira invisível envolver apenas eles dois, como que deixando os outros de fora da conversa, e o menino, agora sem preocupação alguma de incomodar os outros, falou-lhe sorridente, "Diminua ritmo da respiração", indicando que ele voltasse a olhar para o professor.

Mais uma vez, Hugo fez o que o menino mandava, procurando respirar o mínimo possível. Logo, seus batimentos cardíacos também haviam diminuído, e ele começava a ouvir a voz baixinha do professor, reconhecendo as sílabas que dizia, mesmo sem entender o idioma. Não parecia sequer nheengatu.

"É língua Mondé. Se você concentrar até ponto de conexão com *mente* dele, vai entender o que Pajé tá dizendo."

Hugo se espantou, "Ele é o Pajé?! O Pajé Morubixaba?!", e olhou, com ainda mais respeito, para aquele velhinho de fala mansa. Nunca imaginaria… O diretor da Boiuna dando aula ali, para eles…

Surpreso, começou rapidamente a tentar fazer o que o menino havia sugerido, fechando os olhos e percebendo, à medida que relaxava, a voz do pajé ir ficando cada vez mais nítida em seu ouvido, quase como se estivesse sendo sussurrada apenas para ele!... Mas daí a vir traduzida, já seria esperar muito... Até porque havia excesso de alunos naquele espaço. Impossível se concentrar direito.

"Por que tem tanta gente nesta sala, hein?" ele sussurrou, um pouco incomodado já. Eram pessoas demais, sentadas junto demais... Quase claustrofóbico para ele.

O menino sorriu bondoso, entendendo seu desconforto. "Quando Pajé dá aula, Boiuna para pra ouvir. É a matéria mais disputada." E estendeu a mão para o visitante, "Tadeu Rudá Huni Kuin, mas pode me chamar de Poetinha."

"Prazer, Poetinha. Hugo Escarlate."

O menino saudou-o com alegria, "*Haush!*"

"*Haush*", Hugo repetiu, sorrindo também, encantado com aquele menino. "Te chamam de Poetinha porque você fala bonito?"

Tadeu confirmou, meio acanhado, mas contente, "É o que boca deles diz, né. Eu já não sei", e voltou, um pouco, a prestar atenção no professor.

"O que ele tá dizendo?"

Sem tirar os olhos da aula, Poetinha respondeu, "Matéria do Pajé é de sabedoria indígena. A gente põe na mente história dos povos, acontecimentos da antiguidade pré-colombiana, passado da floresta, saberes, crenças, poderes espirituais."

"Ah."

"Pajé está contando, agora, de Gorá e Betagap, e de como eles foram buscar a noite."

Hugo ergueu as sobrancelhas, curioso, e o menino sorriu, "*Antes, o mundo só tinha dia. Ninguém podia descansar porque não existia noite pra dormir. Todos trabalhavam e comiam sem parar, e acabava toda comida da aldeia, porque estava sempre claro. Então, Gorá e Betagap foram buscar a noite, na casa do deus Padzop, e trouxeram a noite para a aldeia numa caixinha. Com a escuridão, surgiu o sono, e eles puderam dormir. Por isso, hoje temos o descanso.*"

Hugo sorriu. Aquilo era muito legal.

"*Faz parte do conhecimento tradicional dos Gavião-Ikolen.*"

"Por que você tava prestando tanta atenção se já conhecia essa história?"

Poetinha olhou-o com bondade. "Eu assisto pra aprender a ensinar."

"Ah", Hugo ficou quieto, impressionado com a maturidade do menino. Havia sabedoria verdadeira em seu olhar gentil. "Desculpe, mas quantos anos você tem?!"

Ele sorriu. "Dez."

Ok, idade confirmada. "Como você já sabe tudo isso?"

Tadeu meneou a cabeça, humilde, "É que eu tô treinando pra ser o pajé da Boiuna, depois dele. Como aprendiz de pajé, eu aprendi tudo antes, com o mestre Morubixaba. Separado dos outros."

Hugo fitou-o surpreso. Definitivamente não esperava aquela resposta. Aprendiz do Pajé?! Parecia responsabilidade demais para uma criança...: estar sendo treinado para substituir o Morubixaba... "Você vai ser o diretor da Boiuna?! É isso?!"

O menino negou. "Pajé é líder espiritual da comunidade; curandeiro da aldeia. Eu estou me preparando para ser líder espiritual da Boiuna."

Ainda assim, era um peso absurdo nos ombros de uma criança... "Mas o Morubixaba é *diretor* daqui, né? Ele não é só o líder espiritual."

"No caso dele, foi diferente. Pajé virou diretor também porque estava profetizado desde nascimento dele, em aldeia de Rondônia. Ele conheceu os brancos quando bruxo foi buscar, e, ele sim, treinou para ser Pajé e Cacique da Boiuna. Tanto que, quando chegou aqui, ganhou nome de *Morubixaba*, termo tupi pra *cacique*: líder de uma aldeia. No caso, líder da Boiuna. Em guarani é *Mburovixá*."

"Até ontem, eu achava que tupi e guarani eram uma língua só", Hugo confessou, e Tadeu sorriu, sabido, "Nós achamos muita coisa na vida. Normal."

Já era um diplomata, aquele ali. "Tá, então, só porque foi profetizado, ele virou diretor? Fácil assim?"

"Não. Mesmo com profecia e com treino, pessoa só vira cacique se é eleito por aclamação para o cargo. Geralmente é assim nas aldeias também. Cacique escolhido é sempre aquele mais respeitado da comunidade. Na Boiuna, ele é selecionado entre os professores, os monitores, os alunos mais velhos e os bruxos adultos da região inteira, porque chefe da Boiuna é também aquele que dirige os assuntos bruxos do Norte. Por ser pessoa muito respeitada, quem vira cacique da Boiuna vira também governador-geral da região."

Hugo ergueu a sobrancelha, admirado. Ficava imaginando Zoroasta sendo responsável pelos assuntos da região sudeste inteira. HA!

"Como chefe da Boiuna e governador da região Norte, Cacique tem muitas atribuições. Ele indica *quando* Boiuna deve zarpar, mas nunca pra *onde* deve ir; conduz os bruxos do Norte à guerra, se necessário; vela pelo respeito e a conservação das tradições de cada povo aqui dentro, indica as atividades especiais que devem ser desenvolvidas a cada dia, na Boiuna, recebe e envia mensagens para outras escolas, aldeias e governos, regulamenta as relações entre bruxos indígenas e bruxos brancos, ajuda em vários rituais junto com o Pajé, quando Cacique não é o Pajé; se ocupa dos funerais e das danças, das caçadas e pescarias, protege a paz dentro e fora da Boiuna... Enfim, faz muita coisa."

Hugo estava impressionado. Além daquilo tudo, o Morubixaba ainda era Pajé?!

"Por ser também dirigente da região, cacique da Boiuna precisa ser homem pacífico, capaz de promover paz entre todos os passageiros e entre os bruxos dos vários estados, mas também saber entrar em guerra quando necessário; ser capaz de incentivar trabalho, cooperação e estudo. Já Pajé tem dever de aconselhar Cacique em todas as coisas, com muita sabedoria. No caso do meu mentor Morubixaba, que não tem conselho de outro Pajé, mesmo quando fala com a gente, está meditando; sempre em contato com os espíritos da natureza."

Respeitoso, Hugo perguntou, "O que ele está ensinando agora?"

"Sobre os espíritos dos pajés antigos, que voltaram encarnados em plantas pra nos ensinar. Essas plantas conversam com os pajés vivos, ensinando pra eles os usos medicinais que elas têm. Isso é ensinamento dos Huni Kuin. Do meu povo", ele explicou, orgulhoso. O olhar brilhando. "Cada pajé tem que aprender por conta própria. Planta fala com ele, e ele aprende. Tem que ganhar conhecimento sozinho, não herdar conhecimento inteiro do pajé antigo."

Tadeu voltou a prestar atenção nas palavras sábias do professor, e, de repente, Hugo viu uma profunda seriedade recair sobre todos que ouviam. "O que foi?"

"Pajé está lamentando efeito do grande desmatamento sobre o espírito da floresta. Os Gavião-Ikolen ensinam que todas as formas de vida têm um corpo material e um corpo espiritual. Cada animal tem espírito, que continua vivendo quando animal morre. Os pajés sabem se comunicar com esses espíritos. Principalmente com os mais sabidos, como espírito da anta, do porco-do-mato, da onça e do macaco. As árvores também têm espírito, e existe grupo grande de espíritos que são donos das frutas. Derrubada de poucas árvores, pra construção de casa, não é ofensiva aos espíritos das árvores. Assim como matar anta em busca de alimento não é ofensivo ao espírito das antas, mas matar manada inteira é. Comer em exagero, ter roupas em exagero no armário... Aí, irrita dono espiritual dos animais. Interfere no equilíbrio. Ofende Gorá, que criou a anta para permanecer no mato. Qualquer interferência que exagera, que muda as condições de sobrevivência das espécies, leva caos ao nível espiritual." Poetinha olhou sério para Hugo, "Interfere na magia."

"Na magia?! Eita. Então a gente tá ferrado."

Tadeu baixou a cabeça tristonho. "Tem gente que não acredita que interfere."

Os alunos pareciam acreditar. Olhavam para o velho pajé com respeito enquanto ele, entristecido, dava a lição por encerrada, levantando-se devagar do bloco flutuante e andando com lentidão por entre os estudantes, que se erguiam, atenciosos, enquanto ele caminhava. Passando por Poetinha, fez um carinho nos cabelos espetadinhos do aprendiz antes de sair, e o menino olhou com ternura para o mestre, à medida que Hugo se levantava. "Vai ficar aqui?"

Tadeu confirmou, bondoso. "Preciso meditar sobre o que foi ensinado."

"Mas eu nem te deixei ouvir!"

Poetinha sorriu, "Eu ouvi."

Admirando-o, Hugo respeitou o desejo do menino, saindo para tentar explorar o restante da Boiuna sozinho, mas não fazia ideia para onde ir. Perdido em meio aos alunos, procurou pelos que já conhecia e, não encontrando nem Bárbara, nem Tocantins, acabou dando meia-volta, derrotado, regressando à sala.

O pequeno Tadeu permanecia sentado no chão, sozinho e pensativo. Sem olhar para Hugo, mas sabendo quem era, abriu um sorriso, "Desistiu?"

"Eu não sei bem pra onde ir", Idá confessou, deixando o orgulho de lado, e o menino levantou-se de imediato, determinado a levá-lo a um *tour* pela Boiuna. Saindo da sala, começou, "Ali são os banheiros. Têm divisórias pra banho e tal."

Hugo assentiu. Tomaria um antes do jantar.

"Você ainda não conhece os termos náuticos, né? Sem problema. *Conveses* são andares. Aqui, no convés principal, são dadas as aulas mais gerais, que qualquer um pode fazer sem pré-requisito. Nos conveses de cima, ficam as mais avançadas, pra quem já fez as matérias do convés principal. Nada impede que estudante escolha matéria avançada antes da básica. Ele só talvez não entenda direito, mas escolha é dele. Aqui não tem pressa. Também não precisa fazer todas as matérias que Boiuna oferece. Se jovem aprendeu o assunto com outro jovem, tá tudo certo. O importante é que tenha aprendido. Maioria prefere fazer aula mesmo assim, porque professor é especialista na área que ensina e sabe mais."

Hugo ouvia, tentando acompanhar o passo do menino por entre as pessoas, até que a floresta passando lá fora o fez voltar a pensar em Atlas... Em como estava perdendo tempo ali. Precisava dar um jeito de sair logo. O professor não tinha tantos dias de vida para que Hugo desperdiçasse os segundos daquele jeito...

O jovem aprendiz olhou gentil para ele, nada ofendido por estar falando sozinho. "Suas preocupações parecem tão numerosas quanto os fios de cabelo na minha cabeça. O que você precisa para ter o coração contente?"

Hugo fitou-o com cansaço nos olhos. "Uma cura", confessou, ignorando as mentiras que Rudji o instruíra a contar. Seu instinto lhe dizia para confiar no menino, que agora o fitava intrigado, "Estranho. Não sinto doença em você."

"Não sou eu. É um amigo... Deixa pra lá." Ele mudou de ideia. Não envolveria o menino. Não queria prejudicá-lo. Muito provavelmente ali era proibido até *pensar* em sair para a floresta. Não. Ele descobriria o caminho sozinho. Sairia na calada da noite.

Vendo a dor no olhar do visitante, mas compreendendo sua necessidade de não falar a respeito, o menino disse "Haush!", para espantar a tristeza, e Hugo ficou curioso, "*Haush* não era uma saudação? Tipo '*oi*?"

Tadeu deu risada. "*Haush* é *oi*. Mas também é '*salve!*', tipo, '*Haush, haush, haush, haush!* E também serve pra afastar mau pensamento."

Hugo sorriu, vendo o ânimo do menininho.

"Mas, lembre, só na minha língua. Só em Hãtxa Kuin. Não adianta sair falando *haush* pra todo mundo aqui."

Hugo entendeu, adicionando aquela nova informação a seu arquivo mental. "Me mostra o resto da escola?"

O menino manteve os olhos nele por alguns momentos, preocupado, sabendo que o carioca não estava bem, mas então assentiu, de repente sorrindo com empolgação, "Eu vou te mostrar algo melhor."

Entusiasmado, Tadeu pegou Hugo pelo braço e cortou o convés em direção à frente do navio, saindo com ele pelas portas externas para a varanda frontal, e o imenso rio Amazonas surgiu diante deles, em toda a sua amplitude.

Hugo sentiu um arrepio imenso diante de tamanha grandiosidade, e apoiou-se na amurada para ver, lá embaixo, a frente gigante da Boiuna cortando aquelas poderosas águas; o vasto rio, como um imenso espelho deitado diante deles, refletindo com perfeição o céu azul. Nunca vira nada tão espetacular...

Uma revoada de periquitos amarelos passou pouco acima de suas cabeças, fazendo uma rasante e obrigando-os a se abaixarem depressa, rindo, enquanto os pássaros mergulhavam para sobrevoar o rio lá embaixo. Lindo, lindo, lindo.

Quixote saiu depressa da mochila, olhando a imensidão à sua frente com os olhinhos arregalados. "*Aí a sua casa, Quixote...*" Hugo sussurrou, e o macaquinho respondeu com gritinhos entusiasmados em seu ombro, enquanto seu humano voltava a olhar para a frente, todo arrepiado de novo.

"Dizem que a Amazônia é o Brasil que ainda não foi descoberto", Poetinha sorriu, inspirando fundo o ar puro da floresta. "Uma coisa você tem que admitir. Temos a melhor vista das cinco escolas."

Impossível discordar. Aquele céu refletido no imenso rio era difícil de bater. Contanto que a vista de cima do Cristo não fosse considerada como uma vista da Korkovado.

"Esta aqui é a única vista que vai mudando ao longo do ano, dependendo da estação. Quando o Amazonas está inteiramente cheio, alaga muitos quilômetros de floresta. Daí dá para ver o rio tocando a copa das árvores."

"*Sobe tanto assim?!*"... Aquelas árvores eram imensas!

Tadeu confirmou, desassombrado. "Os rios lá do lugar de onde eu venho chegam a subir dezoito metros com as chuvas."

Dezoito?! Aquilo era quase a altura da Boiuna!

Poetinha lançou um olhar entristecido para o rio. "Azêmola que sofre bastante, no Acre. Água engole até telhado das casas, às vezes. Transforma tudo em rio."

Vendo o espanto do visitante, Tadeu olhou-o carinhoso, "Vem, vou te mostrar o resto." E eles entraram novamente. "É aqui, e no andar debaixo, que a gente pendura nossas redes pra dormir à noite."

Hugo olhou novamente para as mesas compridas, talhadas em madeira, e lembrou-se de que não almoçara ainda.

Nem todos comiam nelas. Eram mais usadas pelos brancos e por alguns poucos alunos indígenas. Os outros almoçavam em pé mesmo, ou de cócoras no chão. Dependia do costume de cada um.

"A comida é servida ao longo do dia inteiro. Indígena costuma almoçar mais cedo, por volta das dez da manhã; brancos, do meio-dia às quatro. Mas varia."

Algumas aulas estavam acontecendo no convés também, bem ao lado dos que almoçavam, e os dois foram caminhando ao redor delas; Hugo prestando atenção a cada nome científico de planta, a cada poção complicada ou conceito espiritual que ele mal conseguia compreender, apesar da tradução impecável daquele bebê de 10 anos de idade. E tudo enquanto alunos almoçavam e conversavam a poucos metros de distância, num volume respeitoso, para não atrapalhar. O silêncio não era uma imposição. Eles simplesmente respeitavam. Questão de bom senso mesmo.

"Se alguém quiser brincar ou falar alto nessas horas, é só ir almoçar lá na cobertura da Boiuna. É bem agradável. Tem jardins e banquinhos."

Um detalhe, no entanto, estava incomodando Hugo: por mais que os professores ensinassem e ensinassem, não tinha NENHUM aluno com caderno e caneta na mão. NENHUM! Mesmo prestando absoluta atenção!

"Eles não anotam nada, não?"

"*Quanta potência de memória existe em nós...*" Poetinha citou, sorrindo esperto. "A maioria aqui entende na cabeça. Quando entende na cabeça, não precisa escrever. Conhecimento tradicional dos Pareci, por exemplo, caberia em 700 páginas, mas nunca foi escrito. Está todo na memória dos Pareci."

Hugo ergueu a sobrancelha, surpreso, e o menino fitou-o com bondade nos olhos. "Os brancos lá fora estão cheios de esquecimento. Chegou a escrita, homem branco foi perdendo conhecimento de como pegar memória. Anotam pra não esquecer e, por isso, esquecem. Se acostumaram a não guardar pensamento. A anotar tudo. Informação passa pelo ouvido, mas não fica na cabeça. Vai direto pro papel. Memória fica atrofiada, feito músculo que não se utiliza."

Hugo estava encantado. Encantado com o menino. Com o jeito de ele falar. Querendo que continuasse, retrucou, "Ah... não é bem assim..."

"Não? Antes, azêmola memorizava número de telefone. Agora anota. Nem tenta pôr na memória. Quando perde agenda, não sabe telefonar pra ninguém. Às vezes, nem número dele próprio azêmola sabe mais."

Hugo riu. Aquilo era verdade.

"Melhor aprender já pondo na memória. Assim, fica todo mundo atento."

De fato, Hugo nunca vira alunos com tanta vontade de aprender. Enquanto o professor falava, o silêncio era absoluto, a não ser quando os alunos precisavam fazer alguma pergunta ou observação, daí interferiam. Não existia conversa paralela ali.

"Geralmente, a gente só anota quando precisa aprender como escreve. Aula de português, de espanhol, de nomes científicos de planta. Aí aprende melhor escrevendo. Aprende, com gosto, a escrever direito."

Enquanto escutava, Hugo ficava na dúvida se prestava atenção em suas palavras ou continuava admirando a bondade absurda nos olhos do menino. Era uma serenidade tão imensa emanando dele que a mera proximidade física com aquele menino lhe inspirava uma sensação absoluta de paz...

Hugo nunca se sentira tão bem.

"As aulas de línguas indígenas também são por escrito. Antes, indígena não tinha alfabeto, mas foi criada língua escrita pra indígena poder fazer registro do conhecimento. Sociedade branca só respeita conhecimento escrito. Acha que analfabeto não tem conhecimento. Acha que um indígena que não escreve não tem conhecimento, não tem sabedoria. Valoriza a escrita, mas esquece de valorizar a memória." Ele olhou para Hugo. "A gente aprendeu muito com eles; eles têm muito que aprender com a gente também."

"Sem dúvida."

"Brancos de fora têm que entender que livro não sobrevive na umidade da floresta. Dura, no máximo, seis meses. Fica úmido, habitado por insetos. É claro que, pra gente, agora tem magia, que protege, mas agora não tem costume. Já almoçou?"

"Ainda não."

Devia ser quatro horas da tarde, e somente agora Hugo sentira fome.

Tadeu o levou até o balcão da cantina, "Gosta de peixe?"

Hugo deu de ombros. Era indiferente a peixe. E Poetinha fitou-o malandro, "Isso é porque ainda não provou Pirarucu." Virando-se para o adolescente branco atrás do balcão, pediu um prato de pirarucu com mandioca para o visitante.

Ao lado deles, uma novata alimentava seu macaquinho com um pedaço de mamão, e Hugo se lembrou de pedir uma banana para dar a Quixote, que agradeceu comendo graciosamente em seu ombro o pedacinho que Hugo lhe oferecera.

Pirarucu entregue, foram sentar-se a uma das longas mesas, Hugo observando de longe um clube de duelos, enquanto dois professores, um branco e o outro indígena, sorriam assistindo às quedas, sentados tranquilamente no balcão, bebendo refresco.

Poetinha comentou, "Tem aula aqui que são os jovens que dão. E os professores escutam pra aprender."

"Oi?!"

"Não essa, claro. Essa aí eles estão monitorando. Mas outras, sim. Há muito a se aprender sobre cultura de cada lugar. Sobre sabedoria de cada jovem. Professor não sabe tudo. Tá aprendendo também. Se jovem nasceu no seringal, sabe mais sobre seringais do que professor. É preciso que professor também aprenda. Come."

Hugo obedeceu, pondo um pedacinho de pirarucu na boca e se vendo obrigado a fechar os olhos ao mordê-lo, sentindo o peixe praticamente derreter na língua. O que era aquilo, o paraíso?! Por pouco, Hugo não se derreteu também. A vontade que tinha era de deitar-se de costas no chão e ficar mastigando aquilo pelo resto da vida.

Poetinha deu risada, começando a comer o dele também, e os dois tomaram o tempo necessário, Hugo agora sem pressa nenhuma, saboreando a refeição. Assim que terminaram, limparam os pratos e os devolveram ao balcão, continuando o *tour* pelos andares da Boiuna.

Realmente, Hugo não tinha conhecido nem um décimo da escola ainda; a cada passo havia uma nova surpresa. Por exemplo, logo descobriu que, além de não haver provas, nem séries, ali também não havia *alunos*. Os jovens só eram chamados de *alunos* quando queriam, já que a palavra vinha do termo '*alere*', que significava 'nutrir, alimentar, fazer crescer' em latim. "Aluno", portanto, era aquele que era nutrido de conhecimento. Um termo muito bonito, mas que não denotava, necessariamente, *gostar* de aprender. Uma pessoa podia ser nutrida à força, por exemplo, e ninguém ali na Boiuna estudava forçado. Já o termo "aprendizes" era usado nos momentos em que os jovens estavam treinando matérias *práticas* de magia, visto que o termo designava "aquele que aprende um ofício, uma arte", no caso, a arte da magia, o ofício de ser bruxo.

Dentre todas as palavras possíveis, no entanto, a preferida de todos era "estudante" – a mais apropriada para a Boiuna, já que derivava do termo latino *'studiosus'* e designava uma pessoa dedicada, estudiosa, "que *ama* aprender". Era assim que os estudantes dali viam a aquisição de conhecimento. Com *amor*.

O aprendizado, ali, era *ativo*. Inclusive por parte dos professores. Eles não se sentiam senhores da verdade. Eram estudantes também, porque nunca haviam deixado de amar aprender. Da mesma forma, os jovens eram, igualmente, considerados professores, pela capacidade que tinham de *nutrir* os outros de conhecimento.

Como o objetivo na Boiuna era aprender tudo o que pudessem, e a todo momento, quem frequentava a Boiuna era, portanto, chamado de *estudante*, e TODOS ali eram estudantes, inclusive os adultos.

Havia, então, mais ou menos 300 *estudantes* na Boiuna naquele exato momento, contando alunos e professores, mas esse número era mutável, já que alunos embarcavam e desembarcavam a todo momento. Em Manaus, provavelmente muitos sairiam e muitos entrariam. Era o porto mais movimentado do trajeto.

"Nós, aqui, aprofundamos mais nos poderes da natureza. Manipulação de elementos, controle de forças naturais, conhecimento de ervas e cura. Pra você ser bruxo completo na Boiuna, precisa ter domínio não só da magia dentro de si, mas também da magia do ambiente à sua volta. Precisa criar ligação entre você e meio--ambiente. Entrar em simbiose com natureza. Estudante daqui sai com profundo conhecimento de magia natural."

Estavam agora no convés 01; andar logo abaixo do convés principal e primeiro piso dentro do casco do navio, ainda bem acima do nível da água. O andar inteiro era um amplo salão, sem nenhuma divisória, onde ministravam-se as matérias práticas que necessitassem de mais espaço.

Uma única aula acontecia no momento, espalhada por toda a amplidão do convés, e a turma havia sido dividida em cinco: um grupo treinando pesado, com a própria professora, e os outros quatro sendo orientados por alunos mais velhos. Os cinco grupos pareciam se aprofundar em aspectos diferentes da mesma matéria.

"Que aula é essa?!" Hugo perguntou, já atraído pelos feitiços que estava vendo, e Poetinha fitou-o com esperteza, "Manipulação de Elementos."

No grupo mais próximo, aprendizes gritavam "*Tupá!*", lançando rajadas de vento uns contra os outros; rajadas tão fortes que seus adversários caíam a três metros de distância, como que golpeados por uma onda invisível, ao passo que, no grupo da professora, cada um dos jovens usava duas varinhas para controlar bolas incendiárias no ar, mandando-as, zunindo, em direção aos outros.

Já o grupo da água só se divertia, fazendo guerrinha entre eles, todos rindo e escorregando no chão úmido, enquanto, do outro lado, nuvens bastante sérias de poeira eram manipuladas no ar, formando imensos rostos de terra, que seguiam então com a bocarra aberta em direção aos adversários, engolindo-os numa nuvem de pó. Outros jovens envolviam os adversários em redemoinhos espessos de poeira até que eles caíssem atordoados no chão, totalmente sujos de terra.

Alguns aprendizes mais experientes treinavam escapar de um elemento usando outro. Às vezes, apenas desviavam, sem fazer feitiço algum, e aquilo fez Hugo sorrir. Atlas e Capí teriam gostado de participar... Se ainda tivessem condições para isso.

Não querendo se entristecer de novo, Hugo respirou fundo.

"Aqui, na Boiuna, a gente é muito bom em canalizar energia elemental. É uma das nossas especialidades."

Eram, de fato, absurdamente habilidosos. Aquele treinamento parecia insano de tão difícil... Definitivamente, não gostaria de enfrentá-los numa batalha.

Hugo já estava começando a entender o esquema dos cordões no pescoço. Alunos usavam o timão; professores, a âncora. Monitores, que pareciam ser escolhidos entre os adolescentes mais velhos, levavam os dois no pescoço e, no caso dos daquela aula, ajudavam ensinando os elementos mais simples, enquanto a professora treinava os aprendizes no uso do mais perigoso.

Não conseguia vê-la em detalhes daquela distância, mas era uma elegante mulher indígena, vestida num terninho vermelho-sangue. Elegante e *poderosa*, a julgar por sua postura altiva e pelo elemento que ela dominava.

Atraído pelo FOGO, Hugo estava prestes a se aproximar dela, quando ouviu um monitor branco, jovem e de óculos, ensinando em português para um grupo de novatos-recentes, falando acima do barulho: "Assim como plantas, animais e homens, os Elementos também são considerados divinos! *Ibi/yby*, a TERRA; *'ara* e *ybytu*, o AR; *tatá*, o FOGO; *ig* e *'y*, a ÁGUA. Para canalizá-los, é preciso muito respeito! Quando não respeitamos o fogo, nos queimamos, assim como quando não respeitamos a água nos afogamos! A terra nos traz o alimento, mas também pode nos soterrar, e nem preciso falar do vento e de seus tornados! Com eles não se brinca!"

Peteca que o diga..., Hugo pensou, lembrando-se do gigantesco tornado de areia que o saci criara no Maranhão, derrubando metade dos chapeleiros e protegendo a travessia de Capí. Ele havia salvado a vida do pixie naquele dia...

"O monitor Henrique é de Manaus", Tadeu comentou, interrompendo seus pensamentos, enquanto o jovem Henrique continuava, simpático: "Cada um aqui vai perceber que é mais apto em um dos quatro elementos. Isso é normal. É o elemento que te rege! Infelizmente, como o fogo é o que mais machuca principiantes, eu só estou autorizado a instruí-los sobre os outros três. Nem adianta insistir. No máximo, posso ensinar o *tatá-pora* pra vocês, feitiço que atiça o fogo interno na pessoa, causando febre eruptiva alta e incapacitando o adversário. Não é tão extraordinário, mas…"

"Ah! Passa a gente direto pro grupo do fogo, vai!"

"Té leza, é?" ele brincou. "Quer se matar logo no primeiro dia?"

A menina riu.

Henrique parecia ser apenas dois anos mais velho que a maioria de seus alunos. Já o monitor do grupo do AR era um aluno mais antigo na Boiuna: um yanomami de 18, segundo Tadeu. De calças vermelhas e sem camisa, com os cabelos cortados em cuia, o jovem indígena tinha, atados próximo aos ombros, braceletes de palha que mantinham em pé várias penas vermelhas finas e compridíssimas, tanto que ultrapassavam a altura de sua cabeça; o resultado era que ele, apontando uma varinha contra outra pessoa, parecia dez vezes maior e mais intimidador. Impressionante o que um visual poderoso podia fazer.

Empolgado, Hugo sacou sua varinha para treinar também, mas Poetinha o impediu. "Você acabou de comer, Hugo."

"Mas…"

"Não se esqueça que você tá num navio…" O menino lançou-lhe um olhar cauteloso, e Hugo sentiu enjoo só de lembrar.

É, talvez fosse melhor deixar para depois.

"Assistindo também se aprende." Poetinha piscou para ele, e Hugo, frustrado, guardou a varinha, voltando sua atenção para a turma do fogo e para a mulher fascinante que os ensinava a manipulá-lo.

Que professora era aquela, meu Deus… No grupo dela, Bárbara realizava peripécias maravilhosas com as chamas de sua varinha, mas nada se comparava às insanidades que a professora estava fazendo, e tudo com uma menininha de aproximadamente um ano presa às costas. Hugo não notara a criança inicialmente, mas agora, boquiaberto, tentava decidir se levá-la a uma aula daquelas era loucura ou coragem.

Enquanto a professora manipulava imensas bolas de fogo com uma bebê nas costas, Bárbara e um segundo aprendiz treinavam, sozinhos, o feitiço *Angra*, que incendiava qualquer objeto lançado ao ar, independentemente se cadeira, mesa ou armário, transformando-os em meteoros de fogo, que eram então lançados contra os alvos flutuantes, explodindo-os em chamas, absolutamente destroçados.

"Épico!" Hugo aplaudiu após a destruição de mais um, e foi cumprimentar a belenense-manauara, que ainda suava com o calor inevitável do fogo.

Ofegante, ela riu, aceitando os cumprimentos. "*Angra* é a deusa guarani do fogo."

"Eu conheci um dragão chamado Angra."

"De rocha, mano?! Sério mesmo?!"

"Uma dragonesa, na verdade. Toda lilás. Da Guarda de Midas."

"Que top! Nome super apropriado!"

"Né?"

Hugo se lembrava de outro feitiço bem letal de fogo, que, inclusive, já usara, incendiando dezenas de chapeleiros no ano anterior. O *Tatá*... O lança-chamas.

Esperava nunca ter de usá-lo contra alguém que realmente existisse.

"E essa professora, hein?"

"Top das galáxias, né?!"

Hugo riu, concordando. A professora tinha uns 45 anos e o olhar decidido de uma guerreira indígena sob a pele dourada. As sobrancelhas eram raspadas e uma faixa de tinta vermelha atravessava toda a área dos olhos, de têmpora a têmpora, dando a ela um inigualável ar de guerra, apesar do terninho vermelho-sangue que vestia, ajustado com perfeição ao corpo esbelto. Aquela mulher poderia vestir a roupa que *quisesse* que ninguém ousaria criticar.

E a menininha presa às costas dela? Era a perfeição em forma de minigente. Feições indígenas em pele negra, lábios grossos, olhos levemente puxados, apesar de amendoados, cabelos lisos... Nunca vira criança tão linda.

A menininha devia ter um ano e meio de idade, no máximo, e se acabava de rir toda vez que um aprendiz se estabacava no chão com parte da roupa em chamas, depois de um ataque da mãe. Adorável. Já a professora era o oposto dela: séria, concentrada, implacável. Como deixava uma criancinha tão pequena perto do fogo?!

"Eu nunca adivinharia que ela era professora."

"Égua, por quê? Só por causa da filha? Té leso, é?" Bárbara rebateu, olhando com imenso respeito para a professora. "Ela é a viúva do Átila."

Hugo ergueu a sobrancelha. "Que Átila?! O *Antunes*?!"

"Aham", ela fitou-o sagaz, "o Antunes". E voltou para o treinamento.

CAPÍTULO 41

CURUMINS E CUNHANTÃS

Embasbacado, Hugo olhou ao redor, reconhecendo os outros dois filhos do candidato. O mais velho devia ter 14 anos agora. A menina do meio, 9. Os dois bem diferentes de suas figuras sorridentes dos jornais da época de campanha, ambos sérios, ajudando os que tinham dificuldade. Ele como monitor, ela como penetrinha de 9 anos de idade.

Hugo voltou a olhar para a mãe deles. Impossível tirar os olhos dela por muito tempo. A professora manipulava fogo de um jeito absolutamente destemido, usando a mão para controlar o que saía da varinha, como se não queimasse!

"*Helena Puranga*", Poetinha informou, chegando com um Tacacá numa cumbuca preta para que ele provasse. "Respeitam muito ela aqui."

Hugo fez careta com a amargura daquele caldo de mandioca com camarões, e Tadeu deu risada, "É o jambu. Essa ervinha verde aí."

"Tu tá mesmo querendo que eu não treine hoje, né?" Hugo brincou, voltando a observar a professora. "Claro que respeitam. Esposa de quem era..."

"Não, não", o menino negou, de boca cheia, engolindo o camarão para poder falar direito. "Ela *se fez* respeitar. Nunca ia admitir segurar respeito só por ser esposa de homem qualquer. Não vindo de onde veio."

Hugo estranhou. "E de onde ela veio?"

"Dois anos antes do Átila se formar, quando ele ainda jovem como passarinho fortalecendo as asas, ele fez expedição suicida pela floresta, mais ou menos como menino do Rio pretende fazer."

Hugo fitou-o surpreso, admirado que ele soubesse, e o menino devolveu-lhe um olhar astuto, mas bondoso. Sabia das coisas, claro. Quem Hugo pensava que era para querer enganar um aprendiz de pajé?

"Ignorando proibição da Boiuna", Poetinha continuou, "jovem Átila saiu escondido e ficou várias luas lá fora. Voltou com anotações, fotos e experiências na mochila, algumas hérnias de disco nas costas e uma companheira do lado, adolescente igual ele. Helena tinha fugido da aldeia dela. Fugiu pra que aldeia dela não descobrisse os poderes que ela tinha e a obrigasse a usar sua magia contra outras comunidades. Fugiu pra evitar massacre. E, acredite, magia nas mãos do povo dela teria trazido muita morte. Até bruxos podiam ter morrido. Aos montes."

Hugo ergueu as sobrancelhas, assombrado. *Que tipo de povo era aquele?!*

"Por isso, Helena tem nossa gratidão até hoje. Os dois se casaram no mês seguinte. Nome inteiro dela era outro. Ele rebatizou de Helena, de brincadeira, por ela ter sido levada por ele, como a Helena de Troia, da mitologia grega." Tadeu sorriu. "Era piadinha, mas nome pegou. Helena Puranga. Helena *Bonita*, como ele a chamava, apesar de ela não gostar. Sempre preferiu força do que beleza."

"A força dela não deixa de ser uma beleza", Hugo observou, começando a relembrar com carinho aquele candidato simpático que tivera um fim tão trágico. "Eu não sabia que ele tinha sido aventureiro assim."

"Ele?! Ele era terrível!" Poetinha riu. "Estudante mais destemido que Boiuna já teve. Estava sempre aprontando."

Hugo deu risada. Ele bem que conhecia alguém assim na Korkovado. Só que mais loiro.

"Tem certeza de que não dividir por séries é uma boa ideia?"

Era muito estranho ver jovens de 18 treinando com crianças de 13...

"A gente divide por nível de conhecimento, porque cada estudante chega numa escola com saber próprio, que recebeu fora. Nós, Huni Kuin, temos noção de cura, os Munduruku chegam com conhecimento de organização social e luta por direitos, quem estudou em escola azêmola vem com noção básica de ciência e matemática, filhos de veterinários podem chegar já sabendo tratar animal, e assim por diante. Então, cada um escolhe matérias que vão completar seu conhecimento e dar novo saber pra eles. Tudo que estudante ainda não conhece, ele escolhe aprender. Se sente dificuldade em matéria difícil, alguém da sala ajuda, ou escolhe repetir curso até aprender, ou fica seguindo professor que ensinou, ou espera alguns anos pra fazer curso de novo, já com mais conhecimento dos outros cursos que fez. Cada um escolhe caminho próprio. No fim dos sete anos, todos acabam aprendendo tudo. Cada um no seu ritmo, na ordem que falou melhor ao coração. Sem pressão."

"Mas como vocês fazem todos quererem estudar? Deve ter pelo menos um aluno preguiçoso aqui, que fica zanzando sem fazer nada; não é possível."

Tadeu riu. "Fazer nada cansa, menino do Rio. Jovem logo se enjoa e vai aprender alguma coisa que chame atenção dele. Aí começa: quanto mais se aprende, mais se quer aprender. É lei básica da vida... Especialmente quando vontade vem de dentro, e não por obrigação. Aluno só é obrigado a estar aqui. O resto tem que partir dele." Poetinha sorriu, "Vontade sempre acaba surgindo.

Importante é entender que cada um tem seu ritmo. Cada um vai se interessar por determinado assunto em momentos diferentes da vida escolar. Tudo que Boiuna faz é deixar que natureza do estudante dite a ordem do aprendizado. Pedir que ele aprenda magia quântica quando o interesse dele ainda não é esse, é pedir que ele aprenda mal, sem vontade, e saia da aula quase sem saber matéria; com informação que vai logo para país do esquecimento. Criança tem que aprender aquilo que tem interesse, pra ir criando jardim de aprendizado na cabeça e adquirindo *gosto* por conhecer as coisas. Aí, começa a querer cada vez mais conhecimento, inclusive de matérias que, antes, não interessavam. Um assunto leva a outro, que leva a outro, que leva àquele que elas, antes, faziam careta. Curiosidade é como a natureza. Se *expande*."

"Por que você não usou sua varinha na aula do Mont'Alverne? Com certeza não era falta de interesse."

Poetinha sorriu afetuoso. "Pajé não pode ter varinha."

"Não?!" Hugo se surpreendeu. "Nem pajé bruxo?!"

Tadeu fez que não com a cabeça. "Pajé precisa ser força escondida sob aparente fraqueza. Nossa magia é outra. É cura, meditação, manipulação de ilusões, desdobramentos espirituais, telepatia. Mente e espírito. Varinha atrapalharia. Varinha é muleta. É tentativa de transformação do espiritual em físico. Nessa transformação, força da magia se perde um pouco. Quando aprendiz de Pajé ganha varinha, é sinal de que perdeu a chance. Que vai deixar de ser aprendiz de Pajé pra virar aprendiz de bruxo."

Eita... "Mas como o Pajé se defende sem uma varinha?"

"Pajé é respeitado. Não precisa de defesa. Mas, se precisar, tem guardião: bruxo vigilante, que protege. No caso do pajé Morubixaba, guardião dele é o Salomão. Você viu guardião do Pajé guardando entrada da Boiuna."

O de cabelo moicano...

"Lá fora, todo indígena curandeiro, que tem conhecimento da sabedoria da cultura e conversa com espírito, é considerado pajé. Na Boiuna, não. Aqui, só o homem mais sábio pode ser o Pajé." Tadeu baixou os olhos, "Duvido que algum dia eu consiga nível de sabedoria dele."

Se humildade fosse um dos caminhos, Tadeu já estava pronto.

Inseguro, o menino tirou, com muito respeito, uma pequena pena do bolso. "A águia é símbolo dos pajés, na cultura jurupixuna. Foi águia que deu ao primeiro pajé a pedra em que ele aprendeu a ver todas as coisas, através da sua imaginação. Águia representa transformação extrema da natureza pela magia, e todo extremo é perigoso. Precisa ser controlado. Por isso escolha do futuro Pajé é tão criteriosa."

Poetinha fitou a pena com gravidade, "Eu não sou único aprendiz de Pajé da Boiuna. Tem outro. Pajé pode treinar quantos aprendizes quiser. Escolhe os aprendizes por intuição, quando a gente ainda é muito jovem, e a gente começa treinamento assim que chega aqui. Com 7 anos de idade."

Hugo olhou-o, pasmo. "Já faz três anos que você tá aqui?!"

Tadeu confirmou. "O processo de virar pajé é diferente lá fora. Nas aldeias, normal é que curumim sinta, ele próprio, vontade grande de ser pajé. Então, começa a seguir e aprender com pajé da aldeia a ser curandeiro e falar com espíritos. Na Boiuna é diferente. Poder do pajé da Boiuna é muito forte pra qualquer um tentar. É poder bruxo misturado com poder de pajé. Precisa ser escolhido."

Ainda assim, começar com 7 anos era cedo demais! Hugo já tinha achado demais um menino de 10 anos ali! "Você começou mesmo com 7?!"

Tadeu olhou bondoso para ele. "Eu e Moacy, um menino mais velho. Ele começou alguns anos antes de eu chegar." Poetinha desviou o olhar, incomodado. "Pena que só um de nós pode substituir o Pajé."

"E você está com medo de que não seja você. Que, um dia, você receba uma varinha e tenha que virar bruxo. Eu entendo."

"Não, não", o menino rebateu, pouco à vontade. "É muito provável que *eu* seja o escolhido. Eu estou com pena por ele. Passar infância inteira estudando algo pra depois não usar é muito triste…"

Hugo fitou-o surpreso. A tristeza do menino era genuína! Demonstrava sincera *dor* pelo outro! E Hugo, de repente, se sentiu inadequado em sua presença. Como se não tivesse o direito de estar ali, diante daquele menino tão puro.

"Quer ver o resto?" Poetinha perguntou animado, e ele acabou concordando.

O funcionamento espacial da Boiuna era bem organizado; até para que toda aquela liberdade funcionasse direito, sem que ninguém se perdesse. O navio tinha doze andares no total. Três abaixo do nível da água, lá no fundo do casco, cinco acima deles, ainda dentro do casco, e quatro no topo.

O convés principal era o primeiro acima do casco. Nele, eram ministradas as aulas mais básicas. A partir dali, à medida que se subia para a cobertura (andares 1, 2 e 3) ou se descia para dentro do casco (andares 01, 02, 03, 04 e 05), as matérias iam complicando: para cima, as aulas que, apesar de difíceis, requeriam ar fresco, iluminação natural, mentes alegres e cheias de energia; para baixo, as matérias que necessitavam de menos luz e mais concentração ou serenidade. Algumas das mais 'obscuras' também eram ensinadas ali – o que quer que aquilo significasse.

A aula de Manipulação de Elementos havia sido no convés 01.

Logo abaixo dele, ficava o deck florestal; uma densa floresta interna, com frondosas árvores, folhas, riachos e terra, preenchendo o andar 02 INTEIRO. Era o lugar favorito de Mont'Alverne, onde os jovens aprendiam particularidades da mata, propriedades da água, trato com os bichos, manipulação de plantas e raízes medicinais, conexão com as forças da natureza... Era também ali que aprendizes e professores se recolhiam para meditar, relaxar a mente, sentir um pouco da vibração da floresta, já que não era permitido sair para a selva real. Ao fundo, uma parede de vidro separava a floresta do laboratório: área restrita, para estudos mais sérios, repleta de mesas retangulares brancas e centenas de tipos de plantas em vasos também brancos, para serem estudadas. Segundo Tadeu, depois do santuário do Pajé, era ali que ele e Moacy ficavam a maior parte do tempo, estudando e se preparando.

Já no convés 05, o mais próximo do rio, ficavam a sala de canoas e o estoque da Boiuna. Só se podia descer até ali com autorização especial. Por isso, Tadeu não o levaria. Muito menos aos andares 06, 07 e 08, os três abaixo d'água. Aqueles eram terminantemente proibidos para qualquer aluno. O que se passava lá dentro era um segredo que poucos sabiam.

Hugo tinha a ligeira sensação de que Poetinha era um deles.

Então... de cima para baixo era: 3, 2, 1, convés principal, 01, 02, 03, 04, 05 (semi proibido), 06, 07 e 08 (proibidíssimos). Ok. Decorado.

O fato é que a Boiuna era realmente imensa. Por todos os lados, aprendizes estudando, rindo, correndo, treinando, colhendo raízes dos vários jardins, deitados no chão conversando ou debruçados sobre a amurada, olhando para a misteriosa floresta ao longe, ou se divertindo com os minúsculos barcos azêmolas que passavam fugindo lá embaixo, desesperados com a cobra gigante que sabiam estar se mexendo por debaixo d'água, por causa do deslocamento que ela provocava...

Com o navio sempre em movimento, a brisa que entrava pelos andares era incrivelmente agradável, e os dois já estavam de volta ao convés principal, caminhando, tranquilos, enquanto a sentiam, quando alguém reclamou "Cuidado aí!"

Hugo tirou rapidamente o pé de uma área do piso de madeira que um dos aprendizes havia acabado de lustrar. "Foi mal."

"Sem problema", o jovem respondeu, mais simpático, encharcando o pano em um pequeno caldeirão de poção arroxeada e continuando a lustrar uma das pontas de uma grande estrela de madeira no chão.

Dando uns passos para trás, Hugo viu, em toda sua extensão, o enorme pentagrama nacional entalhado no piso. Lindo. Não o havia percebido antes, com o convés cheio de gente. Agora, que já era quase fim de tarde e estavam limpando o navio, o andar havia se esvaziado um pouco, dando-lhe a chance de admirá-lo.

O pentagrama de madeira era o mais quente dentre os três que já vira. Bem diferente da frieza da estrela de mármore da Korkovado e da simplicidade do pentagrama riscado no chão da Praça das Cinco Pontas, em Salvador. O da Boiuna tinha a elegância do Mogno, em seu tom castanho-avermelhado. Lindo, lindo. No estilo daqueles mapas de antigamente. Em cima de cada ponta, também entalhadas no chão, as designações dos estudantes de cada escola: *corcundas*, *caramurus*, *candangos*, *cupinchas*... e *curumins*, este último com a letra bem maior que as outras.

"Curumins e *Cunhantãs*", Poetinha corrigiu, chamando sua atenção para a adição, escrita em tinta preta, ao lado do entalhe oficial de madeira.

"Não entendi. Vocês têm dois nomes, é isso?"

"*Cunha-antã* significa 'mulher resistente, menina, garota'. Kurumĩ é 'menino', em tupi. Natural que elas queiram ser chamadas de *meninas*, e não de *meninos*", ele piscou para Hugo, que riu também. Realmente. Ao contrário das outras designações, *curumim* não era neutro.

Inclusive, naquele momento, uma das aprendizes aproveitava para reforçar as letras da pintura, que elas próprias haviam adicionado forçosamente ao chão.

"Essa tinta as mulheres têm que reforçar todo dia. Senão apaga", Poetinha observou com respeito no olhar, e Hugo voltou a olhar intrigado para o jovem que lustrava o pentagrama. Já tinha visto outros aprendizes esfregando o chão e os parapeitos da escola ao longo do dia, e teve que perguntar, "É castigo?"

Tadeu estranhou. "Por que seria? Na Korkovado vocês não limpam escola?"

"A gente?! Quem limpa é o zelador! A gente tá lá pra estudar!"

Poetinha franziu o cenho, perplexo. "Então, como vocês aprendem valor de se manter escola limpa?"

Hugo fitou-o confuso, e Tadeu explicou, "Aqui, a gente aprende que cada um precisa fazer sua parte para harmonia do grupo. Limpar é uma delas. Você não vai ver nada sujo nesta escola. A não ser as salas que deixaram de ser usadas. Essas, a gente não limpa. Respeita antiguidade delas. Mantém como último professor deixou."

Tadeu foi chamado por um dos monitores, e teve de ir para sua aula de fim de tarde com o velho pajé, deixando Hugo sozinho ali, admirando o pôr do sol que entrava pelas janelas do convés e banhava de luz alaranjada o piso de madeira do imenso salão vazio.

Virando-se para o parapeito, passou a sentir no rosto a brisa do navio em movimento, enquanto admirava toda aquela natureza passando por ele, coroada pelas cores majestosas do dia indo embora. E por lá ficou, até o cair da noite, pensando na razão de ele estar ali. Em tudo que devia estar fazendo... e não estava.

Tentando se livrar daquela angústia no peito, foi tomar banho. Melhor do que ficar ali pensando besteira. As águas do chuveiro vinham direto do rio, uma delícia, e ele acabou se sentindo um pouco mais revigorado, apesar do nervosismo, saindo com a toalha ainda na nuca para admirar as estrelas no deck frontal.

Eram milhares delas..., milhões..., povoando o negro céu sem nada que atrapalhasse aquele espetáculo do universo – nem poluição, nem luzes urbanas.

Talvez devesse se juntar aos estudantes lá dentro; distrair-se um pouco com a festa que estava começando no interior do convés, mas sentia que ainda precisava ficar um pouco ali, pensando no próximo passo que daria.

À sua frente, o imenso breu onde deveria estar a floresta era assustador. Uma escuridão tão absoluta que, acima do reflexo das estrelas na água, via-se apenas uma sombra negra, onde Hugo sabia que estavam as árvores. Imagine sem o auxílio das luzes da Boiuna, quando ele estivesse lá fora, sozinho?

Hugo sentiu um calafrio. O temor do primeiro passo surgindo, inteiro, dentro de si; vendo-se numa noite como aquela. Tinham absoluta razão em proibir. Prepotência sua achar que seria capaz de sobreviver àquela escuridão.

Agora, aos pés do monstro, já não tinha mais tanta certeza assim.

Sacando a varinha, murmurou, "*Tatá-mirim...*", e uma pequena chama se acendeu na ponta da varinha escarlate.

Lá fora, nem aquilo ele poderia fazer com ela... Só com a Atlantis.

Não podia se dar ao luxo de atrair a fúria do Curupira.

Passando a mão direita próximo à chama, sentiu-se patético, comparando seus poderes aos de Helena Puranga. Era impressionante o que aquela mulher conseguia fazer com o fogo. Como venceria a floresta se não sabia nem um décimo daquilo tudo?

Atrás dele, ainda na grande área externa do convés, um grupo de novatos brancos treinava o feitiço "*Tucunta!*", próximo à borda direita, erguendo aos céus uma quantidade enorme de peixes e deixando que todos caíssem de volta ao rio com um *splash!*, rindo como se fosse muito engraçado.

Hugo tinha dúvidas se estavam treinando o feitiço de rede ou simplesmente se divertindo desrespeitando os pobres peixes, até que um monitor branco chegou ao deck e, com apenas um olhar, constrangeu os novatos a voltarem para a festa.

Ainda bem.

Lá fora, se precisasse pescar, usaria o *Pinda'yba* mesmo. Desnecessário incomodar mais peixes do que comeria.

Hugo voltou a observar o horizonte escuro, sentindo Tadeu parar ao seu lado no parapeito, retornando de sua mentoria com o pajé. "O *Tucunta* é só pra muito peixe. É feitiço da língua *Guahibo*, do Rio Vichada."

Hugo assentiu. Então olhou para o alto, tentando se acalmar com a ajuda daqueles milhares de astros no imenso céu noturno.

Não estava funcionando.

"Tupinambás, antigamente, chamavam lua de *Jaceí* e as estrelas de Jaceí-tatá."

Luas de fogo... Legal... Muito legal.

"O seu nome também tem significado? Tadeu Rudá Huni Kuin?"

Poetinha sorriu, sereno. "'*Rudá*' é o deus do amor: divindade que desperta esse sentimento no coração dos homens. Faz com que queiram voltar pra aldeia depois de longa peregrinação. Inspira que sintam saudades de seu povo. 'Tadeu' significa '*aquele que louva a Deus*'. Então, meu nome é '*Aquele que louva o deus do amor*'."

Hugo sorriu. Apropriado. "E *Huni Kuin* é o seu povo."

Tadeu confirmou. "Significa *gente verdadeira*. *Povo verdadeiro*. Os brancos chamam a gente de *Kaxinawá*, mas *Kaxinawá* era como povo indígena vizinho nos chamava. A gente prefere nosso nome mesmo: Huni Kuin." Ele olhou para o horizonte. "Meu povo é bom de artesanato: tecelagem, cerâmica, miçangas. Tem tradição também em cura física e espiritual. Lá na minha aldeia, vive pajé muito respeitado, chamado Ica Muru. Ele tem grande sonho em fazer livro de conhecimento de cura Huni Kuin, mas vai voltar para os espíritos antes de ver sonho realizado."

"Como você sabe?"

Poetinha olhou-o com bondade, "Eu sei..."

Hugo não questionou, voltando a ouvir o ruído das águas contra o casco da Boiuna, com o pensamento em Atlas. O professor também voltaria 'para os espíritos' se Hugo não agisse depressa.

"Você já sabe como vai fazer pra encontrar sua gruta?"

Hugo olhou assombrado para o pajezinho, que esclareceu com simplicidade, "Um sonho me disse."

Ah. Ok. Super normal. Obrigado.

Aceitando que aquele menino sempre saberia mais do que ele lhe dizia, Hugo balançou a cabeça em negativa. Não, ele não sabia como encontrar a gruta. Nunca se sentira mais perdido.

Um desespero repentino apertou-lhe o peito. Será que os Pixies estavam certos, afinal? E ele tinha sido um tolo de ter ido até ali?!

"Aqui no norte, tudo costuma ser longe. Minha aldeia é lá no fim do Acre, última aldeia, entre Peru e Brasil. Depois que chega município do Jordão de Rio Branco, são mais duas horas de barco a motor e, então, mais três dias de caminhada."

O Brasil era enorme, meu Deus... Muito maior do que ele um dia imaginara, em sua ignorância infantil, olhando do alto de seu contêiner no Dona Marta.

Como sobreviveria lá fora, naquele breu, durante tantas noites? Quantas semanas de terror solitário viveria até chegar onde precisava? Isso SE chegasse.

Não. Não podia desistir. O professor precisava dele.

Sem contar que, agora, sua honra dependia daquilo. Já estava ali. Se desistisse antes de tentar, seria humilhação eterna. Os corcundas não o deixariam esquecer nunca mais. Nem eles, nem sua consciência. Ou voltaria dali um covarde ou um herói. Não tinha meio-termo.

Hugo apertou o corrimão, tenso.

Percebendo sua inquietação, Poetinha tentou amenizar, "Os mais sábios, pra atravessar Amazônia, seguem caminho das águas."

"Os rios?"

Tadeu confirmou. "De barco é mais seguro. Menos risco de se perder. Depois, quando chegar o mais perto da gruta que rio puder te levar, deixa barco e caminha. Ainda assim, pode ser que leve muito tempo caminhando."

Hugo olhou nervoso para as silhuetas negras das árvores lá longe. "Aqui já é floresta profunda, né? Quem sabe amanhã de manhã eu já possa..."

"Sair da Boiuna?" Poetinha fez que não. "Você só vai sair daqui a cinco dias, quando Boiuna atracar em Manaus."

Hugo sentiu o coração acelerar. "Você viu isso num sonho também?!"

Tadeu confirmou. "Veio em meu coração, no Santuário. Enquanto Pajé cantava mantra. Entrei em meditação pensando em você."

Hugo agradeceu, com um inclinar de cabeça.

Cinco dias até Manaus... Cinco dias era tempo demais...

Vendo a angústia em seu olhar, Poetinha relativizou, "Eu posso estar enganado. Eu sou só aprendiz!"

Não. Tadeu acertara até ali. Ele não duvidaria do menino.

"Talvez você esteja até ganhando tempo ficando aqui. Boiuna se mexe, lembra? Escola pode estar te aproximando da gruta."

É. Quem sabe. Melhor confiar no Poetinha do que na ansiedade que estava sentindo. Procurando se tranquilizar com a possibilidade de estar, de fato, chegando mais perto, decidiu que usaria aqueles cinco dias para se preparar. Tinha muito que aprender ali.

Tadeu olhou-o com imenso respeito. "Seu professor tem sorte de ter aluno como você."

Hugo meneou a cabeça, levemente sarcástico. Nem sempre havia sido um ser humano tão legal assim com ele. Muito pelo contrário.

Sentindo o remorso bater forte, tentou se esquecer das tantas vezes que havia sido arrogante com o gaúcho. Tinha de conseguir salvá-lo... Era o mínimo que devia a ele.

"Morte faz parte da vida, menino do Rio. Não se entristeça se acontecer."

Hugo engoliu o desespero na garganta, tentando mudar o rumo da conversa. "Todos os indígenas encaram a morte assim, com tanta tranquilidade?"

Tadeu negou, com simpatia. "Os Huni Kuin, meu povo, choram muito, perto do doente, implorando ao seu espírito que não vá embora. Quando coração dele para de bater, os parentes sentem muita dor. Choram e soluçam em ritual bonito de despedida."

Poetinha olhou-o com carinho. "Eu sei que a morte dói. Poucos seres humanos aceitam o destino. Lutar contra ele é direito nosso, e a gente pode até vencer de vez em quando, mas se revoltar por não ter conseguido é desperdiçar energia; é abalar saúde própria à toa." Tadeu olhou para ele. "Você tem direito de ir atrás de cura. Mas não fique revoltado se não conseguir."

"Eu *vou* conseguir!" Hugo se irritou, e Poetinha observou-o bondoso, sem contestá-lo. "Grande diferença entre homem da cidade e o indígena é que, só na hora da morte, homem branco pensa no espírito. Homem branco precisa resgatar o espiritual dentro dele. O espiritual que está conectado com o sagrado. Só assim vai encontrar felicidade, em conexão com tudo que é vivo." Ele sorriu, e foi a vez de Hugo fitá-lo com bondade.

"Por que você tá me ajudando, Tadeu?... Os professores daqui me proibiram de ir; você deve saber disso. Eu não quero te prejudicar."

"O mundo é como uma teia. Cada pessoa tem um serviço a prestar nela, e todos são importantes. Quando um elo enfraquece, a teia *inteira* enfraquece. Por isso, ninguém devia estranhar a generosidade. Sem ela, sociedade é suicida, porque um grupo só sobrevive se trabalhar em conjunto."

Em silêncio, Hugo agradeceu, sentindo todo seu rancor pelos Pixies voltar. Bem que tentara chamar os grandes '*amigos*' dele...

"Não se preocupa. Você ainda tem a mim", Tadeu sorriu com doçura, pegando-o pelo braço e levando-o de volta para a festa. Não lhe faria bem ficar ali fora sozinho, perdido em amarguras, enquanto o restante da Boiuna festejava.

Reunidos na semiescuridão intimista do convés, apenas o pentagrama aceso no piso, estudantes e professores riam e conversavam no escuro enquanto jovens de várias origens, ensinados por Karuê, aprendiam uma dança da etnia dele, ao redor do pentagrama que os iluminava; as pinturas corporais brilhando fluorescentes na semiescuridão enquanto eles rodavam, batendo os pés ritmadamente no chão, embalados pela música indígena alegre que vinha do balcão da cozinha.

Os brancos que queriam participar estavam sendo pintados por seus colegas indígenas, e iam ficando progressivamente empolgados à medida que o rosto, o torso e os braços eram preenchidos com traços e formas geométricas coloridas e fluorescentes. "Eles estão comemorando o quê?"

Poetinha sorriu malandro para Hugo, "A vida?", e foi buscar uma bebida para os dois enquanto Bárbara ria de sua cara de confuso.

Hugo tentou entender, "Tem festa aqui toda noite, é isso?!"

"Nem sempre é uma festa." Bárbara tomou um gole do suco que segurava. "Cada noite acontece uma *vivência* diferente aqui no convés. Pode ser um luau ali fora, no deck, uma aula geral noturna, uma festa indígena, um baile tecnobrega organizado pelos jovens brancos, uma degustação, uma cerimônia de inalação de rapé, qualquer coisa relacionada à cultura, à espiritualidade e à fé. Tudo é magia." Ela abriu um sorriso largo, com os olhos brilhando. "Não tem uma noite na Boiuna sem que uma vivência seja proposta por alguém aqui. Participa quem quer. Geralmente, todo mundo."

Hugo estava intrigado. "Como vocês têm energia pra tudo isso?!"

Na Korkovado eram duas festas por ano e olhe lá!

"Maninho, isso é o poder do Açaí!" ela brincou, e pegou de uma bandeja um copo daquele sorvete roxo, tomando duas colheradas seguidas. De repente, a música que vinha da cozinha parou e o pentagrama se apagou por completo, deixando tudo na mais absoluta escuridão, exceto pelas pinturas corporais fluorescentes, que se realçavam no escuro. Os estudantes olharam em volta, tensos, até que dezenas de tambores de guerra começaram a soar nos cantos mais sombrios do salão, tocados pelos adultos, e os jovens gritaram animados, correndo depressa para entrarem na próxima dança; somente suas silhuetas e pinturas fluorescentes visíveis na escuridão.

Igualmente empolgada, Bárbara gritou de boca cheia, "Borá lá, mano! Vai começar o rolo compressor!" E foi.

Hugo não. Não era louco de participar de uma dança com aquele nome.

Rindo de si mesmo, ficou apenas assistindo uma Bárbara com listras fluorescentes alaranjadas e roxas entrar na roda e começar a dar passos laterais ritmados para a direita, acompanhando todo mundo no escuro. Mas o que, no início, parecera uma dança bobinha, foi aos poucos se complicando, à medida que mais e mais estudantes iam entrando; alguns começando a rodar no sentido oposto ao da primeira roda, e a dança, cada vez mais rápida, foi se tornando um jogo insano de pular um ao outro, as rodas opostas rodando cada vez mais depressa umas contra as outras à medida que seus membros se pulavam, rodopiando e pousando no chão só para pularem o próximo que chegava. Dois círculos se entrecruzando como um mecanismo insano de relógio, cada vez mais rápidos com a velocidade aumentada dos tambores, sem que ninguém se atropelasse. Quem não aguentava o ritmo se estabacava no chão, mas eram poucos os que caíam. Alguns até tropeçavam e riam, fugindo para fora de seus círculos e tentando entrar na roda outra vez. Bárbara não. Ela saltava por cima dos outros com maestria, rodopiando no ar, pousando, girando agachada para escapar do pulo do próximo, e dando cambalhota por cima do estudante seguinte sem nunca cair, por mais que a pessoa agachada abaixo tentasse derrubá-la. E Hugo assistindo a tudo impressionado, sem conseguir tirar os olhos do jogo escuro de cores vibrantes.

Com festas daquele nível, quem precisava de academia?

A única iluminação agora estava vindo daquelas pinturas corporais; todo o clima do salão tendo mudado com o simples apagar do pentagrama, e Tadeu aproximou-se no escuro com um copo de suco na mão, que deu para Hugo provar.

"E então?" perguntou, observando-o, na expectativa, enquanto Hugo bebia. Muito gostoso.

Poetinha sorriu, vendo a aprovação em seus olhos. "É suco de Cajá."

Hugo bebeu mais um pouco. Era, realmente, muito bom.

Voltando a observar aquele jogo indígena insano, que agora já estava com quarenta saltadores e três rodas girando umas contra as outras, reapareceu uma dúvida que não tivera coragem de perguntar antes. "Desculpa se eu estiver sendo ofensivo, mas... não tem índios demais na Boiuna, não? Digo, proporcionalmente à realidade lá fora? Na rua de Belém em que eu estive, eu não vi nenhum índio passar."

Tadeu sorriu bondoso, "Índio não: indígena. *Índio* é termo indelicado."

"Sério?!" Hugo arregalou os olhos. Não esperava por aquilo.

"*Indígena* significa nativo: originário de um país. É palavra que mostra nosso direito de estar aqui e de ser respeitado. Já palavra *índio* foi engano dos conquistadores, que acharam que as Américas eram a Índia. Depois, passou a ser usada por eles pra nos diminuir; pra dizer que éramos tudo um povo só, simples e ignorante, que estava no caminho do progresso deles. Chamar todos de *índio* escondia a enorme diversidade de povos e culturas milenares que já existiam aqui: sociedades inteiras, que tinham crenças e costumes diferentes umas das outras, que faziam alianças e guerreavam entre si. Definitivamente não eram nem simples, nem ignorantes, nem um povo só. Hoje em dia, termo *índio* continua sendo generalização, que faz branco pensar que todo indígena é igual, age do mesmo jeito e quer mesma coisa. E toda generalização é desrespeitosa."

"Faz sentido. Desculpa. Vou reformular então."

"Relaxa. Tem muito indígena que fala *índio* também. Mas é sempre bom saber como falar melhor, pra não apertar coração do outro com sentimento negativo." Poetinha fitou-o simpático. "Pode perguntar."

"É que, entre os azêmolas, mesmo aqui na região Norte, existem muito mais brancos do que indígenas, né? Por que na Boiuna é meio a meio?"

"Existe razão histórica e razão atual. Qual você quer primeiro?"

"Ordem cronológica."

Poetinha sorriu esperto, mas seu olhar foi se entristecendo um pouco. "Nos primeiros séculos da colonização, houve muita perseguição aos pajés, por serem empecilhos na catequização e dominação dos nativos."

"Imagino", Hugo murmurou, antipatizando de imediato com os religiosos da época. Antipatia esta que o pajezinho, em sua infinita bondade, não parecia compartilhar.

"Cristianismo tem mensagem linda de tolerância e paz, mas nem sempre o ser humano religioso entendeu isso. Alguns até hoje não entendem. Somos todos crianças ainda, aprendendo a caminhar." Ele sorriu, bondoso. "Enfim. Com perseguição, pajés que realmente tinham poder foram tendo que fugir de suas aldeias no litoral, seguindo cada vez mais para cá, aumentando muito número de bruxos indígenas daqui."

"Entendi. Os bruxos europeus ajudaram na fuga?"

Tadeu negou. "Perseguiam também. Não aceitavam estilo indígena de magia."

"Mas que filhos da mãe!"

"Por tudo isso, bruxos indígenas foram escapando pra cá, desesperados, em movimento que chamaram de *Yvy marã ey*: terra sem mal. Nome foi inspirado no conhecimento tradicional guarani, que fala de região sagrada onde não haveria guerras, nem fome, nem doença." Poetinha baixou os olhos, entristecido, "Os fugitivos sabiam que essa terra sem males não era aqui, mas, por um tempo, aqui funcionou bem como terra de paz. Até que Amazônia também foi dominada, e eles tiveram que arranjar outro meio de se proteger."

"O navio."

Tadeu confirmou. "O navio."

Hugo estava quase sentindo vergonha de si mesmo, como se também fosse responsável por aquele passado, mesmo sabendo que seus ancestrais africanos não haviam tido nada a ver com aquilo. "Você disse que também tinha uma razão atual pro número grande de estudantes indígenas aqui."

"O preconceito. Talvez você não saiba, mas não é só na Amazônia que tem indígena. Existem dezenas de etnias espalhadas pelas outras regiões do Brasil. Algumas vivendo em reservas, outras ainda lutando pra terem suas terras reconhecidas. Nesses povos, também nascem bruxos, mas maioria deles vem estudar aqui, por saberem que não vão ser bem acolhidos nas escolas de suas regiões. Existe intolerância na Boiuna? Existe. Alguns brancos daqui se incomodam com visão equivocada que resto do país têm, de que aqui no Norte só tem floresta e indígenas, quando, na verdade, o Norte tem várias cidades grandes e a maior parte do povo é branca ou parda. Eu entendo incômodo deles. Nós sabemos como dói ter nossa identidade negada. Mesmo assim, os intolerantes daqui são poucos e, geralmente, novatos. Logo eles começam a nos respeitar e a gostar de estar perto da gente. Nas outras regiões, nem tanto. O Sul é a pior. A Tordesilhas é muito fechada. Dependendo de quem está no comando, até tentam impedir entrada de novatos indígenas. Mesmo assim, os Xokleng insistem em estudar lá. Foram quase dizimados pela colonização italiana do sul, mas sobreviveram e não têm medo de cara feia." Poetinha sorriu.

"... Alguns kaingang e guarani-ñandeva também tentam ficar no Sul quando começam a estudar magia, mas depois acabam vindo pra cá, e, no Centro-Oeste, os Kadiwéu, guerreiros valentes, não desistem da escola de Brasília, apesar das piadinhas que ouvem. Já os Guarani-Kaiowá, do Mato Grosso, e os Xavante, do Mato Grosso do Sul, estudam aqui, mas às vezes precisam voltar correndo pra defender suas terras ancestrais da invasão dos latifundiários. Eles não podem usar magia contra azêmolas, mas contra os fazendeiros bruxos eles usam. Já escola de Salvador é bem tranquila hoje em dia. Teriam prazer em receber os pataxó, os potiguara e as outras dezenas de etnias de lá, mas, como Nordeste é perto daqui, maioria dos indígenas nordestinos prefere vir pra cá e aprender magia nativa. Da Korkovado eu não sei muito, mas os indígenas da Tordesilhas, com certeza, sofrem mais. Aguentam, mas sofrem. São obrigados a vestir uniforme negro da Tordesilhas. Se não obedecem, são punidos; se obedecem, começam a ouvir que não são mais *índios*, porque se vestiram de bruxo." Poetinha respirou fundo. "Enfim... acho que é isso."

Hugo manteve o olhar grave.

Como tanto horror podia estar acontecendo sem que ele soubesse? Suas professoras azêmolas sempre haviam falado com tanta simpatia sobre os indígenas! Ele até se vestira de *índio* para uma apresentação da escola! Se bem que..., a maioria das vezes que estudara sobre os indígenas havia sido na aula de História. Como se não existissem mais. Como se o lugar apropriado dos indígenas fosse o passado.

Agora entendia por que os alunos de intercâmbio do Norte haviam lhe parecido tão sérios ao visitarem a Korkovado. Era medo. Rancor antecipado do preconceito que poderiam vir a sofrer e que, talvez, já estivessem sofrendo, sem Hugo perceber.

Aliás, agora que pensava a respeito, não se lembrava de haver nenhum aluno indígena permanente na Korkovado; a não ser, claro, o Índio. Mas o Chatonildo OuroPreto não era indígena de verdade. No máximo, descendente. Ou não?

Descendente de indígena também era indígena, né?

Nunca se preocupara em saber.

De qualquer forma, agora tudo fazia sentido para ele. A educação da Boiuna era tão diferente porque eles tinham se distanciado ao máximo do restante do país! O ensino era muito mais indígena, oral, livre!

Sorrindo, Poetinha apontou para uma jovem branca que gargalhava enquanto era pintada pelo namorado indígena.

"Cada pintura tem um poder", Tadeu explicou. "Desenho que ele tá fazendo vai manter ela animada resto da noite."

Nem precisava. A garota já estava quicando de entusiasmo antes mesmo de ele ter terminado, enquanto o namorado ria, com carinho, tentando fechar um dos traços.

"E aquelas pinturas?" Ele apontou para os desenhos geométricos riquíssimos sendo feitos por um monitor mais velho, na pele de estudantes em fila; todos numa atitude muito mais reverente do que a menina. As pinturas eram feitas com infinita precisão pelo jovem, que usava pequenas varetas com tinta para preencher os detalhes.

"Para os Yawanawá, pintura é proteção. Se desenho simboliza algum bicho, espírito desse bicho te protege. Cada yawanawá tem um animal protetor, assim como todo estudante da Boiuna. Mesmo os brancos. Às vezes, jovem sente qual é seu animal de Poder. Às vezes, Pajé que diz. Daí, quem está precisando de força ou de coragem, pede a estudante yawanawá que pinte seu animal na pele."

Dos que esperavam na fila, alguns pareciam precisar da pintura para ganharem confiança; outros, para se protegerem de tristezas maiores. A maioria, no entanto, pelo menos ali na festa, estava era querendo coragem para pedir alguém em namoro. Ficava evidente pelo modo tímido e nervoso com que esperavam sua vez.

Só agora Hugo estava vendo cocares nas cabeças de alguns dos estudantes: os mais jovens com uma ou três penas na testa, os mais velhos com cocares de dez a vinte penas maiores, culminando no cocar espetacular do Pajé, que, descendo pelas costas, ia até o chão, todo negro.

Talvez usassem cocares só em ocasiões especiais então.

"Festas, reuniões, cerimônias, negociações em Brasília", Poetinha confirmou, conhecendo seus pensamentos.

Os cocares apareciam como silhuetas imponentes na escuridão ao redor, exceto pelos que também haviam sido enfeitiçados para brilharem, fluorescentes, com suas cores vibrantes. Os adolescentes e adultos que os usavam assim pareciam quase seres sobrenaturais no escuro, principalmente em relação aos novatos indígenas, que os olhavam impressionados, enquanto pajé Morubixaba dançava em volta dos participantes da festa, abençoando a todos; as grandes penas negras de seu cocar erguidas pelo vento, por trás das costas, enquanto ele girava.

"No meu povo Huni Kuin, crianças são batizadas com 12 anos de idade. A partir daí, já pode usar cocar, se souber suficiente do conhecimento do povo. Os jovenzinhos só podem usar cocar de pena de papagaio e periquito. Arara já é mais graduado", ele apontou para um estudante de 18, com um lindo cocar de penas azuis. "Só quem já foi preparado pra ser guerreiro pode usar cocar grande."

"Você usa o de penas negras, como o Pajé?"

Poetinha negou. "Espírito do cocar de gavião é muito forte. Tem que ter preparação. Cocares de arara e gavião são sagrados. Se Pajé me escolher como sucessor, eu vou ter que fazer preparação de pajé. Ficar dois, três meses na floresta, sem beber água, sem comer algumas coisas, só com Pajé, aprendendo em conexão com natureza os segredos que aprendiz rejeitado não pode saber. Só quando a gente voltar do retiro, eu viro pajé. Aí, posso usar cocar."

"E o Morubixaba se afasta do cargo?"

"Não, aí são dois Pajé na Boiuna. Até natureza chamar Pajé Morubixaba para junto dos antepassados dele."

"Até ele morrer", Hugo traduziu, e Poetinha confirmou. "Aí, eu assumo sozinho." Tadeu fitou-o bondoso, "Isso se natureza não me chamar primeiro."

"Eu hein! Sai pra lá com esse pensamento! Credo!"

Poetinha deu risada, "Haux, haux!"

"Põe *haux, haux* nisso!" Hugo riu, voltando a observar o pajé dançando entre seus alunos, divertindo-se também.

"Pajé é Gavião-Ikolen; etnia de Rondônia, que vive na Terra Indígena Igarapé Lourdes. Hoje em dia, praticamente só tem jovens no povo dele. Ele é um dos únicos da geração dele que sobreviveu às doenças dos brancos, no primeiro contato. Por isso, hoje, nas aldeias deles, quase só tem gente nascida depois. Pra eles, pajé se diz *wãwã*."

Hugo sorriu, "*Wãwã*."

"A palavra *paîé* vem do tupi antigo. Significa feiticeiro, curandeiro. *Paîe-katu* é pajé bom, que, quando morre, se torna *Gûaîupîá*: espírito que auxilia no bem comum e dá vitória nas guerras. Já *paîé-angaíba* é o pajé que mata, que causa doença, fome, que faz peixe sumir nas pescarias. Aqui, só interessa tipo bom de pajé."

Hugo olhou-o com ternura. "Parece que estão fazendo a escolha certa então."

Tadeu meneou a cabeça, inseguro. "Pajé anteviu, num sonho, que eu tinha vocação xamanística. Por isso, me convidou pra ser aprendiz. Mas vocação não é tudo", ele adicionou receoso. "É necessário muita disciplina. Muito conhecimento. Tem que ter mente grande pra caber tudo dentro. Pajé da Boiuna precisa saber conhecimento de todas as etnias. De todos os pajés: dos Ikolen, dos Huni Kuin, dos Yanomami, que guardam a montanha sagrada e falam com os espíritos dos ventos no Pico da Neblina. Pajé da Boiuna tem que saber todos os conhecimentos, as músicas, os ritos, as magias. De *todos* eles. Por isso, a gente começa cedo."

Poetinha olhou para o chão, ciente de suas responsabilidades, mas então sorriu com empolgação, convencendo-se de que era, sim, capaz. E foi impossível não comparar seu largo sorriso, de genuína alegria, com o sorriso bondoso, mas pesado, de Capí. O sorriso do menino era verdadeiro, o de Capí era... uma gentileza; um ato de caridade, que ele fazia para que os outros não ficassem tristes com a tristeza dele. Uma pequena falsidade, que fazia Hugo sentir ainda mais carinho pelo pixie.

Desejando que Capí estivesse ali com ele, Hugo voltou sua atenção para uma discussão acalorada que parecia estar acontecendo à distância, numa sala fechada. Não era possível ouvi-la, até pela música, mas dava para ver, através de uma janela de vidro, um estudante indígena da idade dos Pixies discutindo com o que pareciam ser três ou quatro adultos. O jovem, de terno cinza bem alinhado, pintura indígena no rosto e penas vermelhas pendendo da orelha esquerda, vociferava ferozmente contra eles, tão irritado que seu rosto já estava quase roxo de tão vermelho.

Enquanto isso, na festa, o jogo de pular havia dado lugar a uma dança ritual Krahô, em que homens e mulheres rodavam entrelaçados. Noutro canto, estudantes mais velhos se divertiam iniciando os novatos em um dos quatro grupos de veteranos. Selecionavam-nos de acordo com o elemento que dominassem melhor ali, na frente deles, e os veteranos, divididos nos grupos, gritavam empolgados sempre que um dos novatos era selecionado para o seu elemento.

Tocantins estava entre os veteranos do grupo Ar, rindo das tentativas frustradas de alguns dos jovenzinhos e incentivando-os com aplausos, piadinhas e provocações. Ao perceber que Hugo assistia, chegou todo suado, ajeitando o chapéu nos cabelos ensopados, "E aí, moço! Eles querem saber qual é o teu elemento."

"Fogo", Hugo respondeu sem pestanejar, e Tocantins gritou para os outros, "Ele é FOGO!"

Os veteranos do elemento FOGO comemoraram, e Tocantins voltou correndo para o grupo dele. Hugo riu, "Tá, né?", e Poetinha achou graça, "Os estudantes são informalmente divididos entre os quatro elementos. Veteranos aproveitam festa pra fazerem seleção. Os quatro adultos, ali, são os padrinhos de cada grupo."

Tadeu apontou para quatro professores, que assistiam calmamente a algazarra. Eram todos razoavelmente jovens, exceto pela madrinha do Ar: uma velhinha mestiça, magrinha, baixinha e carequinha, que mais parecia uma monja serena e gentil, pelo simples manto marrom que vestia. Já o padrinho do FOGO era bem mais vistoso: um indígena alto e forte, de cabelos longos e sem camisa.

Hugo precisava começar a se acostumar com a falta de formalidade de alguns professores ali.

Enquanto isso não acontecia, preferiu ficar admirando a madrinha da ÁGUA, uma loira exuberante, de olhos azuis sedutores. O padrinho da TERRA, Hugo já conhecia. Botânico que era, Mont'Alverne combinava perfeitamente com o elemento que permitia que todas as plantas crescessem, apesar de não ter precisado dele para que sua árvore surgisse no meio da sala. Os quatro apenas supervisionavam, sem interferirem na seleção.

"Eles acabam se tornando quase orientadores dos estudantes que entram para seus elementos, mas é algo informal mesmo."

"Eu não devia ter feito algum teste pra entrar?"

"Teoricamente, sim. Teste ajuda a escolher. Mas você não é daqui e eles sabem que você não participou da aula de elementos. Nesse caso, não precisa se provar. É só título honorário." Ele sorriu, mas Hugo se sentiu diminuído. Agora, mais do que nunca, treinaria os feitiços de fogo. Mostraria a eles que podia fazer parte daquele grupo por *direito*, e não só por gentileza. Até porque precisaria daquelas habilidades na floresta. "Você é de qual grupo?"

"Água." Tadeu sorriu. "Me colocaram nele pela minha personalidade. Mas se eu virar pajé, mudo pra grupo de uma pessoa só. Pajé domina magia espiritual. O quinto elemento."

Admirado, Hugo já ia perguntar mais a respeito quando uma gritaria chamou sua atenção, e ele virou-se para ver o jovem de terno cinza saindo irritadíssimo da sala de reuniões, fechando a porta com força e marchando em direção ao bar.

Pedindo alguma coisa, o adolescente indígena deu um gole, ainda furioso, e foi andando em direção a Poetinha, afrouxando a gravata que usava, como se aquela roupa toda o sufocasse. Tinha o rosto pintado com dois triângulos listrados, conectados pelo nariz, e usava uma faixa de palha na testa. Vendo que Hugo o observava, fechou a cara ainda mais enquanto tirava o terno. "O poeta aí já te contou que tem gente que reclama da Boiuna ter muito indígena?"

Tenso, Hugo achou melhor não comentar que ele próprio acabara de perguntar aquilo, até porque já tinha se envergonhado do que dissera, e o garoto deu um riso seco, cheio de amargura, enquanto tirava a gravata do pescoço com força, começando a desabotoar a camisa, com nojo daquela roupa toda. "Nós éramos quatro *milhões* de indígenas no Brasil pré-Cabral. Alguns dizem *oito*. Os portugueses invadiram, exterminaram nossos povos, alguns chegaram a espalhar, de propósito, roupas contaminadas de varíola como armadilha, pra matar aldeias inteiras de epidemia. De quatro *milhões*, nós hoje somos 800 mil no país, e os brancos ainda acham que é muito."

Poetinha olhou compreensivo para o companheiro. "Paciência, Cauã, paciência... Com o tempo eles aprendem."

"Paciência o caramba", Cauã saiu irritado, empurrando o terno cinza, todo embolado, no peito do Poetinha, que segurou a roupa quase caindo para trás.

Era um jovem guerreiro, orgulhoso e forte, e Tadeu olhou para Hugo, sabendo o que ele estava pensando. "A gente tem que aprender a ser diplomata aqui", justificou com bondade. "É único jeito de viver em paz..."

Entristecido, Poetinha suspirou, "Cauã tá irritado, é compreensível. Ele é munduruku. Nobre e altivo, como todos os Munduruku. Cauã faz parte de comitiva de jovens da Boiuna que reivindica nossos direitos junto ao governo federal bruxo, procurando apoio dos políticos menores pra conseguir mais verba pra escola, mais atenção e ajuda, essas coisas. Sempre que volta de Brasília, volta assim, alterado. O tal Adusa nem é tão ruim, mas o comissário mais velho, que veio hoje com o Cauã verificar as contas da Boiuna, ele, sim, irrita um pouco."

Hugo sentiu um arrepio na nuca. Tinha gente da Comissão ali?!

"Que comissário mais velho?"

"Um senhor carequinha, com restinho de cabelo branco."

Paranhos…

Ele que não o descobrisse ali, com o intercâmbio ainda estando proibido.

"Eles chegaram num barco especial do governo enquanto você tomava banho. Atracaram na Boiuna com ela em movimento mesmo."

Aquilo era bem preocupante.

"No caminho pra cá, esse Paranhos disse, na cara do Cauã, que '*índio é tudo igual*'." Poetinha meneou a cabeça, desconfortável. "Eu sei que maioria pensa assim só por desconhecimento, mas juntar tantos povos diferentes na mesma cesta machuca um pouco a gente, entende?"

Hugo já estava entendendo, sim.

"Nós somos centenas de *nações*, com línguas diferentes, costumes diferentes, crenças diferentes, vontades e necessidades diferentes. Dizer que somos todos iguais é como dizer que portugueses, franceses e italianos são tudo a mesma coisa só porque são europeus e vestem roupas semelhantes, ignorando toda a história, língua e costumes diferentes dos três países. Os Tupinambá, da Bahia, por exemplo, têm uma cultura matriarcal. Pra eles, Maná criou o mundo e era mulher. Já outros povos são patriarcais. Os Yanomami, do noroeste de Roraima, cremam seus mortos e ingerem as cinzas. Já outros povos acham que essa é uma prática estranha e preferem enterrar quem morreu. A etnia do Cauã, a Munduruku, era uma das mais guerreiras do Amazonas. No passado, mundurukus, xipaias e araras costumavam cortar cabeça dos inimigos mortos em guerra e mumificar como troféu. Não fazem mais isso, mas outras etnias, que sempre foram pacíficas, ficam irritadas quando branco pensa que todas as etnias faziam o mesmo. Ou então que eram canibais, assumindo que todo indígena comia gente no passado. Existem etnias que só falam uma língua e etnias em que casamento entre pessoas da mesma língua é proibido: homem precisa se unir a mulher de outra aldeia, que fale outra língua, pra fazer mistura."

Hugo ergueu a sobrancelha surpreso.

"Às vezes, confundir duas etnias, dependendo de quais são, pode ser tão ofensivo quanto confundir árabe com judeu. Os Tukano, por exemplo, se acham superiores aos Maku, por se dedicarem à agricultura e à pesca, e por terem uma hierarquia definida, enquanto os Maku sempre foram caçadores e catadores de frutas, sem plantações ou organização hierárquica. Só desconhecimento consideraria esses dois povos como um, por viverem na mesma região. Fazer isso é grande insulto, mas homem 'civilizado' não costuma se importar com o que os outros sentem. É por isso que Cauã tá irritado."

E com toda a razão.

Cauã não era o único que odiava Paranhos. A Korkovado estava cheia de alunos que sentiam o mesmo amor inabalável por ele. Talvez porque Paranhos fosse o mais conservador da Comissão; o que mais havia ditado publicamente as novas regras, vestido em seu manto de pura extravagância roxa cintilante; mesmo manto que usara na Lapa, naquela primeira madrugada, junto a Bismarck. Se não fosse por ele, talvez Hugo nunca houvesse acreditado na existência de bruxos.

Enquanto se lembrava daquela sua primeira noite como bruxo, as danças em volta do Pentagrama iam ficando cada vez mais complexas, começando a afetar o clima atmosférico lá fora: uma forçando relâmpagos a iluminarem os céus sempre que os participantes pulavam em conjunto, outra fazendo o rio correr mais caudaloso, lá embaixo, à medida que os dançantes corriam mais rápido um atrás do outro... Cada cultura ensinando suas danças próprias, e os outros fazendo questão de aprendê-las. Seis estados e dezenas de *nações* estudando juntas... numa festa.

Era muita riqueza numa escola só... Quase um universo paralelo! Uma parte inteira do Brasil que os brasileiros não faziam ideia de que existia! E a sensação que Hugo tinha era de que, em menos de um dia, seu cérebro expandira uns três centímetros pelo menos!

Poetinha olhou-o bondoso. "Algum dia, os brancos vão nos conhecer melhor, e aí mundo vai ser bom. Eles só precisam mudar direção do olhar." Tadeu sorriu, tão cheio de esperança que Hugo sentiu pena por ele, desejando muito que o menino estivesse certo, pra que nunca perdesse aquela inocência.

"Vocês fazem dança da chuva também?" perguntou, e uma indígena olhou-o irritada, "Pra quê?!", indo embora ofendida.

Hugo ergueu as sobrancelhas, surpreso, enquanto Tocantins dava risada, ao longe, chegando para dar um tapinha em seu ombro antes de ir galantear a moça, "Dança da chuva é coisa de indígena estrangeiro, garoto do Rio! Aqui, quando não chove todo dia, chove o dia inteiro! Precisa de dança, não!"

"Ah..." Hugo olhou para as costas da moça que se distanciava, "Desculpa aí! Eu não quis ofender!", mas ela o ignorou, e ele cerrou os dentes irritado. Odiava quando buscava ser simpático e aquilo acontecia.

Tentando esquecer, Hugo olhou para o velho pajé, que agora dançava fofamente no centro da roda de dança dos estudantes, cantando versinhos curtos, que eram então repetidos pelos jovens, em compasso.

"Eu nunca imaginaria um homem sábio como ele cantando numa festa."

"As pessoas na cidade têm tristeza grande, né? Porque não cantam como passarinho."

Hugo sorriu com ternura, pela simplicidade do conceito.

"Onde você aprendeu a falar tão bonito, Tadeu?"

Poetinha sorriu também, meio tímido, "Eu não digo nada especial. Qualquer um pode ter poesia na boca. Ela floresce em contato com energia da natureza. É só saber ouvir."

Hugo assentiu, com simpatia. Quem sabe um dia tentasse. Voltou então a olhar para a dança. Uma energia muito boa emanava dela... Talvez porque repetissem baixinho os versos do pajé como um mantra enquanto batiam o pé no chão, dando passos ritmados para o lado.

"Esse é um canto sagrado", Poetinha explicou com respeito.

O Pajé não usava ornamento nenhum além do enorme cocar e de uma espécie de cetro, que ele batia no chão, no ritmo da dança. O cetro era uma longa haste de madeira forte, vermelha com sulcos pretos, ornamentada de plumas, dentes, longas mechas de cabelo e desenhos em alto relevo, com uma ponta de lança em cima e um chocalho cravado na madeira, que fazia barulho ao bater no chão.

"O *murucu* é cetro do Cacique da Boiuna. Passa de diretor pra diretor. E não de Pajé pra Pajé. É arma de guerra do chefe, que também serve pra dirigir as danças. Pajé da Boiuna não pode usar ornamentos. Só cocar."

Hugo apontou para o cordão que Poetinha levava no pescoço. O cilindro de quartzo com os três dentes. "Mas você pode?"

"É um *itá-tuxáua*", Tadeu explicou. "Só chefes usam, mas eu ganhei de um tuxáua lá da região dos Uapés, que veio visitar Boiuna um dia."

"Tuxáua?"

"*Líder político da aldeia. Tuwi'xawa.* Mesmo que *Cacique*, *Morubixaba* e *Mburovixá*. Na verdade, palavra *Cacique* vem da América Central. É única que não é brasileira. Enfim. Um sonho meu salvou filha do tuxáua na época. Por isso, tuxáua ficou cheio de contentamento e me deu. Eu não queria aceitar. Não merecia presente. Premonição tinha sido dos espíritos; eu só transmiti. Mas tuxáua insistiu, e Pajé Morubixaba deixou que eu usasse. Disse que não interfere na magia."

"Por que você não tem o pingente de timão dos estudantes?"

"O timão, ou *manche*, tem significado que não cabe na minha situação. É roda que dá direção aos navios. Significa responsabilidade de saber direcionar própria vida. Fazer próprias escolhas. Eu não escolho o que eu aprendo, nem o que faço da vida."

Hugo assentiu, entendendo. Aprendiz de pajé era diferente.

"Na Boiuna, como na vida, capacidade de escolher caminho que vai tomar é muito importante. Por isso, o manche é o pingente dos estudantes."

"Já a âncora, dos professores…"

"Simboliza calma em meio à tempestade. Segurança em dias difíceis. Aquilo que sossega o navio. Professores têm mesma função: organizam nossa mente, trazem calmaria ao que, antes, era confusão mental, nos protegem em dias difíceis, nos impedem de sair navegando sem rumo, perdidos na imensidão do conhecimento… Âncora simboliza constância, segurança, fidelidade, firmeza, estabilidade. Tá perdido? Se agarra num professor."

Hugo sorriu. "Legal."

"É", Poetinha respondeu animado, voltando-se para Bárbara, que chegara sussurrando em seu ouvido: "*Tadeu, o pajé tá te chamando.*"

Despedindo-se dos dois, Poetinha foi sentar-se ao lado de seu mentor, num canto mais afastado do salão, ajudando-o a bater um pozinho cinza no chão de madeira, misturado a outros pós e raízes, enquanto o pajé abençoava o trabalho com a fumaça que saía de seu cachimbo.

Assistindo-os com imenso respeito, Bárbara comentou, "Eu sinto muito *orgulho* de estudar aqui, sabe, mano? Tipo, aqui não é como lá fora, onde o descaso da população branca com a cultura deles dissemina, cada dia mais, algumas das piores pragas que já atacaram os indígenas na história do Brasil."

Ele olhou-a entristecido, "Quais? A gripe, a varíola, essas coisas?"

Bárbara negou. "A depressão, a embriaguez e o suicídio."

"Sério?!" Hugo ergueu a sobrancelha, espantado. *Nunca imaginaria.*

"Pois é. O número de indígenas se suicidando lá fora é espantoso. Eles são invadidos, perdem suas terras, são expulsos de onde nasceram, são convencidos a abandonarem suas tradições, a se misturarem com o branco…, mas o branco não os respeita. Então, percebem que perderam sua cultura, sua língua e seus costumes, sem ganharem nada em troca além do preconceito e do desdém. E começam a se sentir perdidos, num mundo que não os quer. Em pouco tempo, o vício do álcool invade a aldeia e acaba com o que já estava destruído." Bárbara baixou a cabeça, incomodada. "É muito ruim, mano. Só entre os Guarani-Kaiowá, são mais de cinquenta suicídios por ano, entre jovens de 9 a 14. Por enforcamento ou veneno."

Hugo olhou-a surpreso.

"Eles se sentem sufocados, sem conseguirem falar em defesa de si próprios, então se matam. Por isso, na Boiuna, não deixamos o álcool entrar. Mas não adianta nós aqui valorizarmos a cultura deles se lá fora isso não acontece. A depressão acaba invadindo a Boiuna do mesmo jeito! Muitos, depois que se formam bruxos, voltam pras suas aldeias entusiasmados, querendo modificar as coisas por lá, melhorar a vida de seus povos, mas, ao verem como isso é quase impossível lá fora, desistem e acabam mergulhando na depressão, tanto quanto os que nunca vieram pra cá. Às vezes até mais, porque os daqui já tiveram a experiência da tolerância; já viram quão bom este país poderia ser e não é. O Pajé está tentando mudar isso, mas é complicado."

"Eu imagino."

Bárbara apontou para uma jovem indígena, sentada cabisbaixa num canto, de vestido florido. Em sua tristeza, não estava aproveitando a festa. Devia ter uns 19 anos de idade. Ao seu lado, uma jovem branca, penalizada, tentava animá-la, e mais dois se aproximavam para fazer o mesmo.

"A Poena soube, ontem, que o irmão mais velho dela se matou, lá na aldeia deles, no centro sul da Amazônia. Ela não pôde fazer nada pra impedir. Não daqui."

Hugo olhou condoído para a jovem.

"No início do ano, o pai dela já tinha sido assassinado por fazendeiros durante um protesto. Agora, é nosso trabalho tentar reerguer os ânimos dela, pra que ela não desista de tudo." Bárbara desviou os olhos, enxugando-os. "Pra tu ver que nem aqui a gente consegue afastar, por inteiro, os efeitos da intolerância. A gente até tenta…, mas de que adianta, se lá fora tudo desmorona?"

Ela olhou irritada pela janela. "Mano… se ao menos os brasileiros se importassem… mas ninguém liga! Culturas inteiras desaparecendo e ninguém se importa. Alguns acham até certo!"

Hugo a olhou assombrado. Então, manteve-se em um silêncio grave, achando bonita aquela paixão dela pelos colegas. "A Comissão deve ter feito horrores aqui…" comentou solidário. Se já havia sido difícil na Korkovado, que sempre tentara imitar a Europa, podia imaginar o terror que havia sido na Boiuna.

"A Comissão?" Bárbara repetiu indiferente. "Eles nem pisaram aqui."

"Oi?!" Hugo se espantou.

"Os de chapéu, não. Só o Alto Comissário e o que veio hoje. Mas não chegaram a proibir nada, não."

"Como assim, não proibiram nada?!"

Nem a falta de séries?! E de provas?! E o horário liberado de almoço, e a ausência de roupas?! Hugo estava confuso agora. Eles não queriam europeizar o Brasil?! Por que não tinham ido justo ali?! O que a Comissão queria, afinal?!

"Shhh, vai começar." Bárbara indicou o pajé, que agora encaminhava-se para o centro do Pentagrama.

Com seriedade e respeito, todos desfizeram a dança, e uma pequena fila de alunos e professores começou a se formar diante dele, ao som de um mantra murmurado pelos jovens ao redor. Bárbara correu para a fila também, enquanto Poetinha voltava, sorridente, para o lado de Hugo; sua tarefa cumprida.

"Canto é muito sagrado para o indígena. Brancos daqui também cantam, porque aprenderam a respeitar o sagrado do outro."

À medida que todos repetiam o mantra em voz grave, as luzes dos cocares e brincos começaram a diminuir, deixando o Pentagrama como única iluminação do convés, e Hugo se arrepiou inteiro naquela semiescuridão intimista, começando a sentir uma calma inexplicável enquanto ouvia o tom grave dos estudantes homens repetindo eternamente as mesmas palavras indígenas.

Ao redor, ninguém mais conversava; uma atmosfera de alta religiosidade se formando à medida que o cachimbo do pajé passava de mão em mão, e de boca em boca, correndo o círculo dos que estavam sentados. "*O que diz a letra?*" Hugo sussurrou, não querendo atrapalhar, e Poetinha murmurou respeitoso, "É um louvor a *Nhanderú etê*, o Criador de tudo. Ele tem vários nomes: *Tupã* para alguns... *Poronominare* para outros..., *Deus*, para a maioria dos brancos, *Allah*, segundo os árabes... Mas, pra vários daqui, é *Nhanderú*, que criou o primeiro homem e deu a ele missão de povoar Terra e não permitir que egoísmo tomasse conta dos corações das pessoas. Música que estão cantando é Guarani. Pede proteção, agradece a *Nhanderú* pelo dia que acabou e pelo que vai começar."

Tadeu olhou-o gentil. "A mata, os rios, o sol, a terra, tudo isso, são os anjos de *Nhanderú*. Os anjos de Deus. Natureza, para nós, é sagrada. *Nhanderú* disse: *Nunca pense apenas em si, para que a humanidade não sofra.* A gente obedece."

Um a um, quem estava na frente da fila ia se aproximando do velho pajé, que, após pronunciar algumas palavras, soprava diretamente nas narinas da pessoa, com um canudo de osso, o pó escurecido que ele e Tadeu haviam preparado. Quem recebia o pó saía respeitosamente da roda e ia sentar-se, sozinho, em outro canto qualquer, deixando que o próximo se aproximasse do velho curandeiro.

"Aquele pozinho é o quê?"

"Rapé. É parte da sagrada medicina da floresta. O nosso é feito de tabaco, cinzas e ervas. Tem aula pra preparar rapé aqui, mas só pajés podem preparar. E só pra situação religiosa. Como é rapé bruxo, o pó que Pajé sopra na narina vira pó diferente pra cada pessoa, de acordo com o que ela tá precisando: cura, iluminação espiritual, inspiração... Alguns provocam apenas efeitos meditativos. Mas tem que ser feito com muito cuidado, só por Pajé."

O velho indígena soprava uma vez na narina esquerda, outra na direita, e a pessoa recebia o rapé de olhos fechados. "Não pode inalar", Tadeu explicou. "Tem que deixar pó atuar dentro da narina. Inalar é errado. Fica muito forte." Poetinha voltou a olhar para a cerimônia, respeitoso. "Pra preparar rapé, pajé pede pra folha: 'eu venho aqui buscar você pra você ajudar a tratar tal pessoa, que está sentindo isso e aquilo.' Tem planta que não pode nem chegar perto sem antes fazer preparação e dieta."

Jovens e professores, após receberem o rapé, continuavam indo cada um para seu canto, se concentrar. Alguns, ainda não inteiramente acostumados, vomitavam em poucos minutos, e a sujeira era logo limpa por outros com um feitiço, enquanto, num banco, uma jovem chorava compulsivamente, quase como se o choro não fosse dela, mas de alguém entristecido e invisível ao seu lado. A maioria, no entanto, ficava simplesmente de olhos fechados, sentindo os efeitos meditativos.

Alheio àquilo, Tadeu olhava com admiração para seu mestre. "Se tornar Pajé não é pra qualquer um. Só os fortes do coração têm fôlego pra suportar iniciação. Com menos de cinco fôlegos não existe pajé que possa afrontar cobra venenosa, nem curar doença com imposição das mãos, nem ler claro o futuro, ou curar à distância, nem se transformar em animal, ou tornar-se invisível e se transportar de lugar para outro com simples esforço do próprio querer."

... e Poetinha aprenderia aquilo tudo, se fosse escolhido.

Tadeu baixou os olhos, inseguro. "Eu não sei se tenho capacidade."

Ah, tinha sim. Até Hugo sentia que o menino era grande.

"Quer experimentar?"

Surpreso, Hugo voltou-se para o menino. "O rapé?!"

Poetinha sorriu. "Não é droga, menino do Rio. É remédio. Eu tenho um pouco aqui, se quiser. Eu mesmo preparei. É mais leve."

Receoso, Hugo pensou bastante, antes de acabar concordando. Precisaria de toda a intuição que pudesse conseguir na jornada que tinha pela frente.

O que o desespero não fazia?

Após receber a permissão de Hugo, Tadeu concentrou-se e, pronunciando palavras indígenas, soprou o pó em ambas as narinas do carioca com seu próprio canudinho.

Hugo sentiu uma ardência forte no nariz, cerrando os olhos para aguentar a dor. A sensação ainda não havia passado quando uma cobra saltou, de boca aberta, em seu rosto, na escuridão dos olhos fechados, e num impulso ele jogou a cabeça para trás, mas flechas já estavam apontadas contra ele do outro lado, cercando-o na floresta. Encurralado, Hugo recuou, e quando pensava em entrar em pânico, virou-se e viu Atlas... abatido e doente, na cama. A imagem era absolutamente desoladora, mas fez com que ele se acalmasse, lembrando-o do porquê estava ali. Foi quando uma voz reverberou, apenas em seu ouvido surdo, "*Coragem*". Vinha de dentro de sua mente, como a mensagem radiofônica de um anjo, e Hugo aceitou o conselho, sentindo, de repente, a certeza de que seria protegido, mesmo quando sozinho.

Com aquela convicção estranha no coração, abriu os olhos, mais calmo.

Poetinha olhava-o com simpatia. "Surpreendente. Alguns vomitam na primeira vez. Outros têm convulsões..."

Hugo arregalou os olhos, "Convulsões?!"

"Mas eu sabia que você reagiria bem", Tadeu completou com um sorrisinho malandro nada tranquilizador.

Ok. Estava decidido. Nunca mais cheiraria aquilo! *Credo...*

Lá fora, a chuva começara a bater forte no rio, trazendo para a Boiuna o aroma gostoso de mato molhado, e, na iluminação intimista do Pentagrama, o pajé começou uma nova cantoria, sendo acompanhado desta vez apenas pelos indígenas do salão; todos austeros e circunspectos, de pé na escuridão do convés, em prece.

Tadeu também fechara os olhos, enquanto os brancos assistiam, respeitosos. Aquela reza não cabia a eles. Era dos indígenas, e apenas deles, por direito.

Ainda um pouco sob o efeito do rapé, Hugo ouvia quase em transe, como se estivesse em outro mundo, em outra dimensão, e, de repente, o salão inteiro estava cercado por dezenas de espíritos indígenas. Caciques, caçadores, pajés, mulheres, guerreiros de outros tempos... todos assistindo, austeros, como guardiões espirituais da reza. E Hugo teve certeza, talvez ainda sob intuição do rapé, que aqueles eram os representantes de todos os povos que já não existiam mais... Todas as etnias que haviam sido dizimadas nos últimos séculos... Paraujanas, Tacus, Acarapis, Quinhás, Amaribás, Agaranis, Ojacás, Arinas, Tucurujus,

Avaquis, Xaperus, Aturahis, Cotós, Tapicaris, Cuimarás, Porocotós... a lista não acabava...

Quanta cultura perdida, meu Deus... Quantos mortos...

Na presença dos ancestrais, todos foram sentar-se em silêncio, limpando a mente de tudo que não fosse importante, e o pajé se ausentou por um tempo, deixando cada um com seus pensamentos... Era impressionante aquela magia à flor da pele que todos ali pareciam ter... Aquele intercâmbio natural com as almas... E Hugo ficou observando-os intrigado. Teria sido por respeito que Bofronte não interferira ali?! Depois do tanto que fizera nas outras regiões, mantivera-se longe dali por *respeito*?!

Não deixava de ser possível. Mefisto era sempre surpreendente.

Hugo não se esquecera do olhar de respeito que ele e Capí haviam trocado no fim do ano. Até o pixie tinha começado a respeitá-lo. Mesmo depois de tudo. Mesmo depois da tortura...

"Ah, menino está fascinado pelo *iauti*..." uma voz envelhecida falou-lhe, em português, e Hugo olhou surpreso para a esquerda. O pajé Morubixaba estava sentado ao seu lado, fumando tranquilamente um cachimbo comprido, pronto para conversar.

CAPÍTULO 42

A ASTÚCIA DO IAUTI

Hugo olhou à sua volta, ansioso, mas Tadeu havia ido ajudar um aluno branco que chorava, e Hugo voltou-se inseguro para o pajé. Estavam sozinhos.

"*Iautí?*"

Inserindo um punhado de ervas no comprido cachimbo, Morubixaba traduziu, "*Jabuti*", sugando o canudo várias vezes antes de continuar. "Jabuti é tartaruga grande. Mais de meio metro e muuuuito velha. Representa astúcia junto de perseverança. Seu amigo é muito astuto. E perseverante."

"Mefisto não é meu amigo."

O pajé olhou-o de soslaio, como se soubesse mais, e voltou a fumar o cachimbo enquanto Hugo se envergonhava da admiração que ocultamente sentia pelo Alto Comissário.

Lá na frente, os estudantes voltavam a se animar, numa nova dança.

"Paciência e manha, são os atributo do jabuti", o pajé continuou. "Nos contos indígena, jabuti vence, sem precisar correr, corrida contra o veado, usando truque; usando esperteza. Escapa também do homem que o prende pra comer, elogiando as crianças do homem, que tinham ficado na tenda. Se é preso por alguma árvore, só tem que esperar que árvore apodreça. Sabe que ela vai apodrecer. Espera. O tempo que pode gastar é irrelevante. Manha e paciência."

Hugo ouvia com atenção, levando em consideração cada palavra, mas algo não parecia encaixar. "O Mefisto pode até ser paciente, senhor Pajé, mas não é nenhuma tartaruga. Ele estava com bastante pressa, ano passado, pra conseguir o que queria. Chegou chegando com tudo!"

O pajé abriu um simpático e sábio sorriso. "Isso é porque menino não sabe o que ele quer."

"Ué, europeizar o Brasil, não? Uniformizar os comportamentos, controlar todo mundo?!"

"Pode ser que sim, pode ser que não. A gente nunca sabe o que se esconde na mente de um *iauti*. A gente só vê os passo que ele dá, nunca aonde ele quer chegar."

"*Os passos do touro...*" Hugo murmurou, lembrando-se do que Abramelin dissera. Que outro objetivo Mefisto poderia querer alcançar com uma Comissão daquelas?

"O que ele quer, só ele sabe. A paciência do *iauti* desconserta os outro, faz os mais agitados tentarem decifrá-lo depressa, sem antes procurarem compreender."

O pajé tragou o cachimbo longamente, sem se importar com o prolongado silêncio. "Mas é isso que menino mais gosta nele, né? O mistério."

Hugo desviou um pouco o olhar, não querendo demonstrar que aquele homem o fascinava; aquele *monstro* – segundo os Pixies. Que havia ordenado a morte de crianças. Não havia? ... Hugo tinha suas dúvidas quanto àquilo.

"Pajé entende menino. Faz injustiça comparando Alto Comissário ao *iauti*. O *iauti* dos contos é malandro, mente, ri do adversário caído, se gabando da própria esperteza... Seu amigo, não. Seu amigo é astuto, mas respeita adversário. É mais nobre que o *iauti*. Vida ensinou humildade a ele." O pajé deu mais uma longa baforada na semiescuridão. "Um grande adversário."

Hugo concordou, olhando para o chão a seus pés.

"Menino só toma cuidado", o pajé continuou, pensativo. "Assim como o *iauti*, ele é mais velho do que aparenta. Sabe da vida. Observa. Vê. Difícil de enganá."

Hugo assentiu, pensando nos momentos em que havia estado junto a ele: o conselho que Mefisto lhe dera ao pará-lo no corredor..., o entendimento entre os dois após a morte dos chapeleiros... Por algum motivo, não sentia vontade alguma de enganá-lo. Talvez fosse a certeza de que só se daria mal tentando. Ao menos, Hugo gostaria de pensar que era aquilo; e não a admiração bizarra que sentia por ele. "Como o senhor sabe tudo isso?"

"Pajé vê íntimo das pessoa. Mas menino também viu. Nada do que Pajé disse é novidade pra você. Pode não ter pensado com cabeça, mas pensou com coração. Sentiu."

Verdade. Hugo havia sentido, sim. Mais do que os outros. "A Bárbara disse que a Comissão não censurou nada aqui. Como pode? É alguma artimanha?!"

O pajé negou. "Menino também já sabe essa resposta. Seu *iauti* respeita nós. Respeita o indígena. Deixou nós quieto."

Como podia ser?

"Isso não quer dizer que seu *iauti* seja bonzinho", o pajé alertou, "mas sabe respeitá algumas coisas. Sabe respeitá quem respeita a vida." Ele abriu um sorriso esperto, "Muito complexo seu *iauti*."

Confuso com os sentimentos que tinha por ele, Hugo tentou mudar de foco, voltando a observar o Poetinha, que conversava simpático com os colegas.

Morubixaba fez o mesmo, observando seu aprendiz com a serenidade dos grandes mestres. "Quem se torna pajé", disse baixinho, em meio à fumaça, "é porque viu sombra, viu outro ser; *teve* o impacto da viagem que fez através do seu *ti*: sua alma. Do seu *zagonkap*: seu espírito. Desde antes do contato com os branco, os pajé, os *wãwã*, já recebia espíritos que falavam na língua dos branco. Com espírito do branco incorporado nele, o wãwã falava português e tomava água fria. Indígena jamais tomava água, só a sopa fermentada ou cozida, a makaloba."

Hugo olhou-o surpreso, e o pajé continuou, "...Tudo tem espírito. Tem alma. As árvores, as águas, os animal, as pessoas... O Pajé sabe ver e visitar esses espírito. Eles estão em todo o lado: andando na chuva, olhando quem passeia, aprendendo aqui na escola, ajudando a aprender. Rudá vê desde pequeno. Interpreta expressão do rosto. Sabe o que espírito sente."

Hugo olhou para o Poetinha, que sorria tímido enquanto conversava com uma jovem; provavelmente recebendo um elogio dela.

"Moacy via também."

"Qual dos dois o senhor vai escolher?"

"Pajé não conta segredo. Mas não se preocupa. Essa pergunta tempo vai te responder logo." Puxando mais fumaça do cachimbo, Morubixaba ia se ajeitar quando viu Quixote se aproximar e abriu um sorrisão desdentado, "Ih! Olha só! Você por aqui, amiguinho?!"

O sagui, conversando macaquês, animado, pulou para o ombro do velho pajé, que começou a fazer cócegas no macaquinho.

"Foi o senhor que deu ele pro Atlas, não foi?"

O pajé confirmou, "Presente pro meu amigo, sim", e se entristeceu um pouco, brincando com o sagui. "A vida prega peça na gente..."

Hugo baixou a cabeça, angustiado, lembrando que seu professor estava morrendo aos poucos no Rio de Janeiro. Dando mais uma tragada no cachimbo sagrado, o pajé encheu o ar de fumaça aromatizada. "Quando alguém fica doente, pajé vai tomar satisfação com os espírito que causaram doença. Com os goihanei, os dzerebái, os zagapuyo que ficam na floresta. Pede pra voltarem atrás. É dever dos pajé curar. Rudá te contou como pajé faz pra curar?"

Hugo se endireitou no banco, interessado, dizendo que não.

"Sarar da doença não tem a ver com o que se passa no corpo: o que importa é viagem do pajé pra buscar alma perdida do doente. O *ti* que foi roubado. Pajé pergunta onde doente esteve antes da doença, e vai buscar a alma que doente perdeu. É dever do *wāwā*, do pajé, encontrar alma *ti* de quem adoeceu; que foi aprisionada por algum *goihan*. *Wāwā* vai visitar reino dos *goihanei* pra recuperar alma do paciente. Muito perigoso. Vai com *zagapuy* protetor do *wāwā*. *Wāwā* argumenta com os *goihan*, pede, conversa, até que devolvem alma *ti* do doente pra *wāwā*."

O pajé abriu a mão envelhecida, revelando um espírito de passarinho pousado sobre a palma. "Então, *wāwā* repõe *ti* no corpo do doente, que se cura."

Hugo olhou com esperança para o velho curandeiro, mas o pajé fez questão de arrematar, "Quando é destino do doente se curar", e o entusiasmo do carioca se apagou.

Reparando a mudança, Morubixaba fixou os velhos olhos sábios no jovem. "Menino pode ir buscar medicamento na selva. Pajé deixa."

"Sério?!"

"Enquanto busca, Pajé vai pro Rio, encontrá *ti* do professor." Inspirando a fumaça lentamente, Morubixaba suspirou, "*Tá difícil... Tá muito difícil.*"

"Por quê?" Hugo se preocupou.

"Porque nosso amigo não quer morrer. Mas também não quer viver. Não tá lutando. Difícil."

Hugo baixou os olhos, com pena do professor, sabendo que era verdade.

"*Difícil...*" o pajé repetiu, introspectivo, e Hugo percebeu que o velho curandeiro não falaria mais nada naquela noite; sua tristeza vindo não da possibilidade da morte, mas da autodestruição de Atlas. Morrendo mais rápido. Sem lutar.

O cachimbo do velho pajé era enorme; uma haste de trinta centímetros, culminando num recipiente de ervas. "Não é qualquer cachimbo", ele explicou, percebendo o que Hugo se perguntava. "É cachimbo consagrado. Arma espiritual. Ajuda a afastar os maus espíritos; a defumar pessoa doente; a fazer proteção. A fumaça espanta todas as maldade do corpo da pessoa. Às vezes, tem doença espiritual. Então pajé concentra, recebe a força da natureza e tira doença espiritual."

"A do Atlas não é espiritual, né?"

Morubixaba pensou antes de responder, "Em parte. *Causa* da doença, espiritual. *Agravamento* da doença, teimosia. Virou físico."

Hugo assentiu, entristecido. Depois de um tempo, levantou-se, e já ia se afastando quando o pajé falou, "*Wāwā* Morubixaba vai até Rio de Janeiro. Mas se os goihan não quiserem entregar alma *ti* do professor, *wāwā* não tem o que fazer. Professor quebrou regra do tempo. Os goihan estão zangados."

Hugo desviou o olhar, inconformado com a teimosia de Atlas.

Por que tinha de ter sido tão irresponsável, caramba?! Kanpai avisara sobre a Bússola!

Sentindo seus olhos umedecerem de raiva, Hugo tentou se recuperar antes de voltar para o Poetinha. Não queria demonstrar fraqueza. Na floresta, aquilo poderia ser fatal, e ele precisava treinar.

Aproximando-se do menino, fingiu estar bem. "Achei que o Pajé não falasse português."

Lembrava-se de Capí falando sobre ter tido aula particular com ele no Rio de Janeiro e não ter entendido quase nada, no início, por causa da língua.

Poetinha sorriu, "Ele faz isso. Pelo menos com aqueles que Pajé quer iniciar. Dá as aulas em língua que aprendiz não conhece, pra treinar intuição do aprendiz. Comigo e com Moacy, Pajé só falava português. Assim, a gente pôs a língua na memória mais rápido. Disse que era importante saber."

Hugo estava distraído, pensando no pixie. Em tudo que Capí sofrera nas mãos daqueles homens, e Tadeu, observando-o, parecia saber. "Você e Pajé falaram da Comissão."

Hugo confirmou. "O Pajé disse que Mefisto respeita os indígenas."

Poetinha concordou. "As pessoas principais da Comissão até vinham, mas nunca chegaram a proibir nada. Presença deles era incômoda, claro, mas só por causa dos comentários ruins que alguns deles faziam. Não o Mefisto. Nunca o Mefisto."

"Tem que ter algum outro motivo pra ele não ter reprimido ninguém aqui. Não pode ter sido só por respeito."

"Pajé sente que tem outro motivo, sim, mas não me conta. Diz: *filhote de onça que não aprende a caçar, quando fica sozinho morre de fome*. Eu tenho que descobrir por conta própria. Faz parte do aprendizado."

"Você já teve alguma intuição a respeito?"

Poetinha parecia incerto. "O que eu sinto no Alto Comissário é que ele nunca faz nada com um único objetivo em mente. Cada passo que dá é sempre mirando mais de um alvo, como caçador habilidoso, que solta duas flechas de uma vez só."

Tadeu olhou para a festa, mas seu pensamento estava longe. "Eu não acho que tudo que ele fez ano passado foi só pra Brasil virar Europa, por exemplo. O que Comissão fez serviu para objetivo dele, mas não é nem de longe o que ele quer, acho. Da mesma forma, foi por respeito que ele não interferiu aqui. Mas foi também porque ele sabia que não ia conseguir controlar a gente como controlou os outros, e a nossa resistência ia atrapalhar a aura de governo democrático deles. A gente não ia fugir, como os de Salvador fugiram no fim, e ele ia acabar tendo que matar cada um de nós: todos os 450 alunos e professores da Boiuna. Ele não queria isso. Porque nos respeita, porque não é um monstro, e porque perderia toda a legitimidade, até perante os conservadores. Mas sinto um quarto motivo, mais forte ainda."

"Qual?"

"O que ele quer não está aqui."

Hugo ergueu as sobrancelhas, surpreso e perplexo, e Poetinha deu de ombros, meio inseguro. "Eu posso estar enganado."

Enganado ou não, Hugo manteria aquela possibilidade em mente. *Será?* Caimana já sugerira algo parecido, nos subterrâneos de Salvador, mas ninguém dera ouvidos a ela. O que Mefisto poderia querer além do que a Comissão já estava fazendo? "De qualquer forma", Poetinha adicionou, "continue ouvindo sua intuição, equilibrando ela com seu Kraí Kendá. Mesmo que ela pareça errada às vezes."

"Meu *Kraí Kendá*?"

Tadeu sorriu benevolente. "*Nhanderú*, preocupado com os homens, criou três deuses secundários, para serem intermediários Dele junto a nós: *Kraí*, o iluminado, *Kraí Rendy Vydjú*, o poder da luz, e *Kraí Kendá*, o espírito que adverte os homens sobre o Bem e o Mal. Este terceiro, vocês chamam de *consciência*."

"Ah, essa eu conheço bem", Hugo coçou a *consciência*, incomodado.

Poetinha deu risada. "Então, menino do Rio. Siga sua consciência, o máximo que puder, mas, se sua intuição estiver insistindo no caminho oposto, preste atenção nela também. A gente nunca sabe o que destino tem planejado pra gente."

"Minha intuição? No sentido de confiar no Mefisto?!"

"Sua intuição. O que quer que isso signifique."

Hugo aceitou o conselho, meio na dúvida, sem saber bem o que fazer com ele ainda. Como assim, confiar em sua intuição? Ela só o tinha levado à desgraça até agora.

Se bem que não. Sua intuição salvara Eimi no ano anterior. Nunca teria encontrado o garoto tão rápido se não fosse por ela. Ok. Ele tentaria equilibrar sua consciência com sua intuição, quando achasse que fosse preciso.

Na festa, quatro grupos de estudantes mais velhos pareciam bastante nervosos, próximos à amurada lateral, como que se preparando espiritualmente para alguma jornada. Alguns arrumavam as mochilas com as mãos trêmulas; outros, bem menos tensos, saltitavam nos calcanhares, empolgados. Estavam recebendo aconselhamento especial dos professores naquele momento; principalmente dos padrinhos ou madrinhas de seus elementos.

"O que eles vão fazer?"

Antes que Poetinha pudesse explicar, a velha monja mestiça, madrinha do ar, anunciou em voz alta: "*Queridos curumins e cunhantãs!*", e todos paravam a dança para ouvi-la. "*Como vocês sabem, amanhã começam os Jogos Bienais! Carinhosamente apelidados de Jogos Atílicos, em homenagem a nosso querido Átila Antunes!*"

Os estudantes aplaudiram empolgados. Grande AA... Difícil pensar que um homem daquela qualidade havia morrido tão de repente. Atropelado, ainda por cima.

"*A partir de agora, a festa é em homenagem a esses bravos rapazes e essas bravas moças aqui, que irão enfrentar a floresta a partir de amanhã!*"

O coração de Hugo deu um salto, enquanto a madrinha do ar continuava a falar. "*... Vamos! Ajudem nossos jovens expedicionários a relaxar!*" A música voltou a tocar, animada, e todos foram saudar os participantes com empolgação; Kemem e Karuê dando risada de seu novo status de celebridade enquanto arrumavam a mochila. Mas Hugo não estava prestando atenção. Parara na menção à palavra 'floresta'. "Eles vão sair?!" perguntou animado. "É permitido, então?!"

"Só durante os jogos. E com acompanhamento de adulto. É perigoso demais para os mais jovens, por isso só quem têm idade mais avançada pode se inscrever. E, mesmo assim, só os mais preparados recebem permissão. Precisam usar todo conhecimento deles para voltarem vivos."

Hugo tinha os olhos fixos no grupo. "... O que eles fazem lá fora?"

"Uma espécie de Caça ao Tesouro entre os quatro grupos, com direito a apenas própria varinha e ajuda dos outros do grupo. Não é pra qualquer um. Aproveitam pra aprender na prática. Fora dos Jogos, aprendizes só têm chance de sair quando Boiuna ancora para aulas fora do navio. São muito raras e só para os mais velhos. Daí, várias turmas saem ao mesmo tempo, acompanhadas dos professores, pra buscar raízes ou encontrar animal mágico. Saem em caravana numerosa, nunca assim, como agora, com pouca gente. Aula de Captura e Preservação de Animais Mágicos é a mais procurada; nelas jovem aprende como identificar rastros de mapinguari, Boitatá, onça-Boi, e vários outros. Quando necessário, capturam animal com cuidado, estudam, na floresta mesmo, as características deles, e devolvem pra natureza. Tudo com muito respeito, até porque mexer errado com eles irritaria Curupira."

Hugo estremeceu. Ah, que ótimo. Reconfortante saber que o ser mágico que ele precisava evitar metia medo até numa CARAVANA com dezenas de bruxos.

"Mesmo pra essas aulas, aprendizes e professores só podem sair sob olhar vigilante dos Caapora-assú."

"Dos o quê?"

"Dos grandes moradores da mata", Tadeu apontou para alguns indígenas diferentes, nas sombras, inspecionando cada um dos aprendizes com frieza. Só pelas silhuetas, Hugo já sentiu um calafrio, percebendo que não eram humanos.

"Vocês chamam de *Caiporas*."

Hugo se surpreendeu, voltando a olhar para o lado escuro do salão e forçando a vista para enxergá-los melhor. De fato, não eram, nem de longe, humanos. Tinham a pele mais escura que os indígenas, e o corpo coberto de grossos pelos, alguns deles no rosto. Bípedes, fumavam cachimbo enquanto inspecionavam aprendizes e professores, examinando suas varinhas com o olhar duro dos soldados, bebendo, a grandes goles, garrafas inteiras de cachaça enquanto trabalhavam; levando garrafa na mão direita e vara na esquerda, que seguravam como um cajado, apoiada no chão.

"Eles temem claridade. Por isso andam sempre nas sombras – tanto aqui quanto na floresta. Só saem da Boiuna quando a gente sai."

Uns eram baixinhos e magros, outros, grandes, musculosos e cabeludos, quase batendo no teto de tão altos, e Hugo se perguntou como não reparara neles antes. "São os guardiões da Boiuna?"

Poetinha negou com veemência. "São os guardiões da *floresta*. Contra nós."

Hugo fitou-o surpreso, e o menino explicou, "Os maiores são os guardas: não deixam alunos nem professores saírem para a floresta sem permissão. Os menores são os mateiros: os que se embrenham na floresta para buscar estudante fujão e espiar perigos ocultos durante as expedições. São duas raças diferentes. Decidiram que ficar na Boiuna e guardar floresta contra nós era mais importante do que proteger floresta dos azêmolas. Essa tarefa eles deixaram para os curupiras."

"O curupira", Hugo corrigiu, e Poetinha confirmou entristecido.

O único curupira que sobrara, depois do extermínio promovido pelos sacis. Devia estar sobrecarregado de trabalho agora, coitado.

"Por que os caiporas não deixam vocês em paz e não vão ajudar o Curupira contra os azêmolas, que destroem muito mais do que os bruxos?"

"Perigo maior do que destruição azêmola é certos habitantes da floresta conseguirem capturar bruxos e usarem seus poderes."

"Eita. Tipo o povo da esposa do Antunes?"

Poetinha confirmou. "Tipo povo da Helena, sim."

"Então você também nunca foi lá fora?"

Tadeu negou. "Perto da minha aldeia, sim, que tem relação próxima com homem branco, mas na floresta profunda, nunca. Só em desdobramento."

"Desdobramento?"

"É quando a gente entra em estado meditativo e sai do corpo pra conhecer novos lugares, conversar com outros espíritos, aprender mais."

Hugo ergueu a sobrancelha espantado. Como assim, ele saía do corpo?!

"Também é chamado *viagem astral*", Tadeu completou, com a mais absurda serenidade. Ele saía do corpo para passear e falava disso com aquela calma?!

Poetinha riu, vendo seu desespero. "Nosso espírito fica preso ao corpo por ligação sagrada, menino do Rio. Não tem perigo de soltar, não. É desse jeito que pajé viaja por todas as paragens, com proteção de Zagapuy."

Hugo ainda não estava convencido. "E você consegue fazer isso também?!"

O menino disse que sim, como se fosse a coisa mais natural do mundo. "Ainda não aos lugares habitados só pelas almas, mas aos lugares da Terra, sim."

"... Tem certeza de que não é perigoso, Poetinha?!"

"Tão perigoso quanto dormir e sonhar", Tadeu sorriu esperto para ele. "Você se desprende toda noite, menino do Rio, quando dorme. Todo mundo faz. É a coisa mais natural. As lembranças do que fazemos fora do corpo vêm codificadas como sonhos na nossa cabeça. Tem sonho doido, que é cérebro reorganizando informação aprendida no dia, e tem sonho nítido, que é lembrança de desdobramento."

"... E você faz essas viagens astrais conscientemente, é isso?"

"Isso. Eu me desprendo por vontade própria, sem precisar dormir. Inclusive, já assisti a *aulas* enquanto desdobrado. Pajé me mandou viajar até círculo dos sábios, no Pico da Neblina, aprender com os espíritos ancestrais dos Yanomami e dos Makuxi. Lá, eu fiquei uma semana, em espírito, recebendo sabedoria dos pajés antigos."

Hugo estava impressionado.

Ao redor deles, grande parte dos indígenas já começava a se recolher, deixando a festa por conta dos brancos. "Vocês dormem cedo assim?"

Poetinha sorriu. "Desde que abriram a caixa da noite."

Como ele gostava daquele menino.

Deixando que Tadeu fosse para sua última aula com o pajé, Hugo se despediu da festa, igualmente cansado; todas aquelas horas de viagem e aprendizado de repente pesando em seu corpo. Como o menino conseguia ainda ter pique para mais uma aula de Pajelança?

Vencido pela exaustão, Hugo desceu para o andar imediatamente inferior, onde uns quarenta jovens já dormiam, e outros tantos se preparavam para dormir, em redes que iam sendo penduradas no teto por eles próprios à medida que chegavam. O imenso convés da aula de Elementos já estava tomado por elas, todas quase imprensadas umas contra as outras, transformando o salão em um enorme dormitório. A única iluminação vinha dos cogumelos verdes luminescentes que flutuavam em volta das redes como abajures voadores, e Hugo sorriu. Realmente, aquela cor, pairando no escuro, tranquilizava bastante o ambiente.

Escolhendo a única rede vermelha no montinho de redes disponíveis, Hugo procurou um espaço livre para pendurá-la, encontrando-o e esgueirando-se lateralmente para não esbarrar em ninguém que já estivesse dormindo. Assim que a instalou, foi buscar a mochila, protegida por um macaquinho muito possessivo chamado Quixote, e enfiou-a dentro da rede primeiro. Só então deitou-se, com cuidado, temendo se desequilibrar e cair do outro lado. Não estava exatamente acostumado a dormir em redes. Não era algo muito comum no Rio de Janeiro.

Em poucos minutos, no entanto, já estava todo esparramado nela. Eram perfeitas! Ainda mais porque balançavam junto com o navio, praticamente ninando os estudantes! E o que era aquela brisa maravilhosa vinda das varandas?!

Sentindo-se no céu, em meio aos abajures flutuantes, Hugo capotou no sono mais rápido até do que gostaria.

Quando acordou, meio confuso, era madrugada ainda.

"A gente parou?" perguntou para o aluno ao lado, sentindo uma movimentação de jovens e adultos na escuridão. Os motores tinham parado.

"Porto Bruxo de Óbidos, maninho", o jovem respondeu, de bem com a vida, dedilhando seu violão enquanto o sono não vinha, e Hugo olhou para os estudantes novos que embarcavam na escuridão, iniciando seus anos letivos. Chegavam em silêncio, para não acordarem ninguém; cada um com sua mochila ou seu baú. Eram poucos naquele porto. Todos vestidos.

"A próxima parada é Juriti..." ele continuou, dedilhando relaxado. "Lá, devem embarcar um ou dois mundurukus e muirapinimas. Além de alguns ribeirinhos. Muito gente boa, todos eles", e se ajeitou para alcançar sua mão, "Nelson, prazer."

"Hugo. Você é de onde?"

"Éeegua", ele respondeu, com seu jeitinho manso de ribeirinho poeta, esticando-se todo e ajeitando o boné nos cabelos revoltosos. "Manaus, minha amada cidade. Sabe, não tem cidade mais bonita que ela, não... Nem o seu RJ."

Hugo deu risada. "Sei."

"É séeerio, maaano!" Nelson sorriu, o violão descansando sobre si, todo folgado, "Faz dois anos que eu não desembarco na minha amada. Tô morto de saudade já. Vou lá tocar Legião Urbana pros meus amigos... Éeegua, Renato Russo era um gênio. Se tivesse bruxo gênio assim, eu tocava música bruxa."

Hugo riu, sentindo os motores da Boiuna voltarem a funcionar, o navio zarpando e começando a distanciar-se de Óbidos. "Quantos portos até Manaus?"

"Ih... vai demorar um pouco ainda... uns quatro ou cinco dias, acho."

"A Boiuna não consegue ir mais rápido, não?"

Nelson deu de ombros, folgado. "Qual é a pressa, jovem?"

Realmente, para a escola, não havia motivo de pressa. Ela ia ficar indo e voltando naquele rio enorme o ano inteiro mesmo...

Tentando resignar-se, Hugo recostou-se de novo e fechou os olhos, agora ao som do leve dedilhado de Legião. Alguém ainda murmurou, *"Nelson, vai dormir..."* e Hugo só ouviu: *"Rapaz, vou, não..."* antes de apagar por completo.

Quando acordou novamente, já era manhã, e alguns ribeirinhos preparavam as mochilas para desembarcar. O porto de Juriti devia estar próximo.

Ainda com sono, checou o relógio. Seis da manhã. Aquele povo acordava cedo demais, credo. A maioria dos indígenas já havia saído de suas redes.

Tentando dar uma arrumada básica na roupa amassada, Hugo deu alguns tapinhas no rosto para disfarçar o cansaço, pôs a mochila nas costas, enrolou e guardou a rede, e foi explorar o navio; ver a que horas as aulas começavam, etc.

Brancos e ribeirinhos ainda dormiam, Nelson especialmente, mas, no andar de cima, o café da manhã já estava sendo servido, provavelmente pelos indígenas. Hugo podia ouvir o ruído de louça e o aroma delicioso de pão quentinho chegando das escadas. Dirigindo-se a elas, parou ao avistar o Poetinha pela longa janela do santuário circular. Era uma área fechada, feita toda em madeira, restrita ao pajé e a seus aprendizes, bem no centro do andar, e lá estava o menino, às seis da manhã, cuidando das plantas medicinais.

Hugo bateu à porta com discrição e a abriu, murmurando baixinho, para não acordar o povo lá fora. "Não dormiu, não?"

Tadeu sorriu com vivacidade, e continuou a preparar a terra para o transplante. "Maioria dos indígenas prefere acordar antes dos primeiros sorrisos do dia, pra fazer tarefas. No meu povo Huni Kuin, criança levanta às 4 da madrugada. Com 12 anos, pajé batiza e criança começa preparação para aprender o conhecimento da cultura, da história, das tradições, dos artesanatos, das comidas. Mas antes aprende a acordar cedo e trabalhar. Jovem da cidade é um pouco mais preguiçoso." Ele sorriu malandro, indicando Nelson com os olhos, ele e seu violão estirado na rede lá fora; mergulhados em sono profundo, e Hugo riu.

"É da cultura de vocês, né. Dormir faz bem também", Poetinha concedeu, bondoso. "Mas é costume indígena acordar antes do sol. A disciplina é uma das formas que o ser humano encontrou para ampliar seu tempo na Terra."

Tempo... Tudo que Atlas não tinha.

Deixando que o menino terminasse sua tarefa em paz, Hugo subiu sozinho até o convés principal. As longas mesas de madeira já estavam, de fato, repletas de frutas, pães, sucos e grãos, e o aroma era inacreditável de tão bom.

Caminhando ao redor delas, foi dar uma respirada lá fora, enquanto os indígenas realizavam seus afazeres, limpavam suas varinhas, preparavam as mesas... Talvez por isso os brancos acabassem se responsabilizando pela limpeza da escola no fim da tarde. A manhã era dos indígenas.

Saindo à luz do dia, Hugo apoiou os braços no parapeito do deck e ficou vislumbrando a imensidão da floresta ao amanhecer; aquele mundo de água e de verde interrompido, apenas de vez em quando, por pequenos casebres azêmolas que pipocavam nas margens distantes. Eram casinhas extremamente pobres, de madeira, suspensas por troncos apodrecidos semicobertos de água. As famílias ali viviam literalmente às margens da civilização. Num isolamento total. Suas velhas canoas a motor presas a estacas para não serem levadas pela poderosa correnteza.

Devia ser desesperador viver ali... Ainda mais num rio gigantesco como o Amazonas.

"*É muita água...*" Hugo murmurou para si mesmo, sentindo Bárbara chegar ao seu lado, e ela sorriu, olhando para fora, "O maior rio do mundo!", inspirando, com satisfação, o ar puro da manhã. Os dois ainda ficaram ali, em silêncio, por alguns minutos, observando a vida dos ribeirinhos, vendo-os saírem em seus barquinhos motorizados para trabalharem nas cidades mais próximas.

Aqueles eram guerreiros mesmo. Como pessoas podiam viver daquele jeito, em casas apoiadas em precárias estacas de madeira, a centenas de quilômetros da cidade mais próxima? Pior: a centenas de quilômetros do *hospital* mais próximo. Era muito isolamento... Mil vezes pior do que viver em um contêiner numa favela.

Pelo menos ali havia peixe à vontade. Não morreriam de fome. Mas talvez morressem de onça, de crocodilo, de mosquito... Devia haver muitos ali. Na Boiuna não se sentia, porque ela estava sempre em movimento, mas aquelas pessoas tinham uma *floresta* no quintal de casa! Devia ser assustador à noite, na escuridão do precário gerador elétrico.

Assombrado por aquelas indagações, Hugo ouviu o ruído de um segundo motor lá embaixo: um barquinho comprido, passando com dezenas de crianças azêmolas brincalhonas sentadinhas lado a lado, em seus uniformes escolares. O barco ia buscando-as, de casebre em casebre, para levá-las até alguma escola igualmente isolada no meio do nada. Meu Deus... era outro mundo! Um universo paralelo que Hugo não fazia ideia de que existia! E ele reclamando da vida...

Mais próximo à Boiuna, um grande catamarã navegava cheio de passageiros. Percebendo a aproximação dele pelo som alto do tecnobrega que emanava da lanchonete azêmola, os estudantes bruxos, sorrindo largamente, correram empolgados para a amurada da direita, e Hugo se surpreendeu: o catamarã, de nome *Rondônia*, estava passando a pouquíssimos *centímetros* da Boiuna! Ultrapassando-a lentamente! O deck lotado de turistas, todos fotografando o nascer do sol ATRAVÉS da Boiuna, e nenhum a via!

Ao fundo, passageiros locais ainda dormiam em suas redes, preparando-se para o dia de trabalho na cidade mais próxima. Mistura interessante de pessoas humildes e turistas ricos. O comandante, alto, grande e negro, ia super sorridente em meio a eles, de camiseta branca da marinha mercante.

"Eles não podem mesmo nos ver, né?"

"Não."

"E não tem risco de baterem na gente?"

"Té doido, é?" Bárbara sorriu, vendo o catamarã passar a um mero palmo de distância; alguns alunos até torcendo para que BATESSE, repetindo "*Vai, vai, VAI... Quaaase...*" enquanto outros riam, vendo o catamarã se afastar de vez para o lado.

Claramente rolava uma aposta entre eles.

Enquanto isso, passageiros locais do catamarã jogavam trouxas de roupa e de comida para os ribeirinhos que se aproximavam em seus barquinhos, lá embaixo. Eram crianças sozinhas em suas canoas, idosos, mães com seus filhos mais jovens... Vinham remando, ou com motores precários, recolher as doações atiradas à água. Parecia um costume já: levar doações a bordo para jogá-las a eles.

Uma das trouxinhas atingiu a Boiuna, caindo reto na água lá embaixo, e Bárbara olhou para Hugo, dizendo "Ups" com um sorriso travesso, enquanto ribeirinhos e passageiros olhavam confusos para a água, sem entender o que havia impedido a trouxinha de seguir pelo ar. Foi então que arregalaram os olhos, assustados! Os ribeirinhos fazendo o sinal da cruz depressa, enquanto turistas sacavam suas máquinas para tirarem fotos do vestígio da cobra gigante deslizando pelas águas, e Hugo riu. Aquilo era bom demais.

Um único menininho do catamarã não se fixara na "cobra" lá embaixo. Olhava fixo nos olhos de Hugo, boquiaberto, cutucando a mãe para que ela visse também o enorme navio. Mas ela não lhe daria atenção. Era azêmola, a pobre.

Hugo piscou para o menino, fazendo um sinal de silêncio, para que aquilo fosse um segredo entre eles, e o menininho entendeu, parando de puxar a mãe.

Que bom. Pouparia ao garoto anos de sofrimento desnecessário em psicólogos por estar vendo alucinações. Até que recebesse a carta.

Bastante orgulhoso de si mesmo por ter ajudado, Hugo ainda ficou uma boa meia hora lá fora, com Bárbara, conversando sobre as peripécias dos pais separados dela..., sobre Dandara e os Pixies..., enfim sobre tudo que podia comentar sem mencionar cocaína, bandidos e Esclerose Múltipla. Ela não podia nem desconfiar do que ele tinha ido fazer ali. Nem ela, nem nenhum outro, além de Poetinha.

O Pajé tinha dado sua permissão, mas Hugo desconfiava de que aquela ainda fosse uma permissão escondida. Contra as leis da Boiuna. Aliás, nem Bárbara, nem estudante algum havia lhe perguntado o porquê de ele estar ali no Norte. Simplesmente aceitavam sua presença, ajudando-o, solícitos, e pronto, apesar de claramente quererem saber.

Muito respeitoso da parte deles.

"Ali, Juriti chegando", Bárbara apontou para a simpática cidadezinha que se aproximava na margem esquerda. "É divisa com o estado do Amazonas." O barco escolar já atracara no porto, e as crianças azêmolas agora desembarcavam, falantes, com a mochila nas costas, para mais um dia de aula.

O porto bruxo ficava alguns quilômetros mais adiante, em uma curva escondida do rio, e Hugo ouviu um chamado semelhante a um pio de águia vindo de dentro do salão do convés. Os dois entraram. O assovio havia vindo de um dos monitores indígenas, com o objetivo de reunir, em volta de si, os adolescentes de ambos os sexos que participariam dos Jogos.

Uns já estavam lá havia algum tempo, arrumando as mochilas, preparando as varinhas, os arcos mágicos, os saquinhos com ervas e poções... Outros ainda permaneciam sentados nas redes, tentando espantar o nervosismo. Esses últimos foram cutucados com uma vara, sem qualquer delicadeza, pelos caiporas, avisando que já era hora; um dos guardiões, um ser medonho, enorme e musculoso, montado num grande porco selvagem. *Bizarro...* Um javali daquele tamanho poderia dilacerar um ser humano com aqueles chifres entortados na fuça!

Mas mesmo os caiporas que não tinham montaria eram amedrontadores. Uns mais peludos, de baixa estatura e ágeis; outros mais agigantados, e com vasta cabeleira... uns com um só olho no meio da testa, outros com dois... Todos igualmente severos, tanto os machos quanto as fêmeas. A pelagem também variava, do negro ao marrom, ao vermelho, dos pés à cabeça... Perfeitos guardiões, até porque ninguém em sã consciência ousaria se meter com eles. Tanto que apenas quatro acompanhariam a expedição. Um para cada grupo.

Dois estudantes indígenas passaram por eles, e Hugo voltou sua atenção para o casal, estranhando o modo como caminhavam. Eram indígenas ruivos! E Hugo olhou para baixo, espantando-se ao ver seus pés invertidos.

"São irmãos matuiús", Bárbara explicou, notando sua surpresa. "Uma etnia mágica que se diz toda descendente dos quase-extintos curupiras. Eu acredito que sejam mesmo. Não é sempre que vemos calcanhares pra frente e dedos pra trás."

"Os pés, assim, não atrapalham, não?!"

"Té doido, é? Pelo contrário! Eles são mais ágeis que qualquer um de nós! E ainda têm a vantagem de poder confundir quem estiver perseguindo suas pegadas. Todo matuiú é bruxo. Acho que tem a ver com o imenso poder do curupira, que eles devem levar no sangue. Sempre que uma expedição sai, é bom um matuiú ir junto. Não que eles saibam mais, mas acho que têm certa proteção extra, sei lá. Além da vantagem física. Vai comer? Eu já tô brocada de fome, já."

Hugo olhou para as mesas, vendo vários estudantes brancos começando a se sentar. "Já, já eu vou. Pode ir na frente."

Bárbara foi, deixando Hugo acompanhar, por mais um tempo, os preparativos dos expedicionários. Logo seria ele naquela imensidão verde.

Sentindo um calafrio, Hugo virou-se para o café da manhã, avistando o Poetinha já ali, comendo isolado em uma mesa vazia.

Devia ser um menino solitário, coitado. Não por crueldade dos outros, mas porque eles provavelmente o consideravam de outro nível. Ficavam afastados em sinal de respeito, não por maldade. A não ser por cinco jovens, que, como predadores, observavam o pajezinho de longe, claramente pensando em cercá-lo.

Hugo ligou o sinal de alerta.

Eram bem mais velhos que o menino. Três indígenas, dois brancos. Comentavam alguma coisa entre eles, com sorrisos cruéis, enquanto observavam, e Hugo foi discretamente em direção ao Poetinha, frustrando o ataque.

Covardes. Uma criança acompanhada já não era presa tão fácil, não é?

Ao vê-lo se aproximar, Tadeu se levantou alegre e na maior inocência, "Senta aqui!", deixando um espaço para que o visitante se sentasse no melhor lugar.

Hugo aceitou, forçando um sorriso, mas a verdade é que agora tinha ficado bastante preocupado. Como o menino podia pressentir tanta coisa sobre a viagem, sobre ele, sobre a gruta, e não pressentira aquele ataque iminente?!... Talvez só visse coisas boas... Talvez fosse tão puro que não percebia a maldade nas pessoas...

Entendendo, Hugo deslizou para ainda mais perto dele, começando um bate-papo informal para continuar a protegê-lo sem que o menino notasse. "O que é essa frutinha laranja?"

"Pupunha", Poetinha sorriu de boca fechada enquanto mastigava.

Hugo pegou um dos frutos. "Taí, gostei. Tem gosto de palmito."

Poetinha confirmou feliz. Em uma mesa próxima, Bárbara vigiava os dois. Também tinha notado o perigo, e aprovou a atitude do visitante. Tensa em sua cadeira, apenas observava, esperando uma possível movimentação dos cinco. Quem não podia se proteger tinha de ser protegido. Ainda mais aquele menino.

Hugo olhou discreto para o grupo mal-encarado.

"Expedicionários saem em meia hora", Tadeu explicou, deixando Hugo ansioso de novo. *Devia estar indo com eles... Por que não estava indo com eles?...* Passou as mãos pela cabeça, tenso.

"Paciência, menino do Rio. Ainda não é sua hora."

Hugo assentiu. O menino estava certo, claro. De que adiantava sair agora se ainda não sabia para onde ir? Tentando mudar de foco, forçou-se a prestar atenção numa mesa mais adiante, onde um jovem indígena comia, com um ossinho enfiado no beiço perfurado. O osso ia para cima e para baixo à medida que ele mastigava, e Hugo fez uma careta de agonia. "Por que eles se mutilam assim, hein?"

"Para os *Suruís paiter*, é rito de passagem. Só pode herdar chefia da aldeia se passa por isso. Se não, é marginalizado pela sociedade Paiter."

"Meio injusto, né?"

Tadeu meneou a cabeça, incerto. "Vários da etnia dele perfuram parte do meio do nariz, pra enfiar uma pena entre as narinas. Ele só fura parte diferente. Em outro povo, as filhas meninas têm parte inferior das orelhas furada ainda bebês, por ordem das próprias mães, pra colocação futura de enfeites sem significado nenhum. Mesmo assim, mães mandam fazer perfuração das orelhas com imensa satisfação e alegria, porque sociedade vai aceitá-las melhor assim, mas as pobres bebês choram muito na hora, tadinhas..." Poetinha olhou-o de soslaio, "Soa familiar?"

Hugo abriu a boca para contestar, fechou-a novamente, então abriu-a de novo, rebatendo, "Mas as meninas da cidade não são marginalizadas se não usarem brinco, como aquele garoto ali ia ser!"

Tadeu olhou-o surpreso, "Não? Pergunta pra qualquer pessoa da cidade o que elas acham de mulher que não usa brincos."

Hugo se calou, mordido, enquanto Poetinha respondia por ele, "Estranha... masculina... sem vaidade..."

"Eu já entendi, tá?!"

Tadeu abriu um sorriso esperto. "É sempre bom questionar própria cultura antes de julgar cultura dos outros."

Hugo voltou sua atenção para o grupo de expedicionários, incomodado, e Tadeu olhou-o com carinho. "Você vai sair quando estiver pronto, menino do Rio... Enquanto isso, presta atenção nas aulas. Não existe conhecimento inútil. Ainda mais na hora de enfrentar Floresta Amazônica."

Hugo assentiu, tenso. Só então os dois perceberam que Bárbara havia se aproximado, e agora arregalava os olhos, aterrorizada com o que ouvira.

"Tu veio até aqui pra sair pra floresta, é isso?!?" ela se adiantou, quase querendo atacá-lo. "Té doido ou tu te faz?!"

CAPÍTULO 43

RESPEITA O MOÇO

Hugo se levantou na defensiva, enquanto Poetinha sorria feliz, "Eu ia apresentar vocês, mas parece que já se conhecem."

Em consideração ao minipajé, Bárbara tentou se acalmar, cumprimentando Tadeu com imenso respeito. Tinha *sete* anos a mais que o garoto, Hugo, *cinco*, e aquilo pouco importava. "Me desculpe, Rudá, eu não quis interromper, mas...", ela olhou de volta para Hugo, "o que diabos tu pensa que vai conseguir saindo pra floresta, hein?! Tu é leso, é?! Quer morrer?!"

Hugo baixou os olhos, decidindo dizer a verdade, "Um professor meu tá nos últimos estágios de Esclerose Múltipla. Ele vai morrer se eu não encontrar a cura."

Bárbara fitou-o surpresa. E um certo respeito tomou conta dela.

Então, um pouco mais calma, seus olhos foram se enchendo de carinho, "Arriscar se perder na Amazônia atrás de uma cura, Hugo..."

"É a única chance que ele tem."

"Se tu for, tu vai morrer!"

"Talvez. Talvez não. Mas, se eu não for, ele com certeza morre."

Tentando, de repente, segurar uma lágrima, ela esticou a coluna resoluta, "Eu não fui toda simpática contigo e te ensinei sobre a gente pra tu sair daqui e se matar lá fora. É muita ingenuidade tua achar que um garoto da cidade vai conseguir sobreviver sozinho ali, mano! Pra não dizer prepotência!"

"Não é prepotência, eu juro! É desespero!" ele retrucou, com tamanha sinceridade que Bárbara se surpreendeu, percebendo o quanto aquilo era sério. O quanto ele estava disposto a se arriscar.

Olhando para os caiporas lá no fundo, ela apontou, "Tá vendo eles? Pelo menos uma vez por mês, algum esperto tenta passar por eles, querendo repetir o feito doido do Antunes. Para o bem desses lesos, não conseguem. Ninguém sobrevive na mata sozinho, mano. Os poucos que conseguiram enganar os caiporas morreram tentando encontrar o caminho de volta. O filho do Mont'Alverne, inclusive."

Hugo ergueu a sobrancelha. Aquilo explicava muita coisa. "Como ele pode ter certeza de que o filho morreu de verdade? Vai ver o garoto ainda tá viv..."

"O espírito dele aparece nas cerimônias."

"Ah..." Sua determinação enfraqueceu um pouco mais. "Bom, isso não vai me impedir. Tem uma vida em jogo aqui. Eu não posso voltar sem a cura."

Bárbara balançou a cabeça, tensa. "... Tu não sabe o que quer."

Então, vendo que ele estava realmente irredutível, suspirou, desistindo de dissuadi-lo. "Rudá já deve ter te dito bastante coisa, mas eu posso contribuir?"

"Contribua, por favor..." ele respondeu, quase implorando.

"Se tu decidir mesmo fazer essa loucura, lembre sempre que tu vai estar sozinho. Não faça nada que vá precisar de outra pessoa pra te salvar, tipo, ser *mordido*! Tá me entendendo?! Muito menos *picado*!"

Hugo confirmou, surpreso com a intensidade na voz da manauara. Admirado, na verdade, com o quanto ela era capaz de se preocupar com alguém que acabara de conhecer. E, enquanto ela o defendia, Hugo começou a sentir real carinho por ela. Quase como a uma irmã mais velha. "Tu tá prestando atenção, seu leso?!"

Hugo riu, voltando a si. "Desculpa."

"É pra ti mesmo que eu tô falando, tá?!"

"Eu já pedi desculpas!" ele insistiu, tentando segurar o sorriso.

"Leso." Bárbara olhou séria para ele por alguns segundos. "E não te esqueça das cobras. Eu não tô brincando, mano. Se tu for mordido por uma jararaca, ou ela te mata, ou te aleija!"

Hugo não estava mais rindo.

"Elas são pequenas, se escondem com facilidade nas folhas do chão, nas árvores... Precisa ficar atento. Se uma jaracuçu dá um bote na tua jugular, tu já era. Desiste, maninho. Tu vai se cagar de medo nas primeiras duas horas de escuridão, vai querer voltar e não vai saber como."

Hugo ficou tenso. "Que Mané me cagar de medo que nada!"

"Sei."

"Nem deve ser tão ruim assim. Tantos indígenas sobrevivem lá fora! E eles nem varinha têm! Eu tenho duas! A minha e a do professor!"

"Tu só pode atingir o que tu vê", ela retrucou, e Hugo olhou-a preocupado. Não tinha pensado nisso. "Os indígenas já estão acostumados, mano. Moram lá há séculos. São naturalmente resistentes à peçonha de certas cobras, marimbondos, abelhas... Agora, tu? Tu não vai ter a mínima chance! A não ser que consiga aliados lá fora que possam te curar. E isso vai depender inteiramente de ti."

"Aliados como quem?"

Poetinha olhou-o com seriedade. "Trate floresta com respeito e, talvez, ele apareça."

O Curupira... Hugo olhou tenso para eles. O duende dos cabelos vermelhos definitivamente não seria um aliado seu. Não se visse a varinha. "Vocês não têm poções, que eu possa levar, contra esses venenos? Antídotos e tal?"

"Égua, se tu conseguir se *mexer* depois da picada, quem sabe tu consiga segurar o frasco por alguns segundos. Mas o mais provável é que esteja se sentindo tão mal que não vai nem ter energia pra se lembrar de que tem o antídoto na mochila. Vale mesmo a pena se arriscar assim, mano?"

Hugo quicou nervoso nos calcanhares... Não podia voltar atrás agora. Estava com medo? Estava. Apavorado. Mas jamais se perdoaria se não tentasse.

Inseguro, voltou sua atenção para os expedicionários, que começavam a desembarcar, recebendo os gritos de encorajamento de dezenas de estudantes animados, e sentiu um arrepio. "Vem, Hugo! Bora ver!" Bárbara chamou com entusiasmo, e ele foi atrás de sua nova irmã mais velha; os dois parando na amurada, junto aos outros, para acompanhar a descida dos corajosos eleitos.

Alcançando terra firme, os quatro grupos de valentes curumins e cunhantãs se viraram para a Boiuna, olhando resolutos para os estudantes que assistiam lá de cima. Então, com o punho estendido, gritaram, "*A selva vive em nós!*", dando meia-volta e desaparecendo mata adentro.

Bárbara suspirou. "É o lema da Boiun..."

"*EI, AMIGO DA ONÇA!*" um chamado sarcástico bem distante a interrompeu, e os dois se viraram depressa, vendo os cinco alunos mal-encarados se acercando de Poetinha lá longe. O coração de Hugo deu um salto.

"Ei!" Bárbara e ele gritaram juntos, correndo para se meter entre os cinco e Tadeu, mas já era tarde.

Eles tinham se afastado demais do menino.

CAPÍTULO 44

O ATAQUE DAS VESPAS

Um dos jovens indígenas derrubou o copo que o menino bebia, e Tadeu se levantou do banco assustado. "*Teve que chamar o carioca pra te defender, é?!*"

Poetinha tentou recuar, mas levou um empurrão, caindo para trás.

"Égua, são muito cagões mesmo!" Bárbara se aproximou depressa; ela e Hugo se colocando entre eles e Tadeu. "Vocês não têm vergonha na cara, não?!"

"Olha quem fala. Vergonha tinha que ter *você*, dessa tua cara!"

Bárbara fuzilou com os olhos o branco que dissera aquilo, segurando-se apenas em respeito ao Poetinha, que agora se escondia assustado atrás dela.

"Que foi, oncinha? Esqueceu como ruge, foi?"

O grupo riu; Hugo sentindo a garganta apertar de raiva. Assim como ela, estava mantendo-se forte em respeito ao Poetinha, desafiando-os com uma postura mais digna do que jamais usara contra Abelardo, para não partir para a ignorância na frente de uma criança. *Covardes...* Sem dúvida haviam planejado coisa pior para o menino e agora estavam rancorosos por terem sido frustrados.

O indígena que empurrara Tadeu olhou para os lados, certificando-se de que ninguém mais estava vendo. Era um ano mais velho que Hugo, cabelo cortado em cuia e músculos saudáveis, como a maioria dos jovens da Boiuna. Um brutamontes, perto de Poetinha, mas isso não o impedira de agredi-lo. "Que foi, poeta?! Fica assistindo aula de varinha porque sabe que vai perder de mim, é?!"

"Isso não é uma disputa, irmão!" Tadeu retrucou com tristeza nos olhos, enquanto, na retaguarda do filho da mãe, os outros quatro sacavam suas varinhas para mantê-las ao lado do corpo, caso precisassem se defender dos novos guardiões do pajezinho. Talvez já vissem a ameaça se formando no olhar do carioca.

Hugo estava doido para atacá-los; sua varinha já queimando no bolso, mas sabia que não podia. Seria expulso da Boiuna se o fizesse. O futuro de Atlas dependia de seu autocontrole naquele momento.

Enquanto se segurava para não arrancar os olhos do cara, o indígena rebatia, num português perfeito, "Claro que é uma disputa, garoto! Você faz as aulas de varinha pra que, então, hein?! Pra agradar o velho?! Seu puxa-saco!"

Tadeu baixou o olhar, enquanto o outro ironizava, "É... Claro que é. Acha que vai conseguir ser escolhido assim, né, santinho de araque?!" O jovem cerrou os dentes; seu rancor explodindo num ódio que quase transbordava dos olhos. "Fica aí, se achando o máximo só porque consegue desdobrar."

"Você também pode, Moacy! Eu sei que pode!"

Hugo olhou espantado para o garoto. *Aquele* era o Moacy?!

"É só treinar um pouco mais que você consegue! Você vai ver! Pajé não te escolheu à toa! Ninguém é escolhido à toa... Eu te ajudo!"

O garoto deu risada, "Sei.", e Tadeu fitou o chão; olhinhos frustrados.

Meu Deus, aquele covarde estúpido era o segundo aprendiz do Pajé?!

Outro jovem indígena, o mais magro dos cinco, aproximou-se, olhando Poetinha com desprezo por trás do fino osso que atravessava suas narinas, contorcido para baixo. "*Rudá... Rudá...* Vê se pingo de gente merece nome de deus!" Ele alcançou Tadeu por entre os dois, conseguindo empurrá-lo antes de ser impedido.

"NÃO TOCA NELE!!" Bárbara e Hugo afastaram o filho da mãe, que riu dos dois, enquanto Poetinha assistia consternado, "Do que você precisa, Moacy?! ... Me diz do que sua alma precisa pra não sentir tristeza no coração, que eu te ajudo!"

"Inacreditável! O garoto ainda acha que tu quer a ajuda dele, Moa!"

"Tava com fome, bebê chorão?" o branco mais corpulento empurrou a tigela de mingau do Poetinha para fora da mesa, e Hugo não se conteve, partindo para cima. "Vem importunar alguém do seu tamanho, vem!"

Já ia sacar a varinha quando Bárbara o impediu, "Não, não... Quero ver o Fagson importunar alguém *maior* que ele!", e avançou ela mesma, "Bora! Quero é ver!"

"Eita, a onça tá braba!", Moacy brincou, afastando-se de leve, e Hugo cerrou os dentes, segurando-se para não pular em cima dos cinco, o sangue já pulsando quente nas veias. Mas alguma coisa o estava impedindo, como uma influência invisível muito forte, e ele olhou para o menino atrás de si.

Como imaginara, Poetinha tinha os olhos serenos fixos nele. Havia deixado de ouvir a discussão para lhe transmitir a calma de que precisava, e Hugo já começava a senti-la, como se, com sua mera energia, o menino estivesse domando aos poucos a raiva que havia dentro dele. Sem conseguir tirar os olhos de Tadeu, Hugo sentia o sangue deixando de pulsar com tanta força... A serenidade do menino aos poucos contaminando-o, acalmando-o, enquanto, num mundo muito distante, Bárbara discutia inflamadamente, usando cada vez mais palavrões. Aquilo era hipnose, só podia ser... O menino o estava hipnotizando com os olhos... transferindo uma quantidade inacreditável de energia boa para ele. E tudo com a maior naturalidade! Os olhos na mais perfeita calma! Protegendo Hugo de si mesmo... Protegendo Hugo de fazer bobagem. Até a varinha parara de queimar em seu bolso, sob a influência assustadora do menino.

De repente, Poetinha ergueu as sobrancelhas, como a perguntá-lo silenciosamente: "Posso soltar? Já está mais calmo?", e Hugo confirmou, sentindo-se absolutamente seguro de que não faria besteira.

Então o menino o soltou; Hugo sentindo algo quase físico sair de sua alma.

Voltando ao mundo real aos poucos, viu que Bárbara já afugentara dois deles para trás do grupo, enquanto Moacy permanecia ao lado dos brancos, na frente, tentando manter a imagem de 'machão', mas de um modo pateticamente inseguro.

Naquele momento, um jovem de jeito retraído se aproximou, tímido, querendo fazer parte do grupo. "*Moacy, eu posso ajudar...*"

"Sai daqui que você é *maku*!" Moacy afugentou-o com nojo, voltando a olhar para Tadeu, "Né, poeta de araque?"

Bárbara se colocou entre eles de novo. "Quero ver tu se meter a fazer isso depois que o Poetinha for escolhido o próximo Pajé!"

Moacy deu risada. "Escolhido, sei. Imagina se eu, único descendente vivo do cacique Ajuricaba e dos antigos Manaos, vou perder pra esse *minikaxinauá* aí! Os Manaos eram um povo guerreiro e temido!"

"É..." Bárbara retrucou, "que capturavam indígenas de povos inimigos e vendiam pros brancos em troca de armas e utensílios! Muito bonitos eles!"

Moacy arregalou os olhos, insultado. "Eles não faziam mais isso!"

"Mas olha já! Se irritou, foi?! Se tu se irrita com o que os *Manaos* costumavam fazer, então tu devia honrar Ajuricaba, que acabou com aquelas práticas, e parar de atacar seus irmãos indígenas com a ajuda desses brancos aí! Tu, atacando um irmão indígena, só envergonha teu antepassado!"

"Nada a ver, garota!" Moacy retrucou, assustado com a comparação. "Eu não tô escravizando ninguém aqui, não! Tô só dizendo que esse baixinho aí vai perder!", e apontou com raiva para o Poetinha, que desviou o rosto, com medo de levar um safanão. "E vai perder feio."

Derrubando o banco desocupado do menino com o pé, Moacy foi embora com os outros. "Vem, Guaraná", chamou o sateré-mawé, que, de rosto vermelho e roupa de bruxo, ainda olhava com raiva para o menino, sem, no entanto, tê-lo atacado. "Não sabe nem se defender sozinho e quer virar Pajé..." Moacy ainda murmurou irritado, e Hugo acompanhou-os com o olhar firme enquanto se afastavam.

"*Isso não é uma competição, Moacy...*" Poetinha lamentou entristecido, olhando para o companheiro de aprendizado, já longe demais para ouvi-lo.

"Ê, caroço... Esquece esse filho duma égua, Rudá. Ele merece o nome que tem. *Moacy*: *Inveja*. Não é digno da sua compaixão."

Tadeu sentou-se no banco coletivo, e a jovem se juntou a ele, respeitosa, olhando-o com carinho, sem, no entanto, abraçá-lo, como se o menino não pudesse ser abraçado, apesar de ela querer. E Poetinha disse choroso, "Eu não pedi pra ser treinado como Pajé... eu não pedi!"

"Eles sabem, Rudá. Só falam pra te machucar."

"Mas eu não queria que eles ficassem assim!" Tadeu retrucou muitíssimo triste. "Eles estão se destruindo! ... Eu só queria ser *amigo* deles!"

"Eu entendo que você se sinta mal, mas você vai ser *Pajé*, Rudá. Não pode deixar que essas inimizades te atinjam..."

Hugo acompanhava a conversa, olhando com ternura para o menino, quase surpreso consigo mesmo. Nunca se colocara tão rápido no meio de um cinco-contra-um. Nem quando Capí precisara dele... Mas também! Que covardia era aquela?! Atacarem com varinha uma criança que não podia ter uma?!

Sentando-se do outro lado do menino, Hugo pôs a mão em seu pequeno ombro. "Vai melhorar, amiguinho. O tempo melhora tudo."

Poetinha agradeceu as palavras, levantando-se e indo recolher-se no Santuário; o grupinho de Moacy rindo, ao longe, enquanto o menino ia embora.

"Estão rindo de que, seus boçais?!" Bárbara levantou-se, vermelha de raiva, "Olha que a varinha te acha, hein!", mas se conteve, cerrando os dentes irritada, e voltando a sentar-se. "São muito insuportáveis, mano!... Desculpa minha indelicadeza, Hugo."

"Que nada! Você foi fantástica!"

"Sabe o que é, é que, quando eu enojo da cara de uma pessoa... rum! Já era. Tipo, *a* barraqueira."

Os dois riram. Hugo olhando-a com carinho. "Mas também... Por que o pajé foi escolher aquele idiota como aprendiz?!"

Bárbara pareceu ligeiramente incomodada. "Pior que eu acho que o pajé só escolheu o Moacy pra servir como teste pro menino que ele fosse escolher no futuro. Não sei. Pode ser também que ele veja mais naquele insuportável do que a gente vê. Pajés costumam ter essa mania."

Chateada, Bárbara olhou para o nada à sua frente. "Dá até pra entender a revolta do Moacy, sabe? Ele já tem 16 anos... Começou a treinar com 10 e, de repente, três anos depois, chega um menino franzino de 7 e começa a tomar o lugar que ele achava que era dele. É como um filho único que, de repente, vê seu posto ser ocupado por um bebê prodígio. Daria raiva em qualquer um. Inveja. EU teria ódio... Mas pô, o Moacy precisava ser tão GRRRHHH?!?!" Ela cerrou os punhos com raiva, e Hugo deu risada. Meio que entendia o garoto também.

"Mas o Poetinha não tem culpa de o Moacy ser desleixado nos estudos."

"Pior que ser pajé não é só questão de estudo. É questão de dom. De vocação. O Moacy, pelo visto, não nasceu pra isso. Achava-se que sim, mas a vaidade fala mais alto nele. Afoga todo o resto. Costuma acontecer com muitos que treinam pra uma posição de destaque. Começam a se achar superiores, a ficar arrogantes. Tadeu não. Tadeu é todo amor..."

Hugo sorriu, achando bonito o brilho nos olhos dela, mas seu sorriso logo desapareceu do rosto, ao ver Paranhos do outro lado do convés. O velho comissário olhava com repugnância para um dos estudantes menos vestidos enquanto inspecionava o que faziam, e o coração de Hugo deu um salto.

Deus do Céu, ele não pode me ver aqui...

Com o coração dando murros no peito, Hugo aproveitou para levantar-se junto com Bárbara. Assim, o corpo mais avantajado dela esconderia o dele enquanto andavam para onde quer que ela estivesse indo. Não arriscaria ser visto por alguém do governo. No mínimo, seria mandado de volta. No máximo, seria preso ali mesmo, por ter quebrado a proibição de intercâmbio de novo. Não sabia o nível das punições, agora que os chapeleiros haviam sido exterminados. Melhor não arriscar.

Andando ao lado dela sem que Bárbara percebesse sua intenção, foi tentando não olhar na direção de Paranhos enquanto ela conversava, notando, no entanto, a animosidade com que os estudantes olhavam para o comissário.

Esses não tinham mesmo medo da Comissão. Não eram como os da Korkovado. Eram orgulhosos. Guerreiros. Se os chapeleiros tivessem agido ali, no ano anterior, de fato teria sido um massacre, porque todos teriam se recusado a obedecer. "Aqui", Bárbara pegou em seus ombros, mudando-o de trajetória. "Acho que essa aula vai ser legal pra gente."

Hugo olhou para a manauara enquanto ela o direcionava. Bárbara tinha percebido o motivo de sua preocupação. Estava tirando-o rapidamente da área comum antes que Paranhos o visse, entrando, com ele, na primeira sala que viu aberta.

Parando na porta, no entanto, Hugo percebeu a faixa etária dos estudantes dali e hesitou. "Ah, não, tem muito bebê. O que vão pensar de mim?!"

"Éeeegua, é muita vaidade numa pessoa só! Entra, vai!" E Bárbara o empurrou para dentro.

"*Elcomarhiza amilácea*", a professora loirinha pronunciou cuidadosamente, para que todos entendessem, segurando uma curiosa plantinha entre os dedos.

Vinda de Belém do Pará, Milla Bevilacqua era jovenzinha, tinha os cabelos desajeitadamente prendidos para trás e usava óculos de aro azul. Muito meiga e simpática. Curiosamente, era também muitíssimo parecida com a madrinha da ÁGUA, só que sem a extrema sensualidade e os cabelos sedosos e bem penteados da outra.

"A *Elcomarhiza amilácea* é chamada vulgarmente de cumacaá ou..." a professora pausou simpática, para que alguém respondesse, e Bárbara ergueu a mão, "Cipó do convencimento?", enquanto Hugo se voltava para a manauara-belenense, sussurrando, "*Ela é a cara da madrinha da* ÁGUA..."

"*Ela É a madrinha da* ÁGUA", Bárbara murmurou de volta, vendo a professora comemorar, jovial, lá na frente, "Muito bem, Bárbara querida! A fécula desta planta, misturada com um pouco de água e empregada como goma ou posta na tinta, como vamos fazer aqui, torna bastante favorável aquele que escreve com ela..."

Hugo estava encafifado, "*Impossível serem a mesma pessoa*", e Bárbara sussurrou, "*A água de um rio nunca é a mesma de um momento para o outro.*" E olhou esperta para ele, "A Milla tem, pelo menos, três personalidades."

"Três?!"

"*Ela é muito influenciada pelo humor das pessoas à sua volta. Muda de sabor de acordo com o que você jogar dentro. Aliás, mais ou menos como...*"

"*A água*. Entendi."

Bárbara sorriu, "*É interessante ter uma professora volúvel assim. A gente brinca denominando as três de Srta. Sólida, Líquida e Gasosa.*"

Hugo riu.

"*A Líquida gosta de ser chamada de Millena. É a que tu viu ontem, toda sensual e poderosa, na festa. Ela e o professor Mont'Alverne têm um caso.*"

Hugo ergueu as sobrancelhas surpreso. "*Ele tem um caso só com uma das personalidades dela?!*"

"*Só a Líquida, sim. A Sólida é rígida demais pro professor. Fria, inflexível, gosta de ser chamada de Srta. Bevilacqua. Pobre de quem a chamar de Milla por engano. É quase uma governanta de tão chata. Nessas horas, o professor se irrita e prefere ficar longe. Coitado, ela não para de pegar no pé dele. Já a Gasosa é essa aí, a Milla. Super fofa, gentil, emotiva e carente. Por seu comportamento tão jovial, essa versão dela parece quase uma adolescente, e o professor acaba tratando-a como filha. Acha errado agir de qualquer outra forma. Não se sente à vontade."*

Aquilo era beeeem bizarro.

"*Pois é. O pobre Mont'Alverne fica bastante confuso. Dá pra entender.*"

"*Dá.*"

"A TERRA, elemento dele, simboliza a estabilidade, a solidez. Ele precisava de uma namorada estável, coitado, mas não. Foi cair justo nessa tempestade aí."

"Madrinha!" uma das mais jovens ergueu a mão, "Não entendi...", e Hugo voltou a prestar atenção na aula. Precisava aproveitar cada minuto de português que saía dos lábios da professora. Como aquela era uma aula recomendada a todos os novatos, muitos ali ainda não haviam aprendido os idiomas uns dos outros. Por isso, Milla ia traduzindo para o português tudo o que ensinava em nheengatu, super atenciosa. "O que eu quis dizer, Pri, é que o bruxo que estiver usando uma camisa engomada com cumacaá, por exemplo, vai desarmar a ira de seu patrão, e um juiz vai dar uma sentença favorável se estiver escrevendo-a com tinta em que foi misturada a fécula da cumacaá. Isso se o bruxo que estiver sendo julgado conseguir trocar a caneta do juiz pela sua, já previamente preparada."

Um menino indígena foi o próximo a levantar a mão. Falou na língua dele mesmo, e Milla entendeu, dando risada e respondendo. Então, voltou-se para o restante da turma. "O engraçadinho perguntou se o cipó do convencimento funcionaria pra prender a pessoa amada pelo coração. Eu disse que sim, temporariamente. Mas não façam isso com as amiguinhas. Não é nada legal, e o efeito passa. Pode acabar sendo pior pra vocês", ela piscou para as meninas, que deram risadinhas no canto da sala enquanto Bárbara se inclinava em seu ouvido, "*Ela nunca precisou de* cumacaá *pra capturar a atenção do Mont'Alverne.*"

Hugo riu, discreto. Sentados em roda, cada dupla recebeu um caldeirãozinho, um cipó e uma ferramenta para macerá-lo. Em seguida, ele deveria ser misturado com água e inserido em um frasco com tinta preta ou vermelha.

"A tinta pode ser usada tanto em canetas quanto para tingir a roupa que vão usar no dia do convencimento. Portanto, tomem especial cuidado quando alguém vier falar com vocês em roupas recém-tingidas. Podem estar querendo te convencer. Na pele, a cumacaá só funciona enquanto a tinta está molhada. Ainda bem, né? Senão, todo indígena com a pele pintada poderia ser uma potencial ameaça."

No meio da turma, o jovem maku rejeitado por Moacy macerava sua parte do cipó sozinho, enquanto recebia os olhares mais brutalmente desdenhosos de alguns dos nativos ao seu redor. "*O que ele fez contra eles?*"

"Os indígenas também têm seus preconceitos", Bárbara olhou com pena para o jovem. "Alguns povos têm desprezo pelos Maku."

"Eles são aquela etnia nômade que não planta, só colhe frutas, caça e tal?"

"Isso. Em todas as etnias no Uaupés e afluentes, os costumes são parecidos, menos os dos Maku, que fogem da convivência com os povos indígenas vizinhos e só aparecem às vezes, pra servi-los em troca de comida, quando a caça está ruim. Muitos de lá acham que, por eles comerem só frutas e carne, por serem nômades e nunca construírem casas, que eles não são inteiramente gente."

Hugo ergueu a sobrancelha, espantado.

"Pois é", Bárbara continuou, "eu já ouvi isso da boca de um Tukano aqui mesmo, na Boiuna. O desprezo aos Maku é tão arraigado naquela área que, quando uma indígena das etnias 'normais' dali tem filhos com um maku, esses filhos não são considerados como parte da aldeia. No máximo, como serventes."

"Sério?!"

"Né? Nem tudo são rosas. O próprio termo '*maku*' significa às vezes 'servo', às vezes 'selvagem', nas outras línguas. Eles são livres, mas a relação que mantêm com os outros é de quase servidão, porque precisam dos produtos cultivados por eles." Bárbara olhou para o menino, trabalhando sozinho. "A maioria aqui nem sabe o nome dele, só chama de maku mesmo, com desprezo, como se ele não tivesse direito de ser bruxo como os outros. Eu não culpo o garoto por querer entrar para o grupo do Moacy. Natural que queira ganhar amigos."

Hugo olhou com pena para o jovem, que por estar sozinho, terminara a tarefa antes dos outros e agora fazia nada, entristecido, esperando a hora de sair. Os brancos também não se aproximavam, talvez por receio de desagradarem os amigos que pensavam assim, e Hugo, bastante incomodado com aquilo, terminou de preparar seu cumacaá sem dizer mais nada; Xangô gritando por justiça dentro dele.

Não estava ali, no entanto, para causar confusão ou mudar a ordem das coisas, e sim para salvar Atlas. Era isso que faria.

Adicionando o cumacaá ao frasquinho de tinta, os dois logo terminaram a tarefa, deixando os frascos em uma bandejinha, no fundo da sala, e saindo com toda a turma. Hugo então despediu-se de Bárbara, que ia para outra aula, e voltou discreto para a sala vazia, colocando sorrateiramente alguns daqueles frascos no bolso.

Poderia precisar convencer alguém na saída para a floresta. Talvez até *antes*. Não sabia se teria coragem de usá-lo em um professor, mas talvez não houvesse outro meio de descobrir a localização da gruta. Mont'Alverne que o perdoasse depois.

Tenso, Hugo colocou depressa mais alguns frascos no bolso. Se Milla o visse roubando, talvez até permitisse, mas Millena contaria tudo para o namorado e a Srta. Bevilacqua o expulsaria da Boiuna, então, não. Não podia arriscar. Pegaria quantos frascos pudesse carregar sem levantar suspeitas...

"Põe de volta."

Hugo ouviu a voz seca e rouca atrás de si e congelou.

Paranhos não era o único capacho da Comissão a bordo.

CAPÍTULO 45

AS LÁGRIMAS DE IPURINÃ

"Ainda não decidiu em que escola você estuda, pivete?"

Tenso, Hugo virou-se lentamente em direção à voz, e Adusa o segurou pela gola da camisa, violento, "*Que eu me lembre, o intercâmbio continua proibido.*"

"Eu achava que j..."

"*Achou errado!*" o filho de Olímpia murmurou entre dentes, enfurecido; o rosto pálido a poucos centímetros do dele. "*Você nem teria idade para o intercâmbio, garoto, não pense que me engana! O que está aprontando aqui?*"

Dava para sentir a nicotina em seu hálito.

Hugo tentou recuar, e o advogado o largou, deixando que ele caísse de costas na bancada, derrubando os frascos. "RESPONDE!"

Hugo se protegeu do grito, desviando o rosto. O coração disparado. "Eu..."

Pensando rápido, achou melhor contar a verdade. Quem ele achava que era para enganar o *filho* do Alto Comissário?! Ainda mais quando a melhor justificativa parecia ser a verdade mesmo. Respirando fundo, disse o mínimo possível. "Eu vim buscar uma cura pra um professor que está doente, lá na Korkovado."

Pronto... '*Eu vim*' poderia significar tanto '*para a Boiuna*' quanto '*para a região inteira*'. Não estava mentindo, só se esquecendo de mencionar a floresta. O próprio Mefisto o aconselhara a aproximar ao máximo uma mentira da verdade quando fosse mentir. Não que o Alto Comissário mentisse.

Adusa olhou desconfiado para o aluno por um bom tempo; mechas de seus cabelos oleosos e ralos na frente dos olhos medonhamente abertos, enquanto tentava acessar se aquilo era verdade.

"Pode perguntar pro Rudji, se quiser!" Hugo se apressou em dizer, quase ofegante de tão nervoso. "Ele que me mandou pra cá!"

Ainda suspeitando de mentira, Adusa manteve os olhos cruéis nos do aluno. "Rudji, é? Vou perguntar, sim", e continuou a encará-lo, até que ouviram a voz de Cauã Munduruku lá fora, esbravejando contra Paranhos de novo.

Aquele jovem era impressionante. Absolutamente destemido.

Hugo voltou sua atenção para Adusa, que, fitando-o de novo, só então pareceu aceitar suas explicações. Soltando o aluno, o advogado caminhou em direção à porta, e Idá pôde respirar. "Não saia dos limites da Boiuna, está me ouvindo?"

Hugo respondeu com um rápido sim de cabeça, e Adusa saiu; Idá, aliviado, quase caindo no chão, com as pernas bambas.

Santo cumacaá... Nunca teria se livrado daquele aperto se um dos frascos não tivesse quebrado na queda. Certeza absoluta.

Que ódio ele tinha daquele verme! Todo submisso na presença do pai, e o verdadeiro Cão quando estava longe! Mesma mistura de submissão e esperteza que tanto o incomodara na primeira vez que o vira, na Korkovado, seguindo Mefisto daquele jeito todo torto dele, de quem se curvava demais.

Seu ódio por aquele pano de chão só aumentara depois das audiências.

Ainda tenso, Hugo procurou se ajeitar, arrumando o colarinho e as roupas com as mãos trêmulas. Que vontade de socar aquele metido a advogado!

Tentando se recompor emocionalmente, só então saiu para acompanhar a altercação lá fora. Próximos à porta, uns vinte estudantes assistiam com bastante receio enquanto Cauã era segurado para trás por colegas, berrando acusações contra os dois comissários, já distantes.

"Não provoca, Cauã! Pelas lágrimas de Ipurinã, não provoca!" um loiro tentava contê-lo, segurando-o também, mas o munduruku continuava a berrar impropérios contra os dois. Para a sorte dele, os comissários estavam pouco se importando com os xingamentos; Paranhos quase rindo até, lá longe, enquanto fingia analisar uma miniatura da Boiuna.

Adusa, sempre sério, checou o relógio de bolso. Deu, então, um toque no companheiro, e os dois desceram para a área de desembarque, deixando que os curumins se resolvessem sozinhos; Paranhos com um sorriso ardiloso no rosto. Tinha claramente provocado a altercação de propósito, só para atazaná-lo uma última vez.

Apenas quando os dois já haviam descido no porto, Cauã foi solto pelos companheiros, roxo de raiva. "Vocês não podiam ter me segurado, pô!"

"Ah, claro", o loiro rebateu. "Eu também me pergunto por que a gente não deixou você morrer de vez, né? É pacabá, viu. O fim da picada!"

"Eles vêm aqui provocar e vocês querem que eu fique quieto?!"

"Ser mais precavido seria bom."

"Você só diz isso porque não teve sua cultura inteira insultada por aquele baiacu."

O loiro olhou para Cauá com carinho. "Cara, eu entendo que o Paranhos te dê azia, mas ele só fala essas coisas pra te irritar! Não dá em nada, não!"

"Sei. Insultos podem não parecer nada *agora*, mas depois escalam!"

"Cê prestou atenção nas outras coisas que ele falou ou só nos insultos?"

"Eu não vou discutir nada com eles enquanto não respeitarem a gente, Félix! Será que você não entende? Palavras não são só ar. Palavras carregam intenções!"

Daquela vez, o loiro não rebateu. Manteve-se quieto diante da verdade enquanto Cauá prosseguia, "Branco continua matando indígena lá fora, todo dia, Sr. Félix Rondon. Portanto, os comentários dele são uma ameaça, sim! Você sabe disso, só finge que não porque quer me proteger. Uma coisa é o governo não entender nossas dificuldades e se recusar a enviar verba; outra muito diferente é chegar feito uns arrogantes, pisando na gente. Você, sendo descendente de quem é, devia saber disso. O respeito é primordial para o diálogo. Mas eles não vieram dialogar, vieram insultar. Em nenhum momento eu vi nenhum dos dois realmente ouvindo nossos argumentos. Eles não respeitam a gente. Por que eu deveria respeitá-los?!"

"Porque eles já tocaram o terror em outras regiões, talvez?"

Uma moça krahô ergueu a mão, pedindo a palavra. "Eu concordo com companheiro Cauá. Os branco pega muito conhecimento do indígena. Principalmente remédio. E não dá respeito em troca. Nós só quer respeito em troca."

"Eu sei!! Mas não é se alterando assim que a gente vai conseguir alguma coisa!" o loiro insistiu, já um pouco desesperado, e Hugo não conseguiu evitar a lembrança de Capí dizendo o mesmo a Viny, no ano anterior.

Aquilo havia virado uma reunião de monitores. A maioria ali tinha os dois cordões no pescoço: a âncora e o timão.

"Se a gente não se alterar, ninguém presta atenção, Félix. Nem o governo federal, nem os moradores das outras regiões, que estão pouco se lixando para as nossas dificuldades, que desrespeitam o indígena e ficam rindo dos nossos costumes pelas nossas costas… Isso quando *sabem* que a gente existe."

Félix concedeu aquele ponto. "De qualquer forma, Cauá, eles não estão negando a verba porque desprezam a gente. O problema deles é com o nosso *motivo* pra querer a verba. Você entendeu isso, né? Se tivesse prestado atenção nessa parte, em vez de nas provocações, talvez tivesse havido algum diálogo."

"Cauá prestou atenção, sim", a krahô defendeu. "Eles vieram dizer que governo não vai ajudar Boiuna a impedir desmatamento. Que isso é problema dos azêmola. Que bruxo não deve se preocupar com isso, nem interferir, porque pode chamar atenção dos azêmola e isso é perigoso pro mundo bruxo. Nós entende o que eles diz, mas eles tá errado. Perigoso é não interferir."

"Mas a gente não pode mexer no mundo azêmola, vocês sabem disso! Tá na lei! Nisso, os comissários estão certos! Os azêmolas não podem descobrir que o mundo bruxo existe. Além do que, não somos nós que temos que consertar a porcaria que os *azêmolas* estão fazendo. A gente não tem culpa se eles estão se destruindo."

Cauã revirou os olhos, "Não agir para corrigir o erro dos outros é o mesmo que apoiar quem está fazendo errado, Félix! E isso não é um assunto azêmola! Será que vocês não entendem?! É assunto *nosso* também! A floresta é *nossa* também! Ou vocês acham que o país vai continuar funcionando se a Amazônia acabar? Na época da chegada dos portugueses, ninguém sabia a importância de manter a floresta inteira viva, nem os indígenas, mas agora a gente sabe! Agora a gente tem responsabilidade! A gente precisa discutir a expansão da demarcação mágica, sim! Por mais que o governo não se importe e as outras regiões não estejam nem ligando, aumentar a área bruxa da Amazônia é a única forma de proteger o que resta! Vocês sabem disso! Se pelo menos o Norte inteiro concordasse…, o governo ia ser forçado a prestar atenção… Foi por isso que eu marquei esta reunião aqui hoje. Pra que todos nós entremos em acordo! Assim, quem sabe, o governo nos ouça!"

"Não seria o suficiente", uma jovem branca analisou. "A gente vai ter que conseguir o apoio de mais de uma região se quiser que o governo se importe. Eu sei que você não gosta de lidar com as outras regiões, mas se quer que Lazai-Lazai leve a sério nossa petição, vai ter que convencer algumas delas também."

Cauã desviou o olhar, extremamente incomodado. Não parecia gostar do resto do país. Muito menos da ideia de implorar para eles. Mas sua frustração por não poderem interferir no que os azêmolas estavam fazendo era ainda maior que seu orgulho, e ele concordou. Precisavam montar uma expedição. Abrir um diálogo com as outras regiões. Ela estava certa. Se quisessem convencer o governo, teriam de provar que o restante do país também se importava. Mas como?

Félix, por exemplo, ainda parecia irredutível. "Deixa quieto, gente… Por que vocês acham que as outras regiões nos ouviriam?! Expandir a área de proteção mágica só iria expor o mundo bruxo! E, quer saber? Se os azêmolas querem morrer, que morram! Eu já cansei da estupidez deles. Cansei de termos que limpar a bagunça que eles fazem! A gente é bruxo! A gente sobrevive com magia até que o mundo que eles destruíram se restabeleça!"

"Sério que você disse isso, Félix?" Cauã olhou-o incrédulo. "E com que qualidade de vida, hein? Me diz!"

A krahô concordou. "Nós respeita a floresta porque nós conhece o espírito da floresta. Futuramente, se destrói floresta, ela se vinga, e nós fica sem casa, por causa dos azêmola. Os pajé antigo estão protegendo nós, lá no mundo espiritual, tentando segurar a nossa vida, mas eles não vai conseguir proteger pra sempre. Nós bruxo fica vivo, mas sem casa. Sem árvore. Sem rio. Não é vida."

Félix fitou-os com ar cansado. Sabia que era verdade. Só não queria que seu amigo entrasse em conflito com aquele governo e se machucasse. Apenas isso.

Óbvio que não queria a morte de nenhum azêmola. Nem a destruição das terras sagradas indígenas. Só estava frustrado. Os outros sabiam disso, por isso nem haviam entrado naquele mérito.

Um indígena quase adulto, sentado no chão só de bermuda azul e braceletes, ergueu a mão para contribuir. "Homem branco não tá querendo respeitá, menino Rondon. Nós tem que intervir. O branco só pensa dinheiro. É o dinheiro que manda nele. Ele qué acabá floresta. Ele qué acabá indígena. Se indígena acabá, mundo vai ficá muito bravo. Muita chuva. Nós vai morrê afogado. Bruxo não sobrevive, não."

Hugo sorriu com carinho. Era interessante os diferentes níveis de português.

Percebendo que alguns jovenzinhos indígenas acompanhavam a discussão meio confusos, Cauã procurou se acalmar, para explicar melhor a eles. "Vocês, que chegaram agora, estão vendo tudo aqui bonito, toda a magia daqui bonita e poderosa. Mas vocês vão ver o quanto o nosso poder diminui na estação seca. Fica tudo com menos cor. Com menos vida. Tudo mais difícil de fazer. Os bruxos lá fora, que se acham grandes cientistas, negam que essa diminuição seja causada pelo desmatamento. Mas nós sabemos que é. Bruxo não sobreviveria."

Cauã olhou, então, para Hugo, querendo que o visitante também entendesse. "A floresta viva produz pó de fada. Até os cientistas azêmolas usam esse termo. Quando a floresta está saudável, o pó de fada sai das árvores para o ar. Para a atmosfera. E cai sobre todos nós, circulando pelo Brasil, produzindo vida, chuva, tudo, e aumentando a potência da nossa magia. Sem floresta, a magia some! Quanto mais desmatam, mais ela enfraquece. E o que os bruxos fazem quanto a isso? NADA. Fingem que é bobagem. Que não vai afetar eles, só a gente aqui no Norte. Estão iludidos. No fim, vai afetar a todos. Vai afetar o mundo inteiro." Ele olhou para Félix, que baixou os olhos, arrependido de ter dito o que dissera. "A questão é: Por que a gente, que sabe disso, tem que ficar aqui, vendo aqueles putos destruírem nossa casa, nossa magia, sem poder interferir só por causa de uma lei idiota?! Que se dane se os azêmolas descobrirem a gente! Eu quero respirar ar puro! Eu quero viver!"

Todos ficaram em silêncio. Nem Félix arriscava dizer mais nada. Ele também queria proteger a mata, claro, só não estava pronto para ver seu amigo ser humilhado pelo restante do país, sem esperança de vitória... Jamais aceitariam.

"Eu sei que você só está querendo me defender, mas eu não tenho medo de cara feia, Félix. Eu sou munduruku! Eles é que tinham que ter medo de mim!" Cauã bateu no peito, sabendo que ia ser humilhado... Sabendo!... E ainda assim... "Não sei quanto a vocês, mas eu vou assim que eu puder. É bom alguém mais diplomático ir comigo, porque eu não respondo por minhas ações lá. Se fosse por mim, a gente se fechava. Criava um novo país bruxo aqui na Amazônia e deixava o resto de fora. Bruxos e azêmolas. Os brancos não merecem essa floresta." E saiu zangado dali.

Um pouco tenso com a conclusão separatista, Hugo viu que o munduruku não era o único ali que pensava em separação. A vontade estava estampada no olhar de vários. Eles não admitiam, claro. Alguns até haviam negado com veemência, mas agora pareciam pensativos. Secretamente, também queriam que a Amazônia fosse só deles. Não confiavam nos brancos, e não era para menos. Só os curumins entendiam o que passavam ali. Só eles sabiam o que era não receber ajuda alguma e ainda serem chamados de selvagens, folgados e ridículos pelas mesmas pessoas que estavam contribuindo para a destruição da casa deles.

Se, mesmo assim, Cauã estava disposto a tentar, tinha sua admiração.

"Eu só sei que a gente tem que ficar unido", a branca concluiu, olhando para Félix, que concordou, com o semblante triste.

Resoluto, foi até Cauã, fazendo-o parar antes que alcançasse as escadas.

Então, marchou até o bar, e retornou trazendo uma bandeja com vinte copos de suco. Enquanto cada um pegava o seu, Cauã voltou ao grupo; os olhos fixos no amigo ao pegar um copo para si.

Félix ergueu o dele num brinde, "Galdino!", e todos repetiram "GALDINO!", terminando a discussão ali mesmo. Se a intenção de Paranhos havia sido incitar a discórdia entre eles, não tinha conseguido nem chegar perto.

Impressionado, Hugo se afastou em direção à Bárbara, que também assistia. "Galdino?"

"Galdino Jesus dos Santos. Cacique pataxó-hã-hã-hãe que foi queimado vivo, dois anos atrás, enquanto dormia num ponto de ônibus em Brasília. A morte dele apareceu em todos os jornais azêmolas."

Hugo engoliu em seco. "Queimado vivo?!"

"Por cinco jovens brancos de classe média."

"Mas que filhos da mãe!"

"Pois é. Ele tinha ido a Brasília participar das manifestações pelo Dia do Índio. Estava dormindo ali porque tinha saído muito tarde de uma reunião com o Presidente da *República* azêmola, e não conseguiu transporte pra pensão em que estava hospedado. Tu tá no Terceiro Ano, né? Então, aconteceu dois meses depois que tu entrou na Korkovado. Por isso tu não soube."

Hugo sentiu um calafrio. Ele lá, resmungando dos professores faltosos da Korkovado, e um indígena sendo queimado vivo em um ponto de ônibus...

"Na época, os jovens se defenderam dizendo que não tinham tido a intenção de matar. Que só estavam querendo rir dele", ela completou, com um sarcasmo cheio de rancor. "É por essas coisas que os indígenas passam lá fora. Por isso me enfurece tanto ver um indígena maltratando outro aqui dentro." Ela olhou para o Poetinha, sentadinho num canto distante, cabisbaixo.

Vendo-o, Hugo sentiu vontade de ir até o menino, consolá-lo, mas não queria ser indelicado com ela.

"Vai lá", Bárbara o liberou, e Hugo obedeceu, despedindo-se dela com respeito e indo sentar-se ao lado do menino. "Tudo bem aí?"

Tadeu meneou a cabeça tristonho. "Eu devia errar mais vezes, pro Moacy não se sentir tão incapaz... Ele não é incapaz! De verdade! É só insegurança dele!" Poetinha suspirou, cheio de real carinho pelo brutamontes, e Hugo ficou olhando para ele, pensando em como Capí teria se encantado com o menino.

Por mais que o pixie fosse bondoso e justo, ele mesmo dizia que se *esforçava* para ser. Era um trabalho constante de autoexame. Poetinha não! Tinha *nascido* assim! Totalmente espiritualizado! Olhava para a inveja de Moacy com imensa *pena* do colega! Com desespero até, por estar sendo o *responsável* pela queda moral dele! E Hugo sentiu um imenso desejo de proteger aquele menino. Mesmo sabendo que não podia. Mesmo sabendo que, em alguns dias, teria de ir embora.

Pelo menos Bárbara o protegeria.

Olhando para trás, Hugo viu a manauara-belenense de olho neles, vigilante. Até porque as malditas *vespas* do Moacy estavam do outro lado do convés, rindo e dando tapinhas nas costas dele, que ria também, meio sem graça.

"Influência deles não ajuda coração sensível do Moacy", Poetinha comentou, observando-os também. Pareciam, de fato, um enxame de interesseiros, seguindo o possível sucessor do pajé... Incitando sua ambição.

"Se você é mais poderoso, por que eles não seguem você?"

Tadeu meneou a cabeça incerto. "Acho que é porque eles sabem que eu não aceitaria. Pajé diz que a gente não deve aceitar influência externa; que não vem do espírito, da nossa consciência. Mas Moacy tem insegurança no coração. Por isso aceita. Pensa que não é capaz. Que não tem ajuda dos espíritos, como eu tenho." Poetinha suspirou, com pena dele. "A solidão reina no coração dos seres, mas não é real. Todos são ajudados. Moacy precisa ganhar esse entendimento."

O menino ficou em silêncio por um instante, parecendo recordar alguma lembrança boa. "Quando pajé Morubixaba foi na minha aldeia Huni Kuin me buscar, dizendo que ia me dar treinamento pra ser conversador de espírito, o dia já vinha vermelho e eu senti alegre meu coração. Naquela noite, Pajé ficou sentado na roda, contando sabedorias, pra deixar que as horas me preparassem pra grande viagem, e lua brilhou bonito. Mais bonito do que jamais tinha brilhado na minha aldeia."

Hugo sorriu com ternura. Às vezes era um espetáculo vê-lo falar.

"Na manhã seguinte, eu abracei minha mãe, me despedi do meu pai, dos outros meninos, da terra, das árvores, do rio, e vim." Ele sorriu gentil. "Nunca mais vi nenhum deles. Nunca voltei." Seus olhos se entristeceram um pouco. "Eu sabia que não tinha volta. Sentia no coração que não era pra voltar. Que meu mundo agora era outro." Tadeu olhou para o companheiro de estudos, lá longe. "Deve ter sido o mesmo com Moacy. Por isso ele se sente sozinho."

"Eu achei que todos os estudantes da Boiuna pudessem voltar pra casa."

"Aprendiz de pajé não. É conhecimento demais pra voltar enquanto jovem. Perigoso. Só quando já for adulto e tiver sabedoria."

Hugo sentiu alguém o cutucando no ombro. Era Tocantins, que abriu um sorrisão debaixo do chapéu panamá. "Tá tendo aula de Venenos Tropicais lá na popa do 04."

"Na *o que* do 04?!"

Dakemon olhou-o sabichão, achando graça de ele não saber algo tão básico, e apontou, "Popa, Proa, Bombordo, Estibordo", indicando, respectivamente, a traseira do navio, a frente, a esquerda e a direita.

"Ah tá", Hugo respondeu, ainda um pouco perdido. Termos náuticos não eram seu forte. Não era sempre que frente, trás, esquerda e direita mudavam de nome.

Tocantins deu risada, e resolveu soletrar: "A aula é no andar 04, lá embaixo, na parte de trás do navio. Sala 047."

Hugo assentiu e se levantou, aceitando o conselho. Seria útil aprender sobre os venenos que poderia encontrar lá fora. Despedindo-se de Poetinha, foi em direção às escadas. "Você não vem?"

Mastigando seu palito de dentes, Tocantins apoiou as costas na amurada, folgado. "Antigamente, na Boiuna, eram as alunas e monitoras que cozinhavam para todos, enquanto alunos e monitores caçavam com arcos mágicos, no deck florestal, pra que houvesse comida. Acaba que nós, jovens desta geração, viemos bagunçar a organização tradicional. Algumas estudantes, como a oncinha ali", ele apontou para Bárbara, que agora limpava a própria varinha com atenção, "insistiram em participar na caça, enquanto alguns, como euzinho, gostam de cozinhar." Ele sorriu, dando uma piscadela com o palito entre os dentes, ajeitando o chapéu e indo ajudar no almoço.

Poetinha zombou bondoso, "Claro que não teve nada a ver com quantidade de belas mulheres na cozinha."

Hugo riu, vendo Tocantins levar um tapa na nuca de uma delas. Será que Caimana só se interessava por caras assim?! Ou tinha ficado com ele só para matar a saudade de Viny?

"Estou sendo cruel", Poetinha admitiu. "Ele agora realmente gosta de cozinhar", e sorriu malandrinho. "Vai lá assistir aula de veneno, vai."

Hugo obedeceu. No caminho, passou por Bárbara, que observava Tocantins de longe, com desprezo. "E pensar que eu cheguei a achar esse leso bonitinho."

Idá deu risada.

"De rocha, mano!" Ela riu também, garantindo que era verdade, mas logo estava séria novamente. "Babaca. Vou buscar quem me mereça."

"É assim que se fala."

Ao longe, Tocantins piscava galanteador para ela, e a manauara se enfureceu, "Égua, mano! Viu só?!... Ele se acha! Fica me botando apelido e pensa que, no momento que ele quiser, eu vou rastejando pra ele porque não tenho pretendentes. Vai sonhando, queridinho! Rum!" E Hugo gracejou, "Você ia gostar de assistir à próxima aula comigo. Talvez te desse algumas ideias de como envenenar o Dakemon."

Bárbara riu, "Eu vou é lá caçar, que é o melhor que eu faço", e preparou sua varinha, descendo para o 02. Hugo foi junto, descendo sozinho mais dois conveses.

Para sua aflição, o 04 era um andar bem mais fechado, e causou-lhe desconforto imediato. Nada de varandas ou aberturas para fora, por estar quase no nível d'água, além de ter corredores apertados e abafados, com salas a cada três metros, todas fechadas. Um pesadelo para qualquer claustrofóbico – algo que ele, infelizmente, era. Fazia quase dois anos já.

Apenas algumas pequenas microjanelinhas redondas iluminavam o ambiente, nas raras vezes que um dos corredores alcançava a parede externa do casco, e Hugo começou a sentir-se ofegante com o aperto do lugar; imagens dele no fosso escuro do Dona Marta lhe voltando à mente. Em pânico, procurou apoio nas paredes, tentando respirar. *Se concentra, idiota. Isso é ridículo. É só um corredor.*

Voltando a caminhar; torcendo para que estivesse, pelo menos, indo na direção certa, Hugo começou a sentir um cheiro estranho emanando dos fundos, possivelmente veneno, e correu para a porta 047, entrando, para seu alívio, numa sala gigante, escura e refrigerada.

Praticamente outro mundo.

Dando graças ao deus do ar condicionado, desceu os três degraus que o separavam do restante da turma, reunida no círculo daquela imensa sala. Impressionado com o espaço, aproximou-se do grande caldeirão que borbulhava no centro, desviando dos cipós venenosos largados no chão e sentando-se entre os aprendizes.

Só então viu, surpreso, quem era a professora: loira, de cabelos presos em um coque comportado e olhos azuis escondidos detrás de óculos de aro fino, Milla mexia o caldeirão com extrema rigidez e seriedade.

Milla, não. Srta. Bevilacqua. Duas aulas *seguidas* com a mesma pessoa! Se é que se poderia dizer que eram a mesma. Será que recebiam três salários diferentes?

"*Cobre o rosto*", Nelson recomendou em voz baixa, tocando a bochecha do visitante com a ponta da varinha. De imediato, Hugo sentiu uma substância gelatinosa cobrir sua boca e nariz, como uma máscara. Pondo a mão na gelatina em seu rosto, viu que todos ali tinham a parte inferior da face coberta pela mesma gosma.

"A fumaça do preparo do *curare* é venenosa, mano", o manauara explicou, e Hugo ergueu a sobrancelha. Achava que a aula fosse só para ensinar sobre as *propriedades* dos venenos, e não que *preparassem* veneno ali!

Impressionado, começou a prestar muitíssima atenção na aula, até para não morrer por acidente. Segundo Nelson, estavam aprendendo sobre venenos de caça; plantas que poderiam ser usadas para matar ou entorpecer; e Nelson tinha que lhe explicar cada sílaba, porque, ao contrário da aula anterior, aquela era somente em nheengatu.

Um estudante gorducho levantou a mão e perguntou em português mesmo, "Mas já não existe o feitiço *Zarabatana* pra caçar?"

Olhando-o por cima dos óculos com extremo desagrado, a Srta. Bevilacqua respondeu, "É sempre bom conhecer as armas que podem ser usadas contra você. Se levar uma flechada venenosa na perna, é bom reconhecer que tipo de veneno foi, para saber qual antídoto fazer. Presumindo que você ainda tenha condições de pensar."

Espantado, o jovem se calou.

"Fale em nheengatu na próxima vez, Sr. Ivanei. Ou eu não te responderei."

O menino concordou, oprimido, e ela voltou a falar com a turma; Nelson traduzindo tudo para Hugo em voz baixa, enquanto a madrinha do GELO mostrava o líquido negro e viscoso para os aprendizes.

"O *curare* tem um sabor muito amargo", ele traduziu, "Uma vez atingido por uma flecha banhada nele, o animal se imobiliza rapidamente; a paralisia começa pelo pescoço e vai descendo pela nuca, pelos membros e, por último, o diafragma. A asfixia vem logo em seguida, e o animal morre por não conseguir mais respirar."

"Credo."

"É chibata, mano…" O garoto sorriu, elogiando, e continuou a traduzir, "O *curare* costuma ser deixado numa grande vasilha, que fica transbordando de veneno. Então, as pontas de flechas e dardos são embebidas nele. Não se enganem: o *curare* é um poderoso asfixiante. Um leve aranhão dele é o suficiente pra te derrubar."

Os aprendizes olharam tensos para a planta. Parecia tão inocente! E Hugo ergueu a mão, perguntando em tom de desafio para a loira arrogante, "Se é veneno, como você sabe que tem sabor amargo?"

A professora imediatamente enfiou a mão no caldeirão de *curare* e levou o líquido viscoso e negro à boca, mastigando-o e engolindo. Ouviu-se um murmúrio de temor entre os aprendizes, e até Hugo arregalou os olhos, tenso.

Lambendo a gosma preta dos dedos, Srta. Bevilacqua olhou com empáfia para Hugo, "O *curare* só faz efeito quando introduzido na corrente sanguínea", e voltou a falar com a turma. Irritado, ele murmurou para seu tradutor pessoal, "*O governo sabe que vocês estão aprendendo a fazer veneno em sala de aula?!*"

Nelson deu risada, folgado. "Égua… Semana passada a gente aprendeu a fazer alucinógenos. Paricá, epena, jurema, *ayahuasca*… Beleza de aula. *Ayahuasca* significa 'cipó das almas', pra tu ter uma ideia. No caso, a gente aprendeu o preparo, mas não bebemos. Não é seguro sem a presença do pajé e sem cunho religioso. Dependendo da pessoa, não é seguro nunca. Melhor não tentar."

Não tentaria.

Aproveitando a mudez ainda espantada dos aprendizes, ela seguiu para o próximo assunto, ensinando-lhes o funcionamento da pedra de sapo: um anel com três pedras que se tornava escuro e sujo quando segurado sobre pratos que continham veneno. Muito útil para pessoas como ela, que provocavam raiva nas outras.

Ao sair daquele andar e respirar o ar livre do convés principal novamente, Hugo olhou com impaciência para o porto bruxo de Juriti, ainda parado lá fora.

Se continuassem naquele ritmo, nunca chegariam a Manaus.

Provavelmente estavam esperando que os estudantes retornassem dos Jogos Bienais. Fazia sentido. Torcendo para que voltassem da selva logo, Hugo almoçou sozinho, assistiu a mais quatro aulas, a noite chegou e... eles ainda no porto de Juriti.

Estavam brincando com a paciência dele, só podia.

Se não fosse sua ansiedade, até estaria se divertindo com a festa daquela noite.

Organizada pelos estudantes brancos e ribeirinhos daquela vez, não tinha nada da religiosidade da noite anterior. Muito pelo contrário. Era pura diversão, paquera e tecnobrega.

Mesmo tenso, Hugo foi obrigado por Bárbara a entrar na dança, primeiro irritadíssimo, depois envergonhado, até que não aguentou e começou a seguir o que ela fazia, rindo com a manauara-belenense enquanto imitava os passos de lambada e carimbó também. Impossível não se render; as moças dançando com longas saias coloridas, os moços de chapéu de aba e calças curtas, inclusive os que normalmente andavam sem roupa. Eles também queriam se divertir na cultura dos colegas.

Todos que haviam quase brigado na discussão da manhã já estavam de bem novamente. Afinal, o inimigo estava lá fora, e não ali, entre eles. Com o início do tecnobrega, haviam relaxado de vez, dançando juntos e rindo. Todos menos Félix e Cauã, que, sentados num canto, resolviam suas discordâncias numa conversa franca. Um de frente para o outro, de mãos dadas.

E nada de eles zarparem do porto de Juriti. Estavam, de fato, esperando pelos expedicionários. "Deixa de leseira e vem dançar de novo, mano!" Bárbara chamou Hugo, lá da multidão dançante, mas ele apenas riu, negando com o dedo. Já havia se exposto demais ao ridículo para uma noite só.

Sem aceitar um 'não' como resposta, Bárbara abriu caminho por entre os colegas, e já começava a puxá-lo para dentro, à força, quando uma corneta urgente soou lá fora, num toque medonho de alarme.

Tensos, todos pararam de dançar e correram para a lateral do navio.

CAPÍTULO 46

LOUCURA

"*ABRAM CAMINHO! ABRAM CAMINHO! Pepirari pé aé usasá arama!*" os professores gritaram desesperados, carregando um dos jovens expedicionários numa maca através da multidão. O indígena estava cheio de bolhas pelo corpo, vomitando sangue, sem quatro dedos na mão ensanguentada.

Assustado, Hugo sentiu um misto de calafrio e náusea vendo a maca passar.

Era Karuê... Da 'dupla sertaneja' da Bárbara, Kemem e Karuê...

Com os olhos brancos e apavorados, o jovem suava, repetindo delirante, "*Amú pituna pitérupi, asendú yepé nheenga... Amu pituna pitérupi, asendú yepé nheenga...*" E tossia sangue de novo.

"O que ele tá dizendo?!" Hugo perguntou tenso, vendo alguns professores saírem correndo para chamar o pajé, e uma brecha se abriu ao lado da maca flutuante, por onde ele e outros estudantes puderam se aproximar.

Assim que Félix conseguiu chegar mais perto, traduziu para ele, murmurando preocupado, "*Pelo meio da outra noite, ouvi uma voz...*", e Hugo sentiu um calafrio. Logo seria ele lá fora... Naquele pesadelo.

Já ia voltar sua atenção para o estudante na maca, quando o próprio indígena o agarrou pela camisa, puxando-o com violência para baixo; seus olhos brancos fixos nos dele, assustadoramente arregalados, "*Ixé ayuri paraná suí... Aikué mukũi ígara paraná upé. Té resu paranã kití!*"

"*Eu venho do rio...*" Félix ia traduzindo assustado, "*... Há duas canoas no rio... Não vá ao rio!...*"

Hugo sentiu o sangue fugir do rosto, seu medo paralisando-o, até que foi empurrado para fora do caminho pelos professores que chegavam com o pajé.

"*Reruri aé ixé arama*", Morubixaba pediu serenamente, e os professores aproximaram a maca do velho indígena para que o tratamento pudesse começar ali mesmo; todos assistindo tensos, enquanto o pajé cantava na língua Gavião, salpicando água sagrada no jovem enlouquecido com um ramo de ervas secas.

Delirando na maca, Karuê nem parecia a mesma pessoa. Era uma mera sombra do jovem que entrara na sala vestido de rapper, declamando seu poema pouco antes da aula de Mont'Alverne.

Segurado à força pelos professores, ele continuava a murmurar e gritar avisos em seu delírio, batalhando contra as mãos que o prendiam, num medo profundo, os olhos brancos assustadoramente arregalados enquanto o pajé fazia sua pajelança, tentando tirar o delírio de dentro dele para que pudessem tratá-lo com magia.

Tomando uma bebida oferecida por seu guardião, o pajé fechou os olhos, passando a cantar com ainda mais força, quase competindo com as frases gritadas pelo jovem, que berrava completamente possuído, tentando fugir das mãos de Mont'Alverne e do padrinho do FOGO.

Queimando as ervas secas, Morubixaba jogou-as sobre o paciente, mudando de mantra. E, enquanto cantava, as bolhas pelo corpo do garoto foram ficando menos grotescas; as feridas se fechando aos poucos... Mesmo assim, o garoto não saía de seu delírio, continuando a berrar coisas para eles, como avisos particulares. Era assustador.

"A cantoria é pra doente receber força da floresta: das águas, das árvores, da terra, dos animais", Poetinha explicou. Só então Hugo percebeu que ele e Moacy estavam ali também. "Vocês não vão ajudar?"

Tadeu negou entristecido, "A gente só assiste. Ainda não tá pronto pra participar." Ao lado dele, Moacy observava numa mistura de preocupação e medo pelo destino do colega, e Hugo olhou ao redor, vendo que outros jovens expedicionários já haviam embarcado de volta na Boiuna e estavam sendo amparados por professores e monitores. Alguns levemente feridos, outros apenas assustados com o estado do amigo, que agora agarrava Mont'Alverne, dizendo-lhe algo e ignorando a pajelança do diretor. O delírio estava forte demais!

Curvado pelo jovem, que não o largava, o professor olhou ao redor preocupado, parecendo contar os estudantes que haviam voltado. "Onde está o Kemem, Karuê?" perguntou para o jovem, mas Karuê não estava ouvindo, continuando a murmurar seus delírios para ninguém, e o professor repetiu a pergunta com mais urgência, desta vez em nheengatu.

Reconhecendo a língua, o aluno pareceu voltar a si por dois segundos e murmurou, "*Kemem uyuyuká ana...*", voltando ao delírio de antes.

Mont'Alverne fitou-o pasmo.

Após alguns instantes de choque, gritou, "Capitão!", chamando um dos caiporas, que parou ao seu lado com a frieza de quem estava pouco se importando.

"Peço permissão para ir buscar o corpo do estudante lá fora."

Hugo se espantou. Kemem tinha morrido?!

"Humano se matou porque quis", o capitão dos caiporas respondeu impiedoso, e Hugo arregalou ainda mais os olhos ao saber que tinha sido suicídio, enquanto Mont'Alverne fitava o caipora com ódio pela permissão negada. "Era pra vocês protegerem esses jovens, capitão!"

"Caipora protege floresta. E não bruxo inconsequente."

Os dois se encararam, o professor com absoluta fúria no olhar, até que decidiu, "... Eu vou descer", e levantou-se resoluto, sendo impedido pelo caipora, que se posicionou ereto em seu caminho.

"Eu não vou fazer mal à floresta, capitão! Só vou resgatar um corpo!" Mas foi Karuê quem o agarrou pelo braço, impedindo que Mont'Alverne se afastasse.

"*Aiuã kurí pituna! Ti yapitá iké! Uií ara umanú waá-itá ara...*"

"O que ele tá dizendo?" Hugo perguntou, e Moacy traduziu temeroso, "*Logo vem a noite. Não fiquemos aqui. O dia de hoje é o dia dos que morreram...*"

Idá sentiu um calafrio. Era loucura entrar na floresta...

O que ele estava fazendo ali, meu Deus...

Percebendo seu medo, Poetinha olhou-o com confiança. "Cada parte da mata tem perigo diferente, menino do Rio. Esse você não vai enfrentar."

Hugo tentou se sentir aliviado, mas aquilo estava longe de ser garantia de alguma coisa. Talvez acabasse encontrando coisa pior.

"Rudá, Moacy", o pajé os chamou serenamente.

Karuê continuava a murmurar, com os olhos brancos vidrados no teto, porém mais calmo, e os dois se aproximaram com seriedade. Moacy um pouco assustado. O pajé ia precisar da força deles.

"Aé usú se irumu", Morubixaba disse aos caiporas. "Ele vai comigo." E os três, com a ajuda de outros professores, subiram com o jovem até a sala oval de curandeirismo, no terceiro andar. Mont'Alverne ficando para trás.

"*Aé kwera, taité...*" Félix suspirou penalizado. "Karuê já era, coitado."

Hugo não tinha tanta certeza assim. Confiava no Poetinha e no pajé.

Aproximando-se de Mont'Alverne, que se debruçara sobre o parapeito do convés, olhando sério para a escuridão lá fora enquanto a Boiuna zarpava sem o corpo de seu estudante, Hugo fez menção de lhe falar, mas foi interrompido pelo próprio professor, que disse em um tom amargo, sem tirar os olhos úmidos da escuridão, "É isso que você quer? Ficar como ele?"

Hugo pressionou os dentes contra o lábio inferior, inseguro.

Entendia o rancor do professor. Entendia que seu filho também morrera perdido, e que ele tinha raiva de todo jovem que resolvia tentar a mesma gracinha achando que poderia se safar. No momento, no entanto, as lágrimas de Mont'Alverne eram de ódio, em especial pelos caipora, por não terem deixado que ele saísse para enterrar o aluno. Enterro que, certamente, seu filho também não havia tido.

Cada escola com seu Atlas...

Hugo se afastou. Passeando pelo convés, ficou pensando no que acabara de acontecer; o restante da festa cancelado, claro. Nem os mais festeiros conseguiriam dançar depois daquilo; todos sentados pelos cantos, preocupados, ouvindo os berros distantes de Karuê, três andares acima. Sim, dava para escutar dali.

No terceiro berro de terror do garoto, Hugo teve um ataque de aflição, não querendo mais ouvir nada; os olhos úmidos de medo.

Aqueles jovens eram preparados, caramba! Tinham treinado por ANOS para aqueles Jogos! E ainda assim...

"Que loucura tu vai fazer lá fora, Idá..." ele murmurava para si próprio, chorando tenso, sem conseguir ficar quieto num só lugar.

Não... Ele tinha que ir... Não podia voltar atrás. Ririam da cara dele se desistisse. Ficaria conhecido como o maior covarde da Korkovado. Sem contar o remorso que sentiria... Tinha que sair para a floresta, e tinha que sair logo, antes que perdesse totalmente a coragem. Assim que o sol raiasse, no máximo.

Com as mãos trêmulas, foi até sua rede e começou a verificar tudo que havia trazido, tentando não chorar de nervosismo. Não podia esquecer nada. Checou as calças, a bússola de Atlas, os alimentos, para ver se já não estavam estragados...

Sentindo as lágrimas caírem, enxugou-as da bochecha, tentando raciocinar e ver o que faltava, mas estava difícil, com os berros de Karuê em sua cabeça...

Lembrando-se de um detalhe, subiu de volta ao convés principal e entrou furtivamente na sala de Milla de novo. Os frascos de cumacaá ainda estavam ali, intocados na escuridão, assim como todas as outras poções diversas que ela ensinava, e que ficavam dispostas nas variadas prateleiras. Impressionante como, mesmo com as portas destrancadas, nada ali era roubado...

Mas seria, agora. Adusa não estava mais na Boiuna para impedi-lo.

Apressando-se pela sala, abriu a mochila e jogou para dentro todos os pequenos vidrinhos que talvez pudesse precisar quando fizesse a loucura de sair, escolhendo pelo rótulo, mesmo sem saber como alguns ali funcionavam: *Cicatrização...* sim, dois frascos. *Dor de cabeça...* não, que se danasse a dor de cabeça. A mochila tinha extensão infinita, mas já estava pesada demais. *Perfume abre caminho...* sim, com certeza. Precisaria dos caminhos bem abertos. *Contra olho gordo... Vira pensamento...* Nada mais ali parecia interessar.

Fechando a mochila, ainda afanou mais alguns frasquinhos de cumacaá antes de sair, enfiando-os no bolso da frente da calça. Talvez precisasse convencer um caipora na saída... Se é que aquilo funcionava com caiporas.

Voltando para a rede, abriu a mochila de novo, tentando pensar no que poderia estar faltando. Não fazia ideia... Não sabia como sair, nem para onde ir, ou o que procurar quando estivesse lá fora... Desesperado, Hugo socou a mochila, começando a chorar. *O que você tá fazendo aqui, Idá?!...* perguntou-se, pela milésima vez, sentindo-se perdido, totalmente perdido, enquanto Quixote o olhava com aquela carinha de quem não sabia o que estava acontecendo. Abençoada inocência...

Aquela espera o estava corroendo! Seu professor lá, à beira da morte, e ele ali, perdendo tempo! Enrolando! E por medo!

Nunca sentira um medo como aquele! Não como aquele...

Já tivera receio antes? Já. Claro. Mas nada se comparava ao que estava sentindo naquele momento, diante do desconhecido. Diante do que acabara de ver no convés principal. Aquilo era pior que qualquer morte por espancamento... Aquilo era loucura! E loucura era algo absolutamente assustador.

Não, ele tinha que sair o mais rápido que pudesse. Aproveitar enquanto a Boiuna ainda estava próxima à margem. Por outro lado... Poetinha dissera Manaus, não dissera?!... Mas Manaus não chegava nunca!

Dividido entre ficar e sair, Hugo parou, olhando ao redor com o pensamento absolutamente confuso. Dali iria para onde?! Ficaria andando a esmo, feito um louco, pela floresta?! Onde estava a droga do saci que não aparecia?! Tinha que ter medo de rio, o demoniozinho?! Talvez se Hugo mergulhasse do andar mais baixo, nadasse até o porto bruxo e o chamasse, ele viria ajudá-lo. Pelo menos apontando a direção...

Alguém assoviou baixinho, e Hugo, enxugando as lágrimas depressa, olhou para fora da rede.

Era o Poetinha.

Pela primeira vez desejara que fosse o saci.

Tentando esconder o inchaço do rosto, baixou a face novamente, continuando a organizar a mochila. "O Karuê tá bem?"

Tadeu tinha sangue seco nas mãos. Impossível não notar. Mas fez que sim, cansado, com a cabeça. "Mais algumas pajelanças e a gente consegue tirar loucura de dentro dele. Fazer crescer as pontas dos dedos já é um pouco mais demorado." Vendo a mochila pronta, perguntou, "Já sabe em que direção tem que ir?"

"Claro que eu sei, é só eu sair aqui e..." ele tentou, procurando não demonstrar todo o seu desespero, mas não sabia o que dizer. Não conseguia nem pensar direito! E Poetinha olhou-o com bondade. "Não precisa ter vergonha de não saber caminho. A maioria de nós não sabe. Pra resolver isso, natureza criou artifício muito eficaz."

"Qual?!"

Tadeu sorriu. "A pergunta." E Hugo olhou-o surpreso, "Você sabe onde fica a gruta?!"

"Saber, eu não sei." Poetinha sorriu malandro, "Mas eu também posso perguntar."

CAPÍTULO 47

A SOMBRA DO CÉU

Em silêncio, para não atrapalhar quem já dormia nas redes, Tadeu entrou com Hugo no santuário dos pajés.

Na escuridão da noite, aquele enorme espaço circular amadeirado adquiria uma aura toda diferente... quase meditativa... com suas paredes de madeira na penumbra e seus três níveis circulares afundados no chão por degraus solitários. Lagos artificiais e plantas completavam a atmosfera incrível daquele lugar, mas Hugo estava confuso. A quem perguntariam sobre a gruta se não havia ninguém ali?

Descendo os níveis até o centro do santuário, Tadeu convidou-o a se sentar no chão com ele, e Hugo obedeceu, instalando-se de frente para o menino, ainda na semiescuridão. "Pra quem a gente veio perguntar?"

Sorrindo, Tadeu pegou atrás de si uma pedra oval, um pouco maior que sua mão aberta, e mostrou-a ao visitante como resposta. *Perguntariam para a pedra?!*

Hugo abriu a boca para contestar, mas Poetinha tocou seus lábios com o indicador, falando em tom baixo, *"No silêncio, a gente aprende que tudo no mundo tem voz"*, e ofereceu-a ao carioca.

Vendo que ela brilhava sutilmente em resposta a mínimos movimentos da mão do menino, Hugo achou melhor não questionar, e tocou, com respeito, a pedra que Tadeu lhe oferecia. Era quente ao toque...

"Este é um pedaço da sombra do céu", Poetinha explicou, enquanto Hugo sentia leves ondulações se mexerem na superfície da pedra à medida que a luz vinha e voltava nela, como se sua luminosidade fosse quase tangível na palma de sua mão.

Vendo a luz branca refletindo-se no rostinho frágil do pajé-menino, Hugo sentiu uma forte vontade de fechar os olhos e, assim que o fez, a mão do menino fechou-se sobre a sua, na pedra. *"Visualize sua gruta."*

Hugo obedeceu, e os dois, de imediato, viram a caverna surgir em suas mentes, com um realismo absurdo... Quase como se a estivessem sobrevoando!

Surpreso, ele tentou se concentrar para não perder a visão. Sabia que Poetinha estava conectado a ela. Tinha absoluta certeza daquilo...

"Pode abrir os olhos", Tadeu disse, mantendo, no entanto, os dele fechados em concentração; tentando descobrir o local onde ela se encontrava.

Ficou assim por bastante tempo, imóvel ali. Alguns minutos, talvez cinco. Até que falou, num murmúrio distante. *"Amaã pé kaá pitera rupí.... pé i pukú waá..."*

"O quê?"

"...Vejo caminho pelo meio do mato... caminho longo..."

Hugo olhou tenso para ele, e Tadeu franziu o cenho, ainda de olhos fechados. *"Toma cuidado. Gruta está em zona de transição. Só seres mágicos conseguem ver, mas território em volta é incerto..."*

O menino apertou ainda mais os olhos, tentando ultrapassar alguma barreira que o impedia de ver além. *"Tem coisa muito errada ali. Eu sinto, mas não consigo enxergar... Eu não iria lá, se fosse você."*

Hugo engoliu em seco. "É numa zona proibida, né? O professor Mont'Alverne me falou. Por que proibida?"

"Não é proibida. Mas, pra chegar lá, tem que atravessar zona proibida. Lugar de tentação e morte. Muito perigoso."

Hugo olhou-o preocupado, mas o menino continuava em profunda concentração. *"Quando passar pelo lago Muypa, onde Rainha das Estrelas vai banhar-se, saberá que está perto da gruta. A cinco dias de distância, na direção que ela te apontar. SE menino for merecedor."* Não era mais o Poetinha que estava ali... Parecia alguém bem mais velho, falando através do menino, e Hugo prestou a máxima atenção, absolutamente absorto naquela atmosfera. Até que, de repente, com tranquilidade, Tadeu abriu os olhos, como que acordando de um sono sem sustos.

"E então?" Hugo perguntou ansioso.

"Gruta está a sudoeste daqui. Em ponto da floresta profunda entre a gente e o Acre. Uma das áreas mais distantes de qualquer centro urbano."

"Droga."

"Na verdade, é bom. Você vai precisar ganhar resistência antes de passar por zona proibida. Do jeito que está agora, não consegue."

"De que jeito eu estou agora?!"

"Frágil", Poetinha respondeu na lata, e Hugo emudeceu, chocado. Como assim, frágil? "Eu, frágil?!"

"Pra Amazônia, sim", confirmou, sem medo de irritá-lo.

Hugo olhou assombrado para a sinceridade do menino. Se Virgílio OuroPreto houvesse dito a mesma coisa, Hugo o teria fuzilado com os olhos, mas, como era o Poetinha dizendo... devia ter algum fundo de verdade – o que tornava aquilo, no mínimo, assustador. Como assim, ele era frágil? Ele tinha sobrevivido a traficantes e chapeleiros!

"A mata profunda não é pra qualquer um, Hugo. E você vai passar *meses* lá."

"MESES?!" Hugo olhou-o com dor antecipada. Aquele tempo todo sozinho na floresta?!... Atlas tinha dois meses e meio, no máximo!

"Isso se você partir daqui. Partindo do Acre ou de Rondônia, talvez tempo fosse menor, mas eu não recomendaria."

"Por que não?!"

"Você precisaria sair daqui de barco e navegar até posto de atravessamento mais próximo, em cidade bruxa, ou, então, ir pra lugar longe de floresta e girar para um desses estados. Chegando neles, teria que invadir uma das fazendas que margeiam floresta, para entrar nela. Eu não recomendaria. Além de perigoso invadir, indo por aquela parte da selva risco seria maior de encontrar madeireiros, traficantes e mineradores clandestinos fortemente armados que..."

"Não, tudo bem. Prefiro por aqui mesmo."

Poetinha sorriu. "Imaginei."

"Ei! Peraí! Tive uma ideia!" Hugo sorriu largamente. "E se eu fosse voando de vassoura até a gruta?! Por sobre as árvores?! Facilitaria tudo!"

"Mesmo mecanismo que impede giro, impede voo."

Hugo murchou. "Tá de sacanagem..."

"É defesa da floresta. Se fosse fácil entrar e sair, ela já tava destruída."

"Mas..."

"Com a floresta não se discute, se obedece." Hugo se calou. "Porque, quando faltamos com respeito, ela nos pune. Severamente. E não pune só quem desrespeitou. Pune humanidade inteira. Nunca duvide disso."

Não duvidaria. Nada de vassoura então.

Algo, no entanto, o estava incomodando. "Por que você não me mostrou essa pedra antes, sabendo que eu estava angustiado pra saber onde tava a gruta?"

Tadeu olhou-o com ternura, entendendo sua desconfiança, e respondeu, com total humildade, "Até ontem, eu não tinha autorização pra usar pedra sozinho. Hoje, que Pajé e eu salvamos vida juntos, ganhei esse direito." Seus olhos brilharam num discreto entusiasmo. "Passei mais um teste."

Hugo estava feliz pelo menino. Sentia-se quase um irmão mais velho, olhando-o com carinho. Não que ele soubesse como era ser um irmão mais velho.

Talvez, se conseguisse salvar Atlas, descobriria. Se ele e sua mãe decidissem providenciar um irmãozinho... Ainda dava. Os dois eram jovens...

Percebendo a angústia em seus olhos, Tadeu tentou animá-lo, "Talvez não leve tanto tempo assim... Dois a três meses é só se encontrar muito obstáculo. Pode levar quarenta *dias*, se tudo correr extremamente bem." Ele sorriu com entusiasmo, mas Tadeu não sabia fingir. Por mais que tentasse, no fundo de seu olhar generoso Hugo via hesitação. Via a certeza de que não seria tão fácil assim.

"Você disse quarenta dias se tudo correr bem. Por que não correria bem?"

Poetinha largou o ânimo, demonstrando toda a sua preocupação. "Existem motivos para a floresta ser proibida pra gente, Hugo. Você pode achar que, por saber magia, seu caminho vai ser facilitado, mas não se engane. Pra bruxo, floresta pode ser ainda mais perigosa do que pra azêmola."

Hugo fitou-o sério; a imagem de Karuê em sua mente. Aquilo certamente não acontecia a azêmolas com muita frequência. Ou ele teria ouvido falar nos jornais.

Poetinha explicou: "Existem zonas mágicas, na Amazônia, que azêmola nenhum consegue ver ou penetrar."

"As áreas que o Cauã quer que o governo expanda."

Tadeu confirmou. "Elas servem pra proteger essas partes da floresta. Mas servem também pra esconder dos azêmolas seres perigosos da nossa fauna; alguns que, se bruxo encontrar, nunca mais deixam bruxo dormir tranquilo à noite, mesmo estando longe, no conforto de sua cama. Você viu como Karuê ficou."

Hugo sentiu um calafrio. Por que Poetinha estava se esforçando para meter medo nele agora?! Não era suficiente o medo que ele já estava sentindo?!

Tadeu olhou-o com bondade, sabendo o que se passava em seu íntimo. "Eu só estou te preparando, Hugo." Ele sorriu, "E quem sabe tentando te dissuadir dessa loucura um pouquinho."

Hugo riu de leve, "Você não vai me dissuadir." E Poetinha assentiu, conformado. "Permita-me dar conselho de trajeto, então. Lembra que eu falei de ir pelos rios? Esse continua sendo melhor plano. Quando gado azêmola foge, não ousa buscar interior da floresta. Busca rio. Busca pasto. É sabedoria do instinto. Vá pelo rio. O máximo que puder. É menos fácil de se perder."

Hugo já ia concordar quando se lembrou do jovem delirante. "O Karuê me advertiu a não seguir pelo rio. Disse que tinha vindo do rio."

Poetinha sorriu, bondoso. "Um rio nunca é o mesmo. Muda a cada instante. Perigo que Karuê encontrou não vai ser os mesmos que você vai encontrar."

"E isso, supostamente, é bom. Né?"

Tadeu riu de leve. "Só vai depender de você, estar seguro ou não no rio."

Ah, que ótimo. Tudo de que ele precisava: algo que dependesse dele. Seu histórico no quesito decisões não era dos melhores.

"Se for por rota fluvial, pega canoa motorizada, aqui na Boiuna, e segue pelo Solimões, na direção oeste. Contra a correnteza."

Rio Solimões. Direção oeste. Ok.

"No primeiro afluente a sudoeste, você entra, seguindo pela água o máximo de dias que puder até ser obrigado a desembarcar e entrar na floresta. Leva um pouco mais de tempo, mas é mais seguro do que ir andando o tempo inteiro. Menos chance de se perder, de encontrar onça ou animal peçonhento pelo caminho."

... Só de pensar que poderia ficar meses lá fora, já dava agonia. "Eu achei que de barco seria mais rápido."

"É lei de geometria. A pé você vai em linha reta. Linha reta é sempre mais rápida. De barco, tem que seguir curso do rio, e os rios menores daqui são um vai e vem de curvas. Às vezes, navega dez quilômetros pra avançar cinco. Ainda assim, melhor de canoa. Na canoa não tem cobra. A não ser que você caia na água. Na água tem cobra." Hugo assentiu.

"E piranha", Poetinha acrescentou, olhando-o com esperteza e rindo de seu espanto. "Relaxa, no Solimões não tem piranha."

Idá respirou aliviado. Não estava a fim de ser devorado por peixes assassinos.

"Mesmo assim, não pense que vai ser fácil."

"Eu sobrevivi à minha infância; eu sobrevivo a isso."

Poetinha fez um gesto descompromissado com a cabeça. "Você é que sabe. Você é dono do seu destino. Mas lembre: ninguém é dono do destino dos outros."

Hugo desviou os olhos para o chão, amargo. *Ele seria. Salvaria o Atlas, por mais que o Destino quisesse outra coisa.*

"Quando você desembarcar, vou tentar acompanhar pela Sombra do Céu. Mas não posso vir aqui todos os dias. Pedra não é de meu acesso irrestrito."

"Imaginei que não." Nada era automático para um aprendiz de pajé.

Percebendo que o encontro havia acabado, Hugo se levantou, pronto para sair da Boiuna, e o menino olhou-o, se divertindo. "Onde menino pensa que vai?"

"Ué, agora que eu já sei por onde ir…"

Tadeu riu de sua empolgação. "Rio *Solimões*, Hugo. Você está vendo algum outro rio, aí fora, além do Amazonas?"

Com um baque, Hugo olhou incerto pela janela escura. "Bom, na verdade não dá pra ver porcaria nenhuma ali fora a esta hora."

Poetinha deu risada. "A gente só vai ver água barrenta do Solimões quando chegar perto de Manaus. É lá que o Amazonas se bifurca em Rio Negro e Solimões."

Hugo encolheu-se desanimado, e o pajezinho se levantou, esticando o braço para chacoalhar os cabelos do visitante, "Tenha paciência, menino do Rio! Três dias passam rápido!" E olhou-o com respeito. "Sugiro que use tempo com sabedoria. Se prepare máximo que puder, estude tudo que estiver ao alcance e, principalmente, aproveite as diversões da Boiuna, Hugo. Sério. Aproveite ao máximo seu tempo aqui, porque, quando estiver lá fora, tudo que você vai querer é voltar pra cá."

Hugo olhou sério para o menino. E assentiu, concordando com o conselho.

Abaixo deles, os motores da Boiuna intensificaram os esforços, dando seu adeus definitivo a Juriti, rumo a Parintins.

CAPÍTULO 48

O AZUL E O VERMELHO

Hugo acordou cedo no dia seguinte, aceitando a dica do pajezinho.

Tinha três dias para aprender tudo que fosse humanamente possível ali dentro: Manipulação de Energia I, Defesa e Ataque, Cromoterapia para Iniciantes, Desenvolvimento de Sensitividade, Concentração e Meditação, Plantas Medicinais e suas Aplicações I, II e III (porque Hugo definitivamente precisava daquela matéria), Organização Política dos Indígenas, Criaturas Místicas I e II (a III só começaria em alguns meses), Manipulação de Elementos, Climatologia Bruxa, Confecção de Amuletos e, sim, Nheengatu I e Tupi I, porque poderiam vir a ser úteis lá fora. Muito úteis. Então... aulas de nheengatu e de tupi, SIM, duas vezes ao dia, durante os próximos três dias. Estudá-las serviria também para mostrar a eles o quanto Hugo os respeitava.

Já que aquelas eram as únicas aulas em que todos anotavam, Hugo ganhou um caderno em branco de Poetinha, só para aquela finalidade, e fez questão de ser caprichoso em todas as anotações. Ainda mais com o presente tendo vindo de quem viera.

... *Iku* (verbo *estar*):
Ixé ai*ku*, **indé re**i*ku*, **aé u***iku*, **iandé ia**i*ku*, **penhẽ pe**i*ku*, **aintá u**i*ku*...
Eu estou, tu estás, ele(a) está, nós estamos, vocês estão, eles(as) estão...

... *Sasá* (verbo *passar*):
Ixé asasá, **indé re**sasá, **aé u**sasá, **iandé ia**sasá, **penhẽ pe**sasá, **aintá u**sasá...
Eu passo, tu passas, ele passa, nós passamos, vocês passam, eles passam...

Para sua surpresa, nheengatu era pura lógica! Bem parecida, inclusive, com uma certa língua internacional que um tímido mineirinho lhe ensinara, no ano anterior. Um pouco mais difícil, talvez *bem* mais difícil, mas nem por isso menos fascinante, e logo se tornou uma de suas matérias favoritas.

Isso era dizer muito, porque a lista de matérias oferecidas ali era interminável! E ele bebia todas com a avidez de quem tinha sede: Ervas e Raízes, O Poder da Dança Ritual, Fitocinese, Arquearia (sim, Arquearia), Mistérios da Floresta... Sem contar os jogos que os estudantes organizavam entre as aulas, e que deixariam qualquer Dalila maluca no Rio de Janeiro. A maioria dos professores participava também, e nem por isso eles perdiam o respeito dos alunos em sala de aula. Muito pelo contrário.

... *Ixé **kurumī***: Eu (sou) menino, *Indé **kunhã***: Tu (és) mulher, *Aé **apigaua***: Ele (é) homem...

Hugo riscou o primeiro, substituindo-o por: *Ixé aiku iké. Ixé **apigaua***.

"*Eu estou aqui. Eu sou **homem**.*"

Que 'menino' que nada...

Tocantins deu risada, voltando a ajudá-lo.

Na Boiuna, veteranos eram sempre designados a um novato que falasse a mesma língua, para ajudá-lo a se acostumar com o esquema da escola, auxiliando-o a escolher com sabedoria as primeiras matérias, acompanhando-o nos estudos etc. Esses veteranos, depois, acabavam se tornando conselheiros desses estudantes pelo restante da permanência do veterano na escola, tirando dúvidas, amenizando inseguranças, ensinando seus protegidos, e aprendendo com eles. A transmissão horizontal era muito valorizada ali: estudantes ensinando outros estudantes era tão importante quanto professores ensinando e, em pouco tempo, era o ex-novato que começava a ensinar ao veterano matérias que havia estudado antes dele.

Talvez por isso Tocantins, Bárbara e Poetinha houvessem adotado Hugo com tanta naturalidade. Já era costume dali, ajudar quem estava meio perdido. E, acredite, ficava fácil se perder em meio a tanta liberdade. Não eram apenas os jogos que movimentavam o convés principal. Nos intervalos entre as aulas, sempre que possível, a Boiuna se aproximava das margens para que fossem realizadas vendas e trocas de produtos mágicos e material escolar em palafitas bruxas ao longo do rio. Quando não se aproximava das casinhas, barqueiros bruxos vinham ao encontro da escola fazer as transações. Chegavam em suas embarcações coloridas, para atraírem o maior número de jovens clientes, e os estudantes jogavam moedas para eles, lá embaixo, trocando-as pelas mercadorias que desejavam ter: caldeirões, roupas, mapas, poções... o que os comerciantes tivessem a oferecer. Um ou outro professor pedia animais também, para suas aulas; alguns um tanto... peculiares...

"*Os zuruparis são entes da floresta que costumam vomitar pragas, insetos, aranhas...*" disse, com cuidado, o jovem professor em treinamento; um amapaense branquinho, de óculos redondos e barbicha, chamado Elielson Auridan, que sussurrava a lição para não estressar a pequena criatura na palma de sua mão.

Era um animalzinho preto, coberto de pelos.

"Chamamos eles assim em homenagem ao herói cultural dos Tenetehara, de mesmo nome, criador de todos os animais nocivos ao homem."

No chão, outros peludinhos iguais a ele arrotavam gafanhotos e aranhas fofamente enquanto os aprendizes tentavam lidar com a simpática praga.

"Como vocês podem ver", complementou com serenidade a professora oficial da aula; a gentil monja velhinha, madrinha do AR, "os pelos dessas criaturinhas as tornam invulneráveis a flechas ou balas, e a muitos dos feitiços que vocês estão tentando, inutilmente, jogar contra elas."

Hugo tentou mais uma vez, e seu feitiço roxo só não rebateu nele mesmo por muito pouco, indo quebrar uma jarra de vidro, logo atrás. O problema é que faltava vontade, né? Quem iria querer machucar bichinhos tão fofinhos?!

Olhando para seu zurupari novamente, no entanto, Hugo arregalou os olhos e se afastou, tenso, apontando a varinha contra a enorme cobra venenosa que agora saía lentamente da boca do fofinho. Pelo visto, o bichinho ficara zangado com seu último ataque. "Ehh... o que eu faço?!" Hugo olhou aflito para os lados, sem saber como reagir. Não tinha sido sua culpa! Tentara atingi-lo no umbigo com um feitiço paralisante, como a veneranda Nágila Mandu instruíra! Apenas errara um pouco a mira! Aparentemente, aquilo era fatal numa aula de Pragas e Insetos Mágicos.

Vendo que ninguém responderia à sua pergunta, Hugo mirou na serpente. Já estava pronto para matá-la quando Moacy apareceu e a pegou com cuidado e carinho, saindo da sala para levá-la ao deck florestal. As surpresas eram, de fato, infinitas na Boiuna...

Inclusive as gastronômicas. A todo momento, experimentava uma iguaria culinária diferente. Pato no tucupi, caldeirada de peixes acompanhada de pirão, parmegiana de pirarucu, que levava qualquer um ao céu, peixes de todos os tipos... Tambaqui, tucunaré, jaraqui, pacu, matrinxã... pão com tucumã e queijo coalho no café da manhã, tapioca cozida na manteiga, doces com frutas de que ele nunca tinha ouvido falar, como pitomba, pequi, taperebá, biribá, abio, cupuaçu, patuá... Além do tacacá, de que Hugo aprendera a gostar, apesar de puxar um pouco a língua, e aquela sensação ser esquisita. Enfim, era até bom que ele engordasse um pouco, porque, depois, emagreceria tudo na floresta. Pelo menos, aquela era a desculpa que ele se dava para comer um pouco mais. Estava perdidamente apaixonado por peixe de água doce. Até o camarão dali tinha um gosto diferente do marítimo!

Segundo Bárbara, o cardápio ia mudando ao longo do ano. As comidas tradicionais de cada lugar iam enchendo as mesas à medida que a Boiuna passava pelas cidades correspondentes, até que chegavam à Vila Bittencourt, ou a Yavarate, ou Cucui, ou Tabatinga… – últimas paradas brasileiras, dependendo de qual rio a Boiuna decidira seguir, e a escola era invadida pelas culinárias ou do Peru, ou da Colômbia, ou da Venezuela, até que desse meia-volta em direção ao Atlântico novamente.

Sempre que o navio parava em um porto maior, os estudantes podiam passear pela cidade por algumas horas. Eram os feriados dos curumins e das cunhantãs.

Segundo Bárbara, muitos aproveitavam Belém e Manaus para irem ao cinema. Sim, os bruxos do Norte iam ao cinema azêmola, sem problemas. Afinal, mistura era a especialidade deles. Mistura e hospitalidade incondicional aos que chegavam de fora. Tinham uma vontade imensa de se descobrirem e serem redescobertos pelos bruxos das outras regiões. Talvez por isso não poupassem esforços em mostrar para Hugo cada faceta deles, cada detalhe. Eram super abertos! Só não aceitavam falta de respeito, principalmente de quem estudava na Boiuna.

"Parabéns, bundão!" os estudantes riram, aplaudindo um novato que acabara de lançar seu copo de plástico para fora do navio e recebera o copo de volta na cara, lambuzando-se com o suco de uva que sobrara nele.

Debruçado no parapeito, Hugo também aplaudiu, rindo do espanto do garoto, que saiu humilhado do deck, com a camiseta toda manchada de roxo; morto de raiva. Bem feito. A Boiuna devolvia todo lixo que era lançado para fora dela.

"*Novatos…* Não aprendeu respeito em casa, vai aprender aqui", Bárbara resmungou, enquanto Hugo ria, e voltou ao ditado: "'*Nós passamos bem*'."

"*Iandé iasasá puranga*."

Bárbara sorriu, admirada com o quão depressa ele estava aprendendo, mas, considerando a frase que traduzira, Hugo passou a olhar apreensivo para o rio ensolarado à sua frente; a brisa acariciando-lhe o rosto. "Espero poder dizer o mesmo no singular, lá fora."

Ela olhou-o com ternura. "Deixa de drama, vai", e voltou-se para a beleza da manhã, suspirando, "Ara puranga."

Hugo sorriu, "*Dia bonito*. Concordo."

"*Eu estou faminto*", ela continuou, querendo ver se ele aprendera também os pronomes de segunda classe, e Hugo olhou grave para o rio, "*Se yumasí*."

Bárbara fez um carinho em seu ombro. "Égua, relaxa, tu não vai passar fome lá fora, não."

Ele baixou os olhos, preocupado.

"Sério, Hugo. Eu vejo agora como tu é determinado! Essa floresta não vai te derrubar! Pode ter certeza de que não vai!"

Ele já não estava mais tão confiante assim.

"Ei", ela o cutucou, tentando tirá-lo do assunto, "E aí, já decidiu? Caprichoso ou Garantido?"

Hugo riu. Pela cor vermelha do Garantido, não havia dúvida de para qual boi ele torceria a partir de então, mas não diria nada a ninguém, para não ofender o outro lado. Não queria rivalidades na Boiuna, mesmo que fossem de brincadeirinha.

Tinham passado pela ilha de Parintins havia quase doze horas já, mas a lembrança da algazarra que a aproximação da cidade causara permanecia em sua memória, como uma coisa boa de se lembrar.

O fato é que, em se tratando de Parintins e seus bois folclóricos, a escola inteira estava dividida. Metade torcia para o boi preto, de estrela *azul* na testa; a outra metade era apaixonada pelo boi branco, com o coração *vermelho* na testa, e não havia jeito de juntar as duas metades enquanto a Boiuna passava por Parintins. Tanto alunos quanto professores viravam bicho! Torcedores de um nem sequer falavam com os de outro! Quando falavam, era competindo, geralmente em clima de zoação, mas nem sempre. Uma beleza. Nunca imaginara que um dia veria um professor de 50 anos batendo boca com um aluno de 15 por causa de boi.

Fazer o que, né? Boi, ali, era mais importante que futebol!

Assim que a Boiuna começara a se aproximar da Ilha Encantada, como os azêmolas a chamavam, todos haviam corrido empolgados para as varandas dos andares, saindo, no meio das aulas, para acompanhar a chegada a Parintins; alunos e professores com seus arcos e flechas mágicos à mão, prontos para soltarem, ao mesmo tempo, suas flechas de luz para fora, em saudação à cidade: metade azuis, metade vermelhas.

Claro que somente os bruxos viam as luzes saindo, em conjunto, de um navio invisível, mas não deixava de ser uma imagem poderosa para quem assistia de dentro: 400 jovens e adultos altivos, de arco e flecha armados, soltando simultaneamente suas flechas de luz, inclinadas para cima; chamando os bois.

Causara arrepios no único visitante, pelo menos.

Assim que a Boiuna ancorou na cidade, embarcaram nela um único estudante e dois bois fantasmas, que entraram correndo pela rampa, um de cada lado do jovem mestiço, apostando corrida para dentro do navio. Os dois brilhavam como bois de luz, enquanto corriam esbaforidos pelo convés, em eterna perseguição um ao outro; alunos e professores torcendo e incentivando seus respectivos bois a serem os mais rápidos... "Eles são axés?!" Hugo perguntou fascinado. "Cidades têm axé?!"

"HA!" Bárbara riu, "Não, não. Eles são os espíritos protetores de Parintins!", e continuou assistindo à corrida dos dois. De fato, não eram leitosos como os axés. Eram quase etéreos! A estrela e o coração brilhando na testa dos dois muito mais que o restante do corpo, à medida que corriam pelo piso a toda velocidade, usando seus músculos espirituais numa velocidade feroz, um tentando jogar o outro para fora do caminho, atravessando as pessoas sem que elas precisassem se desviar deles. Afinal, eram espíritos! Mesmo assim, muitos saíam da trajetória dos bois-bumbá, por instinto. Natural. Hugo também teria desviado se visse dois pares de chifres vindo em sua direção.

Segundo Bárbara, o *Garantido*, considerado o 'boi do povão', já acumulava 21 vitórias contra 15 do boi Caprichoso desde que haviam começado aquelas corridas, mas existiam controvérsias.

Tocantins, por exemplo, dizia que aquilo era mentira do pessoal do Garantido. Só que Bárbara não era Garantido. Na verdade, ninguém sabia ao certo. Ela não dizia nada para não ofender nem o pai nem a mãe. "Égua, meu boi é malhado e pronto. Como a minha pele. Gosto dos dois."

E voltou a explicar, "Quando calha de a Boiuna passar por Parintins nos dias do festival folclórico, ela ancora e nós todos descemos pra assistir. Aí, essa ilhazinha aí se enche de bruxo em meio aos milhares de azêmolas que também vêm ver o festival, e eles nem desconfiam. Quem consegue entrar no Bumbódromo, entra, quem não consegue, fica assistindo de fora, nos barzinhos, dançando, cantando e torcendo. É uma farra bruxa; alunos e professores pulando juntos. Duvido que tenha isso em qualquer outra escola do Brasil."

... De fato, aquele nível de farra, ele achava meio difícil de acontecer em qualquer outra escola do *mundo*! Hugo riu.

Como o festival daquele ano já tinha acontecido, curumins e cunhantãs organizaram a festa ali na Boiuna mesmo, e aquela noite foi toda de boi-bumbá, com os bois fantasmas correndo pelo convés principal ao som das empolgantes toadas, cantadas e tocadas por quem não estava comendo. Os jovens que festejavam estavam divididos entre o grupo que tocava os tambores e sopros metálicos e aqueles que gritavam as letras, animados, fazendo as elaboradas coreografias no centro do andar, suas varinhas girando junto com eles, deixando rastros azuis ou vermelhos de luz quando passavam em arco na dança... Quanto mais força nos movimentos, mais rápido seus bois corriam em volta deles. Batalha linda de se ver. Absolutamente empolgante.

Apenas quando o dia já estava amanhecendo, a Boiuna zarpou, e os dois bois foram perdendo a visibilidade à medida que a embarcação ia se afastando de Parintins, apesar de ainda correrem com o ímpeto de locomotivas, mesmo enquanto sumiam. Até que desapareceram de vez, deixando a Boiuna num vazio um pouco maior do que antes.

Kemem havia sido do Garantido.

"... *Pinima*: pintado, escrito. ***Mu****pinima*: pintar, escrever. / *Kuara*: buraco, furo. ***Mu****kuara:* furar, esburacar. / *Puranga*: bonito. ***Mu****puranga*: embelezar. / *Tini*: torrado. ***Mu****tini:* torrar. / *Saku*: quente. ***Mu****saku:* esquentar. / *Saimbé*: afiado. ***Mu****saimbé*: afiar..."

Deitado, Hugo estudava suas anotações com afinco quando Tadeu apareceu por cima da rede. "Tem um segundo?"

Para o Poetinha, tinha todos os segundos do mundo. Fechando o caderno, sentou-se no chão junto ao menino. Tadeu, então, desenrolou diante dos dois um pergaminho quase de seu tamanho. "Essa é versão bruxa de mapa hidrográfico da região", sussurrou, para que ninguém mais ouvisse, e Hugo estranhou, "Versão bruxa?"

"Mostra também os rios que estão escondidos nas zonas mágicas."

"Ah. Entendi."

"Só comparando os dois mapas dá pra ver quais rios não existem para eles. Mas a gente não tem versão azêmola." Tadeu apontou para o mapa, "Você embarcou aqui, no Terminal Hidrográfico de Santarém. Agora, a gente tá aqui, a dois dias do terminal de Manaus. Sua gruta está mais ou menos nesta área..." Ele arrastou o dedo centenas de quilômetros a sudoeste, circulando uma enorme área verde distante de qualquer um dos rios principais. Hugo coçou a nuca, nervoso.

"Eu te ajudo a pegar canoa da Boiuna emprestada. Talvez a *Possuelo*, que tem resistência grande. Agora, presta atenção: os rios principais estão bem longe de onde você precisa ir, mas floresta presenteia com rios secundários, bifurcações e igarapés, que podem te levar mais próximo possível da zona proibida. Rio que você precisa pegar depois do Solimões é esse paralelo aqui. Provavelmente mágico, porque não existe rio paralelo no mapa azêmola. Não tão próximos como esses. Pode ser que você encontre perigo nas corredeiras, mas é menos perigo que andar pela selva sem experiência." Tadeu olhou sério para Hugo. "Isso é conselho de amigo, menino do Rio. Você *não vai* aguentar caminhar dois meses na selva fechada sozinho."

Idá sentiu um aperto de tensão no peito, mas concordou, indo treinar mais. Não podia perder tempo.

Felizmente, numa escola como aquela, o aprendizado não se limitava às salas de aula. Acontecia, também, nos horários de diversão. Era neles que os estudantes realmente treinavam, brincando com o que haviam acabado de aprender, adaptando para a magia jogos tradicionais de seus povos etc.!

O jogo campeão de audiência era o tiro ao alvo, em que participantes de todas as idades, incluindo professores, usavam magníficos arcos de luz para acertarem alvos móveis através do convés. De físicos, os arcos só tinham a varinha, segurada na vertical pelo centro da madeira, para deixar livres ambas as pontas, por onde os feixes de energia surgiam e se solidificavam em arco; a corda sendo um fio de energia que os bruxos puxavam para lançar flechas imateriais contra os alvos.

As flechas eram inofensivas, exceto para seus alvos, de modo que os participantes podiam atirar através da plateia, a fim de atingirem um alvo que se movia depressa por trás dos que assistiam, e a flecha atravessava o peito de muitos pelo caminho, sem feri-los, até cravar em seu destino. E SEMPRE cravavam. Hugo ficava enlouquecido com o nível de perícia que demonstravam naquelas brincadeiras.

Sentindo uma flecha quente atravessar-lhe o peito, virou-se para vê-la cravar em mais um pobre alvo móvel de madeira, dissolvendo-se logo em seguida, como se nunca houvesse existido.

Em meio à gritaria das torcidas, Hugo teve de berrar para que Tocantins o ouvisse, "Essas flechas não matam, né, se o alvo for humano?"

Baixando seu arco de energia, Dakemon enxugou o suor da testa. "Não, não, essas, em particular, são inofensivas!", e Hugo arregalou os olhos, "Quer dizer que dá pra criar flechas letais?!"

Tocantins lançou-lhe um olhar maroto e gritou, "É só dizer 'U'uba' que elas se solidificam! Mas isso é ilegal e eu não te contei!" Ele deu uma piscadela, voltando para o jogo e soltando mais uma flecha de energia, que foi cravar-se no olho de um saci de madeira após ter atravessado, sem perigo, três estudantes mais jovens.

Nem todos os jogos, no entanto, eram tão inofensivos assim para os transeuntes. Na manhã anterior, Hugo quase caíra acertado por uma pequena e pesada bola de borracha quando, inadvertidamente, atravessava o convés de um dos andares superiores, onde estavam jogando uma espécie de futebol indígena azêmola.

Brancos e nativos mergulhavam no chão para atingir a bola com o topo da cabeça, jogando-as para o campo do adversário o mais rente possível do piso. Só a cabeça podia ser usada, e Hugo não entendia como era possível que não quebrassem o nariz toda vez que mergulhavam com o rosto a um centímetro do chão. Jogo bizarro de tão perigoso.

Felizmente, tinha uma desculpa para não poder entrar no jogo. Precisava treinar os feitiços que aprendera, e havia encontrado o lugar perfeito para fazê-lo sem que ninguém o visse: a velha sala de máquinas do navio, abandonada havia séculos, a julgar pela grossa camada de poeira que cobria tudo. O maquinário antigo era enorme e todo em madeira, dando uma noção ainda maior da antiguidade elegante daquele navio. Ficava nos fundos, afastado da porta por uma parede vazada dos lados e uma saleta frontal, espaço vazio onde ele treinava depois de cada aula, praticando feitiços, revisando anotações sobre a flora e a fauna amazonense, tentando memorizar quais plantas não podia comer de jeito nenhum, quais não podia nem *tocar*... quais ervas matariam sua fome e quais tinham efeito anti-inflamatório ou cicatrizante...

Apesar de saber os feitiços de cicatrização, era sempre bom ter aquele tipo de conhecimento botânico em mente. Poderia precisar. Tomara que jamais acontecesse, no entanto. Seria um indicador maravilhoso de que perdera sua varinha. Enfim, o dia inteiro ele passava indo e voltando: aula, treino, aula, treino, intervalo para conversar, mais aula, mais estudo, mais treino. A vida que pedira a Deus. Conhecimento era tudo que mais ambicionara a infância inteira e, agora, estava tendo a oportunidade de recebê-lo sem barreiras e sem qualquer impedimento.

Caminhando pela Boiuna, ficava fácil entender como ela formara alguém como Átila Antunes: um cara absolutamente interessado por tudo que vinha do Brasil. Ali, todas as culturas eram *aprendidas* e, portanto, respeitadas. Os meninos sateré-mawé, por exemplo, retornavam para as suas aldeias quando se aproximava a hora do ritual da Tocandira. Saíam da Boiuna como crianças; voltavam, semanas depois, como adultos de seu povo, e como adultos eram tratados por todos na Boiuna. Mesmo que ainda fossem crianças aos olhos da cultura branca.

O mesmo acontecia com as várias estudantes indígenas que já eram mães e caminhavam pela escola com suas crianças no colo. Todas eram tratadas como adultas, pois já haviam atingido a fase adulta em suas culturas, apesar de muitas terem, no máximo, 13 anos de idade. Sim, 13. Haviam acabado de chegar como novatas na Boiuna, mas já eram casadas, e por isso recebiam o mesmo respeito dispensado às mães e às esposas em suas respectivas culturas.

Os meninos de 14 que também já eram pais e maridos recebiam o mesmo tratamento, tanto dos colegas quanto dos professores.

Hugo já estava começando a se acostumar com aquelas crianças carregando outras crianças no colo, mas, no primeiro dia que percebera aquilo, havia ficado meio tenso. Já vira várias mães jovens no Dona Marta, claro, mas nunca tantas! E nunca sendo tratadas com tanta naturalidade!

Enquanto, na Korkovado, as crianças chegavam ingênuas e meio confusas, ainda em sua infantilidade, ali, no Norte, a realidade era bem diferente.

Camãwea, por exemplo. Com seus 18 anos de idade, era casada havia cinco e tinha mais de um filho correndo pelo navio enquanto estudava, compenetrada, numa das mesas do convés; os longos cabelos negros cobrindo-lhe os seios. Sua menininha de 3 anos brincava com o pai enquanto o filho mais velho, de 5, estava correndo solto por ali. O menino não morava mais na Boiuna, e logo precisaria voltar para a aldeia, pois tinha deveres e atribuições a aprender na aldeia dele, com o pai.

"O marido dela não é bruxo", Bárbara explicou, observando o jovem que conversava com outros da mesma idade; a menininha no colo. "No início, ele ficou meio cabreiro com essa história de bruxaria, mas agora já se acostumou. Diz, na aldeia dele, que a esposa estuda na universidade dos brancos."

Poetinha completou, "Marido de Camãwea não quis morar aqui com ela. Precisava ensinar filho a caçar, e vai casar com irmã mais nova dela também."

Hugo olhou-os chocado, e Tadeu deu risada. "É costume entre os Marubo: homem casar com uma ou mais irmãs da esposa."

"Todas as etnias têm filhos cedo assim?"

Bárbara negou. "Depende da etnia. Mas, geralmente, o símbolo maior da transformação da menina em mulher é a primeira menstruação. A partir dela, a menina não é mais criança. Já pode casar e ter filho."

Hugo ainda ficava bastante incomodado com aquilo. Talvez porque as jovens mães o faziam lembrar de Janaína, e ele não queria se lembrar de Janaína. Não tinha sido culpado pela gravidez. Não tinha! Por que, então, estava se sentindo um hipócrita por questionar a idade das meninas dali?!

"Isso de engravidar cedo está sendo revisto por algumas etnias, se é o que te incomoda", Bárbara acrescentou. "Principalmente agora que os médicos mostraram não ser muito saudável. Mas é da cultura de muitos povos ainda, casar logo. Assim como é da cultura do casal indígena de vários povos que eles não andem de mãos dadas, nem abraçados. Em muitas etnias, eles nem entendem a função do beijo na boca. Só do carinho."

Hugo olhou-a espantado. Eles não se beijavam?!

Bom, dependia da etnia, né?

"Eu entendo seu desconforto quanto à gravidez, menino do Rio", Poetinha concordou gentil. "A gente tem mesmo que aprender uns com os outros. Cultura foi feita para ser compartilhada, e não pra virar muro fechado em si mesmo, sem oportunidade de expansão. Mas mudança tem que vir por vontade da própria cultura, ao ver exemplo de outra e sentir que é bom mudar. Assim como indígena precisa aprender com ciência do branco sobre saúde da menina-mulher, branco podia aprender com indígena a cuidar de filho. Nas aldeias, ter filho não dificulta vida da mãe, porque aldeia inteira ajuda a cuidar. Criança nasce e corre solta pela aldeia, aprendendo um pouco com cada pessoa, observando, brincando. Aí não pesa pra mãe. Em casa de branco, mãe tem todo o trabalho. Aí não dá pra fazer mais nada além de ser mãe. Tá errado isso. Em qualquer idade."

Hugo começou a pensar na própria mãe. Em como Dandara tinha sido uma batalhadora mãe solteira. Não tão jovem quanto aquelas ali, mas... 20 anos de idade também era jovem. Ainda mais tendo sido largada pelo namorado como havia sido.

... Como Janaína havia sido.

Forçando a mente a pensar noutra coisa, porque OBVIAMENTE não era a mesma situação, já que o filho não era dele, Hugo desviou o olhar para os fundos, onde um casal indígena estava confirmando sua teoria sobre etnias que talvez beijassem na boca. Confirmando até demais.

"Tá quente aqui, né?" ele comentou, achando melhor olhar para outro lado, e Bárbara, que não sabia do que ele estava falando, riu sarcástica, "Égua, tá achando aqui quente?! Isso é porque tu não pisou em Manaus ainda! Lá, a gente tem, literalmente, o verão e o inferno. O verão é chuvoso e o inverno é quente. Bota *quente* nisso. Às vezes, até mais quente. E são só essas duas estações o ano inteiro."

Hugo não duvidava. Já fazia calor ali, mesmo com a brisa do navio! Podia imaginar como era na cidade, com os prédios e a poluição abafando tudo! Talvez por isso Bárbara falasse tanto. Era a libertação do calor amazonense. Hugo riu, perguntando, "Você vai sair de férias quando a gente chegar em Manaus?"

"Égua, não. Vou esperar a Boiuna dar meia-volta, lá na fronteira do Brasil. Assim, eu fico mais alguns meses aqui. Vai ser chibata, mano!" Ela sorriu empolgada. "Eu tô fazendo uma aula que eu quero muito assistir até o final. Se eu entrar de férias agora, vou ter que esperar o curso começar de novo ano que vem, e aí vai ser uó. Eu também não estou lá muito entusiasmada pra voltar, não. Tipo, sempre que eu desembarco, meu pai e minha mãe vão até o cais me ver e eu fico tendo que escolher se fico em Manaus com ele ou se volto pra Belém com ela, e é um saco ver os dois discutindo na frente de todo mundo. Meio embaraçoso."

Hugo deu risada.

"Tu é leso, é? Tu ri porque não é contigo. Égua... Cansei de ser cabo de guerra dos dois."

Ele continuou sorrindo com carinho, não pelo que ela estava dizendo, mas pela forma aberta como falava. Parecia que os dois já eram amigos havia milênios!

Infelizmente, não podia ficar ali conversando para sempre.

Despedindo-se da manauara-belenense, foi treinar mais um pouco, antes que a noite chegasse. Agora que haviam passado de Itacoatiara, restavam apenas doze horas para Manaus. Doze *horas*!!!... e ele meio que estava entrando em pânico já.

Voltando à sala abandonada, tenso, fechou a porta atrás de si para mais um treino em cima de um centímetro de poeira. Suas pegadas anteriores ainda estavam visíveis no chão de madeira. Sacando a varinha escarlate, tentou se lembrar de todos os feitiços que aprendera naquele dia.

"Certo", decidiu-se. Com a varinha na mão esquerda, segurada na vertical pelo meio e estendida à sua frente, ordenou com vontade, "Arco!", e da varinha cresceram duas espessas lâminas semitransparentes de luz vermelha, uma pela ponta, outra pelo cabo, formando um elegante arco da mesma cor.

Hugo abriu um sorriso empolgado. A sensação era de que tinha um arco de vidro na mão. Vidro avermelhado e espesso. Maravilhoso.

Passando-o para a mão direita, elevou, então, a mão esquerda até onde a corda invisível estaria e, assim que fechou os dedos no vazio, a corda de energia apareceu entre eles, presa a uma flecha luminescente, que ele puxou para trás, mirando a parede ao fundo e soltando.

A flecha imaterial cortou o ar, atingindo a parede com um baque e desfazendo-se ao cravar na madeira, como faziam todas as flechas de luz.

Adorando aquilo, Hugo se preparou para a próxima fase. Puxando uma nova corda, ele a esticou até perto da orelha esquerda, criando uma nova flecha brilhante vermelha... Mas ele a queria letal agora... "*U'uba!*"

De imediato, a flecha de luz começou a se solidificar a partir de seus dedos fechados em pinça, transformando luz em solidez à medida que o feitiço seguia para a ponta, até que, em poucos segundos, a letalidade da flecha se tornara palpável. Estava até mais pesada em sua mão! Podia senti-la roçar contra o arco! *Que loucura...*

Respirando fundo, ele soltou a flecha e a viu perfurar o alvo, desta vez com um baque forte, de madeira em madeira, fixando-se à parede. Sólida como uma lança.

Hugo aproximou-se impressionado. Passando os dedos pela flecha, sentiu um calafrio, tendo plena consciência do quão ilegal aquilo era. Uma flecha daquelas podia dilacerar os órgãos de uma pessoa sem piedade. Morte muito pior do que com qualquer feitiço letal...

Arrancando com dificuldade a flecha da parede, passou a mão pelo rombo deixado por ela e teve a certeza de que era, de fato, uma arma de morte. Somente após alguns segundos em sua mão, a flecha se desfez, como se nunca houvesse existido, deixando, no entanto, o resultado de sua letalidade na parede.

... Que ele nunca precisasse usar aquilo. Estava treinando para conseguir sobreviver lá fora, e não para matar.

Arrependido de ter tentado, Hugo fechou o arco com um tranco para a frente, decidido a nunca mais usar aquilo. Muito menos ali na escola.

"Aprendeu alguma coisa em minha aula também?" a voz da viúva de Antunes soou atrás dele, e Hugo congelou, apreensivo, sabendo que ela vira tudo.

CAPÍTULO 49

A MÃE DO FOGO

Olhando para trás, tenso, Hugo viu Helena Puranga de braços cruzados, fitando-o com uma frieza feroz no olhar, e não soube o que dizer. Afinal, aquela indígena altiva, com os olhos pintados de vermelho de guerra, não era um Atlas qualquer, que deixaria impune um ato ilegal. Pelo menos ele achava que não.

Gaguejando, achou melhor responder à pergunta que ela lhe fizera, torcendo para que a professora esquecesse o que acabara de ver.

"Bom, eu…"

Achando mais apropriado *demonstrar* o que aprendera, preparou a varinha, tentando não a encarar nos olhos.

… Fogo. Pronto, ele lhe mostraria os feitiços de fogo que vinha treinando. Um em especial, que Helena não chegara a ensinar, mas cujo feitiço ele adivinhara, vendo-a realizá-lo em silêncio diante da turma.

"*Jaceí-tatá!*" ele ordenou, e uma grande esfera de fogo saiu da varinha escarlate, bafejando um calor insuportável contra seu rosto. Normal. Mexer com fogo era assim mesmo. Manipulando a esfera flutuante à sua frente, com extremo cuidado para não se queimar, Hugo lançou o meteoro de fogo contra a parede, que explodiu inteira em chamas por alguns segundos antes de se apagar.

Sorriu satisfeito. *Jaceí-tatá*… Lua de fogo.

Sentindo-se o jovem mais sagaz da face da Terra por tê-lo adivinhado, passou a emendar um feitiço de fogo atrás do outro com imensa habilidade, girando a varinha e o corpo nas mais variadas posições conforme manipulava o fogo de muitas maneiras, até que seu já grande repertório se esgotou, e ele voltou seu olhar esperto para a professora, absolutamente suado, mas bastante satisfeito consigo mesmo.

Ela, no entanto, não parecia impressionada, e Hugo murchou.

Ah, qualé! O que ela esperava?! Que ele já fosse especialista?!

De braços cruzados, em sua esbelta rigidez indígena, ela olhou-o com desdém. "Existem muitas criaturas de fogo na floresta, carioca. Tem certeza de que não quer treinar outro elemento?"

Hugo fitou-a confuso. Aquele era o elemento mais poderoso! Do que ela estava falando?!

"Não se combate fogo com fogo", ela explicou. "Assim como não se convence uma pessoa irritada gritando mais alto que ela. Só é possível esfriar a raiva de alguém com suavidade. Reagir com raiva só traz mais raiva."

Bastante contrariado, por aquilo fazer sentido, ele baixou os olhos, "*Eu não prestei atenção nos outros elementos.*"

"Ah." Ela confirmou secamente o que já imaginara. Sacando a própria varinha – uma Jacarandá Copaia fina –, apontou-a, então, para a própria mão esquerda em concha e disse "Ypyî", formando uma pequena esfera de água, que passou a flutuar sobre sua palma. "*Y* é ÁGUA, em tupi. Fácil decorar. Dois Pixies amigos seus têm água no nome. Os dois que ajudaram na campanha de meu marido: *Y-Piranga*, água vermelha, e *Y-Panema*, água imprestável. Não diga isso a ela."

Hugo riu. "Pode deixar."

"Uma mulher precisa ter orgulho do próprio sobrenome. E não trocar pelo do marido."

Fazendo um movimento riscado com a varinha, a partir da esfera de água em sua mão, ela esticou o elemento, manipulando-o como se fosse uma massa gelatinosa maleável.

"Divertido, mas como isso seria útil numa batalha?!"

"Não subestime o elemento mais traiçoeiro de todos, Sr. Escarlate."

Hugo estranhou. "Traiçoeiro?! Eu achei que o fogo…"

Helena respondeu com um riso seco, continuando a manipular calmamente a esfera de água, já crescida. "O fogo não é traiçoeiro. Do fogo, a gente espera tudo! É o elemento mais *sincero*. Nós já sabemos que ele queima, e ele vai *sempre* queimar. Traiçoeiro é aquele de quem a gente espera o melhor, e que nos trai pelas costas. Nós vemos a água ali, tão quieta no canto dela, tão gostosa, tão fresquinha. Então, relaxamos. E ela nos mata. O fogo nós tratamos com mais cuidado. Acontecem menos aciDENTES!" E ela lançou a esfera com força na direção dele.

Hugo tentou bloquear o ataque, mas os feitiços que conhecia não bloqueavam água, e a esfera translúcida o atingiu em cheio no rosto, envolvendo-lhe a cabeça como um capacete fechado.

Hugo caiu no chão engolindo água, enquanto debatia-se desesperadamente contra a esfera, mas ela não desgrudava de seu rosto, por mais que ele balançasse os braços, mergulhando-os nela e atravessando-a sem conseguir desfazê-la, e Hugo começou a sufocar, em pânico, respirando água; a claustrofobia atacando, tudo atacando, o ouvido doendo… Era como se estivesse no fundo de um rio, tentando emergir sem sair do lugar!... A varinha escarlate não estava mais em suas mãos. Engolindo água, ele tentou gritar por socorro, mas engasgou, e Helena ali, a dois metros, pouco se importando, assistindo impassível à cena... *Filha da mãe...*

Quando, *e apenas quando*, ele já estava prestes a perder os sentidos, ela desfez o feitiço, e Hugo rolou de bruços, tossindo violentamente enquanto tentava recuperar o fôlego, encharcado; os lábios próximos ao piso de madeira.

"Convencido?"

Ainda em choque, ele respondeu com um rápido sim de cabeça, ofegante; o coração socando no peito com tanta violência que parecia querer matá-lo.

"A terra também pode sufocar. Não é nada agradável ser soterrado."

Hugo concordou em pânico, com medo de que ela fosse demonstrar aquilo também, e, rastejando até sua varinha, segurou-a com a mão trêmula, tentando se levantar enquanto a professora continuava:

"*Yby* é o prefixo para os feitiços de TERRA. *Ybyboka*: terra rachada, *Yby-ama*: terra levantada... e assim por diante. Esses são úteis caso você queria abrir um buraco embaixo de alguém ou resolva erguer uma barreira de terra entre você e a outra pessoa, mas só quando estiver com terra sob os pés, na floresta, num jardim ou oculta sob o asfalto. Não é o caso aqui. Aqui só tem madeira, ar e água abaixo."

Hugo ainda tentava se recuperar, mas ouvia. Tonto de nervosismo.

"*Ybytu*, AR. Mesmo esquema. Há feitiços elementais que não vêm com os prefixos antes, como o *Angra*, mas esses com prefixo são os básicos."

Hugo assentiu, exausto, tentando memorizar tudo.

"A juventude sempre quer começar com o fogo. Sempre o espetáculo!" ela ironizou com desdém enquanto criava com infinita tranquilidade uma esfera incendiária, como ele fizera; Hugo olhando tenso para aquela bola de fogo, que a professora agora fazia pairar no ar sobre a palma da mão e deixava rolar pela extensão dos braços como se fosse uma inofensiva esfera de cristal, sem queimar-se.

Ela já quase o tinha matado com água; o que faria com *aquilo*?

"... o fogo, de fato, é um elemento muito útil", ela dizia, continuando a manipulá-lo com toda a calma do mundo. "Serve para acender fogueiras, iluminar o caminho, atacar... mas, principalmente, para impressionar os amiguinhos, certo?!", ela desfez a esfera, mas Hugo não respirou aliviado, recuando tenso, com a varinha trêmula apontada contra a professora, à espera de um novo golpe.

"... Mas, quando te atacam com fogo, carioca, é bom você conhecer a fundo os outros elementos se quiser continuar vivo. Não é com lança-chamas que se apaga um incêndio. *TATÁ!*", ela o atacou com uma labareda gigante de fogo; sua varinha virando um lança-chamas do inferno, que ele bloqueou com um escudo invisível, feito de feitiço, impedindo que as chamas contínuas o alcançassem sem conseguir, no entanto, fazer nada além daquilo... E o fogo foi ganhando terreno em volta dele, queimando-o pelas laterais, perigosamente próximo à pele; o jato ganhando aos poucos contra seu escudo invisível enquanto, do outro lado, a professora se transformava INTEIRAMENTE em uma mulher de fogo, em conexão absoluta com seu feitiço. Hugo arregalou os olhos, abismado diante daquela tocha humana, o fogo empurrando sua barreira para trás; os músculos de suas pernas doendo enquanto ele tentava aguentar a força imensa daquele jato incandescente, "AAAARRGHHHH!", ele gritou com o esforço, suando demais à medida que tentava suportar aquele inferno que o engolia, absolutamente surpreso com a força da viúva de Antunes... "*TATÁ!*", ele gritou, desesperado, e a barreira que sua varinha estivera produzindo foi trocada por um jato de fogo da mesma intensidade que o dela; os dois se repelindo com igual força até que o dele começou a perder diante da insanidade da potência do dela, e ele começou a chorar, exausto, com real medo de que morreria ali... QUEIMADO... A pior das mortes...

A mulher era louca!... Ele queria gritar: "PARA, POR FAVOR!..." antes que fritasse naquele calor, mas não estava conseguindo sequer *respirar* naquele forno, quanto mais implorar por qualquer coisa! Toda a sua energia estava sendo revertida para impedir que as chamas o engolissem, e ele a ouviu falar alto por detrás daquele inferno, exortando-o a raciocinar; ela própria uma labareda em formato de mulher, "*Fogo contra fogo não vai te levar a lugar nenhum, carioca!*" Hugo cerrou os olhos, segurando a varinha com todas as forças que ainda tinha, os braços trêmulos pelo esforço, as mãos suadas, escorregadias contra a madeira vermelha. Se a varinha lhe escapulisse da mão, ele viraria churrasquinho de Hugo.

Desesperado, tentou raciocinar, como ela instruíra, os olhos cerrados contra a luz das chamas, o rosto virado o máximo que podia para trás, deixando que seus cabelos suados recebessem o impacto total do calor. Então a resposta veio, como um sopro de ar fresco, à sua mente, e ele gritou "TUPÁ!"

Uma forte onda de vento explodiu da ponta de sua varinha, espalhando o jato incendiário da professora para os lados com um turbilhão de ar, mas aquilo só fez o fogo dela se espalhar para outras direções, aumentando de intensidade e tomando caminhos alternativos para atingi-lo, e Hugo precisou voltar depressa ao feitiço de barreira, antes que fosse atacado pelos lados por aquelas labaredas infernais!

Helena falou alto por trás das chamas, "Bom raciocínio! Mas atacar fogo com vento não é muito inteligente! Se você sopra uma vela, o fogo apaga. Mas se uma ventania atinge as chamas de um incêndio, o que acontece?!"

O incêndio se espalha... Procurando segurar o fogo em volta de si com a barreira, Hugo tentou raciocinar, exausto. Precisava de água... Mas não sabia nenhum feitiço de água! Ao menos não um que fosse forte o bastante para deter aquilo! *Água vermelha* e *água imprestável* não apagariam nem um décimo daquele fogo!

Com a cabeça latejando de tanto pensar e não conseguir, Hugo estava prestes a chorar em desespero de novo quando se lembrou de Ubiara. As cataratas... *Água Grande...*

"Y-GUAÇU!" ele gritou, e um jato de água fortíssimo foi projetado de sua varinha contra o fogo dela, empurrando Hugo para trás e rasgando o jato de fogo até atingir a professora com a força de uma cachoeira, lançando a varinha dela para longe e apagando o incêndio que lhe envolvia o corpo...

"BOA!" ela disse, encharcada, mas o fogo ainda não se apagara por completo da varinha, que agora girava descontrolada no chão, lançando labaredas para todos os lados. "Pensa rápido! Antes que cheguem em você!"

Livre do calor insuportável daquelas chamas, Hugo conseguiu raciocinar com mais clareza e cortou o ar com sua varinha, fazendo toda a poeira que estava no chão e nas estantes cair concentrada sobre o inimigo giratório, soterrando a varinha e apagando-a.

TERRA.

Exausto, Hugo tombou de joelhos, sem forças para permanecer de pé, deixando a própria varinha rolar até o piso de madeira, esgotado demais para segurá-la; ensopado de suor, de água, de tudo. E a professora ali, ainda perfeitamente de pé, batendo palmas monótonas e secas para ele. Não mais do que três. "Lição encerrada", ela parou, indo buscar a varinha de Jacarandá, soterrada sob quatro centímetros de poeira.

Se aquela sala estivesse limpa, como ele teria contido as chamas?

... Ainda estava atônito demais para raciocinar uma resposta.

Impressionado, murmurou, um tanto temeroso, "De que povo bizarro a senhora veio?!"

Helena parou no limiar da porta, "De um povo que você não vai querer conhecer.", e saiu.

"Espera!"

A professora parou.

"E se eu acabar conhecendo?!" ele perguntou apreensivo, e Helena olhou-o por um longo tempo, sem qualquer boa vontade.

"Só não se deixe ser capturado."

"Captur..." mas ela já havia saído. "Professora!" Hugo se levantou depressa, pegando-a pelo braço no meio do corredor, e ela se virou chocada, olhando com desagrado para a mão do aluno, que a largou assustado assim que percebeu o que fizera. "Desculpa. Eu não quis..." Então murmurou, *"Obrigado pela ajuda."*

"Não me agradeça", ela respondeu. "Talvez eu ainda te impeça de sair." E foi embora, deixando-o ali.

Se tudo naquela floresta lá fora fosse do calibre de Helena Puranga, ele estava ferrado...

CAPÍTULO 50

O ELEITO

As palavras de Helena ficaram em sua cabeça por um bom tempo.

Se a viúva de Antunes resolvesse impedi-lo, nem em mil anos ele conseguiria sair.

Estava mais preocupado com ela do que com os caiporas...

Tomando um banho gelado para se refazer do inferno que sofrera, Hugo começou a passear pensativo pelo convés, enquanto preparavam a vivência daquela noite: uma aula coletiva de Aromaterapia, no convés 01.

Um grande espaço circular havia sido reservado em meio às redes de dormir, e aprendizes mais velhas terminavam de espalhar cuidadosamente pelo piso de madeira almofadas vermelhas e amarelas bem grandes, onde os estudantes poderiam se aconchegar quando chegassem. No centro, uma mesa baixa de madeira já havia sido decorada com incensos, cristais e plantas curativas em vasos, criando um clima bastante agradável antes mesmo de a vivência começar.

O banho lhe fizera bem. Estava mais relaxado agora, apesar de apreensivo. Vendo Bárbara passar, perguntou, "Cadê o Poetinha?"

"Em mais uma aula privada com o pajé. Quer assistir?"

"Ué, pode?!"

"Égua, claro que pode. Só não dá pra ouvir o que dizem lá dentro, mas assistir do lado de fora pode, sim! Quer?!"

Hugo confirmou, curiosíssimo, e eles desceram até o 02, em direção ao laboratório das plantas. Era um espaço todo branco e esterilizado, repleto de mesas e estantes que guardavam vasos das mais variadas espécies. O pajé e seus dois aprendizes estavam ali, diante de uma das longas mesas, e era possível assisti-los através da parede de vidro que os separava do deck florestal.

O pajé estava novamente acompanhado de seu imponente guardião indígena. Absolutamente sério, Salomão tinha quase o dobro do tamanho do velhinho; suas vestes negras e crista moicana o fazendo parecer ainda mais poderoso do que já era, enquanto, sob instruções do pajé, oferecia uma vasilha aos dois aprendizes.

Ambos sorveram solenemente o líquido oferecido.

"É Ajuça", Bárbara sussurrou ao seu lado. "Bebida que transporta ao mundo dos espíritos protetores. Quando o dia chegar e Rudá for escolhido pajé... – eu não digo 'se' porque é meio óbvio que o Pajé vai escolher ele –, Rudá vai ter que ficar meses na mata, aprendendo com os dzerebái, os espíritos dos Gotxorei, vagando com eles e com outros, aprendendo, sentindo os segredos da cura e do universo. Rudá me disse que, nesse tempo, o aprendiz tem que *aprender a andar no caminho dos céus. Ser sem ser. Viver além de si por alguns segundos e voltar.*"

Hugo sentiu um calafrio. Devia ser assustador.

"O Poetinha me disse que *os dzerebái são os que vivem no tempo, vagando. Em língua gavião, quer dizer: os que não têm morada. Os espíritos feiticeiros.*"

"Maneiro..."

"Né? É muito firme mesmo." Ela sorriu, mas não parecia tão contente. "O Pajé é Gavião-ikolen. Daí ele ensina essa parte como ele aprendeu na terra dele."

Lá dentro, o velhinho indígena gesticulava e cantava, soltando grandes nuvens de fumaça ao redor dos dois aprendizes, que recebiam aquela energia sentados no chão, com os olhos fechados, em profunda concentração; cantando também, para si próprios, preparando suas almas para receberem os ensinamentos do dia.

Moacy, às vezes, olhava para o rival, mas batalhava para voltar a se concentrar. Parecia tenso.

Terminando a cantoria, o pajé, com sua cigarrilha de tabaco, caminhou ao largo de longa mesa, onde, em vez de vasos, havia quatro ossos de variados tamanhos alinhados em sequência. Segundo Bárbara: um fêmur de onça, um crânio de tartaruga, um ossinho de lagarto e um bico de passarinho... E, a cada sopro de fumaça que o pajé dava em cima dos ossos, iam se desprendendo deles os espectros desses animais: o fantasma da onça se libertando do fêmur e pulando do balcão para o piso, o pássaro-fantasma começando a voar pelos ares em volta dos três... a lembrança daqueles animais sendo libertada pela fumaça da cigarrilha, e Hugo ali, tendo a oportunidade de testemunhar aquele espetáculo em primeira mão.

Assistindo com respeito, Bárbara parecia entristecida. "Os pajés foram os mais perseguidos durante a colonização. Difícil acreditar, né, olhando para essa beleza? Os colonizadores sabiam que, atingindo o poder mágico e religioso das sociedades indígenas, minava-se a base da organização social delas. Matando os pajés, eles desestruturavam as aldeias." Ela suspirou contrariada. "Mesmo assim, os povos originários resistiram. Lutaram pelo direito de serem eles mesmos, de manterem suas crenças e culturas. Não são incríveis?" ela adicionou, com orgulho nos olhos. "É uma pena que a maioria dos brasileiros não os conheça. Existem nações inteiras no Brasil, cada uma com sua própria sabedoria milenar, se atualizando e trocando conhecimentos, se modificando, se adaptando, como todos nós, mas, para o resto dos brasileiros, é como se não existissem. As crianças azêmolas aprendem mais sobre o mercantilismo na Grécia Antiga do que sobre os indígenas que moram em seu próprio país, e acabam saindo da escola com um total desconhecimento deles. Como se todos os indígenas se parecessem e fossem peças de museu. Como se não houvesse indígenas universitários, indígenas escritores, indígenas ganhadores de prêmios literários, indígenas advogados e médicos, indígenas soldados, além dos milhares que continuam precisando de suas terras ancestrais para sobreviver e manter sua cultura viva. Reduzem tudo ao 'índio do descobrimento'. É assim que se cria o preconceito! A indiferença e o ódio são filhos diretos do desconhecimento. Eu sempre achei isso."

Hugo olhou-a com carinho. Era bonito ver a admiração dela por eles.

"Agora, tem azêmolas querendo tirar a proteção especial, oferecida pelo Estatuto do Índio, daqueles indígenas que hoje moram em casas de tijolo nas aldeias, usando roupas e espingarda. Argumentam que aqueles não são mais '*índios de verdade*'." Bárbara deu risada, revoltada. "Então quer dizer que, se eles aceitarem qualquer modernidade, deixam de ser quem são?! É como dizer que tu não é mais brasileiro porque decidiu se vestir de japonês e gostar de judô. Indígena pode gostar do que quiser! Tem aldeias que têm televisão, e daí? Continuam indígenas! A cultura deles é dinâmica! Incorpora novos elementos, como as nossas! Ninguém tem o direito de dizer que eles não são aquilo que são. Muito menos de tirar a proteção de que eles *ainda* precisam (já que são diariamente atacados na pouca terra que ainda têm), só porque não vivem mais do jeito que as pessoas acham que indígenas têm que viver."

"Primeiro, tiram tudo dos indígenas. Invadem suas terras, desorganizam sua vida social, derrubam as árvores, poluem os rios, destroem suas pequenas lavouras, matam seus pajés, tirando o conhecimento ancestral que tinham, espalham doenças, introduzem na vida deles a bebida, a dependência e a pólvora, e depois reclamam que os indígenas não são mais quem eles eram. Veem alguns deles empobrecidos nas ruas, bebendo de desgosto, e dizem que viraram uma raça preguiçosa e bêbada, que fica mendigando pelas estradas e que não merecem proteção especial porque agora usam bermuda e imploram por trocados. Isso me deixa furiosa!"

Hugo assentiu, entristecido. "É pra deixar mesmo."

"Mesmo nas etnias que continuam sobrevivendo com suas culturas próprias, seja em suas terras originais, seja em terras oferecidas a eles depois do roubo de suas terras ancestrais, muitos perderam a autoestima. Foram sendo convencidos de que são inferiores ao homem 'civilizado', de que suas culturas não prestam. Lutam para não perder ainda mais de suas terras, mas alguns já estão se cansando de gritar por ajuda. Desistindo. Aqui na Boiuna, não. Aqui, eles recuperam o orgulho de serem os povos originários do Brasil, e de terem culturas tão ricas quanto todas as outras."

Um homem concordou ao lado deles, e Hugo percebeu que não estavam mais sozinhos. Ainda sem camisa, o padrinho do FOGO também assistia aos pajés, com imenso respeito por eles. Seus longos cabelos negros caindo sobre os ombros.

Sem tirar os olhos do ritual, comentou, "Já dizia Ailton Krenak, meu conterrâneo azêmola de Minas Gerais: '*Quando não houver mais lugar para os índios na Terra, não haverá lugar para mais ninguém.*' Ele olhou para o carioca. "A crise no clima é um atestado disso."

Hugo concordou, e o padrinho do FOGO estendeu-lhe a mão em cumprimento, "Alexandre Krenak, a seu dispor."

"Professor", Hugo apertou a mão dele, respeitoso.

"Me disseram que você é meu afilhado de FOGO."

"Eu não tenho mais certeza de nada."

Krenak riu de leve, "Helena tende a ter esse efeito nas pessoas.", e voltou a assistir ao ritual, seu semblante aos poucos retomando a gravidade do momento, enquanto via o pajé e seus rebentos. "Meu povo Krenak foi enganado pelos brancos, não muitas décadas atrás. Eles chamaram meus antepassados amigavelmente, dando doce, carne, deixando que meus avós cantassem e dançassem para eles enquanto, secretamente, construíam uma cerca, para prendê-los. Então, quando todos já estavam cercados, massacraram meu povo, amarrando as grávidas, cortando as mulheres a facão, os homens a tiros. Só alguns meninos escaparam. Meu pai entre eles."

Hugo não sabia o que dizer. Estava horrorizado.

"O que os brancos não entendem é que, quando nós insistimos na demarcação de nossos territórios, não estamos só querendo defender nossas terras sagradas, nossos rios ancestrais, nossos espaços de crença e de subsistência; estamos também lutando pela *preservação ambiental* dessas áreas para nossos filhos, para nossos netos. E isso seria bom para a humanidade inteira. Para todas as gerações futuras que, assim, continuariam tendo água, floresta, rios, cultura; em vez de apenas mais uma área de pasto para o gado. Deviam entender também que, quando tiram nossa terra de nós, não é qualquer terra que estão tirando; como se ela pudesse ser simplesmente substituída. É a terra em que nossos ancestrais rezavam. É solo sagrado. Nós rezamos para *aquele* rio, para os espíritos *daquela* montanha, não de outra montanha. É como tirar uma *igreja* de nós. O brasileiro precisa aprender a se importar."

Hugo concordou em silêncio, quase com vergonha de si mesmo. Durante toda a sua vida, nunca, nem por um instante, havia parado para pensar neles; no que poderiam estar passando. Como se sequer morassem no mesmo país...

"Diálogo. É tudo que o Brasil precisa para ser grande: que o brasileiro aprenda a dialogar. A ouvir cada povo, cada grupo, cada etnia com respeito, antes de tomar qualquer decisão. A encontrar soluções que sejam boas para todos os lados, pensando *em conjunto* com os envolvidos, e não longe deles, em um escritório qualquer do governo, sem conhecimento real de todos os aspectos do problema."

Krenak voltou a olhar para o laboratório; com o semblante grave, machucado. Lá dentro, os espíritos dos quatro animais continuavam a correr e a voar, magníficos, em volta do pajé e de seus dois aprendizes, até que, de repente, os quatro espíritos tomaram um mesmo caminho, em direção ao Poetinha, saltando e entrando todos nele, pelo peito.

Hugo arregalou os olhos.

Quase tendo sido jogado para trás, pela força dos quatro, Poetinha, surpreso, fechou os olhos em agradecimento, aceitando-os dentro de si enquanto apoiava uma mão no chão, enfraquecido. E Moacy amarrou os lábios, ao seu lado, olhando com inveja amarga para o menino, enquanto Morubixaba passava a dar atenção somente a Tadeu, soltando fumaça nele, murmurando cantos, fazendo pajelança... Poetinha de olhos fechados, recebendo aquilo tudo; toda a energia necessária para que conseguisse lidar com seus novos animais interiores.

"Está feito", Alexandre Krenak explicou. "Ele foi escolhido."

"Sério?!" Hugo e Bárbara olharam surpresos para ele. Era rápido assim?! Sem preparação nem nada?! E então sorriram entre si, empolgados, voltando a assistir Poetinha, enquanto Moacy saía do laboratório furioso, arrancando seus braceletes e jogando-os no chão, de raiva.

Sem dar a mínima atenção ao aprendiz que saíra, Alexandre Krenak continuava a olhar, com respeito e seriedade, para o menino que havia ficado. "Tadeu recusa a maldade. Isso é bom. Nunca vai usar o conhecimento para causar dano ou morte."

Hugo e Bárbara olharam para Moacy, que havia se recolhido a um canto da floresta atrás deles e agora chutava com força uma árvore; chorando frustrado.

"Ele nunca seria um bom pajé", Bárbara considerou, num misto de desprezo e pena. "Vem, Hugo, vamos deixar o Rudá sozinho com o Morubixaba."

Hugo concordou. Já estava obedecendo quando o padrinho do FOGO o segurou pelo pulso. "Cuidado quando for usar nosso elemento na floresta, menino. Ele tem mania de se espalhar", Krenak elevou a sobrancelha, deixando-os partir.

Pelo menos um que não era contra sua saída.

Subindo por uma escadaria apertada, saíram num corredor que levava às escadas principais. Era uma passagem por onde Hugo nunca havia andado antes, e ele parou no meio do caminho, ao espiar por uma porta entreaberta e perceber, com certa veneração até, o que havia ali dentro:

O enorme timão da Boiuna, lindo e majestoso, no centro de um grande salão de madeira, banhado apenas pela lua e pela noite.

Feito em madeira clara perfeitamente polida, o timão girava milimetricamente para um lado e para o outro, navegando sozinho, dirigindo a Boiuna.

Aproximando-se, Hugo passou a mão pela inscrição entalhada na madeira: *Quem segura a Amazônia são os pajés com suas rezas...*

Legal.

Sentindo a presença de Bárbara na porta atrás de si, ouviu-a chamar com respeito. "Vem assistir à vivência, vem, mano."

Hugo obedeceu. O pensamento fixo naquela frase. E em tudo que Alexandre Krenak contara. Tanta perseguição, tanto terror... "Como a gente não fica sabendo dessas barbaridades da história recente?"

"Égua, e tu acha que alguém se interessa?! Se fosse pela maioria, os indígenas todos podiam morrer que eles nem se importariam."

"Aí você já tá exagerando, né."

"Estou? Tem certeza?"

Não, Hugo não tinha certeza. Não tinha mais certeza de nada. "... Mas esse massacre dos Krenak foi, tipo, nos anos 70, né? Se uma coisa dessas acontecesse nos dias de hoje, acho que se importariam, sim."

Bárbara deu risada, incrédula. "Indígenas continuam sendo mortos o tempo todo, mano! Lideranças indígenas, principalmente! Não aparece na mídia porque ninguém se importa!"

Revoltada, ela voltou a andar. "... E, assim, populações e culturas inteiras vão sendo destruídas. Por isso a gente não mexe com os grupos indígenas isolados. Existem jovens com potencial bruxo neles, mas é arriscado fazer contato. Poderia acabar desestruturando a cultura deles toda, e pra quê? Pra eles não se adaptarem à Boiuna? A pessoa precisa já ter algum conhecimento da civilização moderna pra entender minimamente o funcionamento desta escola. Jovens de povos isolados iam ficar perdidos aqui."

"Eu também fico perdido aqui."

Bárbara riu. "É *bem* diferente. Aquele jovenzinho ali, por exemplo, com um toquinho de osso enfiado no beiço, é um *zo'é*." Ela apontou para um menino de 13 anos que, de fato, parecia mais perdido do que Dalila ficaria ali dentro.

Vestido de bermuda e com o arco e a flecha azêmola na mão, não parecia disposto a largá-los nem por um decreto. "Os *zo'és* vivem na fronteira do Amapá com o Pará. Faz só uns dez anos que eles entraram em contato com o homem branco. Ainda não conseguem entender pra que serve uma bola de futebol; quanto mais uma varinha. Mas o pajé considerou que já estavam suficientemente introduzidos para ele virar estudante. São só 256 *zo'és* no mundo. Um deles nasceu bruxo. Embarcou no porto de Macapá, duas semanas antes de tu chegar."

Bárbara deu uma risadinha carinhosa, recordando de algo. "Outro dia, ele soltou uma flecha contra um caldeirão em atividade. Achou que fosse um bicho preto que soltava fumaça roxa pela boca."

"E não é?" Hugo brincou com carinho, e ela deu risada. "A flecha bateu na superfície de ferro e caiu no chão, toda torta. Égua, aí é que o menino se apavorou de vez. A gente se espocou de rir e só encontrou o pobrezinho no dia seguinte, escondido atrás de uma das privadas no banheiro." Ela riu. "Bom que os *zo'és* falam uma língua derivada da família tupi-guarani. Dá pra gente se comunicar mais ou menos."

Pensativa, ela ficou observando o jovenzinho, que mexia, curioso, na mochila de um dos brancos, abrindo e fechando o zíper com considerável espanto.

"... Tem coisas que alguns povos indígenas fazem que eu acho errado? Tem. Coisas que, inclusive, alguns brancos também fazem, como abandono de bebês com deficiência e meninas engravidando cedo demais para o corpo delas. Mas as etnias que costumam abandonar na mata seus bebês com deficiência acreditam que o fazem por compaixão: por terem certeza de que seus filhos não sobreviveriam na floresta até a idade adulta. Esse problema se resolve com diálogo, com troca de conhecimento e auxílio, e não com preconceito e massacres. Além do que, nós brancos também podemos aprender muito com eles, e não estamos fazendo isso. O Pajé só decidiu convidar o menino zo'é porque a cultura dele já está em processo de transformação. Depois do contato com os brancos, não tem mais jeito. Eles nunca voltam a ser o que eram. Mesmo os brancos mais bem--intencionados acabam desorganizando toda uma cultura ao fazerem contato. Chegam introduzindo necessidades que, antes, os indígenas daquele povo nunca haviam tido, como a espingarda, por exemplo. E logo eles acabam esquecendo como fazer o arco e flecha."

"Mas uma espingarda não é melhor?"

"Não, Hugo. Não é melhor. O arco e a flecha eles podiam fabricar sozinhos. A espingarda, a pólvora, as balas, eles precisam comprar do homem branco. Pra isso, precisam de dinheiro, e acabam indo trabalhar pra eles até conseguirem comprar tudo de que nunca tinham precisado antes. Em poucos anos, se esquecem de como se fazia arco e flecha, e se tornam totalmente dependentes do branco pra sua sobrevivência. Perdem a autonomia, a identidade, a autoconfiança. Sem contar que os brancos chegam trazendo várias doenças que não existiam antes, e o indígena fica dependente dos remédios do branco também. É uma desgraça. Muitos acabam sendo forçados a sair da mata pra ganhar uns trocados, que não valem quase nada. Depois, o branco reclama que o *índio* está mendigando nas estradas; que 'deixou de ser índio' porque não anda mais nu por aí, caçando. Como se eles tivessem como caçar ou plantar na pouca terra que deixaram pra eles; geralmente terra destruída e rios já poluídos. A degradação de alguns desses indígenas é tanta que eles *próprios* começam a depredar a floresta pra vender madeira para os brancos, em troca do dinheiro de que precisam. Perdem sua principal essência; seus valores mais caros, de proteção da natureza e da vida. E então são, mais uma vez, criticados pelos brancos, que dizem: *Viu só?! Índio não merece demarcação. Índio também derruba floresta! Índio também é traficante!* CLARO! Por que será, né?! Talvez porque estejam desesperados?! Ou porque perderam suas referências de decência?! Depois os brancos reclamam que alguns povos isolados são violentos. É ÓBVIO que são violentos! Perceberam que os povos amistosos acabaram sendo destruídos e não querem ter o mesmo destino!"

Bárbara tentou se acalmar, percebendo que estava roxa de raiva, e Hugo olhou-a com simpatia e respeito. Ela havia tomado para si a luta deles. Admirável. "Vem, Hugo, chega desse papo mórbido. Tu precisa relaxar."

A vivência de Aromaterapia já havia começado, e ele resolveu assisti-la recostado em sua rede, ao contrário dos outros, que assistiam sentados nos almofadões ou nas esteiras espalhadas pelo chão as monitoras distribuírem essências pelo ambiente. Eram guiadas pela velha monja, madrinha do AR, que ensinava ao som do violão dedilhado do manauara Nelson, ajudando a criar um clima de serenidade entre todos.

Aquela aula coletiva havia sido preparada pelas formandas do grupo AR: jovens de 20, 21 anos, focadas na área Zen da magia, que logo sairiam da Boiuna e queriam deixar uma experiência legal para os estudantes dos outros grupos.

Os estudantes do grupo AR, como Nelson e Tocantins, eram os mais serenos da Boiuna; os mais divertidos, ágeis, curiosos, coloridos e criativos também, talvez inspirados pela pequena velhinha monja. Dentre eles, havia desde aquelas que pareciam quase elfas de tão gentis, até os folgados mansos. Gente pacífica. Diferente do povo do FOGO, uma galera geralmente um pouco mais agitada, excitável, aventureira e explosiva, como Hugo. Claro que havia um lado positivo e um lado negativo para cada elemento. Tocantins chegava a ser frio de tão independente. A paz dele era ligada à indiferença. Já os de FOGO podiam ser explosivos, impulsivos, fanáticos, egocêntricos e agressivos, mas também generosos, divertidos, entusiastas, cheios de iniciativa e apaixonados pelo que faziam. Os da ÁGUA, grupo do Poetinha e de Milla, tinham os dons do coração. Podiam parecer frágeis por fora, mas eram fortes por dentro. Alguns, submissos e passivos; outros, intuitivos, sutis, empáticos, profundos e discretos; sempre ligados ao sentimento. Mas, se houvesse muita ÁGUA neles, podiam acabar calorosos e saudosistas, como as outras personalidades de Milla. Já os de TERRA, como Mont'Alverne e Bárbara, tendiam a ser mais práticos e persistentes, verdadeiros e fiéis. Bárbara só não era tão paciente quanto deveria.

Olhando para o fundo, Hugo viu que Helena Puranga observava-o com aquele olhar frio dela, e sentiu um arrepio, voltando a assistir à vivência.

"Tu parece tenso."

"Pareço? Sério?!" Hugo ironizou, e Bárbara percebeu para quem ele estava olhando, dando risada dele. Demonstrando, no entanto, até certo carinho pela professora, comentou, "Depois que Helena chegou na Boiuna e descobriu que Átila era Caprichoso, ela escolheu o Garantido. Só pra ser do contra." Bárbara sorriu, lembrando-se do casal. "Maior história de amor que já existiu, a deles dois."

"Até o atentado."

Bárbara olhou-o surpresa, "Finalmente alguém de fora que fala *atentado*, e não *acidente*! O Átila nunca teria se deixado atropelar por um azêmola. Ele era nossa estrela mais brilhante! Absolutamente destemido!... E o mais respeitado de todos aqui. '*Aé usaisu retana Brasil maã-itá*', eles ainda dizem. '*Ele amava muito as coisas do Brasil*'."

"É", Hugo lamentou, lembrando-se daquele amável gigante. Átila Antunes teria sido um grande presidente.

Lá no centro da roda, uma das formandas ensinava a finalidade de cada essência, enquanto as outras ofereciam os aromas, em incensos acesos, para que fossem inalados pelos estudantes, um de cada vez. Todos elaborados a partir de folhas, flores e raízes da Amazônia. Uma delícia.

"A Aromaterapia é o tratamento através da inalação de essências terapêuticas. Trabalha com as frequências das plantas, desenvolvendo então perfumes, sabonetes, óleos vegetais e óleos essenciais específicos para o efeito desejado. Cada planta tem sua energia, e nós extraímos esse *espírito*; esse aroma delas", a jovem instrutora explicou, com a segurança dos que estavam se formando; uma verdadeira especialista já, na área que escolhera.

A monja apenas assistia, orgulhosa, ao trabalho de seus rebentos, sem fazer qualquer comentário.

"... *óleo de aroeira ativa a circulação... alfazema energiza o corpo e tem propriedades calmantes...* Como vocês podem ver, os aromas são grandes mestres, guiando-nos em nossa caminhada para a harmonia..." a jovem prosseguiu, enquanto os estudantes iam sentindo mais aromas, desta vez por meio de óleos que as formandas passavam no pulso de cada um, ou então de gotículas esborrifadas no ar acima deles, e iam relaxando cada vez mais; Hugo começando a experimentar uma serenidade quase etérea, incrivelmente aliviado da tensão em que estava antes.

Compenetrados, os alunos fechavam os olhos, tentando perceber a diferença sutil entre cada aroma.

"Óleo de Bergamota", a instrutora introduziu, e o óleo passou a ser delicadamente pingado no pulso de quem quisesse. Os estudantes, então, esfregavam um pulso contra o outro, sentindo o aroma. Uma das formandas chegou perto, e Hugo estendeu o pulso também. Era um óleo cítrico adocicado. Muito agradável.

"É conhecido como o óleo da alegria, por promover uma agradável sensação de bem-estar..."

Sim, ele estava percebendo; dava vontade de ficar sentindo aquele aroma para sempre. Um arrepio agradável percorreu-lhe o corpo inteiro, a começar pela nuca, quase numa explosão interna de alegria, mas ele não tinha o direito de se sentir alegre; não com Atlas morrendo lá no Rio. Então, segurou o efeito, suprimindo-o de propósito, para que o óleo parasse de agir.

"Todos temos um campo energético em volta de nós. Dependendo do que pensamos e sentimos, alteramos esse campo, ficando mais leves ou mais pesados de acordo com os pensamentos positivos ou negativos que vamos tendo. Isso porque tudo na Terra tem uma frequência de vibração. As fragrâncias funcionam à medida que acentuam frequências positivas do nosso ser. Existe, por exemplo, uma frequência de saúde e, quando essa frequência abaixa até determinado limite, surgem as doenças imunológicas. Já as rosas têm alto padrão vibratório. Por isso ajudam. Por isso são dadas, instintivamente, aos pacientes, pelas pessoas que vão visitá-los."

Hugo ergueu a sobrancelha, surpreso. Nunca imaginara que rosas fizessem alguma diferença além de emocionar quem as recebia.

"... Agindo diretamente nesse campo energético, os aromas e essências, além de nos acalmarem o espírito, têm também profundas aplicações medicinais", a instrutora prosseguia, enquanto as outras preparavam, ali mesmo, as essências e aromas que seriam demonstrados em seguida. "Já os florais, que estão sendo esborrifados em vocês, não exalam cheiro, mas alteram a energia e a frequência das pessoas, equilibrando padrões emocionais e influindo em algumas curas. As plantas são grandes mestras curadoras..."

Aproveitando a passagem de uma das monitoras, Hugo perguntou-lhe discretamente, "Não tem nenhuma aí que cure doenças degenerativas?"

A moça olhou-o penalizada, percebendo a realidade por trás da pergunta. "Algumas aliviam as dores e a tensão... deixando mais sereno o paciente que sofre desse horror. Mas curas... não. Ainda não."

Hugo baixou a cabeça, mentalmente cansado, e ela voltou com um óleo específico, só para ele, passando-o com carinho em sua testa.

"Valeu", ele agradeceu, com o olhar ainda cansado, e ela sorriu bondosa, voltando a seus afazeres no centro do salão.

"Os primeiros registros que temos da Aromaterapia vieram do Oriente, com os Ayurvedas, descritos em sânscrito. Era também usada no Egito e na Grécia Antiga, em banhos aromatizados. Os próprios povos indígenas brasileiros, como os Huni Kuin, da Amazônia acreana, são profundos conhecedores das ervas aromáticas... Aqui, nós apenas intensificamos alguns dos efeitos com magia..."

Hugo estava com sono. A cada palavra, ia ficando mais convencido de que a planta da gruta funcionaria. Se as outras plantas tinham propriedades tão poderosas, aquela tinha de dar certo...

E ele ali, quase fechando os olhos, cedendo aos efeitos dos aromas...

"Quem quiser participar das aulas de Aromaterapia da Boiuna, vai aprender sobre as notas de cabeça (que sentimos primeiro), as notas de coração e as de raiz, além de como fazer todas essas fragrâncias e florais. Para os que decidirem não participar do curso, temos um jardim aromático aqui na Boiuna. Visitem! Está aberto a todos que queiram pesquisar e brincar com os aromas e plantas disponíveis! A aromaterapia pode trazer muita beleza a suas vidas, como trouxe para as nossas."

Sem dúvida... Hugo pensou, já quase no terreno dos sonhos. Sentindo os olhos pesarem, sem conseguir dominá-los, viu a madrinha do AR aproximando-se de sua rede. A velha monja mestiça sussurrou delicadamente em seu ouvido, "*Que a mãe do sono te esclareça o caminho...*", e Hugo apagou.

Sonhou com a avó dando risada.

Ainda dormindo, sorriu emocionado. Nunca sonhara com a Abaya antes... Era uma sensação tão boa! Como se ela o estivesse protegendo e embalando em seu riso... "Hugo! Hugo, vem ver!"

Ele acordou no susto, sacudido por Bárbara, que o chamava com entusiasmo no rosto. "Vem ver o encontro das águas!"

Hugo se levantou da rede meio rápido demais, quase caindo no chão, mas tudo bem. Ninguém tinha visto. Correndo atrás de Bárbara escada acima, chegou pouco depois dela à dianteira do navio, onde vinte outros estudantes já se acotovelavam para ver o que parecia ser...

Meu Deus, eles estavam chegando a Manaus.

CAPÍTULO 51

A DANÇA DAS ÁGUAS

Hugo abriu caminho até o parapeito e se impressionou. A Boiuna estava agora navegando bem em cima da divisão de dois imensos rios: um de águas negras, à direita, e outro de águas barrentas, cor de café com leite, à esquerda, ambos correndo juntos e caudalosos contra o navio, sem que suas águas se misturassem.

Já vira uma junção semelhante entre os rios Tapajós e Amazonas, mas a que tinha diante dos olhos agora era muito mais nítida!

Sentindo uma empolgação instantânea, ele segurou Bárbara pelo ombro, "Esse rio barrento aí é o..."

"Solimões? Sim, sim."

Seu entusiasmo aumentou. Deviam estar mesmo perto de Manaus agora! Perto do momento do desembarque! Difícil acreditar que, juntos, aqueles dois rios formavam o Amazonas. Lindo, lindo.

Ao seu lado, Millena Bevilacqua também admirava seus dois filhotes.

Sedutora, seus longos cabelos loiros esvoaçando com a brisa, a versão atraente da madrinha da ÁGUA lhe falou sem tirar os olhos azuis dos rios, numa voz de seda pura, "As águas escuras do Rio Negro são quentes, ácidas, pobres em nutrientes. Por isso, tem suas margens tão preservadas e quase desprovidas de mosquitos. Já as águas beges do Solimões são frias, mas cheias de vida. Ricas em nutrientes e peixes. Por isso, as terras ao redor são férteis..."

Ela olhou para o carioca. "Respeite o rio e ele te respeitará."

Hugo confirmou que entendera. "Você não vai tentar me impedir, como o Mont'Alverne ameaçou fazer?"

"TERRA é um elemento muito rígido", Millena dispensou o namorado, deslizando os dedos pela lateral dos cabelos do aluno. "Desviar a direção de um rio que corre para seu destino é um crime. Eu nunca desviaria o seu."

Hugo assentiu, sério, agradecendo com o olhar e achando melhor sair antes que ela tentasse seduzi-lo. Não queria briga com o namorado dela.

Indo à procura do Poetinha, encontrou-o meditando no Santuário, sozinho.

Sua aura brilhava luminosa na escuridão, e Hugo parou onde estava, sem ousar interromper. Impressionante o poder que emanava daquele menino.

"*O encontro das águas segue até Manaus*", Tadeu explicou de olhos fechados, sem que Hugo precisasse dizer coisa alguma. "*Só lá, gigantes se separam: Solimões descendo na direção sudoeste, Rio Negro subindo para noroeste.*"

"E lá eu salto."

Poetinha confirmou. Estavam realmente chegando, meu Deus...

Tentando se acalmar, Hugo olhou ao redor, admirando novamente o Santuário onde haviam conversado noites atrás: a parede circular de madeira, ainda mais elegante à luz do dia, as plantas espalhadas por todos os lados, o riacho artificial que atravessava o chão da sala, caindo em pequenas cascatinhas pelos três níveis do piso... Era muito agradável ali. O aroma de mato fresco inspirando perfeita tranquilidade. "Para quem um pajé reza? Pra Tupã?" perguntou em voz baixa.

Poetinha sorriu bondoso. "Para os espíritos da floresta, para os deuses... Depende da cultura do pajé."

Levantando-se, Tadeu, com um leve movimento de mão, fez as vozes lá fora desaparecerem e a iluminação da sala diminuir, deixando o santuário inteiro numa penumbra quase meditativa; apenas o ruído do riacho em seus ouvidos. E Hugo, surpreso com os poderes do menino, ouviu uma trovoada começar ali dentro, no interior do Santuário mesmo! Relâmpagos os iluminaram, revelando uma enorme floresta escurecida ao redor, onde antes não havia nada. Perfeita ilusão...

Poetinha, então, apontou para um dos cantos da floresta, onde um homem imenso e poderoso, de aspecto indígena, surgia por entre as folhagens em câmera lenta. Com forte eletricidade saindo de seus braços musculosos, o colossal homem de quase quatro metros de altura fazia os raios caírem pesadamente dos céus sobre o chão de madeira, espalhando suas veias elétricas pelas folhas, e Hugo sentiu um enorme arrepio, sabendo que estava tendo a oportunidade de presenciar algo grandioso...

"Tupã é ser sobrenatural das etnias tupis-guaranis", Tadeu explicou ao som dos trovões. "Não é considerado principal dos entes sobrenaturais. Só recebeu designação de 'Deus' porque missionário branco queria traduzir conceito do Deus católico para o indígena e usaram Tupã. Mas povo tupi-guarani teme Tupã. É espírito da natureza, entidade que controla o raio e trovão; que, com seu ataque, mata indígena no rio, causa incêndio na floresta. Tente não cair no rio enquanto Tupã estiver atacando dos céus. Canoa não é garantia contra levar choque, mas protege mais do que água, que é condutora de energia."

Hugo concordou, acompanhando o olhar de Poetinha para a direita e vendo um velho se aproximar, no lado oposto da paisagem. De capuz cobrindo-lhe o rosto, o senhor caminhava com passos trôpegos; as mãos apoiadas num cajado.

Elas, porém, pareciam mãos jovens! Era um jovem disfarçado de velho...

"Goihan, espírito gavião-ikolen das águas", Tadeu explicou.

Igualmente poderoso, o velho enfiava a estaca na madeira do chão e, dos rombos causados por ela, brotavam caudalosas águas, que corriam, em rios, por entre os pés dos dois. "Eu sinto que Goihan vai te ajudar. Você primeiro vai achar que é castigo, mas depois vai entender presente que ele te deu. A gente reclama do destino, mas os deuses têm mania de sempre saberem mais do que a gente." Poetinha sorriu.

Enquanto admiravam a ação de Goihan, árvores nasciam por onde as águas dele passavam, peixes começavam a pular nos novos riachos e a vida surgia em volta, como no início do mundo. Então, trovejou forte, e Goihan fez muita água descer dos céus, caindo sobre os dois. Por onde os rios passavam inundando, indígenas da ilusão iam virando animais, como numa espécie de dilúvio renovador, e Goihan foi embora com seu cajado, deixando-os sozinhos até aparecer o próximo deus, e o próximo, e Poetinha foi explicando cada um dos que Hugo poderia encontrar pelo caminho... *Mboi Tu'i*... deus guarani das criaturas aquáticas... enorme cobra verde nadando por debaixo de seus pés, com as barbatanas vermelhas para fora da água... *Tetu Jagua*, espírito das cavernas e das frutas... monstro gordo que saltitava por entre as árvores com o grosso rabo e os dentes à mostra...

Para conseguir a ajuda de cada um, Hugo precisaria conquistar o *respeito* deles. "Não necessariamente seus olhos vão vê-los. Geralmente só pajé tem visão. Mas eles vão estar lá", Tadeu garantiu, apontando para um veado luminoso e branco que aparecera por entre as árvores com seu olhar de fogo. "Anhangá. Deus da caça e do campo."

Idá sentiu um arrepio, admirando-o. Era lindo demais...

"São infinitos os espíritos da floresta. Eles não ligam para nome que cada um dá. Cristão vê tudo como manifestações de um mesmo Deus. É válido também. Criador de tudo que vive não se importa em ser chamado por vários nomes." Poetinha sorriu bondoso, olhando com carinho ao redor. "... Eu venho aqui sempre que dúvida me incomoda. Venho tentar ouvir o que eles sussurram no meu ouvido. Às vezes, consigo, outras vezes, barulho na minha cabeça é grande demais pra ouvir sussurro. Meditação é importante quando a mente está falando muito. Ela disciplina pensamento, faz silêncio na cabeça, para ouvir aqueles que não se vê."

Hugo sorriu. "Por isso você veio desta vez?"

O menino pareceu preocupado. "Senti coisa estranha no ar. Espíritos da floresta aconselharam cuidado." Ele olhou para Hugo. "Você treinou?"

"Treinei, sim. Aprendi muito."

"Bom. Estudo sempre salva vida."

Hugo esperava que sim.

Sabendo daquilo, passou as horas seguintes tentando memorizar o máximo que ainda podia das informações que anotara; mas a expectativa do momento atrapalhava bastante sua concentração. E quando prédios começaram a aparecer no horizonte à direita, Hugo largou os cadernos na rede e correu para fora, indo ver a enorme cidade se aproximar. "Manaus?!"

Dakemon confirmou com empolgação. "*A rainha do Rio Negro!*"

Finalmente! Ele pensou, ao mesmo tempo tocado por um fortíssimo medo. Era muito estranho estar feliz e desesperado pelo mesmo motivo. Como se algo nele estivesse chamando-o para fora e, ao mesmo tempo, fazendo-o agarrar-se com todas as forças àquele parapeito, para não ser obrigado a descer.

De repente, a Boiuna parou, como que atingindo, com força, algum obstáculo à frente, e Hugo olhou confuso para fora, percebendo que ela atracara em um terminal semi-invisível no meio do Amazonas! Como um imenso e alongado porta-aviões, só que translúcido e parado ali, cortando o rio ao meio.

"Bem-vindo ao Terminal Hidroviário de Manaus. A versão bruxa dele, claro", Tocantins piscou, e foi correndo buscar sua mochila para sair para a cidade.

Hugo voltou a admirar o terminal, embasbacado. Era ele que unia os dois rios em um Amazonas só?! Com certeza parecia que sim. O fato é que a cidade de Manaus, um pouco mais adiante, era banhada apenas pelo Rio Negro. O Solimões se separava antes, exatamente onde a Boiuna havia parado naquele momento.

Animados, todos os estudantes foram fazer o mesmo que Tocantins, correndo pelo convés em busca de suas mochilas. Muitos já desciam com elas nas costas, para os quatro dias de folga que teriam, e Hugo ficou assistindo aquilo bastante tenso, como alguém prestes a entrar num buraco escuro.

Olhando lá para baixo, viu os primeiros estudantes desembarcarem no terminal semi-invisível, tagarelando animados enquanto percorriam em grupos o espaço de desembarque e desapareciam por entre as várias lojinhas translúcidas que enfeitavam o terminal. Era quase um pequeno shopping bruxo, aquilo ali. Depois, cada grupo saía para onde quisesse na cidade, ou atravessando o Rio Negro de barco até Manaus, ou escolhendo ir pela ponte entre o terminal e a cidade, que somente agora Hugo via, à medida que os estudantes caminhavam por seu chão invisível.

Respirando fundo para tentar acalmar o coração, viu Poetinha aparecer ao seu lado, olhando também lá para baixo; o semblante grave, como a situação merecia. "Você desembarca amanhã. Cinco da madrugada, quando ninguém mais estiver por perto pra te ver sair."

Hugo obedeceu, agora extremamente tenso.

"Se alimenta bem, descansa. Se prepara espiritualmente pros testes que estão por vir."

"Ok."

"Dê uma última olhada na mochila." Tadeu suspirou. Parecia quase tão nervoso quanto ele. Sabia o quão difícil seria Hugo sair vivo daquilo. "Boiuna vai pelo Rio Negro desta vez. Se fosse pelo Solimões, você talvez pudesse pegar carona com a escola mais um pouquinho. Mas ela não vai pelo Solimões. Nem você teria mais quatro dias pra esperar até que ela zarpasse de novo."

Hugo inspirou profundamente, tentando se acalmar. "Não daria pra gente mudar a direção da Boiuna pedindo pro pajé?"

"Não é pajé que decide caminho da Boiuna."

"Quem decide, então?"

Tadeu olhou-o de soslaio, com um meio sorriso, "A Boiuna."

Claro. Não era um navio comum. Hugo aceitou.

"Pouco antes da primeira luz da manhã, você sai."

Decidido a fazer o que Poetinha sugerira, passou as horas seguintes se preparando espiritualmente, alimentando-se, tentando se acalmar. Estudar mais qualquer coisa se mostrou impossível. A ansiedade era grande demais, e ele então largava o caderno, voltando a observar o movimento dos estudantes que saíam.

Nenhum deles imaginava a angústia e a apreensão que Hugo estava sentindo. Nenhum sabia o que ele tinha ido fazer no Norte. Estavam ali, empolgados, planejando quais lugares visitariam, a quais filmes assistiriam, em que restaurantes comeriam, quais lojas mostrariam aos novatos... e Hugo ali, isolado, como sempre. Nada de cidade para ele. Nada de restaurantes, ou cinema.

Por que, hein? Por que não podia ter uma vida normal, como os outros?!

Mais um grupo de estudantes passou dando risada.

Hugo já ia se virar para observá-los quando viu, do outro lado do convés, uma bruxa velha, de capuz negro e nariz adunco; a mesma que vira nas ruas de Belém Bruxa. Seus olhos de águia continuavam fixos nele, como da primeira vez, e Hugo estremeceu, sabendo, de alguma forma, que ela havia ido até a Boiuna por causa dele...

Tocantins apareceu ao seu lado, pronto para sair. Percebendo o alarme no rosto do visitante, olhou com malícia para a velha lá longe, adorando vê-lo assustado. "Aquela ali é a velha Matinta. Professora aposentada de alucinógenos. Meio louca. Dizem que, à noite, ela se transforma em um pássaro negro e vai enganar os jovens que fogem da Boiuna, fazendo-os se perderem na mata."

Hugo olhou espantado para Dakemon, sentindo um calafrio maior ainda.

"Por que será que ela estaria olhando pra tu, hein?" ele zombou sarcástico, e Hugo engoliu em seco. Podia *sentir* os olhos da velha ainda nele.

Tocantins deu de ombros, na maior tranquilidade. "Eu não sei se acredito, mas prefiro não fugir da Boiuna." E piscou cretino para Hugo, indo embora.

Filho da mãe.

Caminhando intrépido em direção às escadas, o tocantinense ainda fez um desvio de 40 graus para paquerar uma cabloclinha que passava do outro lado, mas foi impedido por um indígena musculoso, que o desviou do caminho da moça, dizendo "Vai arrumar uma menos casada pra importunar, vai, Dakemon!"

Tocantins mudou a trajetória de imediato, sem questionar. Hugo até teria dado risada se não estivesse tão nervoso. Em vez disso, voltou a olhar para a velha, que ainda o encarava lá longe.

Ela sabia das intenções dele... Claro que sabia.

Achando melhor sair daquele convés, Hugo foi acompanhar a descida das pessoas no andar de desembarque, *longe* da velha.

A manhã virou tarde; a tarde virou noite, e ele ali, vendo os estudantes saírem do navio; cada grupinho no horário que queria sair, deixando Hugo, aos poucos, sozinho na Boiuna.

Até os professores já haviam partido. Helena e Mont'Alverne lançando-lhe um significativo último olhar antes de desembarcarem também.

Sabiam que ele ia sair ali. Estava claro que ia. Mas haviam decidido respeitar sua decisão, como bons professores da Boiuna que eram.

Ali, o estudante decidia seu próprio caminho.

Hugo agradecia.

Muitos não voltariam para passar a noite. Ficariam até tarde batendo papo nos barzinhos da cidade, namorando, dormindo na casa de colegas ou em albergues azêmolas... alguns passeariam pelas ruas da cidade a madrugada inteira, conversando entre si ou com amigos locais... E os andares da Boiuna todos vazios.

Até Bárbara descera para curtir a cidade. Hugo não lhe dissera nada sobre fugir em Manaus. Não quisera preocupá-la, nem forçá-la a ir junto – algo que ela teria feito se descobrisse. Não. Ele não queria que Bárbara morresse por sua causa. Então mentira, dizendo que estava cansado demais para descer naquele momento, combinando de encontrá-la na cidade no dia seguinte. Empolgada que estava, Bárbara não percebera a mentira. Bom para ela.

Aquele vazio estava dando nos nervos.

"Não se preocupe, Hugo. Não hoje", Tadeu aconselhou. "Por que não deixa que a mãe do sono te leve ao mundo das imagens mais cedo? Amanhã você acorda antes do sol."

Hugo obedeceu. Ou, pelo menos, tentou. Seus pensamentos estavam acordados demais para que o deixassem dormir. *Idá, seu maluco... Tu nunca foi herói... Se colocar na frente do perigo assim?! Tu nunca foi disso!*

Idá se virou na rede de novo, querendo MUITO conseguir dormir. Tinha absoluta noção de que, a partir da noite seguinte, não mais teria o privilégio de um lugar tão confortável para se deitar. Talvez por vários meses.

Tentando tirar o pensamento daquele turbilhão, forçou-se a visualizar algo bem distante daquilo tudo: Eimi, na Europa, com Faísca no ombro, falando mineirês com os gringos. E riu. Mais distante impossível. Grande Eimi... *Óia que chique! Tem nada nesse sonho, não? Só escuro, é?* Hugo sorriu de novo. Era a primeira vez, em muito tempo, que não sonhava. Apenas dormia profundamente. Até que, do escuro daquele sono perfeito, surgiu o rosto da velha Matinta, e ele acordou no susto.

Credo. Ela ia persegui-lo até em sonho?!

Vendo que a madrugada já começava a se transformar em um azul bem escuro lá fora, Hugo se levantou; a ansiedade impedindo-o de ficar deitado um pouco mais.

Arrumando o que ainda faltava na mochila, colocou-a nas costas e foi acompanhar, pelo parapeito lateral, o lençol escuro da noite, aos poucos dando lugar para o alvorecer; as árvores ficando cada vez mais nítidas à medida que o fraco alaranjado do sol surgia no horizonte, com um tanto de azul escuríssimo ainda acima.

Logo estaria enfrentando aquilo tudo lá fora.

Ali, do parapeito, podia assistir à Boiuna fazendo, lentamente, suas manobras para se colocar na direção certa, apontando a dianteira para o rio que seguiria em alguns dias. E Hugo respirou fundo, decepcionado. A escola ia mesmo pelo Rio Negro. E ele, pelo Solimões. Não tinha mais jeito.

Hugo sentiu alguém tocar seu ombro. Era o Poetinha.

Tinha chegado a hora.

CAPÍTULO 52

O RIO SOMBRIO

Ajeitando a pesada mochila nas costas, Hugo acompanhou Poetinha pelo convés deserto da Boiuna. Os dois desceram para o andar logo abaixo e atravessaram o deck florestal inteiro até alcançarem as escadas de serviço, próximas à proa; um trajeto que teria sido tranquilo se Hugo não estivesse vendo, a cada virada e a cada espaço entre árvores, a velha do capuz negro, encarando-o.

Com o coração batendo apavorado, ele seguiu seu caminho sem dizer nada, torcendo para que ela fosse apenas uma ilusão de sua cabeça. Foi quando uma jovem indígena o interpelou pelas costas, quase matando Hugo de susto.

Era Mayara, uma estudante guarani de cabelos longos e ondulados.

Hugo tentou dar uma desculpa qualquer para estar ali, "A gente tá ind...", mas a jovem o interrompeu, "Eu sei pra onde você tá indo, menino do Rio."

Desesperado, ele sussurrou, "*Todo mundo aqui sabe, pô?!*", olhando para a velha, lá longe, agora com a certeza de que ela também sabia, e Mayara elevou o dedo aos lábios, em sinal de silêncio. "Relaxa, você vai ter proteção."

Fazendo-os entrar em uma das poucas salas daquele andar, a menina trancou a porta, aproximando-se de um Hugo confuso. "Tira a camisa."

"Oi?!"

"Matinta Pereira só vai te atrapalhar se conseguir te encontrar. Tira a camisa!" ela insistiu, e Hugo obedeceu, vendo a aprovação no olhar do Poetinha.

Se ele aprovava, devia ser bom.

Ainda um pouco apreensivo, deixou que a menina se aproximasse de seu braço esquerdo com um palito de bambu embebido em jenipapo, que ela usou para começar a pintar três finos semitriângulos azul-escuros, quase pretos, na lateral de seu braço, próximos ao ombro. À medida que a jovem fazia a pintura, com extrema precisão, Hugo foi sentindo diminuir sua inquietação quanto à viagem, como se uma nova confiança estivesse tomando conta dele.

Estranhando aquilo, ele olhou para a menina que, concentrada nas linhas inclinadas que traçava, murmurou, "Pintura tem poder", continuando a pressionar delicadamente a ponta do bambu contra a pele marrom do visitante. Poetinha fechou os olhos, em concentração, e, enquanto a menina pintava, Hugo começou a ouvir o som meditativo de vozes masculinas em cantoria indígena ao redor deles; como se estivessem cercados por homens nativos, de voz grave, "*Hê, he ayre, heyrá, heyrayre, heyre, uêh, Hê, he ayre, heyrá, heyrayre, heyre, uêh…*"

O canto foi ficando cada vez mais próximo, cada vez mais íntimo… e, na semiescuridão da sala, Hugo começou a ver vultos indígenas dançando ao redor deles… o nome *Tupinambá* lhe vindo à mente conforme os numerosos espíritos, adornados de plumas, cocares e máscaras, mexiam-se cadenciadamente para o lado em círculos, com a gravidade das cerimônias religiosas; os guizos em seus tornozelos ressoando ritmados à medida que batiam os pés no piso de madeira, até que o mais idoso deles tomou uma vara nas mãos, com um chumaço aceso na extremidade, e avançou determinado até ele, soprando fumaça em seu rosto.

Hugo piscou.

Quando voltou a abrir os olhos, não havia mais ninguém ali, além de Poetinha e da menina, que havia terminado a pintura.

Atônito, Hugo olhou para Tadeu, que sorria animado, também tendo visto a visita dos espíritos. A menina, no entanto, não vira nada. Sua empolgação vinha de ter terminado a pintura, que, de fato, era muito bonita: uma sucessão de semi-triângulos; três para cima e três para baixo, encaixando-se com perfeição uns nos outros.

"Pintura de guerreiro", ela explicou, "de povo que não desiste, e resiste, e se defende." E tocou a pintura com a varinha, fazendo a tinta arder em seu braço.

"Ei!" Hugo protestou, mas parou de reclamar ao perceber que a pintura, antes quase preta, agora brilhava num azul forte, cintilante.

"Para dar força e resistência."

Impressionado, ele agradeceu, sentindo a pintura começar a esfriar em seu braço, voltando à coloração original, e a menina advertiu, "Pintura só vai funcionar uma vez. Depois vai sumir."

Hugo confirmou que entendera. Duvidava, um pouco, da eficácia que uma pintura poderia ter lá fora, mas confirmou mesmo assim.

"Não desdenhe conhecimento da floresta, menino do Rio", Mayara aconselhou, interpretando seu olhar. "No meio da Amazônia, nunca se sabe quando a morte vai chegar. Basta um passo em falso."

Hugo concordou com gravidade, sentindo o calafrio voltar à espinha, e Tadeu o olhou satisfeito, dizendo, "Hoje, tupinambás e guaranis se uniram pra te dar força. Não duvide da potência que agora existe em você."

Não duvidaria.

Mayara espiou lá fora, por uma fresta na porta, "*O caminho está livre*", e Hugo vestiu a camisa enquanto ela saía para dar cobertura.

Passando pela menina, ele e Poetinha despediram-se dela aos sussurros, descendo sozinhos mais um lance de escadas, e então outro, e mais outro. A cada andar, os corredores iam se tornando cada vez mais escuros e claustrofóbicos, até que o andar seguinte se abriu num galpão imenso, e Hugo pôde respirar.

Era o convés dos mantimentos; o segundo mais próximo da linha d'água: um galpão abarrotado de vasos, baús, arreios, ingredientes em largas cestas, artesanatos indígenas, com desenhos que se mexiam, caixotes e mais caixotes de pães e frutas frescas, quadros de pinturas rupestres..., enfim, tudo o que um imenso porão de navio podia comportar. Havia até uma carruagem lá dentro (!), puxada por criaturas mágicas, que descansavam na escuridão, em meio à alfafa! Delas, Hugo só conseguia enxergar os olhos mal-encarados. Melhor nem chegar perto.

Ao seu lado, Poetinha tirou uma chave do bolso, que usou para destrancar uma velha porta, e os dois começaram a descer ainda mais; Hugo um pouco intrigado agora. Se o destino era o salão das canoas, deviam ter ficado, pelo menos, no nível abaixo dos mantimentos, na altura do rio. Em vez disso, ultrapassaram o andar que tocava a água, descendo ainda mais dois, até chegarem ao último; o mais subaquático de todos; bem mais frio do que os demais.

Hugo abraçou-se contra um vento que não deveria existir ali. Afinal, estavam debaixo d'água. Já ia perguntar de onde vinha a corrente de ar quando Poetinha sinalizou que se calasse, apontando, receoso, para o chão acima de suas cabeças.

A madeira do teto rangia sob o peso de passos: uns mais encorpados, outros leves e ligeiros, e Hugo entendeu, estremecendo. *Caiporas*. Haviam descido até o andar subaquático para desviar da sala de comando deles!

"*Mas o próprio Pajé já não tinha me dado certa autorização pra sair?*" Hugo sussurrou preocupado, e Poetinha negou.

"Os caiporas não são entidades da escola. São entidades da floresta. Guardiões da *floresta*, lembra? Não obedecem Pajé. Protegem floresta contra nós."

Hugo mordeu o lábio, tenso. "Eu li num livro que, pra driblar os caiporas, era só dar fumo pra eles e dizer: 'Toma, caipora, deixa eu ir embora!'"

Tadeu deu risada, "*É, vai acreditando nisso*", e Hugo abraçou-se de novo, estranhando aquele vento. "Por que é tão frio aqui?!"

Poetinha convidou-o a explorar o andar. A brisa vinha de algum ambiente para além daquele corredor, mas como podia ser, se estavam abaixo do nível da água?! Devia ser abafado e claustrofóbico ali dentro, como todo porão era.

Intrigado, Hugo saiu da área das escadas, adentrando a escuridão absoluta do novo convés. Assim que o fez, sentiu a brisa aumentar, como se houvesse ali uma grande janela aberta, e olhou confuso para o aprendiz de pajé, até que Poetinha, com um gesto distante de mão, fez brilhar a ponta da varinha do Atlas, que estava para fora da mochila do carioca, iluminando de luz branca o ambiente à sua volta.

Hugo olhou surpreso para o menino. Tadeu estivera escondendo aquele poder todo, para não humilhar Moacy... Para que não fosse escolhido pajé tão rápido...

O que era aquele menino, meu Deus...

A Atlantis agora flutuava acima deles, e Hugo finalmente resolveu olhar para o que ela estava iluminando. Sentiu um calafrio imediato. O convés era vazio; um enorme espaço amadeirado, como o convés principal, só que *exatamente* como o convés principal: incluindo as aberturas para fora.

De lá que vinha a brisa: da total escuridão lá fora. E Hugo se aproximou do parapeito como quem se aproximava do vácuo do universo, abraçando-se ainda mais contra o frio e forçando a vista. Só então arregalou os olhos, assombrado, percebendo que havia um rio lá embaixo também. Um rio não. Um oceano inteiro! Um oceano obscuro e subterrâneo, absolutamente imenso! "*Como assim?!*" ele perguntou confuso, reclinando-se no parapeito para ver melhor, e se arrepiando todo. Acima do oceano, um teto obscuro de pedra se estendia ao infinito, como se a Boiuna agora estivesse navegando numa enorme caverna sem fim, com um oceano *inteiro* dentro dela...

Só era possível ver as águas negras lá embaixo graças à fraca iluminação externa da Boiuna, que banhava de luz amarelada parte daquele espaço abismal.

Hugo estava pasmo. "Um oceano subterrâneo...?"

"Um rio. O rio que corre debaixo do rio."

Hugo olhou impressionado para o céu cavernoso, imaginando o imenso Amazonas lá em cima, para além daquele teto.

"Azêmolas conhecem lenda do rio oculto, mas nem que eles nadassem até fundo do Amazonas e escavassem terra nas profundezas, encontrariam. Só a gente vê."

Hugo não conseguia tirar os olhos daquela imensidão cavernosa. "Parece bem maior que o Amazonas."

"*É* bem maior que o Amazonas. Mais largo também. Abrange quase a floresta inteira, por baixo."

Hugo ergueu as sobrancelhas, surpreso, ficando progressivamente empolgado à medida que pensava numa possibilidade. "Então..., se eu navegasse por aqui, em vez de lá por cima, e rumasse na direção que preciso, eu chegaria na gruta sem ter que passar pelos obstáculos da floresta?!"

"Sim. Mas você não quer vir por aqui."

"Por que não?!" ele perguntou, sentindo-se desafiado, e o menino deu de ombros, "Ah, sei lá, escuridão sem fim, água sem fim, completa falta de orientação, nenhuma estrela pra te guiar, ou terra onde aportar, nem comida pra caçar ou colher, ou sol te aquecendo… uma falta medonha de correnteza… Sem contar as criaturas, que você não vai querer conhecer."

Hugo olhou-o temeroso. "Criaturas?"

"Criaturas", Poetinha devolveu o olhar. "Maiores do que o normal. Multiplicadas por vinte em tamanho. Aqui embaixo, é tudo maior. Pra você ver: nem sempre caminho reto é o mais seguro." Tadeu suspirou, olhando para fora. "Felizmente, poucos estudantes conhecem este lugar. Uma vez que alguém é jogado aí fora, nunca mais se encontra. Não é à toa que chamam de rio sombrio."

Hugo estremeceu, vendo cinco canoas negras fantasmagóricas aparecerem ao longe, cada uma delas remada por uma figura em pé, de manto negro e capuz…, e ele soube, de imediato, que não eram vivos. As canoas cortavam as águas em formação de seta; a da frente levando a única lamparina que iluminava o caminho.

Idá segurou o parapeito, sentindo um calafrio. "Aqueles ali entraram."

"Entraram, é verdade. Mas saíram?"

Hugo não tirou os olhos da macabra caravana, vendo-a passar vagarosamente por eles, para o além, até sumirem, como se nunca houvessem existido, e Hugo estremeceu.

"São as cinco canoas sobrenaturais", Tadeu explicou. "Aparições daqueles que não voltam mais. Que agora vivem no fundo do rio, para sempre."

Assombrado, Hugo voltou a olhar para onde as canoas haviam sumido, e se benzeu; os cabelos da nuca arrepiados. "Ok. Por que a gente veio pra cá mesmo?!"

Tadeu olhou-o com esperteza. "Pra desviar da sala de comando dos caiporas."

"Ah, sim."

"Daqui, dá pra subir direto pra salão das canoas, onde você vai poder desembarcar com segurança, sob a proteção do sol."

O abençoado sol. Hugo nunca quisera tanto revê-lo.

Dando uma última olhada naquele breu sem fim, Hugo se apressou atrás de Poetinha antes que algum vento forte o arremessasse para fora, para aquele lugar de morte e esquecimento, e os dois subiram por uma escada que havia nos fundos, adentrando, daquela vez por alçapões ocultos, nos andares de cima.

Subiram o primeiro, então o segundo, chegando, finalmente, a uma pequena salinha no nível da água, onde canoas descansavam na escuridão, e Poetinha andou por entre elas no escuro, indo abrir um portão de correr para revelar as águas do Amazonas bem aos seus pés.

Hugo sentiu o fraco calor da manhãzinha aquecer sua pele e cerrou os olhos, aliviado. Muito melhor seguir pela superfície mesmo. Nada de subterrâneo para ele.

"Um conselho", Tadeu disse, terminando de fixar a porta para que ela não se fechasse, "lá fora, quando você for se recostar em algum tronco, veja antes se nele não tem nenhum buraco que possa abrigar aranha ou escorpião."

"Escorpião?!"

"Escorpião", Tadeu confirmou. "E toma cuidado com onde pisa também. Vida escondida debaixo das folhas caídas também pode matar. Cobras e insetos principalmente. A floresta tem mais olhos do que folhas."

Inferno verde.

Poetinha confirmou, "Título não é à toa", pondo na mochila aberta do carioca um frasco de repelente natural e alguns pacotes de sementes. "Tenta não pisar em nada que morda. Algumas picadas causam febres que inutilizam pessoa por semanas, quando não deixam corpo repleto de feridas." Fechando a mochila, Poetinha olhou para o visitante por um bom tempo. "É isso mesmo que você quer fazer?"

Vendo Hugo confirmar, sério, Tadeu fitou-o com respeito. "Não é todo mundo que se arrisca assim por outra pessoa", e Idá baixou a cabeça, angustiado; a garganta apertando de ódio contra o destino. Atlas não era qualquer pessoa.

Olhando para a angústia do carioca, num misto de respeito e preocupação, Tadeu untou cerimoniosamente a testa e o rosto do visitante numa espécie de prece silenciosa. "O menino que você era acaba aqui. Lá fora, você vai precisar ser mais do que isso. Lá fora, ou você cresce, ou morre."

Hugo assentiu, tenso, recebendo a unção de olhos fechados.

"E ainda que você volte vivo, não volta o mesmo."

"Sinceramente?" Idá comentou. "Espero que eu volte melhor."

Era mais do que maturidade ali. Era esgotamento. Ele estava cansado de machucar as pessoas. Já havia causado sofrimento demais.

Poetinha sorriu de leve, sentindo claro afeto pelo carioca, e Hugo voltou-se resoluto para as três canoas no chão. Todas tinham nome. A *Cândido Rondon* era a mais antiga; quase caindo aos pedaços, na verdade; e a *Villas-Bôas* até que estava boazinha, mas era movida apenas a remo. A *Possuelo* era a única com um motorzinho acoplado à popa, e Hugo não teve dúvida de qual escolheria. Dentro dela, alguns remos sobressalentes que, graças a Deus, serviriam apenas de enfeite.

Agachando-se, Hugo passou a mão pela canoa, sentindo sua força, sua espessura, e aquilo acabou tornando tudo muito mais real. A loucura que ele ia fazer estava ali, fisicamente à sua frente.

Respirando fundo, ele hesitou alguns instantes antes de começar a desamarrar a canoa, e Tadeu percebeu.

"Volta pra casa, Hugo. Ninguém vai te julgar mal se você desistir."

Idá pausou o que fazia, o medo falando alto; medo do passo sem volta. Mas então engoliu a apreensão e prosseguiu, em silêncio. Ele tinha que ir.

"Que não seja por vaidade, amigo."

Hugo assentiu, sem olhar para o Poetinha.

"Não se jogue aos pés da morte só por medo das risadas dos outros."

Como aquele menino o conhecia tão bem?! Chegava a ser irritante!

Não... Não era só para não ser ridicularizado que ele iria em frente. Era para salvar seu professor. Mas, que a vaidade e o orgulho eram parte considerável do motivo que o levava a não desistir, isso era fato. "Eu estou indo por convicção", Hugo afirmou, quase chorando de medo, mas tentando não demonstrar.

Não podia deixar que seu futuro pai morresse.

Poetinha aceitou com afeto sua decisão.

Então, com um sorriso bondoso, agachou-se ao lado de Hugo e colocou na palma da mão do corajoso amigo um cordão preto com uma pedrinha verde dependurada.

"Pra mim?!" Hugo aceitou surpreso. "O que é?"

"Um muiraquitã. Pra dar sorte. Eu venho encantando este há alguns meses. Sonhei com ele uma noite e comecei a confeccionar. Tinha certeza de que, quando estivesse pronto, eu saberia a quem dar."

Hugo ergueu o amuleto na altura dos olhos. Era um sapinho verde feito de pedra Jade.

"Este específico te dá direito a pedido. Um único pedido, entendeu?"

Hugo confirmou.

"Pedido pode ser grande. Pode ser voltar pra cá, pode ser transpor obstáculo. Só não pode ser alcançar logo a cura. Isso, Destino não deixa. Jornada sempre precisa ser vivida. É necessária. Se desejo for pedir ajuda de alguém, escolhe bem pra quem vai pedir. Muiraquitã só te dá direito de pedir. Onde quer que a pessoa esteja, ela vai te ouvir, mas passa a ser decisão *dela* te ajudar ou não. Se pessoa não aceitar, você desperdiçou seu pedido. Então, pense com sabedoria. Não peça ajuda de quem você sabe que não vai te ajudar, nem use muiraquitã antes da hora."

Pedir ajuda. Essa é boa. Pedir ajuda era o que Hugo mais havia feito, dias atrás, e de que tinha adiantado? Não, ele não usaria seu único pedido buscando ajuda de ninguém. No máximo, de Poetinha, caso precisasse. Pedir auxílio aos Pixies seria o mesmo que jogar seu pedido no lixo.

Guardaria o muiraquitã para voltar para casa. Isso. Seria esse o pedido.

Compenetrado, Hugo assentiu, e colocou o colar com respeito no pescoço, sabendo que muitas seriam as tentações de usá-lo antes da hora. Teria que ser forte, para não desperdiçar seu passaporte de volta.

Poetinha estranhou uma ausência. "Não está esquecendo macaquinho?"

Hugo já ia responder que não, já que deixara propositalmente o chatinho dormindo lá em cima, quando um *Qui qui qui!* desesperado chamou a atenção dos dois, e eles olharam para trás, vendo um Quixote revoltadíssimo entrar pela escotilha e se apressar até a canoa, aboletando-se no assento de madeira com um olhar desafiador para Hugo, que fechou a cara irritado, ouvindo Tadeu rir.

"Não é engraçado."

"Ah, é sim", o pajezinho replicou, tirando de trás do *short* vermelho um último objeto.

Hugo olhou bastante sério para a lâmina.

"Eu já estou levando duas varinhas…"

"Leva a faca. Pode precisar. Inclusive pra cortar bicho, antes de comer."

Idá engoliu em seco. Não conseguia se ver matando bicho algum, mas… aceitou a faca, com dó no coração.

"E lembra: não mata nada sem necessidade. Nem animal, nem árvore; se não quiser enfurecer Gênio Tutelar da floresta."

O Curupira… Hugo sentia calafrio só de pensar.

"Sempre bom tomar cuidado. Azêmola não acredita mais no poder da mata; prefere atribuir sumiço de madeireiro e caçador a tamanho da selva, à falta de atenção da pessoa que sumiu, mas a gente sabe quem fez."

Idá estremeceu, já imaginando o que o demoniozinho faria com ele se o visse usando seu fio de cabelo roubado.

"Trouxe bússola?"

"Trouxe. Mas e aquele feitiço que faz a varinha indicar o norte?"

"Não funciona aqui."

"Ah, qualé!" Hugo praguejou. "Eu não quero destruir a floresta, pô!"

"A floresta não acredita em você. Não acredita mais em ser humano nenhum. A gente conseguiu fazer isso."

Ok. Não perder a bússola.

Com um sorriso esperto, Tadeu completou, "Caso perca bússola, ainda existe coisa curiosa que nasce no leste chamada 'sol', e outra que funciona à noite chamada 'constelação Cruzeiro do Sul'." Ele deu uma piscadela. "É só se guiar por eles. O único problema é na mata profunda. Aí tem que subir árvore grande pra ver."

Pensando muito antes de fazê-lo, Poetinha tirou do bolso um pequeno pergaminho, e Hugo olhou surpreso para ele. "É uma carta?!"

"Professor Mont'Alverne recebeu ontem. É pra você."

Reconhecendo a letra de Rudji na parte externa, Hugo a abriu com avidez. O bilhete era, de fato, do professor, e tinha uma única linha:

Atlas não está nada bem, Hugo... Talvez ele precise mesmo de você.

Idá cerrou os olhos, desconsolado. Estavam perdendo as esperanças de encontrarem outra solução...

Resoluto, guardou o bilhete. A vida do professor estava em suas mãos agora.

"Presta atenção, Hugo. Lá fora, você vai encontrar zonas mágicas, zonas comuns e, muito raramente, zonas de transição, onde azêmolas podem, ocasionalmente, acabar encontrando seres mágicos. É assim que nasce o folclore deles. Mas, em área mágica em si, azêmola não consegue entrar. Se perde antes. Da mesma forma, maioria dos animais mágicos não consegue sair da zona de magia. Fora dela, você vai ficar a salvo deles, mas estará à mercê dos azêmolas. Eu confesso que não sei qual é o mais perigoso."

Hugo entendia. Perfeitamente.

"Sua gruta parece estar numa zona de transição, então, cuidado redobrado."

"Ok."

Dito aquilo, os dois começaram a empurrar a canoa pela rampa de desembarque. Hugo já ia jogá-la no rio quando Tadeu pôs a mão em seu braço. "Hugo, um pedido: se você topar com povo que ainda não foi contatado pelos brancos, procura não entrar em contato. Contatar é destruir. É interferir pra sempre na essência deles."

Idá confirmou que entendera.

"Isso é sério, Hugo", Tadeu insistiu, com o olhar doce de sempre. "Se eles não tirarem sua vida, vão querer saber de onde vêm suas roupas, que objetos estranhos você carrega, e vão acabar destruídos pela própria curiosidade."

"Eu entendo."

"Sem contar que sua mera presença pode matar metade da aldeia deles, com doenças a que você já está acostumado, mas eles não."

"Como quais?"

"Como a gripe."

Hugo ergueu a sobrancelha, surpreso.

"Acontece sempre com primeiros contatos. Poucos anos atrás, azêmolas bem-intencionados da FUNAI contataram, pela primeira vez, os Matis, com objetivo puro e bondoso de proteger a etnia de possível massacre feito por madeireiros. Só que 70 por cento dos Matis acabaram morrendo pelo contato com germes dos próprios agentes da FUNAI. A pneumonia se alastrou por todas as aldeias, matando homens, mulheres e crianças. Todos os velhos e pajés morreram. Sabedoria ancestral acabou destruída. Tragédia que se repete desde descobrimento da América."

Hugo estava pasmo.

"Por isso, eu te peço, não tente contatar os flecheiros; é assim que a gente chama os povos isolados daqui. Se eles te virem, você foge. Não revide; eles não têm culpa de te atacarem – você é que está invadindo. Não tente conversar com eles, não deixe presentes. Demonstre que não quer machucá-los. Se não funcionar, no máximo, use feitiço barulhento pro alto, pra assustar, e sai correndo dali."

Hugo concordou.

"A gente não sabe os nomes dos povos deles. Chama de *flecheiros* porque eles atacam *mesmo*, quando sentem ameaça. Só estão vivos por isso. Então, por favor, foge, mas não mata. Já morreu indígena demais neste país."

Apreensivo, Hugo aceitou. Não sabia se teria sangue frio pra não revidar, caso o momento chegasse. Não era um missionário disposto a morrer pela causa; era apenas um jovem tentando salvar seu professor, mas tentaria. Em respeito a todos eles.

Com a ajuda de Tadeu, empurrou a canoa até que ela embocasse pela abertura do casco e mergulhasse pesadamente na água. Então, segurando-a com força para que ela não escapulisse na correnteza, embarcou com cuidado, sentindo a canoa balançar sob seus pés enquanto tentava se equilibrar até o assento traseiro, sentando-se nele e se contorcendo para ver como o motor funcionava.

Devia ser só puxar a cordinha mesmo.

"Rema até ficar bem distante!" Poetinha instruiu, contra o ruído da correnteza. "Só depois, liga motor! Pra não chamar atenção dos caipora!"

Concordando, Hugo levantou-se, com cuidado, e foi sentar-se no assento do meio, pegando os remos no chão do barco. Finalmente entendia por que o saci tinha tanto medo daquele rio. Havia água demais nele. Correnteza demais.

"Boa sorte então!" Tadeu despediu-se, inseguro, demonstrando certo apego pelo carioca em seus doces olhos de menino. Não queria que ele fosse embora.

E Hugo agradeceu. Já ia se soltar da beirada quando se lembrou de algo que Peteca dissera sobre Mefisto e se segurou com força novamente. Talvez fosse sua última oportunidade de perguntar. "Poetinha!... *Anhanguera*. O que significa?"

Estranhando a indagação, Poetinha respondeu, "*Añã'gwea*. 'Diabo velho', 'alma antiga'. Por quê?"

Hugo ficou pensativo. Talvez Bofronte fosse mesmo mais velho do que aparentava. Peteca não o teria chamado de *Añã'gwea* à toa. Não teria *medo* dele à toa. "Nada, não." Idá olhou para o imenso rio à sua frente, respirando fundo.

"Hugo", Tadeu o chamou, e Idá olhou para cima, tenso.

"Os Sateré-Mawé são povo pacífico, que possui bravura fora do comum. No rito mais famoso deles, adolescente tem que vestir luva cheia de formigas tocandiras e suportar a dor, pra ser considerado homem." Poetinha fez uma pausa, "Acredite, você não quer ser mordido por tocandiras. São enormes. Como vespas sem asas. E têm um ferrão que libera toxina dolorosíssima."

"Entendi. Não subestime as formigas."

"Não só as formigas. Tenha, pela floresta, muito respeito e cuidado. Quem conhece a mata, entra com sutileza. Respeite-a sempre." Ele já ia se virar, quando se lembrou, "E cuidado com o banzeiro. Ele aqui é forte."

"Banzeiro?"

Poetinha sorriu, "As ondulações laterais do rio."

"Ah tá." Isso ele já estava sentindo. Mesmo enquanto se segurava à Boiuna, a canoa era jogada de lá para cá como numa máquina de lavar roupa, e Tadeu deu um último sorriso bondoso em sua direção, preparando-se para arrastar a porta, entristecido, "Eu gostaria de poder ir junto, mas não posso..."

Ainda bem que não podia. Pra que arriscar uma preciosidade daquelas? Hugo não aguentaria a morte de um anjo como ele pesando em sua consciência.

Ela já era pesada demais sem aquilo.

"Que os espíritos dos pajés te cuidem", Poetinha olhou-o com tristeza, fechando o casco e deixando Hugo e a canoa do lado de fora.

Ainda segurando-se à Boiuna, Hugo olhou para cima, para aquela imensidão de navio, sentindo-se uma formiga diante daquele colosso de madeira. Então, respirando fundo, largou a Boiuna, deixando que a própria correnteza o levasse em direção à traseira da escola, enquanto engatava os remos nas laterais, para dar a volta por trás do navio e seguir, rio acima, contra a correnteza, em direção ao Solimões.

Absolutamente sozinho.

Continua em

O DONO DO TEMPO

PARTE II

Compartilhando propósitos e conectando pessoas
Visite nosso site e fique por dentro dos nossos lançamentos:
www.novoseculo.com.br

facebook/novoseculoeditora
@novoseculoeditora
@NovoSeculo
novo século editora

gruponovoseculo
.com.br

Fonte: Adobe Garamond Pro